千首唐宋小令校注

上册

罗仲鼎 校注

浙江古籍出版社

图书在版编目(CIP)数据

千首唐宋小令校注 / 罗仲鼎校注. —杭州:浙江古籍出版社,2021.6
ISBN 978-7-5540-2039-5

Ⅰ.①千… Ⅱ.①罗… Ⅲ.①唐宋词—选集 Ⅳ.①I222.84

中国版本图书馆 CIP 数据核字(2021)第 082496 号

千首唐宋小令校注

罗仲鼎 校注

出版发行 浙江古籍出版社
(杭州市体育场路 347 号 邮编:310006)
网　　址 https://zjgj.zjcbcm.com
责任编辑 周　密
封面设计 吴思璐
责任校对 吴颖胤
责任印务 楼浩凯
照　　排 浙江时代出版服务有限公司
印　　刷 浙江海虹彩色印务有限公司
开　　本 850mm×1168mm 1/32
印　　张 25.5
字　　数 663 千
版　　次 2021 年 6 月第 1 版
印　　次 2021 年 6 月第 1 次印刷
书　　号 ISBN 978-7-5540-2039-5
定　　价 128.00 元

前　言

在完成了《千首唐人绝句校注》之后，忽然起意选一本《千首唐宋小令校注》。之所以要选一千首，是受到清末词学大师谭献的启发。谭献曾经有过两个词的选本：《箧中词》和《复堂词录》，前者在作者生前得以刊印，后者在生前未能够刊印，只留下了一个手抄本[①]。《箧中词》遴选清词，《复堂词录》遴选唐、五代、宋、元、明词，数量均在一千首左右。谭献这样做是有道理的。彊村先生的《宋词三百首》，固然易于普及，但由于篇幅有限，常不免令人有遗珠之憾，也难以满足中等以上程度读者希望扩大阅读范围的需求。而朱彝尊《词综》、王昶《明词综》《国朝词综》，陈廷焯的《词则》篇幅又过于庞大，可供专业研究者参考，并不完全适合一般读者。一千首左右的作品规模，既可以基本包含各个时期重要作家的代表作品，也可囊括许多次要作家的优秀之作，甚至还能够网罗少数无名作者鲜为人知的佳作，这样可以比较完整地反映唐宋小令这一特殊文体的发展流变过程，以及在各个时期的总体面貌。

（一）

词这种文体，原本是配合乐曲演唱的歌词，分为令、引、近、慢，这原本是音乐的分类。但由于音乐曲调失传已久，后来词就成了脱离音乐的独立诗体。据吴熊和先生研究，从明代嘉靖年间顾从敬《类编草堂诗余》开始，就根据词调长短，字数多少，把词分为小令、中调和长调。这种分类,一直沿用至今。宋翔凤《乐府余论》说:“亦有别制名目者,则令者,乐家所谓小令也。曰引、曰近者,乐家所谓中调也。曰慢者,乐家所谓长调也。不曰令、曰引、曰近、曰慢,而曰小令、中调、长调者,取流俗易解,又能包括众题也。”事实的确如此,在音乐曲谱失传的情况下,这种分类“流俗易解,又能包括众题”,相对合理。但是,相对合理不等于绝对合理,以字数分类的方法,也不能过于机械和死板。如果按照清人毛先舒所说,“五十八字以内为小令,五十九字至九十字为中调,九十一字以上为长调”的“定例”,那么许多名家名作,如《蝶恋花》《定风波》《青玉案》《渔家傲》《临江仙》等历来被视为小令的作品,都将被剔除在小令范围之外。对这种不合理的所谓“定例”,万树在《词律·凡例》中就提出了质疑,说:“所谓定例,有何所据?若以少一字为短,多一字为长,必无是理。如《七娘子》,有五十八字者,有六十字者,将名之曰小令乎,抑中调乎?”其实这样的例子还有很多,例如《临江仙》,就有五十四字、五十八字、六十字、六十二字等十多种体格;《一剪梅》既有五十九字,又有六十字两体;《行香子》也有六十四字、六十六字、六十八字各体。正因为如此,《词律》一书对各种词调,只标明字数,而不分小令、中调与长调。令、引、近、慢,既然原本是根据词的乐曲来划分的,如今词乐已经失传,后人根据文本字数多少来区分小令、中调和长调,这一个相对合理的办法,给我们留下了可以伸缩的空间,去突破五十八字这一荒唐的规定。例如六十字的《蝶恋花》《钗头凤》,六十二字的《渔家傲》《定风波》,以及《青玉案》《江城子》这些习惯上被人们看作小令的短词,都可以作为小令入选。当然这种突破也应该有一定限度,我们不可以把人们公认的中调,纳入小令范围。

词和音乐是孪生子,发轫于盛唐,兴盛于唐季五代,极盛于两宋。但是孪生子也有先后之分，那就是先有乐曲，再配以歌词。唐代音乐之繁盛，远超前代，既有古代流传的乐曲，也有当代音乐机关收集和新创的乐曲，还有国外传入的乐曲。彬彬之盛，令人叹为观止。据吴熊和先生考证，仅在开元、天宝期间，官方音乐机构教坊就拥有乐曲多达三百二十四曲。但是并非所有曲调都适用于词调，乐曲之所以能够转换为词调，是有条件的。首先规模不能太大，那种需要数十人、上百人合唱表演，多至数十遍的宫廷乐曲，自然无法用于词调。只可以截取其中一段，作为词乐。例如小令《破阵子》，就是截取大型舞曲《秦王破阵乐》中一段为之。《水调歌头》就是截取大曲《水调歌》首段为之。其次要为人们所喜闻乐见，内容单调枯燥，旋律古板沉重的曲调，也不宜用为词调。选好了曲子，再根据曲调的旋律节拍，填入适合的文辞，这种音乐和文辞的结合过程，就叫填词。因此词在唐五代时被称为"曲子词"，宋代或称"乐章"，或称"歌词"，或称"乐府"或称"歌曲"，都是在强调词与音乐的这种孪生关系。

世间万事的发展，大多由小到大，由简单到复杂。词这种文学体裁也是如此，先有小令，再有中调和长调，这种发展嬗变，历经数百年之久。唐代张志和、王建、戴叔伦、白居易、刘禹锡等人的作品，不仅数量很少，而且都是短调。直到唐代末期的温庭筠和韦庄才开始大规模地填词，采用曲调也逐步增多，并且渐渐形成风气。因此把温庭筠和韦庄看作词这种文学体裁的奠基人，似乎也无不当。一般说来，唐五代词人，填词都以小令为主，长调很少见，据吴熊和先生统计，唐五代长调（包括敦煌曲子词在内），总共不超过十首。唐代词人，温庭筠一枝独秀，他是晚唐著名诗人，也是第一个花大力气填词的人，词作数量和质量都大大超越了前辈。他那十五阕《菩萨蛮》，不仅闻名于当时，传入禁宫，得到帝王称赏喜爱，而且对后世影响巨大，直至清代，还被常州词派祖师张惠言奉为词作的典范[②]。到了五代，词体文学更加流行，不过主要流行地域只有两个，一个是以成都为中心的西蜀，另一个是以建业为中心的南唐。前蜀的开国之君王建，虽然是一个无赖出身的军阀，但他在称帝以后却能够励精图治，重视人才，尊重文人。晚唐著名诗人韦庄，就在天复元年(901)入蜀，为王建掌书记，官至蜀国宰相。韦庄与温庭筠一样，也是唐末诗人中花大力气填词的人，他的词风格与温庭筠迥异，也不沾染花间词人的华艳风气。由于晚年出仕前蜀，并且终老蜀地，遂成为以蜀国为中心的花间词派词人的领袖人物。前蜀末帝王衍，虽然荒淫奢靡，不恤国事，终成亡国之君，被杀害时年仅二十八岁，不过他颇有文才，喜作浮艳之词，也有作品传世。他的这种爱好，对花间词派绮靡华艳词风的形成，当然会产生一定影响。后蜀高祖孟知祥，称帝不足四月就去世了，由三子孟昶继位。孟昶在位三十二年，早期颇有作为，能够整顿吏治，劝农兴教，并且重视文化建设。但后期生活奢靡，以致身死国灭。孟昶同样爱好填词，可惜作品基本佚失，只留下一首尚在疑似之间的《玉楼春》[③]。南唐的情况与前后蜀大不一样，中主李璟，后主李煜加上宰相冯延巳就是当时国内最优秀的词人，余子碌碌，皆不足数，这是一种非常奇特的文学现象。冯延巳在南唐烈祖李昪时步入仕途，担任秘书郎。在中主李璟时代，曾数度为相。他不是一个称职的宰相，但却是一位出色的词人，尤其他的《鹊踏枝》十四首，受到后人极高评价，影响深远，仿作绵绵不绝，一直到清代末期的词学名家谭献、王鹏运都有和作。陈廷焯评论说："自冯正中出，始极词人之工，上接飞卿，下开欧、晏，五代词人，断推巨擘。"(《词则》卷一)王国维也说："冯正中词，虽不失五代风格，而堂庑特大，开北宋一代风气。"南唐中主李璟，也是一位极具天赋的优秀词人，可惜所存作品不多。但就仅存的作品而言，尤其是《摊破浣溪沙》两首，哀婉沉至，格调之高，或远超李后主前期之作。李后主继位之时，南唐已处于四面楚歌，风雨飘摇之中。后主并不是一位堪当中兴大任的君主，但却是一位天赋异禀的艺术家，一位在词学史上占有重要地位的词人。后主前期的作品，多写男女情事，虽摹写细腻熨帖，表达生动传神，但也并无十分过人之处。在经历了国破家亡，身为囚虏以后，他的词风发生了根本性的变化。这种变化在词的发展史上，具有重要意义。正如王国维所说："词至后主而眼界始大，感慨遂深，遂变伶工之词而为士大夫之词。"（《人间词话》）前后蜀与南唐之所以成为当时词文化的中心，并非偶然。西蜀是西南地区经济文化中心，成都平原土地肥沃，农业发达，加之地理形势相对封闭，数十年境内没有发生战争，而且两代君主都是文学艺术的爱好者，这为词文化的繁荣提供了政治和经济的基础。南唐位于两淮及江南经济文化繁荣地区，版图广阔为十国之首，中主和后主又都具备极高的文化艺术修养，在他们的倡导之下国内文化艺术繁荣，填词绘画尤为突出。西蜀和南唐两个词文化中心，虽然前者词人数量众多，而且有专集传世[4]，但就总体而言，南唐词人文化艺术素养更高，作品的内容也更加广泛充实，因此对后世的影响超过西蜀[5]。宋太祖赵匡胤虽然出身行伍，自身文化修养不高，但在统一了中国以后，坚决实行"右文抑武"的基本国策，通过设立誓牌[6]，尊孔崇儒，扩大完善科举，厚禄养廉等一系列重大举措，成为我国历史上最受推崇的一代文治之君，使宋朝成为封建时代文人境遇最好，自由度最大的"文人乐园"。经济的发展，文化艺术的繁荣，加之宽松的政治环境，也为词文化的发展创造了良好的条件。北宋继唐五代之余绪，填词之风大盛，上至王公贵族、大臣官吏，下至落魄文人，市井细民，无不热衷于此，词的曲调数量，作者人数，流行范围，无不大大超越前代。宋代文坛，诗歌虽然仍旧占据主流地位，规模远超唐代，在文学历史上，宗唐、宗宋之争，历千年而不衰。但是被某些正统文人称为“诗之余”的词，却成为宋代最重要最有特色的文体，唐诗、宋词、元曲、明清小说的称呼，已经成为后人的共识，宋词作为宋代文学标牌的地位，已经不可动摇。

北宋早期，大臣寇準、王禹偁、钱惟演、范仲淹，隐士林逋，均有佳作传世，但是数量不多。真正大量创作小令的词人是晏殊父子和欧阳修三人。他们继承了南唐遗风，摆脱了花间词人的绮靡之习，或感叹年华易逝，或表现离别之情，或描写自然之美，或抒发家国之忧，创作了许多优秀名篇。晏殊在宋仁宗时，官至宰相，有《珠玉词》；欧阳修比晏殊小十六岁，是晏殊的门生，有《六一词》。二人填词均以小令为主。晏殊为官于天下承平之时，仕途通泰；欧阳修因为卷入庆历革新的政治漩涡，为革新派范仲淹、韩琦等人辩护，政治上屡遭打击，虽然也曾官至宰执，但很多时间都在贬谪之中。有人说二人均学冯延巳，也有人说：“晏氏父子，仍学温、韦。”平心而论，二人虽没有完全摆脱花间影响，但主要是学习冯延巳。欧阳修词每每与冯词相混，难以分辨，足见二人词风确有近似之处。晏殊词风婉丽，欧阳修词风秀逸。由于境遇经历的不同，欧词较晏词内容更加丰富，对后人的影响也更大。冯煦《蒿庵论词》指出：“即以词言，（欧词）亦疏隽开子瞻，深婉开少游。”比晏、欧年齿稍长的词人，被人称为“张三影”的张先，也是这一时期的重要词人。他没有担任过任何重要官职，但经常出入于歌楼妓馆，为歌伎作词，颇有温、韦遗风。他既作小令，又作中、慢词，但以小令为优。比晏、欧稍后的晏幾道与贺铸，也是这一时期的著名词人。他的《小山词》，以小令为主，有个别中调，不作长调。晏幾道是晏殊之子，家道中落,“陆沉于下位。”“仕宦连蹇,而不能一傍贵人之门。”(黄庭坚《小山词序》)。陈廷焯《词坛丛话》评曰:“晏小山词,风流绮丽,独冠一时。”夏敬观《吷庵词评》也说:“叔原以贵人暮子,落拓一生,华屋山丘,身亲经历。哀丝豪竹,寓其微痛纤悲,宜其造诣又过于父。”都给出极高评价。贺铸因《青玉案》一词,被人称“贺梅子”,名盛一时。但对他的《东山词》,后人评价不一。陈廷焯《白雨斋词话》卷一评曰:“方回词胸中眼中,另有一种伤心说不出处,全得力于楚骚,允推神品。”王国维却说:“北宋名家以方回为最次。其词如历下、新城之诗,非不华赡,惜少真味。”(《人间词话删稿》)两种意见,都不无偏执之处。《东山词》既有小令,也作长调。长调次于柳永、秦观,小令却颇有可观。

但是小令由于篇幅短小,限制了更加丰富复杂的社会内容与个人感情的表达,随着音乐曲调的发展丰富,以柳永为代表的许多词人,开始“变旧声为新声”,还引进和自创了许多新的曲调。柳永的《乐章集》,小令已经很少,大部分为中调和长调。风气一开,从此近、慢词逐渐取代小令,成为宋代词坛的主体。但是终宋之世,大多数词家都是两者并举,既作长调,也不废小令。即使像柳永、周邦彦、姜夔、吴文英、张炎等以创作长调为能事的词人,也有许多写得非常精彩、广为人知的小令作品。更不用说苏轼、秦观、黄庭坚、辛弃疾、陆游、张元幹、张孝祥、刘辰翁等著名词人了。宋代女词人魏夫人、李清照、朱淑真填词都以小令为主。直到宋代末年,在王沂孙等人的作品中,小令才渐渐变得星光暗淡,不像长调那么出色。而宋词也逐步与音乐离婚,失去了在广大的市场中演唱的机会,成为文人们自娱自乐的书面文学,连曲调也逐渐失传,生命力慢慢消亡。而另一种为民众所喜爱的艺术——戏曲杂剧,代而兴起。

（二）

与词中的中、长调相比，小令有自己的优势和特色。小令的第一个特点是篇幅短小，易于表演流传。小令是配乐短曲，对表演场地和听众要求不高，既可在歌楼舞馆演唱，也可在酒宴筵席高歌，既可在离亭驿馆送别，也可在朋友聚会时表演。在很多场合，词人可以即席赋辞，也可以彼此唱和，请歌女配曲当场演唱，方式灵活多样。吴文英的长调《莺啼序》固然写得很好，可以书写在酒店的墙上，供人观赏，博得一片赞叹之声⑦。要歌伎们即席配曲演唱，恐怕很难办到。

小令的另一个特点是纯粹的抒情性，极少掺杂叙事因素，这一点与唐人绝句非常相似。但小令是配曲的歌词，随着音乐节奏的快慢，旋律的高低，歌词必须与之适应，句式长短不齐，参差错落，韵律高低抑扬，富于变化，不像唐绝句一律五字四句或七字四句，因而更便于表达委婉曲折的思想感情。从温庭筠到花间词派诸人，他们的作品，大多以华丽的词藻，抒写个人内心的感受。韦庄及花间后期的作者孙光宪和李珣，词风虽有不同，但是大多离不开一个"情"字。这种情首先就是男女之情，也就是爱情。男女之情，是人人必经之事，故描写爱情中的喜怒哀乐，离合悲欢，最能引起广泛共鸣。其次是离别之痛。古代交通不便，别易会难，故有"生离死别"之叹。无论是士人出仕，军人戍边，商人远行或者夫妻、好友离别，都能触发人们内心的悲情。与这两者相联系，还有羁旅之恨，思乡之痛。小令中很多优秀的抒情佳作，都与这些与人们生活最贴近的主题有关。除此之外，还有怀才不遇之慨，仕途沦落之悲，这些与广大士人密切相关的题材，在小令中也有很多表现。

小令的第三个特点是，词情蕴藉，风格以婉约为基调。明人张綖在《诗余图谱·凡例》中说："词体大约有二：一体婉约，一体豪放，婉约者欲其词情蕴藉，豪放者欲其气象恢弘，盖亦存乎其人。如秦少游之作，多是婉约；苏子瞻之作，多是豪放。大抵词以婉约者为正，故东坡称少游为'今之作手'，后山评东坡词'如教坊雷大使舞，虽极天下之工，要非本色'""大抵词以婉约者为正"，张綖这一判断，与唐宋词坛的总体面貌，基本吻合。原因很简单，既然词是配乐的歌词，那就必须符合曲调的风格、旋律和节拍，除非你另选或另创曲调。在这一点上，李清照对苏轼等人作品不合律的批评是有道理的。在合律的要求上，小令做得更好。即使豪放派的主要代表人物苏轼和辛弃疾，他们也有不少既符合音律，风格又委婉缠绵的小令作品。为什么呢？因为小令曲调短小，内容单纯，比较容易做到合律。宋朝经历了两次亡国之灾，许多人为此痛心不已，因此亡国之痛，黍离之悲，在小令词中也有很多表现，陆游和辛弃疾就是两个典型。但是这种表现，大多是以哀吟低唱的方式表达悲情，而把大音镗鞳的慷慨悲歌，留给长调去完成[8]。

小令的第四个特点是更多采用寄托象征的表现方法表情达意，造成一种意内言外的艺术效果。或借香草美人以写情，或绘风光景物而抒慨。这种方法虽然古已有之，诗歌中也经常采用，但在小令词中用得更加普遍。寓意比较明显的，如苏轼《西江月·玉骨那愁瘴雾》，借梅花悼念侍妾朝云；陆游《卜算子·驿外断桥边》托咏梅表明初心不变；鹿虔扆《临江仙·金锁重门荒苑静》用写景抒写亡国之痛；邓剡《唐多令·雨过水明霞》以怀古表达黍离之悲。有的却比较隐晦曲折。最典型的如温庭筠的《菩萨蛮》和冯延巳的《鹊踏枝》，因此后人在理解时分歧很大。温庭筠《菩萨蛮》十四首，表面内容都写女子离别相思之恨，但是清人张惠言和谭献却认为，"此感士不遇也"。陈廷焯进一步发挥说:“写怨夫思妇之怀,寓孽子孤臣之感。凡交情之冷淡,身世之飘零,皆可于一草一木发之。而发之又必若隐若现,欲露不露,反复缠绵,终不许一语道破。非独体格之高,亦见性情之厚。”(《白雨斋词话》卷一)今人夏承焘先生也认为:“全词描写女性,这里面也可能暗寓这位没落文人自己的身世之感。”(《唐宋词赏析》)但是另一部分人看法相反,刘熙载《艺概·词概》认为:“温飞卿词精妙绝人,然类不出乎绮怨。”王国维指出:“飞卿《菩萨蛮》、永叔《蝶恋花》、子瞻《卜算子》,皆兴到之作,有何命意?皆被皋文深文罗织。”今人吴世昌、詹安泰等人大多不同意张惠言的寄托说。温庭筠出身世家,才情横溢。他是晚唐著名诗人,与李商隐并称“温、李”。但是终生沦落下僚,饱受痛苦和屈辱。借“绮怨”之事,托寓自己悲苦心情,也并非没有可能。冯延巳的情况与温庭筠不同,他仕途通泰,在南唐曾三度为相,他的《鹊踏枝》(即《蝶恋花》)也不像温庭筠那样,以秾丽的笔调,写男女之情,而更多用闲婉雅丽的笔致,抒发内心的苦闷。虽然其中也有男女之情,但是时有时无,若隐若现,仿佛在写别人,实际在说自己的“闲情”。这种所谓“闲情”,并不完全等同于爱情。试想,冯延巳为相之时,南唐外有强敌窥视,内有弱主难扶,争权内斗又非常激烈,内心时时感到痛苦,托之于小词抒慨,也不难理解。

与古代诗歌一样,为了更好地表达思想感情,小令词也非常重视字句的锤炼。一字之炼,一句之佳,往往使全篇生色,甚至传为佳话。例如冯延巳《谒金门》“风乍起,吹皱一池春水”,曾被帝王李璟称赏;冯延巳《南乡子》“细雨湿流光”和李中主《浣溪沙》“细雨梦回鸡塞远,小楼吹彻夜笙寒”得到王安石赏识;宋祁《玉楼春》“红杏枝头春意闹”,被王国维称为:“着一‘闹’字,而境界全出。”被当时著名词人张先戏称为“红杏枝头春意闹”

尚书，而张先也因为《天仙子》等词中有“云破月来花弄影”的佳句，被宋祁称为“云破月来花弄影”郎中，并获得“张三影”的美名。晏殊《浣溪沙》“无可奈何花落去，似曾相识燕归来”两句，备受后人称赞，杨慎评曰：“天然奇偶。”（《词品》）卓人月评曰：“对法之妙无两。”（《词统》）晏幾道《临江仙》“落花人独立，微雨燕双飞”被谭献赞为“名句千古，不能有二”（《复堂词话》），被陈廷焯赞为：“既闲婉，又沉着，当时更无敌手。”《鹧鸪天》之“舞低杨柳楼心月，歌尽桃花扇底风”被胡仔称为：“词情婉丽，不愧六朝宫掖体。”欧阳修《踏莎行》“平芜近处是春山，行人更在青山外”，被王世贞赞为：“淡语之有情者也。”《蝶恋花》“面旋落花风荡漾”，被王国维评为：“字字沉响，殊不可及。”至于李清照“人比黄花瘦”之妙比（《醉花阴》）；蒋捷“红了樱桃，绿了芭蕉”之美句（《一剪梅》），当时就为人称赏不已。例子很多，举不胜举。小令词重视修辞炼句，使不少作品像美丽精致的工艺品，使人反复把玩不厌。

当然小令词体也存在一定的不足，主要是由于篇幅短小，不能反映更加广阔的社会内容和复杂多变的思想感情。不过任何事物都有两重性。小令的这种缺点，是先天性疾病，很难克服。

（三）

本书共选录唐五代词三一三首，两宋词七百首，共一千零十三首。原文主要根据孔范今《全唐五代词释注》、唐圭璋《全宋词》，四部备要本《宋六十名家词》，四部丛刊本《花间集》。若有异文，则参照各种专集、别集及选本，在注释中列出，以供读者参阅。在本书的注释过程中，曾经参考杨景龙《花间集校注》，周笃文《全宋词评注》，王兆鹏、吴熊和《唐宋词汇评》以及各种专注和选本。若有征引，则一一标明，不敢掠人之美。

每篇作品的注解，分“注释”和“说明”两部分。注释主要解释词语典故，若有校改，也同时列出。说明则主要分析词的主旨和艺术特点。若有本事，也加以记录，以备读者参阅。作者主观上力求做到要言不烦，清楚明白，但限于水平，常常未能完全做到，自觉非常遗憾。在本书的写作过程中，每每想起陆放翁的《文章》一诗：“文章在眼每森然，力弱才疏挽不前。前辈不生吾辈老，恐留遗恨又千年。”放翁何人，尚有“挽不前”之憾，何况区区我辈？当然，也不能以此为借口，原谅自己。海内方家，如有发现，请批评指正，不胜感激。

在本书的写作过程中，曾经得到浙江古籍出版社钱之江、况正兵等友人的鼓励和帮助，又蒙胡小罕同志为本书题签，在此一并表示深深的谢意。日月如驰，在本书完稿之时，已近岁杪。草君为此作词一首，调寄《浣溪沙》，词曰：“秋意泠泠作小寒。裙装袅娜怯衣单。品花意绪渐阑珊。　一次提壶茶数盏，两人书录令千篇。白头回首自年年。”

2019 年岁末罗仲鼎于杭州

【注释】

①谭献《箧中词》《复堂词录》经罗仲鼎、俞浣萍整理校点，已于 2015 年 11 月、2016 年 6 月分别由人民文学出版社、浙江古籍出版社出版。

②张惠言《词选序》：“自唐之词人李白为首，其后韦应物、王建、韩翃、白居易、刘禹锡、皇甫松、司空图、韩偓并有述造，而温庭筠最高，其言深美闳约。”

③唐圭璋先生《词学丛论·唐宋两代蜀词》：至孟昶则有《玉楼春》词云“冰肌玉骨清无汗。……”此《苕溪渔隐丛话》引杨元素《本事曲》中词。但据东坡《洞仙歌序》所谓足成首两语，与此词首句不同。故孟氏原词究竟若何，殊难断定。

④赵崇祚所辑《花间集》，集中收录晚唐至五代十八位作家的作品，其中除温庭筠、皇甫松、和凝、孙光宪四位与蜀国无涉外，其余十五位皆活跃于蜀国。

⑤况周颐《历代词人考略》卷四："《阳春》一集，为临川、珠玉所宗，愈瑰丽，愈纯朴。南渡名家沾丐膏馥，辄臻上乘。"王国维《人间词话》："冯正中词，虽不失五代风格而堂庑特大，开北宋一代风气。"

⑥王夫之《宋论》卷一《太祖》："太祖勒石，锁置殿中，使嗣君即位，入而跪读。其戒有三：一保全柴氏子孙；二不杀士大夫；三不加农田之赋。呜呼！若此三者，不谓之盛德也不能。"

⑦周密《武林旧事》卷五："丰乐楼……吴梦窗尝大书所赋《莺啼序》于壁，一时为人传诵。"

⑧小令词中虽也有慷慨豪放的作品，如苏轼《江城子·老夫聊发少年狂》、辛弃疾《破阵子·醉里挑灯看剑》等，但为数不多，影响不大。而苏轼的《念奴娇·大江东去》、辛弃疾的《永遇乐·京口北固亭怀古》等词作，大音镗鞳，悲凉慷慨，影响更大，内容也更加丰富。

目　录

唐五代部分

宋代部分

唐五代部分

李白三首

李白(701—762),字太白,号青莲居士。祖籍陇西成纪(今甘肃秦安),出生地异说纷纭,迄无定论。天宝元年(742),应诏入京师,为供奉翰林。三年,"赐金放还",漫游江湖。安史之乱中,入永王李璘幕。李璘兵败,被捕入狱,流放夜郎。中途遇赦还,无所归依,常年飘泊。后投靠族叔当涂令李阳冰,不久病卒。有《李太白文集》。

菩萨蛮

平林漠漠烟如织。寒山一带伤心碧[1]。暝色入高楼。有人楼上愁[2]。　　玉阶空伫立。宿鸟归飞急[3]。何处是归程。长亭连短亭[4]。

【注释】

①平林,平展的树林。烟如织,形容烟雾浓密。

②暝色,暮色。

③玉阶,对台阶的美称。伫立,久立。宿鸟,傍晚归巢的鸟。

④长亭短亭,古代大路旁供行人休息的地方。庾信《哀江南赋》:"十里五里,长亭短亭。"二句言归人路途遥远。连短亭又作"更短亭"。

忆秦娥

箫声咽。秦娥梦断秦楼月[1]。秦楼月。年年柳色。灞陵伤别②。　　乐游原上清秋节③。咸阳古道音尘绝④。音尘绝。西风残照，汉家陵阙⑤。

【注释】

①咽，悲咽。秦娥，秦地美女。梦断，梦醒。

②灞陵，西汉文帝陵墓，在长安东三十里处，傍灞水。又附近有灞桥，《三辅黄图》卷六："汉人送客至此桥，折柳赠别。"后遂以灞陵折柳为送客离别之辞，故言"伤别"。李白诗《灞陵行送别》："送君灞陵亭，灞水流浩浩。"

③乐游原，在长安东南，秦称宜春苑，汉称乐游园，唐称乐游原，为当时长安游赏胜地。清秋节，重阳节。

④音尘，音信。

⑤汉家陵阙，汉代帝王的陵墓。

【说明】

这两首冠名李白的词，见于宋代黄昇《唐宋诸贤绝妙词选》，并且被推为"百代词曲之祖"，但是作者存疑。宋代文莹《湘山野录》卷上："'平林漠漠烟如织。寒山一带伤心碧。暝色入高楼。有人楼上愁。　　玉梯空伫立。宿雁归飞急。何处是归程。长亭连短亭。'此词不知何人写在鼎州沧水驿楼，复不知何人所撰。魏道辅泰见而爱之。后至长沙，得古集于子宣内翰家，乃知李白所作。"释文莹的记载，前半段比较明白，后半段却语焉不详。他在长沙曾布家所见"古本"，究竟是一本什么书，是《李太白集》吗？还是古人的一个选本？并未明确交代。明人胡应麟，对本词作者提出怀疑，但也没有确切证据，只是认为"李白当时直以风雅自任，宁屑事此？"表现了明代复古派对词曲的鄙视。胡氏的看法，遭到大多数人的批评反对，但是批评者也都是分析性的意见，拿不出可靠的史料依据。至于《忆秦娥》，邵博《邵氏闻见后录》说是："李太白词也。"刘克庄《后村先生大全集》泛称"唐人之词"，显然意见也有不同。对此后人一直争论不休。可能还是近人詹安泰先生的意见比较平实，他说："彼此都没有甚么证据，仍应在存疑之列。"

这两首词的作者虽然不能完全确定，但是并不应影响人们对它的阅读和欣赏。两首都是思妇之词，由于艺术上的成功，被誉为“千载词家之祖”，刘熙载甚至认为：“太白《菩萨蛮》《忆秦娥》两阕，足抵少陵《秋兴》八首。”陈廷焯评论说：“音调凄断，对此茫茫，百端交集，如读《黍离》之诗。后世名作虽多，无出此右者。”尤其是《忆秦娥》，有人认为乃作者借闺怨以抒写自己的身世之慨和沧桑之感，言外别有寄托。下阕“西风残照，汉家陵阙”八字，也得到了王国维的高度评价。他在《人间词话》中说：“太白纯以气象胜，‘西风残照，汉家陵阙’，寥寥八字，遂关千古登临之口。”

清平乐

禁闱秋夜。月探金窗罅①。玉帐鸳鸯喷兰麝。时落银灯香灺②。　女伴莫话孤眠。六宫罗绮三千③。一笑皆生百媚，宸衷教在谁边④。

【注释】

①禁闱，宫廷门户。罅，缝隙。

②兰麝，名贵香料。灺（xiè），蜡烛的灰烬。

③罗绮，丝绸衣服。词中指代宫中嫔妃宫女。

④百媚，非常妩媚。宸衷，帝王心意。此句意谓何人能让帝王喜欢呢。

【说明】

李白《清平乐》词共四首，关于这一问题，五代欧阳炯《花间集序》有明确记载，曰：“在明皇朝，则有李太白应制《清平乐》四首。”又黄昇《唐宋诸贤绝妙词选》卷一：“按唐吕鹏《遏云集》载应制词四首，以后二首无清逸气韵，疑非太白所作。”又王琦注《李太白全集》卷三十录李白《清平乐》五首。不过一直以来总有人怀疑李白《清平乐》是后人伪造。例如王世贞《艺苑卮言·附录》卷一说：“杨用修所载，太白有《清平乐》二阕，识者以为非太白作，谓其卑浅也。按太白《清平乐》本三绝句而已，不应复有词。”胡应麟的看法则更加绝对，他在《少室山房笔丛》中说：“太白《清平乐》盖五代人伪作。因李有《清平调》，故赝作此词传之。”胡应麟的看法，前半没有根据，后半则是王世贞意见的翻版。倒是王世贞给出了一个理由："谓其卑浅也。"不过王、胡二人的说法都不够妥当。为甚么李白有了《清平调》三首以后就不能再有《清平乐》四首？为什么李太白就不可能写出内容卑浅的作品？须知李白虽然天才横溢，心高气傲，但是当他作为供奉翰林，成为唐玄宗的御用文人，随侍左右之时，也不免经常写出某些"卑浅"之作，例如描写宫廷生活的《宫中行乐词》八首，取悦杨贵妃的《清平调》三首，就内容而言难道不是格调"卑浅"的作品吗？当然，李白最后终于无法忍受屈辱的处境和小人的攻讦，拂袖离去，回归自我，继续过他自由自在的浪游生活了。

李隆基一首

李隆基（685—762），唐睿宗李旦第三子，故又称三郎。先天元年（712）登基，天宝十五年（756）退位，被尊为太上皇。宝应元年（762）病逝。庙号玄宗。

好时光

宝髻偏宜宫样，莲脸嫩，体红香①。眉黛不须张敞画，天教入鬓长②。　　莫倚倾国貌，嫁取个，有情郎③。彼此当年少，莫负好时光④。

【注释】

①宝髻，对女子发髻的美称。宫样，宫中流行的式样。

②张敞，汉京兆尹，常为其妻子画眉。天教，天然。

③莫倚，不要仗恃。倾国貌，美貌。用《汉书·外戚传》李延年歌

典故。

④当，正当。好时光，谓青春年少之时。

【说明】

本词为唐玄宗李隆基的自度曲，上片写少女之美貌，下片劝她不要自恃美貌，耽误了青春年华。玄宗爱好艺术，自己也多才多艺，所作曲子应该不少，但保留至今，仅此一曲。对这首词，历来贬褒不一。明人顾梧芳《尊前集序》说："玄宗之《好时光》……音婉旨远，妙绝千古。"清人陈廷焯《白雨斋词话》却认为："唐明皇《好时光》，俚浅极矣，而顾梧芳《尊前集》首录此篇，称为音婉旨远，妙绝千古，岂非痴人说梦。"两种意见，完全相反。平心而论，妙绝千古，当然谈不上；但说"俚极"，这或许正是本词的好处，用极平常的语言，说明了一个普通的道理：少男少女们不要辜负青春年华。

崔怀宝一首

崔怀宝，生平字里均不详。约生活于唐玄宗天宝年间。《全唐诗》录其《忆江南》一首。

忆江南

平生愿，愿作乐中筝。得近玉人纤手子，砑罗裙上放娇声①。便死也为荣。

【注释】

①砑罗，一种磨光的丝织品。

【说明】

这首词的构思绝妙，但背后有一个香艳的爱情故事。据宋人张君房《丽情集》记载：薛琼琼，开元宫中第一筝手。清明日，上令宫妓踏青，狂生崔怀宝窃窥琼琼，悦之，因乐供奉杨羔潜班中得之。羔令崔作小词方得见薛。崔作词云（词略）。

张志和三首

张志和（732—744），字子同，号玄真子。祖籍婺州金华人（今浙江金华）。弃官归隐，后不慎落水身亡。有《渔父词》五首。

渔歌子[1]

西塞山前白鹭飞[2]。桃花流水鳜鱼肥[3]。青箬笠，绿蓑衣。斜风细雨不须归。

【注释】

①渔歌子，又名《渔父》《渔父乐》《渔父词》。

②西塞山有两处，一在湖北黄石市；一在浙江湖州市，词中指后者。按《新唐书·隐逸列传》："颜真卿为湖州刺史，值志和来谒，真卿以舟敝漏，请更之。志和曰：'愿为浮家泛宅，往来苕、霅间。'"

③鳜鱼，即桂鱼。

又

钓台渔父褐为裘[1]。两两三三舴艋舟[2]。能纵棹，惯乘流[③]。长江白浪不曾忧。

【注释】

①褐为裘，以褐为裘。褐，粗布；裘，皮袍。

②舴艋舟，形似蚱蜢的小船。《南齐书·张敬儿传》："部伍泊沔口，敬儿乘舴艋过江，诣晋熙王燮，中江遇风船覆。"

③张协《七命》："然后纵棹随风，弭楫乘波，吹孤竹，拊云和。"词语出此。

又

雪溪湾里钓鱼翁[①]。舴艋为家西复东。江上雪，浦边风。笑着荷衣不叹穷[②]。

【注释】

①雪（zhà）溪，水名。在浙江省湖州市。

②荷衣，荷叶所制之衣，隐者所服，象征品行高洁，不与世俗同流合污。屈原《离骚》："制芰荷以为衣兮，集芙蓉以为裳。"

【说明】

词写隐逸者的潇洒闲适心情，由于画面之美丽形象，风格之自然清新，当时广为传唱，和者纷纷不绝，作者之兄（一曰弟）松龄以及颜真卿、柳宗元、徐士衡等，均有和作。据夏承焘先生说，这些唱和之作，后来被编成一本专集，此乃当时文人中最早的一本词的唱和集。原作共五首，五首之中，尤以第一首写得最好，流传最广，故刘熙载《艺概》赞其"风流千古""妙通造化"。后来苏东坡、黄山谷等人努力模仿，移用其成句入己词，但是终难企及。

韩翃一首

韩翃,生卒年不详,字君平,南阳(今河南南阳)人。“大历十才子”之一。天宝十三年(754)进士,宝应年间,入淄青节度使侯希逸幕为从事,希逸遣逐,闲居长安十年。建中初,因《寒食》诗被唐德宗所赏识,征为驾部郎中,知制诰,官终中书舍人。有《韩君平集》。

章台柳[1]

章台柳。章台柳。昔日青青今在否。纵使长条似旧垂,也应攀折他人手。

【注释】

①章台,秦代宫观之一,故址在今陕西咸阳。柳,喻指柳氏。

柳氏一首

杨柳枝

杨柳枝,芳菲节。可恨年年赠离别[1]。一叶随风忽报秋，纵使君来岂堪折[2]。

【注释】

①芳菲节，春天。

②“可恨”句双关，古人有折柳赠别之风，而柳氏此时已为沙吒利所劫，故云。

【说明】

韩翃与柳氏悲欢离合的故事，始见于许尧佐《柳氏传》，孟棨《本事诗》卷一节录其事，曰：俄就柳居，来岁成名。后数年，淄青节度侯希逸奏为从事。以世方扰，不敢以柳自随，置之都下，期至而迓之。连三岁，不果迓，因以良金买练囊中寄之，题诗曰：“章台柳，章台柳……”柳复书，答诗曰：“杨柳枝，芳菲节。……”柳以色显独居，恐不自免，乃欲落发为尼，居佛寺。后翃随侯希逸入朝，寻访不得。已为立功番将沙吒利所劫，宠之专房。翃怅然不能割。会入中书，至子城东南角，逢犊车，缓随之。车中问曰：“得非青州韩员外邪?”曰：“是。”遂披帘曰：“某柳氏也。失身沙吒利，无从自脱。明日尚此路还，愿更一来取别。”韩深感之。明日，如期而往。犊车寻至，车中投一红巾包小合子，实以香膏，呜咽言曰：“‘终身永诀。’车如电逝。韩不胜情，为之雪涕。”……（后翃得虞候将许俊之助，从沙吒利处将柳氏劫回，二人得以团圆。）

这两首赠答词，都用比喻手法表情达意，读来更加委婉曲折，凄恻动人。

戴叔伦一首

戴叔伦（732—789），字幼公，一作次公，润州金坛（今江苏金坛）人。早岁师事萧颖士。至德间，登进士第。避乱居鄱阳，为刘晏所辟，授秘书省正字。兴元间，官抚州刺史。贞元二年，辞官还乡。四年，起为容管经略使兼御史中丞。五年，以疾受代，上表请度为道士，寻卒。有《戴叔伦集》。

调笑令①

边草。边草。边草尽来兵老②。山南山北雪晴。千里万里月明。明月。明月。胡笳一声愁绝③。

【注释】

①《调笑令》，又名《古调笑》《宫中调笑》《调啸词》《转应曲》《三台令》等。

②边，指边塞。兵老，将士戍边已久，已经疲惫厌战。

③胡笳，西北少数民族的一种管乐器。愁绝，悲哀之极。

【说明】

按题名《李陵答苏武书》："凉秋九月，塞外草衰。夜不能寐，侧耳远听，胡笳互动，牧马悲鸣，吟啸成群，边声四起。晨坐听之，不觉泪下。"本词隐括其内容，写戍边将士厌战思归之情，望明月而相思，听胡笳而生悲，不直接说破，笔法简洁含蓄。

韦应物二首

韦应物，生卒年不详，京兆万年（今陕西西安）人。早年为唐玄宗侍卫，安史之乱以后失职。广德时为洛阳丞，后闲居洛阳。建中二年（781），除比部员外郎，出为滁州刺史，转江州刺史。贞元三年入为左司郎中。四年，出为苏州刺史。七年退职，居苏州以终。有《韦苏州集》。

调笑令

胡马。胡马。远放燕支山下[1]。跑沙跑雪独嘶[2]。东望西望路迷。迷路。迷路。边草无穷日暮。

【注释】

①胡马，古代西北少数民族所产马匹，指骏马。杜甫诗《房兵曹胡马》："胡马大宛名。"燕支山，亦称焉支山、胭脂山，祁连山支脉之一，在今甘肃丹山县东南四十公里处。

②跑，通刨。

又

河汉。河汉。晓挂秋城漫漫[1]。愁人起望相思。江南塞北别离[2]。离别。离别。河汉虽同路绝[3]。

【注释】

①河汉，银河。漫漫，广远无际。

②江南塞北，指江南之思妇，塞北之征人。

③路绝，道路不通。

【说明】

第一首写独嘶迷路之骏马，或许寄托了失意士人穷途之叹。第二首写江南思妇离别之悲。似远而近，似淡而深，依旧韦苏州诗歌风格。

王建二首

王建，生卒年不详，字仲初，颍川（今河南许昌）人。曾任昭应县丞、太常寺丞等职。官至秘书丞，后出为陕州司马。与张籍皆善乐府诗，世称“张王乐府”。有《王建集》。

调笑令

团扇。团扇。美人病来遮面[①]。玉颜憔悴三年。谁复商量管弦[②]。弦管。弦管。春草昭阳路断[③]。

【注释】

①题名班婕妤《团扇歌》：“新制齐纨素，皎洁如霜雪。裁作合欢扇，团圆似明月。出入君怀袖，动摇微风发。常恐秋节至，凉意夺炎热。弃捐箧笥中，恩情中道绝。”病来，一作“并来”。

②商量，准备、打算。宋舒亶《菩萨蛮·次韵张秉道》：“密叶似商量，向人春意长。”弦管，指代音乐。此句意谓无心奏乐。

③昭阳，汉代昭阳殿，汉成帝时昭仪赵合德曾居住于此，借指唐代宠妃所居，白居易《长恨歌》：“昭阳殿里恩爱绝。”故昭阳路断，喻指宫妃失宠。

又

蝴蝶。蝴蝶。飞上金枝玉叶[①]。君前对舞春风。百叶桃花树红[2]。红树。红树。燕语莺啼日暮。

【注释】

①金枝玉叶,指帝王家族。

②百叶桃,一种名贵的桃花。韩愈《题百叶桃花》:“百叶双桃晚更红,窥窗映竹见玲珑。”

【说明】

原词共四首,现选二首。第一首写宫怨,以失宠的班婕妤自喻。王建曾经创作《宫词》一百首,当时颇负盛名。但与王昌龄不同,王建宫词的内容,大多记叙描写宫中后妃、宫女的日常生活状况,很少怨情。而本词却用含蓄的笔法,表现失宠后妃的幽怨情怀,艺术上更加成功。是否像王昌龄一样别有寄托,不得而知。第二首写春怨,采用先扬后抑的方法,开篇极言春光之美丽,春花之繁盛。末句轻轻一点,说在热闹异常的莺啼燕语声中,春天悄然而逝了。怅惘之情,见于言外。

刘禹锡二首

刘禹锡(772—842),字梦得,洛阳(今河南洛阳)人。贞元九年进士,为淮南节度使杜佑幕从事,后随杜佑入朝,为监察御史。贞元末,与柳宗元等参与王叔文集团革新。叔文败,贬连州刺史、朗州司马。元和十年召还,因作诗讽刺权贵,复出刺播州。后历夔州、和州刺史。久之召还,又以诗获罪,出分司东都。裴度荐为礼部郎中、集贤直学士。度罢,复出为苏州、汝州、同州刺史。开成元年,为太子宾客,加检校礼部尚书。卒年七十二。有

《刘宾客集》。

忆江南[①] 和乐天春词，依《忆江南》曲拍为名。

春去也，多谢洛城人[②]。弱柳从风疑举袂，丛兰裛露似沾巾[③]。独坐亦含嚬[④]。

【注释】

①《忆江南》，本为唐教坊曲名，后用作词牌。又名《望江南》《梦江南》《江南好》《望江梅》《春去也》《梦游仙》《安阳好》《步虚声》《壶山好》《望蓬莱》《江南柳》等等，异名繁多。又《乐府诗集》卷八十二引《乐府杂录》曰："《望江南》本名《谢秋娘》，李德裕镇浙西，为妾谢秋娘所制。后改为《望江南》。"

②洛城，今河南洛阳市。

③从风，随风；裛露，沾露。裛（yì）同浥，沾湿。

④嚬（pín），同颦，因忧伤而皱眉。

【说明】

原作有两首，这是第一首。此首乃惜春之词，故直接以"春去也"领起，中间两句用拟人笔法写春景之美，而结尾有"独含嚬"之叹。唐文宗开成元年（836），刘禹锡以太子宾客分司东都洛阳，词大约作于此时。题后小记说为和白居易《忆江南》而作，此时白居易也在洛阳任职和生活，"刘白"并称，两人交谊深厚，唱和频繁，仅次于"元白"。但元稹已在七年前去世。此词虽以《忆江南》为名，然内容与江南无涉，所以说依其曲拍而已。

潇湘神

斑竹枝。斑竹枝。泪痕点点寄相思[①]。楚客欲听瑶瑟怨，潇湘深夜月明时[②]。

【注释】

①斑竹，张华《博物志》卷八："尧之二女，舜之二妃，曰湘夫人。帝崩，二妃啼，以涕挥竹，竹尽斑。"

②楚客，本指诗人屈原，词中为作者自称。屈原"信而见疑，忠而被谤"，因而遭到贬谪；刘禹锡因参与"永贞革新"而被流贬，二人命运近似，故用以自比。瑶瑟，对瑟的美称。《楚辞·远游》："使湘灵鼓瑟兮。"潇、湘，潇水和湘江，泛指屈原流放和舜二妃死亡之地，在今湖南中部。

【说明】

唐宪宗贞元二十一年（805 年）十一月，再贬刘禹锡为朗州司马，朗州是今湖南常德市，诗人在那里生活了十年之久。本词乃怀古伤今之作，通过对湘夫人、屈原等神话和历史人物的追念，抒发了自己蒙冤受屈，常年流放中的幽怨心情，感情沉痛。

白居易六首

白居易（772—846），字乐天，号香山居士，又号醉吟先生。祖籍太原，曾祖时迁居下邽（今陕西渭南），生于新郑（今河南新郑市）。贞元十六年（800）进士。元和元年，授盩厔尉。三年，官左拾遗，翰林学士。十年，贬江州司马，量移忠州刺史。穆宗即位，召为主客郎中知制诰，中书舍人。后出为杭州、苏州刺史。会昌二年，以刑部尚书致仕。与元稹、刘禹锡交厚，世称"元白""刘白"。有《白氏长庆集》。

忆江南[①]

江南好，风景旧曾谙[②]。日出江花红胜火，春来江水绿如蓝[③]。能不忆江南。

【注释】

①作者自注："此曲亦名《谢秋娘》，每首五句。"

②谙，熟悉。

③蓝，蓼蓝，一年生草本植物。叶可制靛蓝。

又

江南忆，最忆是杭州[①]。山寺月中寻桂子，郡亭枕上看潮头[②]。何日更重游。

【注释】

①唐穆宗长庆二年(822)，白居易为杭州刺史，历时二年。

②宋钱易《南部新书》卷七："杭州灵隐山多桂，寺僧云：'此月中种也，至今中秋望夜，往往子坠，寺僧亦尝拾得。'"杭州钱江潮，古今闻名。周密《武林旧事》卷三："浙江之潮，天下之伟观也。自既望以至十八日为最盛。方其远出海门，仅如银线；既而渐近，则玉城雪岭际天而来，大声如雷霆，震撼激射，吞天沃日，势极雄豪。杨诚斋诗云'海涌银为郭，江横玉系腰'者是也。"

又

江南忆，其次忆吴宫[①]。吴酒一杯春竹叶，吴娃双舞醉芙蓉[②]。早晚复相逢。

【注释】

①唐敬宗宝历元年(825)三月，白居易任苏州刺史，一年半以后，因病

去职。苏州为春秋时吴国都城所在地。吴宫，吴王宫殿。

②竹叶，酒名；吴娃，吴地美女。芙蓉，荷花，比喻舞女之美艳。

【说明】

三词明白如话，一如其诗。唐宪宗元和十年(815)，白居易因事得罪朝中权贵，贬江州(今江西九江)司马，三年后，移任忠州(今重庆市忠县)刺史。加上七年后任杭州刺史，晚年任苏州刺史，诗人曾经长期在江南生活，江南的美丽风光，历史文化，经常引起他的美好回忆。与中原地区不同，江南的第一个特点是多水，故第一首就从江水写起，形象地表现了江南水乡的特色。二、三两首分写江南的两所历史名城——杭州和苏州，并且以当地最典型的风景名胜和历史人文加以表现，令人印象深刻，难以忘怀。

长相思

汴水流。泗水流。流到瓜州古渡头。吴山点点愁[1]。　　思悠悠。恨悠悠。恨到归时方始休。月明人倚楼[2]。

【注释】

①汴水、泗水均古水名，一发源于河南，一发源于山东，汇入淮河后，至江都流入长江。瓜州渡，位于扬州市古运河下游与长江交汇处，隔江与镇江相对，是当时著名渡口。

②归时，指游子归时。人倚楼，指思妇。此句取义于曹植《七哀诗》："明月照高楼，流光正徘徊。上有愁思妇，悲叹有余哀。借问叹者谁？言是宕子妻。君行逾十年，孤妾常独栖。"

又

深画眉。浅画眉。蝉鬓鬅鬙云满衣。阳台行雨回[1]。　　巫山高，巫山低。暮雨潇潇郎不归。

空房独守时。

【注释】

①鬅鬙(péngsēng),头发散乱貌。

【说明】

两首均为思妇之词,第一首写得比较含蓄,情韵悠远;第二首写得比较直露,上片写梦中与情人欢会,下片言梦醒依然空房独守,情郎并未归来,构思巧妙。据叶申芗《本事词》记载:"吴二娘,江南名姬也,善歌。白香山守苏时,尝制《长相思》词云:'深画眉。浅画眉。……'吴喜歌之。故香山有'吴娘暮雨潇潇曲,自别江南久不闻'之咏,盖指此也。"按陈廷焯评曰:"香山词,不求高而自高,骨高故也。看他只是信笔写去,绝不着力,而意思往复无尽。"(王兆鹏《唐宋词汇评》引)

花非花①

花非花,雾非雾。夜半来,天明去。来如春梦几多时,去似朝云无觅处。

【注释】

①录自《白氏长庆集》。

【说明】

对这首词有两种不同看法,明人杨慎和卓人月,都认为是白居易自度曲(见《词品》卷一、《古今词统》卷一),而清人万树却认为,这是一首变体的七言绝句(见《词律》卷一)。但后来选家大多把它归入词类。如朱彝尊《词综》、谭献《复堂词录》、陈廷焯《云韶集》等,并且给予很高评价。如《复堂词录》卷一引杨慎语曰:"因情生文,虽《高唐》《洛神》,奇丽不及也。"《云韶集》评曰:"起二语奇妙。看他分写'去''来'二字,不着人力,而神妙天然。"

李晔二首

唐昭宗李晔(867—904),初名李杰,陇西成纪(今甘肃秦安)人,唐朝第十九位皇帝。唐懿宗李漼第七子,唐僖宗李儇之弟。

菩萨蛮

登楼遥望秦宫殿。茫茫只见双飞燕[①]。渭水一条流。千山与万丘[②]。　　远烟笼碧树。陌上行人去。安得有英雄。迎归大内中[③]。

【注释】

①楼,指华州齐云楼。黄进德引《鸡肋篇》云:"华州子城西北有齐云楼基,昭宗驻跸韩建军,尝登其上,赋《菩萨蛮》词。"秦宫殿,指代长安的唐代宫殿。

②渭水,即今之渭河。渭河流经秦陇山区,故云千山万丘。

③大内,皇宫。此二句又作"何处是英雄。迎侬归故宫"。

【说明】

唐昭宗李晔并不是一位庸君,即位以后颇想有所作为,他对内驱除权宦,对外打击军阀势力,试图重振大唐王朝。但是由于朝廷本身力量薄弱,只能依靠军阀势力,最后受骗上当,以失败告终,连自己也被军阀朱温杀害。乾宁年间(894—898),唐昭宗遭军阀李茂贞、韩建劫持,被幽禁三年。《旧唐书·昭宗本纪》:"七月甲戌,帝与学士、亲王登齐云楼,西望长安,令乐工唱御制《菩萨蛮》词,奏毕,皆泣下沾襟,覃王已下并有属和。"本词真实地写出了一位被军阀裹挟，身不由己的君王的悲哀和无奈，弃尽藻饰，全用白描，感情真切动人。据沈括说，李晔《菩萨蛮》原有三首，如今只存两首。

巫山一段云

蝶舞梨园雪，莺啼柳带烟[①]。小池残日艳阳天。苎萝山又山[②]。　青鸟不来愁绝。忍看鸳鸯双结[③]。春风一等少年心。闲情恨不禁[④]。

【注释】

①梨园，原是唐玄宗教习宫廷歌舞艺人的地方，词中泛指种植梨花的宫苑。雪，指梨花。梁萧子显《燕歌行》："洛阳梨花落如雪，河边青草细如茵。"

②苎（zhù）罗，地名，在今浙江诸暨市南，相传为春秋时越国美女西施、郑旦出生之地。一说在今杭州萧山区境内。

③青鸟，相传为西王母信使，"青鸟不来"，谓音信断绝。忍看，不忍看。

④一等，一样。闲情，春情。

【说明】

《巫山一段云》原为唐教坊曲，咏巫山女神之事。本篇因题意写相思之情。上片说春景引起春情，下片言情人消息断绝，因而春情难以按捺。不过也有记载说，本词并非昭宗所作，而是跟随昭宗巡幸的宫女留题于宝鸡驿壁（《尊前集》原注）。按留题者未必是作者。王兆鹏先生认为："各本《尊前集》俱题昭宗作，故当从之属昭宗作。"

皇甫松三首

皇甫松，字子奇，自号檀栾子，睦州新安（今浙江淳安）人。所作分别见《全唐诗》及《花间集》。

梦江南

兰烬落，屏上暗红蕉[1]。闲梦江南梅熟日，夜船吹笛雨潇潇[2]。人语驿边桥[3]。

【注释】

①兰烬，蜡烛的灰烬。李贺《恼公》诗："蜡烛垂兰烬。"王琦注："兰烬，谓烛之余烬，状似兰心也。"红蕉，指画屏上所绘红色美人蕉。俞平伯先生认为，红蕉是指颜色，犹言"蕉红"。亦可。

②梅熟日，梅子成熟季节，此时江南进入了雨季，亦称黄梅季节，所以说"雨潇潇"。

③驿，驿站，驿亭。

又

楼上寝，残月下帘旌[1]。梦见秣陵惆怅事，桃花柳絮满江城[2]。双髻坐吹笙[3]。

【注释】

①帘旌，泛指帘幕。

②秣陵，金陵，即今南京市。南京市紧傍长江，故称江城。

③双髻，古时一种发髻，词中指代女子。

【说明】

两首都写梦境，背景是江南春尽，梅子将熟的雨季，写得迷离恍惚，韵味悠长。实际上是通过梦境，抒发词人的怀乡之情，词中似乎还寄寓着对逝去的一段感情生活的回忆，那“夜船吹笛”“双髻吹笙”者又是何人？是否为词人怀恋的女子？“秣陵惆怅事”又为何事？作者并未说明，读者不妨推想。王国维认为，二阕“情味深长”，比白居易、刘禹锡的《忆江南》写得更好，诚然。

摘得新

酌一卮，须教玉笛吹[1]。锦筵红蜡烛，莫来迟[2]。繁红一夜经风雨，是空枝[3]。

【注释】

①卮（zhī），古代酒器。

②锦筵，美盛的筵席。

③繁红，盛开的鲜花。

【说明】

词将人生比作一席盛筵和一树繁花。盛筵易尽，繁花易谢，透露出乱世士人对生命易逝的悲哀。陈廷焯评论说：“及时勿失，感慨系之。”（《云韶集》卷一）况周颐评论说：“语淡而沉痛欲绝。”（《餐樱庑词话》）即是此意。

张曙一首

张曙，小字阿灰，南阳人。唐昭宗大顺二年进士。官至右补阙。《全唐诗》存其诗、词各一首。

浣溪沙

枕障熏炉隔绣帷。二年终日苦相思。杏花明月尔应知[1]。　天上人间何处去，旧欢新梦觉来时。黄昏微雨画帘垂[2]。

【注释】

①枕障，枕屏。“杏花”句，谓问消息于杏花明月。

②画帘垂，言人去楼空。

【说明】

张曙词存世仅此一首。孙光宪《北梦琐言》卷八：“唐张祎侍郎朝望甚高，有爱姬早逝，悼念不已。因入朝未回，其犹子（侄儿）右补阙曙才俊风流，因增大阮之悲。乃制《浣溪沙》，其词曰（略），置于几上。大阮朝退，凭几无聊，忽睹此诗，不觉哀恸，乃曰：‘必是阿灰所作。’阿灰即中谏小字也。”据此则知此为悼亡之作，写得非常沉痛。黄进德先生曰：“以景结情，韵味隽永。”

韩偓三首

韩偓(842—923),字致尧,一曰致光,晚号玉山樵人。陕西万年(今樊川)人。生卒年不详。龙纪元年进士,为翰林学士。官至兵部侍郎、翰林承旨。朱全忠恶之,贬泉州司马。有《玉山樵人集》。

生查子

侍女动妆奁,故故惊人睡[①]。那知本未眠,背面偷垂泪。　懒卸凤凰钗,羞入鸳鸯被[②]。时复见残灯,和烟坠金穗[③]。

【注释】

①妆奁,化妆盒。故故,故意。

②凤凰钗,凤形头钗。鸳鸯被,绣着鸳鸯的被子。

③时复,时常。金穗指灯花。

【说明】

词写女子孤独相思情怀。词人善于通过细节描写,来表现人物的心理活动,细腻、含蓄而生动。陈廷焯评论说:“柔情蜜意,五代两宋闺阁词之祖也。”韩偓是李商隐的外甥,乳名冬郎,也是晚唐著名的诗人之一。本词见于韩偓《香奁集》(一说为和凝所作),《香奁集》为韩偓早期作品,风格华丽绮靡,内容大多写男女恋情,一时盛行于海内。但韩偓又是唐昭宗的近臣和忠臣,因得罪军阀朱全忠而屡遭贬谪远州。朱全忠杀害昭宗后,韩偓携家眷逃亡江西抚州,不久被威武军节度使王审知招募,自赣入闽。

朱全忠篡位，王审知向朱献表纳贡。韩偓即离开官场，归隐于南安葵山，自称"玉山樵人"。韩偓后期的作品，颇多沧桑之感和黍离之悲，与其早期作品有很大不同。也许正因为如此，也有人认为，本词"托忠愤于丽语，自有其兴寄寓焉"。

浣溪沙

拢鬓新收玉步摇。背灯初解绣裙腰。枕寒衾冷异香焦[①]。　深院下关春寂寂，落花和雨夜迢迢。恨情残醉却无聊[②]。

【注释】

①玉步摇，古代妇女的一种首饰。"背灯"句，指解开衣裙，准备睡觉。异香焦，熏炉的香气很浓。

②下关，闩门。恨情，幽怨之情。

又

宿醉离愁慢髻鬟。六铢衣薄惹轻寒。慵红闷翠掩青鸾[①]。　罗袜况兼金菡萏，雪肌仍是玉琅玕。骨香腰细更沉檀[②]。

【注释】

①宿醉，经宿未醒，尚有醉意。慢髻鬟，懒得梳头。六铢衣，轻薄的纱衣。唐贾至《赠薛瑶英》："舞怯铢衣重，笑疑桃脸开。"铢，古代重量单位，二十四铢等于旧制一两。青鸾，镜子。

②菡萏，荷花，比喻女子小脚。玉琅玕，似玉的美石，此言女子肌肤似玉。沉檀，檀香，喻指女子身有异香。

【说明】

两首艳词，都写女子的幽怨情怀，第一首意义比较明显，"恨情残醉却无聊”,即表达此意;第二首比较隐晦,但“慵红闷翠掩青鸾”,亦透露消息。两词共同的特点是辞采华丽,设色浓艳,描写细腻入微。都以女子为题材,但又不涉猥亵,大约是韩偓早期的作品。

李存勖二首

后唐庄宗李存勖(885—926),小字亚子,代北沙陀人,生于晋阳(今山西太原)。后唐太祖李克用之子,唐天祐五年(908)立为晋王,不久称帝,国号唐,史称后唐。郭从谦反,率军亲征,中箭死。

一叶落

一叶落。搴珠箔。此时景物正萧索[①]。画楼月影寒,西风吹罗幕。吹罗幕。往事思量着[②]。

【注释】

①搴朱箔,撩起红色的帘子。萧索,冷落萧条。

②罗幕,丝织帷幕。

【说明】

李存勖是五代后唐的开国皇帝,他骁勇善战,但同时又爱好文艺,洞晓音律,尤喜词曲。据欧阳修《新唐书》记载:“庄宗知音,能度曲,汾晋往往能歌其声,谓之御制者也。”可惜作品至今只存四首。本词就是他的自度曲。词写悲秋怀旧之情,笔法简约,风格浑成,吴梅先生认为“意境甚似飞卿”。

忆仙姿(如梦令)

曾宴桃源深洞。一曲清歌舞凤。长记欲别时,和泪出门相送[①]。如梦。如梦。残月落花烟重。

【注释】

①桃源洞,用刘晨、阮肇入天台遇仙典故,指歌楼妓馆。

【说明】

词写女子离别之痛。据杨慎《词品》说,本词也是庄宗自度曲。

吕岩一首

吕岩,字洞宾,生卒年不详。河中府永乐县(今属山西运城市)人。咸通初中第,两调县令。值黄巢之乱,携家归隐终南。后浪迹江湖,不知所终。《全唐诗》辑其诗四卷。

梧桐影　景德寺僧房[①]

明月斜,秋风冷。今夜故人来不来,教人立尽梧桐影[②]。

【注释】

①《梧桐影》又名《明月斜》。周紫芝《竹坡诗话》云:"大梁景德寺峨眉院,壁间有吕洞宾题字。寺僧相传,以为顷时有蜀僧号峨眉道者,戒律甚严,不下席者二十年。一日,有布衣青裘,昂然一伟人来,与语良久,期

以明年是日复相见于此，愿少见待也。明年是日，日方午，道者沐浴端坐而逝。至暮，伟人果来，问道者安在，曰亡矣！伟人叹息良久，忽复不见。明日书数语于堂壁间绝高处。其语云（下略）。字画飞动，如翔鸾舞凤，非世间笔也。宣和间，余游京师，犹及见之。”因词中有“梧桐影”语，故取作词调名。

②“教人”句，言等待之久。

【说明】

本词据传为唐末道人吕洞宾所作，宋人周紫芝《竹坡诗话》声言曾亲眼所见。但词的本事却颇具宿命的神秘色彩，故事是否真实可信，周紫芝也只是说“寺僧相传”，并未坐实。全词只有四句，有人认为是诗而非词，内容是怀念故人，但笔法简洁含蓄，感情真挚，艺术上很有特色，故录以供读者欣赏。

无名氏三首

后庭宴[①]

千里故乡，十年华屋。乱魂飞过屏山簇[②]。眼重眉褪不胜春，菱花知我销香玉[③]。　　双双燕子归来，应解笑人幽独[④]。断歌零舞，遗恨清江曲。万树绿低迷，一庭红扑簌[⑤]。

【注释】

①陈岩肖《庚溪诗话》卷下：“宣、政间，修西京洛阳大内，掘地得一碑，隶书小词一阕，名《后庭宴》。其词曰（下略）。余见此碑墨本于李丙仲南

家，仲南云得之张魏公侄椿处。”本词为作者自度曲。

②乱魂，《历代诗余》作“乱云”。

③眼重眉褪，眼皮沉重，画眉褪色。菱花，镜子。消香玉，面容消瘦。二句意谓因不胜春愁而眼重眉褪，形容消瘦。

④见燕子之双飞，感自身之孤独。

⑤绿低迷，苍翠溟蒙。红扑簌，落花飞谢。

【说明】

关于本词作者的身份，有两种不同看法，有人认为作者可能是一位歌伎，也有人根据“遗恨清江曲”一语推断，认为作者是唐末遗民。从词的内容看，作者应该是一位女子，但抒情色彩中的确掺杂了浓重的身世沧桑之慨，很可能是唐末流落民间的宫廷歌女所作。遗民也可能是女性，两者并不矛盾。本词艺术上非常成功，备受前人称扬，曲调也为作者所首创，可见作者也精通声律。

醉公子

门外猧儿吠。知是萧郎至①。刬袜下香阶，冤家今夜醉②。　　扶得入罗帏。不肯脱罗衣③。醉则从他醉，还胜独睡时④。

【注释】

①猧儿，又名猧子，俗称哈巴狗。萧郎，女子的情郎。

②刬袜，只穿袜子。冤家，对情人的昵称。

③罗帷，罗帐。

④从他，随他。

【说明】

词写一对男女幽会的情景，信笔写来，真诚坦率，曲折尽情又风趣幽默。杨慎《词品》曰：“此词又名《四换头》因其词意四换也。”徐士俊《古今词统》评曰：“是真境，非文人寸笔所能造。”陈昶《历代名媛诗词》评曰：“如嗔如喜，如说如诉，八句一气，转折亦妙。”

菩萨蛮

牡丹含露真珠颗。美人折向庭前过。含笑问檀郎。花强妾貌强[1]。　　檀郎故相恼。须道花枝好[2]。一面发娇嗔。碎挼花打人[3]。

【注释】

①檀郎，晋潘岳美姿容，小名檀奴。后称美男子为檀郎。

②故相恼，故意气我。须道，却说。

③嗔，生气。挼(ruó)，搓揉。

【说明】

本词描写一对情人打情骂俏的情景，采用白描手法，构思新巧曲折，笔致细腻传神，据说曾获得唐宣宗李忱的称赏。不过也有人批评本词“不韵”且“暴戾”，有失温柔敦厚之旨(李渔)，甚至直斥为:“恶劣已极，无足置喙。”(陈廷焯)这种批评明显受到封建时代妇女观的影响，现在看来，非常可笑。

温庭筠四十二首

温庭筠，生卒年不详，本名岐，字飞卿，太原祁(今山西祁县)人。恃才傲物，放浪不羁，每讥讽权贵，故屡试不第。执政鄙其所为，留长安中待除，后谪方城尉。唐懿宗咸通七年(866)，官国子助教，“竟流落而死”。著作多不传，有《温飞卿诗集》。

梦江南

千万恨，恨极在天涯[1]。山月不知心里事，水风空落眼前花。摇曳碧云斜[2]。

【注释】

①天涯，指所思远在天涯。

②江淹《效汤惠休怨别》："日暮碧云合，佳人殊未来。"词用江淹诗意，暗喻所思未归。

又

梳洗罢，独倚望江楼[1]。过尽千帆皆不是，斜晖脉脉水悠悠[2]。肠断白蘋洲[3]。

【注释】

①望江楼，泛指江边的楼阁。

②斜晖，夕阳。李商隐《落花》："参差连曲陌，迢递送斜晖。"脉脉，连绵不断貌。

③白蘋洲，泛指江边洲渚，或为望江楼所在之处。

【说明】

两首均为思妇之词。第一首写所思之人远在天涯，音信杳渺，所以说"恨极"。第二首说，倚楼远望，终不见所思归来，唯见千帆过尽，夕阳流水而已，故而伤心"肠断"。写得低回婉转，情韵无穷，艺术上十分成功，超过了前人同体之作。

玉蝴蝶

秋风凄切伤离。行客未归时。塞外草先衰。江南雁到迟[1]。　芙蓉凋嫩脸，杨柳堕新眉。摇落使人悲。断肠谁得知[②]。

【注释】

①行客,远行者。雁到迟,书信迟迟不来。

②芙蓉,荷花,二句以物比人,谓女子面色憔悴,懒于梳妆。

【说明】

怨妇之词。上片言其丈夫久久不归,音信稀少;下片自抒相思不尽之愁怀。塞外,行客滞留之地;江南,思妇身处之所。于明白浅近中见深情,有别于飞卿多数作品的秾丽之风。陈廷焯评曰:"'塞外'十字,抵多少《秋声赋》。"

菩萨蛮[①]

小山重叠金明灭[②]。鬓云欲度香腮雪[③]。懒起画蛾眉。弄妆梳洗迟[④]。　照花前后镜。花面交相映[⑤]。新贴绣罗襦。双双金鹧鸪[⑥]。

【注释】

①《菩萨蛮》十五首(据说原有二十首,另五首已经失传),是温庭筠的代表作,从一定的意义上说,也是成就他作为词坛奠基人地位的作品。在这组词的背后,还隐藏着一个造成词人悲剧命运的故事。据孙光宪《北梦琐言》记载:"(唐)宣宗爱唱《菩萨蛮》词,令狐相国(绹)假其新撰密进之,戒令勿他泄,而遽言于人,由是疏之。"

②小山,唐代女子的一种眉饰,又称远山眉。见明杨慎《丹铅续录·十眉图》。重叠,皱眉状。金,额黄,唐代女子涂于眉际的装饰。明灭,原指忽明忽暗,词中描写晨起之时额黄涂布不均匀状。

③鬓云,云鬓;香腮雪,如雪之香腮。欲渡,言头发散乱,遮蔽了双颊。

④弄妆,化妆。

⑤前后镜,梳妆台之镜与手上所持之镜,两镜相交,才能看清鬓后之插花。

⑥新帖,周汝昌先生认为,是"新鲜之花样,剪纸为之,帖于绸帛之上,

以为刺绣之蓝本”。襦,短袄。金鹧鸪,指纸上图案。

【说明】

这首词是温庭筠现存十五首《菩萨蛮》的第一首,最能代表温词的风格特点。词的内容很简单,就是描写一位女子晨起梳妆之情状,但用词之华美,描写刻画之细腻生动,都达到了极高的水平。结尾见物思怀,轻轻一点,含蓄地表现了女子的怀春之情。

又

水精帘里颇黎枕。暖香惹梦鸳鸯锦[①]。江上柳如烟。雁飞残月天。　　藕丝秋色浅。人胜参差剪[②]。双鬓隔香红。玉钗头上风[③]。

【注释】

①水精帘,泛指华美的帘子。水精,即水晶。颇黎,玻璃。惹,引起。鸳鸯锦,绣有鸳鸯的锦被。

②“藕丝”句,言纱衣如藕丝之洁白透明。秋色,白色。人胜,古代妇女于人日(农历正月初七日)剪彩或镂刻金箔为人形,贴于屏风或戴在鬓发上,以讨取吉利。见宗懔《荆楚岁时记》。词中泛指女子之头饰。

③香红,鲜花。双鬓插花,故曰“隔”。末句意谓玉钗在风中摇颤。

【说明】

张惠言认为,全篇都写梦境。后人多承其说,大约因为第二句有“惹梦”二字,故陈廷焯评曰:“梦境凄凉。”俞陛云评曰:“低回不尽,其托寓梦境者,寄其幽眇之思也。”但是也有不同意见。近人浦江清认为:“张惠言谓是梦境,大误。”詹安泰也说:“自这评语出(指张惠言评),越发使人莫名其妙。”按本词或写恋情,表现词人对所爱女子的无限思怀,写得非常含蓄,“悲愁深隐,几似无迹可求”。但是细味词意,其抒情脉络依旧清晰。一、二句言相聚之乐,三、四句抒离别之悲。下片是通过对女子美好丰姿的描摹,节序风物之点染,表现了词人对情人的深深怀念与别后的悲怀。不直接言情而深情自见,更觉低回无尽。

又

蕊黄无限当山额。宿妆隐笑纱窗隔①。相见牡丹时。暂来还别离②。　　翠钗金作股。钗上蝶双舞③。心事竟谁知。月明花满枝④。

【注释】

①蕊黄，即额黄。古代女妆常用黄色点额，因状似花蕊，故名蕊黄。此法起源于南北朝佛教盛行之时，至唐代而广泛流行。梁简文帝萧纲《戏赠丽人》诗："同安鬟里拨，异作额间黄。"山额，指额头。宿妆，隔宿之梳妆。

②牡丹时，牡丹花期在春末夏初之时。

③"翠钗"句，意谓头戴镶嵌翡翠的金钗。蝶双舞，既可实指钗形似蝶，也可虚指招来双蝶。

④竟，到底、究竟。

【说明】

本首与前词旨意略同，也是写男女恋情，但完全用女子口吻表达。三、四句感叹离多会少，五、六句顾影自怜，末二句说满腹相思之情无由倾诉，只能空对明月繁花而已。张惠言认为，本首也是写"入梦之情"，似与词意不合。

又

翠翘金缕双鸂鶒。水纹细起春池碧①。池上海棠梨。雨晴红满枝②。　　绣衫遮笑靥。烟草粘飞蝶③。青琐对芳菲。玉关音信稀④。

【注释】

①翠翘金缕，原指女子头饰和服装，此处移用于形容鸂鶒美丽的羽

毛。㶉鶒，亦作“溪鶒”，水鸟名。形大于鸳鸯，而多紫色，好并游，俗称紫鸳鸯。杜甫《卜居》：“无数蜻蜓齐上下，一双㶉鶒对沉浮。”

②海棠梨，果木名，春季开红花，八月结子。

③笑靥，女子微笑时脸颊上出现的酒窝。“烟草”句倒装，意谓飞蝶粘烟草。粘，贴近。

④青琐，亦作“青锁”“青璅”。装饰皇宫门窗的青色连环花纹，后泛指豪华富丽的房屋建筑，词中是指刻有青色连锁花纹的门窗，女子所居。芳菲，香花芳草，指代春天景色。白居易《大林寺桃花》：“人间四月芳菲尽。”玉关，玉门关，在今甘肃境内，唐代为西北边关重镇。词中泛指夫君征戍之处。

【说明】

此首亦写思妇之情怀。前六句着力描写春天美丽景色，渲染气氛，为主题作铺垫，只于“双㶉鶒”三字，微微逗漏出女子的春情。而“绣衫遮笑靥”句，似乎又表现出“闺中少妇不知愁”之意，故意作一波折。直至末句“玉关音信稀”，才明白说出对征人的思念，言尽而意不尽。

又

杏花含露团香雪。绿杨陌上多离别[①]。灯在月胧明。觉来闻晓莺[②]。　　玉钩褰翠幕。妆浅旧眉薄[③]。春梦正关情。镜中蝉鬓轻[④]。

【注释】

①香雪，比喻杏花。陌，道路。

②灯在，残灯犹在。月胧明，月色朦胧。觉来，醒来。

③褰，撩起，钩起。翠幕，绿色帷幕。旧眉薄，宿妆已褪，眉未重描，故言薄。薄，淡。

④关情，引起相思之情。蝉鬓，古代妇女的一种发式，因两鬓薄如蝉翼，故称。梁元帝萧绎《登颜园故阁》诗：“妆成理蝉鬓，笑罢敛蛾眉。”

【说明】

此首亦抒女子怀人之情。首二句写春天景色，由“陌上多离别”，推及己身之离别。“灯在”二句说一觉醒来，只见室灯犹明，而情人已杳，唯有残月朦胧，莺声满耳。下片言别后百无聊赖，懒于梳妆之状。唐圭璋先生曰：“‘春梦’二句倒装，言偶一临镜，忽思宵来好梦，不禁自怜憔悴，空负此良辰美景矣。”

又

玉楼明月长相忆。柳丝袅娜春无力[①]。门外草萋萋。送君闻马嘶[②]。　　画罗金翡翠。香烛销成泪[③]。花落子规啼。绿窗残梦迷[④]。

【注释】

①玉楼，对楼阁的美称，女子所居之处。明月，月明之夜。此句得意于曹植《七哀》“明月照高楼”。袅娜，细长柔软貌。梁简文帝《赠张缵》诗：“洞庭枝袅娜，澧浦叶参差。”

②萋萋，草盛貌。《楚辞·招隐士》：“王孙游兮不归，春草生兮萋萋。”

③“画罗”句，绣有翡翠鸟的罗帐。“香烛”句，杜牧《赠别》：“蜡烛有心还惜别，替人垂泪到天明。”

④子规，杜鹃鸟，暮春啼鸣，其声悲苦，犹言：“行不得也哥哥。”迷，迷离恍惚。

【说明】

本词也写女子离别之情。陈廷焯评论说：“音节凄清，字字哀艳，读之消魂。”唐圭璋先生也说：“此首写怀人，亦加倍深刻。”为什么？因为作者最大限度地采用了情景交融的写法，全篇除第一句“长相忆”三字之外，没有一句直接写到离别，但是通过袅娜之柳丝、萋萋之芳草、消融之烛泪、悲鸣之杜鹃这些充满离愁别绪的意象，组成一幅完整的暮春离别图，离愁满纸。结句残梦迷离，更表现出女子别情之难遣，心绪之迷离，所以陈廷焯又说：“低回欲绝。”

又

凤凰相对盘金缕。牡丹一夜经微雨[①]。明镜照新妆。鬓轻双脸长[②]。　画楼相望久。栏外垂丝柳。音信不归来。社前双燕回[③]。

【注释】

①“凤凰”句，衣上绣着一对凤凰。金缕，金线。“牡丹”句，说梳洗罢容颜如雨后之牡丹。

②“明镜”二句，新装虽美，其奈人却因相思而消瘦了。

③社前，社日前。社日，我国古老的传统节日，为祭祀土地神而设，分为春社日和秋社日，春社是立春后第五个戊日，秋社是立秋后第五个戊日。燕子春社前从南方飞来，秋社后又回到南方。据说燕子和大雁一样能为人们传递书信。这两句是倒装，说燕子春社前从南方归来，却不曾捎来情人的书信。

【说明】

这首也是女子怀人之词。在作者的十五首《菩萨蛮》中，写得不够完美，原因之一就是第四句之“长”字勉强凑韵。由于中国古典诗词是一种格律诗，尤其是近体诗和词，严守格律已成为对创作者的基本要求，如果不合律，不仅会遭到同行的嘲笑，在科举考试时代，还会招致落第的后果。然而在具体创作中绝对避免“因韵而害字，因字而害意”，的确非常困难。即使像杜少陵、苏东坡这样的绝顶高手，有时也不免凑韵之病。温庭筠才思敏捷，号称“温八叉”，但在本词中，也犯了凑韵的毛病，损害了作品的艺术效果。不过有人批评其“丑恶”，也不免过于苛刻。

又

牡丹花谢莺声歇。绿杨满院中庭月[①]。相忆梦难成。背窗灯半明[②]。　翠钿金压脸。寂寞香闺掩[3]。人远泪阑干。燕飞春又残[4]。

【注释】

①“牡丹”二句，言春天已过。中庭月，月光照于中庭，表明已是深夜。

②梦难成，难以入梦。人未入睡，故灯尚半明。

③未卸妆而卧，故翠钿压脸。又浦江清先生曰：金压脸，疑即金靥子，点于两颊者，孙光宪《浣溪沙》“腻粉半贴金靥子”是也。

④泪阑干，眼泪纵横。白居易《长恨歌》：“玉容寂寞泪阑干。”

【说明】

此亦伤春念远之词，末二句已经点明主旨。通篇描写女子因伤春念远而凄恻难眠之情状。陈廷焯评曰：“领略孤眠滋味，逐字逐句，凄凄恻恻。”

又

满宫明月梨花白。故人万里关山隔[1]。金雁一双飞。泪痕沾绣衣[2]。　小园芳草绿。家住越溪曲[3]。杨柳色依依。燕归君不归[4]。

【注释】

①宫，古代对房屋、居室的通称，秦汉以后乃特指帝王居处。此处或用古义。故人，指情人。

②金雁，有两说。一说指大雁。宋之问《送赵司马赴蜀州》诗：“桥寒金雁落，林曙碧鸡飞。”据传大雁能够传书，见《汉书·苏武传》。见大雁而未见书信，故而伤心落泪。一说指筝柱，筝柱排列如雁行。温庭筠《弹筝人》：“钿蝉金雁皆零落，一曲《伊州》泪万行。”两说皆可通，似以第二说为优。盖第一说与末句意重。

③越溪即若耶溪，相传为西施浣纱之处。

④君，指所念之人。

【说明】

词写女子怀人，其意甚明，文中“关山隔”“君不归”，均已点明此意。

但有两处尚不可确解。“宫”字在秦汉以后专指宫殿，温飞卿乃唐末人，为何要用古义？五、六句说者认为乃以西施自况，亦觉突兀不伦。若径作宫怨解，宫女何来“故人”？何言“君不归”？总之本词之解释，尚存疑问，谨待后之解人。

又

宝函钿雀金鸂鶒。沉香阁上吴山碧[①]。杨柳又如丝。驿桥春雨时[②]。　　画楼音信断。芳草江南岸[③]。鸾镜与花枝。此情谁得知[④]。

【注释】

①函，盒子，宝函似指首饰盒。钿雀、金鸂鶒，均指首饰。沉香阁，泛指精美的楼阁，此句言女子在阁中所见。吴山，吴地之山。

②驿桥，驿站边的桥梁。二句写远眺。

③音信断，情人音信断绝。“芳草”句，言但见江南芳草萋萋，因兴起王孙不归之叹。

④鸾镜，镜子；花枝，自喻。此情，相思哀怨之情。谁得知，何人知晓。

【说明】

此首亦写女子相思之情。晨起梳妆已毕，举目唯见吴山点点，一片碧色。远望复见驿桥春雨溟蒙，杨柳丝丝飘拂。飞卿《菩萨蛮》每每言及杨柳，都是离别的象征，本篇亦然。下片直言情人一去不归，音信断绝，自己美艳如花，却无人欣赏；满腹相思之情，亦无从倾诉，其幽怨深矣。唐圭璋先生评曰：“千回百转，哀思洋溢。”詹安泰评曰：“精巧工丽，字字几经锤炼而后出。”

又

南园满地堆轻絮。愁闻一霎清明雨[①]。雨后却斜阳。杏花零落香。　　无言匀睡脸。枕上屏山掩[2]。时节欲黄昏。无憀独倚门[3]。

【注释】

①轻絮,飞絮;一霎,片刻,犹言一阵。

②匀睡脸,涂饰脸上脂粉,意谓重新梳妆。屏山,屏风。掩,遮蔽。

③无憀,心情苦闷,百无聊赖。

【说明】

本首写女子的春情,春情即相思之情,相思的对象何在?故意隐而不说。但词中“愁”“无憀”“独倚门”等词语,却含蓄地表述了这层意思,闻春雨有何可愁,春将尽也;倚门而自感孤独,有所待也。沈际飞《草堂诗余》评曰:“隽逸之致,追步太白。”给予极高评价。

又

夜来皓月才当午。重帘悄悄无人语[1]。深处麝烟长。卧时留薄妆[2]。　当年还自惜。往事那堪忆[3]。花露月明残。锦衾知晓寒[4]。

【注释】

①午,午夜。悄悄,安静貌。元稹《莺莺传·会真诗》:“更深人悄悄,晨会雨蒙蒙。”

②麝烟,焚烧麝香散发出的烟气。皮日休《醉中先起李縠戏赠走笔奉酬》诗:“麝烟冉冉生银兔。”薄妆,淡妆。

③当年,即往事,当年情事美好,但是已经一去不返,故曰“自惜”,故曰“那堪忆”。

④花露,带露之花,残,指月将落。锦衾,锦缎的被子。《诗经·唐风·葛生》:“角枕粲兮,锦衾烂兮。”末句以物代人,知寒者乃锦衾中之女子。

【说明】

此亦女子怀人之词。张惠言说:“此自卧时至晓,所谓‘相忆梦难成’

也。”良然。上片写女子所处环境寂寥，至午夜始草草而卧。下片言回思往事，终究难眠，直到天将拂晓，寒气侵人。唐圭璋先生评曰：“写景如画，韵味隽永。”

又

雨晴夜合玲珑日。万枝香袅红丝拂[①]。闲梦忆金堂。满庭萱草长[②]。　　绣帘垂簏簌。眉黛远山绿[③]。春水渡溪桥。凭栏魂欲消[④]。

【注释】

①夜合，花名，清晨开花，夜间闭合，故称。玲珑日，一作“玲珑月”。玲珑，明澈貌，形容日；一说玲珑，精美貌，形容花。香袅，香气缕缕不绝。红丝拂，夜合花色淡红。

②闲梦，悠然入梦；金堂，华美的堂屋。浦江清认为，金堂并非忆的对象，此句意谓金堂中人有所闲忆，亦即美人有所想念之意。可备一说。萱草，俗名金针菜、黄花菜。古人认为萱草可以忘忧。《诗经·卫风·伯兮》：“焉得谖草，言树之背。”谖草，即萱草。

③簏簌，流苏。黛，青黑色颜料，古人用以画眉，称黛眉。远山眉，古代一种眉饰，《西京杂记》卷二：“文君姣好，眉色如望远山。”

④凭，斜倚。

【说明】

本词也写女子情思。张惠言认为：“此章正写梦。垂帘、凭栏，皆梦中情事。”后人大多敷陈其说。当然，也有不同意见。温庭筠词有一个重要特点，就是把许多华美意象连缀拼接起来，中间却很少使用连接词语，其意似断若连，迷离恍惚，这就给读者的理解造成一定困难，本词就是一个典型例子。张氏说是写梦境，梦境没有逻辑，可以忽东忽西，跳来跳去，这当然是最省事的解读方法。尽管如此，不过本词的内在含义还是清楚的，这就是浦江清先生所说的：美人有所想念之意。

又

竹风轻动庭除冷。珠帘月上玲珑影[1]。山枕隐浓妆。绿檀金凤凰[2]。　　两蛾愁黛浅。故国吴宫远[3]。春恨正关情。画楼残点声。

【注释】

①庭除，庭院。杨衡《寄赠田仓曹湾》："芳兰媚庭除，灼灼红英舒。"

②古代枕头多用木、瓷等制作，中凹，两端突起，其形如山，故名山枕。浓妆，浓妆之美女。隐，依凭。"绿檀"句，描写山枕之华美，以檀香木为材质，上绘金色凤凰。此二句语序倒置，意谓浓妆女子倚靠于华美的枕头之上。

③两蛾，双眉；愁黛浅，愁眉不展。吴融《玉女庙》诗："愁黛不开山浅浅，离心长在草萋萋。"故国，故乡。吴宫，吴王宫殿。西施越人，居于吴宫，并非己愿，故言故乡遥远。此女身居画楼，情人离去，寂寞无眠，因以为喻。

【说明】

本词也写女子春情，从"珠帘月上"一直写到残点声声，可见通宵不寐。此首内容与第十二首（夜来皓月才当午）十分相似，但风格更加华美，抒情加倍缠绵。故陈廷焯评曰："缠绵无尽。"温庭筠的《菩萨蛮》，是古代词学史上的绝构，艺术上十分成功，对此人们似乎并无异议；但是对其内容的理解，历来就有两种完全不同的看法。一种以清代常州词派始祖张惠言为代表，他对第一首评论说"此感士不遇也。篇法仿佛《长门赋》，而用节节逆叙。此章从梦晓后领起'懒起'二字，含后文情事；'照花'四句，《离骚》初服之意"。另一种以王国维为代表，他在《人间词话》中说："固哉！皋文之为词也！飞卿《菩萨蛮》、永叔《蝶恋花》、子瞻《卜算子》皆兴到之作，有何命意？皆被皋文深文罗织。"前人每附和张惠言之说，今人多同意王国维之见。孰是孰非，难以遽断。不过，我国古代诗歌从来就有托物言志的传统，屈原之《离骚》，曹植之《美女》《七哀》，以至王昌龄之宫怨诗,无不有所寄托。温庭筠乃名门之后,才高八斗,由于种种原因,却始终沦落下僚,郁郁而终。因此我们也不能完全排除这样的可能性:即作者通过一组描写爱情悲剧的词作,多少寄托了个人的忧愁幽思。是否如此?读者不妨自己判断。

更漏子

柳丝长,春雨细。花外漏声迢递[①]。惊塞雁,起城乌。画屏金鹧鸪[②]。　　香雾薄。透帘幕。惆怅谢家池阁[③]。红烛背,绣帘垂。梦长君不知[④]。

【注释】

①漏声,更漏声;迢递,遥远。

②此二句意谓塞雁、城乌、闺中女子,均被漏声惊起。女子睡眼矇眬之时,忽见屏风上所绘"双双金鹧鸪",因起怀人之念。

③谢家,谢秋娘家。唐李德裕曾为爱姬谢秋娘建立华屋。或曰谢家指晋人谢道韫家。后谢娘泛指所爱女子。

④此句解释为何惆怅。

又

星斗稀,钟鼓歇。帘外晓莺残月[①]。兰露重,柳风斜。满庭堆落花[②]。　　虚阁上。倚栏望。还似去年惆怅[③]。春欲暮,思无穷。旧欢如梦中[④]。

【注释】

①星斗渐稀疏,钟鼓已停歇。钟鼓,报时的钟鼓。

②兰露,兰草上的露水。柳风,杨柳风,即春风。斜,是指柳枝。

③虚阁,空阁。

④思无穷,情思无穷。思,读去声。旧欢,往日的欢乐,指与情人相聚。

又

金雀钗，红粉面。花里暂时相见[1]。知我意，感君怜。此情须问天[2]。　　香作穗。蜡成泪。还似两人心意[3]。山枕腻，锦衾寒。觉来更漏残[4]。

【注释】

①金雀钗，亦作金爵钗，雀形金钗。曹植《美女篇》："头上金爵钗，腰佩翠琅玕。"花里，花下。

②君知我意，我感君怜，此情苍天可证。怜，爱。

③此句即李商隐《无题》诗"蜡炬成灰泪始干"之意。两人心意，两人爱情。

④腻，滑腻。更漏残，天已拂晓。

又

玉炉香，红蜡泪。偏照画堂秋思[1]。眉翠薄，鬓云残。夜长衾枕寒[2]。　　梧桐树。三更雨。不道离情正苦[3]。一叶叶，一声声。空阶滴到明。

【注释】

①玉炉飘香，红烛垂泪，烛光偏照画堂中悲秋之人。思，读去声。

②翠眉褪色，鬓发散乱。寒，既言秋气侵人，亦写心中悲感。

③不道，不顾、不管。李白《长干行》："相迎不道远，直至长风沙。"

【说明】

温庭筠《更漏子》共六首，今选四首，都是描写女子深夜不眠相思怀人之事。唐人称夜间为"更漏"，杜甫《江边星月》："余光隐更漏，况乃露华浓。"据胡仔《苕溪渔隐丛话》记载，温庭筠就是《更漏子》这一词调最早的创作者。因为事情都发生在晚上，所以用"更漏"这个意象贯穿各首。这组词在艺术上非常成功,陈廷焯甚至认为“后来无人为继”。事实也的确如此。从字面上看,各首都写女子的离愁别怨,这也是现今多数研究者的意见。不过也有人认为,这组词与《菩萨蛮》一样,也别有寄托,陈廷焯就说:“思君之词,托于弃妇,以自写哀怨。”这种看法明显继承常州词派始祖张惠言的寄托说。

酒泉子

日映纱窗。金鸭小屏山碧①。故乡春,烟霭隔。背兰釭②。　宿妆惆怅倚高阁。千里云影薄③。草初齐,花又落。燕双双④。

【注释】

①金鸭,鸭形香炉。

②兰釭,香灯,对灯的美称。王融《咏幔》:“但愿置尊酒,兰釭当夜明。”

③宿妆,隔宿之妆、旧妆,此句言未曾梳妆,即登阁远眺。“惆怅”二字点明心情。

④燕子双双,对照人之孤独。

又

楚女不归。楼枕小河春水①。月孤明,风又起。杏花稀。　玉钗斜簪云鬟重。裙上金缕凤②。八行书,千里梦。雁南飞③。

【注释】

①楚女,楚地女子。

②金缕凤,指裙上所绣凤凰。

③三句言音讯全无,书信难通,唯有梦中相见。八行(háng),旧时信

笺大都八行，故以指书信。

又

罗带惹香。犹系别时红豆[1]。泪痕新，金缕旧。断离肠[2]。　　一双娇燕语雕梁。还是去年时节[3]。绿阴浓，芳草歇。柳花狂[4]。

【注释】

①红豆，又名相思子，象征爱情。

②金缕，金缕衣，绣金的衣服。

③一双，一对。语雕梁，在雕梁上呢喃细语。

④柳花狂，柳絮飞扬。三句写暮春景象。

【说明】

三首都写女子相思之情，只是表现角度有所不同。第一首（日映纱窗）言女子晓起登楼远眺，唯见薄云千里，而不知情人何在。结尾以景写情，含蓄无尽，这是飞卿最拿手的表现方法。次首（楚女不归）写一位楚女的恋情，上片言其不归，何故不归？作者并未交代，只写暮春情景：孤月高悬，春风又起，杏花飘零。下片写她归来以后之顾影自怜，相思难遣。第三首（罗带惹香）因红豆而起兴，直诉相思之痛；下片见双燕而兴怀，正是暮春之时，双燕依旧归来，而情人却不知何在。两相对比，更见物有情而人无情矣。故陈廷焯评曰："情词凄怨。""三句中有多少层折。"

定西番

汉使昔年离别。攀弱柳，折寒梅。上高台[1]。
千里玉关春雪。雁来人不来。羌笛一声愁绝。月徘徊[2]。

【注释】

①汉使,指征人。攀柳、折梅,皆表赠别之意。

②玉关,玉门关,泛指西北边塞。羌笛,乐器名,产于西羌,故名。王之涣《凉州词》:“羌笛何须怨杨柳。”

【说明】

思妇之词。上片写送别,下片言相思,脉络分明,意旨明白。

又

细雨晓莺春晚。人似玉,柳如眉。正相思[①]。

罗幕翠帘初卷。镜中花一枝。肠断塞门消息,雁来稀[②]。

【注释】

①柳如眉,白居易《长恨歌》:“芙蓉如面柳如眉。”

②花一枝,形容女子美丽如花。塞门,泛指边关。

【说明】

此亦思妇之词。上片言相思无尽,下片怨音信稀少。言简而意深。

南歌子

转眄如波眼,娉婷似柳腰[①]。花里暗相招。忆君肠欲断,恨春宵[②]。

【注释】

①转眄,目光转动。曹植《洛神赋》:“转眄流精,光润玉颜。”如波眼,言其眼如水波之明亮。娉婷,姿态美好貌。辛延年《羽林郎》诗:“不意金吾子,娉婷过我庐。”

②招,招唤,招引。

【说明】

原词共七首,今选四首。此首写女子恋情,一、二句极言女子之美丽,欲抑而先扬，手法明显受古乐府影响。“花里”句过渡。末二句写相思。恨春宵，“恨”字婉折无尽，恨当年相聚春宵苦短，恨如今春宵孤寂？两说皆可通，不必拘泥。

又

倭堕低梳髻，连娟细扫眉[①]。终日两相思。为君憔悴尽，百花时[②]。

【注释】

①倭堕，倭堕髻，汉魏时流行的女子发饰。汉乐府《陌上桑》：“头上倭堕髻，耳中明月珠。”连娟，弯曲而纤细。司马相如《上林赋》：“长眉连娟，微睇绵藐。”李善注引郭璞曰：“连娟言曲细也。”扫眉，画眉。王建《寄蜀中薛涛校书》：“扫眉才子知多少，管领春风总不如。”

②百花时，指春天。

【说明】

此首主旨和写法与前首大同小异。陈廷焯评曰：“低回欲绝。”

又

手里金鹦鹉，胸前绣凤凰[①]。偷眼暗形相[②]。不如从嫁与，作鸳鸯[③]。

【注释】

①“手里”二句写男子手持鹦鹉，身着绣衣。大约是一介贵族子弟。

②形相，端详、细看。

③从嫁与，便嫁给他。顾况《梁广画花歌》：“心相许，为白阿娘从嫁与。”鸳鸯成双成对，作鸳鸯即做夫妻。

【说明】

一、二句写男子，但词的主体还是女子。“偷眼”句是关键，看准了，就下决心嫁给他。这种大胆直白的表现方式，是古乐府爱情诗的遗风。汤显祖评曰:“短调中能尖新而转折,自觉隽永可思,腐句腐字一毫用不着。”(《评花间集》)谭献《复堂词话》评曰:“尽头语,单调中重笔,五代后绝响。”都给予很高评价。

又

懒拂鸳鸯枕,休缝翡翠裙。罗帐罢炉熏[①]。近来心更切,为思君[②]。

【注释】

①“懒拂”二句,均写怀春女子的慵懒心情。

②切,迫切。

【说明】

本首也是女子怀春之词。末句点明主题,也明白解释了前三句造成女子慵懒状态的原因。陆游对飞卿这组词评价很高,说:“飞卿《南乡子》(按当作《南歌子》)八阕(按今存七阕),语意工妙,殆可追配刘梦得《竹枝》,信一时杰作也。”(《渭南文集》卷二十七《跋香奁集》)

河　传

湖上。闲望。雨萧萧。烟浦花桥路遥。谢娘翠蛾愁不消[①]。终朝。梦魂迷晚潮[②]。　　荡子天涯归棹远。春已晚。莺语空肠断[③]。若耶溪。溪水西。柳堤。不闻郎马嘶[④]。

【注释】

①浦,水边;翠蛾,翠眉。

②终朝,整天。杜甫《冬日有怀李白》:“寂寞书斋里,终朝独尔思。”

③荡子,指辞家远出,羁旅忘返的男子。古诗《青青河畔草》:“荡子行不归,空床难独守。”李善注:“《列子》曰:有人去乡土游于四方而不归者,

世谓之为狂荡之人也。”棹，指船。

④若耶溪，溪名。出浙江省绍兴市若耶山，北流入运河。相传为西施浣纱之所。词中是泛指。郎，即前文之荡子。

【说明】

本篇亦思妇之词，极委婉曲折之能事。陈廷焯评曰：“凄怨而深厚，最是高境。此调最不易合拍，五代而后，几成绝响。”(《云韶集》卷一)又曰：“‘梦魂迷晚潮’五字警绝。用蝉连法更妙，直是化境。”(《词则·大雅集》卷一)唐圭璋先生曰：“此首二、三、四、五、七字句错杂用之，故声情曲折宛转，或敛或放，真似‘大珠小珠落玉盘’也。”“湖上”点明地方。“闲望”两字，一篇之主。烟雨模糊，是望中景色；眉锁梦迷，是望中愁情。换头，写水上望归，而归棹不见。末写堤上望归，而郎马不嘶。写来层次极明，情致极缠绵。白雨斋谓“直是化境”，非虚誉也。

遐方怨

凭绣槛，解罗帏[①]。未得君书，肠断潇湘春雁飞[②]。不知征马几时归。海棠花谢也，雨霏霏[③]。

【注释】

①绣槛，雕花的阑干。罗帷，丝质帷幔。

②大雁南来，却未见郎君书信，故曰“肠断”。钱起《归雁》：“潇湘何事等闲回。”

③征马，远征的马匹，指代征人。霏霏，雨盛貌。《诗·小雅·采薇》：“今我来思，雨雪霏霏。”

【说明】

思妇之词，一结尤有余味。陈廷焯评曰：“神致宛然。”唐圭璋先生曰：“温飞卿多用景结语；韦端己多用情结语。……虽各极其妙，然温更有余韵。”此首以暮春景色作结，表现女子惆怅之情，余韵悠悠不尽。

荷叶杯

一点露珠凝冷。波影。满池塘。绿茎红艳两相乱[①]。肠断。水风凉。

【注释】

①绿茎红艳,指荷叶荷花。两相乱,参差交错。

【说明】

全篇写初秋荷花池塘景色,如画如描。唯"肠断"二字点明悲秋怀人之意,景中见情,简洁而有余韵。

清平乐

上阳春晚。宫女愁蛾浅[①]。新岁清平思同辇。争奈长安路远[②]。　　凤帐鸳被徒熏。寂寞花锁千门[③]。竟把黄金买赋,为妾将上明君[④]。

【注释】

①上阳,上阳宫,唐高宗在洛阳所建宫殿。

②清平,天下太平。思同辇,与帝王同车,意谓受到宠幸。争奈,怎奈、无奈。长安,当时京城,帝王所在。此句感叹已遭疏远。

③"凤帐"二句,描写被冷落后的寂寞处境,以及冷宫荒凉情况。杜甫《哀江头》:"江头宫殿锁千门。"

④"竟把"二句表现宫妃希望重新获宠的心情。黄金买赋,汉武帝陈皇后失宠以后,送五百金请司马相如写了《长门赋》,武帝读后感动,"陈皇后复得亲幸"。将上,献上。

【说明】

词写失宠宫妃的痛苦和希望。历代帝王宫妃多多,失宠之事无代无之,像汉武帝陈皇后阿娇这样疏而复幸的例子极少,而且千金买赋这一故事的真实性也值得怀疑。所以李白《白头吟》诗云:"闻道阿娇失恩宠,千金买赋要君王。”“闻道”二字,值得细味。“闻道”云云,听说而已,并无确据。这位宫妃的希望,非常渺茫。就作品的艺术表现而言,在温庭筠的词中,本篇实在写得不算成功。但是有一点值得注意,这首词的末两句,是否寄托了词人自己的某种期望呢?例如获得唐宣宗的重视,或者与相国令狐绹冰释前嫌,并非没有可能。

又

洛阳愁绝。杨柳花飘雪[①]。终日行人恣攀折。桥下水流呜咽[②]。　上马争劝离觞。南浦莺声断肠[③]。愁杀平原年少,回首挥泪千行[④]。

【注释】

①雪,指柳絮。

②恣,任意。

③离觞,临别的酒杯。指离宴。《楚辞·九歌·河伯》:“送美人兮南浦。”江淹《别赋》:“送君南浦,伤如之何?”后人因以南浦为送别之地。

④平原,战国时赵国有平原邑。这里应是泛指。

【说明】

词写离别之悲痛,悲痛中却蕴含着慷慨之情。上片泛言行人离别之悲,下片具言自身离别之痛。有人认为“此词悲壮而有风骨,不类儿女惜别之作”,怀疑词作于温庭筠被贬谪之时。按温庭筠终生沦落下僚,没有担任过像样的官职。被贬也只有一次,唐宣宗大中十三年(859),温庭筠被贬为随县尉,依徐商于襄阳,商署为巡官。后来温庭筠再次入京补国子助教,亦从六品。不过温庭筠贬随县尉的时间和事因,历来说法不一。《北梦琐言》《南部新书》《全唐诗话》仅云在宣宗时。《新唐书》称在“大中末”。《旧唐书》则云:“属徐商知政事,颇为言之。无何,商罢相出镇,杨收怒之,贬为方城尉。再迁隋县尉,卒。”记载最为详细。未知孰是。

诉衷情

莺语。花舞。春昼午。雨霏微[①]。金带枕。宫锦。凤凰帷[②]。柳弱蝶交飞。依依。辽阳音信稀。梦中归[③]。

【注释】

①春昼午,春天中午。霏微,飘洒貌。

②金带枕,饰以金带的枕头。《洛神赋》李善注:“黄初中入朝,帝示植金缕玉带枕。植见之,不觉泣。”陆龟蒙《自遣诗》:“座上不遗金带枕,陈王辞赋为谁伤。”宫锦,宫中专用锦缎。凤凰帷,绣有凤凰图案的帷幔。交飞,齐飞。

③辽阳,唐代东北边防重镇,泛指边关。沈佺期《独不见》:“十年征戍忆辽阳。”

【说明】

思妇之词。前面大段,描写风景环境,渲染气氛,只在篇末点明题旨:边关音信稀少,唯有梦中相会而已。这是温庭筠惯用的手法,其好处是能让读者有无穷回味。陈廷焯评曰:“节愈促,词愈婉,结三字凄绝。”

思帝乡

花花。满枝红似霞[①]。罗袖画帘肠断,卓香车[②]。回面共人闲语,战篦金凤斜[③]。唯有阮郎春尽,不归家[④]。

【注释】

①霞,红霞。

②罗袖画帘,指代美女香车。卓,停留。

③回面,回头。战,同颤。篦,梳子。金凤,金钗。

④阮郎,以入山采药遇仙的阮肇,喻指自己情郎。

【说明】

此亦思妇之词。第五句很关键,前首乃独自相思,而这首女主人公却不甘如此,她出门上了街,而且“回面与人言语”,究竟讲些什么,作者虽未明言,但从下句“唯有”二字推断,大概是听说别人家丈夫都已经回来,而唯独自己的丈夫却“春尽不还家”。以后究竟如何?给人留下了一个悬念。

河渎神

河上望丛祠。庙前春雨来时[①]。楚山无限鸟飞迟。兰棹空伤别离[②]。　　何处杜鹃啼不歇。艳红开尽如血[③]。蝉鬓美人愁绝。百花芳草佳节[④]。

【注释】

①丛祠,林间神庙。又:四川郫县(今属成都)有望丛祠,合祀望帝、蚕丛,与下片“何处杜鹃啼不歇”相呼应,似亦可通。

②楚山,楚地群山。张说《对酒行巴陵作》:“鸟哭楚山外,猿啼湘水阴。”兰棹,兰舟。

③“何处”二句用杜鹃泣血典故,写离别之痛。艳红,指盛开的杜鹃花。

④愁绝,悲痛欲绝。

又

孤庙对寒潮。西陵风雨萧萧[①]。谢娘惆怅倚兰桡。泪流玉箸千条[②]。　　暮天愁听思归乐。早梅香满山郭[③]。回首两情萧索。离魂何处飘泊[④]。

【注释】

①西陵,古称西陵者有多处,此或泛指分离之地。

②玉箸,玉质筷子,比喻眼泪。

③思归乐,乐曲名。或曰,思归乐即杜鹃,因其鸣声如“不如归去。”山郭,山城。

④萧索,冷落。

【说明】

两词都写女子离别相思之愁怨。时间都在春天,地点都在神庙前,为甚么要做这样的选择?除了词调《河渎神》的本意要求之外,是否还有别的含义?对此陈廷焯作了这样的解释,说:“《河渎神》三章,寄哀怨于迎神曲中,得《九歌》之遗意。”屈原《九歌》的遗意是什么呢?王逸说:“上陈事神之敬,下见己之冤结,托之以讽谏。”陈廷焯的看法,仍然是常州词派“寄托说”的延伸。从这两首词的文本看,似乎既无敬神之意,也无冤结之情。陈氏的解释太过勉强。为什么选择神庙之前,河流之旁写离别,可能还是为了适应《河渎神》这个词调的原意,与屈原《九歌》似乎并无关系。

蕃女怨

万枝香雪开已遍。细雨双燕[1]。钿蝉筝,金雀扇。画梁相见[2]。雁门消息不归来。又飞回[3]。

【注释】

①香雪,指杏花。

②钿蝉筝,金雀扇,饰以钿蝉的筝,绘有金雀的扇,都是对器物的美称。相见,指双燕相见。卢照邻《长安古意》:“双燕双飞绕画梁。”

③雁门,雁门关,在今山西代县北,当时为北方重要关塞。雁门消息,指征人的消息。又飞回,指燕子。

又

碛南沙上惊雁起。飞雪千里[①]。玉连环,金镞箭。年年征战[②]。画楼离恨锦屏空。杏花红[③]。

【注释】

①碛南,沙漠南面。

②连环,手镯之类。簇,箭头。

③杏花红,塞北犹飞雪千里,而南方春天已至。

【说明】

这一词调为温庭筠首创。两首都是怨妇之词。所不同的是,第一首以双燕穿插,先写女子之相思,后及征夫之不归;第二首以惊雁起兴,先写征夫之"年年征战",后以思妇之相思离恨收束。对这两首词,前人评价很高,原因大概是内容突破了花间词"绮罗香泽"的框架,类似唐代的边塞诗;艺术结构富有波折,表达方法含蓄蕴藉,加之句式短促,韵脚多变,能够增加演唱时的艺术效果。

司空图一首

司空图(837—908),字表圣,晚号知非子、耐辱居士。河中虞乡(今山西永济)人。唐懿宗咸通十年(869)进士上第。卢携复为相,召为礼部员外郎,迁郎中。僖宗还京,召拜中书舍人,知制诰。后归隐,居王官谷中,屡召不起。天复四年,朱全忠召为礼部尚书,拒之。后梁开平二年(908),唐哀帝被弑,绝食呕血而死,终年七十二岁。有《司空表圣文集》《司空表圣诗集》。

酒泉子

买得杏花，十载归来方始坼[①]，假山西畔药阑东。满枝红[②]。　　旋开旋落旋成空[③]。白发多情人更惜，黄昏把酒祝东风。且从容[④]。

【注释】

①坼，开裂，指花开。

②药阑，芍药花栏，泛指花栏。杜甫《宾至》："不嫌野外无供给，乘兴还来看药栏。"

③旋，很快。

④祝，祝告；从容，逗留、盘桓。《楚辞·九章·悲回风》："寤从容以周流兮，聊逍遥以自恃。"此二句意谓祝告东风，望春天逗留少时，且勿匆匆离去。

【说明】

此词作于唐僖宗广明二年（881），司空图为避黄巢之乱，回归故乡河中（今山西永济）隐居之时。俞陛云先生曰："表圣为唐末完人，此词借花以书感。明知花落成空，而酹酒东风，乞驻春光于俄顷，其志可哀。表圣有绝句云：'故国春归未有涯，小栏高槛别人家。五更惆怅回孤枕，犹自残灯照落花。'与此同慨，隐然有《黍离》之怀也。"

又刘毓盘《词史》曰："司空图《酒泉子》词。按《词苑》曰：'此调始于温庭筠，有四十字、四十一字二体。'司空图始改作四十五字体，毛文锡仿之，首句曰'绿树春深'，'春'字改平声，宋人遂通用此体矣。"

韦庄三十三首

韦庄(836—910),字端己,京兆(今陕西西安)杜陵人。乾宁元年(894)进士,授校书郎。李询为两川宣喻和协使,召为判官,奉使入蜀,还迁左补阙。天复元年(901),入蜀为王建掌书记,自此终身仕蜀。天祐四年(907)王建称帝,为左散骑常侍,判中书门下事,官终吏部侍郎兼平章事。有《浣花集》。

菩萨蛮

红楼别夜堪惆怅。香灯半卷流苏帐①。残月出门时。美人和泪辞②。　琵琶金翠羽。弦上黄莺语③。劝我早归家。绿窗人似花④。

【注释】

①红楼,女子所居之楼。半卷,指流苏帐。

②和泪,带泪。

③金翠羽,指琵琶上的装饰。黄莺语,比喻琵琶声音之美妙动听。白居易《琵琶行》:“间关莺语花底滑。”

④绿窗,与起首之“红楼”相对,亦指女子居处。

【说明】

追忆当年与美女离别之词。表达明白流畅,风格自然清新,与温庭筠之秾丽华艳,风格迥异。许昂霄《词综偶评》曰:“语意自然,无刻画之痕。”谭献《词辨》亦云:“此亦填词中《古诗十九首》。”都是此意。韦庄《菩萨蛮》共五首,表面看来,多写男女离别之情,但对此常州词派始祖张惠言却有不同看法。他在《词选》中说:“此词盖留蜀后寄意之作,一章言奉使之志,本欲速归。”陈廷焯继续发挥说:“深情苦调,意婉词直,屈子《九章》之遗。”陈廷焯不仅指明本词艺术上“意婉词直”的特点,而且强调词人存在屈原一样的忠君之意。从韦庄在前蜀小朝廷的具体表现来看,张、陈的说法,与事实不尽相符。

又

人人尽说江南好。游人只合江南老[①]。春水碧于天。画船听雨眠[②]。　垆边人似月。皓腕凝霜雪[③]。未老莫还乡。还乡须断肠[④]。

【注释】

①只合,只应。

②“春水”二句写江南春景之美。

③“垆边”二句写江南女子之美丽。垆,酒店安放酒瓮的土台子,借指酒店。皓,洁白。二句隐含汉代卓文君卖酒的典故。

④张惠言认为,中原鼎沸,故曰:“还乡须断肠。”

【说明】

此词前六句均写江南之美,言游人理当终老江南。然末二句语意急转,唐圭璋先生曰:“谓江南纵好,我仍思还乡。但今日若还乡,目击乱离,只令人断肠。……情意宛转,哀伤之至。”按张惠言《词选》评曰:“此章述蜀人劝留之辞,即下章‘满楼红袖招’也。江南指蜀中。中原沸乱,故曰‘还乡须断肠’。”谭献《词辨》评曰:“强作欢快语,怕肠断,肠亦断矣。”陈廷焯评曰:“意中是思乡,笔下却说江南风景好,真是泪溢中肠,无人省得。结言风尘辛苦,不到暮年,不得回乡,预知他日还乡,必断肠也。”(《云韶集》卷一)诸评可资参考。

又

如今却忆江南乐。当时年少春衫薄①。骑马倚斜桥。满楼红袖招②。　　翠屏金屈曲。醉入花丛宿③。此度见花枝。白头誓不归④。

【注释】

①却忆,回忆;当时,当年。

②红袖,女子,词中指歌伎。

③屈曲,俞平伯先生曰:“屈曲,疑即‘屈戌’,亦作‘屈膝’,《邺中记》:‘石虎作金银屈膝屏风’是也。”按屈戌,屏风上的环钮。花丛,喻指妓院。

④此度,这次、这回;花枝,比喻美女。

【说明】

唐圭璋先生说:“此首陈不归之意,语虽决绝,而意实伤痛。”为什么?仅从文字表面看,词人“白头誓不归”的原因,是因为江南有与他相爱的女子。但如果联系作者生平以及前首末句“还乡须断肠”来理解,词人这种逢场作戏式的生活方式,其实质还是为了排遣家国之忧和“有家归不得”的痛苦。张惠言《词选》评曰:“上云‘未老莫还乡’,犹冀老而还乡也。其后朱温篡成,中原愈乱,遂决劝进之志。故曰:‘如今却忆江南乐。’又曰:‘白头誓不归。’则此词之作,其在相蜀时乎?”俞平伯曰:“张氏之言似病拘泥穿凿,唯大旨不误。”(《读词偶得》)

又

劝君今夜须沈醉。尊前莫话明朝事①。珍重主人心。酒深情亦深②。　　须愁春漏短。莫诉金杯满③。遇酒且呵呵。人生能几何④。

【注释】

①君,指客人。

②珍重,珍惜。主人,词人自指。

③漏,漏壶,古代计时器。春漏短,即春夜短。莫诉,莫怨、莫嫌。

④呵呵,笑声。

【说明】

吴世昌先生曰:“此首似在席上为歌女代作劝酒词。唱者为歌女,‘君’指客。歌女为主人劝客饮酒,故曰:‘珍重主人心,酒深情亦深。’是劝客饮,故曰:‘莫诉金杯满。’……按词客为歌女代作劝酒词,此风实起于晚唐,《花间》《尊前》,皆其例也。”李冰若曰:“端己身经乱世,富于感伤。此词意实沉痛。谓近阮公《咏怀》,庶几近之,但非旷达语也。”

又

洛阳城里春光好。洛阳才子他乡老[①]。柳暗魏王堤。此时心转迷[②]。　　桃花春水渌。水上鸳鸯浴[③]。凝恨对残晖。忆君君不知[④]。

【注释】

①洛阳才子,原指西汉洛阳人贾谊,词中或指女子意中人。

②魏王堤,也称魏王池,是唐时洛阳名胜之一。迷,迷惘。

③渌,水清澈。

④凝恨,满怀深恨。

【说明】

张惠言认为:“此章致思唐之意。”意谓,韦庄虽然身仕前蜀,但依旧念念不忘唐室。陈廷焯继续发挥说:“端已《菩萨蛮》四首,惓惓故国之思,而意婉词直,一变飞卿面目,然消息正自相通。”近人吴梅、俞平伯等先生,大多同意此见。但吴世昌先生独持异议,认为:“此论中张惠言之毒,全无是处。其所列诸词,皆思妇之辞。”今人大多附和世昌先生意见,如孔范今、华钟彦等。著名学者叶嘉莹先生则调和两种意见,说:“私意以为,二者固不必如水火之不相容若此。韦庄即使忆念洛阳之‘美人’，而同时兼有故国之思，亦复有何不可乎？”

归国遥

春欲暮。满地落花红带雨。惆怅玉笼鹦鹉。单栖无伴侣[①]。　　南望去程何许。问花花不语[②]。早晚得同归去。恨无双翠羽[③]。

【注释】

①“惆怅”二句，或为女子自喻之辞。

②去程，去路。何许，何处。杜甫《宿青溪驿奉怀张员外十五兄之绪》：“我生本飘飘，今复在何许？”

③吴世昌先生曰：此即玉溪（李商隐）“身无彩凤双飞翼”之意。

又

金翡翠。为我南飞传我意[①]。罨画桥边春水。几年花下醉[②]。　　别后只知相愧。泪珠难远寄[③]。罗幕绣帏鸳被。旧欢如梦里[④]。

【注释】

①翡翠，鸟名，又名荆棘鸟。

②罨画，色彩鲜明的绘画。

③相愧，愧对伊人。

④旧欢，昔日欢情。

【说明】

这两首词与《菩萨蛮》一样，也存在不同的理解。一种以常州词派后期理论家陈廷焯为代表，他在《白雨斋词话》中说：“端已……《归国遥》云：‘别后只知相愧。泪珠难远寄。’《应天长》云：‘夜夜绿窗风雨，断肠君信否。'皆留蜀后思君之词。时中原鼎沸，欲归不能。端己人品未为高，然其情亦可哀矣。"按唐昭宗乾宁三年(896)，韦庄奉使入蜀，劝说军阀王建，未果，遂留蜀。哀帝天祐四年(907)，朱全忠篡位，唐亡。韦庄与百官劝进，王建遂称帝，是为前蜀。韦庄颇得王建赏识，官至宰相，后终于蜀。近人吴梅也说："端己《菩萨蛮》四章，惓惓故国之思，最耐寻味。而此词南飞传意，别后知愧，其意更为明显。"另一种意见以吴世昌先生为代表，认为是爱情词。今人大多也持此看法。这里还牵涉到这类词的创作年代问题。持前说者，认为作于韦庄入蜀以后；持后说者，认为作于中年游历江南途中。单纯从词的文本来看，这两首分明是情词，第一首用女子口吻；第二首更像男子口吻。但是如果结合韦庄仕蜀的具体情况分析，第一种说法似乎也有一定的合理性。

荷叶杯

绝代佳人难得。倾国[1]。花下见无期。一双愁黛远山眉。不忍更思惟[2]。　　闲掩翠屏金凤。残梦。罗幕画堂空[3]。碧天无路信难通。惆怅旧房栊[4]。

【注释】

①李延年诗："北方有佳人，绝世而独立。一顾倾人城，再顾倾人国。"

②《西京杂记》卷二："文君姣好，眉色如望远山。"思惟，思念。

③"闲掩"三句，言人去楼空。

④王羲之《兰亭》诗："仰视碧天际，俯瞰绿水滨。"房栊，泛指房屋。张协《杂诗》："房栊无形迹，亭草凄以绿。"

又

记得那年花下。深夜。初识谢娘时[1]。水堂西面画帘垂。携手暗相期[2]。　　惆怅晓莺残月。

相别。从此隔音尘③。如今俱是异乡人。相见更无因④。

【注释】

①谢娘,称所爱女子。

②相期,相约。

③音尘,音信。

④无因,无凭、无法。

【说明】

两首爱情词,写得缠绵凄恻,一往情深。这背后可能隐藏一个悲剧故事,但具体情节,已难确考。杨湜《古今词话》记载说,韦庄有爱姬,后被蜀主王建强夺而去。韦庄追念悒怏,作《荷叶杯》诸词。杨湜宋人,生平不详,所言不知何据。因其不合情理,后人多有怀疑。夏承焘先生认为,王建夺姬之说不可信,“近于附会”。夏先生举出韦庄集中悼亡诗若干首,认为二词乃是悼亡之作。但是,夏先生之说也与文本不全切合,因为第二首结尾明明说:“如今俱是异乡人,相见更无因。”“异乡人”云云,当然不是指阴阳之隔,生死之分,而是说两人均流落异乡,无由见面。但是第一首中称“见无期”“碧天无路”“惆怅旧房栊”云云,的确颇有悼亡之意。第二首写情人离别之意甚明,非悼亡也。

思帝乡

春日游。杏花吹满头。陌上谁家年少,足风流①。妾拟将身嫁与,一生休②。纵被无情弃,不能羞③。

【注释】

①年少,少年;足,足够、十分。风流,风流倜傥。

②拟,打算;一生休,终此一生。

③不能羞,不会感到羞耻。

【说明】

以直白的语言,表达少女对爱情的大胆追求和无限痴情,这种表现方法,在韦庄词中屡见。在北朝乐府民歌中也可见到。

女冠子

四月十七。正是去年今日。别君时[①]。忍泪佯低面,含羞半敛眉[②]。　　不知魂已断,空有梦相随。除却天边月,没人知[③]。

【注释】

①三句语序颠倒,意谓与君离别,已经整整一年,具体时间正是四月十七。

②佯,假装。敛眉,皱眉。

③下片写别后相思之痛。梦相随,经常梦见。

又

昨夜夜半。枕上分明梦见[①]。语多时。依旧桃花面,频低柳叶眉[②]。　　半羞还半喜,欲去又依依。觉来知是梦,不胜悲[③]。

【注释】

①枕上,意谓睡觉时。以下写梦中情景。

②三句写梦中所见,女子依旧美丽非凡。

③下片先言依依惜别之情,末二句写醒后之悲痛失望。

【说明】

二词写同一题材:恋人离别之痛。语言虽然明白晓畅,表达却委婉曲折,描写也细腻生动。这正是韦庄词的主要艺术特色。第一首正面描写,从女方落笔,“别君时”三字可证。第二首以男方口吻,从梦见写到梦醒,以梦写情，更见离情之难遣难排。詹安泰先生评曰："妙语生成，丝毫不见雕凿的痕迹，而款款深情，自然流露出来。……这二首应该是同时写的，前首由作别时的情态，写到别后的难堪，'空有梦相随'；后者紧接着由'梦相随'的情态写到梦觉后的难堪，'不胜悲'，线索分明，结构严谨。"（《詹安泰词学论稿》）

诉衷情

烛烬香残帘半掩，梦初惊。花欲谢。深夜。月胧明。　何处按歌声[①]。轻轻。舞衣尘暗生。负春情[②]。

【注释】

①按歌，按乐而歌，按照音乐的伴奏唱歌。

②舞衣生尘，说明久未参加演出，所以说辜负了青春年华。

【说明】

本词大约写一位失宠歌女的苦闷心情。她深夜梦醒，忽闻远处传来奏乐唱歌之声，因而联想到自己的命运：青春空逝，舞衣生尘。音节谐婉，笔致含蓄。

更漏子

钟鼓寒，楼阁暝。月照古桐金井[①]。深院闭，小庭空。落花香露红。　烟柳重，春雾薄。灯背水窗高阁。闲倚户，暗沾衣。待郎郎不归[②]。

【注释】

①钟鼓无所谓寒，是人心感到寒，是为移情手法。暝，昏暗。古桐金井，古老梧桐树下的金井。金井，井栏上有雕饰的井。王昌龄《长信秋词》："金井梧桐秋叶黄，珠帘不卷夜来霜。"

②户,门户;沾衣,流泪沾衣。

【说明】

此首思妇怀人之辞。上片及下片前三句描摹环境,渲染气氛,为下文做铺垫,此飞卿、端己常用之手法。末三句点题,表现女子寂寞怀人之悲痛。陈廷焯评曰:"'落花'五字凄绝秀绝,结尾楚楚可怜。"

小重山

一闭昭阳春又春。夜寒宫漏永,梦君恩[①]。卧思陈事暗销魂。罗衣湿,红袂有啼痕[②]。　歌吹隔重阍。绕亭芳草绿,倚长门[③]。万般惆怅向谁论。凝情立,宫殿欲黄昏[④]。

【注释】

①昭阳,汉宫殿名,汉成帝时赵飞燕姊妹所居。此或指前蜀王建后宫。宫漏,宫中计时器。永,长。

②陈事,往事。袂,衣袖。啼痕,泪痕。

③歌吹,歌声乐声。吹,读去声。阍,宫门。长门,汉宫殿名,为陈皇后失宠时所居。此借指前蜀后宫。

④论,陈诉。论,在此读平声。凝情,深情、痴情。

【说明】

与前选《荷叶杯》一样,刘永济先生据杨湜《古今词话》认为,"本首乃端己代姬人抒离情也"。杨湜所言王建夺爱之事,清人吴任臣《十国春秋·韦庄传》也有记载。故事虽很动人,但不合情理。王建虽然是一个出身无赖的军阀,但是在称帝之后,据司马光说:"蜀主虽目不知书,好与书生谈论,粗晓其理。是时唐衣冠之族多避乱在蜀,蜀主礼而用之,使修举故事,故其典章文物有唐之遗风。"比起其他军阀有很大不同。又韦庄入蜀以后,一直为王建掌书记,颇获信用。唐亡以后,又力劝王建称帝,前蜀开国的典章制度多出其手,最后官至宰相,成为王建充分信任的大臣。这样的君臣关系，中间发生如此粗暴无礼的事情，可能性极小。细味全文，本篇很可能还是一首宫怨词，抒发了失宠宫女的哀怨。詹安泰先生也认为："这词是写宫人不得承君恩的哀怨情思，从吸取题材到具体表现都明显可以看出，和宠姬被夺或悼念亡姬，毫无共同之点。"

应天长

绿槐阴里黄莺语。深院无人春昼午[①]。画帘垂，金凤舞。寂寞绣屏香一炷[②]。　　碧天云，无定处。空有梦魂来去[③]。夜夜绿窗风雨。断肠君信否。

【注释】

①昼午，中午。

②金凤，画帘上的彩绘，风吹帘动，故言其舞。香一炷，点香一支。

③"碧天"三句意谓：离人如碧天之云，漂泊无定，故只有梦中来往。

【说明】

词写女子相思之情。上片白昼，"寂寞绣帘香一炷"，足见寂寞之心；下片夜晚，"空有梦魂来去"，可见思念之切。"夜夜绿窗风雨"，表明思君已非一日。陈廷焯认为，末二句"皆留蜀思君之词"，这种说法略嫌勉强。

又

别来半岁音书绝。一寸离肠千万结。难相见，易相别。又是玉楼花似雪。　　暗相思，无处说。惆怅夜来烟月。想得此时情切。泪沾红袖黦[①]。

【注释】

①黦（yuè），黄黑色，此指红袖上的泪迹。

【说明】

本篇与前首题旨略同，也写女子相思怀人之情。时间同样是春天，女子心情同样异常悲痛。所不同的是前首有风景衬托，本篇无一景语，完全采用直接抒情手法，“语语如在目前”，却不浅近直露，这也是韦庄词的重要艺术优点之一。

清平乐

春愁南陌。故国音书隔①。细雨霏霏梨花白。燕拂画帘金额②。　尽日相望王孙。尘满衣上泪痕③。谁向桥边吹笛，驻马西望销魂④。

【注释】

①故国，故乡。隔，隔绝。

②额，帘额。

③王孙，用淮南小山《招隐士》典。二句意谓王孙尽日相望，衣上布满尘土泪痕。因格律而颠倒语序。

④驻马，停马。西望，韦庄长安杜陵人，此时漂泊江南，曾一度卜居浙江、江西一带，故云。

【说明】

怀念故乡之作。近人吴世昌先生认为，："此首亦在江南作，故曰‘故国音书隔’‘驻马西望销魂’。”从全首内容看，此说较“作于蜀中”之说更为合理。

又

何处游女。蜀国多云雨①。云解有情花解语。窣地绣罗金缕②。　妆成不整金钿。含羞待月秋千③。住在绿槐阴里，门临春水桥边④。

【注释】

①游女,出游的女子。《诗经·周南·汉广》:“汉有游女,不可求思。”蜀国,泛指蜀地。

②解,懂得,明白。窣(sū)地,拂地。

③金钿,金制饰物。待月,等待月出或在月下等待。

④绿槐,槐树。

【说明】

本词写游女的形象,以及她的内心期盼。这位美丽多情的女子,很可能是蜀地的一位妓女,这一点,词的上片已有所暗示,“多云雨”“云解有情花解语”云云,就是这种暗示。末二句似乎在告诉别人,你们如果要来找我,我就住在“绿槐阴里,春水桥边”。

又

莺啼残月。绣阁香灯灭。门外马嘶郎欲别。正是落花时节[①]。　　妆成不画蛾眉。含愁独倚金扉[②]。去路香尘莫扫,扫即郎去归迟[③]。

【注释】

①落花时节,暮春之时。杜甫《江南逢李龟年》:“正是江南好风景,落花时节又逢君。”

②金扉,装饰华丽的门扉。扉,门扇。

③“去路”二句,杨景龙云:古代习俗,家人出门之日,忌扫门户,否则行人将无归期。

【说明】

此首女子送别男子之词。上片写离别,下片写别后。结尾二句,是无理语,却也是痴情语。吴世昌等先生认为此词作于蜀中,不知何据。

谒金门

空相忆。无计得传消息。天上嫦娥人不识。寄书何处觅[①]。　　新睡觉来无力。不忍把伊书迹[②]。满院落花春寂寂。断肠芳草碧。

【注释】

①觅,寻找。

②把,拿起。伊,她。

【说明】

这大约是一首悼亡词,悼念词人深爱过的一位女子,究为何人,作于何时,均难确考。上片写所爱已逝,人天相隔,踪迹渺茫。下片言悲情难遣,“不忍把伊书迹”“断肠芳草碧”,都是此意。

江城子

恩重娇多情易伤[①]。漏更长。解鸳鸯。朱唇未动,先觉口脂香[②]。缓揭绣衾抽皓腕,移凤枕,枕潘郎[③]。

【注释】

①此调由韦庄首创。吴世昌先生指出,情易伤,当作“易情伤”第二首首句和末句均作“仄平平”,可证。

②解鸳鸯,解开衣带。朱唇,红唇。口脂,唇膏。

③潘郎,情郎。晋潘岳风姿秀美,后遂以潘郎代称情郎。

又

髻鬟狼藉黛眉长。出兰房。别檀郎。角声呜

咽，星斗渐微茫[①]。露冷月残人未起，留不住，泪千行[②]。

【注释】

①髫鬟狼籍，头发散乱。兰房，闺房。檀郎，女子称情人为檀郎。一说，檀郎，喻其香也，亦可。微茫，隐约不清。

②留不住，留不住檀郎。泪千行，南朝范云《送别》："未尽尊前酒，妾泪已千行。"

【说明】

两首写男女幽会的词，第一首写幽会，第二首写分离，写得极其细腻生动，香艳秾丽。女方大约是一位妓女，男方当然是一位嫖客，但两人感情很好，所以相会能如此热烈，分离又如此悲伤。中国古代文人和妓女的关系，是一种特殊的文化现象，并非简单的妓女和嫖客这么简单，其中也存在爱情和友谊，值得研究。

河　传

何处。烟雨。隋堤春暮。柳色葱茏。画桡金缕[①]。翠旗高飐香风。水光融[②]。　青娥殿脚春妆媚。轻云里。绰约司花妓[③]。江都宫阙，清淮月映迷楼。古今愁[④]。

【注释】

①隋堤，隋炀帝时沿通济渠、邗沟修筑的御道，道旁植杨柳，后人谓之隋堤。葱茏，青翠茂盛。画桡，画船。

②高飐香风，在春风中高高飘扬。融，明亮。

③青娥，少女。殿脚，殿脚女，拉纤的女子。宋佚名《开河记》卷三："龙舟既成，泛江沿淮而下。至大梁，又别加修饰，砌以七宝金玉之类。于吴越间取民间女年十五六岁者五百人，谓之殿脚女。至于龙舟御艇，即每船用采缆十条，每条用殿脚女十人，嫩羊十口，令殿脚女与羊相间相行，牵

之。”轻云里，形容舟行之轻捷。司花妓，即司花女。题名颜师古《隋遗录》：“长安贡御车女袁宝儿，年十五，腰肢纤堕，呆冶多态，帝宠爱之特厚。时洛阳进合蒂迎辇花，云得之嵩山坞中，人不知名，采者异而贡之。会帝驾适至，因以迎辇名之。……其香浓芬馥，或惹襟袖，移日不散，嗅之令人多不睡。帝命宝儿持之，号曰‘司花女’。”司花妓或指炀帝御舟上的歌姬。

④江都宫阙，指隋炀帝在江都的行宫。江都，今江苏扬州市。迷楼，隋炀帝所建之楼，极奢侈豪华之能事。故址在今扬州市西北。

【说明】

吊古伤今之作，对隋炀帝的奢靡豪华生活虽并未正面谴责，但结尾三句，抒发了盛极而衰的沧桑之慨，其实也表现了词人的批判态度。故汤显祖评曰：“‘清淮映月’句，感慨一时，涕泪千古。”陈廷焯也认为，本词风格苍凉，在韦庄词中，最有风骨。

又

春晚。风暖。锦城花满。狂杀游人[①]。玉鞭金勒，寻胜驰骤轻尘。惜良辰[②]。　　翠蛾争劝临邛酒。纤纤手。拂面垂丝柳[③]。归时烟里钟鼓，正是黄昏。暗销魂[④]。

【注释】

①锦城，锦官城，即今之成都市。李白《蜀道难》：“锦城虽云乐，不如早还家。”狂杀，极其兴奋。

②玉鞭金勒，指代豪华的车马。寻胜，游览名胜。惜良辰，珍惜春光。

③翠蛾，美女。临邛酒，美酒。用司马相如与卓文君临邛卖酒典故。临邛，治所在今四川省成都市。

④钟鼓，古代击钟鼓以报时。

【说明】

前蜀虽然是偏安一隅的小朝廷，但具有特殊的地理优势，易守难攻，很少战争波及。加之土地肥沃,人口众多,在这样的历史地理背景下,前蜀首都成都尤其繁华。本词即描写当年锦城春游的繁盛景象。全篇用词华丽,但描写细腻生动,有全景,也有细节。末三句融情入景,受到况惠风的高度评价。

上行杯

芳草灞陵春岸。柳烟深,满楼弦管。一曲离声肠寸断[1]。　　今日送君千万。红缕玉盘金镂盏[2]。须劝。珍重意,莫辞满[3]。

【注释】

①灞陵,汉文帝陵寝。

②千万,即下首“迢递去程千万里”之意。红缕玉盘,唐陈羽《宴杨驸马山池》:“鲙下玉盘红缕细。”金镂盏,镂花的金杯。

③劝,劝酒。满,指满上酒杯。

又

白马玉鞭金辔。少年郎,离别容易。迢递去程千万里[1]。　　惆怅异乡云水。满酌一杯劝和泪。须愧。珍重意,莫辞醉[2]。

【注释】

①金辔,对马辔的美称。辔,马勒。容易,轻易。去程,去路。

②劝和泪,流泪劝酒。

【说明】

两首都是送别之词,语言直白而情意深沉。主人公大约是一位歌伎。稍有不同的是,第一首完全是送别者的口吻,艺术上也比较完美,没有明显瑕疵。第二首略嫌重复,指代也不很明确,从下片的“惆怅异乡云水”

“须愧”等词语看，似乎又是告别者的话。

木兰花

独上小楼春欲暮。愁望玉关芳草路[①]。消息断，不逢人，却敛细眉归绣户[②]。　　坐看落花空叹息。罗袂湿斑红泪滴[③]。千山万水不曾行，魂梦欲教何处觅[④]。

【注释】

①玉关，指征人所在之地。

②绣户，闺房。

③坐看，因看。罗袂，罗袖，曹植《洛神赋》：“抚罗袂以掩涕兮，泪流襟之浪浪。”

④“千山”二句亦沈约“梦中不识路，何以为相思”（《别范安成》）之意。

【说明】

此首思妇伤春怀人之作，写得自然流畅而情意绵深。李冰若评曰：“‘千山’‘梦魂’二语荡气回肠，声哀情苦。”（《花间集评注·栩庄漫记》）不过如同对韦庄《菩萨蛮》《更漏子》等词一样，也有人认为，此篇也是托闺怨以抒写故国之思，例如俞陛云就说：“此词意欲归唐，与《菩萨蛮》第四首同。”（《唐五代两宋词选》）是否如此，也不失为一种看法，不妨参考。

天仙子

怅望前回梦里期。看花不语苦寻思。露桃宫里小腰枝[①]。眉眼细，鬓云垂。唯有多情宋玉知[②]。

【注释】

①期，相会。露桃，桃花。古乐府《鸡鸣》："露桃生井上。"露桃宫，泛指表演歌舞之地。

②宋玉貌美而多情，词中指代理想的情郎。

又

梦觉云屏依旧空。杜鹃声咽隔帘栊。玉郎薄幸去无踪[①]。一日日，恨重重。泪界莲腮两线红[②]。

【注释】

①梦觉，梦醒。云屏，云母屏风。声咽，啼声悲咽。薄幸，即薄情。

②泪界，泪流沾脸，留下两条痕迹。

【说明】

两首写爱情的小词，篇幅虽然短小，都写得缠绵悱恻，一往情深。表现了男权中心社会里女子对爱情的无限渴望，但这种渴望，往往以失望而告终，这是封建社会恒常的悲剧。

浣溪沙

惆怅梦余山月斜。孤灯照壁背窗纱。小楼高阁谢娘家[①]。　暗想玉容何所似，一枝春雪冻梅花。满身香雾簇朝霞[②]。

【注释】

①梦余，梦醒。韦庄《含山店梦觉作》："灯前一觉江南梦，惆怅起来山月斜。"与此意近。

②何所似，什么样子。"一枝"句，韦庄《春陌》二首："肠断东风各回首，一枝春雪冻梅花。"朝霞，比喻女子容光照人。曹植《洛神赋》："远而望之，皎若太阳升朝霞。"

【说明】

思念情人之作。下片用比喻方法，夸赞情人之美，生动传神，广受后人称赏。尤其是“一枝春雪冻梅花”，大概是词人的得意之笔，因此在诗中和词中同时重复运用。

又

绿树藏莺莺正啼。柳丝斜拂白铜堤。弄珠江上草萋萋[①]。　　日暮饮归何处客，绣鞍骢马一声嘶。满身兰麝醉如泥[②]。

【注释】

①白铜堤，古代襄阳境内汉水堤名。刘禹锡《故相国燕国公于司空挽歌》之二：“汉水青山郭，襄阳白铜堤。”弄珠，玩珠，用郑交甫与神女典故。江，指汉水。

②骢马，毛色青白相间的马。兰麝，香气。醉如泥，形容喝得烂醉。

【说明】

杨景龙认为，本词写客子乡愁，诚然。但表现非常含蓄，上片写暮春景象，只在换头“何处客”三字透露此中消息。

又

夜夜相思更漏残。伤心明月凭栏杆。想君思我锦衾寒[①]。　　咫尺画堂深似海，忆来唯把旧书看。几时携手入长安[②]。

【注释】

①“伤心明月”句，意谓在月光下伤心地凭靠着栏杆。因格律而颠倒词序。“想君”句，想象推测之词。

②咫尺，周制八寸为咫，十寸为尺。形容距离很近。全句意谓，近在

咫尺，却不能相见。唐崔郊《赠去婢》："侯门一入深如海，从此萧郎似路人。"旧书，从前的书信。

【说明】

此亦思念情人之作。唐圭璋先生曰："从己之忆人，推及人之忆己，又从相忆之深推到相见之难。文字全用赋体白描，不着粉泽，而沉哀入骨，宛转动人。南唐二主之尚赋体，当受韦氏之影响。"（《词学论丛·唐宋两代蜀词》）唐先生的意见很对，晚唐两位最重要的词人温庭筠和韦庄，词风完全不同。温词辞采华艳而意境深沉，韦词用语直白而情意真切，清人周济说："词有高下之别，有轻重之别。飞卿下语镇纸，端己揭响入云，可谓极两者之能事。"王国维重韦而轻温，陈廷焯扬温而贬韦，可能都失之公允。温庭筠和韦庄，词风虽然不同，但"极两者之能事"，说二人共同奠定了词这种文学体式的基础，恐不为过。

冯延巳三十六首

冯延巳（903—960），又名延嗣，字正中，五代江都府（今江苏省扬州市）人。南唐烈祖、中主二朝，官至左仆射同平章事，卒谥忠肃。有《阳春集》。

鹊踏枝[1]

梅落繁枝千万片。犹自多情，学雪随风转[2]。昨夜笙歌容易散。酒醒添得愁无限[3]。　楼上春山寒四面。过尽征鸿，暮景烟深浅[4]。一晌凭栏人不见。鲛绡掩泪思量遍[5]。

【注释】

①冯延巳《鹊踏枝》(即《蝶恋花》)今存十四首。

②三句意谓梅花飘谢,在空中飞舞,仿佛不愿就此离去。多情,言其留恋树枝。

③笙歌,奏乐歌舞。泛指声色之娱乐。

④征鸿,飞过的大雁。暮景,傍晚的景色。

⑤人不见,不见所思之人。鲛绡,传说中鲛人所织的绡。亦借指薄绢、轻纱。词中指丝绸手帕。掩泪,掩面而泣。唐彦谦《无题》:"云色鲛绡拭泪颜。"

【说明】

冯延巳《鹊踏枝》,历来评价很高。王鹏运曰:"冯正中《鹊踏枝》十四阕,郁伊惝恍,义兼比兴。"(《半塘丁稿·鹜翁集》)张尔田曰:"正中身仕偏朝,知事不可为。所为《蝶恋花》诸阕,幽咽惝恍,如醉如迷,此皆贤人君子不得志发愤之所作也。"(《曼陀罗寱词序》)陈秋帆曰:"愁苦哀伤之致动于中。蒿庵所谓'危苦烦乱,郁不自达,发于诗余'者。"(《阳春集笺》)从末二句看,本词写女子相思之情,但前人大多不这么理解。冯煦《四印斋刻本阳春集序》就说:"翁俯仰身世,所怀万端,缪悠其辞,若显若晦。揆之六义,比兴为多。若《三台令》《归国谣》《蝶恋花》诸作,其旨隐,其词微,类劳人思妇、羁臣屏子郁伊怆怳之所为。翁何致而然耶?周师南侵,国势岌岌,中主既昧本图,汶暗不自强。强邻又鹰瞵而鹗睨之,而务高拱,溺浮采,芒乎芴乎,不知其将及也。翁负其才略,不能有所匡救,危苦烦乱之中郁不自达者,一于词发之。其忧生念乱,意内而言外,迹之唐、五季之交,韩致尧之于诗,翁之于词,其义一也。世但以靡曼目之,诬已!"这段话,具体描述了冯延巳所处的恶劣政治环境,认为冯延巳这类作品,表面写男女相思之情,实际上寄托了个人的家国之忧和身世之慨,世人把它看作靡曼之词,是不对的。冯煦的这段话,很有代表性,陈廷焯、王鹏运、张尔田,以及《阳春集笺》的作者陈秋帆,都持这种看法,并发表过类似的言论。这些意见,值得后人重视。

又

谁道闲情抛掷久。每到春来，惆怅还依旧[1]。日日花前常病酒。不辞镜里朱颜瘦[2]。　河畔青芜堤上柳。为问新愁，何事年年有[3]。独立小桥风满袖。平林新月人归后[4]。

【注释】

①闲情，男女之情。

②病酒，醉酒成病；不辞，不惜。

③何事，为何。

④人归后，指游人皆已归去，而词人犹独立寒风之中。

【说明】

冯延巳是五代时期最杰出的词人之一，正如陈廷焯所说："冯正中词，极沉郁之致，穷顿挫之妙，缠绵忠厚，与温、韦相伯仲也。"龙榆生先生也认为："延巳在五代为一大作家，与温、韦分鼎三足，影响北宋诸家尤巨。"而《鹊踏枝》（即《蝶恋花》）十四首，又是冯延巳的代表作。要读懂本词，首先要理解词人所说的"闲愁"是何含义。从表面意义说，闲愁就是无端的愁思，也就是爱情。但事实并没有这么简单。冯延巳在南唐烈主、中主时曾三度为相，又数度罢官。南唐国土面积虽大，且处于江南繁华之地，但军事上却是一个弱国，李璟也不是什么英主。在这样一个政权中主政，当然并非易事，其间一定充满担忧、争斗，阴谋和失败，这也是中国封建专制时代的共同特点。尤其在国力衰弱，政权腐败之时，这一特点就表现得更加明显。历史上对冯延巳的人品并无好评，称其"谄媚险诈"，但对其文学才能，却无不交口称赞。人们往往认为："文如其人。"这一判断其实并不周遍。历史上文品与人品不统一的现象，比比皆是。何况人是立体多面的存在，也会因处境的不同而发生变化，不能用好或坏两字简单加以概括，否则，离实际情况可能会很远。作为一位文才出众的弱国宰相，他不可能没有亡国之忧，失宠之虑，失位之怨，以及乱世文人普遍存在的生命无常的忧虑，人生苦短的慨叹。所有这些情绪，都会在其作品中表现出来，前代（如曹氏父子）如此，当时也是如此。因此本词中“闲愁”这一概念，外延虽然朦胧模糊，内涵却相当丰富复杂，故能令词人如此痛苦不堪，挥之不去，去而复来，年年常新，难以摆脱，一如河畔之青芜，堤上之垂柳。

又

六曲阑干偎碧树。杨柳风轻，展尽黄金缕[①]。谁把钿筝移玉柱。穿帘海燕双飞去[②]。　满眼游丝兼落絮。红杏开时，一霎清明雨[③]。浓睡觉来莺乱语。惊残好梦无寻处[④]。

【注释】

①偎，偎依、紧靠。黄金缕，指柳丝。

②“谁把”句，指弹筝，钿筝、玉柱云云，都是对乐器的美称。海燕，词中指燕子。按“双飞去”，《阳春集》作“惊飞去”。

③一霎，孟郊《春后雨》：“昨夜一霎雨，天意苏群物。”

④浓睡，沉睡。张碧《美人梳头》诗：“玉容惊觉浓睡醒。”“莺乱语”，《阳春集》作“慵不语”。惊残，惊破。

【说明】

此首一作欧阳修词，又作晏殊词。但《阳春集》《全唐诗》《词谱》均作冯延巳词，朱彝尊、张惠言、周济，以及后之选家多将其归于冯延巳名下，故从之。本词的风格与欧阳修确有相似之处，所以陈廷焯说：“雅秀工丽，是欧公之祖。”但是，这首词的主旨比较模糊，因为通篇只写春景，并未涉及词人自己的心情，只有末句“惊残好梦无寻处”似乎有所暗示，透露出淡淡的哀愁。那么主人公“好梦”的具体内容究竟是什么呢？谭献评论说：“此正周氏（周济）所谓‘有寄托入，无寄托出’也。”意思是说，本词虽有寄托，但却不直接表现出来。那么，作者寄托的具体内容又是什么呢？蔡嵩云《柯亭词论》给出了一个模棱两可的回答:“正中《鹊踏枝》十四首郁伊惝恍,究莫测其意旨。刘融斋(刘熙载)谓其词流连光景,惆怅自怜;冯梦华(冯煦)则以为有家国之感寓乎其中。然欤? 否欤?”其实,刘、冯两说并不互相排斥,家国之忧促使其流连光景,而惆怅自怜也可能是家国之忧的表现。

又

几日行云何处去。忘却归来,不道春将暮[1]。百草千花寒食路。香车系在谁家树[2]。　　泪眼倚楼频独语。双燕来时,陌上相逢否[3]。撩乱春愁如柳絮。依依梦里无寻处[4]。

【注释】

①行云,流动的云,以比游子。不道,不觉。

②香车,对车子的美称。

③频独语,频频自言自语,表思念也。“双燕”二句,意谓如逢双燕,当托其传书,故有此问。

④撩乱,纷乱。

【说明】

从文本看,此首确如唐圭璋先生所言,是女子“伤离念远”之作,上片写思念远人,下片言思妇相思之愁苦,低回曲折,一往情深。但张惠言等人看法不同,说“忠爱缠绵,宛然《骚》《辩》之义”。谭献也认为此词“必有所托”,连一向批评张惠言“寄托说”的王国维也认为“百草千花”二句,很像“诗人之忧世”,当代学人刘永济先生,也赞成张惠言的看法。当然这层言外之意,从词的文字本身是看不出来的。不过如前所说,若结合作者的身世处境分析,这种看法也有一定合理性。

又

秋入蛮蕉风半裂。狼藉池塘，雨打疏荷折[①]。绕砌蛩声芳草歇。愁肠学尽丁香结[②]。　回首西南看晚月。孤雁来时，塞管声呜咽[③]。历历前欢无处说。关山何日休离别[④]。

【注释】

①蛮蕉，芭蕉。因产于南方，故称。半裂，指芭蕉叶开裂。狼藉，纵横散乱貌。

②蛩，蟋蟀。芳草歇，香草枯萎。“愁肠”句，言愁肠百结。

③晚月，残月。塞管，羌管。

④历历，分明貌。前欢，往日的欢乐。休离别，不再离别。

【说明】

词写女子的离愁别怨。上下片都从写景开端，以写情结束。景是凄凉的秋景，由芭蕉、枯荷、蛩声、衰草、残月、孤雁、羌管等意象组成，渲染出一片浓烈的悲秋气氛，为下文做烘托。而抒情却极其含蓄简约，只有两句“愁肠学尽丁香结”“关山何日休离别”。前者言悲痛欲绝，后者言后会难期，点明了全篇主旨。以问句作结，给人余情袅袅之感。

又

花外寒鸡天欲曙。香印成灰，起坐浑无绪[①]。檐际高桐凝宿雾。卷帘双鹊惊飞去[②]。　屏上罗衣闲绣缕。一晌关情，忆遍江南路[③]。夜夜梦魂休谩语。已知前事无寻处[④]。

【注释】

①花外，一作“窗外”。寒鸡，残夜天寒，故言寒鸡。曙，天刚亮。香印

成灰，香已燃尽。香印，印香。王建《香印》：“闲坐烧印香，满户松柏气。”印香，用模子做成各种形状的香。浑，完全。

②宿雾，昨夜的雾。鹊，乌鹊，喜鹊。曹操《短歌行》：“月明星稀，乌鹊南飞。”

③绣缕，刺绣用的彩线。“浑无绪”，懒于刺绣，故曰“闲”。一晌，片刻，一会儿。关情，动情。

④漫语，谎言。二句意谓往事已经不可追及，梦中情事不过是谎言而已。

【说明】

此首思妇之词。上片主要写景，下片侧重言情。“闲绣缕”乃是“浑无绪”的具体表现，抒情由此层层推进，从“忆遍江南路”之刻骨相思，到“梦魂休谩语”的自我欺骗，直至末句“前事无寻处”的完全绝望，深刻而生动地揭示了思妇的内心世界，笔致委曲，情深无限。

又

萧索清秋珠泪坠。枕簟微凉，展转浑无寐[①]。残酒欲醒中夜起。月明如练天如水[②]。　　阶下寒声啼络纬。庭树金风，悄悄重门闭[③]。可惜旧欢携手地。思量一夕成憔悴[④]。

【注释】

①簟，竹席。

②练，白色的绢。谢朓《晚登三山还望京邑》：“余霞散成绮，澄江静如练。”

③络纬，虫名，即莎鸡，俗称纺织娘。李白《长相思》：“络纬秋啼金井阑。”金风，秋风。

④携手地，相聚之地。

【说明】

秋夜怀人之作，所怀何人？乃是旧日情人。这种相思之情是如此浓烈，不仅使人泪流满面，辗转难寐；使人中夜起床，望月兴怀；甚至令人“一夕成憔悴”。但是言及具体人物，词人的笔法却十分含蓄，只用“旧欢”二字，轻轻带过，引人无限遐想。

又

烦恼韶光能几许。肠断魂消，看却春还去[①]。只喜墙头灵鹊语。不知青鸟全相误[②]。　　心若垂杨千万缕。水阔花飞，梦断巫山路[③]。开眼新愁无问处。珠帘锦帐相思否[④]。

【注释】

①韶光，美好时光，此指春光。“看却”句，眼看着春天依旧归去了。

②灵鹊，即喜鹊。古人认为喜鹊通灵，能够报喜，故又称灵鹊。青鸟，神话中西王母的信使。二句欲抑先扬，言灵鹊虽已报喜，怎奈青鸟却耽误了信息。

③用宋玉《高唐赋》典故，言爱情之梦破灭。

④珠帘锦帐，喻指伊人所居之处。

【说明】

相思怀人之作，此篇主人公或许是一位男子，从下片“梦断巫山路”“珠帘锦帐相思否”二句，似可得到暗示。俞陛云评论说：“写景句含婉转之情，言情句带凄清之景，可谓情景两得。”（《唐五代两宋词选释》）指出了本词艺术上的主要特点是情景交融。

又

霜落小园瑶草短。瘦叶和风，惆怅芳时换[①]。懊恨年年秋不管。朦胧如梦空肠断[②]。　　独立荒池斜日岸。墙外遥山，隐隐连天汉[3]。忽忆当年歌舞伴。晚来双脸啼痕满[4]。

【注释】

①瑶草，仙草。芳时，美好季节。

②懊恨，悔恨。

③天汉，天空。

④啼痕，泪痕。

【说明】

本词描写一位失意舞女的悲秋怀旧之情，作者以主要篇幅描写秋天景色，但景中又处处饱含悲戚之情。末二句点明全篇主旨。陈秋帆评曰："含思凄婉，似别有怀抱者。"意思是可能别有寄托，的确如此。

又

芳草满园花满目。帘外微微，细雨笼庭竹[1]。杨柳千条珠簏簌。碧池波绉鸳鸯浴[2]。　窈窕人家颜似玉。弦管泠泠，齐奏云和曲[3]。公子欢筵犹未足。斜阳不用相催促[4]。

【注释】

①笼，笼罩。

②簏簌，下垂貌；珠，水珠。

③窈窕，形容女子仪容美好。泠泠，形容乐声清越，刘长卿《听弹琴》："泠泠七弦上，静听松风寒。"《周礼·春官·大司乐》："云和之琴瑟。"云和，山名，以产琴瑟著称，因以为琴瑟之通称。李白《寄远》："遥知玉窗里，纤手弄云和。""云和曲"即指琴瑟等所演奏的乐曲。

④犹未足，尚未尽兴。

【说明】

本词描写贵族家庭的一场盛宴。上片写景，描写庭院之美丽：花草满目，庭竹笼雾，烟柳千条，碧池荡波，这种环境当然非普通人家所能拥有。下片写宴饮，美女起舞，管乐齐鸣，觥筹交错，兴犹未尽，而夕阳忽然西斜矣。末二句似有《古诗》“生年不满百，常怀千岁忧”之慨叹。

又

几度凤楼同饮宴。此夕相逢，却胜当时见[①]。低语前欢频转面。双眉敛恨春山远[②]。　　蜡烛泪流羌笛怨。偷整罗衣，欲唱情又懒[③]。醉里不辞金爵满。阳关一曲肠千断[④]。

【注释】

①凤楼，对楼房的美称，为女子所居，用萧史、弄玉典故。当时，昔日、往昔。曹唐《刘阮再到天台不复见仙子》：“桃花流水依然在，不见当时劝酒人。”

②前欢，旧日情人；转面，（因害羞）而转过脸去。双眉敛恨，因悲痛而皱眉。春山，女子眉饰。

③杜牧《赠别》：“蜡烛有心还惜别，替人垂泪到天明。”王之涣《凉州词》：“羌笛何须怨杨柳。”此句化用唐人诗意，词中屡见。情又懒，没有心情。

④金爵，金制酒器，指酒杯。阳关曲，送别之曲。《乐府诗集》卷八十：“《渭城》，一曰《阳关》，王维之所作也，本送人使安西诗，后遂被于歌。”李商隐《赠歌妓》：“断肠声里唱《阳关》。”

【说明】

这是一首赠别词，赠送的对象是一位相识多年的歌伎。上片写别后重逢，悲喜交集之情状；下片写重逢再别之悲痛。唐、宋之时，文人与歌伎交往，并且彼此成为知己的例子，并不鲜见。显然，作者与这位青楼女子的交情亦非泛泛，所以能够写得如此深情缱绻，悲痛缠绵。不过，清人张惠言、今人刘永济先生，都认为此词并非单纯送别，而是寄托了“忠爱缠绵”的家国之思，也可备一说。

又

粉映墙头寒欲尽。宫漏长时，酒醒人犹困[①]。一点春心无限恨。罗衣印满啼妆粉[②]。　柳岸花飞寒食近。陌上行人，杳不传芳信[③]。楼上重檐山隐隐。东风尽日吹蝉鬓[④]。

【注释】

①困，困倦。

②春心，相思之情。啼妆粉，《后汉书·梁冀传》李贤注引《风俗通》云：“桓帝元嘉中，京师妇女作愁眉、啼妆。……啼妆者，薄拭目下若啼处。”此句意谓罗衣上沾满了泪痕和脂粉。

③“杳不传芳信”，情郎杳无音信。

④重檐，多层屋檐。蝉鬓，古代妇女一种发式，流行于魏文帝宫中，后传于民间。

【说明】

女子伤春怀人之作。词中虽然提到“宫漏”一词，但通观全文，并不像一首宫怨词。而且嫔妃宫娥，除了盼望帝王恩幸之外，不可能另有情人。

采桑子[①]

中庭雨过春将尽，片片花飞。独折残枝。无语凭阑只自知。　玉堂香暖珠帘卷，双燕来归。后约难期。肯信韶华得几时[②]。

【注释】

①冯延巳《阳春集》及各家选本多题作《罗敷艳歌》。今据陈秋帆《阳春集笺》改为后来比较通行的词牌《采桑子》。

②难期，难以约定。肯信，可信。

【说明】

此篇女子相思之词。由暮春残景，联想到自己青春年华易逝，而情人音信杳渺，后约难期，因而悲伤失望。是否别有寄托？见仁见智，不必有定见。

又

马嘶人语春风岸，芳草绵绵。杨柳桥边。落日高楼酒旆悬[①]。　　旧愁新恨知多少，目断遥天。独立花前。更听笙歌满画船[②]。

【注释】

①酒旆，酒帘子，酒店的招牌。

②目断，望断。

【说明】

此首或为送别之词，但写得非常含蓄，“芳草”“酒旆”“目断”三句稍露离情别绪。下片首句“旧愁新恨知多少”值得细加品味，如此浓重的“愁恨”究竟因何而起？是离别之愁，是失职之恨，抑或如常州词派所言是家愁国恨？还是数者兼而有之？诗无达诂，词尤如此。

又

小堂深静无人到，满院春风。惆怅墙东。一树樱桃带雨红。　　愁心似醉兼如病，欲语还慵[①]。日暮疏钟。双燕归栖画阁中。

【注释】

①慵，慵懒。

【说明】

词写女子寂寞伤春情怀，既含蓄蕴藉，又情意绵长，上下片结尾都以景写情，情景交融，故能情余言外。

又

笙歌放散人归去，独宿江楼[①]。月上云收。一半珠帘挂玉钩[②]。　　起来检点经游地，处处新愁[③]。凭仗东流。将取离心过橘洲[④]。

【注释】

①放散，指歌舞结束。

②“一半”句，意谓珠帘半卷。

③检点，查点，回看。

④凭仗，凭借；东流，江水。将取，带取，带着。离心，离愁。橘洲，黄进德先生曰，即橘子洲，在湖南长沙湘江中，以盛产橘子得名。

【说明】

词中并未明言主人公的性别，但从全篇语气推测，应该是一位“独宿江楼”的女子，乐尽悲来，使她更增添了几分寂寞和凄凉。回思往事，新愁处处，希望自己的“离心”凭借东流之水，追随“离人”而去。陈廷焯评论曰：“极凄婉之致。”

又

昭阳记得神仙侣，独自承恩[①]。水殿灯昏。罗幕轻寒夜正春[②]。　　如今别馆添萧索，满面啼痕[③]。旧约犹存。忍把金环别与人[④]。

【注释】

①昭阳，汉宫殿名。神仙侣，情侣。承恩，承受帝王恩泽，意谓得宠。

白居易《长恨歌》:“始是新承恩泽时。”

②水殿,临水的殿堂。李白《口号吴王美人半醉》:“风动荷花水殿香,姑苏台上宴吴王。”

③别馆,离宫。

④忍,岂忍。金环,指环,为定情之物。

【说明】

这是一首宫怨词,上片写当年承恩专宠之幸福,下片言如今冷落遭弃之悲凉,两相对比,更觉悲情难遣。不过这种失望,尚未达到完全绝望的程度。“旧约犹存”,二句表明,痴情女子希望帝王还有回心转意的一天。但是无数事实证明,这只是幻想,封建帝王尤其如此。本词也可能寄托了政治上失意的情怀。

又

洞房深夜笙歌散,帘幕重重。斜月朦胧。雨过残花落地红[1]。　　昔年无限伤心事,依旧东风。独倚梧桐。闲想闲思到晓钟[2]。

【注释】

①洞房,幽深的内室。《楚辞·招魂》:“姱容修态,絙洞房些。”朱熹集注:“洞,深也。”

②闲想,空想。

【说明】

俞陛云先生认为,本篇为词人暮年感旧之作。上片写当前,“笙歌散”“落地红”二句,有欢乐无常,年华易逝之慨。下片回忆过去,“无限伤心事”,不知究竟何事,能令词人反复思量,以至通宵无寐。对此人们只可意会,不必追究,似乎也难以追究。

又

花前失却游春侣，独自寻芳[①]。满眼悲凉。纵有笙歌亦断肠。　　林间戏蝶帘间燕，各自双双[②]。忍更思量。绿树青苔半夕阳[③]。

【注释】

①侣，伴侣。寻芳，游赏春日美景。姚合《游阳河岸》：“寻芳愁路尽，逢景畏人多。”

②戏蝶，蝴蝶。

③忍，不忍。

【说明】

此篇为怀念爱侣之作，“独自寻芳”，已露端倪；下片“林间戏蝶帘间燕”二句，更足证明。至于所言失却之侣是何人？已难知其详。陈廷焯评论说：“缠绵沉着。”近人俞陛云认为，篇末“夕阳”句，寄慨遥深，不得以绮语目之。也就是说，本词寄托了家国之忧，不能单纯看成爱情诗。意见可供参考。

菩萨蛮

娇鬟堆枕钗横凤。溶溶春水杨花梦[①]。红烛泪阑干。翠屏烟浪寒[②]。　　锦壶催画箭。玉佩天涯远[③]。和泪试严妆。落梅飞晓霜[④]。

【注释】

①娇鬟，美丽的发髻。钗横凤，凤钗横。杨花梦，春梦。

②烟浪，指香炉散发出的烟雾。

③锦壶、画箭，对漏壶和漏箭的美称。漏壶、漏箭，古代计时器。玉佩，随身佩戴的玉饰，此处指代所思男子。

④严妆，精心打扮。“落梅”句可以两解，一曰梅花飘谢如晓霜，一曰梅花飘落于晓霜之地。

【说明】

词写少妇春日相思情怀。上片以梦中情景与现实相比照，更显现实之清冷无情。美梦醒来，唯见红烛垂泪，炉烟袅袅而已。“寒”字兼气候与心情两者而言。下片写思念，说时间过得飞快，情人如今大约已经远在天涯。但抒情至此戛然而止，忽然宕开一笔，说女子开始精心打扮，为什么？俞陛云解释说：“悦己无人，而犹施膏沐，有带宽不悔之心。”意思是说情人虽不在身边，仍旧精心打扮，表示“衣带渐宽终不悔”的忠贞不二之意。结句以梅花纷纷飘落的风景作结，这是冯延巳惯用的笔法，足以使作品留下无穷余味。

又

金波远逐行云去。疏星时作银河渡[1]。花影卧秋千。更长人不眠[2]。　　玉筝弹未彻。凤髻鸾钗脱[3]。忆梦翠蛾低。微风吹绣衣[4]。

【注释】

①金波，月光。行云，一作“行人”。“疏星”句，或指七夕牵牛织女渡天河相会之时。

②“花影”句，意谓静止的秋千上布满花影。更长，夜深。

③弹未彻，弹未止。脱，散落，滑落。

④翠蛾低，低眉。

【说明】

本篇也写女子相思之情，写得非常含蓄，全篇只有“更长人不眠”和“忆梦翠蛾低”两句，暗示女子深陷相思的痛苦之中。然而七夕牛女之相会，秋千上洒落的花影，玉筝不停地弹奏，微风吹动着绣衣，这些情景，无不衬托出女子心中的相思之情。俞陛云评曰：“上阕仅言清夜无眠，下阕仅言手倦妆慵，到结句始言梦中情景，至风吹绣衣而不觉，可见低眉愁思之深且久也。”

谒金门

风乍起。吹皱一池春水[①]。闲引鸳鸯香径里。手挼红杏蕊[②]。　　斗鸭栏杆独倚。碧玉搔头斜坠[③]。终日望君君不至。举头闻鹊喜。

【注释】

①乍起，忽起。

②挼，搓揉。

③斗鸭栏杆，古代富贵人家养斗鸭于池中，围以栏杆。搔头，发簪。

【说明】

词写春日女子情怀，“终日望君君不至”句，表明是相思之情。写得细腻生动又含蓄蕴藉，此词因为得到中主李璟的赏识而更加闻名。据马令《南唐书·冯延巳传》记载：元宗乐府辞云“小楼吹彻玉笙寒”，冯延巳有“风乍起，吹绉一池春水”之句，皆为警策。元宗尝戏延巳曰：“‘吹皱一池春水’，干卿何事？”延巳曰：“未若陛下‘小楼吹彻玉笙寒’。”元宗悦。这当然是君臣之间戏谑的一段佳话，但的确也包含互相欣赏之意。

归国谣

何处笛。深夜梦回情脉脉。竹风檐雨寒窗隔[①]。　　离人几岁无消息。今头白。不眠特地重相忆[②]。

【注释】

①梦回，梦醒。寒窗隔，隔着寒窗，意谓窗外。

②特地，特别、格外。罗隐《汴河》：“当时天子是闲游，今日行人特地愁。”

又

江水碧。江上何人吹玉笛。扁舟远送潇湘客[1]。　芦花千里霜月白。伤行色。来朝便是关山隔[2]。

【注释】

①潇湘客,前往潇湘一带的友人。郑谷《淮上与友人别》:“扬子江头杨柳春,杨花愁杀渡江人。数声风笛离亭晚,君向潇湘我向秦。”潇湘,今湖南一带。

②行色,旅行,羁旅。来朝,明日。

【说明】

此调共三首,今选其二。词牌《阳春集》作《归自谣》,张宗棣《词林纪事》卷二云:“各本俱作《归国谣》。”今从之。两首都写离情。第一首思念友人或情人;第二首送别友人或情人。与冯延巳大多数辞藻华美的作品不同,此二词纯用白描笔法,语言明白,自然流畅,而情深意挚。故俞陛云评曰:“挥毫直书,不用回折之笔,而情意自见。格高气盛,嗣响唐贤。”

虞美人

碧波帘幕垂朱户。帘下莺莺语[1]。薄罗依旧泣青春。野花芳草逐年新。事难论[2]。　凤笙何处高楼月。幽怨凭谁说[3]。须臾残照上梧桐。一时弹泪与东风。恨重重[4]。

【注释】

①碧波帘幕,像碧波的帘幕,碧言其色,波言其飘动。

②薄罗,指身着薄罗之美人。泣青春,为青春空逝而悲泣。事难论,人事难言。

③凭谁说，向谁诉说。

④残照，夕阳。李白《忆秦娥》："西风残照，汉家陵阙。"一时，同时、一齐。

【说明】

本词或借女子春愁抒写词人自身的人生感慨，情调异常低沉，究竟因何事而触发，难以详考。上片感叹青春易逝，世事人生难以逆料，所以发出"事难论"的喟叹；下片称自己满怀幽怨，却无人可以倾诉，故以"恨重重"作结。冯延巳在南唐虽数度为相，但此时的南唐政权，外有强敌窥伺，内部党争激烈，冯延巳受战争失败的牵连以及党人攻讦的影响，又曾经数度罢相。显德五年（958），冯延巳被迫再次罢相，不久即因病去世，年方五十八岁。在这样的处境之中，心灵敏感的诗人，一定会有种种矛盾和痛苦。而这种矛盾痛苦又无法向常人倾诉，词中反复说道"事难论""恨重重""幽恨凭谁说"。也许就是这种复杂矛盾心情的表现。所以陈秋帆《阳春集笺》认为："此阕似别有悲凉滋味……蒿庵（冯煦）所谓'《黍离》《麦秀》，周遗所伤；美人芳草，楚累所托'者非欤？"

又

春山淡淡横秋水。掩映遥相对[①]。只知长作碧窗期。谁信东风吹散彩云飞[②]。　银屏梦与飞鸾远。只有珠帘卷[③]。杨花零落月溶溶。尘掩玉筝弦柱画堂空[④]。

【注释】

①黄进德先生认为，"春山"二句喻指眉目含情，秋波暗送。春山指代翠眉。秋水喻眼波。

②碧窗期，指男女约会。彩云飞，比喻所爱女子离去。李白《宫中行乐词》："只愁歌舞散，化作彩云飞。"

③银屏梦，春梦，情人相会之梦。韦庄《天仙子》："梦觉银屏依旧空。"

飞鸾远，指离人远去。

④溶溶，形容月光明净。唐许浑《冬日宣城元寺赠元孚上人》："波静月溶溶"。"尘掩"句，意谓人去楼空，玉筝沾满了灰尘。

【说明】

本篇以男子口吻，叙述情人离去的悲哀，写得掩抑多情，曲折有致。故俞陛云评论说："方长坐相期，而彩云易散；明知梦远银屏，而尚卷帘凝望，何以自堪。结句凄韵欲绝。"（《五代词选释》）

清平乐

雨晴烟晚。绿水新池满。双燕飞来垂柳院。小阁画帘高卷。　黄昏独倚朱阑。西南新月眉弯。砌下落花风起，罗衣特地春寒[①]。

【注释】

①特地，忽然、突然。

【说明】

以淡雅之笔，写清丽之景，抒凄迷之情。表面写景，而景中有情，情中有人，那独倚朱楼，忽感春寒的女子，就是本词的女主人公。俞陛云认为："窥词意，或有忧谗自警之思乎？"

更漏子

金剪刀，青丝发。香墨蛮笺亲扎[①]。和粉泪，一时封。此情千万重[②]。　垂蓬鬓。尘青镜。已分今生薄命[③]。将远恨，上高楼。寒江天外流[④]。

【注释】

①蛮笺，谓蜀笺，唐时四川地区所造彩色笺纸。

②一时封，一同封起来。

③尘青镜,青镜蒙尘。青镜,即青铜镜。李峤诗《梅》:“妆面回青镜,歌尘起画梁。”已分,已经料到。

④将,持,带着。

【说明】

冯词《更漏子》共五首,此选其一。本篇写痴情女子对薄情男子的一片真情,写得极其沉痛。虽然女子自称“已分今生薄命”,其实内心依旧满怀对男子的无比怀恋,也并未真正断绝希望,所以还要剪发封寄,登楼远眺。

长相思

红满枝。绿满枝。宿雨厌厌睡起迟。闲庭花影移[①]。　　忆归期。数归期。梦见虽多相见稀。相逢知几时[②]。

【注释】

①厌厌,恹恹,精神萎靡不振。

②数,计算。

【说明】

本词也写女子相思之情。上片写景,下片言情。语言明白流畅,不加藻饰。“梦见虽多相见稀”句,以质朴之语言,表深厚之情愫,点明全篇主旨。

薄命女[①]

春日宴。绿酒一杯歌一遍。再拜陈三愿[②]。

一愿郎君千岁,二愿妾身常健。三愿如同梁上燕。岁岁长相见。

【注释】

①又名《长命女》,《全唐诗》作《薄命妾》。

②绿酒,萧衍《碧玉歌》:“碧玉奉金杯。绿酒助花色。”李贺《别弟》:“醁醽今夕酒,缃帙去时书。”陈,陈述。

【说明】

本词以朴实无华的语言,表述了一位女子对美好爱情的无比向往。三愿之中,第一第二都是陪衬,第三愿才是词的主旨。沈雄《古今词话》曾批评本词格调“俚鄙”,这是某些士大夫的偏见。其实这种朴实无华的表达方式,正是继承了风诗、古乐府的优良传统,也是作者重视学习传统的表现,值得珍视。

临江仙

秣陵江上多离别,雨晴芳草烟深[1]。路遥人去马嘶沉。青帘斜挂,新柳万枝金[2]。　　隔江何处吹横笛,沙头惊起双禽[3]。徘徊一晌几般心。天长烟远,凝恨独沾襟[4]。

【注释】

①秣陵江上,金陵北傍长江,秣陵江指长江。

②马嘶沉,马嘶声已沉寂。青帘,青布所制的酒帘。

③沙头,沙岸、沙滩。

④凝恨,深恨。韦庄《菩萨蛮》:“凝恨对斜晖,忆君君不知。”

【说明】

词写离别之悲痛。上片说离人远去,马嘶沉寂,唯见酒旆高悬,柳丝飘拂而已。下片言横笛声中,送别归来,独自伤心落泪。俞陛云曰:“寻常离索之思,而能手作之,自有高浑之度。”(《唐五代词选释》)

喜迁莺

雾蒙蒙,风淅淅,杨柳带疏烟[1]。飘飘轻絮满南园。墙下草芊绵[2]。　　燕初飞,莺已老。拂面春风长好[③]。相逢携酒且高歌。人生得几何[④]。

【注释】

①蒙蒙,雾气;淅淅,风声。

②轻絮,柳絮。芊绵,草木茂密繁盛。

③三句描写暮春景象。

④得几何,能有多少。

【说明】

词写故友相逢之欢乐,又感光阴飞逝,人生如梦之悲哀。前六句全都描写暮春风景,为下文作铺垫。末二句直抒胸怀,点明题旨,笔法简约明晰。

芳草渡

梧桐落,蓼花秋。烟初冷,雨才收[①]。萧条风物正堪愁。人去后,多少恨,在心头[②]。　燕鸿远。羌笛怨。渺渺澄江一片[③]。山如黛,月如钩。笙歌散。梦魂断。倚高楼[④]。

【注释】

①梧桐落,梧桐叶落;蓼花秋,蓼花萎谢。

②人,指离人,情人。

③渺渺,遥远貌。

④黛,深青色。

【说明】

词写离别之痛,全篇寓情于景,唯上片“人去后”三字,下片“梦魂断”三字点明主旨,笔法含蓄,情余言外。陈廷焯评曰:“短句有一气相生之乐,直是化境。”(《云韶集》卷一)又曰:“语短韵长,音节绵邈。”(《词则·别调集》卷一)给予很高评价。

南乡子

细雨湿流光。芳草年年与恨长[①]。烟锁凤楼无限事，茫茫。鸾镜鸳衾两断肠[②]。　　魂梦任悠扬。睡起杨花满绣床[③]。薄幸不来门半掩，斜阳。负你残春泪几行。

【注释】

①草经雨湿，亮光闪动。此句前人多激赏之。王国维曰："人知和靖《点绛唇》、圣俞《苏幕遮》、永叔《少年游》，为咏春草绝调，不知先有正中'细雨湿流光'五字，皆能摄春草之魂者。"

②鸳衾，鸳被。衾，被子。此句意谓见鸾镜与鸳衾二物，令人断肠。

③绣床有两义，一指女子卧床，一指刺绣用的架子，两说皆可通。

【说明】

词写女子相思之情。上片托物起兴，抒写愁恨；下片慨叹梦亦难凭，青春将逝，因而恨及情郎。抒情委曲，而幽恨绵长。但也有人认为，词中别有寄托。刘永济先生曰："此亦托为闺情以自抒己怨望之情。……言外必有具体事在，特未明言耳。"先父端启公亦曰："不胜美人迟暮之感。"两说均可供参考。

三台令

南浦。南浦。翠鬓离人何处[①]。当时携手高楼。依旧楼前水流。流水。流水。中有伤心双泪[②]。

【注释】

①翠鬓，指代美女。

②双泪，双目之泪。

【说明】

词写离别之痛。先从离别发端，再回忆当年“携手高楼”之乐，又回到如今之悲情难遣，泪落流水。篇幅虽然短小，却能尽委婉曲折之致。结尾数句，尤获前人赞赏。陈廷焯评曰：“‘流水’二语，淋淋漓漓。”（《云韶集》卷一）

玉楼春

雪云乍变春云簇。渐觉年华堪纵目[①]。北枝梅蕊犯寒开，南浦波纹如酒绿[②]。　　芳菲次第长相续。自是情多无处足[③]。尊前百计得春归，莫为伤春眉黛蹙[④]。

【注释】

①乍变，初变。簇，簇拥，聚集。年华，春光。纵目，放眼远望。杜甫《登兖州城楼》：“东郡趋庭日，南楼纵目初。”

②犯寒开，冒着寒冷开花。浦，水边。

③次第，依次。无处足，永不知足。

④百计，用尽方法。得，《阳春集笺》作“见”。

【说明】

词写冬尽春来，年华易逝的感慨。作者的心情是矛盾的，既盼春来，又恐春逝，所以“自是多情无处足”，因此只能处于矛盾痛苦之中。末句“莫为伤春眉黛蹙”，其实只是自我安慰的话，“良辰美景奈何天”，永远是敏感诗人不解的心结。王国维曰：“冯正中《玉楼春》词（词略），永叔一生似专学此种。”先父端启公曰：“绝佳。”又曰：“北宋诸词家无不专学此种，不特永叔、少游而已。”

李璟四首

李璟(898—955),字伯玉,南唐先主李昪长子。昪卒,璟继位,是为中主。好文学,尤善填词。作品大多散佚,今仅存词五首。

摊破浣溪沙[①]

手卷真珠上玉钩。依前春恨锁重楼[②]。风里落花谁是主,思悠悠[③]。　　青鸟不传云外信,丁香空结雨中愁[④]。回首绿波三楚暮,接天流[⑤]。

【注释】

①一作《浣溪沙》。

②真珠,镶嵌珍珠的帘子。依前,依旧。

③谁是主,落花随风飘飞,没有归宿。

④云外,遥远之地。丁香结,丁香的花蕾,比喻愁心郁结。李商隐《代赠》:"芭蕉不展丁香结,同向春风各自愁。"

⑤三楚,指南楚、东楚、西楚,后多指长江中游两湖一带。

【说明】

表面看来,这是伤春之作。但詹安泰先生认为,当非一般的对景抒情之作,可能是南唐受到后周威胁之时,李璟借这样的小词,寄托自己的遭遇和怀抱。

又

菡萏香消翠叶残。西风愁起绿波间[①]。还与韶光共憔悴，不堪看[②]。　　细雨梦回鸡塞远，小楼吹彻玉笙寒[③]。多少泪珠无限恨，倚阑干。

【注释】

①菡萏，荷花的别名。翠叶指荷叶。愁起，拟人笔法，西风无所谓愁，是人感到了愁。

②韶光，美好时光。不堪看，不忍看。看，读平声。

③鸡塞，即鸡鹿塞，在今陕西横山县西。亦可泛指边塞。吹彻，吹尽。

【说明】

这两首《浣溪沙》，是李璟的名作。后人好评无数，也有人认为格调优于其子李后主之作。前面一首写伤春，但不限于伤春；这一首写悲秋，同样不限于悲秋。王国维认为，此篇“大有众芳芜秽，美人迟暮之感”。南唐是五代十国中国土面积最大的国家，李璟初立，也曾有“经营四方之志”，但是“邪臣阿谄，职为厉阶”，晚年悔恨无及。这或许就是王国维所说的“众芳芜秽，美人迟暮”的历史政治背景。

浣溪沙

风压轻云贴水飞。乍晴池馆燕争泥。沈郎多病不胜衣[①]。　　沙上未闻鸿雁信，竹间时有鹧鸪啼。此情惟有落花知[②]。

【注释】

①不胜衣，（因消瘦多病）连衣服的重量也不能承受。胜，禁得起。在此读平声。

②鸿雁信，雁能传书，此句言书信不来。鹧鸪即杜鹃，春末悲鸣，往往

会引起离人愁绪。落花知，伤春逝也。

【说明】

此首一作苏轼词。上片自叹多愁多病，下片伤春伤别伤离。一结有余不尽。

应天长[①]

一钩初月临妆镜。蝉鬓凤钗慵不整[②]。重帘静。层楼迥。惆怅落花风不定[③]。　　柳堤芳草径。梦断辘轳金井[④]。昨夜更阑酒醒。春愁过却病[⑤]。

【注释】

①李后主云：先皇御制歌辞墨迹在晁公留家。

②初月，比喻女子眉毛。慵不整，懒得梳理。

③迥，深远。

④辘轳，井上汲水的工具。金井，对井的美称。全句意谓，清晨被井上辘轳转动的声音惊醒。

⑤过却，过于、超过。意谓春愁比生病更痛苦。

【说明】

词写女子伤春伤别之情。本词亦作李后主、冯延巳、欧阳修之作。由于题材、风格之近似，加之人们在观念上对词这种文学体裁不够重视，晚唐五代及宋初某些作品，作者每每相混，本词亦是如此。但据宋陈振孙《直斋书录解题》所引李后主题跋，本词为李璟所作的可能性最大。

李煜二十五首

李煜(937—978),南唐中主李璟第六子,初名从嘉,字重光,号钟隐、莲峰居士。继父璟帝位,史称后主。为人仁孝,善诗词,工书画,好声色,喜浮图,而不恤政事。为宋太祖所俘,服毒死。诗文大都散佚。有《南唐二主词》。

玉楼春[①]

晚妆初了明肌雪。春殿嫔娥鱼贯列[②]。笙箫吹断水云开,重按霓裳歌遍彻[③]。　　临春谁更飘香屑。醉拍阑干情味切[④]。归时休放烛花红,待踏马蹄清夜月[⑤]。

【注释】

①题后原有注云:“已下两词(即本首与《子夜歌》)传自曹功显节度家,云墨迹旧在京师梁门外李王寺一老尼处,故弊难读。”按曹勋,字功显,阳翟人。《宋史》卷三百七十九有传。

②初了,刚罢。肌雪,如雪之肌肤。嫔娥,嫔妃宫女。鱼贯列,按次序排列。

③吹断,吹罢。重按,重新奏起。霓裳,《霓裳羽衣曲》。歌遍彻,《霓裳羽衣曲》共有十二遍(叠),彻,终、末。歌遍彻,意谓唱完最后一遍(叠)。

④临春,亦作“临风”。香屑,百和香,一种香粉。一说,香屑指落花,亦通。切,感情真切。

⑤休放,不让,不要。二句意谓,灭去灯烛,且骑马欣赏清夜月色。

【说明】

这首词是李后主前期的作品，主要描写宫中彻夜纵情行乐的情景。李氏政权是五代十国中的一国，虽然偏安一隅，但处于江南富庶繁华之地，经济文化繁荣，这为李氏政权的腐朽奢靡的生活提供了物质基础。李煜的作品，分为前后两期，前期主要表现宫廷中个人的生活状况，用词华丽，描写细腻生动，与花间华艳词风并无明显不同。后期国破家亡，身为囚虏，“整日以泪洗面”，因而词风发生了根本性的变化，思怀故国，感慨身世，情词凄婉，独步一时。正如王国维《人间词话》所说：“词至李后主，而眼界始大，感慨遂深，遂变伶工之词而为士大夫之词。”

渔　父

一棹春风一叶舟。一纶茧缕一轻钩。花满渚，酒满瓯。万顷波中得自由[①]。

【注释】

①棹，船桨。一纶茧缕，一根钓丝。瓯，古代一种饮酒器具。

又

浪花有意千重雪，桃李无言一队春。一壶酒，一竿纶。世上如侬有几人[①]。

【注释】

①一队春，一片春色。侬，我。

【说明】

词写渔父的隐逸情怀。身为帝王的李煜，为何忽然产生这种情怀？据詹安泰先生考证，原来这是两首题画词。北宋《宣和画谱》卷八：“卫贤，长安人。江南李氏时为内供奉，长于楼观人物。尝作《春江图》，李氏为题《渔父》词于其上。”

浣溪沙

红日已高三丈透。金炉次第添香兽。红锦地衣随步皱[①]。　　佳人舞点金钗溜。酒恶时拈花蕊嗅。别殿遥闻箫鼓奏[②]。

【注释】

①三丈透，三丈多。次第，一个接一个。香兽，《晋书·羊琇传》："琇性豪侈，费用无复齐限，而屑炭和作兽形以温酒，洛下豪贵咸竞效之。"后遂以"香兽"指用炭屑匀和香料制成的兽形的炭。唐孙棨《题妓王福娘墙》："寒绣衣裳饷阿娇，新团香兽不禁烧。"地衣，地毯。

②舞点，黄进德先生曰："舞乐中表节奏的鼓点。点，点拍，音乐中的节拍。"金钗溜，金钗滑脱。酒恶，醉酒、中酒。赵令畤《侯鲭录》卷八："金陵人谓中酒曰'酒恶'，则知李后主诗云'酒恶时拈花蕊嗅'，用乡人语也。"

【说明】

本篇也描写宫中歌舞行乐情景，"极豪华妍丽之致"（俞陛云语）。但有一点值得注意，《浣溪沙》词调原用平韵，用仄韵从后主开始，这也是格律上的突破。

又

转烛飘蓬一梦归。欲寻陈迹怅人非。天教心愿与身违[①]。　　待月池台空逝水，映花楼阁谩斜晖。登临不惜更沾衣[②]。

【注释】

①转烛飘蓬，比喻世事变化，行踪不定。陈迹，往事的踪迹。

②谩，通漫，空。

【说明】

一作冯延巳词。本词作者存疑，如果是李后主所作，写作年代当在身为囚虏以后。思念往昔，梦中归去，“欲寻陈迹怅人非”是一篇主旨，下片就这一题旨继续发挥，一结无比沉痛。

菩萨蛮

花明月暗笼轻雾。今宵好向郎边去。刬袜步香阶。手提金缕鞋①。　　画堂南畔见。一向偎人颤②。奴为出来难。教君恣意怜③。

【注释】

①金缕鞋，用金线绣花的鞋子。香阶，对台阶的美称。

②一向，一晌、片刻。

③恣意，尽情。怜，爱。

又

蓬莱院闭天台女。画堂昼寝人无语①。抛枕翠云光。绣衣闻异香②。　　潜来珠锁动。惊觉银屏梦③。脸慢笑盈盈。相看无限情④。

【注释】

①蓬莱，仙山名。二句用汉代刘晨、阮肇入天台山采药，偶遇仙女的典故。天台女，指仙女。

②翠云，比喻女子黑发。杜牧《山石榴》：“一朵佳人玉钗上，只疑烧却翠云鬟。”抛枕，谓长发抛散在枕上。

③潜来，偷偷地来。珠锁，对门锁的美称。惊觉，惊醒。银屏梦，女子的睡梦。

④漫，曼的借字。曼，光泽貌。《楚辞·招魂》：“娥眉曼睩。”王逸注：

"曼,泽也。"

【说明】

两首词都写男女幽会之事,写得细腻、生动、熨帖,但并不涉猥亵。所不同的是,第一首写女子偷偷来和情人幽会,时间在夜里;第二首写男子悄悄来与情人幽会,时间是在白天。前人多认为,词中所记叙,就是后主与姨妹小周后偷情的事情。李煜原配昭惠皇后(大周后)病逝(964)以后四年(968),小周后被立为皇后。后主似乎并不忌讳这段情事,不但公然写成作品,并且播之弦管,而不在乎朝廷内外人们的嘲讽之声。

又

铜簧韵脆锵寒竹。新声慢奏移纤玉[①]。眼色暗相钩。秋波横欲流[②]。　　雨云深绣户。未便谐衷素[③]。宴罢又成空。魂迷春梦中[④]。

【注释】

①铜簧,乐器中的铜制薄片,借以振动发声,指代笙。韵脆,声音清脆。锵寒竹,寒竹里发出锵然之声。新声,新谱的乐曲。移纤玉,弹奏时移动手指。纤玉,比喻女子洁白纤细的手指。二句描写宴席上歌伎演奏音乐的情景。

②二句描写眉目传情。

③谐衷素,彼此倾诉衷情。

④二句谓别后只能在梦中相会。

【说明】

本篇也是一首艳词。詹安泰先生说,这是在宴席上钟情和依恋一个奏乐女子的自白。但有人认为,本词也写后主与小周后之情事。从文本看,詹先生之说似乎比较合理。

长相思

云一緺。玉一梭。澹澹衫儿薄薄罗。轻颦双黛螺[①]。　　秋风多。雨相和。帘外芭蕉三两窠。夜长人奈何[②]。

【注释】

①云一緺(wō),云,女子头发,如绿云、乌云。緺,通“涡”,喻盘结的发髻。玉一梭,指扎发用的发簪之类。颦,皱眉。黛螺,古代妇女用来画眉的颜料,这里指代眉毛。

②窠,同棵。

【说明】

词写女子的寂寞相思之情。前半顾影自怜,后半寂寞难耐,结句“夜长人奈何”是全片主旨,委曲含蓄,意在言外。

浪淘沙

帘外雨潺潺。春意阑珊。罗衾不耐五更寒[①]。梦里不知身是客,一晌贪欢[②]。　　独自莫凭栏。无限江山。别时容易见时难[③]。流水落花春去也,天上人间[④]。

【注释】

①潺潺,雨声。阑珊,凋零。阑珊,一作“将阑”。不耐,不能耐受,意谓罗衾薄,挡不住春寒。不耐,一作“不暖”。

②身是客,客居异地,做了俘虏。

③莫凭栏,一作“暮凭栏”。江山,一作“关山”。

④春去也,喻指往事已经一去不返。春去,一作“归去”。天上人间,一在天上,一在人间,永难相见。

【说明】

蔡绦《西清诗话》卷下："南朝李后主归朝后，每怀江国，且念嫔妾散落，郁郁不自聊。尝作长短句'帘外雨潺潺'（下略），含思凄婉，未几下世矣。"陈廷焯《云韶集》卷一："凭栏远眺，百感交集，此词播之管弦，闻者定当流泪。"谭献《词辨》曰："雄奇幽怨，乃兼二难，后起稼轩，稍伧父矣。"按词写亡国之恨，现实与梦中对比，倍觉沉痛。

又

往事只堪哀。对景难排。秋风庭院藓侵阶①。一任珠帘闲不卷，终日谁来②。　　金锁已沉埋。壮气蒿莱③。晚凉天净月华开。想得玉楼瑶殿影，空照秦淮④。

【注释】

①难排，难以排遣。藓侵阶，苔藓长到了台阶上。说明人迹罕至。

②无人来，故帘不卷。一任，一作"一行""一桁"。

③金锁，又作"金剑"。蒿莱，野草。金锁，詹安泰先生认为疑指金锁甲。杜甫《重过何氏》："雨抛金锁甲。"金甲沉埋，壮气蒿莱，二句比喻兵败国亡。

④想得，想象。玉楼瑶殿，指南唐宫殿。秦淮，河名，在南京。三句因月华开而念及南唐故都情景。

【说明】

词写身为俘虏之后的寂寥心情以及对故国的无比怀念。首句起得突兀，却笼罩全篇。以后层层展开，写处境之落寞，亡国之哀情，最后抒发对故国的不尽怀想。"空照秦淮"，一个"空"字，说尽繁华消歇，往事成空的无限悲痛。据俞陛云先生考证，此调为后主因旧曲之名而新创。

相见欢

林花谢了春红。太匆匆。无奈朝来寒雨晚来风[①]。　　胭脂泪。相留醉。几时重。自是人生长恨水长东[②]。

【注释】

①春红,春花。

②相留醉,亦作“留人醉”。重(chóng),再次。

【说明】

本篇表面感叹春光无情流逝,实际抒发自己的身世之慨,“几时重”三字透露此中消息。盖春天来年必定如期而至,而自己曾经拥有的一切,已随着国破家亡而不可得再,所以说“无奈”,所以说“几时重”。本词用自然明白的语言,表达深沉郁结的悲痛,借景言情,融情入景,这也是李后主许多优秀作品的共同特点。

又

无言独上西楼。月如钩。寂寞梧桐深院锁清秋[①]。　　剪不断。理还乱。是离愁。别是一般滋味在心头[②]。

【注释】

①锁清秋,被秋气所笼罩。

②离愁,离开故国之愁,即亡国之痛。一般,一种。

【说明】

本首也是亡国以后的作品。黄昇《唐宋诸贤绝妙词选》评曰:“此词最凄惋,所谓亡国之音哀以思也。”陈廷焯《云韶集》评曰:“凄凉况味,欲言难言,滴滴是泪。”词中“离愁”乃指亡国之恨,这种悲恨,“剪不断,理还乱”;

这种悲恨，与众不同，如五味杂陈，说不清，道不明，普通人难以体味，因此只能深藏在心头。

虞美人

春花秋月何时了。往事知多少[①]。小楼昨夜又东风。故国不堪回首月明中[②]。　　雕栏玉砌应犹在。只是朱颜改[③]。问君能有几多愁。恰似一江春水向东流[④]。

【注释】

①秋月，一作“秋叶”。了，完了，尽头。多少，非常多。

②故国，指南唐，后主此时身为俘虏已经一年多。

③应犹在，一作“依然在”。雕栏玉砌，泛指南唐宫殿。

④“问君”二句，实为自问自答之辞。

【说明】

这首词是李后主词作中最著名，也是传诵最广的作品。谭献《词辨》评曰：“后主之词，足当太白诗篇，高奇无匹。”陈廷焯《云韶集》评曰：“一声恸歌，如闻哀猿，呜咽缠绵，满纸血泪。”王国维《人间词话》评曰：“后主之词，真所谓以血书者也。”关于这首词的写作时间，学界认识尚存分歧。李后主于宋太祖开宝九年(976)正月被俘，至宋太宗太平兴国三年(978)被毒死，整整过了两年半的囚徒生活。“诗穷而后工”，此语不虚，他的大部分优秀作品，都作于这一时期。詹安泰先生认为，本词作于后主入宋第二年(977)正月，而有的人认为，本词乃后主绝笔，但都是没有可靠史实依据的推断。李后主降宋后为何不到三年就被处死，而陈后主降隋十六年能得以善终，二人命运大相径庭，原因是多方面的。但念念不忘故国，而且还用优美的作品加以表现，传唱朝野，这令行伍出身的赵光义大为光火，肯定也是造成李后主悲剧命运的重要原因之一。

又

风回小院庭芜绿。柳眼春相续[①]。凭阑半日独无言。依旧竹声新月似当年。　　笙歌未散尊前在。池面冰初解[②]。烛明香暗画楼深。满鬓清霜残雪思难任[③]。

【注释】

①柳眼，早春初生的柳叶。元稹《生春》诗："何处生春早，春生柳眼中。"春相续，今春连接着去年春天，全句意谓，杨柳抽青，春天又来了。

②尊前，一作"尊罍"。二句意谓音乐尚未奏完，酒筵也未结束。初解，刚刚融化。

③清霜残雪，比喻白发。思难任，不堪愁思。

【说明】

本词也作于被俘入宋以后，借春天以起兴，抒发怀恋故国之情。结句说，这种怀恋之强烈，令人难以抑制，催生满鬓白发。两首《虞美人》比较，当然第一首更好，知名度也更高，但本篇也写得情真意切，而且含蓄不露。

子夜歌[①]

人生愁恨何能免。销魂独我情何限。故国梦重归。觉来双泪垂[②]。　　高楼谁与上。长记秋晴望。往事已成空。还如一梦中[③]。

【注释】

①《子夜歌》即《菩萨蛮》。

②"人生"二句，意谓人生都不免有愁恨，而我的愁恨却更加令人销魂。

③谁与上，与谁上。

【说明】

此词也作于后主被俘以后，语言明白如话，语语从肺腑中流出，感情深挚沉痛，表现了后主词风的重要特点。

乌夜啼

昨夜风兼雨，帘帏飒飒秋声[①]。烛残漏断频倚枕，起坐不能平[②]。　　世事漫随流水，算来一梦浮生[③]。醉乡路稳宜频到，此外不堪行[④]。

【注释】

①帘帷，窗帘和帷幕。飒飒，风雨声。

②漏断，漏水滴尽。烛残漏断，夜已深。欹枕，斜靠在枕头上。不能平，难以平息内心痛苦。

③漫随，空随。

④醉乡频到，指终日醉酒。唐王绩有《醉乡记》。

【说明】

这首词的写作时间，难以明确推断，也可能作于南唐亡国以前。李煜继位之时(961)，北宋建国已经两年。李煜身为弱国之君，只能尊宋为正统，岁贡以保平安。开宝四年(971)十月，宋太祖灭南汉，李煜被迫去除南唐国号，改称“江南国主”。次年，又贬损仪制，撤去金陵台殿鸱吻，以示尊奉宋廷。在这样屈辱的处境下，后主内心的苦闷，当可想见。加之后主生性懦弱，又信奉佛教。面对如此险恶的环境，除了一味退让之外，似乎束手无策。因此只好用佛家浮生如梦的观念安慰内心的痛楚，以“终日常昏饮”来麻痹自己敏感的心灵。

破阵子

四十年来家国，三千里地山河[①]。凤阁龙楼连霄汉，玉树琼枝作烟萝。几曾识干戈[②]。　　一旦归为臣虏，沈腰潘鬓消磨[3]。最是仓皇辞庙日，教坊犹奏别离歌。垂泪对宫娥[4]。

【注释】

①四十年来，南唐自开国(937)至亡国(975)，历时三十九年。三千里，南唐拥有三十五州之地，在十国中号称大国。

②凤阁龙楼，指宫殿；玉树琼枝，指奇花异树。几曾，何曾；干戈，战事。

③臣虏，俘虏。潘鬓，指白发。潘岳《秋兴赋》序曰："余春秋三十有二，始见二毛。"又曰："斑鬓发以承弁兮，素发飒以垂领。"

④辞庙，辞别宗庙，意即辞别故国。教坊，宫廷中掌管音乐歌伎的官署。宫娥，宫女。

【说明】

本篇当为后主降宋以后，追忆昔年被俘时匆促离开金陵时的情景和感受。上篇回忆南唐之建国历史，版图广大，以及首都金陵之美丽繁华；下片感叹被俘后之悲苦，以致"沈腰潘鬓消磨"，而其中最使人不堪的，是每当想起"仓皇辞庙"时的种种狼狈悲凉情景。

有人认为，后主就不该这样哭哭啼啼地离开首都，应与京城共存亡；又有人认为，后主当年曾经发出过"若社稷失守，当携血肉以赴火"的豪言，因此这首词一定是伪造的。但豪言可以不实践，那么多悲叹自己囚徒生活的作品斑斑在目，难道都是伪造的吗？至于哭哭啼啼，这也许就是造成李煜悲剧命运的性格弱点。李煜确实不是一个好皇帝，却是一位无与伦比的艺术家；宋徽宗也不是一位好皇帝，但也是一位优秀的艺术家，这也许是历史的误会，也可以说是历史的玩笑。其中原因复杂，不能一一具论。

清平乐

别来春半。触目柔肠断。砌下落梅如雪乱。拂了一身还满。　雁来音信无凭。路遥归梦难成。离恨恰如春草，更行更远还生[1]。

【注释】

①归梦难成，指欲归不得。“离恨”二句，翻用淮南小山《招隐士》句，而更进一层，言离恨犹如春草，日深一日。

【说明】

此篇写春日怀人。上片写景，下片怀人。语言浅显明白，感情却深挚缠绵。所怀何人？据詹安泰先生考证，乃是怀念入宋不归的弟弟李从善。是否果真如此，不得而知，对理解本词的含义，也不十分重要。

捣练子令

深院静，小庭空。断续寒砧断续风[1]。无奈夜长人不寐，数声和月到帘栊[2]。

【注释】

①砧，捣衣石，古代妇女常因捣衣而思念征人。杜甫《秋兴》：“寒衣处处催刀尺，白帝城高急暮砧。”

②夜深不寐，故听到砧声伴着月光一起来到帘栊。

【说明】

深夜悲秋之作，笔法极其简约含蓄，艺术表现非常成功。

望江南[1]

闲梦远，南国正芳春。船上管弦江面渌，满城飞絮滚轻尘。忙杀看花人[2]。

【注释】

①《望江南》四首，詹安泰先生合为二首，成双调。前二首称《望江梅》，后二首称《望江南》。然四首韵脚均不同，今据《全唐诗》仍析为四首。

②南国，指南唐故土。渌，一作绿。

又

闲梦远，南国正清秋。千里江山寒色远，芦花深处泊孤舟。笛在月明楼[1]。

【注释】

①赵嘏《长安秋望》："长笛一声人倚楼。"

【说明】

二首均为借景言情之作，一写南国春景之美丽，二言南国清秋之迷人。词虽言梦，其实未必真梦，意谓极其思念而已。说"远"，开封离金陵并不很远，应该是一种心理距离。词中悲恨之情虽不明显，但思念之意却十分浓郁，应该也是被俘以后所作。

又

多少恨，昨夜梦魂中。还似旧时游上苑，车如流水马如龙。花月正春风[1]。

【注释】

①上苑，供帝王游猎的林园。"车如"句，言车马之多。《后汉书·明德马皇后纪》："见外家问起居者，车如流水，马如游龙。"

又

多少泪，断脸复横颐[1]。心事莫将和泪说，凤笙休向泪时吹[2]。肠断更无疑。

【注释】

①此句言涕泪交流。颐，面颊。

【说明】

这两首词明显表露出身为亡虏的悲恨。第一首以"恨"字发端，痛惜往日豪华欢乐的日子一去不返;第二首以“泪”字开头,接连用三个“泪”字贯穿全篇,而以“肠断”结束,充分表达了后主囚徒生活中的悲痛心情。

临江仙

樱桃落尽春归去,蝶翻金粉双飞①。子规啼月小楼西。玉钩罗幕,惆怅暮烟垂②。　别巷寂寥人散后,望残烟草低迷③。炉香闲袅凤凰儿。空持罗带,回首恨依依④。

【注释】

①蝶翻金粉,蝴蝶扇动金黄色的翅膀。韩偓《蜻蜓》:“碧玉眼睛云母翅,轻于粉蝶瘦于蜂。”

②啼月,李白《蜀道难》:“又闻子规啼夜月,愁空山。”“玉钩”二句,一本又作:“画帘珠箔,惆怅卷金泥。”朱箔,即珠帘。

③别巷,小巷子。别巷一作“门巷”。望残,望尽。

④凤凰儿,或指凤形香炉。闲袅,形容香烟轻轻飘动。罗带,温庭筠《酒泉子》:“罗带惹香,犹系别时红豆。”

【说明】

据蔡绦《西清诗话》记载,李后主在围城时作此词,未完篇而城被攻破。这种说法有悖情理。围城的时间很长,几近一年,词作于这一时期是可能的,但说作于烽火连天,城将攻破之时,后主再痴,也不可能痴到如此地步。本篇显然是一首伤春伤别之作,从结句“空持罗带,回首恨依依”看,此时所爱之人已经离去。但伤春伤别只是表象,此时后主外惧强敌之临境,内忧家国之败亡,心情一定非常忧惧悲苦,故全词情调悲怨凄迷。上片说“春归去”,下片说“恨依依”,都有象征意义,表现出一种无限留恋又无可奈何的情绪。故陈廷焯《词则》评曰:“低回留恋,宛转可怜,伤心语不忍卒读。”

和凝八首

和凝(898—955),字成绩。郓州须昌(今山东东平)人。梁贞明二年(916)登进士第。历官后唐、后晋、后汉、后周四朝。好文学,长于短歌艳曲,人称“曲子相公”。文集已佚,《花间集》录其词二十首。

江城子

竹里风生月上门。理秦筝。对云屏。轻拨朱弦,恐乱马嘶声①。含恨含娇独自语,今夜约,太迟生②。

【注释】

①理秦筝,弹奏秦筝。传说筝产于秦国。朱弦,琴弦。“轻拨”二句,特地轻轻弹拨筝弦,只怕听不到情郎的马嘶声。

②生,句末助词。

又

斗转星移玉漏频。已三更。对栖莺。历历花间,似有马蹄声①。含笑整衣开绣户,斜敛手,下阶迎②。

【注释】

①斗转星移,北斗星已经转向,谓夜已深。历历,分明。

②敛手,拱手。

【说明】

和凝仕途通达,曾历仕四朝,政治上也颇有建树。不过,和凝年轻时,“好为曲子词”,所作大多是艳词,流传于汴、洛一带。其词集已佚失,今存词二十七首,分别见于《花间集》和《尊前集》。《江城子》原词共五首词,是联章体,今选两首。词写女子等待情郎约会的情状,描写少女心理状态惟妙惟肖,熨贴入微。陈廷焯评论说:“五词不少俚浅处,取其章法清晰,为后人联章之祖。”但近人吴梅却认为:“《江城》五支,为言情之祖。后人凭空结构,皆本此词。托美人以寓情,指落花而自喻,古人固有之,未可轻议也。”(《词学通论》)

薄命女

天欲晓。宫漏穿花声缭绕。窗里星光少[①]。

冷露寒侵帐额,残月光沉树杪。梦断锦帏空悄悄。强起愁眉小[②]。

【注释】

①缭绕,指漏声在花丛间萦绕。和凝《宫词》:“穿花宫漏正迟迟。”

②帐额,床帐前幅上端所悬之横幅,上有绘画或刺绣,用为床帐的装饰,俗称帐檐。卢照邻《长安古意》:“生憎帐额绣孤鸾,好取门帘贴双燕。”树杪,树梢。锦帷,锦帐。愁眉小,皱眉。

【说明】

词写宫怨。全篇写景,只于末句见情,“尽宫中幽怨之意”。笔法委婉含蓄。

天仙子

柳色披衫金缕凤。纤手轻拈红豆弄[1]。翠蛾双敛正含情，桃花洞。瑶台梦。一片春愁谁与共[2]。

【注释】

①柳色，杨柳的颜色，即青绿色。金缕凤，金线绣成的凤凰。弄，把玩。

②桃花洞，东汉刘晨、阮肇在天台山偶遇神仙的桃源洞。瑶台，传说中神仙居住之处。李白《清平调》："若非群玉山头见，会向瑶台月下逢。"

又

洞口春红飞蔌蔌。仙子含愁眉黛绿[1]。阮郎何事不归来，懒烧金，慵篆玉。流水桃花空断续[2]。

【注释】

①洞口，指桃源洞口。春红，指桃花。簌簌，坠落貌。元稹《连昌宫词》："又有墙头千叶桃，风动落花红簌簌。"

②阮郎，阮肇，指代情郎。懒烧金，慵篆玉，言仙女思凡，懒于功课。烧金，炼丹；篆玉，玉篆，道士符箓上的篆字。

【说明】

两首是联章体，前后意义相承续，均借天台仙女描写凡间女子的相思之情。第一首比较含蓄，只于"手捻红豆""翠蛾含情""春愁谁共"三个关键句子中，透露出此中消息。第二首比较直白，直言因情人不来而无心修行。俞陛云先生说，本词："写闺思而托之仙子，不作喁喁尔汝语，乃词格之高。"其实并不尽然，虽托仙子之名，而实写人间恋情，虽然避免了"喁喁尔汝"的艳语，实质并无二致。

渔　父

白芷汀寒立鹭鸶。蘋风轻剪浪花时[1]。烟幂幂，日迟迟。香引芙蓉惹钓丝[2]。

【注释】

①白芷，香草名，夏季开白花。蘋风，微风。唐玄宗《同玉真公主过大哥山池》诗："桂月先秋冷，蘋风向晚清。"轻剪浪花，吹起浪花。

②幂幂（mì mì），浓密貌。

【说明】

模仿唐代张志和的作品，表现隐逸之情。远不如张作之自然清逸，因二人身世境遇不同之故。陈廷焯评曰："较子同（张志和字）作自远不逮，而遣词琢句，精秀绝伦，亦佳构也。"（《云韶集》卷一）

春光好

蘋叶软，杏花明。画船轻。双浴鸳鸯出绿汀。棹歌声[1]。　　春水无风无浪，春天半雨半晴。红粉相随南浦晚，几含情[2]。

【注释】

①汀，水边平地。

②红粉，借指美女。几，几何，多么。

【说明】

本词描写春天少男少女们乘舟出游的情景，笔致轻灵，风格自然轻快，颇具南朝乐府民歌风味。

采桑子

蛸蟒领上诃梨子，绣带双垂[1]。椒户闲时。竞学樗蒲赌荔枝[2]。　　从头鞋子红编细，裙窣金丝[3]。无事嚬眉。春思翻教阿母疑[4]。

【注释】

①蝤蛴（qiú qí）领，比喻女子白皙的项颈。《诗经·卫风·硕人》："领如蝤蛴。"诃梨子，妇女的披肩。

②椒户，椒房，汉代皇后所居宫殿，以花椒子和泥涂壁，取温暖、芬芳多子之意。后亦泛指富贵人家的闺房。樗蒲（chū pú），古代一种博戏。

③从头鞋子，鞋头做成花丛的样子。红编，红色鞋带。窣（sū），下垂貌。

④嚬眉，皱眉。春思，春情。翻教，反使。

【说明】

词写一位情窦初开的少女的春情。用词极其华美，而描写却十分细腻含蓄。结尾以"阿母疑"反衬，尤妙。

张泌九首

张泌，字子澄，安徽淮南人。生卒年不详。仕南唐，后主征为监察御史。随后主降宋，仍入史馆，迁郎中。《全唐五代词》录其词十八首。按张泌词见《花间集》，《花间》一书成于940年，早于李后主继位二十余年；又《花间集》除温庭筠之外，例不录蜀国范围以外词人，此张泌恐非仕南唐之张泌也。疑不能明。

浣溪沙

钿毂香车过柳堤。桦烟分处马频嘶。为他沉醉不成泥[①]。　　花满驿亭香露细，杜鹃声断玉蟾低。含情无语倚楼西[②]。

【注释】

①钿毂香车，对车子的美称。桦烟，桦烛之烟。桦烛，以桦树皮卷腊为烛，用以照明。白居易《行简初授拾遗同早朝入阁因示十二韵》："宿雨沙堤润，秋风桦烛香。"

②玉蟾，月亮。

【说明】

张泌《浣溪沙》十首，词清句丽，韵味悠远，况周颐赞之为"蕴藉有韵致"，的确如此。这里选其四首。此篇似为女子送别情郎之作。香车当为女子所乘，马嘶说明男子即将远行。"为他"句极妙，说别酒并未喝得烂醉如泥，因此尚能乘香车前来送别。下片从送别处情景，一直写到归去后的思念。全篇以写景为主，只有上下两片末句"为他沉醉""含情无语"，略微点到离愁和思念，含蓄蕴藉，耐人寻味。

又

独立寒阶望月华。露浓香泛小庭花。绣屏愁背一灯斜[①]。　　云雨自从分散后，人间无路到仙家。但凭魂梦访天涯[②]。

【注释】

①香泛，花香飘散。李峤《菊》："香泛野人杯。"背，倚靠。

②云雨，指情人欢会。仙家，喻指情人所在处。曹唐《仙人洞中有怀刘阮》："人间无路月茫茫。"

又

马上凝情忆旧游。照花淹竹小溪流。钿筝罗幕玉搔头[①]。　　早是出门长带月，可堪分袂又经秋。晚风斜日不胜愁[②]。

【注释】

①凝情，情意专注，满怀感情。李康成《玉华仙子歌》："转态凝情五云里，娇颜千岁芙蓉花。"钿筝，装饰华美的筝。玉搔头，玉簪，女子头饰。

②早是，已是。长带月，经常趁着月光。可堪，那堪、不堪。分袂，分离。

【说明】

这两首似乎都写男子对旧情的回忆和怀念，前半写景，后半言情。风格温丽芊绵，语言自然流畅。谭献《词辨》评曰："开北宋疏宕一派。"

又

晚逐香车入凤城。东风斜揭绣帘轻。慢回娇眼笑盈盈[①]。　　消息未通何计是，便须佯醉且随行。依稀闻道太狂生[②]。

【注释】

①凤城，京城。揭，掀起。慢回，随意回头。

②消息，心意。何计是，怎么办。便须，就应。佯醉，假装醉酒。依稀，仿佛。太狂生，太狂放了。生，语助词。

【说明】

描写一位风流少年追逐美女的事件，绘神绘影，风趣幽默。短短二十四个字，把两人的神情心态表现得如此生动传神，殊非易事，显示了很高的艺术技巧。

临江仙

烟收湘渚秋江静，蕉花露泣愁红[①]。五云双鹤去无踪。几回魂断，凝望向长空[②]。　　翠竹暗留珠泪怨，闲调宝瑟波中[③]。花鬟月鬓绿云重。古祠深殿，香冷雨和风[④]。

【注释】

①湘渚，湘江岸边。蕉花，美人蕉花。

②五云，彩云。双鹤，神仙的坐骑。二句意谓帝舜死后，驾鹤仙去。"几回"二句，言舜之二妃，凝望长空而悲伤断魂。

③"翠竹"二句，前句用湘妃竹典故，后句用湘灵鼓瑟典故，发抒二妃之悲痛。张华《博物志》："舜崩，二妃啼，以涕挥竹，竹尽斑。"《楚辞·远游》："使湘灵鼓瑟兮，令海若舞冯夷。"李贤注："湘灵，舜妃，溺于湘水，为湘夫人。"

④古祠，指湘妃神庙。韩愈《黄陵庙碑》："湘旁有庙曰黄陵，自前古以祠尧之二女、舜之二妃者。"

【说明】

怀古之作，所怀对象是尧之女，舜之妃。这是一个古老的悲剧题材，从屈原开始就被历代诗人反复吟咏，要出新非常困难。但是作者充分发挥了自己的特长，把写景和抒情，写实与想象互相交融，获得了很好的艺术效果。故汤显祖评曰："词气委婉，不即不离，水仙之雅调也。"（玉茗堂《花间集》卷二）

南歌子

柳色遮楼暗，桐花落砌香[①]。画堂开处远风凉。高卷水晶帘额、衬斜阳[②]。

【注释】

①砌,台阶。

②水精帘,华美的帘子。温庭筠《菩萨蛮》:“水精帘里颇黎枕。”

又

岸柳拖烟绿,庭花照日红。数声蜀魄入帘栊。惊断碧窗残梦、画屏空[1]。

【注释】

①蜀魄,指杜鹃。相传杜鹃乃蜀王杜宇死后灵魂所化。李咸用《题王处士山居》:“蜀魄叫回芳草色。”

【说明】

两词都写女子春愁。许昂霄评曰:“此初日芙蓉,非镂金错采也。”这是借用钟嵘《诗品》引汤惠休的话语,来赞扬这两首词的艺术风格。按钟嵘《诗品》卷中:“汤惠休曰:‘谢诗如芙蓉出水,颜如错彩镂金。’颜终身病之。”的确,这两首词在清新明丽的风景描绘中,透露出女主人公淡淡的春愁。与大多数花间词人秾丽之风,完全不同。

江城子[1]

碧栏杆外小中庭。雨初晴。晓莺声。飞絮落花,时节近清明。睡起卷帘无一事,匀面了,没心情[2]。

【注释】

①此词一作冯延巳,又作欧阳修,但《花间集》《历代诗余》《全唐诗》均作张泌词。

②匀面,在脸上涂脂粉。泛指女子化妆。

【说明】

词写女子的伤春情怀,先绘景,后抒情,以平淡流丽之景,寓寂寥伤春之情,含蓄蕴藉,淡而有味。

又

浣花溪上见卿卿。脸波明。黛眉轻。绿云高绾,金簇小蜻蜓[①]。好是问他来得么,和笑道,莫多情[②]。

【注释】

①浣花溪,一名濯锦江,又名百花潭,在今四川省成都市西郊。溪畔有杜甫故居草堂。古代每年四月十九日,蜀人多游宴于此,谓之浣花日。卿卿,对情人的昵称。脸波,眼波。眉轻,浅眉。绿云高绾,绿云,浓密的乌发。高绾(wǎn),把头发高高盘绕起来打成发髻。"金簇"句,金质蜻蜓样首饰。

②好是,正好。和笑,含笑。莫多情,不要自作多情,这是女子娇羞的回答。

【说明】

本词是上面一首的延续,女子在寂寞伤春之时,打扮得漂漂亮亮,来到浣花溪边游玩,偶尔邂逅一位风流少年。于是发生了以下打情骂俏的风流韵事。问他的"他",也是指女子,古代他、她不分。男子问她,你来和我约会好不好?女子回答道,别自作多情了!结果如何?不得而知,也不必知道。对末二句,陈廷焯评曰:"妙在若会意若不会意之间。"也是此意。沈雄《古今词话》及叶申芗《本事诗》所载本词背后那个悲剧的爱情故事,对照词的具体内容,并不相符,或为后人附会。

牛峤十二首

牛峤，字松卿，一字延峰，陇西人。生卒年不详。唐僖宗乾符五年（878）进士。官尚书郎。王建镇蜀，辟为判官。及建称帝，为给事中，人称“牛给事”。工诗词，尤以词名。《花间集》录其词三十三首。

菩萨蛮

玉楼冰簟鸳鸯锦。粉融香汗流山枕[①]。帘外辘轳声。敛眉含笑惊[②]。　柳阴轻漠漠。低鬓蝉钗落[③]。须作一生拚。尽君今日欢[④]。

【注释】

①冰簟，凉席。鸳鸯锦，绣有鸳鸯的锦被。粉融香汗，脂粉与汗水相融。山枕，枕头。

②辘轳，井架上用于汲水的滑轮。王维《早朝》：“宫井辘轳声。”辘轳声响起，暗示天已拂晓。

③蝉钗，一种蝉形的发钗。

④须作，应作。拚，不惜。二句意谓，不顾一切，且尽今日之欢乐。

【说明】

此首写男女之间的热烈爱情，写得大胆而直白，这种笔法，在古代乐府民歌中常见，如汉乐府《上邪》《折杨柳枝》等等。尤其是末二句，后人批评之语不少，多是道学家迂腐之见。但王国维认为：“词家多以景寓情，其专作情语而绝妙者，如牛峤之‘甘做一生拚，尽君今日欢’。……此等词求之古今人词中，曾不多见。”

又

舞裙香暖金泥凤。画梁语燕惊残梦[1]。门外柳花飞。玉郎犹未归[2]。　　愁匀红粉泪。眉剪春山翠[3]。何处是辽阳。锦屏春昼长[4]。

【注释】

①金泥凤，裙子上涂饰金色凤凰。金泥，即金屑，古人用以饰物。语燕，呢喃的燕子。杜甫《堂成》：“频来语燕定新巢。”

②柳花飞，言春天将尽。玉郎，对情郎的昵称。

③心中忧愁，故一边涂粉一边流泪。

④辽阳，今辽宁辽阳市，泛指边塞，乃征人所在之地。沈佺期《独不见》：“十年征戍忆辽阳。”锦屏，指代女子居室。

【说明】

闺怨之辞，通篇写少妇的寂寞相思之情，用词华丽，风格纤秾，是典型的花间词风。但感情真挚，笔致流动。故陈廷焯评曰：“温丽芊绵，飞卿流亚。”

西溪子

捍拨双盘金凤。蝉鬓玉钗摇动[1]。画堂前，人不语。弦解语[2]。弹到昭君怨处。翠蛾愁。不抬头[3]。

【注释】

①捍拨，古时弹奏琵琶的拨弦工具。王建《宫词》：“红蛮捍拨贴胸前，移坐当头近御筵。用力独弹金殿响，凤皇飞下四条弦。”双盘金凤，或指绘刻金凤图案的琵琶。

②弦解语，琵琶弦仿佛能说话。

③《昭君怨》，琵琶曲名，相传为汉王昭君所作。杜甫《咏怀古迹》之二："千载琵琶作胡语，分明怨恨曲中论。"翠蛾，女子眉毛，这里指代琵琶女。

【说明】

本词描写演奏琵琶。一、二句正面写弹奏琵琶，三、四、五句写听演奏，满堂寂静无声，唯有琵琶如泣如诉，仿佛对听众倾诉心声。末三句言弹奏到幽怨之处，琵琶女似乎也被自己的乐声感动，心中愁怨，低头无语。所以陈廷焯评论说："短句颇不易作。此作字字的当，有意有笔，能品也。"(《云韶集》卷一)又说："意在言外。"(《词则·闲情集》)

望江怨

东风急。惜别花时手频执[①]。罗帏愁独入。马嘶残雨春芜湿[②]。倚门立。寄语薄情郎，粉香和泪泣。

【注释】

①花时，春天。手频执，频频牵手，不忍离去。

②青芜，草地。杜甫《徐步》："整履步青芜，荒庭日欲晡。"

【说明】

女子惜别之词，全篇用女子口吻，男子几乎不露面，只在第二句"手频执"时一闪而过。陆游评曰："《望江怨》为闺中曲，是盛唐遗音。"(沈雄《古今词话》引)况周颐评曰："昔人情语艳语，大都靡曼为工，牛松卿《望江怨》词、《西溪子》词，繁弦促柱间，有劲气暗转，愈转愈深。此等佳处，南宋名作中，间一见之。北宋人虽绵薄如柳屯田，顾未克办。"(《餐樱庑词话》)

梦江南

衔泥燕，飞到画堂前。占得杏梁安稳处，体轻唯有主人怜。堪羡好因缘[1]。

【注释】

①杏梁，文杏木所制屋梁，对屋梁的美称。

又

红绣被，两两间鸳鸯[1]。不是鸟中偏爱尔，为缘交颈睡南塘。全胜薄情郎[2]。

【注释】

①间，间隔。鸳鸯，指被子上所绣图案。

②为缘，因为。胜，胜过。据说鸳鸯雌雄成对，终生为侣，不离不弃，故云胜过薄情郎。

【说明】

二首皆托物言怀之作。第一首比较含蓄，第二首相对直白，都借咏物抒发女子的怨情。姜夔评论说："牛峤《望江南》，一咏燕，一咏鸳鸯，是咏物而不滞于物者也。词家当法此。"（《古今词话》引）

更漏子

星渐稀，漏频转。何处轮台声怨[1]。香阁掩，杏花红。月明杨柳风[2]。　　挑锦字。记情事。惟愿两心相似[3]。收泪语，背灯眠。玉钗横枕边[4]。

【注释】

①轮台，唐玄宗时由西域传入的乐曲，多为戍边将士所歌，声调愁怨。轮台，地处新疆巴音郭楞蒙古族自治州西部、天山南麓、塔里木盆地北缘，

为古西域都护府所在地。

②香阁，闺房。

③挑锦字，用晋窦滔妻子苏蕙织回文诗寄远方丈夫的典故，意谓给丈夫写信。杜甫《江月》："谁家挑锦字，灭烛翠眉颦。"仇兆鳌注："挑锦字，挑锦线以刺字，欲寄征夫也。"

④"玉钗"句，玉钗滑落，头发散乱。

【说明】

怨妇思念征夫之词。上片写春天又至，而女子香闺寂寞，深夜无眠。下片写女子寄书远方，祝愿两心相守，永不离弃。笔法简洁，却能曲折传神，这是牛峤词风的重要特点。

又

春夜阑，更漏促。金烬暗挑残烛[1]。惊梦断，锦屏深。两乡明月心[2]。　闺草碧。望归客。还是不知消息[3]。辜负我，悔怜君。告天天不闻[4]。

【注释】

①阑，将尽。促，急促。金烬，蜡烛的灰烬。李商隐《无题》："曾是寂寥金烬暗。"

②两乡，两地。

③闺草，闺房附近之草。江淹《杂体诗》："庭树发红采，闺草含碧滋。"望归客，盼望远行的丈夫归来。

④"辜负"两句，怨恨之词，意谓你辜负了我，我亦后悔对你的一片深情。

【说明】

本篇也是怨妇之词，但前首尚存希望，说："唯愿两心相似。"而本首却由祝愿转为怨恨，近乎绝望，说"辜负我，悔怜君，告天天不闻"，由怜而怨，感情又推进了一层。

又

南浦情，红粉泪。争奈两人深意[①]。低翠黛，卷征衣。马嘶霜叶飞[②]。　　招手别。寸肠结。还是去年时节[③]。书托雁，梦归家。觉来江月斜[④]。

【注释】

①南浦情，离别之情。江淹《别赋》："送君南浦，伤如之何？"红粉泪，女子的眼泪。争奈，无奈。

②低翠黛，低眉。卷征衣，收拾好征衣。

③寸肠结，愁肠寸断，形容极度悲痛。

④梦归家，女子梦见丈夫回家，但"觉来知是梦，不胜悲"，江月斜，天已拂晓。

【说明】

本篇也是怨妇之词，与前两首不同的是，作者先从回忆开篇，抒写去年离别之悲痛。从下片"还是去年时节"句可知，这种离别已非初次。结尾三句表现女子的相思与失望之情，"梦归家"只是"梦"而已，日有所思，夜有所梦，一觉醒来，才知是梦，而此时天已拂晓，唯见江月已经西斜。构思委曲精巧，令人耳目一新。

定西番

紫塞月明千里，金甲冷，戍楼寒。梦长安[①]。　　乡思望中天阔。漏残星亦残。画角数声呜咽。雪漫漫[②]。

【注释】

①紫塞，长城。晋崔豹《古今注·都邑》："秦筑长城，土色皆紫，汉塞亦然，故称紫塞焉。"金甲，铁甲。戍楼，边塞驻军的瞭望楼。长安，指代故

国家乡。

②漏,更漏。画角,军中管乐器,饰有彩绘,其声哀厉。

【说明】

词写征人怀乡之情。悲壮苍凉,具有盛唐边塞诗的风格特征,在花间词中“情调特异”,非常少见。

江城子

鵁鶄飞起郡城东。碧江空。半滩风[1]。越王宫殿,蘋叶藕花中[2]。帘卷水楼鱼浪起,千片雪,雨蒙蒙[3]。

【注释】

①鵁鶄(jiāo jīng),水鸟名,即池鹭。

②“越王”句意谓昔日越王宫殿,已成池塘沼泽。

③帘卷水楼,水楼上的帘子卷起。下三句写卷帘后所见。鱼浪,细浪。雪指浪花。

【说明】

对景怀古之作。俞陛云先生曰:“越王台在越溪畔,四、五句谓霸图消歇,遗殿无存,但见红藕翠蘋,凄迷野水。与李白咏勾践诗‘宫女如花满春殿,只今惟有鹧鸪飞’,皆怀古苍凉之作。”萧继宗先生曰:“‘越王’九字,感喟存于辞外,人皆赏之矣。然结尾三句,正以补足‘蘋叶藕花’,益不胜吊古伤今之意,非赘语也,不可不知。”(《评点校注花间集》)

又

极浦烟消水鸟飞。离筵分首时。送金卮[1]。渡口杨花,狂雪任风吹[2]。日暮空江波浪急,芳草岸,柳如丝。

【注释】

①极浦,遥远的水边。屈原《九歌·湘君》:“望辰阳兮极浦,横大江兮扬灵。”王逸注:“极,远也;浦,水涯也。”分首,分手,离别。金卮,酒杯。送金卮,请喝酒。

②狂雪,比喻杨花漫天飞舞。

【说明】

江边送别之作,但通篇都描写江边暮春景色,只有中间两句直接点到离别,而空江浪急,岸草凄凄,烟柳如丝之风景意象中,又无不透露出绵绵不尽的离情别绪,这就叫作“意在言外”。

牛峤是花间词派的重要词人之一,他的词可能同时受到温庭筠和韦庄的影响,既有藻丽精工之作,也不乏清疏淡雅之篇,故陈廷焯称其作品为“飞卿流亚”“当与端己并驱”,给出很高评价。

牛希济五首

牛希济,字不详,牛峤之侄。生卒年失考。仕蜀,任起居郎。累官翰林学士、御史中丞。后唐庄宗同光三年(925),随蜀主降于后唐,拜雍州节度副使。《全唐五代词》录其词十四首。

临江仙

峭碧参差十二峰。冷烟寒树重重[①]。瑶姬宫殿是仙踪。金炉珠帐,香霭昼偏浓[②]。　　一自楚王惊梦断,人间无路相逢[③]。至今云雨带愁容。月斜江上,征棹动晨钟[④]。

【注释】

①峭碧，峭言山势，碧言山色。十二峰，指巫山十二峰。孟郊《巫山曲》："巴江上峡重复重，阳台碧峭十二峰。"

②瑶姬宫殿，指巫山女神的宫殿。霭，雾气。

③"一自"句意谓，自从楚王梦醒以后，再也无人得见神女踪迹。

④"征棹"句，意谓晨钟响起，行船起航。

【说明】

自从宋玉写了《神女》《高唐》两赋以后，巫山十二峰便被蒙上了一层神秘面纱，楚王与巫山神女的故事，遂成为历代文人反复咏叹的题材。本词大约也是作者坐船经过巫山时所作。全词充满了怀古之幽思，以及对美好情景难以再现的慨叹，"人间无路相逢""至今云雨带愁容"，都表现了词人内心无限怅惘之情。《古今词话》引仇远语云："牛公《临江仙》芊绵温丽极矣。自有凭吊凄怆之意，得咏史体裁。"给予很高评价。近人詹安泰先生则认为："此词纯系比兴，寄亡国之感也。"牛希济在前蜀政权曾官翰林学士、御史中丞，后随蜀主王衍降于后唐，经历过亡国之痛。詹先生的说法，也有一定根据。

生查子

春山烟欲收，天淡星稀小。残月脸边明，别泪临清晓[①]。　　语已多，情未了。回首犹重道。记得绿罗裙，处处怜芳草[②]。

【注释】

①烟欲收，烟雾逐渐消散。

②重道，再说一遍。"记得"句是"重道"的具体内容。江总妻《赋庭草》："雨过草芊芊，连云锁南陌。门前君试看，是妾罗裙色。"又晏幾道《诉衷情》："长因蕙草记罗裙。"芳草与罗裙同为绿色，见到芳草即应念及罗裙，念及罗裙也应怜惜芳草，也即但愿彼此永不相忘之意。

又

新月曲如眉，未有团圞意[①]。红豆不堪看，满眼相思泪[②]。　　终日擘桃瓤，人在心儿里[③]。两朵隔墙花，早晚成连理[④]。

【注释】

①团圞，团圆。

②红豆，一名相思子，象征爱情。

③瓤，果肉。人谐音仁，桃仁。心儿里，桃子心中，比喻人的心中。

④连理，两棵树的枝或根合生在一起，通常称为“连理树”。文学作品中，往往用来比喻坚贞不二的爱情。

【说明】

原词共四首，今选其二。两首都是爱情词，格律小有差异。第一首写一对情人清晨离别景象。唐圭璋先生说：“上片写别时景，下片写别时情。”结尤痴情深挚，味之无尽。第二首更多采用民歌手法，说当前虽未能团圆，但只要彼此心中有我，隔墙花也能够冲破阻力，迟早会结成连理。陈廷焯评曰：“触物生情，哀感顽艳，开后人多少心思。”不过又批评说：“后半纤巧。”“一味纤巧，不可语于大雅。”陈氏承常州词派之余绪，论词主“沉郁”，故有此言。其实，这是古代乐府民歌常用的手法，也别有风味。故俞陛云评曰：“妍词妙喻，深得六朝短歌遗意，五代词中稀见之品。”俞先生的评论，更加符合事实。

酒泉子

枕转簟凉。清晓远钟残梦[①]。月光斜，帘影动。旧炉香。　　梦中说尽相思事。纤手匀双泪[②]。去年书，今日意。断离肠。

【注释】

①远钟残梦，远处传来的钟声惊醒了睡梦。

②匀双泪，拂拭眼泪。

【说明】

词写女子的相思之情。上片写梦醒以后所见情景，衬托女子失落的心情。下片倒叙，回味梦中与情人相聚，倾诉无限离情别绪。然而梦境成空，情人并未归来，只能捧读去年的书信，痛感今日离别之意，不免令人肠断。寥寥数语，笔法简洁，而又能曲尽情致，显示了很高的艺术概括能力。

谒金门

秋已暮。重叠关山岐路[①]。嘶马摇鞭何处去。晓禽霜满树。　　梦断禁城钟鼓。泪滴枕檀无数[②]。一点凝红和薄雾。翠蛾愁不语[③]。

【注释】

①岐路，岔路。

②禁城，紫禁城，皇城。枕檀，檀枕，泛指芳香的枕头。

③凝红，或指红日。翠蛾，美女。

【说明】

词写离别之情。上片征夫行旅之境况，下片思妇相思之愁绪，两相对照，更显离愁之深沉难遣。

尹鹗四首

尹鹗，字不详，成都人。生卒年不详。仕蜀，为翰林校书，累官至参卿。人称“尹参卿”，工诗词，《唐五代词》录其词十七首。

临江仙

深秋寒夜银河静，月明深院中庭。西窗幽梦等闲成。逡巡觉后，特地恨难平[①]。　　红烛半条残焰短，依稀暗背银屏[②]。枕前何事最伤情。梧桐叶上，点点露珠零。

【注释】

①幽梦，隐约的梦境。李商隐《赠从兄阆之》：“怅望人间万事违，私书幽梦约忘机。”幽梦，一作“乡梦”。等闲，轻易，随便。白居易《琵琶行》：“今年欢笑复明年，秋月春风等闲度。”逡巡，顷刻，一会儿。张祜《偶作》：“遍识青霄路上人，相逢只是语逡巡。”特地，特别。

②银屏，镶银的屏风。

【说明】

本词写闺怨，上片言梦醒幽恨难平，下片谓秋声引人悲思，风格清丽。俞陛云曰：“结句尤有婉约之思。”

满宫花

月沉沉，人悄悄。一炷后庭香袅[①]。风流帝子不归来，满地禁花慵扫[②]。　　离恨多，相见少。何处醉迷三岛[③]。漏清宫树子规啼，愁锁碧窗春晓[④]。

【注释】

①悄悄，忧伤貌。《诗经·邶风·柏舟》：“忧心悄悄，愠于群小。”

②帝子，词中指帝王。禁花，宫禁中的花。许浑《洛阳道中》：“风起禁花晚，月明宫树秋。”

③三岛，传说中的海外仙山，词中暗示其他女人处。

④末二句意谓，漏声、鹃声传来，愁氛满屋，到晓难眠。

【说明】

词写宫怨，表现宫妃寂寞清冷的宫廷生活，也许是尹鹗词中写得最好的一首。张炎《词源》评曰："参卿（尹鹗曾官参卿）词，以明浅动人，以简净成句者也。"陈廷焯《白雨斋词话》评曰："绮丽风华，仿佛仲初（王建）宫词。"也有人认为，本词寄托了作者的亡国之痛。例如宋尤袤《全唐诗话》就说："尹鹗工小词，有《满宫花》'月沉沉，人悄悄'云云。盖伤蜀之亡也。"也不无道理。

菩萨蛮

陇云暗合秋天白。俯窗独坐窥烟陌[①]。楼际角重吹。黄昏方醉归[②]。　　荒唐难共语。明日还应去[③]。上马出门时。金鞭莫与伊[④]。

【注释】

①陇云，陇上的云。陶弘景《答梁高祖诗》："山中何所有，陇上多白云。"陌，田间小路，泛指道路。

②楼际，楼内。角，号角。

③荒唐，言行乖谬反常。

④伊，他，指男子。

【说明】

词写一位痴情女子对待行为乖谬的丈夫的复杂心态。况周颐《餐樱庑词话》评曰："尹鹗《菩萨蛮》云云，由未归说到醉归；由'荒唐难共语'，想到明日出门时，层层转折，与无名氏《醉公子》略同。'金鞭莫与伊'犹有不尽之情，痴绝，昵绝，《全唐诗》附鹗词十六阕此阕为最佳胜。"

醉公子

暮烟笼藓砌。戟门犹未闭[①]。尽日醉寻春。归来月满身[②]。　　离鞍偎绣袂。坠巾花乱缀[③]。何处恼佳人。檀痕衣上新[④]。

【注释】

①藓砌，长满青苔的台阶。戟门，显贵人家之门。

②寻春，游乐，指出入于歌楼妓馆。

③离鞍，下马。绣袂，绣花的衣袂，指代女子。坠巾，散落的佩巾。

④檀痕，口脂的印痕。

【说明】

本词与前篇《菩萨蛮》意旨相近，所不同的是，《菩萨蛮》主要从女子的角度落笔，本词却更多描写男子的行为，只在末句点明女子的烦恼。笔法异常简洁生动，例如“尽日醉寻春，归来月满身”“何处恼佳人，檀痕衣上新”，描摹生动传神，都是词中妙句，颇获前人赞赏。

毛文锡四首

毛文锡，字平珪，南阳人，生卒年不详。唐进士。仕蜀，官至司徒。随王衍降后唐，以词翰供奉内廷。未几，复事后蜀孟氏。《唐五代词》录其词三十四首。

巫山一段云

雨霁巫山上，云轻映碧天。远风吹散又相连。十二晚峰前[①]。　　暗湿啼猿树，高笼过客船[②]。朝朝暮暮楚江边。几度降神仙[③]。

【注释】

①巫山，山名，在今重庆与湖北、湖南交界处。雨霁，雨止。十二峰，巫山有神女峰等十二峰，因为湿度很大，经常云雾弥漫。

②卢照邻《巫山高》："莫辨啼猿树，徒看神女云。"笼，笼罩。过客船，过往的船只。

③楚江，指长江流经楚地的一段。神仙，指巫山女神。

【说明】

咏物之作，所咏的对象是巫山之云，这就不免使人联想起被历代文人反复咏叹的巫山神女的故事。本词末二句确实也提到了这点。但整首的主旨是写云而非写爱情。故卓人月《古今词统》引徐士俊评曰："画云第一手。"对词人的描写技巧给予极高评价。

更漏子

春夜阑，春恨切。花外子规啼月[①]。人不见，梦难凭。红纱一点灯[②]。　　偏怨别。是芳节。庭下丁香千结[③]。宵雾散，晓霞辉。梁间双燕飞[④]。

【注释】

①切，深切。李白《蜀道难》："又闻子规啼夜月，愁空山。"

②人，情人；难凭，靠不住。一点灯，亮着一盏灯。

③偏偏在阳春佳节离别。丁香千结，喻指女子愁肠百结。

④宵雾，夜雾。

【说明】

女子伤离怨别之辞。上片言春夜怀人，下片悲佳节离别。末句以燕比人，更显离人之寂寞孤凄。李冰若《花间集评注·栩庄漫记》曰："文锡词质直寡味，如此首之婉而多怨，绝不概见，应为其压卷之作。"

醉花间

休相问。怕相问。相问还添恨。春水满塘生，鸂鶒还相趁①。　　昨夜雨霏霏，临明寒一阵②。偏忆戍楼人，久绝边庭信③。

【注释】

①相趁，相伴。

②霏霏，雨盛貌。临明，拂晓。韩偓《懒起》："昨夜三更雨，临明一阵寒。"

③戍楼人，戍边征人。唐张乔《书边事》："征人倚戍楼。"边庭，边塞。

【说明】

怨妇之词，心中苦不堪言，故以"休相问"起首，笔力陡健。接下去忽用比喻，说人不如鸟，但仍未说破原因。下片先宕开，以景陈情，诉说孤凄寂寞之状。篇末点明主旨，令人豁然洞明。起伏跌宕，笔致婉妙无比。

临江仙

暮蝉声尽落斜阳。银蟾影挂潇湘①。黄陵庙侧水茫茫。楚山红树，烟雨隔高唐②。　　岸泊渔灯风飐碎，白蘋远散浓香③。灵娥鼓瑟韵清商。朱弦凄切，云散碧天长④。

【注释】

①银蟾，月亮。此句意谓月光照在潇水、湘江之上。

②黄陵庙，相传为舜之二妃娥皇、女英的神庙，在今湖南湘阴县北。“楚山”句，用宋玉《高唐赋》典故，意谓不见巫山女神。

③飐（zhǎn），风吹摇曳。风飐碎，渔灯受风，摇晃零乱。柳宗元《登柳州城楼寄漳汀封连四州》：“惊风乱飐芙蓉水。”

④灵娥，湘水女神。韵清商，声调悲凉。

【说明】

游览楚地，怀念湘妃和巫山女神之作。在花间词人中，这类题材的作品很多，这大约与他们身处的地理环境有关，互相影响，形成了风气。在众多花间词人同类作品中，本篇是写得比较清新疏朗的一首。

薛昭蕴七首

薛昭蕴，字不详，号澄州，河东人。生卒年不详。仕蜀，官至侍郎。擅诗词。《花间集》录其词十九首。

谒金门

春满院。叠损罗衣金线①。睡觉水精帘未卷。帘前双语燕。　斜掩金铺一扇。满地落花千片②。早是相思肠欲断。忍教频梦见③。

【注释】

①叠损，折坏。

②金铺，对门的美称。斜掩，半开。

③早是，久已。

【说明】

词写女子相思之情。前六句写暮春景象，情景交融，浑成一片，但全是铺垫。结二句才托出主题："相思肠欲断。"故陈廷焯《云韶集》评曰："曰相思，曰肠断，曰梦见，皆成语也。看他分作二层，便令人爱不释手。"唐圭璋先生曰："文字分两层申说，宛转凄伤之至。'梦见'应'睡觉'，'早是'与'忍教'二字呼应。此种情景交融之作，正与韦相（韦庄）同工。"

浣溪沙

红蓼渡头秋正雨，印沙鸥迹自成行。整鬟飘袖野风香[1]。　不语含嚬深浦里，几回愁煞棹船郎。燕归帆尽水茫茫[2]。

【注释】

①红蓼，水草名，多生于水边。杜牧《歙州卢中丞见惠名酝》："夹溪红蓼映风蒲。"

②含嚬，即含颦，皱眉。

【说明】

《浣溪沙》八首，是薛昭蕴的代表作品，绝大多数写男女之情，本篇是其中第一首。词写一位女子在渡口迎接情人归来，结果却是一场空欢喜。写景画意盎然，写情含蓄蕴藉，结句尤引人思绪绵绵。《浣溪沙》词牌每句押韵，本词上下片首句皆不押韵，算是一个特例。

又

倾国倾城恨有余。几多红泪泣姑苏。倚风凝睇雪肌肤[1]。　吴主山河空落日，越王宫殿半平芜。藕花菱蔓满重湖[2]。

【注释】

①倾国倾城，指西施。姑苏，苏州，其地有吴王宫殿。倚风，临风。凝睇，注视。

②吴主，指吴王夫差。越王，指越王勾践。平芜，草木丛生的原野。重湖，两湖相连。杜甫《宿青草湖》题注："重湖，南青草，北洞庭。"

【说明】

怀古伤今之作，风格苍凉。李冰若评曰："伯主雄图，美人韵事，世异时移，都成陈迹。三句写尽无限苍凉感喟。此种深厚之笔，非飞卿辈所企及者。"（《花间集评注》）姜方锬评曰："此词伤心吊古，韵响调高，与陆太保《临江仙》分庭抗礼，当无愧色。"（《蜀词人评传》）

又

粉上依稀有泪痕。郡庭花落欲黄昏。远情深恨与谁论[①]。　　记得去年寒食日，延秋门外卓金轮。日斜人散暗销魂[②]。

【注释】

①粉上，粉脸上。依稀，隐约。郡庭，官署庭中。远情，怀远之情。

②延秋门，唐代王宫西门。卓，停留，停止。金轮，指车子。

【说明】

本篇为思妇怀人之词。上片写如今之孤独相思，下片忆去年之无奈离别，以依稀之泪痕发端，用去岁之人散结束，满纸离情，悲忧沉痛。故陈廷焯评曰："日斜人散，对此者谁不销魂？"

又

握手河桥柳似金。蜂须轻惹百花心。蕙风兰思寄清琴[①]。　　意满便同春水满，情深还似酒杯深。楚烟湘月两沉沉[2]。

【注释】

①握手，执手告别。柳似金，早春柳枝淡黄，其色如金。“蜂须”句，言蜜蜂在花间采蜜。蕙风，和暖的春风。王羲之《兰亭集序》：“天朗气清，惠风和畅。”兰思，情思。

②两沉沉，形容别后杳无音信。

【说明】

此首也写别情。上片别时之景，下片离别之情。汤显祖批评本词曰：“俗笔。”俗在何处？或过于纤丽，如“蜂须”句，或缺乏新意，如“握手”句，已经无数人道过。不过，下片笔酣墨饱，情深意挚，一结也颇有余味，并非一个“俗”字可以概括。

又

江馆清秋缆客船。故人相送夜开筵。麝烟兰焰簇花钿[1]。　　正是断魂迷楚雨，不堪离恨咽湘弦。月高霜白水连天[2]。

【注释】

①缆，用缆绳拴住。兰焰，泛指灯烛的火光。花钿，指代女子。簇，聚集在一起。

②“正是”句，合用巫山神女与湘灵鼓瑟典故，写男女别情。

【说明】

此首亦写男女离别之情。上片描写故人送别之情景，下片写别时之愁情，用词华丽，风格秾艳。“一结便有怊怅不尽之意，可谓善于融情入景。”（李冰若《花间集评注》）

小重山

春到长门春草青。玉阶华露滴，月胧明[1]。东风吹断紫箫声。宫漏促，帘外晓啼莺[2]。　　愁极梦难成。红妆流宿泪，不胜情[3]。手挼裙带绕阶行。思君切，罗幌暗尘生。

【注释】

①长门，汉武帝陈皇后失宠后，别居长门宫。华露，露水。韦应物《月夜》："皓月流春城，华露积芳草。"

②紫箫，以紫竹所制之箫。

③胜，读平声，承受。

【说明】

词写失宠宫妃的幽怨。上片言其寂寞悲伤，下片写出思君心切。茅映《词的》评曰："怨女弃才，千古同恨。"古代诗词中有大量宫怨作品，是否寄托了怀才不遇之感，要结合作者身世具体分析。曹植的《美女篇》，王昌龄的某些宫怨诗，很可能如此。但薛昭蕴生平不详，同类主题作品也仅此一首，很难据以做出明确判断，茅氏之论，只可参考。

魏承班三首

魏承班，字、里、生卒年均不详。父魏宏夫，为后蜀王建养子。承班为驸马都尉，官至太尉。国亡，与其父同时被杀。工词，风格艳丽。《全唐五代词》录其词二十一首。

玉楼春

寂寂画堂梁上燕。高卷翠帘横数扇[1]。一庭春色恼人来，满地落花红几片。　　愁倚锦屏低雪面。泪滴绣罗金缕线[②]。好天凉月尽伤心，为是玉郎长不见[③]。

【注释】

①扇，门窗。

②雪面，粉脸。金缕线，指锈金的衣服。

③为是，因为。玉郎，对情人的昵称。

【说明】

这是一篇伤春念远的闺怨词，上片伤春，下片怀人，结句点明主旨。全词表达明白浅显，略无余蕴，艺术上不算成功。沈雄《古今词话》批评魏词"有故意求尽之病"。况周颐批评魏词"少味"，都符合事实。

生查子

烟雨晚晴天，零落花无语。难话此时心，梁燕双来去。　　琴韵对熏风，有恨和情抚。肠断断弦频，泪滴黄金缕[①]。

【注释】

①琴韵，琴声。抚，弹奏。频，多次。

【说明】

词写少女相思怀春之情。前人多批评魏承班词有"好尽"之病，本词却含蓄蕴藉，不肯说尽。尤其"难话此时心，双燕频来去"两句，华钟彦《花间集注》曰："'难话此时心'二句，隽语也。隽不在言，而有不尽之意。"李冰若也认为："魏词浅易，此却蕴藉可诵。"(《花间集评注》)

诉衷情

银汉云晴玉漏长。蛩声悄画堂[①]。筠簟冷，碧窗凉。红蜡泪飘香[2]。　　皓月泻寒光。割人肠[3]。那堪独自步池塘。对鸳鸯[4]。

【注释】

①银汉，银河。玉漏，对漏壶的美称。悄画堂，在幽静的画堂内鸣叫。

②筠簟，竹席。

③割人肠，心如刀割。

④鸳鸯成双成对，而自己孤独无依，故云“那堪”。

【说明】

词写闺中少妇的情思。上片描写寂寞凄清的环境，烘托主人公的心情；下片睹物兴怀，见鸳鸯之成双，感自身之孤独。对“割人肠”句，有人认为“尖刻而不伤巧”，也有人认为，“割”字太硬，与“皓月”句不够调和。总之，魏承班词佳作寥寥，在花间词人中，属于下品。

欧阳炯十一首

欧阳炯（896—971），字不详，益州华阳人，少事前蜀王衍。前蜀亡，归后蜀孟知祥，为中书舍人。官至户部尚书、同平章事。后随孟昶降宋。工诗文，尤长于词。《全唐五代词》录其词四十八首。

三字令[1]

春欲尽，日迟迟。牡丹时。罗幌卷，翠帘垂。彩笺书，红粉泪，两心知[2]。　　人不在，燕空归。

负佳期[3]。香烬落，枕函攲[4]。月分明，花淡薄，惹相思[5]。

【注释】

①此首一作张先词，今据《花间集》定为欧阳炯词。

②彩笺，彩色信笺。红粉泪，女子眼泪。

③人，指情郎。

④枕函，枕头，中可藏物，故称枕函。

⑤分明，明亮。月色分明故花色浅淡。惹，引起。

【说明】

词写女子相思之情。唐圭璋先生曰："此首每句三字，笔随意转，一气呵成。大抵上片白昼之情景，由外及内；下片午夜之情景，由内及外。"俞陛云曰："十六句皆三字，短兵相接，一句一意，如以线贯珠，粒粒分明，仍一丝萦曳。"

江城子[1]

晚日金陵岸草平。落霞明。水无情[2]。六代繁华，暗逐逝波声[3]。空有姑苏台上月，如西子镜，照江城[4]。

【注释】

①此单调《江城子》，又名《村意远》《江神子》《水晶帘》。兴起于晚唐，词人韦庄最早依调创作，此后所作均为单调。直至北宋苏轼，始变单调为双调。

②晚日，傍晚。落霞，夕阳。王勃《滕王阁序》："落霞与孤鹜齐飞。"

③六代繁华，三国吴、东晋、宋、齐、梁、陈均建都金陵。繁华，繁荣奢华。韦应物《拟古》："京城繁华地，轩盖凌晨出。"

④姑苏台，亦作姑胥台。在姑苏山上，相传为吴王夫差所筑。唐陆广微《吴地记》："阖闾十一年，起台于姑苏山，因山为名。……后夫差复高而

饰之。”西子，西施。江城，金陵北傍长江，故称。

【说明】

本篇为金陵怀古之作。金陵虽为六朝古都，但在此建都者，大抵是短暂的王朝。当年虽极尽豪华，不久即灰飞烟灭。因此，历代诗人面对金陵更易发怀古之幽思，创作了许多优秀之作。本词也是其中之一。“六代繁华，暗逐逝波声”，就是本词的主旨。在写作上，作者采用时空错乱的方法，金陵和苏州，本非一地；春秋和六朝，也非一时，但词人把它们组合在一起，表达了自己的沧桑之感，推陈出新，巧妙而自然。

定风波

暖日闲窗映碧纱。小池春水浸晴霞①。数树海棠红欲尽。争忍。玉闺深掩过年华②。　独凭绣床方寸乱。肠断。泪珠穿破脸边花③。邻舍女郎相借问。音信。教人羞道未还家④。

【注释】

①碧纱，绿色窗纱。浸晴霞，霞光倒影于水中。

②红欲尽，红花将谢。争忍，怎忍。玉闺，对闺房的美称。

③绣床，古代妇女刺绣时绷紧织物的架子。方寸乱，心思混乱。脸边花，脸上的花饰。

④借问，请问，询问。羞道，羞于启齿。

【说明】

据沈雄《古今词话》说：“《定风波》商调曲也，始于欧阳炯为之。”本篇为思妇之词，上片感叹春天将尽，年华空度；下片自言心绪撩乱，愁肠寸断。结尾点明悲伤的原因，构思巧妙而用语通俗。况周颐《历代词人考略》评曰：“词如淡妆西子，肌骨倾城。”给予极高评价。

南乡子[1]

嫩草如烟。石榴花发海南天[2]。日暮江亭春影渌。鸳鸯浴。水远山长看不足。

【注释】

①《南乡子》,又名《好离乡》《蕉叶怨》,唐教坊曲。原为单调,始自欧阳炯。至南唐冯延巳增为双调。以欧阳炯《南乡子·画舸停桡》为正体,单调二十七字,五句两平韵,三仄韵。

②海南天,南方。石榴,据说由汉代张骞从西域安息国引进,又称安石榴。

又

岸远沙平。日斜归路晚霞明。孔雀自怜金翠尾。临水。认得行人惊不起[1]。

【注释】

①自怜,自爱。惊不起,孔雀常见行人,故看见人来,并不惊慌飞走。

又

洞口谁家。木兰船系木兰花[1]。红袖女郎相引去。游南浦。笑倚春风相对语。

【注释】

①洞口,山洞口。木兰,即玉兰,春季开白花或紫花。木兰船,是对船的美称。罗隐《秋晓寄友人》:"醉吟还上木兰舟。"

又

路入南中。桄榔叶暗蓼花红[1]。两岸人家微雨后。收红豆。树底纤纤抬素手[2]。

【注释】

①南中，指今云南、贵州和四川西南部。桄榔，南方树木名。蓼花，一年生草本植物，多生于南方，春末开花，色淡红。

②纤纤，细长貌。素，洁白。

【说明】

欧阳炯《南乡子》今存八首，均写南中之旅时所见风光景物。笔法简洁，绘景如画。欧阳炯词风艳丽，但《南乡子》八首，均写即目所见之南方风光景物，触物生情，信笔挥洒，风格自然清新，在花间词中别具一格。唐圭璋先生评曰："《南乡子》八首，写炎方风物，又一洗绮罗香泽之态，而能朴质真切，别有意致。"信然。

浣溪沙

落絮残莺半日天。玉柔花醉只思眠。惹窗映竹满炉烟[1]。　　独掩画屏愁不语，斜倚瑶枕髻鬟偏。此时心在阿谁边[2]。

【注释】

①落絮残莺，暮春天气。半日天，中午。玉柔花醉，比喻女子春困，娇慵无力。

②瑶枕，玉枕。阿谁，何人。

又

天碧罗衣拂地垂。美人初着更相宜。宛风如

舞透香肌[①]。　　独坐含颦吹凤竹，园中缓步折花枝。有情无力泥人时[②]。

【注释】

①天碧罗衣，浅绿色的丝绸衣服。按《宋史·世家·南唐李氏》："又（李）煜之妓妾尝染碧，经夕未收。会露下，其色愈鲜明，煜爱之。自是宫中竞收露水，染碧以衣之，谓之'天水碧'。"宛风，微风。

②凤竹，对箫笛一类管乐器的美称。泥人，牵缠人，摆脱不了。泥，读去声。

【说明】

上面两首都写女子的春愁春怨，用词华丽，风格浓艳，是花间词风的代表之作。但是描写细腻入微，抒情含而不露，艺术上别具一格，值得细细揣摩。

又

相见休言有泪珠。酒阑重得叙欢娱。凤屏鸳枕宿金铺[①]。　　兰麝细香闻喘息，绮罗纤缕见肌肤。此时还恨薄情无[②]。

【注释】

①叙欢娱，男欢女爱。

②无，否。朱庆余《近试上张水部》："画眉深浅入时无。"

【说明】

这是一首表现男欢女爱的艳词，也是花间词人常常涉及的题材。但本词描写细腻生动，力透纸背，而不涉猥亵。况周颐说："自有艳词以来，殆莫艳于此矣。"而王鹏运却认为："奚翅（啻）艳而已？直是大且重。"对本词艺术表现之有力而不纤巧，给予肯定和赞扬。

清平乐

春来街砌。春雨如丝细。春地满飘红杏蒂。春燕舞随风势[①]。　　春幡细缕春缯。春闺一点春灯。自是春心撩乱，非干春梦无凭[②]。

【注释】

①风势，风向。

②春幡，春旗。古代风俗，于立春日或挂春幡于树梢，或剪缯绢成小幡，戴在头上，以示迎春之意。非干，无关。

【说明】

词写女子春情。本篇在修辞上最大的特点，是每句都嵌入一两个“春”字，有的用得自然，有的用得勉强，近乎文字游戏。这种体式，最早可能始于陶渊明的《止酒》诗，每句都用“止”字，梁元帝诗《春日》连用二十几个“春”字，鲍泉和作，连用三十个“新”字，以后还有人屡屡效之。诗当以达意为主，技痒了偶然玩玩文字游戏，虽无大过，但终究不是“正格”。

顾敻十二首

顾敻（xiòng），字、里、生卒年均不详。历事前蜀、后蜀，累官至太尉。工词，《花间集》录其词五十五首。

虞美人

晓莺啼破相思梦。帘卷金泥凤[1]。宿妆犹在酒初醒。翠翘慵整倚云屏。转娉婷[2]。　香檀细画侵桃脸。罗袂轻轻敛[3]。佳期堪恨再难寻。绿芜满院柳成阴。负春心。

【注释】

①啼破，惊醒。金泥凤，金屑涂饰的凤凰图案。

②娉婷，形容女子姿态美好。

③香檀，古时一种化妆品，其味芬芳，用以描画口唇等。侵桃脸，慢慢地涂饰脸面。《说文》：侵，渐进也。敛，收起。化妆时轻轻卷起袖子。

又

深闺春色劳思想。恨共春芜长[1]。黄鹂娇啭泥芳妍。杏枝如画倚轻烟。琐窗前[2]。　凭栏愁立双蛾细。柳影斜摇砌[3]。玉郎还是不还家。教人魂梦逐杨花。绕天涯。

【注释】

①劳思想，引人情思。春芜，春草。

②黄鹂，黄莺。此句意谓黄莺在美丽的春光中叫个不停。泥，读去声。

③双蛾，两眉。摇砌，在台阶旁摇曳。

【说明】

顾敻《虞美人》共六首，均写女子春情，这里所选两首也不例外。前一首从莺声惊破相思梦写起，直奔主题。接着描写女主人公的慵懒无憀，顾影自怜。末三句点明全词主旨：佳期难再，辜负春心。第二首开门见山，说美丽的春色引人春思和春恨；下片抒写春恨的具体内容：玉郎久久不归。结尾二句说，哪怕梦中追随杨花，直到天涯海角，也在所不惜，形象地表现了女子的一片痴情。

诉衷情

永夜抛人何处去，绝来音[①]。香阁掩。眉敛。月将沉[②]。争忍不相寻。怨孤衾[③]。换我心为你心。始知相忆深[④]。

【注释】

①永夜，长夜。来音，来信。贾岛《寄友人》："一别寂来音。"

②香阁，香闺。

③相寻，寻思。孤衾，喻独宿。

④王士禛《花草蒙拾》："顾太尉'换我心为你心，始知相忆深'，自是透骨情语。"

【说明】

词写女子的相思之情，多用口语白描笔法，风格自然质朴。陈廷焯评曰："元人小曲，往往脱胎于此。"（《云韶集》卷一）萧继宗评曰："夹叙夹议，一片浑成。'换心'二语，过来人均有同感，但作者为道出第一人，所以可贵。元人小曲，精彩处往往类此。亦峰之见，颇具眼力。"（《评点校注花间集》）

醉公子

漠漠秋云淡。红藕香侵槛[①]。枕倚小山屏。金铺向晚扃[②]。　　睡起横波慢。独望情何限[③]。衰柳数声蝉。魂销似去年。

【注释】

①红藕，指荷花。槛（jiàn），阑干。

②小山屏，床头的靠背。金铺，门饰，指代门。向晚，傍晚。扃(jiōng)，关闭门窗。

③横波，指女子眼波。独望，独自远望。

【说明】

词写闺妇的相思之情，写得含蓄蕴藉，不露声色，只“独望”句，约略点到主旨。结尾借景言情，情景交融，尤为后人称道。李冰若《花间集评注》曰：“‘衰柳’二句，语淡而味永，韵远而神伤。”萧继宗《评点校注花间集》曰：“后结感深而语隽。”

又

岸柳垂金线。雨晴莺百啭[1]。家住绿杨边。往来多少年。　马嘶芳草远。高楼帘半卷[2]。敛袖翠蛾攒。相逢尔许难[3]。

【注释】

①金线，比喻初生柳枝。施肩吾《禁中新柳》：“万条金线带春烟。”百啭，鸣声婉转多样。贾至《早朝大明宫呈两省僚友》：“千条弱柳垂青琐，百啭流莺绕建章。”

②“马嘶”二句，言男子骑马远去，女子卷帘目送。

③敛袖，收紧衣袖；翠蛾攒，皱眉。尔许，如此。

【说明】

词写女子的相思之情，上片回忆二人相聚之乐，下片申述女子离别之痛。有李白乐府诗遗风。郑文焯评曰：“极古拙，极高淡，非五代不能有此词境。”(《花间集注》引)

临江仙

碧染长空池似镜，倚楼闲望凝情[1]。满衣红藕细香清。象床珍簟，山障掩，玉琴横[2]。　暗想昔时欢笑事，如今赢得愁生[3]。博山炉暖淡烟轻。蝉吟人静，残日傍，小窗明[4]。

【注释】

①池似镜，池水似镜子般透明。

②红藕，指荷花。象床珍簟，对床簟的美称。以象牙为饰之床，珍珠为饰之簟。山障，屏风。

③欢笑事，情人相会之乐事。赢得，落得、剩得。韩偓《五更》："光景旋消惆怅在，一生赢得是凄凉。"

④博山，香炉名。

又

幽闺小槛春光晚，柳浓花淡莺稀[1]。旧欢思想尚依依。翠嚬红敛，终日损芳菲[2]。　　何事狂夫音信断，不如梁燕犹归[3]。画堂深处麝烟微。屏虚枕冷，风细雨霏霏。

【注释】

①二句写暮春景象。莺稀，莺啼声少。

②思想，思念。翠嚬红敛，愁眉苦脸。芳菲，喻指女子容颜。

③狂夫，女子对情人的怨称。狂夫，放浪的男人。梁燕，梁上的燕子。

【说明】

两首都写女子对情人的思念。第一首时在秋天，第二首在暮春之时。写法基本相同，都是上片写景，下片言情，用词非常华丽，这也是许多花间词人的共同特点。结尾则寄情于景，韵味悠远。两词的共同缺点是写景非常精彩，而写情则过于直露，如"暗想昔时欢笑事"、"何事狂夫音信断"云云，略无余蕴。

河　传

棹举。舟去。波光渺渺，不知何处[1]。岸花汀草共依依。雨微。鹧鸪相逐飞[2]。　天涯离恨江声咽。啼猿切。此意向谁说[3]。舣栏桡。独无憀。魂销。小炉香欲焦[4]。

【注释】

①棹举，举起船桨。

②岸花汀草，江边花草。依依，留恋貌。

③咽，呜咽。切，悲切。

④舣兰桡，使船靠岸。无憀，无聊。香欲焦，炉香将要烧尽。

【说明】

顾敻《河传》共三首，这是其中第三首。词写羁旅漂泊之情，上片写景，笔法简劲。下片抒情，抒发天涯离别，寂寞无聊之痛。汤显祖认为，三首都可称“绝唱”。况周颐也说：“顾词毫不费力，自然清远。”给予很高评价。

浣溪沙

春色迷人恨正赊。可堪荡子不还家。细风轻露着梨花[1]。　帘外有情双燕飏，槛前无力绿杨斜。小屏狂梦极天涯[2]。

【注释】

①恨正赊，恨正长。可堪，怎堪。荡子，辞家远出、羁旅忘返的男子。《文选·古诗》：“荡子行不归，空床难独守。”

②飏，飞扬。狂梦，指春梦。极，至，到达。

又

红藕香寒翠渚平。月笼虚阁夜蛩清。塞鸿惊梦两牵情[①]。　　宝帐玉炉残麝冷，罗衣金缕暗尘生。小窗孤烛泪纵横[②]。

【注释】

①红藕，红莲。渚，小洲。虚阁，空阁，空房。清，蟋蟀声凄清。塞鸿，从边塞飞来的鸿雁。两牵情，女子与征人彼此思念。

②宝帐玉炉，都是对帷帐和香炉的美称。残麝冷，烧尽的香灰已经冷却。

【说明】

两首都写女子对男子的思念。第一首时在春天，思“荡子”，言“狂梦”，抒情比较直白。不过王国维认为，这是顾夐“最佳之作”。第二首时在秋季，用词华艳，设色秾丽，正是花间本色。但只言“两情牵”、“泪纵横”，并不完全说破，笔致比较含蓄。

荷叶杯

春尽小庭花落。寂寞。凭槛敛双眉。忍教成病忆佳期[①]。知摩知。知摩知[②]。

【注释】

①忍教，怎忍教。成病忆佳期，因忆佳期成病。佳期，男女约会之期。

②知摩知，知不知。

又

一去又乖期信。春尽[①]。满院长莓苔。手捻裙带独徘回[②]。来摩来。来摩来。

【注释】

①乖，违背。期信，期约。

②捻，捏、搓揉。

【说明】

顾敻《荷叶杯》共九首，这里选两首。两词都写女子苦苦等待与情郎约会，但却没有给出明确的回答，似乎是单相思。所以只能以问句结束。

鹿虔扆二首

鹿虔扆，字、里、生卒年均不详。仕后蜀孟昶，为永泰军节度使，进检校太尉，加太保。国亡不仕，存词六首，多慷慨之音。见《全唐五代词》。

临江仙

金锁重门荒苑静，绮窗愁对秋空[1]。翠华一去寂无踪。玉楼歌吹，声断已随风[2]。　　烟月不知人事改，夜阑还照深宫[3]。藕花相向野塘中。暗伤亡国，清露泣香红[4]。

【注释】

①金锁，宫门上的金饰。《古诗》："交疏结绮窗。"

②翠华，天子仪仗中以翠羽为饰的旗帜或车盖。司马相如《上林赋》"建翠华之旗"，李善注："翠华，以翠羽为葆（车盖）也。"此指代帝王。歌吹，歌乐。吹，读去声。已随风，已经随风飘散。

③烟月，朦胧月色。人事改，指后蜀灭亡。

④相向，相对。香红，此处指荷花。三句用拟人笔法，意谓荷花也为亡国而伤心哭泣。

【说明】

本篇写亡国之痛。陈廷焯评曰："情深调苦，有黍离麦秀之悲。"（《云韶集》卷一）杨慎甚至认为，此词比李后主《浪淘沙》更胜。这样的作品，在以绮丽华艳之风为基调的花间词中，实属罕见。陆虔扆在后蜀时，以工小词为蜀主孟昶所宠幸，并无令名，也不见有何政绩。但在后蜀灭亡之后，却能守节不仕，这是他与大多数花间词人不同之处，也是他能够写出这样优秀之作的主要原因。可惜其作品传世仅有六首，除本篇外，其余均不见精彩。

思越人

翠屏欹，银烛背，漏残清夜迢迢[①]。双带绣窠盘锦荐，泪侵花暗香消[②]。　　珊瑚枕腻鸦鬟乱。玉纤慵整云散[③]。苦是适来新梦见。离肠争不千断[④]。

【注释】

①欹，倾斜。

②绣窠，刺绣的花纹。锦荐，华美的卧席。

③珊瑚枕，用珊瑚装饰的枕头。李绅《长门怨》："珊瑚枕上千行泪。"鸦鬟，黑发。李白《酬张司马赠墨》："黄头奴子双鸦鬟。"王琦注："双鸦鬟，谓头上双髻，色黑如鸦也。"云散，谓头发散乱。

④适来，刚才。争不千断，形容极度悲伤。

【说明】

本词写女子相思怀人之情。辞藻极其华丽，后人称为："辞熔句冶，镂玉镌金。"（姜方锬《蜀词人评传》）但表达却十分含蓄。全篇九句，七句描写刻画，渲染气氛，只在末二句寄寓悲痛怀人之意，而且也未直接说明所怀何人，而用“新梦见”三字轻轻一点，为读者的想象，留下了很大空间。

毛熙震六首

毛熙震，字不详，蜀人。生卒年不详。曾官后蜀秘书监。熙震善为词，词多秾丽，今存二十九首，见《全唐五代词》。

临江仙

幽闺欲曙闻莺啭，红窗月影微明①。好风频谢落花声。隔帏残烛，犹照绮屏筝②。　绣被锦茵眠玉暖，炷香斜袅烟轻。淡蛾羞敛不胜情③。暗思闲梦，何处逐云行④。

【注释】

①红窗，指闺房之窗。

②好风，指春风。此句意谓春风频吹，落花堕地有声。帏，帏帐。阮籍《咏怀》之十八：“蟋蟀鸣床帏。”绮屏筝，悬挂于屏风上的古筝。

③茵，床垫。玉，指女子身体。三句以梦境写回忆，描述情人相会之乐。

④逐云行，云指代男子，又暗寓楚王梦遇神女典故。

【说明】

词写女子伤春念远之情。上片以景写情，下片以梦传情。写得：“婉转缠绵，情深一往。”陈廷焯认为，这种风格，开启了北宋晏殊、欧阳修之先声。

清平乐

春光欲暮。寂寞闲庭户。粉蝶双双穿槛舞。帘卷晚天疏雨。　　含愁独倚闺帏。玉炉烟断香微[1]。正是销魂时节,东风满院花飞[2]。

【注释】

①闺帏,闺房的帷幕,借指妇女居住之处。香微,香气逐渐微弱。

②销魂时节,春天将尽而相思无着,故云。

【说明】

词写深闺女子的伤春之情,笔法自然而含蓄。尤其结尾两句,引起后人一片赞扬之声。沈雄《古今词话·词评》引《柳塘诗话》云:"试问今人弄笔,能出一头地否?"陈廷焯评曰:"情味宛然。"(《词则·别调集》)又曰:"'东风'六字,精湛凄艳。"(《云韶集》)

后庭花

莺啼燕语芳菲节。瑞庭花发[1]。昔时欢宴歌声揭。管弦清越[2]。　　自从陵谷追游歇。画梁尘黦[3]。伤心一片如珪月。闲锁宫阙[4]。

【注释】

①芳菲节,春天。瑞庭,对王宫或庭院之美称。万树《词律》认为,"瑞庭"应作"后庭",正合题意。

②歌声揭,歌声响起。清越,清脆悠扬。

③陵谷,喻指人世沧桑。《诗经·小雅·十月之交》:"高岸为谷,深谷为陵。"韩愈《乱后春日途经野塘》:"眼看朝市成陵谷,始信昆明是劫灰。"黦(yuè),玷污。

④珪,珪璋,古代礼器,用白玉制成。如珪月,比喻月光皎洁。

【说明】

吊古伤今之作。上片回忆“昔时”繁华景象;下片感叹如今繁华消歇,宫阙荒凉之沧桑变化。王国维认为,此词:“不独意胜,即以调论,亦有隽上清越之致。”(《毛秘监词辑本跋》)萧继宗也说:“小词而大笔淋漓,远胜以前诸作。”(《评点校注花间集》)

菩萨蛮

梨花满院飘香雪。高楼夜静风筝咽[1]。斜月照帘帷。忆君和梦稀[2]。　小窗灯影背。燕语惊愁态[3]。屏掩断香飞。行云山外归[4]。

【注释】

①香雪,指梨花。李白《宫中行乐词》:“柳色黄金嫩,梨花白雪香。”风筝,指悬挂于殿阁塔檐下的金属片,风吹作声。又称“铁马”。李白《登瓦官阁》:“两廊振法鼓,四角吟风筝。”

②和梦稀,连梦中相见也难。

③“燕语”句,意谓愁思被燕语惊醒。

④断香,断续的炉香。

【说明】

本篇也是思妇怀念征夫之作,时间是在春天的夜晚,“忆君”二字是全片主旨。分歧在于对末句“行云山外归”的理解,有人认为,行云比喻征夫,那就成了大团圆的喜剧,这种看法与全篇气氛不符。也有人说,行云喻思妇,似乎也比较勉强。其实,行云就是行云,并无直接比喻之意,乃是写景,而景中有情寓焉。盖思妇日思夜想,终不见征夫归来,唯见白云冉冉,从山外飘来而已。云归而人不归,令人徒增失望之情。陈廷焯认为,本词风格:“幽艳,得飞卿之意。”俞陛云也认为:此词“以风华之笔,运幽丽之思,此作颇类飞卿”。

浣溪沙

春暮黄莺下砌前。水精帘影露珠悬。绮霞低映晚晴天[①]。　　弱柳万条垂翠带，残红满地碎香钿。蕙风飘荡散轻烟[②]。

【注释】

①绮霞，彩霞。

②碎香钿，破碎的钗钿。

又

花榭香红烟景迷。满庭芳草绿萋萋。金铺闲掩绣帘低[①]。　　紫燕一双娇语碎，翠屏十二晚峰齐。梦魂消散醉空闺[②]。

【注释】

①花榭，花丛中的台榭。

②紫燕，也称越燕。体形小而多声，颔下紫色，多分布于江南。

【说明】

毛熙震《浣溪沙》七首，大多写女子春情。今选两首。第一首并未直接涉及春情，作者以极其秾丽的笔法，描绘春天景色，为以下写女子春情，做铺垫和烘托。第二首在风景描写的烘托下，含蓄地表现了女子的怀春心绪，于“金铺闲掩”“梦魂消散”两句隐约可见。第三首以后就更加直白，更加香艳，也显得比较浅薄直露了。

孙光宪二十二首

孙光宪(901—968),字孟文,自号葆光子。陵州贵平(今四川仁寿县)人。唐末为陵州判官。后仕荆南。入宋,为黄州刺史。工词,今存词八十五首。见《全唐五代词》。

浣溪沙

蓼岸风多橘柚香。江边一望楚天长。片帆烟际闪孤光[①]。　　目送征鸿飞杳杳,思随流水去茫茫。兰红波碧忆潇湘[②]。

【注释】

①蓼岸,长满蓼草的江岸。王昌龄《送魏二》:“醉别江楼橘柚香。”楚天,泛指南方天空。长,形容一望无际。片帆,指代船。烟际,烟雾朦胧之中。孤光,指帆影。

②征鸿,远飞的鸿雁。杳杳,远貌。兰,指红兰,秋季开红花。

【说明】

此首送别友人之作。时节在秋季,地点在江滨,“片帆”句言友人所乘之舟渐行渐远,消失于烟雾迷蒙之处。下片“征鸿”喻友人远别,“思随”写自己心情。末句之“忆”字兼及二人,即彼此莫相忘之意也。本词造句自然奇警,抒情含蓄不露,庶几合乎司空表圣“不着一字,尽得风流”之旨。

又

揽镜无言泪欲流。凝情半日懒梳头。一庭疏雨湿春愁[①]。　　杨柳只知伤怨别，杏花应信损娇羞。泪沾魂断轸离忧[②]。

【注释】

①揽镜，手持镜子。湿春愁，意谓雨使春愁更浓，将自然景物与人的感情联写，汤显祖评为“创新语”。

②“杏花”句，比喻女子因伤春而容颜受损。轸离忧，为离别而伤痛。轸，悲痛。

【说明】

词写女子伤春怀人之痛。上片写得极好，尤其“一庭疏雨湿春愁”，历来被人传颂，被称为“佳句”“秀句”。但下片却不够好，与上片不尽相称，结句“泪沾魂断轸离忧”，肤泛而笨拙，愁、伤、怨、忧、轸等字，意义重复，有秀句而非完篇，因而遭到后人批评。

又

轻打银筝坠燕泥。断丝高罥画楼西。花冠闲上午墙啼[①]。　　粉箨半开新竹径，红苞尽落旧桃蹊。不堪终日闭深闺[②]。

【注释】

①打，击打，指弹奏。燕泥，薛道衡《昔昔盐》：“暗牖悬蛛网，空梁落燕泥。”断丝，游丝。罥（juàn），挂。花冠，指公鸡。

②粉箨（tuò），竹笋的外壳。红苞，红花。

【说明】

词写女子春愁，从春天景色的描摹刻画写起，从室内写到室外，字妍句炼，细腻熨帖，结句才点明主旨。萧继宗评论说：“结句虽泛，尚有含蓄。得前五句描染风光为之衬托，遂成全璧。……笔姿思力，夐不犹人。”

又

乌帽斜攲倒佩鱼。静街偷步访仙居。隔墙应认打门初[①]。　将见客时微掩敛，得人怜处且生疏。低头羞问壁间书[②]。

【注释】

①乌帽，乌纱帽，官帽。斜攲，歪斜。佩鱼，唐朝五品以上官员所佩带的鱼袋，作为出入的符信。仙居，神仙居所，指代歌伎住所。打门，敲门。

②掩敛，羞涩遮掩的样子。吴融《杏花》：“粉薄红轻掩敛羞。”生疏，疏远，词中指故作疏远，忸怩作态。“低头”句，意谓顾左右而言他。壁间书，墙上的字。

【说明】

唐宋之时，官员出入歌楼妓馆，并不是见不得人的事情。杜牧就公开写道“十年一觉扬州梦，赢得青楼薄幸名”，一时传诵。本篇就描写官员偷偷摸摸去会见一位歌伎的情状。上片主要写官员，下片着重写女子。官员为何偷偷摸摸，原因可能有多种，具体难详。写妓女则非常精彩，正如陈廷焯所说：“迤逦写来，描写女儿心性、情态，无不逼真。”这类作品在《花间集》中常见，内容并无多少可取之处，艺术表现的生动传神，却是一绝。

清平乐

愁肠欲断。正是青春半[①]。连理分枝鸾失伴。又是一场离散[②]。　掩镜无语眉低。思随芳草凄凄[③]。凭仗东风吹梦，与郎终日东西[④]。

【注释】

①青春,春天。

②“连理”句,比喻夫妻离别。鸾,鸾鸟,据传鸾鸟成双成对。一场,一回。

③芳草,喻离别,暗用淮南小山《招隐士》典故。

④凭仗,依靠。东风吹梦,东风带来好梦。郎,对男子的昵称。

【说明】

此亦少妇伤春怀远之词,上片悲离别,下片寄希望,希望梦中与郎君见面。然而梦境虚幻无凭,梦醒又当如何?故陈廷焯评曰:“痴情幻想,说得温厚,便有风骚遗意。”(《词则·闲情集》卷一)又曰:“柔情蜜意,思路凄绝。”(《云韶集》卷一)

河渎神

江上草芊芊。春晚湘妃庙前[①]。一方卵色楚南天。数行斜雁联翩[②]。　　独倚朱阑情不极。魂断终朝相忆[③]。两桨不知消息。远汀时起鸂鶒[④]。

【注释】

①芊芊,草木茂盛貌。湘妃庙,在湖南洞庭湖君山东侧,为纪念唐尧之女、虞舜之妃娥皇、女英而建。

②卵色,蛋青色。多用以形容天的颜色。唐沈青箱《过台城感旧》:“夜月琉璃水,春风卵色天。”苏轼《和林子中待制》:“共把鹅儿一樽酒,相逢卵色五湖天。”清褚人获《坚瓠补集·补天穿》:“卵色天,盖谓天青似卵色也。”联翩,鸟飞连续貌。

③情不极,情无限。终朝,整日。杜甫《冬日有怀李白》:“寂寞书斋里,终朝独尔思。”

④两桨,指代乘船离去的情人。乐府诗《西洲曲》:“西洲在何处,两桨

桥头渡。”汀，水中小洲。鸂鶒，水鸟名，又称紫鸳鸯，每好并游。杜甫《卜居》：“无数蜻蜓齐上下，一双鸂鶒对沉浮。”

【说明】

词写闺中女子的相思念远之情。上片写景而景中见情，于“斜雁”句可见；下片直接抒情。结尾两句，构思巧妙，含情不露，受到前人很高评价。

更漏子

对秋深，离恨苦。数夜满庭风雨。凝想坐，敛愁眉。孤心似有违[①]。　　红窗静，画帘垂。魂消地角天涯。和泪听，断肠窥。漏移灯暗时[②]。

【注释】

①凝想，凝思。敛愁眉，愁眉不展。孤心，寂寞之心。违，怨恨。

②听、窥，都是盼望情人归来之意。漏移灯暗，夜已深。

【说明】

词写痴情女子的相思离别之痛。开篇即点明题旨“离恨苦”，此后层层递进，愈转愈深，以至“和泪听，断肠窥”，直到深更半夜，漏尽灯昏，终不见情郎归来，最后以深深的失望告终。

酒泉子

空碛无边，万里阳关道路[①]。马萧萧，人去去。陇云愁[②]。　　香貂旧制戎衣窄。胡霜千里白[③]。绮罗心，魂梦隔。上高楼[④]。

【注释】

①空碛（qì），空旷的沙漠。

②去去，远去。题名苏武《与李陵诗》：“去去从此辞。”

③香貂，指貂皮。戎衣，军服。胡，古代对北方少数民族的称呼。

④绮罗心，相思之情。上高楼，谓登楼望远。唐赵征明《思妇》："犹疑望可见，日日上高楼。"

【说明】

此首女子送别征夫之作。上片写送别，悲凉慷慨。末三句写女子之离愁，萧继宗先生曰："'上高楼'三字，似乏收结，而边愁乡思，能以三字束之，才力正复不弱。"

谒金门

留不得。留得也应无益[1]。白纻春衫如雪色。扬州初去日[2]。　　轻别离，甘抛掷。江上满帆风疾[3]。却羡彩鸳三十六。孤鸾还一只[4]。

【注释】

①留不得，留不住。

②白苎，白色苎麻。初去，初次离开。

③抛掷，抛弃。

④彩鸳三十六，《玉台新咏》卷一《相逢狭路旁》注引《谢氏诗源》："霍光园中凿大池，植五色睡莲，养鸳鸯三十六对，望之灿若披锦。"孤鸾，单栖的鸾鸟。徐陵《鸳鸯赋》："孤鸾舞镜不成双。"

【说明】

女子送别男子之作，写得非常精彩。主人公可能是一位妓女。在封建时代，妓女的社会地位十分低下，故本词全篇充满了一种无可奈何的口气，"留得也应无益""轻别离，甘抛掷"可作佐证。大约因为末句以孤鸾自比，后人遂认为词中寄寓了"不遇之感"，"足见其不事侧媚，感触寂寞矣"。这种看法，远离了文本，没有根据。

思帝乡

如何。遣情情更多[①]。永日水精帘下，敛羞蛾[②]。　　六幅罗裙窣地，微行曳碧波[③]。看尽满池疏雨，打团荷[④]。

【注释】

①遣情，排遣情思。

②永日，长日、整天。敛羞蛾，眉头紧皱。

③六幅罗裙，古时一种裙子。窣（sū）地，垂地。微行，步履轻盈貌。碧波，指裙子的颜色。团荷，圆荷。

【说明】

词写女子春情，写得非常轻灵含蓄。首句是全篇主旨，说春情无法排遣，“情更多”三字，洗练之极，表明春情无由排遣，愈遣愈浓。故只能整日孤坐，愁眉紧锁。下片紧承“遣情”，写出门观景，但所见只有雨打荷叶之凄清景象，似回应“情更多”。萧继宗先生评曰：“末句见寂寞之情，而有余韵。”

渔歌子

草芊芊，波漾漾。湖边草色连波涨[①]。沿蓼岸，泊枫汀，天际玉轮初上[②]。　　扣舷歌，联极望。桨声伊轧知何向[③]。黄鹄叫，白鸥眠，谁似侬家疏旷[④]。

【注释】

①芊芊，草木茂盛貌。漾漾，水波荡漾貌。

②玉轮，明月。

③联极望，目极四方，向四方眺望。伊轧，桨声。

④侬家，自称，犹我。

又

泛流萤，明又灭。夜凉水冷东湾阔[①]。风浩浩，笛寥寥，万顷金波澄澈[②]。　杜若洲，香郁烈。一声宿雁霜时节[③]。经霅水，过松江，尽属侬家日月[④]。

【注释】

①流萤，飞动的萤火虫。

②金波，月光。谢朓《暂使下都夜发新林至京邑赠西府同僚》："金波丽鳷鹊，玉绳低建章。"此处指月光下的水波。

③杜若，香草名。《楚辞·九歌·湘君》："采芳洲兮杜若，将以遗兮下女。"

④霅水，霅溪，在今浙江湖州境内。松江，吴淞江。

【说明】

《渔歌子》两首，描写隐逸生活的乐趣。与张志和不同，孙光宪历仕数朝，一生处于仕途之中，并非一位隐士。但是中国的士大夫们，秉承孔子"达则兼济天下，穷则独善其身"的主张，内心往往是矛盾的，当他们在政治上遭受挫折时，往往会生发出尘之想。大唐帝国灭亡之时，孙光宪才七岁，待到宋朝建政，他已经六十岁。他的一生主要是在五代乱世中度过的，偶尔产生离世隐居的想法，也不足为怪。李冰若先生认为，这两首词风格疏旷，但与张志和《渔歌子》"西塞山前"比较，还有一定差距，是公平的看法。这是由环境和心情所决定的，非人力所能勉强。

定西番

鸡禄山前游骑，边草白，朔天明。马蹄轻[①]。鹊面弓离短韔，弯来月欲成[②]。一只鸣髇云外，晓鸿惊[3]。

【注释】

①鸡禄山，杨景龙引《汉书·匈奴传》曰，鸡鹿山在鸡鹿塞附近，塞在今内蒙古磴口西北。又引《后汉书·和帝纪》曰，鸡鹿山或即“稽落山”。朔，北方。

②鹊面弓，即鹊画弓，饰以鹊形的弓。韔（chàng），古时盛箭的袋子。“弯来”句，意谓弯弓如满月.。

③鸣髇（xiāo），响箭。髇同髐。

又

帝子枕前秋夜，霜幄冷，月华明。正三更[1]。

何处戍楼寒笛，梦残闻一声。遥想汉关万里，泪纵横[2]。

【注释】

①帝子，泛指和亲西番的公主。幄，帐幕。

②汉关，汉朝边关。

【说明】

两首词的内容都与曲牌《定西番》相关，等于命题作文，可能作者也未必有过塞外生活的亲身体验，所以写得比较浮泛。李冰若批评其“随题敷衍，了无佳处”，或许过于尖刻，但并非完全没有道理。中国历代王朝在强盛之时，对付西北少数民族的办法不外两种，第一种是征服，第二种是和亲，也就是怀柔政策。这两首词，第一首描绘边关将士英勇的形象，写得很有气势，陈廷焯评为“笔力廉悍”。第二首表现一位和亲公主的思乡之情，写得悱恻缠绵，与前篇完全不同。至于这位公主究为何人，有人认为是汉代的乌孙公主。但乌孙属于匈奴一枝，并非西番。可能把帝子理解为泛指和亲西番的公主，更为合理。两首词有一点值得重视，摆脱了花间词常有的“绮罗香泽”之风，扩大了题材内容。

风流子

茅舍槿篱溪曲。鸡犬自南自北[①]。菰叶长，水葓开，门外春波涨绿[②]。听织。声促。轧轧鸣梭穿屋[③]。

【注释】

①溪曲，河湾。自南自北，自在地来来往往。

②菰叶，菰米的叶子。杜甫《秋兴》："波飘菰米沉云黑。"水葓，亦作"水荭"。水草名。李贺《湖中曲》："长眉越沙采兰若，桂叶水葓春漠漠。"

③轧轧，织机声。《古诗》："轧轧弄机杼。"穿屋，指织机声传到屋外。

【说明】

本词用朴素的语言，自然的笔调描写田园风光，在花间词中实属另类。李冰若评曰："《花间集》中忽有此淡朴咏田家耕织之词，诚为异采。盖词境至此，已扩放多矣。"指出了本词的两个贡献，一是开创了质朴之风，二是扩展了词的表现范围，所以萧继宗说："风光顿换，耳目一新。"

何满子

冠剑不随君去，江河还共恩深[①]。歌袖半遮眉黛惨，泪珠旋滴衣襟[②]。惆怅云愁雨怨，断魂何处相寻[③]。

【注释】

①古代官员戴冠佩剑，因以指代官职。"江河"句，语序倒置，意谓恩深还共江河。共，同。

②眉黛，黛眉。旋，随即。

③云愁雨怨，恋人离别的愁怨。

【说明】

怀人之作，语调酸楚。从首句和末句看，可能女主人公所怀念的对象已经死亡。王灼《碧鸡漫志》记载，本篇是写唐武宗与孟才人之事。按其情事，不甚相符。或另有本事，不得而知。

菩萨蛮

月华如水笼香砌。金环碎撼门初闭[①]。寒影堕高檐。钩垂一面帘[②]。　　碧烟轻袅袅。红战灯花笑[③]。即此是高唐。掩屏秋梦长[④]。

【注释】

①月华，月光。张若虚《春江花月夜》："愿逐月华流照君。"金环，金属门环。碎撼，轻轻晃动。

②高檐，高高的屋檐。一面帘，半边帘，意谓窗帘半卷。

③袅袅，烟气缭绕上升。战，颤抖。灯花笑，俗以灯花爆闪为吉兆，故曰"笑"。

④"即此"二句，用宋玉《高唐赋》典，说期望梦中与情人相会。

【说明】

本词叙述一位男子赴幽会的经过，是一首艳词，但是写得比较含蓄。环境描写，气氛烘托，都很出色。结尾用典故达意，不涉猥亵，即萧继宗所谓"艳而尚能蕴藉"者是也。

又

小庭花落无人扫。疏香满地东风老[①]。春晚信沉沉。天涯何处寻[②]。　　晓堂屏六扇。眉共湘山远[③]。争奈别离心。近来尤不禁[④]。

【注释】

①疏香,淡淡的香气。东风老,春将尽。

②信沉沉,音信断绝。

③“眉共”句,谓女子画远山眉。湘山,即君山,在洞庭湖中。

④不禁,难以忍耐,意谓相思难耐。

【说明】

词写女子的相思之情。上下片均以写景开始,以言情结束,结构平平,偶有佳句。萧继宗批评说:“两结写情,未尝深至。”又说:“皆字面有转折,含义无层深。”甚是。

虞美人

红窗寂寂无人语。暗淡梨花雨[①]。绣罗纹地粉新描。博山香炷旋抽条。暗魂销[②]。　天涯一去无消息。终日长相忆。教人相忆几时休。不堪枨触别离愁。泪还流[③]。

【注释】

①梨花雨,春雨。

②描,画。香炷,点燃的香,班婕妤《怨诗》:“独卧销香炷,长啼费锦巾。”

③枨(chéng)触,触动。

【说明】

词写女子相思之情。这是花间词人习见的题材,但也正因为如此,要在众多同类题材的写作中出彩,并非易事。在花间词人中,孙光宪是作品数量最多的词人,他的词内容涉及面较广,艺术风格也很有特色。陈廷焯评论说:“孙孟文词,气骨甚遒,措语亦多警炼。然不及温、韦处亦在此,坐少闲婉之致。”近人詹安泰先生认为,孙词可与温、韦鼎足而三,对后代的影响也不小。这种评价,有点过分。

生查子

寂寞掩朱门，正是天将暮。暗淡小庭中，滴滴梧桐雨。　　绣工夫，牵心绪[1]。配尽鸳鸯缕。待得没人时，偎倚论私语[2]。

【注释】

①绣工夫，绣花。牵心绪，牵引情绪。

②鸳鸯缕，刺绣鸳鸯的彩线。论私语，细声说私房话。

【说明】

词写少女的春情。上片描写刻画环境之幽静寥寂，为下文铺垫。下片言因刺绣鸳鸯而触动相思情怀，“足耐回味”。况周颐认为，本词“暗淡小庭中，滴滴梧桐雨”两句，“遥情深致，便似北宋人佳句”。

又

金井堕高梧，玉殿笼斜月[1]。永巷寂无人，敛态愁堪绝[2]。　　玉炉寒，香烬灭。还似君恩歇[3]。翠辇不归来，幽恨将谁说[4]。

【注释】

①金井堕高梧，高高的梧桐树叶掉落在金井旁。王昌龄《长信秋词》：“金井梧桐秋叶黄。”玉殿，宫殿。

②永巷，宫中长巷。敛态，端正仪态。

③君恩歇，帝王的恩宠已经断绝。

④翠辇，帝王的车驾。幽恨，深恨。

【说明】

词写宫中后妃或宫女的愁怨。这类题材，在诗歌中出现得很早，数量也很可观，而在词中则比较少见。本词即以此为题材，上片写环境之寥寂，下片叹君恩之消歇。中国古代封建社会的重大罪恶之一，就是对女性的歧视和摧残，历代帝王的所谓的“后宫佳丽三千”，就是最大的恶例，这也是大量宫怨诗词产生的社会土壤。但是当统治者男尊女卑的观念成为社会主体意识之后，这种观念也被受害者所普遍接受，她们往往会自觉地去践行这种错误理念。因此人们就看到，几乎在所有宫怨诗词作品中，只有怨而没有愤，总是把希望寄托于虚幻不实的“翠辇重来”之上，本词也是如此。

后庭花

石城依旧空江国。故宫春色[①]。七尺青丝芳草碧。绝世难得[②]。　　玉英凋落尽，更何人识[③]。野棠如织。只是教人添怨忆。怅望无极[④]。

【注释】

①石城，指今南京市。江国，指南朝诸国。故宫，前朝的宫殿。

②七尺青丝，《陈书·后妃列传》：“张贵妃发长七尺，鬒黑如漆，其光可鉴。”

③玉英，美丽的花朵，或喻指美女。

④如织，形容花开之繁盛。怨忆，悲痛和怀念。无极，无尽。

【说明】

孙光宪《后庭花》共两首，这是第二首。两首都取舞曲《玉树后庭花》之意，以陈后主荒淫亡国为题，发怀古之幽思。石城即石头城，为金陵之代称。金陵为六朝古都，历三国吴、东晋、宋、齐、梁、陈而亡。本词开头两句很有气势，说尽江山依旧而人事全非的感慨。但接下去笔势一转，通过陈后主贵妃张丽华的故事，感叹美人香消玉殒。下片承接开头，描写繁花之凋谢，宫殿之荒凉。结尾说：“只是教人添怨忆。”但是始终未说明“怨忆”者为何。这也许就是陈廷焯所说的“妙在不说破，说破则浅矣”。

徐昌图一首

徐昌图,字及生卒年均不详。莆田人。宋太祖时为国子博士,迁殿中丞。好作词,但今仅存三首,见《全唐诗》及《尊前集》。

临江仙

饮散离亭西去,浮生常恨飘蓬[①]。回头烟柳渐重重。淡云孤雁远,寒日暮天红[②]。　今夜画船何处,潮平淮月朦胧[③]。酒醒人静奈愁浓。残灯孤枕梦,轻浪五更风[④]。

【注释】

①离亭,即驿亭。古人常在驿亭宴别。飘蓬,飘飞的蓬草,比喻飘泊无定。

②孤雁,喻离人。

③淮,或指淮河。

④奈,怎奈。五更风,晓风。

【说明】

词写友人离别之愁,身世漂泊之慨,除一、二句以外,全篇写景,而寓离情于其中,令人"千载后犹想见客中情味也"。但在交通信息非常发达的当代,这种"情味"已经很难被人们体味了。

李珣二十四首

李珣,字德润,其先为波斯人。后家梓州(治所在今四川绵阳市境内)。生卒年不详。其妹舜弦为前蜀王衍昭仪,以秀才预宾贡。前蜀亡,遂不仕他姓,放浪江湖以终。工诗词,有《琼瑶集》已佚,《全唐五代词》录其词五十四首。

巫山一段云

有客经巫峡,停桡向水湄[①]。楚王曾此梦瑶姬。一梦杳无期[②]。　　尘暗珠帘卷,香销翠幄垂[③]。西风回首不胜悲。暮雨洒空祠[④]。

【注释】

①水湄,水边。《诗经·秦风·蒹葭》:“所谓伊人,在水之湄。”孔颖达疏:“水草交为湄。谓水草交际之处,水之岸也。”

②“楚王”二句用宋玉《高唐赋》楚怀王梦见巫山女神典。

③幄,帐幕。“尘暗”二句谓女神已经杳无踪迹。

④空祠,指巫山神女庙,在巫山县东巫山飞凤峰麓。

又

古庙依青嶂,行宫枕碧流[①]。水声山色锁妆楼。往事思悠悠[②]。　　云雨朝还暮,烟花春复秋[③]。啼猿何必近孤舟。行客自多愁[④]。

【注释】

①古庙，巫山神女庙，青嶂，宛如屏障的山峰，指巫山十二峰。陆游《入蜀记》："神女庙后，山半有石坛。坛上观十二峰，宛如屏障。"行宫，楚王离宫，俗称细腰宫，在四川巫山。陆游《入蜀记》："早抵巫山县，游楚王离宫，俗谓之细腰宫。……今已堙没略尽矣。"碧流，指长江。

②妆楼，楚王行宫中后妃所居楼阁。往事，指楚王梦见巫山女神的传说。悠悠，遥远。

③"云雨"二句写景，暗寓宋玉《高唐赋序》故事，意谓年复一年，风景依旧，而楚王神女已不见踪影。

④行客，旅客。二句意谓，行客已经满腹忧愁，啼猿何必更来增添愁绪。按巫峡多猿，古渔歌云："巴东三峡巫峡长，猿鸣三声泪沾裳。"

【说明】

两首都写乘船经巫峡时的感想，怀古之幽思中夹杂了羁旅漂泊之感。汤显祖评曰："'客子常畏人'，酸语不减楚些。"（玉茗堂评《花间集》卷四）萧继宗评曰："全词字字精切，无懈可击。"（《评点校注花间集》）给予极高评价。

渔歌子

楚山青，湘水绿。春风澹荡看不足[①]。草芊芊，花簇簇。渔艇棹歌相续[②]。　　信浮沉，无管束。钓回乘月归湾曲[③]。酒盈尊，云满屋。不见人间荣辱[④]。

【注释】

①楚山、湘水，泛指楚地之山，湖湘之水。看不足，看不够。

②相续，接连不断。

③信，听任。湾曲，港湾。

④荣辱，光荣与耻辱，指地位的高低、名誉的好坏。张衡《归田赋》：

“苟纵心于物外,安知荣辱之所如。”

又

荻花秋,潇湘夜。橘洲佳景如屏画[①]。碧烟中,明月下。小艇垂纶初罢[②]。　水为乡,篷作舍。鱼羹稻饭常餐也[③]。酒盈杯,书满架。名利不将心挂[④]。

【注释】

①荻花,芦荻花。橘洲,即橘子洲,在今湖南长沙西湘江中。

②垂纶,垂钓。纶,钓丝。

③篷作舍,以舟为屋。

④将,把。

又

九嶷山,三湘水。芦花时节秋风起[①]。水云间,山月里。棹月穿云游戏[②]。　鼓青琴,倾绿蚁。扁舟自得逍遥志[③]。任东西,无定止。不议人间醒醉[④]。

【注释】

①九嶷山,又名苍梧山,位于湖南省永州市宁远县境内,传说虞舜葬于此山。三湘水,泛指湖南湘江流域及洞庭湖一带的水域。王维《汉江临眺》:“楚塞三湘接,荆门九派通。”

②棹月穿云,船在水中云月倒影间穿行。

③青琴,古代以青桐木所制之琴最佳,故称。唐李峤《乌》:“白首何年改,青琴此夜弹。”青,亦作“清”。绿蚁,指酒。白居易《问刘十九》:“绿蚁新醅酒,红泥小火炉。”逍遥志,庄子《逍遥游》,宣扬绝对自由的人生观。

④议,评论。醒醉,意谓是非。《楚辞·渔父》屈原曰:“举世皆浊我独清,众人皆醉我独醒,是以见放。”

又

柳垂丝,花满树。莺啼楚岸春天暮[①]。棹轻舟,出深浦。缓唱渔歌归去。　　罢垂纶,还酌醑。孤村遥指云遮处[②]。下长汀,临浅渡。惊起一行沙鹭[③]。

【注释】

①楚岸,楚江之岸。泛指楚地境内的江岸。

②罢垂纶,收起鱼竿。酌醑,饮酒。

③汀,水中平地。

【说明】

《渔歌子》四首,表现同一主题,都描写身为隐士的心态和逍遥自在的生活方式。作者在前蜀灭亡之后,闲居不仕,词风也发生了很大变化,风格自然清新,潇洒飘逸,汰净了多数花间词人那种绮靡之习。前人多认为,四词“襟情高淡”“风趣洒然”,可与张志和《渔歌子》媲美。

南乡子

烟漠漠,雨凄凄。岸花零落鹧鸪啼[①]。远客扁舟临野渡。思乡处。潮退水平春色暮[②]。

【注释】

①漠漠,迷蒙貌。

②远客,远方之客,即游子。扁舟,小船。

又

归路近，扣舷歌。采真珠处水风多[①]。曲岸小桥山月过。烟深锁。豆蔻花垂千万朵[②]。

【注释】

①扣舷歌，敲击船舷而歌。真珠，珍珠。

②烟深锁，为烟雾所遮。豆蔻，植物名，多生于南方，五月开花，花可入药。

又

倾绿蚁，泛红螺。闲邀女伴簇笙歌[①]。避暑信船轻浪里[②]。闲游戏。夹岸荔支红蘸水。

【注释】

①红螺，指酒杯。泛，满。簇笙歌，聚集在一起歌舞。

②信船，任随船只漂流。

又

云带雨，浪迎风。钓翁回棹碧湾中[①]。春酒香熟鲈鱼美。谁同醉。缆却扁舟篷底睡[②]。

【注释】

①回棹，掉转船头。

②缆却扁舟，系住船。

又

渔市散，渡船稀。越南云树望中微[①]。行客待潮天欲暮。送春浦。愁听猩猩啼瘴雨[2]。

【注释】

①稀，少。越南，指今两广、闽浙及越南北部地区。微，隐约不明。

②瘴雨，南方带瘴气的雨。

又

相见处，晚晴天。刺桐花下越台前[1]。暗里回眸深属意。遗双翠。骑象背人先过水[2]。

【注释】

①刺桐，乔木名，生长于南方，三月间开花，花色红艳。越台，越王台，汉初南越王赵佗所建，旧址在今广州市越秀山。

②属意，钟情。遗双翠，赠以双翠。双翠，首饰名。背人，避开人。

又

携笼去，采菱归。碧波风起雨霏霏[1]。趁岸小船齐棹急。罗衣湿。出向桄榔树下立[2]。

【注释】

①菱，菱角。

②趁岸，靠岸。桄榔，乔木名，产于南方。

又

双髻坠，小眉弯。笑随女伴下春山。玉纤遥指花深处。争回顾。孔雀双双迎日舞[1]。

【注释】

①玉纤，少女手指。

又

山果熟，水花香。家家风景有池塘。木兰舟上珠帘卷。歌声远。椰子酒倾鹦鹉盏①。

【注释】

①鹦鹉盏，用鹦鹉螺制成的酒杯。

【说明】

李珣《南乡子》今存十七首，大都描绘南国风光景物，格调流丽清新，笔致自然流畅，描写形象生动，具有浓郁的地方民歌色彩。在花间词中别具一格，前人把这组小词与刘禹锡《竹枝词》相比，说“所写皆生动入画”，的确如此。至于李珣平生是否亲身到过南粤一带，或是因题敷衍成篇，由于历史资料缺乏，已难确考。但从常理推断，若非亲历亲见，很难写出带有如此浓郁地方色彩，情景又如此逼真的作品。

浣溪沙

晚出闲庭看海棠。风流学得内家妆。小钗横戴一枝芳①。　　镂玉梳斜云鬓腻，缕金衣透雪肌香。暗思何事立残阳②。

【注释】

①内家妆，宫廷内的装束。一枝芳，一枝花。

②镂玉疏，镂刻花纹的玉疏。何事，为何。

【说明】

一幅女子伤春图，笔致细腻，如画如描。陈廷焯评曰：“如画。‘暗思何事立残阳’，其妙在说不出处。”（《云韶集》卷一）李冰若评曰：“前五句实写，而结句一笔提醒，遂觉全词具化空灵，实者亦虚矣。此谓之妙笔。”（《花间集评注》）

又

访旧伤离欲断魂。无因重见玉楼人。六街微雨镂香尘[①]。　　早为不逢巫峡梦，那堪虚度锦江春。遇花倾酒莫辞频[②]。

【注释】

①玉楼人，即首句所言为之断魂的女子。六街，京城的大街，泛指街道。镂尘香，尘土香。《关尹子·一宇》："言之如吹影，思之如镂尘。"

②早为，已是。不逢巫峡梦，意谓旧情已经断绝。锦江，岷江流经成都市区的两条主要河流，府河、南河的合称，也即府南河。词中指代成都。

【说明】

李珣《浣溪沙》共四首，都写对旧日情人的思念之情，感情缠绵沉痛，风格流丽清新，很少花间词人常有的脂粉气。从本篇"无因重见玉楼人"以及第四首"旧欢如梦绝音尘"等句看，这段情缘已成过往，难以挽回。因此词人只能以酒浇愁，忘怀过去。这组词大概作于前蜀灭亡以前。

菩萨蛮

回塘风起波文细。刺桐花里门斜闭[①]。残日照平芜。双双飞鹧鸪。　　征帆何处客。相见还相隔[②]。不语欲魂销。望中烟水遥。

【注释】

①回塘，环曲的水池。

②征帆，远行的船。客，过客，指乘船者。相隔，岸上与行船被江水隔开。

【说明】

李珣《菩萨蛮》今存三首，都表现少女的春情，这是其中第一首。上片写景,“双双飞鹧鸪”句,景中见情。下片直接抒情,而以景语作结,言尽而意余。萧继宗认为这首词“景语胜于情语”,的确如此。全词共八句,六句都很精妙,唯有下片首二句较弱,与全首不甚相称。

又

隔帘微雨双飞燕。砌花零落红深浅[①]。捻得宝筝调。心随征棹遥[②]。　　楚天云外路。动便经年去[③]。香断画屏深。旧欢何处寻[④]。

【注释】

①“砌花”句,意谓掉在台阶上的落花,颜色深浅不一。

②捻,弹筝的指法之一。

③动便,动辄就。经年,经过一年或若干年。白居易《除夜寄弟妹》:“万里经年别,孤灯此夜情。”

④欢,情人。

【说明】

词写女子离别之悲情。从内容看,主人公似乎是一位妓女。首二句从双燕、落花写起,抒发依依惜别之情。下片收回,慨叹以往之离多会少,预想未来之再聚难期。

河　传

去去。何处。迢迢巴楚[①]。山水相连。朝云暮雨。依旧十二峰前。猿声到客船[②]。　　愁肠岂异丁香结。因离别。故国音书绝[③]。想佳人花下,对明月春风。恨应同[④]。

【注释】

①去去,犹言远去。巴楚,巴,古国名,今四川重庆一带;楚,楚国。

②十二峰，指巫山十二峰。到客船，猿声传到客船中。

③岂异，无异、相同。故国，故乡，也可指前蜀国。

④恨，离别之愁恨，亦可指亡国之恨。

【说明】

《河传》又名《秋光满目》《庆同天》《月照梨花》等。以温庭筠词《河传·湖上》为正体。变体多达二十余种。此调句短而韵促，且频繁换韵，故极难把握。但作者却能够驾轻就熟，把这首词写得“一气舒展，有水流花放之致”，艺术上十分成功。本词大约作于前蜀灭亡，作者流寓巴楚之时，故在怀念故乡佳人的同时，也流露出几许沧桑之慨。

西溪子

金缕翠钿浮动。妆罢小窗圆梦[1]。日高时，春已老。人未到。满地落花慵扫[2]。无语倚屏风。泣残红[3]。

【注释】

①圆梦，解释梦中之事，预卜吉凶。

②春已老，暮春。人，情人。

③泣残红，对残花而悲泣。

【说明】

女子伤春怀人之作。题材虽属艳词，但写得清新流丽，情趣盎然，没有人们所批评的那种“绮罗香泽之态”，这也是李珣爱情词有别于多数花间词人的优点。

定风波

志在烟霞慕隐沦。功成归看五湖春[1]。一叶舟中吟复醉。云水。此时方识自由身[2]。　花鸟为邻鸥作侣。深处。经年不见市朝人[3]。已得希夷微妙旨。潜喜。荷衣蕙带绝纤尘[④]。

【注释】

①二句言志在隐居。李群玉《送人隐居》:“平生自有烟霞志,久欲抛身狎隐沦。”“功成”句,用越王勾践灭吴后,大夫范蠡功成身退、隐迹五湖的故事。崔涂《春夕》:“自是不归归便得,五湖烟景有谁争。”五湖:太湖。

②一叶舟,小舟。自由身,谓不受官场约束,行动自由。司空图《南至》:“一任喧阗绕四邻,闲忙皆是自由身。”

③经年,常年。市朝人,争名夺利之人。《战国策·秦策》:“臣闻争名者于朝,争利者于市。”

④希夷,指虚寂玄妙的境界。《老子》:“视之不见名曰夷,听之不闻名曰希。”河上公注:“无色曰夷,无声曰希。”后因以“希夷”指虚寂玄妙之境。潜喜,暗喜,心中欢喜。荷衣蕙带,以荷叶为衣,以蕙草为带,表示高洁。屈原《九歌·少司命》:“荷衣兮蕙带,倏而来兮忽而逝。”蕙,香草名。

【说明】

本篇主旨与前《渔歌子》相同,都写隐逸生活之乐趣。原作共五首,大约作于前蜀亡国以后,词人隐迹江湖之时。这是其中第一首。李珣在花间词人中属于另类,大多数词人在蜀国灭亡之后,都出仕新朝,个别人还历仕数朝。只有他和陆虔扆等少数人,能够守节不移,蔽履功名,隐居不出。

酒泉子

秋雨连绵,声散败荷丛里,那堪深夜枕前听。酒初醒[①]。　　牵愁惹思更无停。烛暗香凝天欲晓,细和烟,冷和雨,透帘旌[②]。

【注释】

①败荷,残荷。

②烛暗香凝，烛光暗淡，香炉烟尽。

又

秋月婵娟，皎洁碧纱窗外，照花穿竹冷沉沉。印池心[①]。 凝露滴，砌蛩吟。惊觉谢娘残梦，夜深斜傍枕前来。影徘徊[②]。

【注释】

①婵娟，美好。印池心，秋月倒映于池水中。

②砌蛩，蟋蟀。谢娘，古代对才女的通称。

【说明】

两首小词，一写秋雨，一写秋月，风景本是无情之物，但为何绵绵秋雨能令人悲伤，“那堪深夜枕前听”；清冷的秋月使人感到如此寥寂，“夜深斜傍枕前来”，因为在风景的后面总是影影绰绰地闪动着一个人，一个女子的身影，或许正是这位女子，在如此清冷寂寥的环境中思念她的心上人。

孟昶一首

孟昶（919—965），初名承赞，字保元，祖籍邢州龙岗（今河北邢台县），生于太原。孟知祥建后蜀，立为太子。继位后期奢侈无度，不理政事。乾德三年，宋军伐蜀，遂降。

玉楼春　夜起避暑摩诃池上作[①]

冰肌玉骨清无汗。水殿风来暗香满[②]。绣帘一点月窥人，攲枕钗横云鬓乱[③]。　起来琼户寂无声，时见疏星渡河汉[④]。屈指西风几时来，只恐流年暗中换[⑤]。

【注释】

①摩诃池，唐人卢求《成都记》记载："隋蜀王（杨）秀取土筑广此城，因为池。"以后历经扩建，遂成名胜。前蜀王建将摩诃池纳入宫苑，改名龙跃池。王衍继位后改名宣华池，环池修筑宫殿、亭台楼阁，其范围广达十里。

②水殿，临水的殿堂。

③窥人，意谓月光照人。

④琼户，饰玉的门。河汉，银河。

⑤流年，岁月。钱起《省中春暮酬嵩阳焦道士见招》："流年催素发，不觉映华簪。"

【说明】

后蜀主孟昶虽以荒淫奢靡亡国，但是在位时重视文化建设，自己也颇有文才。可惜其作品多已亡佚，只有这首真伪莫辨的《玉楼春》传世。之所以言其"真伪莫辨"，是因为苏轼《洞仙歌·冰肌玉骨》序曰："余七岁时见眉山老尼，姓朱，忘其名，年九十余，自言尝随其师入蜀主孟昶宫中。一日大热，蜀主与花蕊夫人夜纳凉摩诃池上，作一词，朱具能记之。今四十年，朱已死久矣，人无知此词者，但记其首两句。暇日寻味，岂《洞仙歌》乎？乃为足之云。"东坡所足成之词，首两句与本词不同；而本词中大多语句却又与东坡《洞仙歌》相同，因此有人怀疑本词出于后人附会，是有道理的。词写后蜀主孟昶与宠妃花蕊夫人夏日在摩诃池纳凉的情景，写得非常漂亮，但多数警句都与东坡《洞仙歌》相同，说本词乃檃栝东坡词意而成，也不过分。按苏轼《洞仙歌》："冰肌玉骨，自清凉无汗。水殿风来暗香满。绣帘开，一点明月窥人，人未寝、欹枕钗横鬓乱。　　起来携素手，庭户无声，时见疏星渡河汉。试问夜如何，夜已三更，金波淡、玉绳低转。但屈指、西风几时来，又不道、流年暗中偷换。"

敦煌曲子词四首

摊破浣溪沙

五两竿头风欲平。长风举棹觉船轻。柔橹不施停却棹，是船行[1]。　　满眼风波多闪灼，看山恰似走来迎。仔细看山山不动，是船行[2]。

【注释】

①五两，古代候风用具。用五两（一说八两）鸡毛制成，系于高竿顶端，用来测占风向、风力。顾况《五两歌送张夏》："竿头五两风袅袅，水上云帆逐鸟飞。"风欲平，风力渐弱。不施，不用；停却，停止。

②闪灼，闪烁。

【说明】

词写船行江南水乡的情景，笔致轻灵，描写自然真切。尤其下片，平常景色，通过曲折的构思，写得如画如描，不愧写景高手。

望江南

莫攀我，攀我太心偏。我是曲江临池柳，者人折了那人攀。恩爱一时间[①]。

【注释】

①曲江池,唐代长安名胜。者人,这人。一时,暂时。

又

天上月,遥望(似)一团银。夜久更阑风渐紧,与奴吹散月边云。照见负心人[①]。

【注释】

①奴,女子自称。负心人,指负心的男子。

【说明】

这两首可能都是下层妇女的作品。以构思巧妙见长。第一首的作者或许是一位沦落风尘的妓女,作者自比曲江池畔的杨柳,任人攀摘蹂躏,不过在自卑自艾的无奈之中,却仍旧透露出被侮辱被损害者内心深处的悲愤。第二首作者虽不一定是妓女,但也是被负心人遗弃的受害女性。

菩萨蛮

枕前发尽千般愿。要休且待青山烂[①]。水面(上)秤锤浮。(直待)黄河彻底枯[②]。　白日参辰现。北斗回南面[③]。休即未能休。(且待)三更见日头[④]。

【注释】

①休,断绝关系。且待,且等。

②直待,一直等到。

③参、辰,参星和辰星,泛指星辰。北斗,星座名,以位置在北、形状如斗而得名。

④日头,太阳。

【说明】

本篇抒写痴情女子对海枯石烂、忠贞不渝的爱情的热烈企盼。文中用了许多巧妙的比喻,写作手法明显受到汉乐府《上邪》的影响。按汉乐府《上邪》:"上邪,我欲与君相知,长命无绝衰。山无陵,江水为竭。冬雷震震夏雨雪。天地合,乃敢与君绝。"文中还用了一些衬字,例如"上""直待""且待"等,少数韵脚,用方言叶韵,如"枯""浮",这也是早期民间词曲格律尚未成熟定型的表现。

以上唐五代词共 313 首

宋代部分

王禹偁一首

王禹偁(954—1001),字符之,济州巨野(今山东菏泽)人。官至左司谏,知制诰,预修《太宗实录》。有《小畜集》。

点绛唇　感兴

雨恨云愁,江南依旧称佳丽。水村渔市。一缕孤烟细[①]。　天际征鸿,遥认行如缀[②]。平生事。此时凝睇。谁会凭栏意[③]。

【注释】

①谢朓《入朝曲》:“江南佳丽地,金陵帝王州。”孤烟,指村中炊烟。

②遥认,远望。缀,连接。

③凝睇,凝视。会,领会。

【说明】

王禹偁出身贫寒,但为官清正,因此数度遭贬,最后死于贬所湖北蕲春,年方四十八岁。他是宋初诗文革新的先行者,诗文创作都有开创性成就,因此获得欧阳修、苏东坡的很高评价。可惜他的词存世仅此一首。词以写景发端,但“雨恨云愁”四字,就为本词定调。面对江南美丽景色,为何愁恨?下片对此作了含蓄的回答,天际征鸿,有没有捎来书信?平生心事,有谁能够理解?感慨激愤之情,跃然纸上,只是没有直接说破而已。

寇凖二首

寇凖(961—1023),字平仲,华州下邽(今陕西渭南下邽)人。官至同中书门下平章事,封莱国公。卒谥忠愍。有《寇莱公集》。

踏莎行

春色将阑,莺声渐老。红英落尽青梅小[①]。画堂人静雨蒙蒙,屏山半掩余香袅[②]。　密约沉沉,离情杳杳。菱花尘满慵将照[③]。倚楼无语欲销魂,长空黯淡连芳草。

【注释】

①“春色”三句写春天已尽。将阑,将尽。

②屏山,屏风。

③密约沉沉,消息全无。杜牧《月》:“三十六宫秋夜深,昭阳歌断信沉沉。”菱花,镜子。慵将照,懒得照镜子。将,持。

【说明】

本篇一作秦观词,周笃文《全宋词评注》定为寇凖词。黄苏《蓼园词选》认为:“郁纡之思,无所发泄,惟借闺情以抒写,古人用意多如是。”且评曰:“文情郁勃,意致沉深。”寇凖曾经三度入相,又多次受到贬谪,最后以六十二岁死于贬所雷州。黄氏的看法,可谓知言。

江南春

波渺渺，柳依依。孤村芳草远，斜日杏花飞[①]。江南春尽离肠断，蘋满汀洲人未归[②]。

【说明】

①《诗经·小雅·采薇》："昔我往矣，杨柳依依。"《楚辞·招隐士》："王孙游兮不归，春草生兮萋萋。"四句景中含情，均寓离别之意。

②蘋满汀洲，时当为春尽夏至之时。汀洲，泛指水边小洲。

【说明】

《江南春》唯此一阕，或为作者自创。因此有人认为本篇是诗而非词。前四句写景而情寓其中，篇末直言"离肠断""人未归"，点明本词主旨。

钱惟演一首

钱惟演（962—1034），字希圣，钱塘（今浙江杭州）人，吴越王钱俶之子。入宋，官至翰林学士枢密使，同中书门下平章事。《全宋词》录其词二首。

木兰花[①]

城上风光莺语乱。城下烟波春拍岸。绿杨芳草几时休，泪眼愁肠先已断[②]。　　情怀渐变成衰晚。鸾镜朱颜惊暗换[③]。昔年多病厌芳尊，今日芳尊惟恐浅[④]。

【注释】

①宋文莹《湘山野录》卷上:“钱思公谪居汉东日,撰一曲曰(词如上,略)。每歌之,酒阑则垂涕。时后阁尚有故国一白发姬,乃邓王俶歌妓惊鸿者也。曰:‘吾忆先王将薨,预戒挽铎中歌《木兰花》引拂为送。今相公其将亡乎?’果薨于隋。”

②春色正浓,而愁肠先断。二句表明愁苦之因,非为伤春。

③此时作者已经年过七十,故曰“衰晚”,故曰“朱颜换”。

④芳尊,酒杯。唯恐酒杯浅,以见愁之深。

【说明】

此词作于宋仁宗景祐元年(1034),钱惟演谪居汉东(今湖北随州)之时。迟暮衰病,又遭贬斥,其心情之悲苦,可以想见。钱惟演是五代十国吴越国王钱俶之子,随父入宋以后,虽然颇受优遇,官至翰林学士、枢密使,但晚年因陷入政治上的派系斗争而遭贬谪,不久死于贬所。词的上片从写景发端,因景及情,满目春光引起的却不是欢乐,而是悲怆。“泪眼愁肠先已断”一句承上启下。下片直接抒写年华迁逝的迟暮之感,暗含着念旧伤离的悲凉心绪。结尾二句说,当年曾经因病戒饮,现在却只能以酒浇愁了。“芳尊唯恐浅”者,近似李白“举杯消愁愁更愁”之意,谓其愁苦难消。

潘阆二首

潘阆(làng)(? —1009),字梦空,自号逍遥子,大名人。久居钱塘(今浙江杭州)。性格疏狂,坐事亡命。真宗释其罪,任滁州参军。有诗名,亦工词,今仅存《酒泉子》十首。

酒泉子[1]

长忆西湖，尽日凭阑楼上望。三三两两钓鱼舟。岛屿正清秋[2]。　笛声依约芦花里。白鸟成行忽惊起。别来闲整钓鱼竿。思入水云寒[3]。

【注释】

①按此调与《酒泉子》格律不合，当为作者自度曲，周笃文先生《全宋词评注》据《湘山野录》改为《忆余杭》。

②西湖，指杭州西湖。

③依约，隐约。末二句意谓，想在此处隐居。

又

长忆观潮，满郭人争江上望。来疑沧海尽成空。万面鼓声中。　弄潮儿向涛头立。手把红旗旗不湿[1]。别来几向梦中看。梦觉尚心寒。

【注释】

①《武林旧事·观潮》："吴儿善泅者数百，皆披发文身，手持十幅大彩旗，争先鼓勇，溯迎而上，出没于鲸波万仞中，腾身百变，而旗尾略不沾湿，以此夸能。"

【说明】

潘阆出仕以前曾在杭州居住十年之久，其《尊前勉兄长》诗自称："一家久居浙江滨，倏忽如今二十春。"写作这组词时，作者离开杭州已经二十年了。组词今存十首，分咏杭州及附近的风光景物，现选录其中二首，以见其对杭州的深厚感情。第一首写西湖，表达其归隐之志；第二首写钱江观潮情景。二首词在艺术上都不算完美，但其中也不乏佳句，录之以见一斑。

林逋二首

林逋(968—1028),字君复,钱塘人(今浙江杭州)。隐居西湖孤山,终生不仕,惟喜植梅养鹤,自谓“以梅为妻,以鹤为子”。宋仁宗赐谥“和靖”,人称和靖先生。近人沈幼征先生有《林和靖诗注》。

点绛唇

金谷年年,乱生春色谁为主。余花落处。满地和烟雨[1]。　又是离歌,一阕长亭暮。王孙去。萋萋无数。南北东西路[2]。

【注释】

①金谷园,西晋富豪石崇的园林,词中为泛指。富贵豪华,转眼成空,故曰“谁为主”。

②王孙,指友人。淮南小山《招隐士》:“王孙游兮不归,春草生兮萋萋。”白居易《赋得古原草送别》:“又送王孙去,萋萋满别情。”

【说明】

本篇为宋词咏草名作之一。上片写春草而暗含浮云富贵之意;下片抒离情而又回到春草,情景交融,余韵不尽。故先著、程洪《词洁》卷一评曰:“于所咏之意,该括略尽,高远无痕,得神之作。”

相思令

吴山青。越山青。两岸青山相送迎。争忍有离情[①]。　　君泪盈。妾泪盈。罗带同心结未成。江边潮已平[②]。

【注释】

①吴山、越山，泛指吴地和越地之山。

②盈，满。结未成，喻指情人分离。江潮已平，意味航船即将起航。

【说明】

送别情人之作。史传林和靖不仕不娶，隐居杭州孤山，以梅为妻，以鹤为子，似不食人间烟火者。梅尧臣《林和靖先生诗集序》也说："先生少时多病，不娶，无子。"不过据明人杨慎考证，曰："《宋史》所载不实。林洪《山家清供》中言'先人和靖先生'云云，即先生之子也。盖丧偶后，遂不娶尔。"(《词品》卷三)本词也可作一旁证，证明和靖先生并非不食人间烟火者。俞文豹《吹剑录》则认为："情之所钟，虽贤者不能免，岂少年所作耶?"也是比较合理的推测。

杨亿一首

杨亿(974—1020)，字大年，建州浦城(今福建浦城县)人。北宋文学家，西昆体诗歌主要代表之一。淳化中，赐进士，曾为翰林学士兼史馆修撰，官至工部侍郎。卒，谥号文。《全宋词》仅录其词一首。

少年游

江南节物，水昏云淡，飞雪满前村。千寻翠岭，一枝芳艳，迢递寄归人①。　寿阳妆罢，冰姿玉态，的的写天真②。等闲风雨又纷纷。更忍向、笛中闻③。

【注释】

①“飞雪”句，唐释齐己《早梅》：“前村风雪里，昨夜一枝开。”翠岭，指位于粤、赣交界处的梅岭，其地多梅，故称。芳艳，指梅花。迢递寄归人，暗用南朝宋人陆凯赠诗范晔的典故，表达对友人的怀念。

②用宋武帝女寿阳公主梅化妆典故，写梅花之美好。的的，真实、确实。

③等闲，无端。更忍，不忍。李白《与史郎中钦听黄鹤楼上吹笛》：“黄鹤楼中吹玉笛，江城五月落梅花。”此句意谓不忍更听《梅花落》之笛曲。

【说明】

杨亿是宋初西昆体的代表人物之一，诗风华靡而内容贫乏。他的词仅存一首。据欧阳修《归田录》记载：“杨文公以文章擅天下，然性特刚劲寡合，有恶之者，以事谮之。”本词为托物言怀之作，借梅花的“冰姿玉态”，表达自己刚劲耿介，不向恶劣环境屈服的决心，同时也流露出遭到群小打击陷害以后，内心深处的苦闷。

夏竦二首

夏竦（985—1051），字子乔，德安（今江西德安）人。官至同中书门下平章事。封英国公,谥文庄。《全宋词》录其词二首。

喜迁莺

霞散绮,月沉钩。帘卷未央楼[①]。夜凉河汉截天流。宫阙锁清秋[②]。　　瑶阶曙。金盘露。凤髓香和烟雾[③]。三千珠翠拥宸游。水殿按凉州[④]。

【注释】

①谢朓《晚登三山还望京邑》:“余霞散成绮。”绮,有花纹的丝织品。未央楼,汉代有未央宫,此代指宋代宫楼。

②河汉,银河。截天,把天空割开。李煜《相见欢》:“寂寞梧桐深院锁清秋。”

③金盘露,汉武帝金人承露盘,详李贺《金铜仙人辞汉歌》序。凤髓,凤凰的骨髓,借为烛油的美称。

④珠翠,指代宫女。宸游,帝王游乐。水殿,临水的殿堂。李白《口号吴王美人半醉》:“风动荷花水殿香。”按凉州,演奏《凉州曲》,泛指演奏乐曲。

【说明】

我国古代喜爱诗词的帝王不少,故应制诗词遂成为诗词创作中的一类。这类作品当然是歌功颂德,阿谀奉承者居多,但也有少数写得雍容华贵,颂而不谀,甚至暗含讽谏的作品。这类作品,往往辞藻华丽,对偶工整,也有自己的特色。夏竦是北宋名臣之一,其词作今仅存两首,其中《鹧鸪天》尚在疑似之间。本词为应制之作,虽然谈不上有何讽谏之意,但也只局限于客观描写帝王游燕的情景,并无阿谀奉承之辞,而艺术上被前人誉为“富艳精工,诚为绝唱”(吴师道《吴礼部诗话》)。

鹧鸪天

镇日无心扫黛眉。临行愁见理征衣[①]。尊前只恐伤郎意，阁泪汪汪不敢垂[②]。　　停宝马，捧瑶卮。相斟相劝忍分离[③]。不如饮待奴先醉，图得不知郎去时[④]。

【注释】

①镇日，整天。扫眉，画眉。

②阁泪，含泪。

③忍分离，怎忍分离。

④图得，谋得、获得。

【说明】

此首似为歌伎送别情郎之作。从用词和语调看，不类文人作品，疑为无名氏之作。全篇感情真挚，表达委曲缠绵，尤其上片三、四句和结尾两句，充分表达了女子的离别之痛，以及对情郎的无比关怀和体贴。这种表达方式，明显受到民间情歌的影响。

范仲淹一首

范仲淹(989—1052)，字希文，吴县(今江苏苏州)人。官至枢密副使，参知政事。卒谥文正。有《范文正公集》。

渔家傲　秋思[①]

塞下秋来风景异。衡阳雁去无留意[②]。四面边声连角起。千嶂里。长烟落日孤城闭[③]。

浊酒一杯家万里。燕然未勒归无计[④]。羌管悠悠霜满地。人不寐。将军白发征夫泪[5]。

【注释】

①范仲淹于宋仁宗康定元年(1040)任陕西经略副使兼知延州(治所在今陕西延安),守边四年。词即作于此时。

②塞下,指西北边塞。衡阳雁,秋天南飞的雁群。衡阳,今湖南衡阳市,其南有回雁峰,相传雁群至此不再南飞。庾信《和侃法师》:"近学衡阳雁,秋分俱渡河。"范仲淹吴郡人,故见雁南飞而思乡。去,离去。

③"四面"句,意谓城头号角吹动,四面边声随之响起。边声,边地的各种悲凉之声。千嶂,重重叠叠的山峰。长烟落日,王维《使至塞上》:"大漠孤烟直,长河落日圆。"

④燕然未勒,尚未建功。《后汉书·窦融传》:"宪(窦宪)、秉(耿秉)遂登燕然山,去塞三千余里,刻石勒功,纪汉威德,令班固作铭。"燕然山,今之杭爱山,在蒙古国境内。

⑤羌,古代西北少数民族。笛本产于羌,故称羌笛或羌管。

【说明】

据魏泰《东轩笔录》说:"范文正公守边日,作《渔家傲》乐歌数阕,皆以'塞下秋来'为首句,颇述边镇之苦,欧阳公尝呼为'穷塞主之词'。"可惜至今仅存一首。词的上片从写景落笔,寥寥数语,即已写尽塞外风光之苍茫无际,冷落荒凉。正如先著、程洪《词洁》所言:"一幅绝塞图,已包括于'长烟落日'十字中。唐人塞下诗最多最工,不意词中复有此奇景。"下片言情,直抒戍边将士之心态:家乡万里,功业未成,唯有借酒消愁,流泪兴叹而已。全词气概宏阔遒劲,风格悲壮苍凉,一改唐五代词绮靡艳丽之风,开两宋豪放词之先河。

柳永三首

柳永原名三变，字景庄，后改名永，字耆卿，行七，人称“柳七”。崇安（今福建武夷山市）人。生卒年不详。宋仁宗景祐元年（1034）进士，官至屯田员外郎。有《乐章集》。

蝶恋花

伫倚危楼风细细。望极春愁，黯黯生天际①。草色烟光残照里。无言谁会凭阑意。　　拟把疏狂图一醉。对酒当歌，强乐还无味②。衣带渐宽终不悔。为伊消得人憔悴③。

【注释】

①伫，久立。危楼，高楼。黯黯，忧伤貌。

②拟，打算。疏狂，放纵不拘。对酒当歌，用曹操《短歌行》成句：“对酒当歌，人生几何？”强乐，勉强作乐。

③衣带渐宽，用沈约典，形容人渐消瘦。伊，她。消得，值得。

【说明】

此首一作欧阳修词。《乐章集》题作《凤栖梧》。本词为对景怀人之作，上片前四句都是写景，末句含蓄地点出相思之意。下片直抒胸臆，言以酒浇愁，勉强作乐，都难以消解心头之痛。结尾二句化用古诗“相去日已远，衣带日以缓”句意，而作决绝之语，遂成名句。王国维说：“词家多以景寓情，其专作情语而绝妙者，如牛峤之‘甘（当作须）做一生拚，尽君今日欢。’欧阳修（当作柳永）之‘衣带渐宽终不悔，为伊消得人憔悴。’……此等词求之古今人词中，曾不多见。”

少年游

长安古道马迟迟。高柳乱蝉嘶[1]。夕阳岛外，秋风原上，目断四天垂。　　归云一去无踪迹，何处是前期[2]。狎兴生疏，酒徒萧索，不似去年时[3]。

【注释】

①迟迟，徐行貌。

②归云，喻指情人。前期，后约。

③狎兴，狎游的兴致。酒徒，嗜酒者，指酒伴。萧索，稀少。

【说明】

本词表面写离情，实则感怀身世。柳永是宋代词坛抒情写景的高手。清人冯煦《蒿庵论词》说：“（耆卿词）状难状之景，达难达之情，而出之以自然，自是北宋巨手。”本词即是写景抒情佳作。上片写景，寥寥数语，便把长安古道、秋风原上的萧索苍茫景象，写得极其生动形象，真能给人“语语如在目前”之感。下片转入怀人，笔法含蓄，归云喻情人，说情人别去，踪迹杳眇，后会难期。末三句写自己当前境况，一结喟叹深沉，含而不露。

又

参差烟树灞陵桥。风物尽前朝[1]。衰杨古柳，几经攀折，憔悴楚宫腰[2]。　　夕阳闲淡秋光老，离思满蘅皋[3]。一曲阳关，断肠声尽，独自凭兰桡[4]。

【注释】

①灞陵桥，或即灞桥，在长安东。为唐人送别之处。李白《菩萨蛮》：“年年柳色，灞陵伤别。”

②楚宫腰，楚宫中美人的细腰，这里比喻杨柳。

③秋光老，秋天将尽。离思，离愁。衡皋，长满杜衡的水边。杜衡，香草名。《楚辞·离骚》："畦留夷与揭车兮，杂杜衡与芳芷。"王逸注："杜衡、芳芷皆香草。"

④兰桡，对船的美称。

【说明】

怀古伤离之作。俞陛云曰："上阕苍凉怀古，下阕伤离怨别。……'阳关'三句，有曲终人远之思。"柳永是宋代词风变化的关键人物，在唐五代与北宋初期，词人写作一直以小令为主体。而柳永却"变旧声为新声"，不仅翻新了许多旧曲，而且大量创作慢词。从文学的角度说，小令便于抒情，而慢词除抒情之外，更利于铺叙，可以容纳更丰富的内容，表达更复杂的感情。柳永的小令虽然也写得很好，但他更倾力于创作慢词，留下了许多不朽名篇，如《雨霖铃》（寒蝉凄切）、《八声甘州》（对潇潇暮雨洒江天）等等。自此以后，慢词逐渐在文人中普及，到宋代中晚期，慢词已经成为词人创作的主要体式。

张先十六首

张先（990—1078），字子野，乌程（今属浙江湖州）人。宋仁宗天圣八年进士，以尚书都官郎中致仕。有《张子野词》。

千秋岁

数声鶗鴂。又报芳菲歇。惜春更把残红折[①]。雨轻风色暴，梅子青时节。永丰柳，无人尽日飞花雪[2]。　　莫把幺弦拨。怨极弦能说。天不老，情难绝[3]。心似双丝网，中有千千结。夜过也，东窗未白孤灯灭[4]。

【注释】

①鶗鴂（tí jué），鸟名，又称啼鴂、子规、杜鹃。屈原《离骚》："恐鶗鴂之先鸣兮，使夫百草为之不芳。"鶗鴂春末啼鸣，故曰芳菲歇。残红，残花。更把，又作"更选"。

②永丰，唐长安有永丰坊，白居易《杨柳词》："永丰东角荒园里，尽日无人属阿谁。"唐宣宗李忱读后，曾问永丰所在，命东使取永丰柳两枝，植于宫中。花雪，指柳絮。

③幺弦，琵琶的第四根弦，因其最细，故称。"天不老"二句，化用李贺《金铜仙人辞汉歌》"天若有情天亦老"句意，谓天不会老，因而情亦难断。

④"心似"二句，以双丝网有千万个结，比喻心中情结难解。孤灯灭，又作"凝残月"。

【说明】

张先是北宋早期重要的词人。陈廷焯指出，他的词既有唐五代词含蓄浑成之风，又开启后来秦、柳、苏、辛、周、姜发扬蹈厉之气，是宋代词学史上承前启后的关键人物之一。

这是一首爱情词，写得既含蓄又直白。上片伤春，化用屈原、白居易诗句意，描写暮春景色，表现词人对春天和爱情的无比眷恋。下片直接抒情，说弹琴不能解忧，反而引起悲怨，因为自己的感情是地老天荒永难割舍之情。一结戛然而止，情余言外。

醉垂鞭[1]

双蝶绣罗裙。东池宴。初相见。朱粉不深匀。闲花淡淡春[2]。　　细看诸处好。人人道。柳腰身[3]。昨日乱山昏。来时衣上云[4]。

【注释】

①此调始见于张先《安陆集》,当为作者首创。又谭献《复堂词录》有副题“东池”。

②不深匀,指淡妆。春,唐人亦称美女为春色。如元稹称越州妓刘采春为“鉴湖春色”。故此处“春”字有双关义,既指节候,也指人。

③诸处,处处。

④“昨日”二句意谓女子神态飘逸,犹如云雾中之仙女。

【说明】

本篇为宴席上赠妓之作,内容平庸而笔法高妙。先从女子服饰的美丽写到容貌的淡雅,再写到身材的姣好,平平写来,却能从平淡处见出秾丽。结尾二句,忽然宕开,暗用宋玉《高唐赋》典故,把女子比作披云带雾的仙女,从乱山丛中飘然而至。写得迷离恍惚,如真似幻,的确是神来之笔,被周济誉为“横绝”,被陈廷焯赞为“风流壮丽”,洵非虚语。

江南柳

隋堤远,波急路尘轻①。今古柳桥多送别,见人分袂亦愁生。何况自关情②。　斜照后,新月上西城。城上楼高重倚望,愿身能似月亭亭。千里伴君行③。

【注释】

①隋堤,隋炀帝开凿运河时所筑长堤。

②分袂,离别。自关情,牵动自己情怀。

③亭亭,明亮美好貌。沈约《丽人赋》:“亭亭似月,嬿婉如春。”

【说明】

相思怀人之词。上片以柳起兴,见他人之离别,引起自己怀人之意。下片直接抒写相思之情,但愿身化明月,伴君千里远行,奇思妙想,尽显深情。

天仙子 时为嘉禾小倅以病眠不赴府会[1]

水调数声持酒听。午醉醒来愁未醒[2]。送春春去几时回，临晚镜。伤流景。往事后期空记省[3]。　　沙上并禽池上暝。云破月来花弄影[4]。重重帘幕密遮灯，风不定。人初静。明日落红应满径[5]。

【注释】

①嘉禾小倅，据吴熊和考证，张先在宋仁宗庆历三年(1043)，任嘉禾(今嘉兴市)判官，时年已五十四岁。倅，副职。

②愁未醒，愁未消。作者原注："炀凿汴河，自造水调。"《水调》，曲调名，相传为隋炀帝所作。杜牧《扬州》诗："谁家唱水调，明月满扬州。"

③"临晚镜"二句，化用杜牧诗意，言流年易逝，镜中人老。杜牧《代吴兴妓春初寄薛军事》："自悲临晓镜，谁与惜流年。"后期，后约。往事已矣，后约难期，故曰"空记省"。

④并禽，成对的鸟儿。

⑤落红满径，言春事将残。

【说明】

这首词黄昇《花庵词选》题作"春恨"，也是作者的得意之作。《苕溪渔隐丛话前集》卷三十七引《古今诗话》云："有客谓子野曰：'人皆谓公张三中，即心中事、眼中泪、意中人也。'公曰：'何不目之为张三影？'客不晓，公曰：'云破月来花弄影；娇柔懒起，帘压卷花影；柳径无人，堕风絮无影。此余平生所得意也。'"因此词人便有了"张三影"的雅号。

词写伤春之情，兼寓沦落之感。上片抒情，言听曲解闷，借酒浇愁，全然无用。徒见年华老大，春去难回，而"往事后期空记省"，用一个"空"字点明往事难追，前途难料的迷茫心情。下片通过写景，表现离别的悲愁。其中"云破月来花弄影"乃是词中警策，作者自己十分得意，历来为人们所称诵。杨慎《草堂诗余评》曰:"'云破月来花弄影',景物如画,画亦不能至此,绝倒绝倒。"陈廷焯《云韶集》卷三评曰:"绘影绘色,神来之笔。笔致爽直亦芊绵,最是词中高境。"王国维《人间词话》评曰:"'云破月来花弄影',着一'弄'字,而境界全出矣。"

菩萨蛮 咏筝[1]

哀筝一弄湘江曲。声声写尽湘波绿[2]。纤指十三弦。细将幽恨传[3]。　当筵秋水慢。玉柱斜飞雁[4]。弹到断肠时。春山眉黛低[5]。

【注释】

①此首亦见晏幾道《小山词》。

②弄,乐奏一曲。《湘江曲》,《新乐府·乐府杂题》之一。唐人张籍有《湘江曲》,写湘水送别,其词曰:"湘水无潮秋水阔。湘中月落行人发。行人发。送人归。白蘋茫茫鹧鸪飞。"

③十三弦,筝有十三弦,故云。幽恨,幽怨之情。

④秋水,比喻女子眼波清澈。白居易《咏筝诗》:"双眸剪秋水,十指剥春葱。"玉柱斜飞雁,筝柱斜列如雁飞,因以为喻。

⑤眉黛低,双眉紧皱。

【说明】

词写一位歌筵酒席上献曲的弹筝女子。上片着重写演奏;下片着意描写弹筝女子。作者忽而写筝,忽而写乐,忽而写人,忽而写情,把音乐和人物的感情打成一片,而贯穿其中的是"哀怨"两字。笔法错落有致又层次井然。《蓼园词选》评论说:"写筝耶? 寄托耶? 意浓而韵远。"

更漏子

锦筵红,罗幕翠。侍宴美人姝丽。十五六,解怜才。劝人深酒杯[1]。　黛眉长,檀口小。耳畔向人轻道。柳阴曲，是儿家。门前红杏花[②]。

【注释】

①姝丽，美丽。深酒杯，满杯、多喝酒。

②檀口，形容女子嘴巴之美。儿家，我的家。儿，古代年轻女子自称。

【说明】

陈师道《后山诗话》说："张子野老于杭，多为官妓作词。"本篇所写，大约就是一位年轻美貌的歌妓。描写生动而含蓄，笔致轻灵而不儇薄，艺术上很有特色。

一丛花令[①]

伤高怀远几时穷。无物似情浓。离愁正引千丝乱，更东陌、飞絮蒙蒙[②]。嘶骑渐遥，征尘不断，何处认郎踪[③]。　双鸳池沼水溶溶。南北小桡通[④]。梯横画阁黄昏后，又还是、斜月帘栊[⑤]。沉恨细思，不如桃杏，犹解嫁东风[⑥]。

【注释】

①此调又名《一丛花》，为作者首创。

②伤高怀远，钱锺书《谈艺录》云：《楚辞·招魂》"目极千里兮伤春心"，宋玉《高唐赋》"登高远望，使人心瘁"，为此句所本。伤高，一作"伤春"。千丝乱，像千万条柳丝般撩乱。飞絮，飞扬的柳絮。

③嘶骑（sī jì），嘶鸣的马。征尘，车马扬起的路尘。郎踪，情郎的踪影。

③双鸳池沼，对对鸳鸯出没的池塘。桡，船桨，指代船。

④斜月帘栊，斜月照着窗户。

⑤李贺《南园》："可怜日暮嫣香落，嫁与东风不用媒。"词中翻用李贺句意，抒发爱情失意之苦闷。

【说明】

本篇亦为张先名作之一，结尾三句尤获后人赞赏。据《绿窗新话》卷上引《古今词话》记载："张先尝与一尼私约，其老尼性严。每卧于池岛中一小楼阁上，俟夜深人静，其尼潜下梯，俾子野登阁相遇。临别，子野不胜缱绻，作《一丛花》词以道其怀。"这则故事不一定可靠，但从内容看，本篇无疑也是一首爱情词。

张先善于描写景物，锤炼字句，在本词中体现得很充分。词以女子口吻，述说离别相思之痛。上片言情人离去，踪影全无；下片回忆昔时相聚的情景，最后感叹自己命运之不幸，结构次序井然。结尾"不如桃杏"两句，构思新颖，设喻妥帖，作者因此被欧阳修戏称为"桃杏嫁东风郎中"。

南乡子　南徐中秋[①]

潮上水清浑。棹影轻于水底云[②]。去意徘徊无奈泪，衣巾。犹有当时粉黛痕[③]。　海近古城昏。暮角寒沙雁队分。今夜相思应看月，无人。露冷依前独掩门[④]。

【注释】

①南徐，今江苏镇江市。副题一作"中秋不见月"。

②水清浑，古代长江水清，涨潮之时，则江水清浑相混。

③去意，别意。粉黛痕，衣上留有女子脂粉的泪痕。

④古城，指南徐。依前，依旧。

【说明】

中秋怀人之作，所怀也是一位女子。上片写离别，"去意徘徊"三句，别意绵绵不尽。下片写别后之思念。"今夜"三句照应副题"中秋"，中秋无心看月，故曰"独掩门"。

又

何处可魂消。京口终朝两信潮[1]。不管离心千叠恨,滔滔。催促行人动去桡[2]。　　记得旧江皋。绿杨轻絮几条条[3]。春水一篙残照阔,遥遥。有个多情立画桥[4]。

【注释】

①京口,今江苏镇江市。终朝,整天。信潮,潮信。因其来有定时,故称。

②动去桡,开船。

③江皋,江边。

④春水涨则河面宽阔。唐王湾《次北固山下》:“潮平两岸阔,风正一帆悬。”残照,夕阳。多情,多情人,指情人。

【说明】

送别伤离之作。上片写当前离别之痛,下片回忆往昔离别之悲,足见离别并非一次。末句点睛之笔,那位多情立画桥之人,就是本词的主人公,一位多次感受离别之痛的女子。

蝶恋花

移得绿杨栽后院。学舞宫腰,二月青犹短[1]。不比灞陵多送远。残丝乱絮东西岸[2]。　　几叶小眉寒不展。莫唱阳关,真个肠先断[3]。分付与春休细看。条条尽是离人怨[4]。

【注释】

①宫腰,楚国宫女之细腰,以比柳枝。青犹短,二月初春,柳叶刚刚抽青。

②长安灞陵自古为送别之地,人们又有折柳送别之习俗,故下言“残丝乱絮”。东西岸,指灞河两岸。

③小眉,喻指初生柳叶。阳关为送别之曲,故曰“莫唱”。“肠先断”,一作“无肠断”。

④分付,托付。

【说明】

托物言怀之作。自古以来,杨柳这个意象就是离别的象征。词从咏初春杨柳开始,而以“条条尽是离人怨”结束,分明寄托了词人自己绵绵不尽的离愁别怨。

又

临水人家深宅院。阶下残花,门外斜阳岸。柳舞曲尘千万线。青楼百尺临天半[①]。　　楼上东风春不浅。十二阑干,尽日珠帘卷[②]。有个离人凝泪眼。淡烟芳草连云远。

【注释】

①曲尘,酒面浮渣,其色淡黄,形容春柳颜色。青楼,富贵人家的高楼,饰以青色。曹植《美女篇》:“青楼临大路,高门结重关。”

②十二阑干,古乐府《西洲曲》:“阑干十二曲,垂手明如玉。”

【说明】

春日相思怀人之作。全篇写景,而又于景中寓情。上片百尺青楼,即是下片“楼上东风春不浅”之楼,“春不浅”云云,语义双关,兼春色与春情而言。为何“尽日珠帘卷”,为何“凝泪眼”,相思怀远之故也。末用“离人”二字点明。然而倚栏卷帘所见,唯有“淡烟芳草”,远云飘曳而已。

木兰花[①]

龙头舴艋吴儿竞。笋柱秋千游女并[②]。芳洲拾翠暮忘归，秀野踏青来不定[3]。　　行云去后遥山暝。已放笙歌池院静[4]。中庭月色正清明，无数杨花过无影[5]。

【注释】

①谭献《复堂词录》有副题《乙卯吴兴寒食》。

②当时风俗，寒食清明间有龙舟竞渡。蚱蜢，舟名，形如蚱蜢。吴儿，吴地青少年。竞，竞赛。笋柱，竹竿，用以支撑秋千架子。

③芳洲，《九歌·湘君》："采芳洲兮杜若。"三逸注："香草丛生水中之处。"拾翠，拾取翠鸟羽毛。杜甫《秋兴》："佳人拾翠春相问。"词中或指采摘花草。秀野，美丽的郊野。谢灵运《入彭蠡湖口》："春晚绿野秀，岩高白云屯。"踏青，孟浩然《大堤行寄万七》："岁岁春草生，踏青二三月。"

④已放笙歌，指音乐歌舞已经停止。

⑤清明，皎洁明亮。杨花，柳絮。

【说明】

本词描述寒食清明时节的地方风俗，上片节日的气氛非常热烈：龙舟竞渡，仕女秋千，芳洲拾翠，游人踏青，令人目不暇接。下片写热闹过后的凄寂与冷清，两相对照，透露出词人兴尽悲来的惜春之情。末句寓情于景，受到前人很高评价。朱彝尊《静志居诗话》评论说："张子野《吴兴寒食词》'中庭月色正清明，无数杨花过无影'，余尝叹其工绝，在世所传'三影'之上。"

青门引　春思

乍暖还轻冷。风雨晚来方定[1]。庭轩寂寞近清明，残花中酒，又是去年病[2]。　　楼头画角风吹醒。入夜重门静[3]。那堪更被明月，隔墙送过秋千影[4]。

【注释】

①定，指风停雨止。

②病，指中酒伤春。杜牧《睦州四韵》："残春杜陵客，中酒落花前。"

③楼，城墙上的戍楼。

④意谓明月把荡秋千的人影送过墙来，引起了相思之情，故曰"那堪"。

【说明】

本篇写词人春天孤寂的心情，兼抒相思之意。"隔墙送过秋千影"，也是张先的名句之一。据《高斋诗话》记载："张子野有诗云'浮萍断处见山影'，又长短句云'云破月来花弄影'，又云'隔墙送过秋千影'，并脍炙人口，世谓'张三影'。""张三影"雅号的来源与说法，与前引《古今词话》略异。

渔家傲　和程公辟赠别[①]

巴子城头青草暮。巴山重叠相逢处[②]。燕子占巢花脱树。杯且举。瞿塘水阔舟难渡[③]。
天外吴门清霅路。君家正在吴门住[④]。赠我柳枝情几许。春满缕。为君将入江南去[⑤]。

【注释】

①程师孟，字公辟，吴县（今江苏苏州）人。曾官夔州提点刑狱。

②巴子，巴子县，今属重庆市。巴山，大巴山，泛指重庆一带的山。

③燕子来时，百花纷谢，正是暮春景象。瞿塘，瞿塘峡，又名夔峡，西起重庆市奉节县白帝城，东至巫山县大溪镇，全长约八公里。两岸如削，岩壁高耸，大江在悬崖绝壁中汹涌奔流，号称西蜀门户。故曰"舟难渡"。

④清霅（zhà），霅溪，水名，在今浙江湖州境内，张先是湖州人。吴门，今江苏苏州一带，程师孟故乡所在。

⑤春满缕，满枝春色。将入，带到。

【说明】

张先与程师孟，同地为官，又都是江南人士，因此彼此交好，非常自然。这首词可能作于嘉祐四年(1059)，张先离任赴虢州之时。从副题看，本词乃是作者对程师孟送别词的和作。可惜程氏原作已经佚失，只剩一残句，曰："折柳赠君君且住。"(见《安陆词》)此为回赠友人送别之词，情随笔至，随意挥洒而不加藻饰，感情自然真切。故陈廷焯评曰："笔意高古，情必深，语必隽。"

虞美人

苕花飞尽汀风定。苕水天摇影[1]。画船罗绮满溪春。一曲石城清响入高云[2]。　　壶觞昔岁同歌舞。今日无欢侣[3]。南园花少故人稀。月照玉楼依旧似当时[4]。

【注释】

①苕水，即苕溪，在浙江北部。苕花，苕水岸边的花。汀风，水边的风。

②罗绮，衣着华美的女子。《石城》，乐曲名，或称《石城乐》《莫愁乐》。

③壶觞，酒壶和酒杯。昔岁，往年。此句意谓往年友人们一起饮酒歌舞。

④南园，或指词人家乡湖州旧址。

【说明】

思亲念友之作。上篇回忆昔日亲友会聚之欢乐，下片感叹如今亲友离散，孤独寂寞之悲哀。末三句有风景依旧而人事全非之意，慨叹深沉。

菩萨蛮

玉人又是匆匆去。马蹄何处垂杨路[1]。残日倚楼时。断魂郎未知[2]。　　阑干移倚遍。薄幸教人怨[3]。明月却多情。随人处处行[4]。

【注释】

①玉人，指美男子，典出《晋书·卫玠传》。

②郎，即指玉人。

③教，使。

④明月多情，更显出薄幸无情。

【说明】

此首抒写女子送别情郎之悲痛，从送别到伤别，再到怨别，感情层层推进，把离情别绪推向高潮。结句羡慕天上明月，能够处处伴随郎君而去，奇思妙想，妙绝痴绝。

晏殊十五首

晏殊（991—1055），字同叔，抚州临川（今属江西省抚州市）人。官至同中书门下平章事。卒谥元献。有《珠玉词》。

浣溪沙

一曲新词酒一杯。去年天气旧亭台。夕阳西下几时回[1]。　　无可奈何花落去，似曾相识燕归来。小园香径独徘徊。

【注释】

①唐郑谷《和知己秋日伤怀》："流水歌声共不回，去年天气旧亭台。

梁尘寂寞燕归去，黄蜀葵花一朵开。”此处用其成句。

又

一向年光有限身。等闲离别易销魂。酒筵歌席莫辞频[1]。　　满目山河空念远，落花风雨更伤春。不如怜取眼前人[2]。

【注释】

①“一向”三句，意谓时光易逝，人生苦短，会少离多，不如及时行乐。一向，一晌。莫辞频，别嫌多。

②“满目”三句，化用唐人诗句，李峤《汾阴行》：“山川满目泪沾衣。”李商隐《杜司勋》：“刻意伤春还伤别。”元稹《崔莺莺诗》：“还将旧来意，怜取眼前人。”意思是说：伤春念远，总归徒然，不如怜惜眼前之人。作者在《木兰花》中也说：“不如怜取眼前人，免更劳魂兼役梦。”表达了同样的意思。

【说明】

这两首《浣溪沙》，可以称为姐妹篇，是晏殊的名作。从内容看，前篇主要是伤春，后篇却多了一层伤离念远之意，词的风格也从前篇之从容闲雅变得沉郁悲凉。尤其“满目山河空念远，落花风雨更伤春”两句，为前辈词人吴梅所激赏，称其胜过“无可奈何”十倍。宋代词人往往融化前人诗句入词，以后相沿成习，成为一种普遍采用的艺术手段。本词后三句即化用李峤、李商隐、元稹诗句表达己意，信手拈来，不着痕迹，显示了高超的艺术技巧。

蝶恋花

槛菊愁烟兰泣露。罗幕轻寒，燕子双飞去[1]。明月不谙离恨苦。斜光到晓穿朱户[2]。　　昨夜西风凋碧树。独上高楼，望尽天涯路[3]。欲寄彩笺兼尺素。山长水阔知何处[4]。

【注释】

①槛，栏杆。愁烟和泣露，分别形容菊花与兰花。罗幕，丝绸的帷幕，指室内。

②不谙，不识。朱户，朱红色门户。

③凋碧树，使绿色的树叶枯黄凋落。

④彩笺、尺素均指书信。

【说明】

词为相思怀人之作。上片写景，只用“不谙离恨苦”五字点明主旨，过渡到下片。下片怀人，但也以写景起兴，秋风起处，落叶凋零，自然引起了词人的悲秋之意和怀人之情，然而独上高楼，望尽天涯，而不见所思踪迹，何况山长水阔，音信难通，更叫人难以为怀。陈廷焯评曰：“缠绵悱恻，雅近正中（冯延巳）。”王国维也说：“《诗·蒹葭》一篇，最得风人之致。晏同叔之‘昨夜西风凋碧树，独上高楼，望尽天涯路’，意颇近之，但一洒落，一悲壮耳。”

又

帘幕风轻双语燕。午醉醒来，柳絮飞撩乱[1]。心事一春犹未见。余花落尽青苔院[2]。　　百尺朱楼闲倚遍。薄雨浓云，抵死遮人面[3]。消息未知归早晚。斜阳只送平波远[4]。

【注释】

①此首一作欧阳修词，又作苏轼词，现据《全宋词》定为晏殊词。午醉，中午醉酒。

②黄苏《蓼园词评》曰：“‘心事’二句，言心事未见有春意怡人之处，而春已阑矣。”意谓尚未及赏春，而春天已尽。

③抵死，总是。三句意谓欲登高楼眺望，视线总被云雨遮住。

④消息,信息。二句意谓离人何日归来,信息全无,唯见斜阳之下,流水悠悠而去。

【说明】

伤春念远之作,上片伤春,感叹春光易逝;下片念远,而离人信息杳渺。因为作者笔法异常含蓄,词中并无一语直接说破此意,所以造成后人理解的分歧。黄蓼园及俞陛云先生都认为,此词似别有寄托,不独因时即事而已。容或有之,但具体事件已难确考。

采桑子

时光只解催人老,不信多情。长恨离亭。泪滴春衫酒易醒[①]。　　梧桐昨夜西风急,淡月胧明。好梦频惊。何处高楼雁一声[②]。

【注释】

①只解,只会。离亭,离别之处。酒易醒,指离宴上所喝之酒,被离别之痛唤醒了。

②胧明,微明。元稹《嘉陵驿》诗:"仍对墙南满山树,野花撩乱月胧明。"

【说明】

本词也是伤离念远之作。上片伤离;下片念远。不过中间又夹杂了一声光阴易逝,人生苦短的沉重叹息。词中的时间跨度很大,"长恨离亭"是在"泪滴春衫"的春天,而"好梦频惊"却已经到了梧桐叶落的秋季。表现了离别之长久和离情之深重。

清平乐

红笺小字。说尽平生意[①]。鸿雁在云鱼在水。惆怅此情难寄[②]。　　斜阳独倚西楼。遥山恰对帘钩[③]。人面不知何处,绿波依旧东流[④]。

【注释】

①红笺，红色笺纸。多用以题写诗词或作短签用。白居易《江楼夜吟元九律诗成三十韵》:"斜行题粉壁，短卷写红笺。"

②合用《汉书·苏武传》雁足传书及汉乐府《饮马长城窟行》双鲤传书典故，说鸿雁在云间，鲤鱼在水底，故而音信不通，相思难寄。

③李煜《乌夜啼》:"无言独上西楼，月如钩。"遥山，远山。

④用唐人崔护典故，说情人已难再见。书生崔护清明出游，于都城南庄偶遇一少女，彼此相恋。来岁清明，崔护复来，而此女已不知所往。因题诗于门曰:"去年今日此门中，人面桃花相映红。人面不知何处去，桃花依旧笑春风。"后知少女已亡故。(事详孟棨《本事诗》)

【说明】

词写离愁别恨，上片说雁去鱼沉，离情难寄；下片写独倚西楼，离人难见。不过是词中习见题材，但因抒情细腻婉曲，用语典雅，显得闲雅而富有情致。晏殊词风格温润秀洁，渐脱花间浓艳俚俗之习。其子晏幾道曾说:"先公平日小词虽多，未尝作妇人语也。"就是指此而言。

又

金风细细。叶叶梧桐坠[1]。绿酒初尝人易醉。一枕小窗浓睡[2]。　　紫薇朱槿花残。斜阳却照阑干[3]。双燕欲归时节，银屏昨夜微寒[4]。

【注释】

①金风，秋风。

②绿酒，呈绿色的酒。冯延巳《长命女》:"春日宴，绿酒一杯歌一遍。"

③却照，正照。

④燕子春来秋去，这时是秋天，故曰"欲归时节"。

【说明】

俞陛云曰:"纯写秋来景色，唯结句略含清寂之思，情味于言外求之，宋初之高格也。"那么，本词的"言外之味"究竟是什么呢？从梧桐叶落，朱槿花残，斜阳却照，双燕欲归等意象的组合，人们可以约略体会到自伤孤寂，怀人念远的情绪。但是作者笔致悠闲淡雅，含而不露，这层意思只能让读者于“言外求之”了。司空图《二十四诗品·含蓄》：“不着一字，尽得风流。”本词庶几近之。故俞氏赞其为“宋初高格也”。

木兰花

池塘水绿风微暖。记得玉真初见面[①]。重头歌韵响铮琮，入破舞腰红乱旋[②]。　玉钩阑下香阶畔。醉后不知斜日晚。当时共我赏花人，点检如今无一半[③]。

【注释】

①玉真，指美女。重(chóng)头，词中前后阕句式音韵完全相同，谓之重头。

②铮琮，形容乐声。入破，唐宋大曲的专用语。大曲每套都有十余遍，分别归入散序、中序、破三大段。入破即为破这一段的第一遍。乱旋，舞蹈动作随音乐的节拍而加快。

③点检，检查计算。

【说明】

怀旧惜今之作。上片回忆描述一位绝色歌女，她歌声动听，舞姿优美，令人叹绝。下片从回忆转入当前，不胜物是人非之感。张宗橚《词林纪事》卷三评论说：“东坡诗‘尊前点检几人非’，与此词结句同意。往事关心，人生如梦，每读一过，不禁惘然。”

又　春恨

绿杨芳草长亭路。年少抛人容易去[①]。楼头残梦五更钟，花底离愁三月雨[②]。　无情不似多情苦。一寸还成千万缕[③]。天涯地角有穷时,只有相思无尽处[④]。

【注释】

①“绿杨”二句,意谓所爱男子轻易离去。

②“楼头”二句,写女子相思,残夜钟声,暮春风雨,都是容易引起相思之时。

③“无情”和“多情”,分别指男子与女子,亦可泛指。“千万缕”,极言女子相思之难遣难排。

④穷,穷尽。结尾二句妙比,言天涯地角虽然遥远,亦有穷尽之时,而女子的相思之情,却绵绵不断。

【说明】

本篇为怨妇之词。上片写女子被遗弃后的悲痛;下片写女子的痴情,纵被无情抛弃,也难以割断相思。李攀龙评论说:“春景春情,句句逼真。”陈廷焯评曰:“凄绝。低回反复,言有尽而意无穷。”(《闲情集》卷一)

又

燕鸿过后莺归去。细算浮生千万绪[①]。长于春梦几多时,散似秋云无觅处[②]。　　闻琴解佩神仙侣。挽断罗衣留不住[③]。劝君莫作独醒人,烂醉花间应有数[④]。

【注释】

①“燕鸿”句,指春天已逝,亦暗喻情人离散。千万绪,思绪万千。

②白居易《花非花》:“来如春梦不多时,去似朝云无觅处。”此处化用其句意,言人生如春梦秋云,不足依凭。

③闻琴,用卓文君、司马相如事。卓王孙之女文君新寡,好音乐。司马相如以琴心挑之,文君夜奔相如。见《史记·司马相如列传》。解佩,《列仙传》:“江妃二女者,不知何所人也。出游于江汉之湄,逢郑交甫。见

而悦之,不知其神人也。谓其仆曰:'我欲下请其佩。'遂手解佩与交甫。交甫悦受,而怀之中当心。趋去数十步,视佩,空怀无佩。顾二女,忽然不见。"挽,牵拉。二句言爱侣分离。

④"劝君"二句,意谓人生苦短,聚散无常,不如忘怀世事,及时行乐。独醒人,《楚辞·渔父》:"举世皆浊我独清,众人皆醉我独醒,是以见放。"烂醉花间,唐崔敏童《宴城东庄》:"能向花中几回醉,十千沽酒莫辞频。"有数,不多。

【说明】

从表面看,这也不过是一首爱情词。上片见青春易逝引起浮生若梦的概叹;下片从情侣离散,生发及时行乐的追求。值得注意的是,词中使用了《楚辞》独醒人的典故而反其意,颇流露出几分愤激之情。所以有人认为,本词寄托了作者政治上失意的牢愁。北宋初期,政治相对清明,晏殊也仕途通达。不过,宦海总有风波,晏殊也曾数度以言事遭贬。因此,寄托说也有一定合理性,可供参考。

踏莎行

细草愁烟,幽花怯露。凭栏总是销魂处[①]。日高深院静无人,时时海燕双飞去。　　带缓罗衣,香残蕙炷。天长不禁迢迢路[②]。垂杨只解惹春风,何曾系得行人住[③]。

【注释】

①细草上笼罩着烟霭,花朵上挂着露珠,这是早春景象。"愁""怯"是词人的主观感受,因而推出下句"消魂"之感。

②带缓,带宽。蕙炷,蕙香。不禁,难以阻止。

③二句意谓,柳枝只懂得在春风中飘荡,却无法留住行人。

【说明】

春日怀人之作。上片写独自相思,"凭栏消魂""燕子双飞"都含蓄委婉地表现了主人公的孤独情怀。下片抒写无可奈何的离别之痛,离人去路迢迢,长天难禁,垂杨难系,故而令人“带缓罗衣”,寂寞难耐。晏殊词的特点是,笔致非常细腻,表达极其含蓄,本词还运用拟人手法,使客观景物蒙上一层主观的感情色彩,使感情表达更加生动传神。

又

祖席离歌,长亭别宴。香尘已隔犹回面①。居人匹马映林嘶,行人去棹依波转②。　　画阁魂销,高楼目断。斜阳只送平波远。无穷无尽是离愁,天涯地角寻思遍③。

【注释】

①祖席,践行的酒席。祖,祭祀路神。香尘,带花香的尘土。回面,回头。

②映林,隔着树林。去棹,离开的船。

③寻思,思念。

【说明】

词写离别之痛,上片送别,回想依依难舍的别离情景;下片伤离,申述无穷无尽的离愁别恨。王世贞《词评》说“斜阳只送平波远”,是淡语而有致者,意谓语句平淡而富有情致。结二句直接抒情,申明主旨。

又

碧海无波,瑶台有路。思量便合双飞去①。当时轻别意中人,山长水远知何处②。　　绮席凝尘,香闺掩雾。红笺小字凭谁附③。高楼目尽欲黄昏,梧桐叶上萧萧雨④。

【注释】

①碧海、瑶台,古代神话传说中神仙居住之处。详旧题东方朔《十洲记》、王嘉《拾遗记》。三句意谓,碧海风平浪静,瑶台亦有路可通,便应双双飞往仙境。

②轻别,轻率地离开。

③绮席,华美的席子;凝尘、掩雾,形容别后环境之凄寂。凭谁附,托谁捎寄。

④温庭筠《更漏子》:"梧桐树。三更雨。不道离情正苦。"

【说明】

这是一首爱情词。上片写离别,欲抑而先扬,说本可以双飞仙境,"当时"二句笔势陡然一转,结果不仅没有双飞去,反而"轻别意中人",从此"山遥水远",造成永别之痛。下片写别后,言人去楼空,昔日绮席已蒙上灰尘,香闺也被烟雾笼罩,人海茫茫,音问难通,只能登高楼而望远,听秋雨而自伤罢了。词写得很沉痛,有别于前两首之优雅闲婉。是否别有寄托,不妨作此猜想。

又

小径红稀,芳郊绿遍。高台树色阴阴见[①]。春风不解禁杨花,蒙蒙乱扑行人面[②]。　　翠叶藏莺,朱帘隔燕。炉香静逐游丝转[③]。一场愁梦酒醒时,斜阳却照深深院。

【注释】

①红稀,花儿稀疏;绿遍,绿草遍地。见,通现。

②禁杨花,管束住杨花。

③炉香,香炉的烟气。

【说明】

本词黄昇《花庵词选》有副题"春思"。春思即春愁。上片写景,描绘江南春景如画。下片过渡到抒情,点明春愁的主题。一结情余景外,令人回味无穷。清人张惠言认为,本词像欧阳修《蝶恋花》一样,都寄托了词人政治上失意的情怀,可备一说。

破阵子　春景

燕子来时新社,梨花落后清明[①]。池上碧苔三四点,叶底黄鹂一两声。日长飞絮轻。　巧笑东邻女伴,采桑径里逢迎。疑怪昨宵春梦好,元是今朝斗草赢。笑从双脸生[②]。

【注释】

①新社,即春社。

②疑怪,难怪。斗草,古代妇女的一种游戏。

【说明】

词用白描手法,描写春天妇女游乐情景,人情物态,生动真切,充满生活气息。在晏殊的作品中,属于另类。

韩琦一首

韩琦(1008—1075),字稚圭,相州安阳人(今河南安阳市)。嘉祐中,拜同中书门下平章事。封魏国公,卒谥忠献。有《安阳集》。

点绛唇

病起恹恹，画堂花谢添憔悴。乱红飘砌。滴尽胭脂泪[1]。　　惆怅前春，谁向花前醉。愁无际。武陵回睇。人远波空翠[2]。

【注释】

①恹恹，精神萎靡不振。砌，台阶。胭脂泪，用美女的眼泪比喻落花。

②武陵，指桃花源。回睇，回眸、回望。

【说明】

吴处厚《青箱杂记》卷八："韩魏公晚年镇北都，一日病起作《点绛唇》小词。"韩琦是北宋名臣之一，其词今存四首，以这首写得最好。本词表达伤春念远之情，上片写病起见落花而伤春，下片因回忆而怀人念远，可能寄托了词人政治上遭受挫折的感慨。结尾三句，情韵悠远，颇获后人称赞。

宋祁一首

宋祁(998—1061)，字子京，安州安陆(今湖北安陆市)人。官至翰林学士承旨。卒谥景文。有《宋景文公长短句》。

玉楼春　春景[1]

东城渐觉风光好。縠皱波纹迎客棹[2]。绿杨烟外晓寒轻，红杏枝头春意闹。　　浮生长恨欢娱少。肯爱千金轻一笑③。为君持酒劝斜阳，且向花间留晚照④。

【注释】

①《苕溪渔隐丛话前集》卷三十七引《遁斋闲览》云："张子野郎中，以乐章擅名一时。宋子京尚书奇其才，先往见之，遣将命者，谓曰：'尚书欲见云破月来花弄影郎中乎？'子野屏后呼曰：'得非红杏枝头春意闹尚书邪？'遂出，置酒尽欢。盖二人所举，皆其警策也。"

②縠皱，即绉纱，比喻水波。

③肯爱，怎肯吝惜。王僧孺《咏宠姬》："再倾连城易，一笑千金买。"

④"为君"二句，意谓希望夕阳能在花间稍驻，不要让它匆匆下山。

【说明】

宋祁当时也是著名词人，观其与张子野对话可知。惜乎作品如今仅存六首，其中最著名的就是这首《玉楼春》，词中隽句"红杏枝头春意闹"，更使他博得"红杏尚书"的美称。王国维《人间词话》评论说："'红杏枝头春意闹'，着一'闹'字，而境界全出。"唐圭璋先生评曰："此首随意落笔，风流闲雅。"

叶清臣一首

叶清臣（1000—1049），字道卿，长洲人（今属苏州）。宋仁宗天圣二年进士。官至翰林学士、权三司使。《全宋词》仅录其词一首。

贺圣朝　留别

满斟绿醑留君住。莫匆匆归去[1]。三分春色二分愁，更一分风雨。　　花开花谢，都来几许。且高歌休诉[2]。不知来岁牡丹时，再相逢何处。

【注释】

①醑（xǔ），美酒。

②都来，共有，总共。

【说明】

送别之词，把春愁和离愁合写，信笔挥洒，自然流畅，以情动人。

欧阳修二十四首

欧阳修（1007—1072），字永叔，号醉翁、晚号六一居士。吉州庐陵（今江西吉安）人。宋仁宗天圣八年进士。官至枢密副使，拜参知政事。卒谥文忠。有《六一词》。

采桑子[1]

轻舟短棹西湖好，绿水逶迤。芳草长堤。隐隐笙歌处处随[2]。　　无风水面琉璃滑，不觉船移。微动涟漪。惊起沙禽掠岸飞[3]。

【注释】

①欧阳修描写颍州（今安徽阜阳）西湖美景，前后共作《采桑子》十三

首，这是其中第一首。

②棹，船桨。逶迤，蜿蜒曲折。

③琉璃，水晶。白居易《泛太湖书事》：“碧琉璃水净无风。”涟漪，波纹、细浪。

【说明】

庆历新政失败以后，范仲淹、韩琦、富弼等人，均以党论相继去职。欧阳修上书抗辩，受到小人陷害，被贬滁州。三年后，徙知扬州。宋仁宗皇祐元年（1049），移知颍州。一年半以后，又移知应天府。宋神宗熙宁四年（1071），欧阳修上书乞求致仕，获准后归老颍州。可惜，他在颍州生活了不到一年，次年就去世了。这组词就写于归老颍州以后。

又

群芳过后西湖好，狼籍残红。飞絮蒙蒙。垂柳阑干尽日风[①]。　　笙歌散尽游人去，始觉春空。垂下帘栊。双燕归来细雨中[②]。

【注释】

①群芳过后，百花凋谢以后。西湖，指颍州西湖。颍州西湖位于安徽省阜阳市颍州区西九公里处。狼籍残红，落花散乱。尽日风，整天在风中飘拂。

②春空，春天已尽。

【说明】

词写颍州西湖暮春景象。上片写景，描绘西湖暮春风景如画。下片抒惜春之情，寄情于景，“始觉春空”四字，微露此中消息，含蓄蕴藉，几乎不露痕迹。所以谭献评论说：“‘笙歌散尽游人去’句，悟语是恋语。”（《谭评词辨》）

又

平生为爱西湖好，来拥朱轮。富贵浮云。俯仰流年二十春[①]。　　归来恰似辽东鹤，城郭人民。触目皆新。谁识当年旧主人[②]。

【注释】

①朱轮，古代王侯显贵所乘的车子。因用朱红漆轮，故称。欧阳修二十年前曾为颍州太守，所以这么说。二十春，二十年。作者皇祐元年(1049)知颍州，到熙宁四年(1071)告老归颍，其间相隔二十二年。

②辽东鹤，用丁令威典故，慨叹世事沧桑。旧题陶潜《搜神后记》卷一："丁令威，本辽东人，学道于灵虚山。后化鹤归辽，集城门华表柱。时有少年举弓欲射之，鹤乃飞，徘徊空中而言曰：'有鸟有鸟丁令威，去家千年今始归。城郭如故人民非，何不学仙冢累累。'遂高上冲天。"旧主人，作者二十年前曾任颍州太守，故以自称。

【说明】

本词作于老退颍州以后。上片慨叹富贵浮云，流年空逝；下片感叹老去重来，物是人非。

又

清明上巳西湖好，满目繁华。争道谁家。绿柳朱轮走钿车[①]。　　游人日暮相将去，醒醉喧哗。路转堤斜。直到城头总是花[②]。

【注释】

①上巳，节气名，旧历三月三日。争道，争路。杜甫《清明》："争道朱蹄骄啮膝。"钿车，装饰华美的车子，多为女子所乘。杜牧《街西长句》："绣鞅璁珑走钿车。"

②相将，相随。

【说明】

词写上巳节人们踏青游湖盛况，上片写出游，下片写游罢归去。生动形象，语语如在目前。此情此景，今日杭州西湖，仿佛过之。

又

画船载酒西湖好，急管繁弦。玉盏催传。稳泛平波任醉眠[1]。　　行云却在行舟下，空水澄鲜。俯仰留连。疑是湖中别有天[2]。

【注释】

①急管繁弦，音乐急促繁杂。白居易《忆旧游》："急管繁弦头上催。"玉盏催传，快速的音乐节拍，催促人们传杯饮酒。

②澄鲜，清新明净。谢灵运《登江中孤屿》："云日相辉映，空水共澄鲜。"俯仰，形容时光短暂。王羲之《兰亭集序》："俯仰之间，已为陈迹。"

【说明】

词写载酒游湖情景。上篇写饮酒作乐，下片"俯仰留连"句，暗寓人生苦短，时光飞逝，应该及时行乐之意。

踏莎行

候馆梅残，溪桥柳细。草熏风暖摇征辔[1]。离愁渐远渐无穷，迢迢不断如春水[2]。　　寸寸柔肠，盈盈粉泪。楼高莫近危阑倚[3]。平芜尽处是春山，行人更在春山外[4]。

【注释】

①候馆，迎候宾客的馆舍。《周礼·地官·遗人》："五十里有市，市有候馆。"草熏，草香。摇征辔，骑马远行。

②寇準《江南春》:“柔情不断如春水。”

③盈盈,满溢貌。危栏,高栏。

④平芜,平旷的草地。

【说明】

本篇为欧阳修名作。黄昇《唐宋诸贤绝妙词选》有副题“惜别”。上片从离人着眼,以春水喻离愁之迢迢不断;下片从闺中人立意,言且莫登楼远眺,春山已远,而离人更在春山之外,邈不可见矣。王世贞评论说,“平芜”二句是“淡语之有情者也”,意谓结尾二句,语淡而情深。吴梅也认为,“欧词以此为最婉转。”近人刘永济先生认为,本词:“托为闺人别情,实乃自抒己情也。”意思是说,欧阳修因上书斥责高若讷,被贬为夷陵令,因而本篇乃托闺情而自抒抑郁悲愤之作。这种看法,乃是常州词派寄托说的遗存,可作参考。

生查子①

去年元夜时,花市灯如昼②。月上柳梢头,人约黄昏后。　　今年元夜时,月与灯依旧。不见去年人,泪湿春衫袖③。

【注释】

①此词作者存疑,或作秦观、李清照、朱淑真。今据唐圭璋先生《全宋词》定为欧阳修作。

②阴历正月十五日为元宵节。花市,卖花的集市。

【说明】

相思怀人之作,以去年与今年做对比,抒写离愁别恨。语言明白流畅,而感情深挚缠绵,“其笔法高妙,非人之所及也”(金圣叹批《欧阳永叔词》)。

又

含羞整翠鬟，得意频相顾[①]。雁柱十三弦，一一春莺语[②]。　娇云容易飞，梦断知何处[③]。深院锁黄昏，阵阵芭蕉雨[④]。

【注释】

①翠鬟，女子鬟发。高蟾《华清宫》："翠鬟丹脸岂胜愁。"得意，心领神会。

②雁柱，指筝弦。二句形容筝声美妙动听。韦庄《菩萨蛮》："琵琶金翠羽，弦上黄莺语。"

③娇云，隐喻男女情爱。容易，轻易。

④"深院"句，意谓暮色已经弥漫于庭院之中。锁，笼罩。白居易《江南逢天宝乐叟》："长生殿暗锁黄昏。"

【说明】

本篇一作张先词，今据唐圭璋先生《全宋词》定为欧阳修词，《词综》有副题《弹筝》。这也是一首描写爱情的小词，上片写女子为心上人弹筝的情景；下片言好梦不长，别后男子凄苦寂寞的心情。词意有几分朦胧，这种朦胧之美，似乎更易引发人们的联想。

蝶恋花

庭院深深深几许。杨柳堆烟，帘幕无重数[①]。玉勒雕鞍游冶处。楼高不见章台路[②]。　雨横风狂三月暮。门掩黄昏，无计留春住[③]。泪眼问花花不语。乱红飞过秋千去[④]。

【注释】

①深几许，有多么深。

②玉勒雕鞍，镶玉的马笼头和雕花的马鞍，指代华贵的马车。游冶处，游玩作乐的地方，指歌楼妓馆。章台路，汉代长安章台街多妓馆，后人用作游冶之地的代称。

③雨横风狂，风狂雨骤。横，狂放。无计，无法。

④唐严恽《落花》："尽日问花花不语，为谁零落为谁开。"似为二句所本。乱红，落花。

【说明】

此首朱彝尊《词综》定为冯延巳词，陈廷焯《白雨斋词话》也认为："欧公无此手笔。"按李清照《临江仙》副题曰："欧阳公作《蝶恋花》，有'庭院深深深几许'之语，予酷爱之。用其语作'庭院深深'数阕。其声则旧《临江仙》也。"李清照认为，本词的作者是欧阳修，酷爱之并加以模仿。李、欧相去年代较近，或可信。

词写深闺女子的相思之情。唐圭璋先生认为："上片写行人忆家，下片写闺人忆外。"意境深远，风格清丽，艺术上非常成功。尤其结尾两句，以拟人手法写花落春残，物我交融，浑化无迹，似更胜宋祁"红杏枝头春意闹"。不过从清代常州词派的代表张惠言开始，就有不少人认为，本词和温庭筠、冯延巳的作品一样，都寄托了词人政治上失意的情怀。

又

面旋落花风荡漾。柳重烟深，雪絮飞来往[①]。雨后轻寒犹未放。春愁酒病成惆怅[②]。　枕畔屏山围碧浪。翠被华灯，夜夜空相向[③]。寂寞起来褰绣幌。月明正在梨花上[④]。

【注释】

①面旋，盘旋飞舞。雪絮，柳絮。

②轻寒犹未放，春寒尚未消散。

③屏山，屏风。温庭筠《菩萨蛮》："无言匀睡脸，枕上屏山掩。"相向，

相对。

④搴,撩开。幌,帐幔。

【说明】

词写深闺女子的伤春情怀。上片以写景开端,以抒情作结。“春愁酒病成惆怅”,便是一篇主旨。下片就此主旨继续展开,描写女子的寂寞相思情怀,写得极其生动形象。王国维评论说:“欧公《蝶恋花》‘面旋落花’云云,字字沉响,殊不可及。”给予极高评价。

又

越女采莲秋水畔。窄袖轻罗,暗露双金钏[1]。照影摘花花似面。芳心只共丝争乱[2]。　鸂鶒滩头风浪晚。雾重烟轻,不见来时伴[3]。隐隐歌声归棹远。离愁引着江南岸[4]。

【注释】

①越女,越地女子,泛指江南采莲女。金钏,金手镯。

②照影,池水照影;花似面,面色如花。芳心,采莲女的春心。李白《古风》:“芳心空自持。”丝,藕丝。丝谐音“思”。

③来时伴,一起来的伴侣。

④归棹,采莲归去的船只。引着,引起。

【说明】

词写江南女子采莲的情景,画面清丽,描写生动,尤其对采莲少女的心理刻画,惟妙惟肖,继承和发展了南朝乐府民歌的优良传统。陈廷焯评论说:“与元献(晏殊)作,同一缠绵,语更婉雅。”按晏殊词《渔家傲》:“越女采莲江北岸。轻桡短棹随风便。人貌与花相斗艳。流水慢。时时照影看妆面。　莲叶层层张绿伞。莲房个个垂金盏。一把藕丝牵不断。红日晚。回头欲去心撩乱。”两相比照,欧词较晏词写得更加生动含蓄,韵味悠远,白雨斋所评不妄。

又

梨叶初红蝉韵歇。银汉风高，玉管声凄切[1]。枕簟乍凉铜漏彻。谁教社燕轻离别[2]。　　草际虫吟秋露结。宿酒醒来，不记归时节[3]。多少衷肠犹未说。珠帘夜夜朦胧月[4]。

【注释】

①蝉韵歇，蝉鸣声消歇。银汉，银河。玉管，泛指管乐器，如箫、笛等。

②铜漏，铜制漏壶。社燕，燕子春社时来，秋社时去，故称社燕。

③宿酒，隔夜酒。

④衷肠，衷情，心里话。

【说明】

此篇别见晏殊《珠玉词》，冯延巳、晏殊、欧阳修词风格相近，容易混杂。今从唐圭璋先生《全宋词》，定为欧阳修作。从内容看，本篇应该是一首艳词，写男子和情人相聚，后又匆匆别去。尽管写得迷离恍惚，但主要线索还是清楚的。上片言人如社燕之“轻离别”。下片写别后之情思，“多少衷肠犹未说”，只能夜夜对月而思怀。

朝中措　送刘仲原甫出守维扬[1]

平山阑槛倚晴空。山色有无中[2]。手种堂前垂柳，别来几度春风[3]。　　文章太守，挥毫万字，一饮千钟[4]。行乐直须年少，尊前看取衰翁[5]。

【注释】

①刘敞（1019—1068）北宋史学家、经学家、散文家。字原父，一作原甫，临江新喻荻斜（今属江西樟树）人。庆历六年进士，后官至集贤院学士。维扬即扬州。

②平山堂,在扬州西北蜀冈大明寺。庆历八年(1048),欧阳修任扬州太守时所建,“江南诸山供列檐下,故名曰平山堂”(方回《瀛奎律髓》)。“山色”句,王维《汉江临泛》:“江流天地外,山色有无中。”

③“手种”句,据张邦基《墨庄漫录》记载,平山堂前,欧阳修曾亲手种植柳树数棵,人称“欧公柳”。别来,欧阳修于皇祐元年(1049)离开扬州赴颍州任,不久回京。刘原父于至和三年(1056)出任扬州太守,其间相隔七年。故曰“别来几度春风”。

④“文章”句称赞刘敞文思敏捷,又善于饮酒。

⑤直须,就应该。看取,且看。是年,刘敞三十七岁,欧阳修已年届五十。故年少指刘,衰翁乃自称。

【说明】

送别友人赴任之作。欧阳修于仁宗庆历八年(1048),曾任扬州知府,并建平山堂于城之西北。皇祐元年(1049)离开扬州赴颍州任,不久回京。刘原父于至和三年(1056)出任扬州太守,词作于此年。欧阳修在扬州任上虽然只有短短一年,但对扬州怀有深厚的感情。上片因刘敞之赴任引起作者对扬州的怀念,“手种堂前杨柳,别来几度春风”。感情真挚而笔法简洁;下片是对即将赴任的友人的称颂和告诫,告诫的内容与众不同,没有任何说教,只说扬州是一个繁华的城市,人生苦短,应该及时行乐。

玉楼春

尊前拟把归期说。未语春容先惨咽[①]。人生自是有情痴,此恨不关风与月[②]。　　离歌且莫翻新阕。一曲能教肠寸结[③]。直须看尽洛城花,始共春风容易别[④]。

【注释】

①春容,女子容貌。惨咽,悲伤哽咽。

②自是,原本是。有情痴,非常多情。不关风与月,与风月情怀无关。

③翻新阕，演唱新的曲子。二句意谓，离歌一曲已经令人肠断，不要再唱新的曲子了。

④直须，应该。洛城花，牡丹花。按王象晋《群芳谱》："唐宋时，洛阳花冠天下，故牡丹竟名洛阳花。"宋仁宗天圣九年(1031)三月，欧阳修抵达洛阳，成为西京留守钱惟演属下的留守推官，并撰《洛阳牡丹记》。共，与。

【说明】

宋仁宗景祐元年(1034)三月，欧阳修任期已满，离开洛阳，临别作《玉楼春》词数阕。告别的对象可能是一位女子，全篇写离别之痛。上片说此别归期难定，所以悲痛难禁。下片作旷达语，说请停止演奏离别之歌，以免过度悲伤，大家且尽情欣赏洛阳花吧，可以减轻离别之痛。写作这首词时，欧阳修才二十七岁，而当时他们的上司河南通判钱惟演，对年轻下属也十分宽容，因此欧阳修在洛阳时生活浪漫随意，有几位红颜知己，也并不是什么出格的事情，道学先生们不必大惊小怪。王国维评论说："永叔'人间自是有情痴，此恨不关风与月'，'直须看尽洛阳花，始与春风容易别'，于豪放中有沉着之致，所以尤高。"

又

春山敛黛低歌扇。暂解吴钩登祖宴[①]。画楼钟动已魂销，何况马嘶芳草岸[②]。　　青门柳色随人远。望欲断时肠已断[③]。洛城春色待君来，莫到落花飞似霰[④]。

【注释】

①春山敛黛，形容女子皱眉。李商隐《代赠》："总把春山扫黛眉。"吴钩，宝刀。李贺《南园》："男儿何不带吴钩。"祖宴，别宴。

②钟动，钟声响起。马嘶，冯延巳《采桑子》："马嘶人语春风岸。"

③青门，汉代长安东南门，原称霸门，为当时送别之地，词中借指洛阳城门。望欲断时，目光尽时，望不见时。

④“洛城”二句，意谓明春盼你再来，不要等到百花凋谢以后。霰，雪珠子。

【说明】

宋仁宗天圣九年（1031），欧阳修考取进士不久，被任命为西京（洛阳）留守推官。据李剑亮先生考证，此词当为仁宗明道二年（1033），在洛阳送别友人谢绛时所作。不过伯寒先生认为，本词和上篇一样，也是告别情人之作。从词的具体内容看，伯寒先生的意见比较符合实际。上片写将别之时，“春山敛黛”“暂解吴钩”分写男女二人；下片写女子之悲情。末二句乃女子对男子的殷殷期望，“春色”“落花”均语涉双关，既指春天，也象征爱情。

又

西湖南北烟波阔。风里丝簧声韵咽[①]。舞余裙带绿双垂，酒入香腮红一抹[②]。　　杯深不觉琉璃滑。贪看六么花十八[③]。明朝车马各西东，惆怅画桥风与月[④]。

【注释】

①西湖，指颍州西湖。丝簧，弦管乐器。咽，悲咽。

②舞余，舞罢。酒入香腮，喝酒上脸。

③《六么》（亦称绿腰），琵琶舞曲名。《花十八》，《六么》舞曲共二十二，《花十八》是曲中一节。

④风与月，泛指游乐生活。

【说明】

此词大约作于作者晚年退居颍州之时。内容是在湖上观看一场歌舞表演。上片描写音乐之动听，歌舞之美妙；下片写观众的感受，以及歌停舞歇，表演结束以后词人的惆怅心情。不幸在这年秋天，作者就去世了。

又

别后不知君远近。触目凄凉多少闷。渐行渐远渐无书，水阔鱼沉何处问[①]。　　夜深风竹敲秋韵。万叶千声皆是恨[②]。故欹单枕梦中寻，梦又不成灯又烬[③]。

【注释】

①鱼沉，比喻音信不通。

②“夜深”句，秋风吹动竹叶，发出悲凉的秋声。恨，愁恨。

③欹(qī)斜靠。单枕，孤枕。灯又烬，灯芯烧成灰烬，指灯将熄灭。

【说明】

闺怨之辞。上片写离别之恨；下片抒相思之情。语言明白显豁，直抒胸臆，但感情真挚深沉，此司空图所谓“情性所至，妙不自寻”者也。唐圭璋先生评曰：“层层深入，句句沉着。”

临江仙

柳外轻雷池上雨，雨声滴碎荷声[①]。小楼西角断虹明。阑干倚处，待得月华生[②]。　　燕子飞来窥画栋，玉钩垂下帘旌[③]。凉波不动簟纹平。水精双枕，傍有堕钗横[④]。

【注释】

①滴碎荷声，雨点打在荷叶上，发出细碎之声。李商隐《无题》：“飒飒东风细雨来，芙蓉塘外有轻雷。”

②“小楼”句，雨过天晴，小楼西角出现一截彩虹。阑干倚处，李白《清平乐》：“沉香亭北依阑干。”月华生，月亮升起。

③画栋，彩饰的栋梁。王勃《滕王阁诗》：“画栋朝飞南浦云。”“玉钩”

句，放下窗帘。

④凉波不动，以水波比喻竹席之清凉光滑。韩愈诗《新亭》“水纹凉枕簟”亦以水波比竹席。李商隐《偶遇》：“水文簟上琥珀枕，旁有堕钗双翠翘。”二句写人已熟睡，头钗滑落。

【说明】

本篇也是欧阳修的名作。据宋钱世昭《钱氏私志》记载，此词乃欧阳修任河南推官时，应钱惟演的要求，即席为一歌伎而赋。词成，“众客皆称善”。但钱氏所记未必可信，与本词的内容也不尽吻合。本词描写古代贵族妇女的生活，写得典雅华贵，含蓄蕴藉而不露声色，曾经赢得一片赞誉之声。当代词家周汝昌甚至叹道：“千古独此一篇。”欧阳修是北宋名臣，文章宗伯，宋初古文运动的代表人物，被苏轼称为当代韩愈。但与此同时，他又写了不少缠绵悱恻的艳词，这使后来的道学先生们很不理解，甚至认为那是小人们的伪造和恶意中伤。这是一种脱离实际的可笑看法。宋代的历届帝王，也许是中国历史上最重视文人，最厚待文人的统治者。存在那样宽松的政治文化氛围，欧阳修在自己的私人生活中，敞开胸扉，在酒筵歌席之上，在宾朋应酬之中，写出一些伤春悲秋，愁离恨别，以至男女爱情的作品，并不奇怪。

又

记得金銮同唱第，春风上国繁华[①]。如今薄宦老天涯。十年岐路，空负曲江花[②]。　闻说阆山通阆苑，楼高不见君家[③]。孤城寒日等闲斜。离愁难尽，红树远连霞[④]。

【注释】

①金銮，皇宫正殿。唱第，古代科举考试后宣唱及第进士的名次。元稹《酬翰林白学士代书一百韵》：“唱第听鸡集，趋朝忘马疲。”上国，指京城。梁江淹《四时赋》：“忆上国之绮树，想金陵之蕙枝。”

②薄宦,官职卑微。李商隐诗《蝉》:“薄宦梗犹泛,故园芜已平。”负,辜负。曲江花,唐代进士及第,朝廷设宴于曲江,谓为曲江宴。

③阆山,在四川阆中县南,为作者同榜友人将往之地。阆苑,阆中著名宫苑,唐代鲁王、滕王所建。

④等闲,轻易。红树,红叶树。

【说明】

送别友人赴任之作。释文莹《湘山野录》记载:“欧阳公顷谪滁州,一同年将赴阆倅,因访之,即席为一曲歌以送,曰:‘记得金銮同唱第(下略)。’其飘逸清远,皆李白之流品也。”词先从二人的友谊写起,接着感叹自己薄宦天涯的遭遇。下片是对友人的鼓励,友人赴任阆中县倅,乃远离中原的偏远之地,显然也不是什么好差事。但是作者安慰说,阆山与帝王宫苑阆苑可以相通,暗示今后尚有升迁机会。末三句抒写离情,以写景作结,情韵悠远。

浪淘沙

把酒祝东风。且共从容[①]。垂杨紫陌洛城东。总是当时携手处,游遍芳丛[②]。　　聚散苦匆匆。此恨无穷。今年花胜去年红[③]。可惜明年花更好,知与谁同[④]。

【注释】

①“把酒”二句,用司空图《酒泉子》“黄昏把酒祝东风,且从容”句意。祝,祝告。从容,停留。

②紫陌,帝都郊野的道路。刘禹锡《玄都观桃花》:“紫陌红尘拂面来,无人不道看花回。”洛城,洛阳。芳丛,花丛。

③胜,胜过。

④可惜,可恨。知与谁同,不知与何人同赏。

【说明】

宋仁宗天圣九年(1031)三月,欧阳修至洛阳,在西京留守钱惟演幕任推官,与著名文人尹洙和梅尧臣等结交唱和,相得甚欢。次年尹、梅等相继离去。从词的内容看,这首词可能作于他与友人离别的第二年。上片因春至而怀念旧友,下片因惜花而感伤离别。情真意切,笔致既疏放又深婉。清人冯煦指出,欧阳修词疏隽开子瞻,深婉开少游,本词就兼具两方面的特点。也有人认为,词含悼亡之意。从内容看,并不契合。

又

万恨苦绵绵。旧约前欢。桃花溪畔柳阴间[①]。几度日高春睡重,绣户深关[②]。　　楼外夕阳闲。独自凭阑。一重水隔一重山[③]。水阔山高人不见,有泪无言[④]。

【注释】

①前欢,以前的情人。

②春睡重,春睡浓。绣户,闺房。深关,紧闭。

③“一重”句,极言道路遥远。

④人,即“旧约前欢”。

【说明】

词写情人离别之痛,从回忆发端,写到女子春天的寂寞,写到相思的痛苦,感情层层推进,愈转愈深,结句以“有泪无言”收束,说悲痛满怀,泪流满面,却无从告诉,把悲情推向高潮。

浣溪沙

堤上游人逐画船。拍堤春水四垂天。绿杨楼外出秋千[①]。　　白发戴花君莫笑,六么催拍盏频传。人生何处似尊前[②]。

【注释】

①逐,追逐。出,露出。

②六么,曲调名。白居易《琵琶行》:"初为霓裳后六么。"拍,歌曲的节拍。盏频传,酒杯频频传递。

【说明】

庆历新政失败后,欧阳修在政治上受到挫折,被排挤出京,相继任滁州、扬州知州,后又徙颍州,晚年退居颍州。本词约作于皇祐元年(1049)颍州任上。上片赞叹颍州西湖春光之美,下片自伤年华老大,鼓吹及时行乐,表现了词人感伤颓放的心情。

又

湖上朱桥响画轮。溶溶春水浸春云。碧琉璃滑净无尘[①]。　　当路游丝萦醉客,隔花啼鸟唤行人。日斜归去奈何春[②]。

【注释】

①朱桥、画轮,都是对桥和车的美称。碧琉璃,比喻春水之清澈。

②萦,缠绕。奈何春,拿春天怎么办,意谓可惜了春天。

【说明】

写西湖春天景象,上片写景,下片写游春之人。结句透露出惜春之情。眼前之境,信手拈来,便成妙文。正如司空图所说:"俯拾即是,不取诸邻。"(《二十四诗品·自然》)这也是欧阳修词的重要风格特点之一。

少年游　咏草

阑干十二独凭春。晴碧远连云[①]。千里万里,二月三月,行色苦愁人[②]。　　谢家池上,江淹浦畔，吟魄与离魂[③]。那堪疏雨滴黄昏。更特地，忆王孙[④]。

【注释】

①独凭春，春日独自凭栏。晴碧，晴空下的绿草。

②形色，行旅。

③谢灵运《登池上楼》："池塘生春草，园柳变鸣禽。"又江淹《别赋》："春草碧色，春水渌波，送君南浦，伤如之何？"都是咏草名句。吟魄、离魂，分指二人。

④特地，忽然。王孙，指所念之人，用《楚辞》淮南小山《招隐士》典故。

【说明】

吴曾《能改斋漫录》卷十七："咏草词。梅圣俞在欧阳公座，有以林逋草词'金谷年年……'为美者。圣俞因别为《苏幕遮》一阕……欧公击节赏之。又自为一词云……盖《少年游》也。不唯前二公所不及，虽置诸唐人温、李集中，殆与之为一矣。"这是一首咏物词，其中也寄托了伤别之意，与林逋《点绛唇》、梅尧臣《苏幕遮》一同被誉为宋人咏春草绝调。上片用白描笔法，直书其事，下片用典故表达愁情，含思婉转。王国维认为上片："语语如在目前，便是不隔。至云'谢家池上，江淹浦畔'，则隔矣。"当然这是王氏个人的观点和偏好，其实林和靖《点绛唇》、梅圣俞《苏幕遮》何尝不用典故？是否使用典故，或许并不是评判作品优劣的主要标准。

李师中一首

李师中（1013—1078），字诚之，宋州楚丘（今属河南商丘）人。仁宗朝进士。累官提点广西刑狱，摄帅事。后为吕惠卿所排，贬和州团练副使，稍迁至右司郎中。《全宋词》仅录其词一首。

菩萨蛮

子规啼破城楼月。画船晓载笙歌发[①]。两岸荔枝红。万家烟雨中[②]。　佳人相对泣。泪下罗衣湿。从此信音稀。岭南无雁飞[③]。

【注释】

①首句意谓，子规声中，明月西斜。发，出发。

②二句写南方风景如画。

③据说大雁南飞不过衡山，广西更在衡山之南，雁所不到，故云。

【说明】

宋仁宗嘉祐三年（1058）李师中官广西提点刑狱、权经略事。四年后离任。据范公偁《过庭录》记载："李师中诚之，帅桂罢归，一词题别云：'子规啼破城楼月。'"（下略）可见本词作于词人离任之时，时为嘉祐七年（1062）。上片写别时之景，下片抒离别之情，自然流畅，意真情切。尤其"两岸荔枝红"二句，描绘南方风景如画，广为后人称赏。

司马光二首

司马光（1019—1086），字君实，号迂夫，晚号迂叟。陕州夏县（今属山西运城市）人。宋仁宗五年进士。哲宗初，为门下侍郎，拜尚书左仆射。卒赠太师温国公，谥文正。

阮郎归

渔舟容易入春山。仙家日月闲[①]。绮窗纱幌映朱颜。相逢醉梦间[②]。　　松露冷，海霞殷。匆匆整棹还[③]。落花寂寂水潺潺。重寻此路难。

【注释】

①用刘晨、阮肇与仙女典故。仙家，指仙女。

②刘义庆《幽明录》："至暮，令各就一帐宿，女往就之，言声清婉，令人忘忧。"

③殷，红。整棹还，准备好船只，回归人间。

【说明】

司马光以文章气节名世，其词今只存五首（包括《唐宋词汇评》所辑佚词两首）。词以刘晨、阮肇故事为题材，或是游戏笔墨。有人据《青箱杂记》遽定此词为"狎妓之作"，恐怕不妥。《青箱杂记》有语云："文章纯古不害其为邪，文章艳丽亦不害其为正。"这种看法是通达之见，欧阳修即为一例。但《青箱杂记》只说司马光写过几首艳词，并没有直接说他"狎妓"，艳词大多是酒筵歌席上供歌女演唱的歌词，与"狎妓"并不完全是一回事。陈廷焯评论本词曰："清淡有味。"（《别调集》）

西江月

宝髻松松挽就，铅华淡淡妆成[①]。青烟翠雾罩轻盈。飞絮游丝无定。　　相见争如不见，有情何似无情[②]。笙歌散后酒初醒。深院月斜人静。

【注释】

①宝髻，女子的头髻。铅华，女子的脂粉。

②争如，怎如；何似，不如。

【说明】

词写酒筵歌席上一位歌女的美丽和多情。情思绵邈，笔致轻灵，历来为人称道，但也颇受假道学们的非议。司马光还有一首长调《锦堂春》，虽以感旧为主，也涉及艳情。这一点也不奇怪，盖人非草木，孰能无情？又词这种文体，原本就产生于歌筵酒席之上，演唱者又多是歌女，其内容大半不离男女爱情，伤春悲秋，离情别绪，羁旅漂泊，就像现在的流行歌曲一样，才能够为人们喜闻乐见。在这个问题上，诗和词似乎历来就有约定俗成的分工。因此即使像欧阳修、司马光这样位高权重的文章宗伯，当他们涉及词的创作时，也不能不入乡随俗。当然与某些花间词人比较，"不涉秽语"，这也是他们遵守的底线。

王安石四首

王安石（1021—1086），字介甫，号半山，抚州临川（今江西抚州市临川区）人。宋仁宗庆历二年进士。宋神宗熙宁初，擢参知政事，推行新法。曾两度为相。晚年退居江宁半山园。封荆国公，卒谥文。有《临川先生歌曲》。

渔家傲

平岸小桥千嶂抱。柔蓝一水萦花草[①]。茅屋数间窗窈窕。尘不到。时时自有春风扫[②]。
午枕觉来闻语鸟。欹眠似听朝鸡早[③]。忽忆故人今总老。贪梦好。茫然忘了邯郸道[④]。

【注释】

①嶂，直立如屏障的山峰。抱，环抱。柔蓝，形容绿水。萦，环绕。

②窈窕，幽深貌。

③午枕，午睡。语鸟，鸟语，鸟鸣。欹眠，斜卧。朝鸡，晨鸡。

④贪梦好，贪图荣华富贵。邯郸道，唐沈既济《枕中记》讲述卢生在邯郸旅舍，梦见了荣华富贵，醒来才知是梦，而灶间黄粱未熟。

【说明】

王安石以诗文名世，作词不多，但也不乏名篇，如长调《桂枝香》与本篇便是。本词作于王安石第二次罢相，退隐金陵半山园之后，此时作者已入暮年，多次出入政坛，身心俱疲，故徜徉山水以自适。词主要描写环境的清幽以及词人自己的闲适心情。末三句，奉劝那些依旧在官场上争名夺利之人，不要再贪图荣华富贵。王安石是熙宁变法的领袖人物，锐意改革，勇于任事。改革失败以后，受到了种种非议甚至丑化，大多不符合事实。连他的主要反对派司马光也说："人言安石奸邪，则毁之太过。"同样不赞成变法的黄庭坚也说："余尝熟观其（王安石）风度，真视富贵如浮云，不溺于财利酒色，一世之伟人也。"可见王安石变法，其方法、用人，容或有不当之处，但其本人的道德文章，完全当得起"一世伟人"之称。

生查子

雨打江南树。一夜花开无数。绿叶渐成阴，下有游人归路。　　与君相逢处。不道春将暮。把酒祝东风，且莫恁、匆匆去①。

【注释】

①恁（nèn），这样。祝，祝告。

【说明】

惜春之词，表达了对春天的无比留恋。末三句祝祷春天不要匆匆离去，同时也表达了词人对年华易逝的深深无奈。

浣溪沙

百亩中庭半是苔。门前白道水萦回。爱闲能有几人来[①]。　　小院回廊春寂寂，山桃溪杏两三栽。为谁零落为谁开[②]。

【注释】

①刘禹锡《再游玄都观》:“百亩庭中半是苔,桃花净尽菜花开。”此用其成句。白道,洁净的小路。李商隐《无题》:“白道萦回入暮霞,斑骓嘶断七香车。”

②杜甫《涪城县香积寺官阁》:“小院回廊春寂寂,浴凫飞鹭晚悠悠。”此用其成句。唐雍陶《过旧宅看花》:“山桃野杏两三栽,树树繁花去复开。”唐严恽《落花》:“尽日问花花不语,为谁零落为谁开?”此用其成句。

【说明】

词写退隐后幽居之情趣,但也透露出几分寂寞和惆怅。王安石每喜作集句诗或用前人成句入词。本词总共六句,却有四句直接使用前人成句,虽然安排很妥帖,也能够表达作者的心情,显示了很高的艺术技巧。但是,言不由己出,用别人的话来表达自己的思想感情,总觉相隔一层。偶一用之或无不可,经常使用,积木搭得再巧,总不如自己创造亲切有味。

南乡子

自古帝王州。郁郁葱葱佳气浮[①]。四百年来成一梦,堪愁。晋代衣冠成古丘[②]。　　绕水恣行游。上尽层城更上楼[③]。往事悠悠君莫问,回头。槛外长江空自流[④]。

【注释】

①帝王州,指金陵。谢朓《入朝曲》:“江南佳丽地,金陵帝王州。”佳

气,美好的云气。古人以为是吉祥、兴隆的象征。词中指王气。

②四百年,自三国东吴建都建业(212)至隋文帝灭陈(589),近四百年。李白《登金陵凤凰台》:“吴宫花草埋幽径,晋代衣冠成古丘。”衣冠,指缙绅、士大夫。丘,坟墓。

③恣行游,随意游玩。“上尽”句,王之涣《登鹳雀楼》:“欲穷千里目,更上一层楼。”

④王勃《滕王阁序》:“阁中帝子今何在?槛外长江空自流。”词用其成句。

【说明】

金陵怀古之作。与前首一样,上下片的结尾,都用了李白和王勃诗的成句,虽然都用得很好,能够充分表达作者怀古之幽思。不足之处,已如前述。王安石还有一首被誉为“绝唱”,并且得到苏东坡高度赞赏的金陵怀古词《桂枝香》,其词曰:“登临送目。正故国晚秋,天气初肃。千里澄江似练,翠峰如簇。归帆去棹残阳里,背西风,酒旗斜矗。彩舟云淡,星河鹭起,画图难足。　　念往昔、繁华竞逐。叹门外楼头,悲恨相续。千古凭高,对此谩嗟荣辱。六朝旧事随流水,但寒烟衰草凝绿。至今商女,时时犹唱,后庭遗曲。”虽然词中也有不少檃括前人诗意之处,但能够化为己意,浑成一体。两相比照,艺术上明显较本篇高出一层。

王安国二首

王安国(1028—1074),字平甫,安石之弟。曾官西京国子教授、秘阁校理。集今不传,《全宋词》录其词三首。

清平乐　春晚[1]

留春不住。费尽莺儿语。满地残红宫锦污。昨夜南园风雨[2]。　小怜初上琵琶。晓来思绕天涯[3]。不肯画堂朱户，春风自在杨花[4]。

【注释】

①此首或作王安石词。

②宫锦，宫中特制的锦缎。岑参《胡歌》：“黑姓蕃王貂鼠裘，葡萄宫锦醉缠头。”

③小怜，冯小怜，北齐后主高纬的嫔妃，能歌舞，尤善琵琶。这里是泛指。李贺《冯小怜》：“弯头见小怜，请上琵琶弦。”

④画堂朱户，富贵人家。

【说明】

作者是王安石的弟弟，文才卓著，为人刚直，但政见与其兄不合，也不愿倚仗王安石的地位追求爵禄。因而遭到王安石党羽吕惠卿和曾布的诬陷打击。熙宁七年（1074），以反对新法的罪名，被削职放归乡里，死时才四十七岁。本篇乃惜春之词，但从末二句看，分明有托物言志、自悲身世之意，同时也表现了词人洁身自好，清高傲兀的情怀。

减字木兰花

画桥流水。雨湿落红飞不起。月破黄昏。帘里余香马上闻[1]。　徘徊不语。今夜梦魂何处去。不似垂杨。犹解飞花入洞房[2]。

【注释】

①月破黄昏，黄昏月出。破，穿破。

②洞房，幽深内室。柳永《昼夜乐》：“洞房记得初相遇。便只合、长

相聚。”

【说明】

这是一首爱情词，上片写离别，下片写别后，只以帘里余香，比喻别意绵绵；而以不似杨花，表达自己离情浓重，笔致异常含蓄，耐人寻味。

晏幾道二十四首

晏幾道(1038—1100)，字叔原，号小山。曾官开封府推官等职。仕宦不得志，着意为词。与父晏殊号“二晏”。有《小山词》。

临江仙

梦后楼台高锁，酒醒帘幕低垂。去年春恨却来时[①]。落花人独立，微雨燕双飞[②]。　记得小蘋初见，两重心字罗衣。琵琶弦上说相思[③]。当时明月在，曾照彩云归[④]。

【注释】

①“梦后”“酒醒”，写梦觉酒醒后的阑珊意兴和寂寞心情。却来，又来、再来。

②五代翁宏诗《春残》：“又是春残也，如何出翠帏。落花人独立，微雨燕双飞。”采诗入词，而意境自别。“人独立”与“燕双飞”对照，透露出孤独怀人之意。

③小蘋，歌女名。作者在《小山词自跋》中曾提到莲、鸿、蘋、云四位歌女。“两重心字”，可能指衣裙上所绣形似小篆“心”字的图案。

④彩云,喻美女,这里指小蘋。李白《宫中行乐词》:“只愁歌舞散,化作彩云飞。”二句谓当时明月依旧,而人事已非,暗寓追念之意。

【说明】

本篇是晏幾道的名作。上片由感伤目前而追忆往昔;下片由回忆过去又归结到目前。据张宗棣《词林纪事》推断,可能为追忆歌女小蘋而作。晏幾道在词中曾多次提到小蘋,例如:“小蘋若见愁春暮,一笑留春春也住。”(《木兰花》)又:“小蘋一笑尽妖娆。”(《玉楼春》)足见词人对这位歌女的深情。此词大约作于词人和小蘋分别以后,所以充满感伤怀旧之情。由于艺术上的精美,历来受词评家激赏。例如谭献《复堂词话》曰:“名句千古,不能有二,所谓柔厚在此。”陈廷焯《白雨斋词话》卷一曰:“既闲婉,又沉着,当时更无敌手。”唐圭璋先生《唐宋词简释》曰:“此首感旧怀人,精美绝伦。”

蝶恋花

梦入江南烟水路。行尽江南,不与离人遇①。睡里销魂无说处。觉来惆怅销魂误②。　　欲尽此情书尺素。浮雁沉鱼,终了无凭据③。却倚缓弦歌别绪。断肠移破秦筝柱④。

【注释】

①“梦入”三句,化用岑参《春梦》句意:“枕上片时春梦中,行尽江南数千里。”江南多雨水,故曰“烟水路”。

②睡里,梦中。觉来,醒后。梦中与情人欢聚,故曰“无说处”,梦醒难觅情人,徒添惆怅,故曰“消魂误”。此亦“觉来知是梦,不胜悲”之意。

③书尺素,写信。终了,终于。

④“却倚”二句,言别绪之难以排遣。古筝以柱支弦,上有旋钮调节音阶高低,弦紧则音高,弦松则音低。移破,弹遍。

【说明】

晏幾道为晏殊幼子,出生于富贵之家。但是功业无成,穷愁落魄,因而寄情声色,常与歌女舞伎交往。这一点与唐末之温庭筠,稍后之秦少游颇为相似。他的词多写这类内容,充满感旧伤离的情绪。冯煦在《宋六十一家词选例言》把他与李后主、秦观相比,说:"淮海、小山,古之伤心人也。其淡语皆有味,浅语皆有致,求之两宋词人,实罕其匹。子晋欲以晏氏父子追配李氏父子,诚为知音。"给予极高评价。本篇写相思离别之情。上片说梦中追寻无果,梦醒悲愁无限;下片以鱼雁无凭,音信不通,极言离愁之难以排遣。悲郁沉痛,感人至深。

又

醉别西楼醒不记。春梦秋云,聚散真容易[①]。斜月半窗还少睡。画屏闲展吴山翠[②]。　衣上酒痕诗里字。点点行行,总是凄凉意。红烛自怜无好计。夜寒空替人垂泪[③]。

【注释】

①"春梦"二句,言聚如春梦之无凭,散似秋云之飘忽。晏殊《木兰花》:"长于春梦几多时,散似秋云无觅处。"此化用其句意。

②"画屏"句,画屏上展现一片青翠的吴山。吴山,泛指江南山水。

③杜牧《赠别》:"蜡烛有心还惜别,替人垂泪到天明。"自怜,自伤。无好计,没有好办法。

【说明】

本篇也写离愁别恨。上片写离别,下片说思念。"衣上"二句,怀旧情深,沉郁悲痛。结尾化用杜牧诗句抒情,而更加委婉曲折。陈廷焯《大雅集》评曰:"一字一泪,一字一珠。"认为本词感情沉痛,字字玑珠,艺术上非常成功。

又

碧玉高楼临水住。红杏开时，花底曾相遇[①]。一曲阳春春已暮。晓莺声断朝云去[②]。　远水来从楼下路。过尽流波，未得鱼中素[③]。月细风尖垂柳渡。梦魂长在分襟处[④]。

【注释】

①碧玉，对楼观的美称。

②阳春，古乐曲名。朝云，比喻所爱女子。

③鱼中素，书信。

④分襟，离别。

【说明】

这分明也是一首爱情词，上片写相会后即匆匆别去；下片言别后音信全无，因而常常梦中回到分手之处。由于表现手法比较朦胧，从清代厉鹗开始，就怀疑词人所记，究竟是人是鬼，说："鬼语分明爱赏多，小山小令擅清歌。"陈廷焯也说："凄婉欲绝，仙耶鬼耶？"其实本词的叙事脉络并不曲折，上片"朝云去"，朝云不过是泛称情人而已，不必一定与巫山神女相联系。下片梦到分手之处，词人并未交代有没有见到情人，这也是故意留下的悬念，如果直接说破，反而索然无味了。

鹧鸪天

彩袖殷勤捧玉钟。当年拚却醉颜红[①]。舞低杨柳楼心月，歌尽桃花扇底风[②]。　从别后，忆相逢。几回魂梦与君同[③]。今宵剩把银釭照，犹恐相逢是梦中[④]。

【注释】

①彩袖，指代歌女。玉钟，指酒杯。

②“舞低”句，意谓歌舞酣畅，直至月落风停。

③“几回”句，谓梦中频频相见。

④剩，更；银釭，银灯。杜甫《羌村三首》：“夜阑更秉烛，相对如梦寐。”二句从杜诗化出，而自然妥帖。

【说明】

这首词也是晏幾道的名作，风格高华秾丽，受到后人极高评价。赵德麟《侯鲭录》引晁补之语云：“叔原不蹈袭人语，风度闲雅，自是一家。如‘舞低杨柳楼心月，歌尽桃花扇底风’，自可知此人不生在三家村中也。”陈廷焯评曰：“仙乎丽矣。后半阕一片深情，低回往复，真不厌百回读也。言情之作，至斯已极。”如果单从内容看，本词并无特别之处，也不过写男女爱情，上片回忆当年相聚之欢乐，下片抒写别后重逢之情状。但把当年相聚写得如此高华典雅，下片把别后重逢写得如此曲折深婉，除需要极高的艺术修为，心中还必需蕴含一片深情，才能够做到。正如陈廷焯《白雨斋词话》所言：“李后主、晏殊叔原词……无人不爱，以其情胜也。情不深而为词，虽雅不韵，何足感人？”

又

醉拍春衫惜旧香。天将离恨恼疏狂[①]。年年陌上生秋草，日日楼中到夕阳[②]。　　云渺渺，水茫茫。征人归路许多长[③]。相思本是无凭语，莫向花笺费泪行[④]。

【注释】

①旧香，女子遗留的香泽。疏狂，豪放不受拘束。这里是作者自指。

②秋草年年生长，夕阳天天照到，景中见情，以喻时光流逝，相思日深。

③许多,多么,何等。

④“相思”句,意谓相思之情,说不清道不明,含泪作书,也无济于事。

【说明】

词写情人离别之痛,这种痛苦虽蓄积已久,却因一件女子春衫而引起,构思巧妙,同时形象地表现了词人多愁善感的性格特点。接下去借景言情,写得迷蒙飘忽,韵味悠长。下片设想,如果真去看望征人,但是路途遥远,云水茫茫;假若鱼雁传书,互通款曲,又因情深意重,徒费心思,终究无益。怎么办? 无法可想,只能“两处沉吟各自知”。

又

小令尊前见玉箫。银灯一曲太妖娆[①]。歌中醉倒谁能恨,唱罢归来酒未消[②]。　　春悄悄,夜迢迢。碧云天共楚宫遥[③]。梦魂惯得无拘检,又踏杨花过谢桥[④]。

【注释】

①尊前,酒筵上。玉箫,歌女名。妖娆,美丽迷人。

②恨,遗憾。此句意谓在歌声中醉倒也在所不惜。酒未消,酒意未尽。

③楚宫,指代玉箫所在之处,遥,表达咫尺天涯之感。遥,亦作“腰”。

④惯自,习惯了。无拘检,无拘无束。谢桥,谢娘桥。

【说明】

这是一首艳词。上片写词人在宴会上偶遇美女,并为之陶醉。下片写别后依然不能忘情,梦中去寻访美人踪迹。由于写得迷离恍惚,只描述过程,而故意不交代具体结果。据说这首词居然打动了北宋著名道学家程颐,赞其为“鬼语也”,鬼语云云,当然是称赞末二句把梦境写得如此幽冷细腻,韵味悠长。

生查子

金鞍美少年，去跃青骢马。牵系玉楼人，绣被春寒夜[①]。　　消息未归来，寒食梨花谢。无处说相思，背面秋千下[②]。

【注释】

①牵系，牵挂。玉楼人，闺中少妇。

②“消息”句，春天将尽，消息全无。李商隐《无题》：“十五泣春风，背面秋千下。”

【说明】

词写少妇对情郎的相思之情，表达明白晓畅，而不显俚俗之气，颇有古乐府遗风。末二句用李商隐诗成句，表现少妇之情思，妙在含蓄。

又

关山魂梦长，鱼雁音尘少[①]。两鬓可怜青，只为相思老[②]。　　归梦碧纱窗，说与人人道[③]。真个别离难，不似相逢好[④]。

【注释】

①关山路遥，故言魂梦长。

②“两鬓”句，意谓因相思而黑发变白。

③人人，对所爱女子的昵称。

④真个，的确。

【说明】

词写男子在羁旅行役中对女子的思念，用明白浅显的语言，表达了一位旅客的真切感受，似浅而实深，似淡而实浓。

清平乐

留人不住。醉解兰舟去[①]。一棹碧涛春水路。过尽晓莺啼处。　　渡头杨柳青青。枝枝叶叶离情。此后锦书休寄，画楼云雨无凭[②]。

【注释】

①兰舟，船。

②王维《送沈子归江东》："杨柳渡头行客稀。"锦书，书信。

【说明】

送别之作，主人公很可能是一位妓女。上片写送别，下片叙离情。末二句并非决绝之词，而是说明自己无可奈何的处境。"云雨无凭"云云，自叹身非己有，乃是悲痛之语。故周济评曰："结语殊怨，然不忍割。"陈廷焯评曰："怨语，自然是凄绝。"

木兰花

秋千院落重帘幕。彩笔闲来题绣户[①]。墙头丹杏雨余花，门外绿杨风后絮[②]。　　朝云信断知何处。应作襄王春梦去[③]。紫骝认得旧游踪，嘶过画桥东畔路[④]。

【注释】

①重帘幕，重重帘幕低垂。绣户，女子闺房。

②雨余花，风后絮，雨后残花，风中飘絮。二句似有所比。

③"朝云"二句，用楚王与巫山神女典故，表达对往事的怀念之情。

④紫骝，骏马名。嘶，嘶鸣。

【说明】

缅怀旧情之作。晏幾道天资聪慧，感情丰富而生活浪漫。他并不汲汲于功名，加之生性高傲，因而终身沦落下僚。冯煦《蒿庵论词》曾说过一段有名的话："淮海、小山，真古之伤心人也，其淡语皆有味，浅语皆有致。求之两宋词人，实罕其匹。"的确，秦观和晏幾道是感情丰富细腻的词人，他们的作品都笼罩着一层浓厚的感伤情绪。但同样是感伤文学，二人的词风却同中有异。晏幾道是破落的贵族弟子，他的词"多写高堂华烛，酒阑人散之空虚"，有高华绮丽的一面；而秦观由于政治上屡遭打击，最后死于贬所，他的词多写"登山临水，栖迟零落之苦闷"，更多表现出凄厉幽怨的情感。二人都有极高的艺术天赋，不过从内容上看，少游词要更加丰富深刻。难怪苏东坡听到少游死讯时，感叹道："少游已矣，虽万人何赎！"虽然同样自写伤心，由于二人性情、家世、境遇不同，晏幾道词，更像一件美丽无比的艺术品；而秦少游词，却更能够打动人心。

又

初心已恨花期晚。别后相思长在眼[①]。兰衾犹有旧时香，每到梦回珠泪满[②]。　　多应不信人肠断。几夜夜寒谁共暖。欲将恩爱结来生，只恐来生缘又短[③]。

【注释】

①初心，本意。花期，喻指爱情。

②兰衾，芳香的被子。

③"欲将"二句，意谓希望来生再结姻缘，又怕来生姻缘也如今生一样短暂。

【说明】

词写离别相思之痛苦，表达自然流畅，明白如话，但感情真挚沉痛。尤其结尾两句，翻进一层说，已恨今生，又忧来世，更觉情深无限。

减字木兰花

留春不住。恰似年光无味处[1]。满眼飞英。弹指东风太浅情[2]。　筝弦未稳。学得新声难破恨[3]。转枕花前。且占香红一夜眠[4]。

【注释】

①留春不住,故觉年光无味。

②飞英,飞花。弹指东风,一弹指间春天已尽。浅情,薄情。

③破恨,破除烦恼。

④香红,指落花。

【说明】

惜春之词。上片怨春,下片恋春。末二句以旷达语表达恋春之情,其意弥深,耐人寻味。

又

长亭晚送。都似绿窗前日梦。小字还家。恰应红灯昨夜花[1]。　良时易过。半镜流年春欲破[2]。往事难忘。一枕高楼到夕阳。

【注释】

①小字,指书信。应,应验。古人认为灯花是吉兆。

②半镜,破镜,喻指分离。

【说明】

词写女子离别之情,全篇都写回忆,从“长亭晚送”发端,到“高楼夕阳”结束,中间插入“小字还家”“良时易过”,一喜一悲,笔致跌宕起伏。先著、程洪评曰:“轻而不浮,浅而不露,美而不艳,动而不流。字外盘旋,句中吞吐。小词能事备矣。”(《词洁辑评》)给予极高评价。

阮郎归

旧香残粉似当初。人情恨不如[①]。一春犹有数行书。秋来书更疏。　　衾凤冷，枕鸳孤。愁肠待酒舒[②]。梦魂纵有也成虚。那堪和梦无[③]。

【注释】

①二句言旧香残粉犹在，而人已离去，故言“恨不如”。

②衾凤，绣花被。枕鸳，鸳鸯枕。舒，舒解。

③虚，空。和梦无，连梦也没有。

【说明】

词写离愁别恨，主人公可能是一位歌伎。开头以旧香比人情，旧香犹在，而情人已去，更显人情之淡薄。接下来痴情女子不断诉说自己的寂寞相思之苦，书信愈来愈少，只能不断地以酒解愁。梦本来就是空的，可是近来连梦也没有了。唐圭璋先生所说的“层深之法”，就是指层层递进的艺术表现手法，这一特点在本词中体现得淋漓尽致。

又

天边金掌露成霜。云随雁字长[①]。绿杯红袖趁重阳。人情似故乡[②]。　　兰佩紫，菊簪黄。殷勤理旧狂[③]。欲将沉醉换悲凉。清歌莫断肠。[④]

【注释】

①汉武帝好神仙，作承露盘以承甘露，以为服食之后可以延年。《史记·孝武本纪》：“其后则又作柏梁、铜柱，承露仙人掌之属矣。”二句言露已成霜，雁群在高空结成人字或一字，飞往南方。

②绿杯，酒杯；红袖，美女。人情，指风俗。

③兰佩紫，菊簪黄，佩紫兰，簪黄菊。此为重阳风俗之一。殷勤，勉

力。狂，狂放，疏狂。

④沉醉换悲凉，以酒解愁。

【说明】

本词写重阳节的感慨。上片写景，下片抒情。况周颐认为：“殷勤理旧狂”，五字三层意思。“狂”者，所谓一肚皮不合时宜，发见于外者也。狂已旧矣，而理之，而殷勤理之，其狂若有甚不得已者。又认为：结尾二句是上句注脚，仍含不尽之意。此词沉着厚重，得此结句便觉竟体空灵（《蕙风词话》卷二）。指出本词乃借重阳写自身感慨，风格既厚重又轻灵，是小山词中最有思想内涵的作品。陈匪石也认为，此篇乃《小山词》中最凝重深厚之作，与其他艳词不同（《宋词举》）。况、陈二人，所见甚是。

浪淘沙

小绿间长红。露蕊烟丛。花开花落昔年同[1]。惟恨花前携手处，往事成空[2]。　山远水重重。一笑难逢。已拚长在别离中。霜鬓知他从此去，几度春风[3]。

【注释】

①“小绿”句，绿叶与红花相间。小绿，嫩绿；长红，大红花。

②二句意谓，春光依旧而旧情难再。

③“霜鬓”句，意谓别离之痛令霜鬓添白。

【说明】

相思痛别之作。以自然明白之语言，表达深沉的哀痛，而不流于浅俗，这也是小山词的优点之一。结二句构思精巧而不晦涩，陈廷焯评曰：“缠绵悱恻。”

玉楼春

东风又作无情计。艳粉娇红吹满地[1]。碧楼帘影不遮愁，还似去年今日意[2]。　　谁知错管春残事。到处登临曾费泪[3]。此时金盏直须深，看尽落花能几醉[4]。

【注释】

①艳粉娇红，指落花。

②不遮愁，挡不住愁恨。

③费泪，白费了眼泪。

④化用崔敏童“能向花前几回醉，十千沽酒莫辞频”（《宴城东庄》）句意，感叹春天易逝，只能以酒解愁。直须，尽管。

【说明】

此首伤春之词，语言直白，一改小山词含蓄吞吐之风。首句即直指东风太过无情，吹得落花满地；接着又埋怨年年春带愁来，挥之不去。下片正话反说，责怪自己多管闲事，总是为伤春浪费眼泪。结尾化用唐人诗意，慨叹春天易尽，年华流逝，不如饮酒看花，消解满腹忧愁。陈匪石认为：“语似旷达，其沉痛则较惋惜尤甚，实进一层立意也。”（《宋词举》）

采桑子

征人去日殷勤嘱，莫负心期[1]。寒雁来时。第一传书慰别离[2]。　　轻春织就机中素，泪墨题诗[3]。欲寄相思。日日高楼看雁飞[4]。

【注释】

①心期，心中期约。

②寒雁，天寒大雁南飞越冬，故称。

③《唐宋词评注》曰：轻春，疑为“经春”之误。素，白色的绢，上可题诗。

④看雁飞，言欲托飞雁传书。

【说明】

词写女子相思之情。上片言别时对征人之嘱托,“第一传书慰别离”;下片写当前女子之相思,“日日高楼看雁飞”。语言自然流畅,结构精巧,首尾呼应,艺术上非常成功。

更漏子

槛花稀,池草遍。冷落吹笙庭院[①]。人去日,燕西飞。燕归人未归[②]。　　数书期,寻梦意。弹指一年春事[③]。新帐望,旧悲凉。不堪红日长[④]。

【注释】

①槛,阑干。池草,谢灵运《登池上楼》:“池塘生春草,园柳变鸣禽。”二句谓春天将尽。

②人,指离人。

③数书期,计算书信到来的日子。春事,春天。

④“不堪”句,因相思而觉得日子很长。

又

露华高,风信远。宿醉画帘低卷[①]。梳洗倦,冶游慵。绿窗春睡浓[②]。　　彩条轻,金缕重。昨日小桥相送[③]。芳草恨,落花愁。去年同倚楼[④]。

【注释】

①露华,指月光。南朝齐王俭《春夕》:“露华方照夜,云彩复经春。”风信,消息。

②慵,慵懒。

③彩条、金缕均为女子所佩之饰物。

④芳草恨,离别之恨。

【说明】

二首均写女子离别相思之痛，时间都在暮春，所以离恨夹杂着春愁。写得低回往复，一往情深，充分体现了小晏词的艺术风格特点。

思远人

红叶黄花秋意晚，千里念行客[①]。飞云过尽，归鸿无信，何处寄书得[②]。　　泪弹不尽临窗滴。就砚旋研墨[③]。渐写到别来，此情深处，红笺为无色[④]。

【注释】

①秋意晚，秋已深。“千里”句，念行客在千里之外。

②“飞云”句，意谓行客无信来，我信寄向何处。

③就砚旋研墨，此句承上，言随即在砚台中以泪磨墨。

④红笺，信笺。无色，意谓笺色之红因眼泪而变淡。

【说明】

词写女子相思之情。普通题材，由于构思巧妙，抒情层层推进。尤其下片，就“泪”“墨”二字加以渲染，更觉深情无限。唐圭璋先生曰：“滴泪成墨，真痴人痴事。末二句不说己之悲哀，而言红笺都为无色，亦慧心妙语也。”

长相思

长相思。长相思。若问相思甚了期。除非相见时[①]。　　长相思。长相思。欲把相思说似谁。浅情人不知[②]。

【注释】

①甚了期，何时能了。

②说似谁,与谁说。

【说明】

词写相思之痛。上片言相思无尽,下片说相思难诉,语言质朴自然,含义清楚明白,词调即词意,颇具民歌色彩。所以陈廷焯评曰:“此为《小山集》中别调,而缠绵往复,姿态有余。”(《词则 · 闲情集》)

梁州令

莫唱阳关曲。泪湿当年金缕[1]。离歌自古最消魂,闻歌更在魂消处[2]。　　南楼杨柳多情绪。不系行人住[3]。人情却似飞絮。悠扬便逐春风去[4]。

【注释】

①阳关曲,即王维《渭城曲》。金缕,金缕衣。曲,按《词律》“曲字音去。查各词俱首句用韵。此乃以入声作去,盖北音也。”

②离歌,指阳关曲。销魂处,指离别之地。

③南楼,一作“南桥”。系,牵系。

④飞絮,指柳絮。

【说明】

离别之曲。全词围绕离别这一主旨层层展开,愈转愈深,最后归结到人情淡薄,离人犹似飞絮,终于追逐春风而去。本词虽写离别,而风格婉转清倩,并不十分沉痛,很可能是在别宴上为歌伎所写的歌词。

王观二首

王观，字通叟，如皋人，生卒年不详。宋仁宗嘉祐二年(1057)进士。后历任大理寺丞、江都知县等。元丰二年(1079)，以枉法受财，编管永州。

卜算子　送鲍浩然之浙东[①]

水是眼波横，山是眉峰聚。欲问行人去那边，眉眼盈盈处[②]。　才始送春归，又送君归去。若到江南赶上春，千万和春住[③]。

【注释】

①鲍浩然，作者友人，生平不详。

②眉眼盈盈处，既写浙东风景之美，又喻该处女子之美。

③和春住，与春天同住。

【说明】

送别友人之作，本词艺术构思最大的特点，是写景与写人合一。作者友人很可能在浙东有一位钟情的女子，“眉眼盈盈”既写浙东山水之美，也暗示了那儿还有一位美丽的女子。因此下片之“春”当然也是兼指春天和人物了。不过这层意思表现得非常含蓄，因此更加耐人寻味。

菩萨蛮　思归

单于吹落山头月。漫漫江上沙如雪[①]。谁唱缕金衣。水寒船舫稀[2]。　　芦花枫叶浦。忆抱琵琶语[3]。身未发长沙。梦魂先到家[4]。

【注释】

①单于，号角声。

②缕金衣，即《金缕衣》，曲调名。

③二句用白居易《琵琶行》诗意，抒写沦落之感。《琵琶行》有句“枫叶荻花秋瑟瑟”“忽闻水中琵琶声”。

④发，离开。

【说明】

怀念家乡之作。王观是江苏如皋人，曾因受贿罪被流放湖南永州。从内容看，这首词有可能作于遇赦即将返乡之时。结尾二句，表现思乡之切，构思不落俗套。

张舜民二首

张舜民，字芸叟，自号浮休居士，生卒年不详。邠州（今属陕西咸阳市）人。宋英宗治平二年（1065）进士，为襄乐令。司马光重其才，召为监察御史。官至吏部侍郎。后入元祐党籍，贬楚州团练副使，商州安置。有《画墁集》。

卖花声　题岳阳楼[1]

木叶下君山。空水漫漫。十分斟酒敛芳颜[2]。不是渭城西去客，休唱阳关[3]。　　醉袖抚危阑。

天淡云闲。何人此路得生还[4]。回首夕阳红尽处，应是长安[5]。

【注释】

①岳阳楼位于湖南岳阳市古城西门城墙之上，下瞰洞庭，前望君山，与湖北武汉黄鹤楼、江西南昌滕王阁并称为“江南三大名楼”。

②《楚辞·湘夫人》：“袅袅兮秋风，洞庭波兮木叶下。”木叶，树叶。君山，在岳阳市西南的洞庭湖中，亦称洞庭山。十分斟酒，把酒杯斟满；敛芳颜，敛容，此处指歌女。

③二句意谓自己乃遭贬南下，不是西去，因此莫唱《阳关曲》。王维《送元二之安西》：“劝君更尽一杯酒，西出阳关无故人。”

④张舜民因“作诗讥讪”，于宋神宗元丰五年（1082）冬谪监郴州茶盐酒税，因有此言。

⑤白居易《题岳阳楼》：“春岸绿时连梦泽，夕波红处近长安。”此化用其句意，表达对首都的怀恋。

又

楼上久踟躇。地远身孤。拟将憔悴吊三闾[1]。自是长安日下影，流落江湖[2]。　烂醉且消除。不醉何如。又看暝色满平芜[3]。试问寒沙新到雁，应有来书[4]。

【注释】

①三闾，屈原曾任楚国三闾大夫。

②长安，指代北宋首都开封。日下影，比喻自己曾受帝王宠信，做过京官。

③暝色，暮色。

④新到雁，大雁来到南方过冬，雁足又能传书，故云。

【说明】

据周辉《清波杂志》卷四记载:"张芸叟元丰间从高遵裕辟,环庆出师失律,且为转运使李察讦其诗语,谪监郴州酒。舟行,以二小词题岳阳楼'木叶下君山,空水漫漫。'(下略)"作者曾经在朝中担任要职,后因言事遭到流贬,目的地是湖南郴州,词作于流贬途中。从艺术上说,第一首比第二首写得更好。但第二首增加了追怀屈原的内容,因此多了几分悲愤之气。但是两首词的结尾,都念念不忘君国,所以周辉评论说:"岂无去国流离之思,殊觉婉而不伤也。"

魏夫人五首

魏夫人,名玩,字玉汝,曾布之妻,魏泰之姊,封鲁国夫人。襄阳人。生卒年不详,生平亦无可考。有《魏夫人集》。

阮郎归

夕阳楼外落花飞。晴空碧四垂①。去帆回首已天涯。孤烟卷翠微②。　楼上客,鬓成丝。归来未有期③。断魂不忍下危梯。桐阴月影移④。

【注释】

①碧四垂,蓝天笼罩四方。

②去帆,离去的帆船。翠微,青山,杜甫《秋兴》:"日日江楼坐翠微。"

③楼上客,作者自指。未有期,归期不定,指离人。

④断魂,伤心人。

【说明】

魏夫人(玩)是曾布的妻子,曾布仕途通达,一度身居相位。但是宦海有风波,曾布一生被卷入激烈的党争之中,也数度遭到流贬,最后受权臣蔡京的排挤,被一贬再贬,死于润州。夫贵妻荣,魏夫人地位尊贵,曾被封为鲁国夫人。朱熹曾说:“本朝妇女能文,只有李易安与魏夫人。”(《朱子语类》卷一四〇)魏夫人的词,多写离愁别恨,背后虽然也有其丈夫政治上升沉的影子,但总体内容比较单薄,难与历经乱离之痛的李清照比肩。所以陈廷焯评论说:“宋闺秀词,自以易安为冠。朱子以魏夫人与易安并称,魏夫人只堪出朱淑真之右,去易安尚远。”

魏夫人有很好的文化修养,不但“博览群书”,而且工书法,善诗词,因而其格调自高。本词写离别之痛,上片言离人远去,下片写独自悲愁,以写景发端,写景作结,感情真挚,情景交融,故能感动人心。

江城子　春恨

别郎容易见郎难。几何般。懒临鸾。憔悴容仪,陡觉缕衣宽①。门外红梅将谢也,谁信道、不曾看②。　　晓妆楼上望长安。怯轻寒。莫凭栏。嫌怕东风,吹恨上眉端③。为报归期须及早,休误妾、一春闲④。

【注释】

①几何般,有多少(愁)。临鸾,照镜。陡觉,忽然觉得。缕衣宽,言人消瘦。缕衣,金缕衣。

②二句意谓,心情不好,无意看花。

③长安,指代北宋首都开封。嫌怕,恐怕。二句意谓,害怕东风引来愁恨。

④报,告。闲,空虚,寂寞无聊。

【说明】

词写离愁别恨。上片抒发离别之痛,首句即点明全篇主旨。接下去说自己无心打扮,无心赏春,容颜憔悴,人渐消瘦。下片盼望离人早早归来。魏夫人的词,内容虽无深度,但文笔流畅,风格自然清新,本篇即为一例。

菩萨蛮

溪山掩映斜阳里。楼台影动鸳鸯起。隔岸两三家。出墙红杏花[1]。　绿杨堤下路。早晚溪边去。三见柳绵飞。离人犹未归[2]。

【注释】

①楼台影动,微风起处,楼台的倒影在水中晃动。

②"三见"二句,谓离人已经多年没有回家。

【说明】

这首也写离愁别恨。上片写景,画面美丽;下片抒情,含蓄蕴藉,篇末点明题意。前人评论本词"深得《国风·卷耳》之遗",即为此意。

减字木兰花

西楼明月。掩映梨花千树雪[1]。楼上人归。愁听孤城一雁飞[2]。　玉人何处。又见江南春色暮[3]。芳信难寻。去后桃花流水深[4]。

【注释】

①雪,指梨花。

②楼上人,指思妇,亦即词人自己。

③玉人,美貌男子,指词人丈夫。

④芳信,离人信息。李白《山中问答》:"桃花流水窅然去,别有天地非

人间。”

【说明】

思念丈夫之词，以写景开头，用写景收尾，中间一句景，一句情，达到情景交融的很高境界。笔致自然流畅，抒情含蓄蕴藉，艺术上几乎没有瑕疵。

又

落花飞絮。杳杳天涯人甚处[①]。欲寄相思。春尽衡阳雁渐稀[②]。　　离肠泪眼。肠断泪痕流不断。明月西楼。一曲阑干一倍愁[③]。

【注释】

①甚处，何处。

②“欲寄”二句意谓，春天已尽，大雁北归，无人传递书信。

③一倍愁，更加愁。

【说明】

这首词写得非常沉痛，作者采用层层深入的抒情方法，先言不知离人身在何处，继言大雁北归，书信无从寄递，再说自己悲痛无限，“肠断泪痕流不断”，结尾说面对明月，手抚阑干，悲情有增无减。

为何如此哀痛入骨？很有可能作于曾布被流贬之时。曾布是一个十分能干的官吏，被卷入党争以后，他数度被贬，又数度起复。熙宁七年（1074），因遭吕惠卿弹劾，曾布被贬为饶州知州，又转潭州。宋徽宗崇宁年间，因得罪蔡京，曾布一贬再贬，直至被降为散官，衡州安置。但具体作于何时，因史料缺乏，难以确考。

王诜四首

王诜，字晋卿，太原府人，徙居开封。生卒年不详。尚英宗女大长公主，拜左卫将军、驸马都尉。擅山水，亦能书，善属文。风流蕴藉，有王谢家风。卒谥荣安。

蝶恋花

钟送黄昏鸡报晓。昏晓相催，世事何时了。万恨千愁人自老。春来依旧生芳草[1]。　忙处人多闲处少。闲处光阴，几个人知道。独上高楼云渺渺。天涯一点青山小。

【注释】

①苏轼《蝶恋花》："枝上柳绵吹又少，天涯何处无芳草。"

【说明】

词写光阴易逝的人生感慨。王诜虽然身为驸马都尉，但也受到苏轼"乌台诗案"牵连，元丰二年（1079），被贬为昭化军行军司马，均州安置。据《西清诗话》说，本篇为忆旧怀人之作，但此说与词的内容不尽相符。从词中"万恨千愁人自老"二句看，或许与词人这段不幸的贬谪经历有关。

又

小雨初晴回晚照。金翠楼台，倒影芙蓉沼[1]。

杨柳垂垂风袅袅。嫩荷无数青钿小[②]。　　似此园林无限好。流落归来，到了心情少[③]。坐到黄昏人悄悄。更应添得朱颜老[④]。

【注释】

①芙蓉沼，荷花池。

②青钿小，像小小的青钿。钿，铜钱。

③到了，到底、毕竟。

④朱颜，红润美好的容颜。

【说明】

王诜被贬均州后，于元丰七年转置颍州（今安徽阜阳）。至哲宗元祐元年（1086），始得召还汴京。经历了七年贬谪生活，虽然得以回京，恢复驸马都尉的官秩。但此时妻子已经死亡，自己也进入了暮年，本词大约作于此时。王诜不仅能作诗填词，更是一位天才画家，本词上片描写园林风景之生动形象，如画如描，显示了画家的艺术才能。“似此园林无限好”句，承上启下。下片言情，“流落归来”两句，含蓄地诉说了贬谪归来，物是人非之悲痛。一结低回无尽，余意绵长。

忆故人

烛影摇红，向夜阑，乍酒醒、心情懒[①]。尊前谁为唱阳关，离恨天涯远[②]。　　无奈云沈雨散。凭阑干、东风泪眼[③]。海棠开后，燕子来时，黄昏庭院。

【注释】

①乍酒醒，酒刚醒。

②阳关，离别之曲。

③云沉雨散，比喻爱情断绝。

【说明】

本篇是一首爱情词，也是王诜的名作，曾经获得宋徽宗的赏识，并且令周邦彦增损其词，别撰新腔。据蔡绦《西清诗话》记载，本词乃王诜为其歌姬啭春莺而作。按周邦彦词《烛影摇红》："芳脸匀红，黛眉巧画宫妆浅。风流天付与精神，全在娇波眼。早是萦心可惯。向尊前、频频顾眄。几回相见，见了还休，争如不见。　　烛影摇红，夜阑饮散春宵短。当时谁会唱阳关，离恨天涯远。争奈云收雨散。凭阑干、东风泪满。海棠开后，燕子来时，黄昏深院。"不过清人朱彝尊认为："原词甚美。美成增益，真所谓续凫为鹤也。"

玉楼春　海棠

锦城春色花无数。排比笙歌留客住[①]。轻寒轻暖夹衣天，乍雨乍晴寒食路。　　花虽不语莺能语。莫放韶光容易去[②]。海棠开后月明前，纵有千金无买处。

【注释】

①锦城，成都别称，其地盛产海棠。杜甫《春夜喜雨》："晓看红湿处，花重锦官城。"排比笙歌，（在离筵上）安排音乐歌舞。

②"莫放"句，意谓不要让春光轻易过去。

【说明】

送别友人之作，兼抒惜春之情。王诜曾任利州（今属四川广元）防御使，词或作于此时。在平和自然的叙述中，透露出人生苦短，时光易逝的淡淡哀愁，尽显大家风范。

苏轼三十首

苏轼(1037—1101),字子瞻,号东坡居士,眉州眉山人。官至翰林学士知制诰。卒谥文忠。有《东坡乐府》。

卜算子　黄州定慧院寓居作[①]

缺月挂疏桐,漏断人初静[②]。时见幽人独往来,缥缈孤鸿影[③]。　　惊起却回头,有恨无人省[④]。拣尽寒枝不肯栖,寂寞沙洲冷[⑤]。

【注释】

①黄州,治所在今湖北黄冈市。

②定惠院,一名定慧寺,在黄冈东南。漏断,漏壶声断,指夜深。

③幽人,隐居之人,作者自称。孟浩然《夜归鹿门山歌》:“岩扉松径长寂寥,惟有幽人自来去。”“缥缈”句,意谓幽人之往来,如孤鸿之缥缈。

④省,了解、明白。

⑤“拣尽寒枝”句,暗寓《庄子·秋水》“鹓雏非梧桐不止,非练实不食,非醴泉不饮”之意,表现了词人孤高寂寞的情怀。

【说明】

宋神宗元丰二年(1079),苏轼因“乌台诗案”被捕入狱,释放后谪授黄州团练副使,不得签署公事,实际上是一个闲人。据清人王文诰考证,本词作于壬戌年(1082)十二月。此篇是苏轼名作,历代传诵。词的主要内容是托物言怀,表现词人孤高、寂寞、失意的情怀。上片以人比鸿,下片借鸿写人,“幽人”与“孤鸿”合为一体,浑化无迹。意境高远,托意遥深。黄庭坚说东坡此词“语意高妙,似非吃烟火食人语。非胸中有万卷书,笔下无一点尘俗气,孰能至是”(《跋东坡乐府》),正是强调本词格调高绝。

南乡子　重九涵辉楼呈徐君猷[①]

霜降水痕收。浅碧鳞鳞露远洲。酒力渐消风力软,飕飕。破帽多情却恋头[②]。　佳节若为酬。但把清尊断送秋[③]。万事到头都是梦,休休。明日黄花蝶也愁[④]。

【注释】

①涵辉楼,即栖霞楼,在今黄冈市。宋韩琦《涵辉楼》诗:“临江三四楼,次第压城首。山光遍轩楹,波影撼窗牖。”徐君猷,名大受,时任黄州知州,对贬谪中的苏轼多所照拂。《苏轼文集》卷五十七《与徐得之书》曰:“始谪黄州,举目无亲。君猷一见,相待如骨肉,此意岂可忘哉!”

②“破帽”句,反用孟嘉落帽典故,表现疏旷豁达情怀。

③若为,如何,怎样。断送,度过时光。韩愈《遣兴》:“断送一生惟有酒。”

④“明日黄花”乃作者得意之句,曾反复使用。

【说明】

本篇作于宋神宗元丰四年(1081),作者贬谪黄州的次年重阳,乃宴席上赠友的即兴之作。上片先从登楼所见写起,再写酒后感受。翻用孟嘉落帽典故,表现词人旷达的人生态度。下片抒发悲秋之感,旷达中又夹杂几丝悲凉之意,耐人寻味。按东坡中年以后,仕途极其坎坷,思想深受释、道两家影响,故其诗词作品中屡屡表达人生如梦之意,此篇亦然。

临江仙[①]

夜饮东坡醒复醉,归来仿佛三更[②]。家童鼻息已雷鸣。敲门都不应。倚杖听江声[③]。　长恨此身非我有，何时忘却营营[④]。夜阑风静縠纹平。小舟从此逝，江海寄余生[⑤]。

【注释】

①原有副题《夜归临皋》。临皋，地名，在黄州长江边。

②东坡，地名，在黄冈东。苏轼谪居黄州时，曾在此地筑雪堂，并且仿效白居易在忠州东坡垦地种花行为，开垦躬耕，且自号“东坡居士”。仿佛，差不多。

③鼻息雷鸣，形容鼾声之响。

④“长恨”二句，慨叹被卷入政治纷争，不能按照自己理想生活。《庄子·知北游》：“舜问乎丞曰：‘道可得而有乎？’曰：‘汝身非汝有也，汝何得有夫道！’舜曰：‘吾身非吾有也，孰有之哉？’曰：‘是天地之委形也。’”营营，为功名利禄而劳心费神。薛能《长安道》：“汲汲复营营，东西连两京。”

⑤縠纹平，比喻风平浪静。縠，绉纱，縠纹，比喻细浪。“小舟”二句，表示要弃官归隐江湖。

【说明】

清人王文诰《苏诗总案》曰：“壬戌（1082）九月，雪堂夜饮，醉归临皋作。”雪堂是苏轼在东坡所建之堂屋，临皋为其寓所所在。据说本词之流传，曾一度惊动了朝廷。叶梦得《避暑录话》卷上：苏轼在黄州，“与数客饮江上，夜归，江面际天，风露浩然。有当其意，乃作歌词，所谓‘夜阑风静縠纹平。小舟从此逝，江海寄余生’者，与客大歌数过而散。翌日，喧传子瞻夜作此词，挂冠服江边，拏舟长啸去矣。郡守徐君猷闻之，惊且惧，以为州失罪人，急命驾往谒，则子瞻鼻鼾如雷，犹未兴也。然此语卒传至京师，虽裕陵（神宗）亦闻而疑之”。词写作者豪放豁达的生活态度，以及渴望摆脱政治纷争、弃官归隐的心情。词的上片写醉酒归来，下片言欲弃官归隐，亦景亦情，情景相辅，既豪放豁达，又沉郁悲痛，是苏词中优秀作品之一。

又　夜到扬州席上作[①]

尊酒何人怀李白，草堂遥指江东[②]。珠帘十里卷香风。花开又花谢，离恨几千重[③]。　轻舸渡江连夜到，一时惊笑衰容。语音犹自带吴侬[④]。夜阑对酒处，依旧梦魂中[⑤]。

【注释】

①苏轼平生曾经多次经过扬州，故对本词写作年代之认定，学界尚存分歧。邹同庆《苏轼词编年校注》认为，作于元祐六年辛未（1091），且考辨甚详，今从之。

②杜甫《春日忆李白》："渭北春天树，江东日暮云。何时一尊酒，重与细论文。"二句从杜甫诗申发，以李白比扬州太守王存，而以杜甫自比。草堂，杜甫在成都旧居。

③"珠帘"句，写扬州繁华景象。杜牧《赠别》："春风十里扬州路，卷上珠帘总不如。"几千重，极言离恨之深。

④轻舸，小舟。从润州横渡长江，在瓜洲埠登岸，连夜可抵达扬州。衰容，苏轼是年已经五十六岁，且饱经忧患沧桑，故以自嘲。吴侬，指吴地口音。王存吴人，带吴地方音，故云。

⑤杜甫《羌村》："夜阑更秉烛，相对如梦寐。"二句用杜甫诗意，慨叹世事无常，相逢不易。

【说明】

词写故友重逢，悲喜交集的情景。上片以抒发对友人的怀念发端，又以李白和杜甫的交谊自比，诉说多年来彼此的思念之情。下片叙写友人重逢的情形。此时王存已从京官尚书左丞左迁扬州知府，苏轼则更是历尽艰辛，刚从杭州知府任上奉诏回京。此年，王存已年近七十，而苏轼也已五十多岁，故有"衰容"之叹。"惊笑"二字，含义甚深。惊是吃惊，彼此历尽劫难，不意尚能重逢，故令人吃惊；笑当然是高兴，但高兴中又夹杂无限感慨。杜甫《羌村》“惊定还拭泪”，一沉郁，一旷达，各极其致。最后化用杜甫诗“相对如梦寐”作结，旷达中蕴含着悲凉。

定风波

三月七日，沙湖道中遇雨。雨具先去，
同行皆狼狈，余独不觉。已而遂晴，故作此词[①]。

莫听穿林打叶声。何妨吟啸且徐行[②]。竹杖芒鞋轻胜马。谁怕。一蓑烟雨任平生[③]。　料峭春风吹酒醒。微冷。山头斜照却相迎[④]。回首向来萧瑟处。归去。也无风雨也无晴[⑤]。

【注释】

①宋神宗元丰六年(1083)三月初七，时东坡谪居黄州。沙湖，在黄州东南三十里处。

②穿林打叶声，指雨声。吟啸，吟诗、长啸。

③芒鞋，草鞋。“一蓑烟雨”，化用张志和《渔父词》句：“青箬笠，绿蓑衣。斜风细雨不须归。”表现旷达情怀。

④料峭，微寒。

⑤向来，刚才；萧瑟处，遇雨之处。

【说明】

词写出行途中遇雨之事。上片写途中忽遇风雨，下片写雨过天晴。些许小事，却能小中见大，表现出东坡任运随缘，潇洒豁达的人生态度。全篇都在写景，但景中处处见情。郑文焯《手批东坡乐府》评论说：“此足证是翁坦荡之怀，任天而动。琢句亦瘦逸，能道眼前景。以曲笔直写胸臆，倚声能事尽矣。”给予极高评价。

又　南海归赠王定国侍人寓娘[①]

常羡人间琢玉郎。天应乞与点酥娘[②]。尽道清歌传皓齿。风起。雪飞炎海变清凉[3]。　　万里归来颜愈少。微笑。笑时犹带岭梅香[4]。试问岭南应不好。却道。此心安处是吾乡[5]。

【注释】

①王巩字定国,因受苏轼"乌台诗案"牵连,贬谪宾州(今广西宾阳),其歌妓柔奴随行。元丰六年(1083),王巩北归。一日宴饮,出柔奴侑酒。苏轼问及岭南状况,柔奴答曰:"此心安处,便是吾乡。"苏轼听后,为作此词。按王定国歌妓一曰寓娘,一曰柔奴,又曰点苏,未知孰是。

②琢玉郎,指王定国,定国姿容美好,故称。乞与,给予。

③清歌,清亮的歌声。皓,洁白。曹植《杂诗》:"时俗薄朱颜,谁为发皓齿。""雪飞"句,意谓清歌能使炎热的岭南变得清凉。

④颜愈少,容貌更加年轻。岭梅香,岭南梅花的幽香。

⑤却道,反而说。白居易诗《吾土》:"身心安处为吾土,岂限长安与洛阳。"又《种桃杏》:"无论海角与天涯,大抵心安即是家。"

【说明】

本篇乃友人宴席上赠送歌妓之作。王巩是苏轼好友,又因苏轼之牵连而被贬谪岭南,二人命运近似。而王巩之侍人寓娘与苏轼之侍妾朝云亦颇为相似。寓娘、柔奴、点苏或为同一人,柔奴是爱称,点苏是美称。词从赞美寓娘开端,说天佑好人,王巩在贬谪中有这样一位情深义重又能歌善舞的美丽侍人相伴。接着描写寓娘歌声之美妙动听,同时绾合王巩贬斥岭南的生活,说清亮的歌声能使炎热的南方也变成清凉之地,暗示有了寓娘的陪伴,王巩的流贬生活也比较好过。下片继续称赞寓娘,未因流放生活而容颜憔悴,反而变得更加年轻,连她的微笑也仍旧带着岭南的梅花香气。为什么? 因为她有任运随缘之心。"此心安处即吾乡"句,概括寓娘原话,这种生活态度,虽然在白居易诗中也曾经多次表达,但用在东坡词中,似乎更加明白熨帖。这句话虽然赞美寓娘,其实也是东坡的夫子自道,表现了词人旷放豁达的生活态度。

西江月[①]

点点楼头细雨。重重江外平湖[②]。当年戏马会东徐。今日凄凉南浦[③]。　莫恨黄花未吐。且教红粉相扶[④]。酒阑不必看茱萸。俯仰人间今古[⑤]。

【注释】

①原题:重九栖霞楼作。按苏轼《醉蓬莱·重九上君猷》序云:“余谪居黄州,三见重九,每岁与太守徐君猷会于栖霞楼。今年公将去,乞郡湖南。念此惘然,故作此词。”本词或作于同时。

②楼,指栖霞楼,为黄州四大名楼之一,在城南赤鼻矶上,面对长江。江外平湖,或指长江对面的娘子湖(今梁子湖)。

③戏马会东徐,用刘裕戏马台重九大会宾客典故。熙宁十年(1077)四月至元丰二年(1079)三月,苏轼任徐州知州。有词《千秋岁·徐州重阳作》。南浦,指离别之地。

④黄花未吐,菊花未开。红粉,指歌妓。

⑤酒阑,酒筵将尽。茱萸,古代重阳节有佩戴茱萸的习俗,据说可驱邪防寒。杜甫《九日蓝田崔氏庄》:“明年此会知谁健,醉把茱萸仔细看。”此反其意。俯仰,比喻时间短暂。王羲之《兰亭集序》:“俯仰之间,已为陈迹。”

【说明】

送别友人之作。徐大受,字君猷,时任黄州太守。苏轼贬谪黄州期间,多蒙其照顾。如今君猷即将离任,所以苏轼“念此惘然,故作此词”。词从写景开始,中间四句回忆过去,悲痛离别,结尾反用杜甫诗意,说不用顾及“明年此会知谁健”,时光易逝,世事无常,人生不过在俯仰之间而已。表现了词人的旷达情怀。

又　平山堂[1]

三过平山堂下，半生弹指声中[2]。十年不见老仙翁。壁上龙蛇飞动[3]。　欲吊文章太守，仍歌杨柳春风[4]。休言万事转头空。未转头时皆梦[5]。

【注释】

①平山堂，在江苏扬州市西北郊蜀冈中峰大明寺内。宋仁宗庆历八年（1048），欧阳修任扬州知府时所建。

②本词作于元丰七年（1084），此前苏轼于熙宁四年（1071），熙宁七年（1074）两次到访平山堂，这已是第三次了。弹指，佛家语，词中形容时间过得快。苏轼《过永乐文长老已卒》："三过门间老病死。一弹指顷去来今。"

③老仙翁，指欧阳修。此时欧阳修去世已经十二年，十年乃举其成数。龙蛇飞动，指壁上欧阳修的题字，气势奔放，笔力劲健。

④文章太守，指欧阳修。欧阳修是当时文坛领袖。

⑤"休言"二句，白居易《自咏》："百年随手过，万事转头空。"此用其意，推进一层，谓未转头时，已成梦幻。

【说明】

本词是苏轼第三次经过平山堂，追念其恩师欧阳修之作。按欧阳修词《朝中措·送刘仲原甫出守维扬》词曰："平山栏槛倚晴空，山色有无中。手种堂前垂柳，别来几度春风。　文章太守，挥毫万字，一饮千钟。行乐直须年少，尊前看取衰翁。"苏轼此词，乃用欧词之原韵，并多采用欧词语意，来表达对恩师的怀念之情，其中也融入了作者自己的身世之概。最后以佛家万事皆空，人生如梦的思想作结，表现了作者晚年醉心禅悦，以求解脱自身痛苦的生活态度。

又

世事一场大梦，人生几度秋凉[①]。夜来风叶已鸣廊。看取眉头鬓上[②]。　　酒贱常愁客少，月明多被云妨[③]。中秋谁与共孤光。把盏凄然北望[④]。

【注释】

①胡仔《苕溪渔隐丛话》卷三十九引《古今词话》曰："东坡在黄州，中秋夜对月独酌，作《西江月》词曰：'世事一场大梦……'"李白《春日醉起言志》："处世若大梦，胡为劳其生。"几度，几次。"秋凉"一作"新凉"。

②鸣廊，在回廊上发出声响。看取，且看，此句言白发渐生。

③云妨，被云遮蔽。

④谁与，与谁。共孤光，一起赏月。

【说明】

词写中秋节的寂寞与凄凉，意思明白显豁。分歧在于对末句的理解。一种意见认为，北望是东坡虽在贬谪之中，"仍存怀君之心"，北望是不忘君主，怀念朝廷。第二种意见是想念兄弟苏辙，苕溪渔隐曰："《聚兰集》载此词，注曰：'寄子由。'"两种意见虽然都可通解，但可能以第二种意见比较合理。苏轼与其弟苏辙政见相似，命运相同，兄弟情谊非常深厚。苏轼狱中诗曾有"与君今世为兄弟，又结来生未了因"之句，那首风靡当时的中秋词《水调歌头》（明月几时有）也是怀念子由的作品。何况有《聚兰集》的附注佐证，因此，说末句怀念兄弟子由，比较合乎情理。

又

顷在黄州，春夜行蕲水中，过酒家饮，酒醉，
乘月至一溪桥上，解鞍，曲肱醉卧少休。
及觉已晓，乱山攒拥，流水锵然，
疑非尘世也。书此语桥柱上[①]。

照野弥弥浅浪，横空隐隐层霄[②]。障泥未解玉骢骄。我欲醉眠芳草[③]。　可惜一溪明月，莫教踏碎琼瑶[④]。解鞍欹枕绿杨桥。杜宇一声春晓[⑤]。

【注释】

①曲肱，谓弯着胳膊作枕头。《论语·述而》："饭疏食饮水，曲肱而枕之，乐亦在其中矣。"

②弥弥，水满貌。《诗·邶风·新台》："新台有泚，河水弥弥。"层霄，层云。

③障泥，马鞯，用来垫马鞍，遮挡泥土。玉骢，对马的美称。

④可惜，可爱。琼瑶，美玉，比喻月光下的溪水。莫教（读平声），别让，是指马。

⑤杜鹃声中，天已拂晓。

【说明】

词写夜行回家路上的风光，表现词人潇洒的人生态度，以及对自然美景的热爱。词前有小序，也写得十分出色，与正文相得益彰。

又　咏梅[①]

玉骨那愁瘴雾，冰姿自有仙风[②]。海仙时遣探芳丛。倒挂绿毛么凤[③]。　素面翻嫌粉涴，洗妆

不褪唇红[④]。高情已逐晓云空。不与梨花同梦[⑤]。

【注释】

①宋哲宗绍圣元年(1094),新党再度执政,苏轼被贬至惠阳(今广东惠州市)。两年以后,陪伴在身边二十余年的侍妾王朝云因病去世,享年三十四岁。东坡不胜悲痛,亲自撰写了《朝云墓志铭》,又作了这首悼亡词。

②玉骨冰姿,咏梅兼写人。瘴雾,瘴气。韩愈《杏花》:“浮花浪蕊镇长有,才开还落瘴雾中。”梅花与此恰恰相反。那愁,不怕。

③海仙,海外神仙。此句意谓引得海仙经常派遣使者来探望。芳丛,指梅花。“倒挂”句,苏轼咏梅诗之二:“罗浮山下梅花村,玉雪为骨冰为魂。……蓬莱宫中花鸟使,绿衣倒挂扶桑暾。(自注:岭南珍禽有倒挂子,绿毛红喙,如鹦鹉而小,自东海来,非尘埃中物也。)”诗中所言“蓬莱宫中花鸟使”,或即是词中的“倒挂绿毛么凤”。

④“素面”二句,以美人比梅花,得意于张祜《集灵台》:“却嫌脂粉污颜色,淡扫蛾眉朝至尊。”(一作杜甫诗)素面,脸上不施脂粉。涴,沾污。洗妆,卸妆。褪,褪色。

⑤作者自注:“诗人王昌龄,梦中作梅花诗。”《苕溪渔隐丛话前集》卷四十一引《高斋诗话》曰:“高情已逐晓云空。不与梨花同梦。”后见王昌龄梅诗云:“落落寞寞路不分,梦中唤作梨花云。”方知东坡引用此诗也。按或以为王建诗,《全唐诗》未录,疑不能明。二句意谓,梅花开于前,梨花开时,梅花已谢,故曰“已逐晓云空”“不与梨花同梦”。

【说明】

托物言怀之作,借梅花纪念朝云。朝云虽然是一位侍妾,但是追随东坡二十三年之久,历尽艰辛,不离不弃,在人情浇薄的社会中,殊为难得。东坡在《朝云墓志铭》中赞美朝云:“敏而好义,侍先生二十有三年,忠敬若一。”明人杨慎评论说:“古今梅词,以坡仙‘绿毛么凤’为第一。”是否第一,这当然只是升庵个人看法,尽可商榷。但咏物之作贵有寄托,本词借梅花以悼念朝云,意蕴含蓄深远,的确不失为咏物词中一流作品。

望江南　超然台作[1]

春未老，风细柳斜斜[2]。试上超然台上望，半壕春水一城花。烟雨暗千家[3]。　寒食后，酒醒却咨嗟[4]。休对故人思故国，且将新火试新茶。诗酒趁年华[5]。

【注释】

①望江南有单调双调之分，宋人多用双调，本词即是。超然台原在密州城北，今位于山东诸城市内。宋神宗熙宁八年(1075)，苏轼任密州太守时所建，并作《超然台记》，详纪其始末。

②春未老，春未尽。

③壕，护城河。

④咨嗟，叹息。

⑤故国，故乡。新火，寒食节禁火，节后点火，称新火。是年苏轼四十岁，故曰“趁年华”。

【说明】

苏轼因与执政意见不合，自请外放。先任杭州通判，后迁密州知州，词作于密州任内。上片写登台所见之景，笔法自然，生动形象。下片感怀身世，佳节不能回乡，自然不免思念，词中正话反说，益见思念之切。末二句鼓吹及时行乐，乃不得已而自我解嘲之语。

蝶恋花　春景

花褪残红青杏小。燕子飞时，绿水人家绕[1]。枝上柳绵吹又少。天涯何处无芳草[2]。　墙里秋千墙外道。墙外行人，墙里佳人笑[3]。笑渐不闻声渐悄。多情却被无情恼[4]。

【注释】

①花褪残红,残花凋谢。

②芳草萋萋,春将尽矣,亦暗寓离别之意。

③“墙里”三句,以墙里佳人与墙外行人比照,引出下文。

④行人多情,墙里佳人自娱自乐,浑然不知,故曰无情。

【说明】

苏轼虽为豪放词的代表,但他的婉约词也写得十分出色,数量不少,从本篇可见一斑。词的上片写伤春,缠绵悱恻,情意深深,王士禛认为:“恐屯田(柳永)缘情绮靡,未必能过。”下片从一件小事落笔,以墙里佳人与墙外行人作对比,风趣幽默之中,启示了一个人生哲理:多情与无情的关系。与这首词相联系,还有一个凄美的故事。据张宗橚《词林纪事》卷五引《林下词谈》说:“子瞻在惠州,与朝云闲坐。时青女初至,林木萧萧,凄然有悲秋之意。命朝云把大白,唱‘花褪残红’。朝云歌喉将啭,泪满衣襟。子瞻诘其故,答曰:‘奴所不能歌,是“枝上柳绵吹又少,天涯何处无芳草”也。’子瞻翻然大笑,曰:‘是吾政悲秋,而汝又伤春矣。’遂罢。朝云不久抱疾而亡。子瞻终身不复听此词。”按王朝云,浙江钱塘人,苏轼侍妾。后随苏轼谪居惠州,并生一子。不久病故。

又　离别[①]

春事阑珊芳草歇。客里风光,又过清明节[②]。小院黄昏人忆别。落红处处闻啼鴂[③]。　咫尺江山分楚越。目断魂销,应是音尘绝[④]。梦破五更心欲折。角声吹落梅花月[⑤]。

【注释】

①元祐六年(1091)四月,作于润州。

②春事阑珊,春天将尽。李煜《浪淘沙》:“帘外雨潺潺,春意阑珊。”客里,作客他乡。

③啼鴂，杜鹃。

④邹同庆曰："润州古属越地，扬州古属楚域，润、扬相距不远，仅一江之隔，故曰'咫尺'。"

⑤心欲折，伤心欲绝。杜甫《秦州杂诗》之一："西征问烽火，心折此淹留。"梅花，笛曲《梅花落》。

【说明】

苏轼曾在宋神宗熙宁四年（1071）任杭州通判，元祐四年（1089）七月，苏轼又以龙图阁大学士出任杭州太守。前后共计五年，对杭州有深厚的感情，也结识了许多朋友（包括几位女子如琴操、朝云等），还留下了良好的政声。元祐六年（1091）三月，苏轼奉召回京。据说当时有不少人都希望他再次来杭任职，他自己也有这样的愿望。四月，苏轼到达京口（即润州，今镇江市），词作于此时。

本词从伤春发端，以离别结束，表达了词人对杭州山水人物的深深眷恋之情。沈际飞《草堂诗余正集》卷二评曰："鸟啼、花落、梦回、月落，一景惨一景。"王士禛《花草蒙拾》评曰："'春事阑珊芳草歇'一首，凡六十字，字字惊魂动魄。'只为一声何满子，下泉须吊孟才人。'（唐张祜诗）恐无此消魂也。"

又　京口得乡书[①]

雨后春容清更丽。只有离人，幽恨终难洗[②]。北固山前三面水。碧琼梳拥青螺髻[③]。　一纸乡书来万里。问我何年，真个成归计[④]。白首送春拚一醉。东风吹破千行泪。

【注释】

①宋神宗熙宁七年（1074）二月，作于京口（今江苏镇江）。

②春容，春色。难洗，难消。

③北固山，在镇江，北临长江，"山陡入江，三面临水"。碧琼，绿色美

玉，比喻江水。青螺髻，皮日休《缥缈峰》："似将青螺髻，撒在明月中。"罗髻，盘状发髻。青螺髻，比喻北固山。唐雍陶《题君山》："疑是水仙梳洗处，一螺青黛镜中心。"

④真个，的确。成归计，能够回乡。范仲淹《渔家傲》："燕然未勒归无计。"

【说明】

宋神宗熙宁七年（1074），苏轼离开杭州，赴密州（今山东诸城）太守任。是年一月，到达润州，在润州逗留了四个月，遍游当地名胜，本篇作于此时。词写怀乡之情，上片言风景虽美，而乡思难平；下片说归期难定，因而伤心落泪。苏轼自二十九岁护送父亲苏洵灵柩回归四川老家眉山，守丧三年后，三十二岁复出，以后再没有机会回到家乡。写作这首词时，作者已经三十七岁，身历宦海风波，因此在接到家书时，引起了浓厚的乡情。"问我何年，真个成归计"，面对这个问题，词人无法回答，故只能借酒浇愁，伤心流泪而已。

又　密州上元①

灯火钱塘三五夜。明月如霜，照见人如画②。帐底吹笙香吐麝。此般风味应无价。　寂寞山城人老也。击鼓吹箫，乍入农桑社③。火冷灯稀霜露下。昏昏雪意云垂野。

【注释】

①作于宋神宗熙宁八年（1075）。上元，正月十五。

②钱塘，今杭州市。苏轼于熙宁四年任杭州通判，至熙宁七年离任，在杭州生活了三年。

③山城，指密州。农桑社，农村节日祭神之所。当时的密州，因连年蝗旱，民不聊生，村民常举行社祭，祈求丰年。

【说明】

词写密州上元，却从杭州上元落笔，上片极力渲染钱塘上元灯火之繁华情景。下片“寂寞山城”句过渡，用以比照密州环境之萧条冷落。结尾“火冷灯稀”，“雪云垂野”，以写景作结，笔力凝重。

江城子　乙卯正月二十日夜记梦[①]

十年生死两茫茫。不思量。自难忘[②]。千里孤坟，无处话凄凉[③]。纵使相逢应不识，尘满面，鬓如霜[④]。　夜来幽梦忽还乡。小轩窗。正梳妆。相顾无言，惟有泪千行[⑤]。料得年年肠断处，明月夜，短松冈[⑥]。

【注释】

①乙卯，宋神宗熙宁八年（1075）。

②十年，苏轼妻子王弗，卒于宋英宗治平二年（1065），与此时正相隔十年。茫茫，音信渺茫。

③千里孤坟，王氏葬于故乡四川眉州彭山安镇乡可龙里，作者此时身在山东密州（今山东诸城），两地相距很远。

④“纵使”三句，言自己仕途坎坷，人渐衰老，纵使相逢，恐怕已互不相识了。按苏轼是年三十八岁，正当盛年。四年前，因与执政意见不合，主动要求离开京师，历任杭州通判，密州知州，辗转各地，风尘仆仆，政治上失意，心情恶劣，故有此言。

⑤“夜来”五句，写梦见亡妻情景。

⑥“料得”二句，想象王氏墓地境况。

【说明】

这是一首悼亡词，但不是作于亡妻死亡当时，而是作于十年以后。此时（熙宁八年）苏轼正在密州做官，此年正月二十日，他梦见妻子王弗，触动哀思，写下了这一千古传诵的名篇。

词的上片直抒胸臆，感叹死生幽隔，忽忽十年，诉说自己对亡妻绵绵不尽的思念。“纵使”三句，翻进一层，与个人目前的困难处境相结合，更显沉痛。下片补叙梦境，短短五句，写得既亲切又沉痛，显示了高超的艺术概括能力。“料得”三句，又从梦境回到现实。“年年肠断”，再次表达对亡妻的沉痛追念。篇末点题，以景结情，言尽而意余。

又　别徐州[①]

天涯流落思无穷。既相逢。却匆匆。携手佳人、和泪折残红[②]。为问东风余几许，春纵在，与谁同[③]。　　隋堤三月水溶溶。背归鸿。去吴中。回首彭城，清泗与淮通[④]。欲寄相思千点泪，流不到，楚江东[⑤]。

【注释】

①宋神宗元丰二年(1079)，苏轼由徐州调任湖州太守，此词或作于离别徐州的途中，故有“回首彭城”之语。

②宋神宗熙宁四年(1071)，苏轼因上书论新政得失，得罪执政王安石，被排挤出京，任杭州通判。后又知密州、徐州，现又移知湖州，故有天涯流落之叹。佳人，或为词人在徐州认识的歌妓。残红，残花。王建《宫词》:“树头树底觅残红。”

③几许，多少。与谁同，与谁共赏。

④背飞鸿，春天鸿雁北飞，而人却南行，故云。吴中指湖州。彭城，徐州古称彭城。“清泗”句，泗水源于山东省泗水县，经徐州后，与汴水汇合，流入淮河。

⑤“欲寄”三句，言相思难寄。楚江，长江中游一带。

【说明】

苏轼于神宗熙宁十年(1077)四月任徐州知府，在徐州将近两年。神宗元丰二年(1079)三月，他离开徐州调任湖州知府。本篇即作于离开徐州赴湖州途中。词从个人身世写起,作者自三十四岁离开京城,历任杭州、密州、徐州等地方官,现在又调任湖州,极颠沛流离之苦,所以说“天涯流落”,所以说“思无穷”。这是全片的主旨。接下去慨叹聚散之匆匆,如春天之飘逝。下片借景言情,“清泗与淮通”,暗示人虽离别,情意永远相通。结尾说,但自己目前的相思之情,却无法随流水寄递。前人评曰:“伤别之意,至矣尽矣。”“语极沉着,一往情深。”

又　湖上与张先同赋时闻弹筝[1]

凤凰山下雨初晴。水风清。晚霞明。一朵芙蕖,开过尚盈盈[2]。何处飞来双白鹭,如有意,慕娉婷[3]。　　忽闻江上弄哀筝。苦含情。遣谁听。烟敛云收,依约是湘灵[4]。欲待曲终寻问取,人不见,数峰青[5]。

【注释】

①叶梦得《石林诗话》卷下:“张先郎中字子野,能为诗及乐府,至老不衰。居钱塘,苏子瞻作倅时,先年已八十余,视听尚精强,家犹畜声妓。子瞻尝赠以诗云:‘诗人老去莺莺在,公子归来燕燕忙。’盖全用张氏故事戏之。”按东坡在宋神宗熙宁四年(1071)至熙宁七年,任杭州通判,词作于此时。可惜张先与东坡同赋的原词已经佚失。

②凤凰山,在杭州城西南,北近西湖,南接江滨,形若飞凤,故名。盈盈,姿态美好貌。《古诗十九首》:“盈盈楼上女。”“一朵”二句,或比喻弹筝女子。

③娉婷,形容女子姿态美好。辛延年《羽林郎》:“不意金吾子,娉婷过我庐。”

④湘灵,古代传说中的湘水之神。《楚辞·远游》:“使湘灵鼓瑟兮,令海若舞冯夷。”洪兴祖补注:“此湘灵乃湘水之神。”依约,仿佛。

⑤钱起《省试湘灵鼓瑟》:“曲终人不见,江上数峰青。”

【说明】

本篇作于苏轼任杭州通判时，当时词人张先也居住杭州，二人每有交往。张先长苏轼四十七岁，是苏轼的前辈词人，不过“视听尚精强”，八十五岁尚能纳妾，东坡有诗记其事。词的上片写雨后西湖景色之美，其中“芙蓉”“娉婷”，有可能暗喻弹筝人。下片写筝声之美妙动听，闻之犹如仙乐。结句化用钱起诗句意，余韵绵绵不绝。

又　密州出猎[①]

老夫聊发少年狂。左牵黄。右擎苍。锦帽貂裘，千骑卷平冈[②]。为报倾城随太守，亲射虎，看孙郎[③]。　酒酣胸胆尚开张。鬓微霜。又何妨。持节云中，何日遣冯唐[④]。会挽雕弓如满月，西北望，射天狼[⑤]。

【注释】

①苏轼于宋神宗熙宁八年(1075)九月任密州(今山东诸城)知州，时年三十九岁。词作于此年。

②黄，黄犬；苍。苍鹰。锦帽貂裘，织锦帽，貂皮袄。

③倾城，全城之人，形容看热闹的人很多。“亲射虎”，二句用三国孙权典故，表明勇气非凡。按《三国志·吴书·吴主传》：“二十三年十月，权将如吴，亲乘马射虎于庱亭。”

④胸胆开张，心豪气壮。持节，手持符节。云中，云中郡，在今内蒙古及山西北部一带。冯唐，西汉大臣，文帝时曾经持节至云中，赦免云中太守魏尚欺瞒虚报之罪，复其职。拜冯唐车骑都尉。汉武帝时，冯唐年老，遂不被重用。此处，苏轼以冯唐自比，希望再次被朝廷起用。

⑤会，会须，应当。天狼，星名，主入侵之兆。

【说明】

本篇记叙一次打猎的过程，并表达了为国建功立业的豪情壮志。写作这首词时，作者才三十九岁，正当壮年。虽然已经被排挤出京，但壮志并未消泯，距离词人政治上遭到致命打击的“乌台诗案”尚有八年。上片描写打猎，场面异常壮观；下片抒发报国之情，壮怀激烈。与作者广为流传《念奴娇·大江东去》相比，本篇是更加典型的豪放词，完全没有“人生如梦”一类的慨叹。原因大概是《念奴娇》作于贬谪黄州之时，苏轼在历经人生痛苦磨难以后，接受了佛家和道家思想，所以经常在作品中发出人生如梦的感叹。而在本词中，却找不到这种思想的痕迹。苏轼自己曾经说过：“作得一阕，令东州壮士抵掌顿足而歌之，吹笛击鼓以为节，颇壮观也。”（《与鲜于子骏书》）这也是作者自己对本词豪迈风格的形象说明。

虞美人　有美堂赠述古[①]

湖山信是东南美。一望弥千里[②]。使君能得几回来。便使樽前醉倒更徘徊[③]。　沙河塘里灯初上。水调谁家唱[④]。夜阑风静欲归时。惟有一江明月碧琉璃。

【注释】

①熙宁七年（1074）七月，原杭州太守陈襄（字述古）将要离任，在有美堂宴请同僚。苏轼时任杭州通判，是陈襄的副手，词作于宴席间。有美堂在杭州吴山。嘉祐二年（1057）杭州太守梅挚所建，欧阳修作记。

②嘉祐初，梅挚将守杭，宋仁宗赐诗，有“地有湖山美，东南第一州”之句。梅挚到任后，即在杭州吴山之上建有美堂。信是，真是。弥，满、遍。

③使君，对太守的尊称，陈襄即将离任，故云。便使，纵使。

④沙河塘在城南，当时是繁华之地，元宵赏灯佳处。水调，唐宋时流行的一种大曲。

【说明】

陈襄是宋代著名学者，也能诗词，苏轼与他的关系很好。但陈襄在杭州太守任上只有短短数月，即奉调回京。作者对陈襄的离去十分留恋，曾经写过多首送别之作,如《菩萨蛮·西湖送述古》《南乡子·送述古》《醉落魄·席上呈元素》《江城子·孤山竹阁送述古》等等,本词是其中一首。“使君能得几回来”云云,就表现了这种留恋之情。但陈襄离开三个月之后,苏轼自己也调任密州知州,第一次离开杭州。

又

波声拍枕长淮晓。隙月窥人小[①]。无情汴水自东流。只载一船离恨、向西州[②]。　　竹溪花浦曾同醉。酒味多于泪[③]。谁教风鉴在尘埃。酝造一场烦恼、送人来[④]。

【注释】

①长淮,淮河。隙月,缝隙中所见之月。小,指月亮。

②汴水发源于荥阳大周山洛口,横贯今河南开封,安徽宿州一带,折而东南至泗州与泗水、淮河汇集。西州,古扬州名。

③元丰二年(1079)三月,苏轼自徐州徙知湖州,途经高邮会见秦观等人,并同游无锡。

④风鉴,风度和鉴识。《晋书·陆机陆云传论》:“风鉴澄爽,神情俊迈,文藻宏丽,独步当时。”此处誉秦观。埃尘,犹尘俗。酿造,造成。按秦观屡试不第,苏轼多次向当朝执政推荐,均无结果。元丰八年乙丑(1085),三十七岁才考中进士,所以说“风鉴在尘埃”。

【说明】

宋神宗元丰二年(1079)三月,苏轼自徐州徙知湖州,途经高邮,与秦观共游无锡等地,又复别去,作此词。秦观是苏门四学士之一,苏轼对他的才能非常欣赏,多次向执政王安石推荐,但是一直未获朝廷录用。词中除抒写别愁之外,还为秦观的“风鉴在尘埃”而表示深深遗憾。在四学士中,秦观是唯一死在苏轼之前的人。宋哲宗元符三年(1100),秦观在滕州去世,享年五十二岁。苏轼闻讯,痛哭不已,为之罢食两日。并且感叹道:

"少游已矣,虽万人何赎?"为自己失去好友,为国家失去俊才而痛心。一年以后,苏轼也去世了。

南乡子 送述古[①]

回首乱山横。不见居人只见城。谁似临平山上塔,亭亭。迎客西来送客行[②]。　　归路晚风清。一枕初寒梦不成。今夜残灯斜照处,荧荧。秋雨晴时泪不晴[③]。

【注释】

①原杭州太守陈襄移任应天府,苏轼不胜留恋。熙宁七年(1074)八月十三日,追送至临平,再赋此阕。

②欧阳詹《初发太原途中寄太原所思》:"驱马觉渐远,回头长路尘。高城已不见,况复城中人。"宋代临平为杭州水路东向北行第一站,山上原有塔,今已不存。

③泪不晴,泪不干。

【说明】

送别友人之作,清新明快的风格中透露出深情。唐圭璋先生曰:"上片送述古途中之景;下片述归来怀念之情。文笔飘洒,情意真挚。……山塔也知送人,极有情味。"

采桑子 润州多景楼与孙巨源相遇[①]

多情多感仍多病,多景楼中。樽酒相逢。乐事回头一笑空[②]。　　停杯且听琵琶语,细捻轻拢。醉脸春融。斜照江天一抹红[③]。

【注释】

①多景楼,在镇江北固山甘露寺内,宋人所筑,北临大江,为天下名

胜。孙洙,字巨源,广陵人,苏轼友人。

②乐事已成往昔,故曰"一笑空"。

③细捻轻拢,白居易《琵琶行》:"轻拢慢捻抹复挑,初为《霓裳》后《六么》。"捻与拢都是演奏琵琶的指法。

【说明】

宋神宗熙宁七年(1074),苏轼由杭州通判调任密州知州。十月,途经润州(今江苏镇江市),与友人孙巨源、王正仲等聚饮于镇江多景楼,即席赋此词。词以写情发端,慨叹乐事成空。下片回到酒筵上,旧友相聚,音乐曼妙,不觉醉脸春融,夕阳西下矣。以写景结束,更有余味。

青玉案　送伯固归吴中故居[①]

三年枕上吴中路。遣黄耳、随君去[②]。若到松江呼小渡。莫惊鸥鹭。四桥尽是,老子经行处[③]。

辋川图上看春暮。常记高人右丞句[④]。作个归期天已许。春衫犹是,小蛮针线,曾湿西湖雨[⑤]。

【注释】

①苏坚,字伯固,苏州人。博学工诗,与苏轼交厚。元祐四年(1089),苏轼以龙图阁学士出知杭州,苏坚从轼监杭州商税,至此已经三年。

②"三年"句,意谓苏坚已经三年未到故乡吴中(今江苏苏州),只能在梦中归去。遣黄犬,晋陆机有犬名黄耳,甚爱之。机在洛阳,曾系书其颈,致松江家中,并得报还洛。后因以为常。见《晋书·陆机传》。此用黄犬传书典故,说希望苏坚归去后常通音问。

③松江,吴淞江,与吴县通航。四桥,古代苏州城中有四桥,此泛指苏州一带。老子,作者自称。写作本词时,作者已经年过半百。

④唐王维曾官尚书右丞,晚年得宋之问辋川蓝田别墅。尝集其自作诗,号《辋川集》;又自画其地之山水曰《辋川图》。这里以《辋川图》比喻吴中风物之美,表示自己也想效仿王维归隐山林。

⑤作个归期，确定一个归乡的日期；许，同意。“春衫”三句：身上所着衣衫，乃是姬人亲手缝制，还曾经被西湖春雨所淋湿。小蛮，白居易姬人樊素善歌，小蛮善舞。尝为诗曰：“樱桃樊素口，杨柳小蛮腰。”见孟棨《本事诗》。小蛮，此或借指苏轼的侍妾朝云。

【说明】

送别友人还乡之作，上片写送别之情，下片寓归隐之意。末三句是全篇点睛之笔，低回曲折，生动传神，表现了词人对西湖风景人物的无限怀恋之情。况周颐指出：“‘曾湿西湖雨’是清语，非艳语，与上三句相连续，遂成奇艳、绝艳，令人爱不忍释。坡公天仙化人，此等词犹为非其至者，后学已未易模仿其万一。”（《蕙风词话》卷二）

木兰花　次韵欧公西湖韵[①]

霜余已失长淮阔。空听潺潺清颍咽[②]。佳人犹唱醉翁词，四十三年如电抹[③]。　　草头秋露流珠滑。三五盈盈还二八[④]。与余同是识翁人，唯有西湖波底月[⑤]。

【注释】

①皇祐元年（1049），欧阳修移任颍州（今安徽阜阳）知州，在任上曾作《木兰花》多首。晚年退居颍州又作《木兰花》一首，（见前）。本词是对欧词的和作。

②霜余，霜后；长淮，淮河。秋季枯水，淮河变窄。清颍，颍水。颍水在颍州注入淮河。

③醉翁，欧阳修自号。四十三年，欧阳修贬官颍州在宋仁宗皇祐元年（1049），苏轼任颍州知州为宋哲宗元祐六年（1091），相距约四十三年。

④草头秋露，比喻生命短促。三五、二八，谢灵运《怨晓月赋》：“昨三五兮既满，今二八兮将缺。”十五月亮正圆，而十六月满将缺，以此比况世事人生之变化。

⑤“与余”二句,感时伤怀。言欧公逝世已久,当年熟人也大多去世,如今认识欧公的,大约只剩下词人自己和西湖明月了。

【说明】

欧阳修是苏轼的恩师,苏轼《祭欧阳文忠公文》说:“不肖无状,因缘出入,受教于门下者,十六有年于兹。……上以为天下恸,而下以哭其私。”苏轼曾多次受到欧阳修的推荐与拔擢,二人关系深厚。欧阳修在颍州任上,曾写过多首《木兰花》。而在苏轼任颍州知州时,欧公已经去世近二十年。

本词既是对欧词的和作,也是对恩师的悼念。上片从写景发端,慨叹岁月如驰,四十三年一闪而过,但而今还有歌女在演唱欧公歌词。下片感叹人生无常,盈亏有数,虽然欧公歌词还在流传,但熟悉欧公的只剩自己和明月了。结句构思新巧,感慨深沉。

浣溪沙

游蕲水清泉寺,寺临兰溪,溪水西流[①]

山下兰芽短浸溪。松间沙路净无泥。萧萧暮雨子规啼。　　谁道人生无再少,门前流水尚能西。休将白发唱黄鸡[②]。

【注释】

①清泉寺,在今湖北省黄冈市浠水县城东。兰溪,源出箬竹山,溪旁多兰花,故名。

②末句意谓,自己虽已白发渐生,但是不必叹老嗟卑。黄鸡,白居易《醉歌示伎人商玲珑》:“谁道使君不解歌,听唱黄鸡与白日。黄鸡催晓丑时鸣,白日催年酉前没。腰间红绶系未稳,镜里朱颜看已失。”这里反用其意。

【说明】

词为贬谪黄州时作。上片写景,下片即景言情。风格清丽,立意新奇,表现了词人的旷达情怀。

又

元丰七年十二月二十四日，从泗州刘倩叔游南山[1]

细雨斜风作晓寒。淡烟疏柳媚晴滩。入淮清洛渐漫漫[2]。　　雪沫乳花浮午盏，蓼茸蒿笋试春盘。人间有味是清欢[3]。

【注释】

①刘倩叔，生平不详。南山，泗州南之都梁山，景色清旷，宋米芾称为淮北第一山。

②媚，美丽，媚晴滩，使晴滩更美丽。清洛，即洛涧，今安徽洛河。源出安徽定远西北，北至怀远入淮河。泗州在淮河北岸。漫漫，水势浩大。

③谓午间喝茶。雪沫乳花，形容煎茶时上浮的白色泡沫。蓼（liǎo）茸，蓼菜嫩芽。蓼茸，一作“蓼芽”。蒿笋，茭白。古时风俗，立春时用蔬菜、水果、糕饼等装盘为食，称春盘。清欢，清雅恬适之乐。

【说明】

词写冬日与友人同游南山之乐。上片写沿途风景之美，下篇写节日饮食之欢。结句点明题旨。信手拈来，皆成妙境，苏公之才，真无人能及。

又

簌簌衣巾落枣花。村南村北响缫车。牛衣古柳卖黄瓜[1]。　　酒困路长惟欲睡，日高人渴漫思茶。敲门试问野人家[2]。

【注释】

①缫车，缫丝的工具。牛衣，泛指破旧的衣服。

②皮日休《闲夜酒醒》：“酒渴漫思茶，山童呼不起。”漫，徒然。野人，指农民。

又

软草平莎过雨新。轻沙走马路无尘。何时收拾耦耕身[①]。　日暖桑麻光似泼，风来蒿艾气如薰。使君元是此中人[②]。

【注释】

①莎，莎草，俗称香附子。耦耕，二人并耕。后亦泛指务农。《论语·微子》："长沮、桀溺耦而耕。"收拾耦耕身，意谓准备好隐居躬耕。

②光似泼，雨后桑麻叶子明亮，如经水泼。蒿艾，即艾蒿，野草。薰，薰香。使君，对州郡长官的称呼，这里是苏轼自指。

【说明】

宋神宗元丰元年（1078），作于徐州太守任上。组词共五首，第一首副题说："徐门石潭谢雨，道上作五首。"所谓谢雨，就是天旱祈雨，得以应验，举行仪式，感谢老天。作为地方长官，苏轼必须参加。这五首词，就作于谢雨回归途中。东坡不愧为写景高手，五首词都描写农村风光，写得自然风趣而亲切生动，随手挥洒，毫不费力。这里所选是第四首和第五首。值得注意的是，在第五首中，作者受到农村风光的熏陶，产生了归隐田园，躬耕垄亩的遐想，虽然这一愿望终生都未能实现，无奈成为空想，这也是封建时代失意士大夫的共同悲剧，只有陶渊明是个别的例外。

李之仪八首

李之仪（1047—1117），字端叔，号姑溪居士，沧州无棣州人，后徙楚州山阳。宋神宗熙宁三年进士。曾官枢密院编修等，后屡遭贬谪，终官朝请大夫。有《姑溪词》。

卜算子

我住长江头，君住长江尾。日日思君不见君，共饮长江水。　　此水几时休，此恨何时已[1]。只愿君心似我心，定不负相思意[2]。

【注释】

①休、已，停止。恨，离恨。二句意谓离恨似江水之永无休止。

②顾夐《诉衷情》："换我心，为你心，始知相忆深。"

【说明】

词写离别相思之情。语言明白如话，而不浅近俚俗，构思曲折新颖，而不幽深晦涩，表现手法和艺术风格明显受到古乐府民歌的影响。毛晋《姑溪词跋》称赞"我住长江头"数句，"直是古乐府俊语"，即是此意。

菩萨蛮

五云深处蓬山杳。寒轻雾重银蟾小[1]。枕上挹余香。春风归路长[2]。　　雁来书不到。人静重门悄[3]。一阵落花风。云山千万重。

【注释】

①五云，五色祥云。蓬莱，传说中的仙境。银蟾，月亮。

②挹，挹取。归路，或指回乡之路。

③书不到，书信不来。悄，寂静。

【说明】

李之仪因卷入党争，与苏轼、黄庭坚、秦观等人交好，终生沦落下僚。后又得罪权臣蔡京，除名编管太平州（今安徽当涂）。这首词表达了对往事和家乡的怀念，但是写得非常含蓄，读者只能从"春风归路长"、"云山千万重”等词句中，约略体会到这层意思。

临江仙　登凌歊台感怀

偶向凌歊台上望，春光已过三分。江山重叠倍销魂[1]。风花飞有态，烟絮坠无痕[2]。　已是年来伤感甚，那堪旧恨仍存。清愁满眼共谁论[3]。却应台下草，不解忆王孙[4]。

【注释】

①凌歊（xiāo）台，相传为南朝宋武帝刘裕所筑离宫。遗址在安徽当涂县。许浑《凌歊台》：“宋祖凌歊乐未回，三千歌舞宿层台。”

②无痕，不见痕迹。

③共谁论，向谁诉说。

④却应，恐怕。

【说明】

词作于编管太平州之时。作者编管太平州，已经五十六岁，垂垂老矣。本词乃登台咏怀之作，上片写景而景中含情，曰“倍消魂”者即是，“风花飞”“烟絮坠”云云，亦暗含身世飘零之意。下片直接抒情，说新愁满眼，旧恨难忘，却无人可以倾诉。结句用淮南小山《招隐士》典故，身不能归而恨及芳草，语句明白而构思曲折，这是姑溪词一大特色。

又

九十日春都过了，寻常偶到江皋。水容山态两相饶[1]。草平天一色，风暖燕双高[2]。　酒病厌厌何计那，飞红更送无聊。莺声犹似耳边娇[3]。难回巫峡梦，空恨武陵桃[4]。

【注释】

①两相饶，互相增添（美丽）。

②“草平”句，意谓春草一望无际，与蓝天同色。

③何计那，没奈何，没办法。耳边娇，情人的娇言娇语。

④巫峡梦、武陵桃，用楚襄王与巫山女神欢会，刘晨、阮肇误入桃源遇仙女两个典故，慨叹旧情难再。

【说明】

伤春怀人之作。上片写景，下片抒情。《四库总目》评李之仪词曰：“其词亦工，小令尤清婉峭蒨，殆不减秦观。”李之仪与秦观交好，虽不属苏门弟子，但同属旧党，其命运亦与秦观类似，李编管太平州，秦编管横州。两人同样善于抒情，风格婉丽，但是同中有异。秦观词哀痛入骨，后期近乎凄厉；而李之仪却往往以淡语写哀情。

鹧鸪天

收尽微风不见江。分明天水共澄光[①]。由来好处输闲地，堪叹人生有底忙[②]。　　心既远，味偏长。须知粗布胜无裳[③]。从今认得归田乐，何必桃源是故乡[④]。

【注释】

①二句意谓，无风无浪，水天一色。

②由来，历来，从来。输闲地，投闲置散之地。有底忙，有何事可忙。二句乃激愤语。

③心既远，陶渊明《饮酒》：“心远地自偏。”无裳，没有衣裳。《诗经·卫风·有狐》：“心之忧矣，之子无裳。”

④归田，辞官回乡。

【说明】

表面看来，这是一首怀乡之词，实际上却牢骚满腹。编管是宋代对官员的一种处罚，把被贬谪官员送到指定地区予以管制。被编管者，行动受到种种限制，实际上又无事可做，白白浪费光阴。本词用平淡的语言，抒发词人编管中的哀痛与激愤。结句“何必桃源是故乡”耐人寻味，词人说只要回家就好，何必一定要寻找美丽的桃花源呢？语虽平和，激愤之情却溢于言表。

采桑子　席上送少游之金陵

相逢未几还相别，此恨难同。细雨蒙蒙。一片离愁醉眼中[①]。　明朝去路云霄外，欲见无从。满袂仙风。空托双凫作信鸿[②]。

【注释】

①未几，不久。

②云霄外，言其路途遥远。欲见无从，无由再见。凫，野鸭。信鸿，传书的鸿雁。野鸭不能传书，所以说“空托”。

【说明】

除苏轼之外，李之仪与秦观的关系最为密切，友谊深厚，这一点从秦观死后十余年，李之仪所作《祭秦少游文》中可以得到证明。有人认为本词作于元祐四年（1089），秦观被排挤出京之时。但从词中语调之沉痛，感情之悲苦推测，更可能作于秦观被流贬途中。否则，何来“明朝去路云霄外，欲见无从”这样的感慨呢？

南乡子　夏日作

绿水满池塘。点水蜻蜓避燕忙。杏子压枝黄半熟，邻墙。风送荷花几阵香。　角簟衬牙床。汗透鲛绡昼影长[①]。点滴芭蕉疏雨过，微凉。画角悠悠送夕阳。

【注释】

①角簟，竹席。元稹《饮致用神曲酒三十韵》："冰壶通角簟，金镜彻云屏。"鲛绡，丝织手绢。昼影长，白昼渐长。

又

睡起绕回塘。不见衔泥燕子忙。前日花梢都绿遍，西墙。犹有轻风递暗香[①]。　　步懒恰寻床。卧看游丝到地长。自恨无聊常病酒，凄凉。岂有才情似沈阳[②]。

【注释】

①花梢绿遍，花已落尽，嫩叶抽青。

②步懒，脚步慵懒。恰寻床，适合躺在床上。沈阳，南朝诗人沈约，曾任东阳(今浙江金华)太守，人称沈东阳。沈阳，是沈东阳之省称。

【说明】

两首同题词，都写春尽夏初的风光景色。信笔写来，生动如画。但美丽的画面背后，又透露出对年华不再，岁月流逝的淡淡哀愁。毛晋《姑溪词跋》称赞作者"长于淡语、景语、情语"，这一长处，在二词中得到充分表现。

王雱一首

王雱(páng)(1044—1076)，字符泽，抚州临川人，王安石之子。举进士，曾官龙图阁学士。早卒。《全宋词》仅录其词一首，尚在疑似之间。

眼儿媚[①]

杨柳丝丝弄轻柔。烟缕织成愁。海棠未雨，梨花先雪，一半春休[②]。　而今往事难重省，归梦绕秦楼。相思只在，丁香枝上，豆蔻梢头[③]。

【注释】

①本篇一作无名氏词。

②弄春柔，摆弄柔软的柳丝。秦观《江城子》："西城杨柳弄春愁。"海棠未雨，海棠未开。梨花先雪，梨花先开。一半春休，春天已经过半。

③重省，回看，回想。丁香、豆蔻，象征爱情。

【说明】

惜春相思之辞。上片表惜春之意，下片抒相思之情，描写细腻，表情含蓄，景中含情，情中见景，达到情景交融的艺术高度。

舒亶二首

舒亶（1041—1103），字信道，号懒堂，明州慈溪（今浙江慈溪市）人。宋英宗治平二年进士，官至御使中丞，龙图阁待制。有《舒学士词》。

虞美人[①]

芙蓉落尽天涵水。日暮沧波起[②]。背飞双燕贴云寒。独向小楼东畔倚阑看[③]。　浮生只合尊前老。雪满长安道[4]。故人早晚上高台。寄我江南春色一枝梅[5]。

【注释】

①一本有副题“寄公度”。

②天涵水,水天相接。

③背飞双燕,双燕相背而飞,暗喻离别。看,是人看燕。看,读平声。

④合,应。长安,借指北宋首都汴京。

⑤故人,指公度。上高台,指登高念远。

【说明】

《全宋词》有副题“寄公度”,可见是怀念友人之作。上片写景,下片怀人。从词的内容看,作者此时正在京城,而他所怀念的友人公度却在南方,所以结尾用陆凯寄梅赠友的典故以寄意。舒亶是苏轼“乌台诗案”的主要制造者之一,其人品颇为后人诟病。但他很有政治才干,诗词也都写得不错。

菩萨蛮

画船捶鼓催君去。高楼把酒留君住[1]。去住若为情。西江潮欲平[2]。　　江潮容易得。只是人南北[3]。今日此樽空。知君何日同[4]。

【注释】

①画船捶鼓催行,而高楼主人却把酒留君。

②“去住”二句,言去住两难,不过,江潮已涨,船将开动。因而不得不去。

③容易得,意谓江潮天天涨落。

④何日同,何时再相聚饮酒。

【说明】

送别友人之作,通篇以江潮写别情,构思巧妙。上片“画船”与“高楼”

对举,“催君去”和“留君住”对举,表现依依惜别之情。换头仍旧从江潮发端,说江潮有信,人去难期,今日一别,不知何时再一同饮酒。

黄庭坚六首

黄庭坚(1045—1105),字鲁直,自号山谷道人,晚号涪翁,洪州分宁(今江西修水县)人。官至秘书郎兼国子编修。擢起居舍人。诗开江西诗派,词与秦观齐名。有《山谷词》。

定风波　次高左藏使君韵[①]

万里黔中一漏天。屋居终日似乘船[②]。及至重阳天也霁。催醉。鬼门关外蜀江前[③]。　莫笑老翁犹气岸。君看。几人黄菊上华颠[④]。戏马台南追两谢。驰射。风流犹拍古人肩[⑤]。

【注释】

①宋哲宗绍圣二年(1095),黄庭坚被指与修《神宗实录》失实,诋毁朝政,贬为涪州(今重庆涪陵)别驾、黔州(今重庆彭水)安置。高左藏,高羽,时任左藏库使。据黄宝华先生考证,此词作于宋哲宗绍圣四年(1097)。

②万里,极言地方偏僻,路途遥远。蜀地多雨,故云“漏天”。

③霁,雨过天晴。鬼门关,亦称石门关,在四川奉节县东。蜀江,指乌江,发源于贵州威宁,流经黔北及渝东,经彭水县,至重庆涪陵汇入长江。

④气岸,意气傲兀。李白《流夜郎赠辛判官》:“气岸遥凌豪士前,风流肯落他人后。”华颠,白头。

⑤戏马台,在徐州城南,相传为项羽所建。晋安帝义熙十二年(416)

重阳，刘裕在戏马台大会宾客，著名诗人谢灵运及谢瞻均有诗作。“风流犹拍古人肩”，谓风度犹可比并古人。

【说明】

黄庭坚词，当时与秦观齐名。陈师道《后山诗话》说：“今代词手，唯秦七（观）、黄九（庭坚）尔，唐诸人不逮也。”李清照《词论》也把黄庭坚与晏幾道、贺铸、秦观并称。不过，后人大多不同意这种看法，认为黄远不及秦。陈廷焯甚至说：“黄九于词，直是门外汉。”（《白雨斋词话》卷一）这种评论，未免失之偏颇。近人夏敬观《手批山谷词》曾说：“少游清丽，山谷重拙，自是一时敌手。”又说：“曩疑山谷词太生硬，今细读，悟其不然。‘超逸绝尘，独立万物之表；御风骑气，以与造物游者’，东坡誉山谷之语也。吾于其词亦云。”夏敬观对山谷词的评论，并非虚誉，可惜许多人都不理解。

黄庭坚年轻时写过不少艳词，每每语涉“亵诨”，曾被法秀道人警告，如此污染世风，将来会下犁舌地狱。中年以后，政治上屡遭打击，直至长期贬斥远荒，最后死于贬所。因此，词风也发生了很大变化。此词作于贬谪之地，是为重阳登高而作，原作有两首，这是其中第二首。上片写当前处境之险恶，鬼门关既是纪实，也有象征意义。下片直接表达自己傲兀的心情，“几人黄菊上华颠”“风流犹拍古人肩”云云，都是此意。但是豪迈中夹杂着苍凉，洒脱中流露出愤慨，是黄庭坚这类词作的共同特点，须细加体味。

鹧鸪天

坐中有眉山隐客史应之和前韵即席答之[①]

黄菊枝头生晓寒。人生莫放酒杯干[②]。风前横笛斜吹雨，醉里簪花倒着冠[③]。　身健在，且加餐。舞裙歌板尽清欢[④]。黄花白发相牵挽，付与时人冷眼看[⑤]。

【注释】

①据黄宝华先生考证，本词元符二年(1099)作于戎州(今四川宜宾)，此时山谷已经五十四岁。史应之，《山谷诗内集》卷十三《戏答史应之三首》任渊注："史应之，名铸，眉山人，落魄无检，喜作鄙语，人以屠僧目之。客泸、戎间，因得识山谷。"隐客，隐者。

②莫放，别让、莫使。

③"醉里簪花"句，合用重九孟嘉落帽以及山简醉酒后倒着白接篱典故，表达豪放洒脱之情。《晋书》卷九十八《桓温列传附孟嘉》："孟嘉字万年……后为征西桓温参军，温甚重之。九月九日，温燕龙山，僚佐毕集。时佐吏并着戎服，有风至，吹嘉帽堕落，嘉不之觉。"又《世说新语·任诞》："山季伦(山简)为荆州，时出酣畅。人为之歌曰：'山公时一醉，径造高阳池。日暮倒载归，酩酊无所知。复能乘骏马，倒着白接篱。'"倒着冠，倒戴冠帽。

④加餐，《古诗·行行重行行》："弃捐勿复道，努力加餐饭。"尽清欢，尽情欢乐。苏轼《浣溪沙》："人间有味是清欢。"相牵挽，互相牵缠，此句意谓白发上簪戴黄花。付与，给与，让。时人，世俗之人。看，读平声。

【说明】

本词同调同韵共三首，此为第二首。第一首有副题曰："明日独酌自嘲呈史应之。"之后史应之有和作，这首词是黄庭坚在宴席间对史应之和作的再和。本篇也是以重阳为题材的作品，上片合用两个典故，表现词人狂放不羁行为，以及悲愤不平的心情；下片言且自尽情欢乐，对世俗之人的冷眼相看，根本不予理会。傲岸之态，表露无遗。但在旷达的风格背后，隐藏着深深的悲痛与辛酸。

清平乐

春归何处。寂寞无行路。若有人知春去处。唤取归来同住[①]。　　春无踪迹谁知。除非问取黄鹂[②]。百啭无人能解，因风飞过蔷薇[③]。

【注释】

①唤取,呼唤。同住,与人同住。

②问取,请问。黄鹂,黄莺。

③啭,鸟叫声。无人能解,(黄鹂的叫声)没人能懂。

【说明】

惜春之词,创作年代失考。本词艺术上的主要特点是构思巧妙,笔致委曲。从问句"春归何处"领起,层层递进,曲折前行,结果却给出了一个没有答案的答案——无人知道。吴衡照《莲子居诗话》评论说:"山谷失之笨。"今人胡云翼说:"黄庭坚失之粗野。"从这首词看,事实正好相反,如果一定要找毛病的话,毋宁说本词失之于巧。巧则巧矣,其奈斧凿痕迹宛然。司空表圣曰:"薄言情晤,悠悠天钧。"(《二十四诗品·自然》)这才是诗词创作的最高境界。

千秋岁

少游得谪,尝梦中作词云:"醉卧古藤阴下,了不知南北。"竟以元符庚辰死于藤州光华亭上。崇宁甲申,庭坚窜宜州,道过衡阳。览其遗墨,始追和其《千秋岁》词[①]

苑边花外。记得同朝退。飞骑轧,鸣珂碎[②]。齐歌云绕扇,赵舞风回带。严鼓断,杯盘狼藉犹相对[③]。　　洒泪谁能会。醉卧藤阴盖。人已去,词空在[④]。兔园高宴悄,虎观英游改。重感慨。波涛万顷珠沉海[⑤]。

【注释】

①绍圣元年(1094),宋哲宗亲政后,新党执政,苏轼、秦观等人坐党籍一同遭贬。秦观出任杭州通判,道贬处州,后徙郴州,编管横州。元符二年(1099)又徙雷州。三年,被赦北归,至滕州(今广西藤县)而卒。终年五十一岁。"醉卧古藤阴下,了不知南北"是秦观词《好事近·梦中作》的句

子。崇宁三年，黄庭坚贬宜州，距秦观之死，已经五年。秦观词《千秋岁》见后。

②宋哲宗元祐二年（1087）秦观任太学博士兼国史院编修，而黄庭坚则任校书郎、《神宗实录》检讨官。二人同出苏轼门下，又同朝为官，关系十分亲密。故曰“同朝退”。飞骑轧，鸣珂碎，形容马儿飞奔，鸣珂叮当作响。轧，拥挤；鸣珂，马笼头上的玉饰，行走时会发声。

③“齐歌”二句，形容大家一起欣赏歌舞的情形。据说齐、赵之女善于歌舞。云绕扇，风回带，舞扇挥动，衣带飘飞，均形容舞姿之妙曼。阴铿《侯司空宅咏妓》：“莺啼歌扇后，花落舞衫前。”严鼓断，更鼓终止。“杯盘”句，酒筵已经结束，但朋友门还不舍得离开。

④“酒泪”四句，秦观作《好事近》词，有“醉卧古藤阴下，了不知南北”之句，酒后死于藤州光华亭。

⑤兔园，亦称梁园，西汉梁孝王所建。当年梁孝王常与司马相如、枚乘等著名文人在此聚会。悄，无声无息。虎观，白虎观的简称，后汉孝章帝与群儒在此讲论五经。二句以古比今，慨叹群英聚会已无声息，同僚纷纷罢去。珠沉海，喻秦观死亡。

【说明】

宋徽宗崇宁三年（1104），黄庭坚贬谪宜州，路经湖南衡阳，在衡阳太守孔毅甫处，见到了秦观的遗墨，追和其《千秋岁》词。此时离秦观去世已经五年。黄庭坚与秦观同出苏轼门下，政见和命运又非常相似，在词坛上，一度“秦七黄九”并称，二人友谊深厚，因此这首词写得十分沉痛。俞陛云先生曰：“先叙同官之乐，后言长别之悲，结句极沉痛。”

虞美人　宜州见梅作[①]

天涯也有江南信。梅破知春近[②]。夜阑风细得香迟。不道晓来开遍向南枝[③]。　玉台弄粉花应妒。飘到眉心住[④]。平生个里愿杯深。去国十年老尽少年心[⑤]。

【注释】

①崇宁三年(1104)作于宜州(今广西河池)。

②天涯,自称贬谪之地。江南信,指代梅花。破,指花开。

③香,梅香。不道,不料。

④玉台,梳妆台;弄粉,指化妆。二句用寿阳公主典故,追忆少年时代赏梅的风流韵事,为下文铺垫。《太平御览》卷三十《时序部·十五·人日》引《杂五行书》:“宋武帝女寿阳公主人日卧于含章殿檐下,梅花落公主额上,成五出花,拂之不去。皇后留之,看得几时,经三日,洗之乃落。宫女奇其异,竞效之,今梅花妆是也。”

⑤个里,此中,其中;愿杯深,希望把酒喝够。去国十年,作者于宋哲宗绍圣二年(1095)贬黔州,距宋徽宗崇宁三年(1104)押送宜州编管,正好十年。

【说明】

此首为托物感怀之作,借梅花以自悲身世。宋徽宗崇宁二年(1103),黄庭坚应承天院住持僧智珠之请,作《承天院塔记》,转运使闽人陈举要求署名遭拒,遂以墨本向朝中执政赵挺之检举。朝廷指为“幸灾谤国”,庭坚遂被除名,押送宜州编管。遭此重大打击之后,作者虽然仍旧努力保持豁达心态,但是已经丧失了当年的“傲岸”之气,末句“去国十年老尽少年心”,就表现了词人的悲哀绝望心情。

南乡子

重阳日宜州城楼宴集即席作[①]

诸将说封侯。短笛长歌独倚楼[②]。万事尽随风雨去,休休。戏马台南金络头[③]。　　催酒莫迟留。酒味今秋似去秋[④]。花向老人头上笑,羞羞。白发簪花不解愁[⑤]。

【注释】

①本词作于宋徽宗崇宁四年(1105)九月九日重阳节。二十一天后,作者去世,享年六十一岁。这首词也可以说是山谷的绝笔。

②王晔《道山清话》:“山谷之在宜也,其年乙酉,即崇宁四年也。重九日,登郡城之楼,听边人相语:‘今岁当鏖战,取封侯。’因作小词云。(词略)倚栏高歌,若不能堪者。是月三十日果不起。”赵嘏《长安秋望》:“长笛一声人倚楼。”

③戏马台,见前《定风波》注⑤。金络头,华丽的马络头,鲍照《代结客少年场行》:“骢马金络头,锦带佩吴钩。”此句切词题重阳,感叹即使像刘裕当年之盛会,也在历史的风雨中一去不返,何况今日诸将所言封侯之事。

④催酒,催促饮酒;迟留,停留。

⑤用拟人手法,借花自嘲。化用苏轼《吉祥寺赏牡丹》“人老簪花不自羞,花应羞上老人头”句意,翻进一层,谓心中愁苦郁结,饮酒簪花亦难以纾解。

【说明】

宋徽宗崇宁二年(1103)黄庭坚因写作《荆南承天院记》被奸人告发,以“幸灾谤国”之罪名除名羁管宜州。这首词作于次年重阳登高筵席之上,虽然仍旧保留了一丝当年那种傲岸之气,但此时词人进入了暮年,处境又非常恶劣,对前途已经完全绝望。因此当年那种傲岸之气,几乎被悲痛颓丧之情压倒,“万事尽随风雨去”“白发簪花不解愁”,都是这种心态的表现。果然,未出一月,词人就与世长辞了。

黄大临一首

黄大临，生卒年不详，字符明，号寅庵，洪州分宁（今江西修水县）人。黄庭坚之兄，绍圣间为萍乡令。《全宋词》录其词三首。

青玉案

和贺方回韵送山谷弟贬宜州[①]

千峰百嶂宜州路。天黯淡、知人去[②]。晓别吾家黄叔度。弟兄华发，远山修水，异日同归处[③]。

樽罍饮散长亭暮。别语缠绵不成句。已断离肠能几许。水村山馆，夜阑无寐，听尽空阶雨。

【注释】

①贺铸字方回，其《青玉案》词（凌波不过横塘路）为当时传诵。吴曾《能改斋漫录》卷十六："贺方回为《青玉案》辞，山谷尤爱之，故作小诗以纪其事。及谪宜州，山谷兄元明和以送之云（词略）。山谷和云：'烟中一线来时路。极目送、幽人去。第四阳关云不度。山和声转，子规言语，正是人愁处。　　别恨朝朝连暮暮。忆我当年醉时句。渡水穿云心已许。晚年光景，小轩南浦，帘卷西山雨。'"

②宜州，今广西河池市。

③黄叔度，黄宪（109—156）字叔度，号征君。东汉著名贤士，隐居不仕，有"当代颜子"之称。这里指代黄庭坚。远山修水，山长水远。修，长。

樽罍，酒器。

【说明】

宋徽宗崇宁二年(1103)，黄庭坚以文字获罪，在太平州任上被除名，编管宜州。黄大临是山谷的长兄，生平不详，词亦仅存三首。本词乃送别兄弟之作。上片痛远别，下片抒悲情，骨肉情深，又将远别，感情非常沉痛，甚至还胜过弟弟庭坚的和作。

晁端礼三首

晁端礼(1046—1113)，字次膺，济州巨野(今属山东省菏泽市)人。宋神宗熙宁六年进士，两为县令，坐事废。精声律，宣和中，以承事郎为大晟府协律，未几卒。有《闲斋琴趣外篇》。

醉桃源①

又是青春将暮。望极桃溪归路②。洞户悄无人，空锁一庭红雨③。凝伫。凝伫。人面不知何处④。

【注释】

①万树《词律》，《醉桃源》即《阮郎归》，然与此篇格律不符。按此词调名当作《如梦令》。

②青春，春天。桃溪，用刘晨、阮肇典故，表达对情人的思念。

③红雨，凋谢的桃花。李贺《将进酒》:“况是青春日将暮，桃花乱落如红雨。”

④凝伫，伫立凝望。“人面”句，用崔护典，言情人已杳无踪影。

【说明】

春日怀念情人之作，用两个典故表情达意，简洁含蓄。作者曾与周邦彦同为乐官，创作成就和影响均不如周。作品以长调为主，但小令也写得不错，格律精严，语言省净，所缺乏者内容广度与感情深度耳。

清平乐

深沉玉宇。枕簟清无暑[1]。睡起花阴初转午。一霎飞云过雨[2]。　　雨余隐隐残雷。夕阳却照庭槐[3]。莫把绣帘垂下，妨它双燕归来[4]。

【注释】

①玉宇，神仙所居宫殿，指代女子居所。苏轼《水调歌头》："只恐琼楼玉宇，高处不胜寒。"

②一霎，孟郊《春后雨》："昨夜一霎雨，天意苏群物。"

③却照，反照。

④欧阳修《采桑子》："垂下帘栊。双燕归来细雨中。"此反用其意。

【说明】

本篇亦写女子相思之情，寄情于景，篇末点题，写景如画，表情含蓄，颇耐人寻味。

临江仙

今夜征帆何处落，烟村几点人家。莫惊双泪向风斜。渔人西塞曲，商女后庭花[1]。　　从此五湖归去好，一杯酒送生涯。多情犹解惜年华[2]。春闺重见处，霜鬓不须嗟[3]。

【注释】

①张志和《渔父》："西塞山前白鹭飞，桃花流水鳜鱼肥。"杜牧《泊秦

淮》:“商女不知亡国恨,隔江犹唱后庭花。”后庭花,曲调名。

②五湖,指太湖。

③春闺,女子居处,此指少妇。陈陶《陇西行》:“可怜无定河边骨,犹是春闺梦里人。”

【说明】

本词或作于词人罢官回乡途中,因而感慨深沉。词中融化了许多唐人诗句以表情达意,圆融妥帖,并不显得隐晦滞涩,这一点与周邦彦词有异曲同工之妙。

朱服一首

朱服(1048—?),字行中,湖州乌程人。宋神宗熙宁六年(1073)进士。累官国子司业、起居舍人,以直龙图阁知润州,徙泉州、婺州等地。徽宗即位,坐与苏轼游,贬海州团练副使,蕲州安置。有集已佚。《全宋词》仅录其词一首。

渔家傲[①]

小雨廉纤风细细。万家杨柳青烟里[②]。恋树湿花飞不起。愁无比。和春付与西流水[③]。

九十光阴能有几。金龟解尽留无计[④]。寄语东阳沽酒市。拚一醉。而今乐事他年泪[⑤]。

【注释】

①原题作“春词”,又题作“东阳郡斋作”。

②廉纤,细小。

③和春,连春天一起。

④金龟解尽,解尽金龟换酒。留无计,无法留住(春天)。《唐才子传》卷二:“(李白)天宝初自蜀至长安,道未振,以所业投贺知章,读至《蜀道难》,叹曰:‘子谪仙人也。’乃解金龟换酒,终日相乐。”

⑤东阳,今浙江金华市,作者曾任东阳太守,故云。东阳,一作“东城”。“而今”句,意谓而今乐事,实为无可奈何之乐,则他年回忆恐亦未免神伤,故曰“他年泪”。

【说明】

朱服词今仅存一首。本词的创作背景,方勺《泊宅编》与张宗棣《词林纪事》说法各异。方勺说:“朱行中自右史带假龙出典数郡。是时年尚少,风采才藻皆秀整。守东阳日,尝作春词云(词略)。予以门下士,每或从容。公往往乘醉大言:‘你曾见我“而今乐事他年泪”否?’盖公自为得句,故夸之也,予尝心恶之而不敢言。”后者引《乌程旧志》云:“朱行中坐与苏轼游贬海州,至东郡,作《渔家傲》词。”按方勺与朱服同时代人,其记载具体而微,应该比较可信。

秦观十三首

秦观(1049—1100),字少游,一字太虚,号淮海居士,高邮人。宋神宗八年进士。曾官秘书正字兼国史院编修。“苏门四学士”之一。有《淮海词》。

江城子

西城杨柳弄春柔。动离忧。泪难收。犹记多

情，曾为系归舟[①]。碧野朱桥当日事，人不见，水空流。　　韶华不为少年留。恨悠悠。几时休。飞絮落花时候，一登楼[②]。便作春江都是泪，流不尽，许多愁[③]。

【注释】

①西城，指汴京（今河南开封）城西一带园林。多情，多情人。张先《南乡子·京口》："春水一篙残照阔，遥遥。有个多情立画桥。"系归舟，泊舟。

②韶华，美好年华。

③便作，即便。李煜《虞美人》："问君能有几多愁，恰似一江春水向东流。"此用其意而又翻进一层。

【说明】

宋哲宗绍圣元年（1094），三月，秦观坐党籍，由国史院编修，降为馆阁校勘，出为杭州通判，道贬处州，任监酒税之职。后又徙郴州，编管横州，又徙雷州。词人的流贬生活从此开始。本词作于离京之时。从表面看，词为伤春怀人之作，上片写回忆，下片说当前。如果仅仅是与一位多情女子离别，何至于如此伤痛彻骨？这首词很可能还掺杂了自己的身世之痛，以及对未来命运的不祥预感。秦观是一位多愁善感的词人，既没有乃师苏轼的旷达胸怀，也缺乏同门师兄黄庭坚的傲岸之气，所以人称"少游，古之伤心人也"。但是正因为如此，秦观的词较之苏轼和黄庭坚，感情更加丰富细腻，风格更加委婉缠绵。在李清照看来，秦观更像一位真正的词人。

又

南来飞燕北归鸿。偶相逢。惨愁容。绿鬓朱颜，重见两衰翁[①]。别后悠悠君莫问，无限事，不言中[②]。　　小槽春酒滴珠红。莫匆匆。满金钟。

饮散落花流水，各西东[③]。后会不知何处是，烟浪远，暮云重[④]。

【注释】

①本词作于宋哲宗元符三年(1100)，当时，苏轼量移廉州(今广西合浦)，自儋州(今海南儋州市)渡海北还至雷州(今广西雷州市)，而秦观在此前也自郴州流徙雷州，二人遂得以在雷州海康相晤。这首词是秦观在雷州送别苏轼之作。南来飞燕，秦观自比，北归鸿，比喻苏轼。是年，秦观五十二岁，苏轼六十五岁，故称"两衰翁"。

②悠悠，忧思貌。《诗经·小雅·十月之交》："悠悠我思。"毛传："悠悠，忧也。"

③小槽，古代制酒工具中的出酒口，酒由此流出。金钟，酒杯的美称。落花流水，比喻彼此行踪不定。

④"后会"句：暗喻与友人关山远隔，后会难期。刘禹锡《酬冯十七舍人》："白首相逢处，巴江烟浪深。"又杜甫《春日忆李白》："渭北春天树，江东日暮云。"不料一语成谶，东坡与少游从此再未见面。

【说明】

宋神宗元丰元年(1078)，秦观赴京应试，路经徐州。当时苏轼任徐州太守。秦观携李公择的书信去见，获得苏轼的赏识，二人遂成莫逆之交。这年秦观三十岁，苏轼四十三岁，正当盛年。此后彼此都经历了险恶的宦海风波，从初次相识到这次在流贬中重逢，已经是二十二年以后的事了。词中"绿鬓朱颜，重见两衰翁"，正是词人发出的深沉喟叹。上下片中的两次离别，含义不同。上片的"别后"是指宋神宗元祐八年(1093)，苏轼出知定州，二人在京都离别，次年，秦观也被贬出京，开始了七年的流贬生活。所以说："别后悠悠君莫问，多少事，不言中。"下片的离别，是指重逢以后的分别，此时两人都已经成了"衰翁"，而新党继续执政，前途茫茫，不可预料。所以说："后会不知何处是，烟浪远，暮云重。"果然，两个月以后，秦观就病死于藤州，一年以后，苏轼也在常州病逝。清人王士禛说，苏轼是秦观的千古知音。的确，苏轼不仅是秦观的师长，也是最了解秦观艺术天赋的人。刘勰曾云："音实难知，知实难逢，逢其知音，千载其一乎?"秦观的命运虽然不幸,但他能够遇到苏轼这样的知音,实在也是一种幸运。

鹊桥仙

纤云弄巧,飞星传恨,银汉迢迢暗度[①]。金风玉露一相逢,便胜却、人间无数[②]。　　柔情似水,佳期如梦,忍顾鹊桥归路[③]。两情若是久长时,又岂在、朝朝暮暮[④]。

【注释】

①纤云,轻淡的云彩。弄巧,变化成各种巧妙的形态。飞星,流星。

②金风玉露,秋风白露。一相逢,传说牛郎织女在七夕被允许渡过鹊桥,相会一次。胜却,胜过。

③忍顾,不忍心回顾,意谓不忍离别归去。

④朝朝暮暮,天天在一起。

【说明】

这也是秦观的名作,好在构思新巧。明人李攀龙评论说:“相逢胜人间,会心之语。两情不在朝暮,破格之谈。七夕歌以双星别多会少为恨,独少游此词谓‘情长不在朝暮’,二句最能醒人心目。”(《草堂诗余隽》卷三)不过也有人认为,本词寄托了秦观:“以坐党籍被谪,思君臣际会之难,因托双星以写意。”对照词意,这种说法显得比较勉强。

减字木兰花

天涯旧恨。独自凄凉人不问。欲见回肠。断尽金炉小篆香[①]。　　黛蛾长敛。任是东风吹不展[②]。困倚危楼。过尽飞鸿字字愁[③]。

【注释】

①回肠,回肠百转,比喻悲愁难解。司马迁《报任少卿书》:“是以肠一

日而九回。”篆香，盘香。其形如篆文，以比回肠。

②敛，皱眉。任，任凭。

③二句暗示音信不通，愁恨难解。雁飞排列成字，故曰“字字愁”。

【说明】

本篇表面写女子的相思之情。上片言独居相思，愁肠寸结；下片说困倚危楼，悲恨难消。从悲痛的情绪和悲凉的语调看，很可能托寓了词人被贬谪远州以后的悲苦情怀。

踏莎行[①]

雾失楼台，月迷津渡。桃源望断无寻处[②]。可堪孤馆闭春寒，杜鹃声里斜阳暮[③]。　　驿寄梅花，鱼传尺素。砌成此恨无重数[④]。郴江幸自绕郴山，为谁流下潇湘去[⑤]。

【注释】

①毛晋汲古阁本有副题《郴州旅舍作》。

②大雾弥漫，隐没了楼台；月色朦胧，迷失了渡口。“桃源”句，用刘晨、阮肇典故，比喻美好理想迷失。

③“可堪”句，意谓春寒时节，何堪独居于孤馆。可堪，那堪。王国维《人间词话》：“少游词境最为凄婉，至‘可堪孤馆闭春寒，杜鹃声里斜阳暮’则变而凄厉矣。东坡激赏后二句，尤为皮相。”

④“驿寄”三句，用陆凯赠范晔梅花事及鱼书传信典故，谓远方朋友礼赠与书信，反而引起自己无限悲痛。

⑤郴江，水名，发源于湖南郴山（今黄岭山），北入耒水，至衡阳东汇入潇、湘二江。幸自，本是。

【说明】

本篇为秦观名作。作者与苏轼、黄庭坚等人一样，不幸陷入新旧党争，于宋哲宗绍圣元年（1094），被贬杭州通判，道贬处州，又徙湖南郴州，并被削去所有官职。本词大约作于哲宗绍圣四年（1097），当时作者在郴州贬所。上片写孤馆独处的悲凉迷惘心情。桃源何在？前途茫茫，孤馆春寒，唯听杜鹃悲鸣而已。写得无限凄迷愁苦。下片写无可告慰的深愁苦恨。结尾二句说，郴江原本是环绕郴山的，却为何要流到潇湘去呢？其象征意义仿佛是在诉说自己异乡漂泊的命运。以痴语抒愁情，倍觉沉痛，受到前人高度评价。《苕溪渔隐丛话前集》引《冷斋夜话》曰："少游到郴州作长短句云（词略）。东坡绝爱其尾两句，自书于扇，曰：'少游已矣，虽万人何赎！'"王士禛《花草蒙拾》也说："'郴江幸自绕郴山，为谁流下潇湘去'，千古绝唱。秦殁后，坡公尝书此于扇。……高山流水之悲，千载而下，令人腹痛。"王士禛认为，东坡才是秦观的千古知音。而王国维却指责东坡看法"犹为皮相"，断语未免轻率。

浣溪沙

漠漠轻寒上小楼。晓阴无赖似穷秋。淡烟流水画屏幽[①]。　自在飞花轻似梦，无边丝雨细如愁。宝帘闲挂小银钩[②]。

【注释】

①漠漠，弥漫貌。无赖，不合人意，可恶。穷秋，深秋。韩偓《惜春》："节过清明却似秋。"淡烟流水，屏风上的景色。

②"宝帘"句，窗帘静静地挂在小银钩上。

【说明】

本词写春愁，写得轻灵委婉，含蓄无尽，言外又散发出一缕淡淡的哀愁，为后人所激赏。陈廷焯评曰："宛转幽怨，温、韦嫡派。"（《词则·大雅集》卷二）梁启超曰："'自在'一联，奇语。"（梁令娴《艺蘅馆词选》卷二引）俞陛云曰："清婉而有余韵，是其擅长处。此调凡五首，此首最佳。"（《唐五代两宋词选释》）

如梦令

遥夜沉沉如水。风紧驿亭深闭。梦破鼠窥灯，霜送晓寒侵被[1]。无寐。无寐。门外马嘶人起[2]。

【注释】

①驿亭，古时驿站有亭，故称。

②马嘶人起，马在叫了，行人都起来了。

又

池上春归何处。满目落花飞絮。孤馆悄无人，梦断月堤归路[1]。无绪。无绪。帘外五更风雨。

【注释】

①孤馆，指驿馆。

【说明】

两首词都写羁旅之愁。第一首写驿站的荒凉破败，使人难以入睡。第二首写暮春时节，旅客的寂寞和悲凉心绪。描写生动，笔法简洁。

阮郎归

湘天风雨破寒初。深沉庭院虚[1]。丽谯吹罢小单于。迢迢清夜徂[2]。　　乡梦断，旅魂孤。峥嵘岁又除[3]。衡阳犹有雁传书。郴阳和雁无[4]。

【注释】

①湘，湖南。虚，空寂。

②丽谯，城楼。小单于，唐代乐曲。李益《听晓角》："秋风卷入小单于。"徂，已过。

③峥嵘，高峻貌。引申为生活道路不平坦。杜甫《敬赠郑谏议》："旅食岁峥嵘。"岁又除，一年又尽了。除，除夕。

④郴阳，今湖南郴州市。和雁无，连雁也没有了。二句意谓，衡阳衡山有回雁峰，传书的大雁尚且能够到达；而郴阳更在衡阳之南，雁飞不到，故曰"和雁无"。

【说明】

此词作于宋哲宗绍圣四年（1097）除夕，作者贬谪郴州之时。唐圭璋先生曰："此首述旅况，亦极凄惋。上片，起言风雨生愁，次言孤馆空虚。'丽谯'两句，言角声吹彻，人亦不能寐。下片，'乡梦'三句，抒怀乡怀人之情。'岁又除'，叹旅外之久，不得便归也。'衡阳'两句，更伤无雁传书，愁愈难释。小山云'梦魂纵有也成虚，那堪和梦无'，与此各极其妙。"唐先生的解释，具体而微，值得参考。

虞美人

碧桃天上栽和露。不是凡花数[①]。乱山深处水萦回。可惜一枝如画为谁开[②]。　轻寒细雨情何限。不道春难管[③]。为君沉醉又何妨。只怕酒醒时候断人肠[④]。

【注释】

①高蟾《下第后上永崇高侍郎》："天上碧桃和露种，日边红杏倚云栽。"凡花，普通的花。

②萦回，曲折环绕。

③不道，无奈。

④君，指碧桃。

【说明】

托物言怀之作。少游才高志远而屡试不第,命运坎坷,故借碧桃而感怀身世。全词处处咏碧桃而处处隐喻自身命运,人与物融为一体。笔致委婉曲折,感情深挚缠绵,结尾三句尤无比沉痛。

好事近　梦中作[①]

春路雨添花,花动一山春色[②]。行到小溪深处,有黄鹂千百[③]。　飞云当面化龙蛇,夭矫转空碧[④]。醉卧古藤阴下,了不知南北[⑤]。

【注释】

①宋哲宗绍圣二年(1095),秦观谪处州(今浙江丽水市),监管盐酒税,作此词。

②雨添花,春雨之后,百花盛开。

③王维《积雨辋川庄作》:"漠漠水田飞白鹭,阴阴夏木啭黄鹂。"

④夭矫,屈曲而有气势。空碧,碧空。

⑤了不知,完全不知。

【说明】

词写梦中所见春天景象。结尾"醉卧"二句,表现了词人流贬中的颓放心态。因句中有"藤阴"二字,少游后来又果然死于藤州,后人遂附会为秦观自己的预言。明人郎瑛说:"秦观……尝于梦中作《好事近》一词(略)。其后以事谪藤州,竟死于藤,此词其谶乎?"清人周济也说:"隐括一生。结语遂作滕州之谶。"据《苕溪渔隐丛话》记载,苏轼读到这首词,非常悲痛,以至流泪。可见苏轼对秦观感情之深。

千秋岁[①]

水边沙外。城郭春寒退。花影乱,莺声碎[②]。飘零疏酒盏,离别宽衣带。人不见,碧云暮合空相对[3]。　　忆昔西池会。鹓鹭同飞盖。携手处，今谁在[4]。日边清梦断，镜里朱颜改。春去也，飞红万点愁如海[5]。

【注释】

①这首词也作于哲宗绍圣二年春末，少游在处州。

②时在暮春，故曰“春寒退”。

③飘零，自叹身世飘零。疏酒盏，少饮酒。宽衣带，消瘦了。“人不见”二句，抒相思之情。江淹《拟休上人怨别》：“日暮碧云合，佳人殊未来。”

④西池会，西池，借指北宋京都开封西郑门西北之金明池，秦观在京为官时，曾与同僚在此游宴。鹓鹭，喻指百官。

⑤飞盖，乘车疾驰。日边，在君王身边。典出《世说新语·夙慧》。李白《行路难》：“闲来垂钓碧溪上，忽复乘舟梦日边。”

【说明】

本词是秦观在贬谪地感今忆昔之作。上片感叹目前之处境，先从写景发端，再说到自己飘零异地，酒兴低落，形容消瘦，“人不见”二句过渡到下片。下片首二句回忆昔时京城与同僚相聚之乐。但从“携手处”开始，情绪急转直下，言友人纷纷散去，回京已成空想。末二句伤春感怀，情景两兼。“春去也”既是自然界的春天，也是词人命运的春天，因此令人“愁如海”。

鹧鸪天[1]

枝上流莺和泪闻。新啼痕间旧啼痕[2]。一春鱼鸟无消息，千里关山劳梦魂[3]。　　无一语，对芳尊。安排肠断到黄昏[4]。甫能炙得灯儿了，雨打梨花深闭门[5]。

【注释】

①此首唐圭璋先生《全宋词》据《草堂诗余》定为无名氏词。明人王世贞《艺苑卮言·词评》认为乃秦观词。

②和泪,流泪,带泪。间,间隔。

③鱼鸟,鱼雁,可传书。劳梦魂,使梦魂往返辛劳。

④安排,听任,无可奈何之词。

⑤甫能,刚刚。炙得灯儿了,把灯点着了。

【说明】

女子伤春怀人之作。上片写怀人念远。春天来临,流莺婉啭,但女主人公反而伤心落泪,而且“新啼痕间旧啼痕”,日日如此。“一春”两句,揭示伤心落泪的原因:书信断绝,梦中路遥。下片写独自痛苦相思。“无一语,对芳樽”者,俗云一人喝闷酒也。然而酒也不能解愁,只好整日伤心肠断。结句以景结情,暗示青春无情消逝,倍觉凄凉。明人李攀龙评论曰:“新痕间旧痕,一字一血。”又曰:“结两句有言外无限深意。”(《草堂诗余隽》)

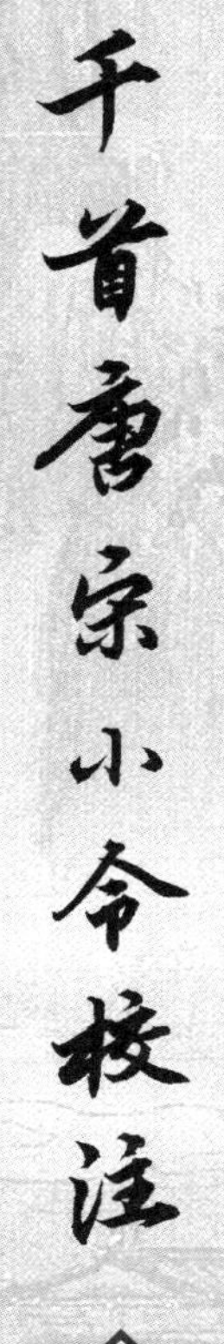

千首唐宋小令校注

（下册）

罗仲鼎 校注

浙江古籍出版社

孔平仲一首

孔平仲(1044—1105),字毅父,清江(今属江西峡江县)人。宋英宗治平二年进士。曾官户部员外郎、金部郎中。《全宋词》仅存其词一首。

千秋岁[①]

春风湖外。红杏花初退。孤馆静,愁肠碎[②]。泪余痕在枕,别久香销带。新睡起。小园戏蝶飞成对[③]。　　惆怅人谁会。随处聊倾盖。情暂遣,心何在[④]。锦书消息断,玉漏花阴改。迟日暮,仙山杳杳空云海[⑤]。

【注释】

①这首词也是作者对秦观词《千秋岁》(水边沙外)的和作。

②花初退,花刚谢。愁肠碎,愁肠断。

③香消带,衣带上的香气已消。

④倾盖,指相逢。苏轼《台头寺送宋希元》:“相从倾盖只今年,送别南台便黯然。”按绍圣中,孔平仲因言官攻讦附会党人,“讥毁先烈”,削校理,知衡州,再贬惠州别驾。而秦观也在绍圣三年(1096)削秩徙郴州,途经衡州时,录词呈孔,孔答以本词。

⑤“锦书”二句,意谓书信断绝,时光空逝。杳杳,幽远貌。柳宗元《早梅》:“欲为万里赠,杳杳山水隔。”

【说明】

本篇作于流贬途中，也是孔平仲仅存的作品。虽然是对秦观词《千秋岁》的和作，但内容和风格都有所不同。秦观词回忆往日，自悲当前。而本词则直接从当前写起，“孤馆静，愁肠碎”，“锦书消息断，玉漏花阴改”云云，都表现词人流贬生活中的悲痛心情，而没有回忆当年京城生活的内容。两人在词中都表达了忆旧怀人之情，但从结句看，本词充满了迷茫怅惘之意，而秦观词却沉郁悲痛，几近绝望。从艺术上看，和词显然不如原作。

赵令畤三首

赵令畤（1061—1134），初字景贶，苏轼为之改字德麟，自号聊复翁。宋宗室。元祐中苏轼为颍州知州，与之游，后以此坐元祐党籍，被废十年。绍兴初，袭封安定郡王。有《侯鲭录》。近人赵万里为辑《聊复集》词一卷。

蝶恋花

欲减罗衣寒未去。不卷珠帘，人在深深处。红杏枝头花几许。啼痕止恨清明雨[①]。　尽日沉烟香一缕。宿酒醒迟，恼破春情绪[②]。飞燕又将归信误。小屏风上西江路[③]。

【注释】

①啼痕，泪痕。止恨，只恨。二句言风雨摧落春花，因惜花而恨及春雨。

②沉烟,沉香之烟。恼破,恼杀。

③“飞燕”二句,怨恨离人没有来信,因而空对屏风怀想。西江路,离人所在处。

【说明】

本篇又作晏幾道词。词写闺怨,上片写春怨,下片写怀人,笔致低回往复,含蓄悠远。沈际飞评论说:“末路情景,若近若远,低回不能去。”(《草堂诗余正集》)王灼《碧鸡漫志》说:“赵德麟、李方叔皆东坡客。”作者因与苏轼有牵连,尽管他是皇家后嗣,在新旧党争中仍遭沉重打击,被废十年。因而也有人认为,本词借闺怨寄托作者政治上失意的苦闷。

又

卷絮风头寒欲尽。坠粉飘红,日日香成阵[①]。新酒又添残酒困。今春不减前春恨[②]。　　蝶去莺飞无处问。隔水高楼,望断双鱼信。恼乱横波秋一寸。斜阳只与黄昏近[③]。

【注释】

①卷絮风,春风。寒欲尽,春寒将尽。坠粉飘红,落花。香成阵,一阵阵落花。

②“新酒”二句,意谓宿酒未醒,又添新酒,更增困倦;今年春恨依然,比去年并未减少。

③恼乱,忧烦。横波,指眼睛。二句言注目斜阳暮色,令人恼乱。

【说明】

本篇又作晏幾道词。词写春暮怀人。上片因花落春残而添愁;下篇为音问断绝而增恨,写得委婉曲折,清丽圆转。末句只写斜阳日暮而离愁自见。李攀龙评论说:“妙在情语,语不在多,而情更无穷。”(《草堂诗余隽》)

清平乐

春风依旧。着意隋堤柳[①]。搓得鹅儿黄欲就。天气清明时候[②]。　　去年紫陌青门。今宵雨魄云魂[③]。断送一生憔悴，只消几个黄昏[④]。

【注释】

①着意，在意，留心。

②鹅儿黄，幼鹅毛色嫩黄，故以喻初生之柳。欲就，将成。

③紫陌青门，泛指去年京城游乐之处。雨魄云魂，指男女相爱之情。二句回忆昔日同游之乐，感叹今日离别之悲。

④只消，只须。

【说明】

本篇一作刘弇词。词为春日怀人之作，怀念的对象是一位女子。上片写春景，下片述离愁，情景俱佳。结尾二句，悲切沉痛。李攀龙曰："对景伤春，至'断送一生憔悴'语，最为悲切。"（《草堂诗余隽》）王世贞《艺苑卮言·词评》亦曰："'断送一生憔悴，只消几个黄昏'，此恒语之有情者也。"都给出了很高评价。据清人叶申芗《本事词》记载，本词乃赵令畤为刘弇（伟明）爱妾之死而作，从词的内容看，不很切合，聊备一说。

贺铸十五首

贺铸（1052—1125），字方回，号庆湖遗老，卫州（今河南卫辉）人。徽宗时，曾官泗州通判、太平州倅。有《东山词》。

青玉案[①]

凌波不过横塘路。但目送、芳尘去[②]。锦瑟华年谁与度。月桥花院，琐窗朱户。只有春知处[③]。

飞云冉冉蘅皋暮。彩笔新题断肠句[④]。试问闲情都几许。一川烟草，满城风絮。梅子黄时雨[⑤]。

【注释】

①周紫芝《竹坡诗话》："贺方回尝作《青玉案》词，有'梅子黄时雨'之句，人皆服其工，士大夫谓之'贺梅子'"。按寇準诗《残句》："杜鹃啼处血成花，梅子黄时雨如雾。"方回实用寇莱公成句。

②凌波，形容女子步态轻盈。曹植《洛神赋》："凌波微步，罗袜生尘。"横塘，地名，在苏州城盘门外十余里。芳尘，带芳香的尘土，借指女子行踪。

③锦瑟年华，美好年华。李商隐《锦瑟》："锦瑟无端五十弦，一弦一柱思华年。""只有"句，除了春光之外，无人知无人到。极言其人之寂寞。

④飞云，一作"碧云"。冉冉，缓慢流动貌。蘅皋，生长香草的水边高地。蘅，杜蘅，香草名。曹植《洛神赋》："乃税驾乎蘅皋。"二句言日暮怀人，赋诗遣愁。彩笔用江淹典。

⑤试问闲情，一作"若问闲情"。都几许，共有多少。一川，满地。川，平原。"梅子"句，江南旧历四五月间多雨，时当梅子成熟，俗称"黄梅雨"或"梅雨"。三句借景言情，喻闲愁之无处不在。

【说明】

本篇乃贺铸名作。龚明之《中吴纪闻》："（铸）有小筑在（姑苏）盘门外十余里，地名横塘。方回往来其间，尝作《青玉案》词。……后山谷有诗云：'解道江南断肠句，只今唯有贺方回。'其为前辈推重如此。"本词为作者寓居苏州时所作，抒写梅雨季节幽居寂寞生活中的闲愁。所谓闲愁，实际就是相思之愁。但词人所思念的对象却若隐若现，若即若离，有点像曹子建《洛神赋》中的神女，这反而引发了人们的联想，增加了词的意境深度。结尾三句，以烟雨溟蒙的风景，比况词人迷茫惆怅的心情，意境既美，又含而不露，成为当时众口传诵的名句。近人夏敬观认为，这首词的秾丽风格，对辛弃疾的某些作品，产生过一定影响。

对贺铸的词作，历来看法分歧，两种不同看法，以陈廷焯和王国维为代表。陈廷焯《白雨斋词话》说："方回词极沉郁，而笔势却又飞舞，变化无端，不可方物，吾乌乎测其所至？"又说："方回词，胸中眼中，另有一种伤心说不出处，全得力于楚骚而运以变化，允推神品。"王国维的看法却完全相反。他在《人间词话删稿》中说："北宋名家中，以方回最次，其词如历下（李攀龙）、新城（王士禛）之诗，非不华赡，惜少真味。"平心而论，两种看法都不免有点极端。把贺铸词推为"神品"，那置晏幾道、秦观于何地？说贺铸词"惜少真味"，也过于笼统。像本篇及下篇《鹧鸪天》（重过阊门）难道不是情景交融，沉郁悲痛的优秀之作吗？

鹧鸪天①

重过阊门万事非。同来何事不同归②。梧桐半死清霜后，头白鸳鸯失伴飞③。　原上草，露初晞。旧栖新垄两依依④。空床卧听南窗雨，谁复挑灯夜补衣⑤。

【注释】

①本篇一名《半死桐》，意谓悼亡。

②阊门，苏州城西门。何事，为何。

③"梧桐"句，连理梧桐死去另一半，双飞鸳鸯失去其一，比喻妻子死亡。《古诗为焦仲卿妻作》："东西植松柏，左右种梧桐。枝枝相覆盖，叶叶相交通。中有双飞鸟，自名为鸳鸯。仰头相向鸣，夜夜达五更。"二句似化用此意。

④晞，干。汉乐府《薤露》："薤上露，何易晞。"旧栖，旧居。新垄，新

坟。二句指生离死别,依依难舍。

⑤“空床”句回忆妻子生前境况。

【说明】

据今人钟振振考证,宋徽宗建中靖国元年辛巳(1101),贺铸重过苏州,为悼念亡妻而作此词。是年方回五十岁,上距赵夫人之殁,在数月至三年之间。在我国诗歌史上,悼亡之作可以单列一类。其中名作很多,如潘岳、元稹、李商隐、苏轼直至清代的厉鹗等等,不一而足。贺铸此词,也是其中之一。由于贺铸与赵夫人伉丽情笃,因此本词写得悲忧沉痛,十分感人。至于有人要在上述作品中强分等级优劣,既无必要,也很困难。

捣练子

砧面莹,杵声齐。捣就征衣泪墨题[①]。寄到玉关应万里,戍人犹在玉关西[②]。

【注释】

①古代妇女把织好的布帛,铺在平滑的石板上,用木棒敲平,以求柔软熨帖,好裁制衣服,称为“捣衣”。莹,光洁。杵,捣衣的木槌。捣就,捣完、捣成。泪墨题,泪水和着墨水写信。

②玉关,玉门关。玉门关在西北边陲,路途遥远,而征人更在玉门关之西。

又

斜月下,北风前。万杵千砧捣欲穿[①]。不为捣衣勤不睡,破除今夜夜如年[②]。

【注释】

①穿,破。

②破除,消除,梅尧臣《四月十三日唐店寄钱推官》:“昨夜月如水,君能携酒来。破除愁闷去,洗荡肺肠开。”

【说明】

两首都为思妇之词，以构思委曲见长，感情也很沉痛。唐诗中这类题材的作品很多，而且每多名作，但在宋词中并不多见。这大概与两个朝代的社会情况不同有关，与词这种特殊体裁的特点也有一定关系。

蝶恋花　改徐冠卿词

几许伤春春复暮。杨柳清阴，偏碍游丝度[①]。天际小山桃叶步。白蘋花满湔裙处[②]。　竟日微吟长短句。帘影灯昏，心寄胡琴语[③]。数点雨声风约住。朦胧淡月云来去[④]。

【注释】

①春复暮，又到暮春时节。"杨柳"二句，暮春景象，谓柳丝卷住游丝，使其不能继续飘游。

②桃叶步，即桃叶渡，在江苏南京秦淮河畔，相传因东晋王献之在此作歌送其妾桃叶而得名。步即埠，码头。湔（jiān），洗濯。古代风俗，元日至月底，士女酹酒洗衣于水边，祓除不祥。又古代民俗三月上巳日（旧历三月三日）到水滨洗濯，去宿垢，称修禊。词中指后者。

③胡琴，指琵琶。

④风约住，被风拦住，意谓雨被风吹散。按末二句亦见于宋李冠词《蝶恋花》。

【说明】

《阳春白雪》卷二录此首，注曰："贺方回改徐冠卿词。"徐冠卿不知何许人，也不见其作品传世。词写女子的伤春情怀。但上片除第一句点到伤春以外，接下去全写暮春景色。桃叶步、湔裙处，说明女子身份。下片抒写相思之情，但也不直接说破，只通过吟词曲，弹琵琶等行为间接加以表现。而"竟日""心寄"等词语，则含蓄地表现了主人公相思之深切。结拍以景写情，含蓄淡远，似有若无，特别耐人寻味。

浪淘沙

一叶忽惊秋。分付东流。殷勤为过白蘋洲[①]。洲上小楼帘半卷,应认归舟。　　回首恋朋游。迹去心留。歌尘萧散梦云收[②]。唯有尊前曾见月,相伴人愁。

【注释】

①分付,付与。章碣《春别》:“殷勤莫厌貂裘重,恐犯三边五月寒。”白蘋洲,唐薛逢《送庆上人归湖州因寄道儒座主》:“上人今去白蘋洲,霅水苕溪我旧游。”

②朋游,朋友。杜审言《赠苏味道》:“舆驾还京邑,朋游满帝畿。”歌尘,形容歌声动听。《文选》卷三十陆机《拟东城一何高》:“一唱万夫叹,再唱梁尘飞。”李善注引《七略》曰:“汉兴,鲁人虞公善雅歌,发声尽动梁上尘。”梦云收,喻指爱情结束。迹去心留,人去心留。

【说明】

感秋怀人之作。上片怀人,下片自叹。怀人因秋风起兴,从对方落笔,那小楼中遥望归舟者,当然是一位女子。自叹则从回忆开始,从“歌尘萧散梦云收”句看,词人所怀恋的很可能是一位歌女。结尾二句,自叹孤寂,相伴词人的唯有旧时明月而已。这种话前人诗词中虽然屡见,但用在此处,却分外自然妥帖。

浣溪沙[①]

楼角初消一缕霞。淡黄杨柳暗栖鸦。玉人和月摘梅花[②]。　　笑捻粉香归洞户,更垂帘幕护窗纱。东风寒似夜来些[③]。

【注释】

①《花庵词选》有副题《闺思》。

②霞,晚霞。古乐府《杨叛儿》:"杨柳可藏鸦。"此用其意,谓春色已浓,柳荫渐密。玉人和月,美人趁着月色。

③粉香,指梅花。些(sā),句末语气助词。

【说明】

本词表现闺中女子春天的微妙心态。胡仔《苕溪渔隐丛话》称赞这首词:"通篇皆好,极为难得。"为什么呢? 近人陈匪石《宋词举》分析说:"纯是唐五代遗音,通首不见一情语,而深厚之味,绵邈之情,必几经讽咏始能领会。"的确如此,本词通篇写景,不直接涉及主观感情和心理,令人"思而得之",具有含蓄淡远的风格,因而获得历代词家的好评。

又

不信芳春厌老人。老人几度送余春。惜春行乐莫辞频[①]。　巧笑艳歌皆我意,恼花颠酒拚君瞋。物情惟有醉中真[②]。

【注释】

①李珣《浣溪沙》:"遇花倾酒莫辞频。"

②巧笑,《诗经·卫风·硕人》:"巧笑倩兮,美目盼兮。"皆我意,都合我意。颠酒,《开元天宝遗事》卷上:"长安进士郑愚、刘参……十数辈,不拘礼节,旁若无人。每春时,选妖妓三五人,乘小犊车,指名园曲沼,藉草裸形,去其巾帽,叫嚣喧呼,自谓之'颠饮'。"瞋,同嗔,恼怒。醉中真,苏轼《和陶渊明》:"唯有醉时真。"真,真率。

【说明】

本篇或为作者晚年致仕以后的作品。因末句有"醉中真"三字,因意以立名,又名《醉中真》。其实"醉中真"亦可说是本词的主旨。上片说芳春易逝,人生易老,应该及时行乐"莫辞频"。下片正面描写行乐之状"巧笑艳歌""恼花颠酒"。结句化用苏轼诗意,说人生只有在醉中才能回归自然真率的境界。风格既旷放又悲沉,曲折表现了词人功业无成,长期沦落下僚的悲愤心情。

踏莎行

杨柳回塘,鸳鸯别浦。绿萍涨断莲舟路①。断无蜂蝶慕幽香,红衣脱尽芳心苦②。　　返照迎潮,行云带雨。依依似与骚人语③。当年不肯嫁春风。无端却被秋风误④。

【注释】

①别浦,河流入口处。断,阻断。

②断无,绝无。幽香,指荷花的香气。红衣脱尽,比喻荷花凋谢。芳心苦,莲心带苦味。

③反照,夕阳。潮,指晚潮。骚人,诗人。

④“当年”二句,韩偓《寄恨》诗:“莲花不肯嫁春风。”又张先《一丛花》:“沉恨细思,不如桃杏,犹解嫁东风。”荷花开于夏季,秋天枯萎,故云“不肯嫁东风”“却被秋风误”。

【说明】

本篇写荷花,实为托物言怀之作。表面写荷花,实际是在写词人自己。那独抱幽香,寂寞自怜的秋荷,正是词人有才难展,长期沦落下僚,却又孤芳自赏的悲剧命运的象征。

惜余春①

急雨收春,斜风约水。浮红涨绿鱼文起②。年年游子惜余春,春归不解招游子③。　　留恨城隅,关情纸尾。阑干长对西曛倚④。鸳鸯俱是白头时,江南渭北三千里⑤。

【注释】

①惜余春,贺铸自己命名的词牌名,因词中有"年年游子惜余春"之佳句。本调原为踏莎行。

②急雨,骤雨。王安石《祭欧阳文忠公文》:"其清音幽韵,凄如飘风急雨之骤至。"约水,掠过水面。浮红,水面上的落花。鱼文,波纹。文,即纹。

③二句意谓,年年游子惜春,春天却不带游子回归乡里。

④纸尾,署名于纸尾。谓职卑无权,只能陪在别人后面署名。杜牧《送沈处士赴苏州李中丞招以诗赠行》:"因书问故人,能忘批纸尾?"西曛,夕阳。柳永《诉衷情》:"一声画角日西曛。催促掩朱门。不堪更倚危阑,肠断已消魂。"

⑤二句比喻情人长久分离。杜甫《春日忆李白》:"渭北春天树,江东日暮云。"江东即指江南。

【说明】

本篇词题《惜余春》,也就是这首词的主旨。上片感叹春归而人未能归,依然身为浪迹天涯的游子。下片自言沦落下僚,对夕阳而兴悲。结尾以"头白鸳鸯"远隔千里自喻,并非偶然,词人在悼亡之作《鹧鸪天》中,曾有"头白鸳鸯失伴飞"之句,以此推测,本词很可能是春日怀归,想念妻子的作品。

人南渡

兰芷满汀洲,游丝横路。罗袜尘生步。迎顾[①]。整鬟颦黛,脉脉两情难语。细风吹柳絮。人南渡[②]。　回首旧游,山无重数。花底深朱户。何处[③]。半黄梅子,向晚一帘疏雨。断魂分付与。春将去[④]。

【注释】

①《楚辞·湘夫人》:"沅有芷兮澧有兰,思公子兮未敢言。"兰和芷都是香草。"罗袜"句,言女子美如洛神。见曹植《洛神赋》。

②整鬟颦黛,整理双鬟,紧皱眉头,描写女子临别之状。

③"回首"数句言情人别后,路途遥远,相见无期。欧阳修《踏莎行》:"平芜尽处是春山,行人更在春山外。"

④春将去,随春天而去。

【说明】

《人南渡》亦名《感皇恩》,因词中有"人南渡"之句,因意以立名,称《人南渡》。词的表面意思是写与一位女子的恋情,通篇都是回忆,上片回忆昔日相逢相别情景,下片抒发自己别后相思之痛,写景如画,写情如诉,风格秀丽,笔致逸宕。陈廷焯《词则》评曰"骨韵俱胜,用笔精警",并不过分。不过也有人认为,本词借芳草美人,寄托自己怀才不遇的感慨。容或有之,没有明显证据,只是推测而已。

临江仙　人日席上作

巧剪合欢罗胜子,钗头春意翩翩。艳歌浅拜笑嫣然[①]。愿郎宜此酒,行乐驻华年[②]。　未是文园多病客,幽襟凄断堪怜。旧游梦挂碧云边[③]。人归落雁后,思发在花前[④]。

【注释】

①胜子,女子头饰。翩翩,飘动貌。艳歌,汉乐府有《艳歌诗》,用以祝福。浅拜,作揖。嫣然,美好貌。

②"愿郎"二句,女子对男子的祝福之词。

③文园多病,汉代司马相如曾任孝文帝文园令,"常有消渴疾",因此称病闲居。见《史记·司马相如列传》。

④薛道衡《人日思归》:"入春才七日,离家已二年。人归落雁后,思发

在花前。”此处用其成句。

【说明】

据沈雄《古今词话·词辨》说：“鲁直守当涂，贺方回过之。人日席上取薛道衡诗句作词，名《雁后归》，即《临江仙》也。”按宋徽宗崇宁元年(1102)六月，黄庭坚，领太平州事，在当涂曾与郭祥正等宴饮。本词当作于此时。

天门谣[①]

牛渚天门险。限南北、七雄豪占[②]。清雾敛。与闲人登览。　待月上潮平波滟滟。塞管轻吹新阿滥[③]。风满槛。历历数、西州更点[④]。

【注释】

①贺铸《蛾眉亭记》：“采石镇濒江有牛渚矶，矶之上绝壁嵌空，与天门相直，岚浮翠拂，状若峨眉。熙宁郡守张公环，即其处筑亭以便观览。岁久弗葺，渐次倾圮。绍圣太守吕公希哲捐俸修之。”(《乾隆当涂县志》)

②牛渚，牛渚山，在安徽当涂县北，面临长江。天门，天门山，在当涂县西南的长江两岸，西称西梁山，东称东梁山，两山夹江对峙，形似天门。李白《望天门山》：“天门中断楚江开。”七雄，指建都金陵的六朝及南唐。三句写天门形势之险要。

③滟滟，水波明亮貌。塞管，笛子。阿滥，《阿滥堆》，古笛曲名。《中朝故事》：“骊山多飞禽，名‘阿滥堆’，明皇御玉笛采其声，翻为曲子名，左右皆传唱之，播于远近。”

④历历，清楚、分明。西州，指金陵。

【说明】

词写登采石矶蛾眉亭之所见，当作于重修蛾眉亭落成典礼时。上片写登临，先从天门山地理形势之险要说起：两山东西夹峙，自古为兵家必争之地，结句点明登临。下片写登临之所见：月上潮平，波光滟滟，笛声悠扬，江风满槛，描写生动形象。结尾以更点作结，从所见转移到所闻，笔法简约轻灵，显示了高超的描写技巧。

鹧鸪天

紫府东风放夜时。步莲秾李伴人归[①]。五更钟动笙歌散，十里月明灯火稀[②]。　　香苒苒，梦依依。天涯寒尽减春衣[③]。凤凰城阙知何处，寥落星河一雁飞[④]。

【注释】

①紫府，道家术语，指仙境，词中借指京城。放夜，不行宵禁。唐代起正月十五夜前后各一日，暂时弛禁，准许百姓夜行，称为“放夜”。步莲，莲步，美女的脚步。《南史·齐纪下·废帝东昏侯》：“又凿金为莲华以贴地，令潘妃行其上，曰：‘此步步生莲华也。’”秾李，秾艳的李花，比喻美人。

②灯火稀，指灯市渐散。

③冉冉，渐渐。春衣，杜甫《曲江二首》：“朝回日日典春衣，每日江头尽醉归。”

④凤凰城，京城。寥落，稀疏。星河，银河。

【说明】

怀念旧日京城生活之作，上片回忆往昔，下片感叹如今。往日在京城通宵作乐，美女作伴，直到笙歌消散，灯火阑珊。如今自己身在天涯，美好的往日只能在梦中重现。结尾两句说，京城似乎已经遥不可及，自己像一只孤雁，飞翔于辽阔的天空，不知将要在何处栖息。用比喻象征的方法，表现词人羁旅之痛，失意彷徨之感，艺术上很有特色。

南柯子　别恨

斗酒才供泪，扁舟只载愁。画桥青柳小朱楼[①]。犹记出城车马、为迟留。　　有恨花空委，无情水自流。河阳新鬓尽禁秋[2]。萧散楚云巫雨、此生休[3]。

【注释】

①朱楼,华美的楼阁。王维《洛阳女儿行》:“画阁朱楼尽相望,红桃绿柳垂檐向。”

②委,委弃,指花谢。河阳新鬓,指头发早白。晋潘岳仕途不顺,曾为河阳令。又作《秋兴赋》,其序曰:“余春秋三十有二,始生二毛。”

③楚云巫雨,指男女之情。李白《清平乐》:“云雨巫山枉断肠。”

【说明】

副题“别恨”,就是本篇主旨。上片写离别之根,下片写相思之情。从内容看,与词人离别,令词人思念的显然是一位歌伎。全词抒情自然流畅,语言明白如话。上片完全不用典故,下片虽然用了两个典故,也非僻典,使内容更加含蓄蕴藉,但并不影响读者的理解。

僧仲殊五首

仲殊,俗姓张,名挥,字师利。生卒年不详,曾应进士科考试。年轻时游荡不羁,几乎被妻子毒死。后弃家为僧,先后寓居苏州承天寺、杭州宝月寺。曾与苏轼游。徽宗崇宁间自缢而死。

南歌子

十里青山远,潮平路带沙。数声啼鸟怨年华。又是凄凉时候、在天涯[1]。　　白露收残暑,清风衬晚霞。绿杨堤畔闹荷花。记得年时沽酒、那人家[②]。

【注释】

①"数声"句,意谓啼鸟声中,年华逝去。凄凉时候,指秋天。

②闹荷花,荷花盛开。那人,指女子。

【说明】

僧仲殊虽然是一位方外人,但从他的行事来看,却又是一个性情中人。他少年时代放荡不羁,但又中过进士。后因家庭纠纷愤然出家,最终却死于自杀,而且原因不明。他的词写得很好,据宋人李献民《云斋广录》记载:"僧仲殊清才丽藻,雅能缀属小词。每一阕出,人争传玩。"其作品中有许多情词,不像一位心空万物的出家人所为,本词即为一例。词的上片表现羁旅之痛,下片抒发相思之情。这种现象虽然有点反常,但是现代人完全可以理解。即使在理学盛行的宋代,似乎也没有人对此提出严厉批评。

诉衷情　春词

长桥春水拍堤沙。疏雨带残霞[①]。几声脆管何处,桥下有人家[②]。　宫树绿,晚烟斜。噪闲鸦。山光无尽,水风长在,满面杨花[③]。

【注释】

①长桥,在西湖之南,涌金门内。

②脆管,清脆的管乐声。

③满面杨花,春天已尽。

又　寒食

涌金门外小瀛洲。寒食更风流[①]。红船满湖歌吹,花外有高楼[②]。　晴日暖,淡烟浮。恣嬉游[3]。三千粉黛，十二阑干，一片云头[4]。

【注释】

①涌金门，田汝成《西湖游览志》卷三："涌金门，旧名丰豫门，宋时有丰乐楼与门相值，若屏障然。"小瀛洲，西湖中小岛。风流，美好潇洒。唐牟融《送友人》诗："衣冠重文物，诗酒足风流。"

②红船，彩舟，画舫。

③恣嬉游，尽情游乐。

④粉黛，美女。白居易《长恨歌》："六宫粉黛无颜色。"云头，或指女子的头发。

【说明】

两首描写西湖风光的小词。第一首写西湖暮春景象，流丽清新；第二首写西湖节日风光，秾丽华艳，表现了西湖美景的两个方面。仲殊长期在杭州生活，日日面对西湖，创作了不少描写西湖风景的诗篇，这两篇或可为代表。《古今词话·词评》引黄昇语云："仲殊之词多矣，佳者固不少，而小令为最。小令之中《诉衷情》一调又其最，盖篇篇奇丽，字字清婉，高处不减唐人风致也。"给予极高评价。

蝶恋花

开到杏花寒食近。人在花前，宿酒和春困[1]。酒有尽时情不尽。日长只恁厌厌闷[2]。　经岁别离闲与问。花上啼莺，解道深深恨[3]。可惜断云无定准。不能为寄蓝桥信[4]。

【注释】

①白居易《早春即事》："眼重朝眠足，头轻宿酒醒。"春困，春日精神倦怠。曾巩《钱塘上元夜祥符寺陪咨臣郎中丈燕席》："金地夜寒消美酒，玉人春困倚东风。"

②只恁（nèn），只如此，只这样。厌厌，懒倦、无聊。柳永《定风波》：

"暖酥消,腻云亸,终日厌厌倦梳裹。"

③解道,懂得、知道。

④无定准,不确定。蓝桥信,爱情的信息。用落第秀才裴航在蓝桥与仙女云英会面的典故,慨叹无人传递信息。事详《绿窗新语》。

【说明】

这是一首爱情词,背后不知有何本事。上片写春日思怀不尽,下片言无人可托书信。所谓"情不尽"、"深深恨",都是由此而生发。

南徐好　多景楼①

南徐好,多景在楼前。京口万家寒食日,淮南千里夕阳天。天际几重山②。　莺啼处,人倚画阑干。西寨烟深晴后色,东风春减夜来寒。花满过江船③。

【注释】

①《全宋词》录仲殊《南徐好》十首。此调实乃《双调梦江南》。作者即景以命题,分咏南徐十处景点,称《南徐好》。多景楼在镇江北固山甘露寺内,为宋代郡守陈天麟所建。作者尚有《定风波》独登多景楼一首,可共参。

②京口、南徐,均为镇江古称。淮南,泛指安徽淮南一带。天际,天边。

③"东风"句,意谓春天将尽,夜来天气变暖。

【说明】

镇江北固山,山并不高大,濒临长江,由于地理形势的险要,积淀了深厚的历史文化内涵。许多诗人都曾在此留下名篇,或歌咏江山之形胜,或感慨历史之沧桑。仲殊写北固山的词有好几首,这是其中写得较好的一首。

晁补之四首

晁补之(1053—1110),字无咎,号归来子,济州巨野(今山东河泽巨野县)人。元丰二年进士,曾官礼部郎中,兼国史编修、实录检讨官。有《晁氏琴趣外编》。

临江仙 信州作[①]

谪宦江城无屋买,残僧野寺相依[②]。松间药臼竹间衣。水穷行到处,云起坐看时[③]。　一个幽禽缘底事,苦来醉耳边啼。月斜西院愈声悲[④]。青山无限好。犹道不如归[⑤]。

【注释】

①晁补之是"苏门四学士"之一,与苏轼关系密切。绍圣四年(1097),党禁再起。晁补之被贬监处、信二州盐酒税,途中遭母丧,奉柩还乡,服丧家居。元符二年(1098)夏,服除,改监信州(今江西上饶)盐酒税,词作于此时。

②江城,指信州,信州傍信江,故称。无屋买,苏轼《浣溪沙》:"不如归去旧青山。恨无人借买山钱。"

③王维《终南别业》:"行到水穷处,坐看云起时。"词中为适应格律,用其成句而颠倒其语序。

④贾岛《光州王建使君水亭作》:"极浦清相似,幽禽到不虚。"幽禽,指杜鹃。底事,何事。

⑤不如归,杜鹃啼声悲苦,犹言"不如归去"。梅尧臣《杜鹃》诗:"不

如归去语，亦自古来传。”

【说明】

本词作于宋哲宗元符二年（1099），词人贬谪信州时。词的上篇概叹当时的狼狈处境，同时表达自己处变不惊的悠闲豁达心态。这种人生态度，与苏轼相似，也决定了他的词风最像苏轼。龙榆生先生说：“（晁补之）词格最近东坡，坦易之怀，磊落之气，皆能于词中充分表现，南宋辛弃疾一派之先河也。”下片通过杜鹃啼鸣这一传统意象，抒发怀乡之情，“青山无限好。犹道不如归！”心怀坦易，含意明白，但是并不感伤。

虞美人　用韵答秦令[1]

荒城又见重阳到。狂醉还吹帽[2]。人生开口笑难逢。何况良辰一半、别离中[3]。　平台珠履登高处。犹自怀人否[4]。且簪黄菊满头归。惟有此花风韵、似年时[5]。

【注释】

①用韵，按《诗学进阶》：“用韵为和韵中的一体，谓有其韵而先后不必次也。”秦令，生平不详，或为作者同僚。

②吹帽，风吹落帽，用孟嘉落帽典故。

③此句及下片第三句，均用杜牧诗意。杜牧《九日登高》：“人世难逢开口笑，菊花须插满头归。”良辰，美好时光。

④珠履，珠饰之履，此指官员们。唐齐己《寄荆幕孙郎中》：“珠履风流忆富春，三千鹓鹭让精神。”

⑤年时，当年、往年。

【说明】

从内容看，本篇也作于流贬之时。此乃和韵之作，因秦令原词已佚，背景难以详考，但大致含义清楚明白。上片抒发对友人的思念之情，“何况”二句，即申此意。下片从对方落笔，说在京城的友人们，重阳登高之时，是否同样怀念自己呢？末二句用“黄菊满头”表达不忘旧情旧友之意。

盐角儿　亳社观梅[①]

开时似雪。谢时似雪。花中奇绝。香非在蕊，香非在萼，骨中香彻[②]。　占溪风，留溪月。堪羞损、山桃如血[③]。直饶更、疏疏淡淡，终有一般情别[④]。

【注释】

①亳（bó）社，殷代遗留的社宫，又称蒲社、薄社。古代建立国家必先立社，祭祀土地之神。殷都亳（今河南商丘北），故称亳社。

②“香非”三句，说梅花香气彻骨，不在表面。

③“占溪风”四句说梅花占尽了溪风，留住了明月，独领风骚，令鲜艳的山桃也感到羞愧。

④直饶，纵使，即使。三句意谓，梅花即使风姿淡淡，其韵味却与众不同。

【说明】

咏梅之作，篇幅虽短，却能别开生面。上片言梅花之奇绝，在于“骨中香彻。”下片以梅花和桃花对比，说明“疏疏淡淡”正是梅花“更胜他花”之处。李调元《雨村诗话》评论说：“各家梅花词不下千阕，然皆用梅花故事缀成。晁无咎补之不持寸铁，别开生面，当为梅花词第一。”但陈廷焯却有不同看法，认为本词“刻挚而不能浑涵”，“费尽力气，终是不好看”。本篇写梅花，纯用白描手法，不用典故补缀，是其优点；但构思过于幽曲奇崛，不够自然浑成，白雨斋的批评也有道理。

忆少年　别历下[①]

无穷官柳，无情画舸，无根行客[②]。南山尚相送，只高城人隔[③]。　罨画园林溪绀碧。算重来、尽成陈迹[④]。刘郎鬓如此，况桃花颜色[⑤]。

【注释】

①历下，指今济南市。

②无情画舸，画舸，不顾人们惜别，径载离人而去，故曰无情。无根，形容漂泊无定。

③“南山”二句，意谓南山尚在殷勤相送，只是高城把人隔开了。欧阳詹《初发太原途中寄太原所思》：“高城已不见，况复城中人。”

④罨(yǎn)画，杂色彩画，形容园林色彩斑斓。绀碧，青绿色。

⑤“刘郎”二句，意谓刘郎已老，鬓发已白，更何况当时所见桃花皆已凋谢。刘禹锡于元和十四年由贬所召回京师，因作诗讽刺权贵，再度遭贬，诗曰：“百亩庭中半是苔，桃花净尽菜花开。种桃道士归何处，前度刘郎今又来。”(《再游玄都观》)刘郎，作者自喻。

【说明】

晁补之因被列入元祐党人籍，在政治上屡遭打击。他是山东人，这首词就如副题所说，是离开历城时所作。离别历城，就是离开家乡，故有“无根行客”之叹。下片以屡遭贬谪的刘禹锡自比，托寓身世之概。此意“似尽似不尽”，耐人寻味。

陈师道五首

陈师道(1052—1102)，字履常，一字无己，号后山，彭城(今江苏徐州市)人。曾官太学博士、秘书省正字等。有《后山词》。

蝶恋花　送彭舍人罢徐[1]

九里山前千里路。流水无情，只送行人去[2]。路转河回寒日暮。连峰不许重回顾[3]。　水解随人花却住。衾冷香销，但有残妆污[4]。泪入长江空几许。双洪一抹无寻处[5]。

【注释】

①彭汝砺(1042—1095)，江西饶州鄱阳人。元祐中曾官中书舍人，后贬官徐州知州。

②九里山，在徐州北。

③"连峰"句，谓连绵的山峰挡住了离人视线。

④花，或指彭在徐州的恋人。

⑤洪，大水。

【说明】

陈师道因苏轼推荐，曾为徐州教授，当为彭汝砺下属。《后山词》数量不多，共五十余首，却有三首赠彭之作，可见二人关系不错。本篇乃送别之辞，上片言送别之情，下片抒惜别之意。这次彭离徐回京，而作者在词中，却毫无希望其提拔援手之意，表现了高尚的品格节操。

木兰花减字　赠晁无咎舞鬟[1]

娉婷娜袅。红落东风青子小[2]。妙舞逶迤。拍误周郎却未知[3]。　花前月底。谁唤分司狂御史[4]。欲语还休。唤不回头莫着羞[5]。

【注释】

①无咎，晁补之字。舞鬟，歌女。

②"红落"句，苏轼《蝶恋花》："花褪残红青杏小。"

③逶迤，形容舞姿美妙。周郎，指周瑜。周瑜精通音律，当时有“曲有误，周郎顾”之说。此句意谓，看舞着迷，连周郎也忘记指出曲中节拍之误。

④狂御史，指唐代诗人杜牧。大和九年(835)，杜牧被朝廷征为监察御史，赴长安任职，分司东都洛阳。在洛阳生活风流不羁，并作《张好好诗》。苏轼《临江仙》：“闻道分司狂御史，紫云无路追寻。”

⑤莫着羞，别害羞。

又

娉娉袅袅。芍药枝头红玉小[①]。舞袖迟迟。心到郎边客已知[②]。　　当筵举酒。劝我尊前松柏寿[③]。莫莫休休。白发簪花我自羞[④]。

【注释】

①娉娉袅袅，轻盈柔美的样子。又杜牧《赠别》：“娉娉袅袅十三余，豆蔻梢头二月初。”红玉小，指花朵含苞待放，以比舞鬟年少。

②迟迟，舒缓貌。客已知，座客都已知道。

③劝我，祝我。

④莫莫休休，不要不要。

【说明】

两首都是宴席上赠送歌妓之词，笔法委婉轻灵，描写细腻入微，受到《四库总目》的称赞。张邦基《墨庄漫录》卷三：“晁无咎谪玉山，过徐州，时陈无己废居里中。无咎置酒，出小姬娉娉舞《梁州》，无己作《减字木兰花》长短句云：‘娉娉袅袅。芍药梢头红样小。舞袖低回。心到郎边客已知。　　金樽玉酒。劝我花前千万寿。莫莫休休。白发簪花我自羞。’”受到晁无咎高度赞扬。按《木兰花减字》即《减字木兰花》，《墨庄漫录》所引，文字与《后山词》颇有出入，故录之以供比较。

减字木兰花　九日[①]

清尊白发。曾是登临年少客。不似当年。人与黄花两并妍[②]。　　来愁去恨。十载相看情不尽。莫更思量。梦破春回枉断肠[③]。

【注释】

①九日,阴历九月九日,即重阳节。

②并妍,共美。

③梦破,梦醒。

【说明】

词写怀才不遇之感慨。上片回忆十年前事,“人与黄花两并妍”,正是少年才俊,对未来充满美好憧憬。下片感叹十年后的今天,“梦破春回枉断肠”,青春已逝,美梦破灭,伤心肠断又有何用?其实这不仅是词人的伤痛,也是封建社会中才德之士普遍的伤痛。

木兰花　汝阴湖上同东坡用六一韵[①]

湖平木落摇空阔。叶底流泉鸣复咽[②]。酒边清漏往时同,花里朱弦纤手抹[③]。　　风光过手春冰滑。十事违人常七八[④]。不将白发并黄花,拟下清流揽明月[⑤]。

【注释】

①汝阴湖,今安徽阜阳西湖。六一,欧阳修晚年号“六一居士”。欧阳修晚年退居颍州,又作《木兰花》一首,四十余年后,苏轼知颍州,曾有和作。苏轼任颍州太守时,陈师道任颍州教授,二人过从甚密,故有同时之作。

②湖,指颍州西湖。木落,树叶凋落。

③清漏,指代时光;花里,指歌舞丛中。

④《晋书·羊祜传》:“会秦、凉屡败,祜复表曰:‘吴平,则胡自定,但当速济大功耳。’而议者多不同。祜叹曰:‘天下不如意,恒十居七八,故有当断不断。’”

⑤不将白发并黄花,意谓不在白发上戴黄花。苏轼《吉祥寺赏牡丹》:“人老簪花不自羞,花应羞上老人头。”揽明月,李白《宣州谢朓楼饯别校书叔云》:“俱怀逸兴壮思飞,欲上青天览明月。”揽,摘取。

【说明】

唱和之作,上片感叹岁月无情流逝,下片自悲人生道路坎坷。苏轼知颍州在宋哲宗元祐六年(1091),时年五十六岁,而陈师道此时才四十岁,壮志犹存。所以末二句说:“不将白发并黄花,拟下清流揽明月。”可惜现实无情,词人毕生沦落下僚,始终未能实现自己的梦想。

作为江西诗派的“三宗”之一,陈师道以诗名世,词并非其专长,作品数量也不多。虽然他自视甚高,称“于词不减秦七、黄九”。客观地看,他的某些词虽有几分像黄庭坚后期风格,但终究不如黄九,更难以比并秦七。正如陆游所说:“陈无己诗妙天下,以其余作词,宜其工矣,顾乃不然,殆未易晓也。”放翁语焉不详,有几分为尊者讳之意(《渭南文集·跋后山长短句》)。《四库全书总目提要》则说得比较明确:“师道诗冥心孤诣,自是北宋巨擘。至强回笔端,倚声度曲,则非所擅长。……盖人各有能不能,固不必事事第一也。”“不必事事第一”是有价值的忠告,其实这种例子文学史上比比皆是,李后主、秦少游、辛稼轩词臻极品,但诗都写得不够好,只有温飞卿、苏东坡等人诗词俱佳,可能是极少数例外。

周邦彦二十二首

周邦彦（1056—1121），字美成，号清真居士，钱塘（今浙江省杭州市）人。历官国子主簿、校书郎。徽宗时，为徽猷阁待制，提举大晟府。有《清真词》，又名《片玉集》。

浣溪沙[①]

楼上晴天碧四垂。楼前芳草接天涯。劝君莫上最高梯[②]。　　新笋已成堂下竹，落花都上燕巢泥。忍听林表杜鹃啼[③]。

【注释】

①本篇又作李清照词。

②碧四垂，碧天与绿野相接。韩偓《有忆》："愁肠泥酒人千里，泪眼倚楼天四垂。"魏夫人《阮郎归》："夕阳楼外落花飞。晴空碧四垂。""芳草"句，暗用淮南小山《招隐士》赋意，抒怀乡之情。最高梯，最高楼。应玚《侍五官中郎将建章台集诗》："欲因云雨会，濯羽陵高梯。"柳永《八声甘州》："不忍登高临远，望故乡渺邈，归思难收。"此句意谓，切莫更登高望远，以免引发思乡之情。

③王僧孺《春怨》："厌见花成子，多看笋成竹。"燕巢泥，燕子筑巢的泥土。笋成竹、花成泥，为暮春景象。忍听，何忍听。林表，树林外。子规啼声悲苦，所以说不忍听。

【说明】

词写感春怀乡之情，表述自然含蓄。化用古人诗句入词，是宋代词人常例,周邦彦在这方面做到了极致。这在他的长调中表现得最为充分,在小令中也时有表现。本篇即多处化用古人诗句,但不见堆垛斧凿痕迹,做到浑融一体,技巧高绝。

又

雨过残红湿未飞。珠帘一桁透斜晖。游蜂酿蜜窃香归[①]。　　金屋无人风竹乱,衣篝尽日水沈微。一春须有忆人时[②]。

【注释】

①未飞,未曾凋落。一桁,一挂。李煜《浪淘沙》:“一桁珠帘闲不卷,终日谁来。”窃香,指采蜜。李之仪《四时词拟徐陵用今体次东坡旧韵·夏》:“空被梁间偷眼燕,黄蜂元是窃香人。”

②金屋,对住房的美称,又暗含汉武帝金屋藏娇典故,指女子所居之处。衣篝,熏衣用的竹笼。水沉,沉水香,一种名贵香料。微,言香气渐消。顾夐《木兰花》:“博山炉冷水沉微,惆怅金闺终日闭。”

【说明】

思妇之词。前五句全是描写风景,渲染气氛,末句轻轻一点,透露出女子的心态,“忆人”之情。笔法简洁,表达含蓄。

又

争挽桐花两鬓垂。小妆弄影照清池。出帘踏袜趁蜂儿[①]。　　跳脱添金双腕重,琵琶拨尽四弦悲。夜寒谁肯剪春衣[②]。

【注释】

①桐花，古代女子一种发髻。小妆，浅妆。弄影，顾影自怜。踏袜，脱了鞋子，以袜着地。杜牧《池州送孟迟先辈》："呼儿旋供衫，走门空踏袜。"

②跳脱，手镯。四弦，琵琶一般是四根弦，白居易《琵琶行》："曲终收拨当心画，四弦一声如裂帛。"谁肯，哪肯。剪春衣，缝制春衣，这是古代女子常做的事情。北周庾信《春赋》："宜春苑中春已归，披香殿里作春衣。"唐施肩吾《长安春夜吟》："露盘滴时河汉微，美人灯下试春衣。"

【说明】

本词描写刻画了一位天真活泼的少女形象，她两鬓垂鬟，顾影自怜，出门追蝶，腕带金钏。大有"闺中少妇不知愁"之态。其实并非完全如此，她的心中还是有愁的。这种愁就是春愁。从第五句开始，忽然转折，变喜为悲，"琵琶拨尽四弦悲"，为何而悲呢，作者没有直接回答，而是用暗示的方法点出：寒夜里无心裁剪春衣，间接表现了少女内心的苦闷彷徨。

渔家傲

几日轻阴寒恻恻。东风急处花成积[①]。醉踏阳春怀故国。归未得。黄鹂久住如相识[②]。

赖有蛾眉能缓客。长歌屡劝金杯侧[③]。歌罢月痕来照席。贪欢适。帘前重露成涓滴[④]。

【注释】

①恻恻，寒冷貌。积，堆积。

②踏阳春，即踏青、春游。故国，故乡。唐戎昱《移家别湖上亭》："黄莺久住浑相识，欲别频啼四五声。"

③蛾眉，喻指美女。缓客，留客。萧衍《答任殿中宗记室王中书别诗》："缓客承别酒，鸣琴和好仇。"

④月痕，月光。陆游《晓寒》："鸡唱欲阑闻井汲，月痕渐浅觉窗明。"席，筵席。杜甫《送孔巢父谢病归游江东兼呈李白》："罢琴惆怅月照席，几

岁寄我空中书。”涓滴，水点。杜甫《倦夜》：“重露成涓滴，稀星乍有无。”

【说明】

春日怀乡之作，“醉踏阳春怀故国”，即是本篇主旨。上片写思乡之意，下片抒离别之情。词中同样隐括融化不少古人诗句表情达意，穷极工巧而又浑然天成。周邦彦受到后人如此高度评价，甚至被尊为“词中老杜”，固然有多种原因，他的词“无一字无来历”，也是原因之一。

夜游宫

叶下斜阳照水。卷轻浪、沉沉千里①。桥上酸风射眸子。立多时，看黄昏，灯火市②。　　古屋寒窗底。听几片、井桐飞坠③。不恋单衾再三起。有谁知，为萧娘，书一纸④。

【注释】

①叶下，叶落。谢朓《出藩曲》：“眇眇苍山色，沉沉寒水波。”

②酸风，寒风。射眸子，刺眼。李贺《金铜仙人辞汉歌》：“魏宫牵车指千里，东关酸风射眸子。”秦观《满庭芳》：“伤情处，高城望断，灯火已黄昏。”

③井桐，井边梧桐。飞坠，指桐叶。

④单衾，薄被。再三起，形容难以入睡。萧娘，对所爱女子的称呼。杨巨源《崔娘诗》：“风流才子多春思，肠断萧娘一纸书。”

【说明】

相思怀人之作，通篇写景：斜阳照水、黄昏灯火、古屋寒窗、井桐飞坠，一个个画面，组成一幅完整的寒天秋色图，给人以满眼凄迷之感。只上片“立多时”，下片“再三起”暗示主人公正为相思怀人而焦虑彷徨。篇末轻轻一点，说出怀恋的对象是一位所爱的女子。笔致含蓄，耐人寻味。

少年游

并刀如水，吴盐胜雪，纤手破新橙[①]。锦幄初温，兽烟不断，相对坐调笙[②]。　　低声问向谁行宿，城上已三更[③]。马滑霜浓，不如休去，直是少人行[④]。

【注释】

①并刀，并州（今山西太原一带）所产之剪刀，以锋利著称。杜甫《戏题王宰画山水图歌》："焉得并州快剪刀，剪取吴淞半江水。"吴盐，吴地所产之盐，其色洁白。新橙，刚成熟的橙子。

②锦幄，锦制帷幄。温庭筠《题翠微寺二十二韵》："溪鸣锦幄旁。"兽烟，兽形香炉中冒出香烟。调筝，弹筝。

③向谁行宿，向谁家投宿。

④休去，别走了。直是，已是。

【说明】

张端义《贵耳集》和周密《浩然斋雅谈》都说本词与北宋名妓李师师和宋徽宗有关，王国维已辨其妄。龙榆生先生认为，本篇乃周邦彦少年时代居留汴京时的赠妓之作，最切合词的实际内容。上片写相聚，下片写离别，描写极其旖旎温柔，而表现却不失含蓄蕴藉。寥寥数笔，便使人物神情心态，跃然纸上。谭献评论说："丽极而清，清极而婉。"（《词辨》）陈廷焯评曰："情急而语甚婉约，妙绝古今。"都非虚誉。

一落索

眉共春山争秀。可怜长皱[①]。莫将清泪湿花枝，恐花也、如人瘦。　　清润玉箫闲久。知音稀有[②]。欲知日日倚栏愁，但问取、亭前柳[③]。

【注释】

①可怜,可惜。卢纶《早春归盩厔别业却寄耿拾遗》诗:“可怜芳岁青山里,惟有松枝好寄君。”

②“清润”二句,意谓因无知音者,故玉箫闲置不用。

④亭,指长亭,长亭古代乃行人休息和离别之处,柳亦象征离别。刘禹锡《杨柳枝词》:“长安陌上无穷树,唯有垂杨管别离。”

【说明】

词写女子相思之情。与作者其他作品不同,本词自然流畅,明白如话,几乎不用典故,但构思却极其委婉曲折,例如“恐花也、如人瘦”“但问取、庭前柳”云云。陈廷焯评曰:“情词双绝,奴婢秦、柳。”(《云韶集》)评语虽然略显夸张,但也不是全无道理。

虞美人

廉纤小雨池塘遍。细点看萍面[①]。一双燕子守朱门。比似寻常时候易黄昏[②]。　　宜城酒泛浮香絮。细作更阑语[③]。相将羁思乱如云。又是一窗灯影两愁人[④]。

【注释】

①廉纤,雨细貌。韩愈佚诗《晚雨》:“廉纤晚雨不能晴。”“细点”句,意谓细小的雨点,滴落在浮萍上。看萍面,一作“开萍面”。李商隐《细雨》:“气凉先动竹,点细未开萍。”

②比似,相比。

③宜城酒,汉南郡宜城(今湖北宜城)产美酒,名宜成醪。曹植《酒赋》:“其味有宜城醪醴,苍梧缥青。”香絮,比喻浮在酒上的米酿。香絮,一作“春絮”。更阑语,谈话通宵达旦。相将,相伴,彼此相同。孟浩然《春情》:“已厌交欢怜枕席,相将游戏绕池台。”相将,一作“相看”。

【说明】

词写羁旅之感,离别之情。上片写景,在一个春末夏初的黄昏,细雨蒙蒙,双燕栖户,为下片的离别做好铺垫。下片表现依依难舍之情,用两个细节加以表现,一是絮絮细语直到更阑,二是灯影之下的两位愁人,不用说,两位愁人就是词人自己和与他相好的歌伎,他们共同感受到羁旅飘泊之愁苦,感受到彼此难舍难分的离情。

又

灯前欲去仍留恋。肠断朱扉远[1]。未须红雨洗香腮。待得蔷薇花谢便归来[2]。　　舞腰歌板闲时按。一任傍人看[3]。金炉应见旧残煤。莫使恩情容易似寒灰[4]。

【注释】

①朱扉,朱门,女子所居之处。

②红雨,比喻女子眼泪。杜牧《留赠》:“不用镜前空有泪,蔷薇花谢即归来。”此用其意。

③歌板,奏乐或歌唱时的拍板。按,打拍子。李贺《酬答》之二:“试问酒旗歌板地,今朝谁是拗花人。”

④孙虹《清真集校注》曰:“以残煤喻尚有余情,以寒灰喻情义断绝。”容易,轻易。

【说明】

本篇为赠妓之作,纯用男子口吻,殷殷叮嘱。上片言不必为暂时离别而悲伤落泪,“蔷薇花谢”之时,自己便可归来;下片希望女子别后不妨时常练习歌舞,彼此感情专一,不要变心。结句设喻巧妙,意味深长。

又

玉觞才掩朱弦悄。弹指壶天晓[1]。回头犹认倚墙花。只向小桥南畔便天涯[②]。　银蟾依旧当窗满。顾影魂先断[③]。凄风休飐半残灯。拟倩今宵归梦到云屏[④]。

【注释】

①掩，停止；悄，无声。弹指，佛家语，比喻时间短促。壶天，原谓仙境、胜境。事见《后汉书·方术传·费长房》。壶天晓，词中指天将拂晓。

②倚墙花，以花比喻女子。

③银蟾，月亮。

④凄风，指秋风。飐，吹动。拟倩，打算请。云屏，云母屏风，指女子闺房。李商隐《为有》："为有云屏无限娇，凤城寒尽怕清宵。"

【说明】

离别相思之词。上片写离别，下片表相思，表现手法迷离恍惚，如梦似幻。以隔墙花比送别之美人，用"便天涯"写咫尺天涯之悲痛，更显绵绵不尽的离情别绪。下片表相思，却从写景发端，明月依旧，而离魂已断，故而盼望在梦中回去，与离人相会，生动地表现了离愁别绪的难遣难排。

菩萨蛮　梅雪

银河宛转三千曲。浴凫飞鹭澄波绿[①]。何处是归舟。夕阳江上楼[②]。　天憎梅浪发。故下封枝雪[③]。深院卷帘看。应怜江上寒[④]。

【注释】

①二句连读，银河当为比喻之词。孙虹认为比长江，《全宋词评注》以为环经溧阳的河流。两说皆可通。

②"何处"二句，意谓傍晚，在江楼上远望归舟。

③梅浪发，梅花盛开。故，故意。封枝雪，意谓阻止花开的雪。老天不喜欢梅花盛开，故意下起了大雪。鲍照《发长松遇雪》："振风摇地局，封雪满空枝。"

④江上寒，怀念关切舟中之归人。怜，怜惜、心痛。

【说明】

此首亦为思妇之词，但她所思念的郎君并未出现，通篇都是想象之词。开篇两句“造语奇险”，气势不凡，这种情况在周邦彦词中比较少见。接下去描写女子对郎君的思念和关切。登楼远眺，不见归舟；大雪纷飞，花信受阻，卷帘远望，不禁为江上乘船的郎君担心。关切之情，溢于言表。

周邦彦之所以被后人尊为“集大成者”，被称为“词中老杜”，并非偶然。他的慢词，固然写得很好，“前收苏、秦之终，后开姜、史之始”，连王国维都称赞其为“第一流人物”。他的小令，同样写得非常出色，不仅数量多，在艺术表现方面，也有很多创新。正如陈廷焯所说：“美成小令，于温、韦、晏、欧外，别开境界，遂为南宋诸名家所祖。”从本词亦可见其一斑。

蝶恋花　秋思（一作早行）

月皎惊乌栖不定。更漏将残，轣辘牵金井[①]。唤起两眸清炯炯。泪花落枕红绵冷[②]。　执手霜风吹鬓影。去意徊徨，别语愁难听[③]。楼上阑干横斗柄。露寒人远鸡相应[④]。

【注释】

①月皎惊乌，月光明亮，惊动乌鹊。曹操《短歌行》：“月明星稀，乌鹊南飞。”夜阑，一作“夜残”。轣辘（lì lù），辘轳转动的声音。牵，牵引。

②眸，眼珠。炯炯，明亮貌。绵，丝绵，用作枕芯。红棉冷，谓眼泪沾湿枕芯。

③李贺《咏怀》：“春风吹鬓影。”霜风，寒风。徊徨，徘徊不定。难听，不忍听。

④阑干，横斜貌。古乐府《善哉行》：“月落参横，北斗阑干。”斗柄，北斗七星中五至七星，其状如斗柄。鸡相应，谓晓鸡啼鸣，彼此呼应。

【说明】

这是一首送别词。从写景开端,先写临别之夜,将别之时。“唤起”二句,才写女子临别心情,两眼清炯,泪湿红棉,不言悲而悲情自见。下片写临别之际及别后之感,也仅从人物行为加以表现,而不直接抒情。末二句“上写空闺,下写野景,一笔而两面俱彻,闺中人天涯之思,有非言说所能尽者”。(俞平伯《清真词释》)

周邦彦词“摹写物态,曲尽其妙”,在这首短短的小令中,也是描写刻画多于感叹抒情,但又无处不渗透出浓重的离愁别绪,因而更显含蓄隽永,“神韵无穷”,令人讽诵不厌。与唐五代、北宋前期小令直抒情怀相比,是抒情方式的一大转变。不必强分孰优孰劣,只能说各有所长。

又　咏柳

桃萼新香梅落后。暗叶藏鸦,苒苒垂亭牖①。舞困低迷如着酒。乱丝偏近游人手②。　雨过朦胧斜日透。客舍青青,特地添明秀③。莫话扬鞭回别首。渭城荒远无交旧④。

【注释】

①萼,花蕾。亭牖,驿亭的窗户。

②如着酒,如醉酒,此二句形容柳丝。

③客舍青青,王维《送元二使安西》:“渭城朝雨邑轻尘,客舍青青柳色新。”特地,忽然。明秀,明净清秀。

④交旧,旧友。

【说明】

本篇托杨柳以抒别情,作者用大部分篇幅描写刻画杨柳,绘影绘神,只在篇末二句,用王维诗意点明离别之意,抒写前程荒芜寂寞之感,语尽而情不尽。

又

叶底寻花春欲暮。折遍柔枝，满手真珠露[①]。不见旧人空旧处。对花惹起愁无数[②]。　　却倚阑干吹柳絮。粉蝶多情，飞上钗头住[③]。若遣郎身如蝶羽。芳时争肯抛人去[④]。

【注释】

①真珠露，珍珠般的露水。

②旧人，指情人。旧处，旧居。惹起，引起。

③李商隐《访人不遇留别馆》："闲倚绣帘吹柳絮，日高深院断无人。"住，停留。

④若遣，若使。芳时，花开时节。杜牧《叹花》："自是寻春去较迟，不须惆怅怨芳时。"争肯，怎肯。

【说明】

本篇为女子怀念情人之作，上片言见暮春景色而引起对旧情的思念，"惹起愁无数"。下片因蝴蝶而起兴，说在这样美好的春天，连多情的蝴蝶都飞上我的钗头，你怎么连蝴蝶都不如，在"芳时"忍心离我而去呢？一个巧妙的比喻，遂使全篇生色。

点绛唇　伤感

辽鹤归来，故乡多少伤心地[①]。寸书不寄。鱼浪空千里[②]。　　凭仗桃根，说与凄凉意[③]。愁无际。旧时衣袂。犹有东门泪[④]。

【注释】

①辽鹤归来，用丁令威典故，言重回故乡，如同隔世。

②寸书不寄，音信全无。寸书，短信。鱼浪，鱼可传书，然而音信全

无，故曰“空千里”。按刘向《列仙传》：“陵阳子明钓得白鱼，腹中有书。”此处反其意。

③凭仗，依靠。桃根，桃叶之妹，此指营妓楚云之妹。

④东门泪，昔年别时之泪痕。东门，汉代长安东门为送别之地。汉乐府《东门行》：“出东门，不顾归。”词中是泛指。

【说明】

怀念旧日情人之作。洪迈《夷坚三志》壬集卷七：“周美成顷在姑苏，其营妓岳七楚云者追游甚久。后从京师归，过访之，则已从人数年矣。明日，饮于太守蔡峦子高座上，因见其妹，作《点绛唇》词寄之云……楚云览之，为之累日感泣。”陈廷焯《词则》评曰：“缠绵凄咽，措语亦极大雅，艳体正则也。”又曰：“美成艳词，如《少年游》《点绛唇》《意难忘》《望江南》等篇，别有一种姿态，句句洒脱，香奁泛语，吐弃殆尽。”（《白雨斋词话》）

又

台上披襟，快风一瞬收残雨[①]。柳丝轻举。蛛网黏飞絮[②]。　　极目平芜，应是春归处[③]。愁凝伫。楚歌声苦。村落黄昏鼓[④]。

【注释】

①宋玉《风赋》：“楚襄王游于兰台之宫，宋玉、景差侍。有风飒然而至，王乃披襟而当之，曰：“快哉此风！寡人所与庶人共者邪？”

②轻举，轻轻飘扬。杜甫《白丝行》：“落絮游丝亦有情，随风照日宜轻举。”絮，柳絮。元稹《春余遣兴》：“余英间初实，雪絮萦蛛网。”

③欧阳修《踏莎行》：“平芜尽处是春山，行人更在春山外。”

④楚歌，楚地歌曲，其声悲苦。

【说明】

伤春之词。伤春一般和年华空逝或爱情失意相联系，但本词却别出心裁，前六句完全写景，只在末三句略微透露词人自己的悲苦心情。究竟因何而愁苦，不知其详。据孙虹考证，词中有“楚歌声苦”语，当作于漫游湖北荆州之时，是为熙宁七年（1074），词人年方十九岁。倘若如此，那么词中所说的愁，应为羁旅飘泊之愁。

又

征骑初停，酒行莫放离歌举[①]。柳汀莲浦。看尽江南路。　苦恨斜阳，冉冉催人去[②]。空回顾。淡烟横素。不见扬鞭处[③]。

【注释】

①酒行，依次斟酒劝饮。杜甫《章梓州橘亭饯窦少伊》："主人送客何所作，行酒赋诗殊未央。"离歌举，吟唱离别之歌。

②苦恨，痛恨，深恨。秦韬玉《贫女》："苦恨年年压金线，为他人作嫁衣裳。"

③素，白色。扬鞭处，指离别之地。

【说明】

离别之词，上片写离别，下片抒离愁。写景和抒情交融，笔法简洁而含蓄。陈廷焯评曰："情景兼胜，笔力高绝，较柳耆卿'今宵酒醒何处'更高一着。"（《云韶集》）给予极高评价。但是否"更高一着"，见仁见智，尚可商榷。

定风波　商调美情[①]

莫倚能歌敛黛眉。此歌能有几人知[②]。他日相逢花月底。重理。好声须记得来时[③]。　苦恨城头传漏水。催起。无情岂解惜分飞[④]。休诉金尊推玉臂。从醉。明朝有酒遣谁持[⑤]。

【注释】

①商调，古代音乐宫、商、角、徵、羽五调之一。美情，恋情。

②“莫倚”二句，大意谓此曲乃私下相赠，局外人难以知音，不要轻易弹唱。黄庭坚《定风波》：“笙歌一曲黛眉低。”

③好声，美声。王融《咏琵琶诗》：“掩抑有奇态，凄锵多好声。”重理，重温此曲。

④传漏水，原作“更漏永”。催起，催人起身。原无“催起”二字，据孙虹《清真词校注》增补。无情，指城头更漏。

⑤休诉，莫辞。韦庄《菩萨蛮》：“须愁春漏短，莫诉金杯满。”玉臂，女子手臂。杜甫《月夜》：“香雾云鬟湿，清辉玉臂寒。”遣谁，使谁，有谁。沈约《别范安成》：“勿言一尊酒，明日谁重持。”

【说明】

此首应是赠别歌女之词。上片写唱歌，说曲调优美，歌声动听。“他日”句，点明二人即将分离，而“好声”会永存记忆。下片写离别。“无情”句，意谓漏声不解多情，催促情人分别。末二句说离别在即，莫要推辞一醉，今后又有何人再为我把酒呢？上片“好声”句，下片“明朝”句都从别后推想，更显情意深长。

玉楼春

桃溪不作从容住。秋藕绝来无续处[①]。当时相候赤阑桥，今日独寻黄叶路[②]。　　烟中列岫青无数。雁背夕阳红欲暮[③]。人如风后入江云，情似雨余粘地絮[④]。

【注释】

①桃溪，溪名。在泸州舒城县北。从容，盘桓逗留。《楚辞·九章·悲回风》：“寤从容以周流兮，聊逍遥以自恃。”此句又用刘晨阮肇典故，暗指情人所在之地。“秋藕”句，比喻虽然离去，而情思难以割断。

②赤栏桥，指情人相会相别之地。温庭筠《杨柳枝》：“正是玉人肠断处，一渠春水赤栏桥。”

③列岫，排列的峰峦。谢朓《郡内高斋闲望答吕法曹》：“窗中列远岫，庭际俯乔林。”雁背夕阳，温庭筠《春日野行》：“蝶翎胡粉尽，鸦背夕阳多。”此化用其诗句。

④陈廷焯曰：“上言人不能留，下言情不能已。”（《白雨斋词话》卷一）

【说明】

离别相思之作，一、二句写别时情景与别后相思。三、四句用对比手法，分言当时之相聚之地和别后寂寞之情。过片首两句宕开，化用谢朓和温庭筠诗意，描写眼前之景，不仅写景如画，而且景中含情，不过所含之情似有似无，若隐若现，需要仔细体味。结尾二句回到抒情，运用比喻方法，言人去难留，离情难绝。王国维说美成词“言情体物，穷极工巧”，本词可为一例。

木兰花

郊原雨过金英秀。风扫霜威寒入袖[1]。感君一曲断肠歌，劝我十分和泪酒[2]。　　古道尘清榆柳瘦。系马邮亭人散后[3]。今宵灯尽酒醒时，可惜朱颜成皓首[4]。

【注释】

①金英，黄菊。南朝梁王筠《摘园菊赠谢仆射举》：“菊花偏可喜，碧叶媚金英。”“风扫”句，风扫严寒，直透衣袖。

②白居易《晓别》：“请君断肠歌，送我和泪酒。”二句变化其语意。

③榆柳瘦，意谓榆柳树皆枯黄。邮亭，驿站。

④皓首，白头。

【说明】

此首为离别之歌，从三四句“感君一曲断肠歌，劝我十分和泪酒”看，所别者或许也是一位歌伎。本词的主要特点是明白如话，直抒胸臆，不像作者其他作品那样檃括古人诗意，运用许多典故。

关河令

秋阴时晴渐向暝。变一庭凄冷[①]。伫听寒声，云深无雁影[②]。　　更深人去寂静。但照壁、孤灯相映[③]。酒已都醒，如何消夜永[④]。

【注释】

①暝，黄昏。变一庭凄冷，整个庭院变得凄冷。

②寒声，秋声。无雁影，喻没有消息。

③更深，夜深。人去，情人离去。

④都醒，全醒。消夜永，消磨长夜。

【说明】

本词写别情，但全从别后落笔。上片以写景发端，衬托凄冷孤寂情怀；下篇正面描写别后相思，也先从环境写起，更深夜静，情人离去，而宿酒已醒，独对孤灯，正不知如何打发漫漫长夜。词不直接写离愁，只通过风景描写，环境衬托，气氛渲染而离愁自见。陈廷焯《云韶集》评论曰："'云深无雁影'，五字千古。不必说借酒消愁，偏说'酒已都醒'，笔力劲直，情味愈见。"

丑奴儿　梅花

肌肤绰约真仙子，来伴冰霜。洗尽铅黄。素面初无一点妆[①]。　　寻花不用持银烛，暗里闻香。零落池塘。分付余妍与寿阳[②]。

【注释】

①绰约，柔婉美好貌。《庄子·逍遥游》："藐姑射之山，有神人居焉。肌肤若冰雪，绰约若处子。"白居易《长恨歌》："楼阁玲珑五云起，其中绰约多仙子。"铅黄，古代妇女化妆品。素面，不施脂粉。

②苏轼《海棠》:"只恐夜深花睡去,故烧高烛照红妆。"分付,交付。余妍,指残花。寿阳,用宋武帝寿阳公主典故,赞梅花之美好。

【说明】

咏物之作,上片用比喻赞叹梅花素淡之美,下片翻用苏轼《海棠诗》句意,说梅花与海棠之娇艳不同,不宜持烛观赏,最好"暗里闻香"。末句用寿阳公主典故,称赞梅花虽然零落,而芬芳美丽长存。咏物词当然以有寄托为高,本词写梅花,虽然谈不上有何寄托,但描写刻画,细致传神,这也是作者特有的本领。

陈瓘四首

陈瓘(1062—1126),字莹中,号了翁,南剑州沙县(今福建省三明市沙县)人。宋神宗元丰二年进士。徽宗朝,曾官右司谏,权给事中。卒赐忠肃。

卜算子

身如一叶舟,万事潮头起。水长船高一任伊,来往洪涛里[①]。　　潮落又潮生,今古长如此。后夜开尊独酌时,月满人千里[②]。

【注释】

①洪涛,大浪。

②明月圆时,人却远别。范仲淹:《御街行》:"年年今夜,月华如练,长是人千里。"

【说明】

陈瓘学识淹博,为官正直,《宋史》称其:“刚方似狄仁杰,明道似韩愈。”因而屡屡触犯权贵,多次遭到贬谪。本词以潮中孤舟比喻仕途命运,从末二句“后夜开尊独酌时,月满人千里”看,本词或作于流贬途中。不过词人以豁达的态度,应对政治上的打击,丝毫不露悲观颓丧之气,表现了极高的人生修为。

又

只解劝人归,都不留人住。南北东西总是家,劝我归何处[①]。　　去住总由天,天意人难阻。若得归时我自归,何必闲言语[②]。

【注释】

①都,总是。

②闲言语,空话,多余的话。

【说明】

本篇也是词人坎坷仕途的写照,有人统计,陈瓘为官四十余年,屡遭贬谪,“调任凡二十三次,经八省历十九州岛县”。上片末二句,就是他这种命运的具体描述。但是他浮云富贵,多能泰然处之,这需要有一种旷达的人生态度才能做到,“去住总由天,天意人难阻”,就是作者任运随缘的人生态度的表现。

减字木兰花　题深道寄傲轩[①]

结庐人境。万事醉来都不醒。鸟倦云飞。两得无心总是归[②]。　　古人逝矣。旧日南窗何处是。莫负青春。即是升平寄傲人[③]。

【注释】

①韦许，字深道，号湖阴居士。不事科举，志尚矫洁。筑室榜曰“独乐”，陈瓘为作记。轩，有窗的小屋。

②陶渊明《饮酒》：“结庐在人境，而无车马喧。”白居易《闲坐》：“百年慵里过，万事醉中休。”陶渊明《归去来兮辞》：“云无心以出岫，鸟倦飞而知还。”《老子》：“咎莫大于欲得。”得，贪也。

③陶渊明《归去来兮辞》“倚南窗以寄傲”。

【说明】

借为友人题写轩名，表达词人向古人陶渊明学习，鄙弃功名富贵，辞官归隐的愿望。这种心情，在作者许多作品中都有所流露。实际上这就是儒家先师孟子所教导的“达则兼济天下，穷则独善其身”的人生观的具体表现，可惜封建时代多数士人实际上都未能做到。

临江仙　赠别

闻道洛阳花正好，家家庭户春风。道人饮去百壶空[①]。年年花下醉，看谢几番红[②]。　此别又从何处去，风萍一任西东。语声虽异笑声同[③]。一轮深夜月，何处不相逢。

【注释】

①洛阳以盛产牡丹闻名。百壶空，极言饮酒之多。

②“看谢”句，言看过了几番凋谢，几番盛开。

③风萍，风吹浮萍。语声，口音。

【说明】

赠别友人之作，上片回忆过去，下片展望未来。虽然也有“此别又从何处去，风萍一任西东”的感慨，但和绝大多数赠别之词不同，“一轮深夜月，何处不相逢”，作者以豁达的心态对待离别，因而词中没有那种缠绵悱恻的离愁别绪，当然因此也就缺少了一点打动人心的艺术魅力。

谢逸四首

谢逸(1068—1112),字无逸,号溪堂居士。临川(今江西省抚州市临川区)人。博学工文,然屡试不第。遂绝意仕进,以布衣隐居终老。有《溪堂词》。

蝶恋花　春景

豆蔻梢头春色浅。新试纱衣,拂袖东风软[①]。红日三竿帘幕卷,画楼影里双飞燕[②]。　拢鬓步摇青玉碾。缺样花枝,叶叶蜂儿颤[③]。独倚阑干凝望远,一川烟草平如剪[④]。

【注释】

①"豆蔻"句,语涉双关,既指花又指人。杜牧《赠别》:"娉娉袅袅十三余,豆蔻梢头二月初。"软,柔和。

②欧阳炯《献衷心》:"恨不如双燕,飞舞帘栊。"

③步摇,古代妇女一种首饰。白居易《长恨歌》:"云鬓花颜金步摇,芙蓉帐暖度春宵。"青玉碾,言步摇以玉为饰。缺样,样式独特。蜂儿,一作"风儿"。

④凝望远,向远处凝望。贺铸《青玉案》:"一川烟草,满城风絮。梅子黄时雨。"

【说明】

词写春天少女之情思,笔致委婉曲折,只在上下篇的结尾轻轻一点,逗漏出少女的内心世界。用双燕反衬自己的孤单,以远望表达内心的情思，含蓄吞吐，情意绵长，获得后人很高评价。

江城子　别情

一江秋水碧湾湾。绕青山。玉连环。帘幕低垂，人在画图间[①]。闲抱琵琶寻旧曲，弹未了，意阑珊[②]。　　飞鸿数点拂云端。倚阑看。楚天寒。拟倩东风，吹梦到长安[③]。恰似梨花春带雨，愁满眼，泪阑干[④]。

【注释】

①玉连环，比喻江水回环曲折。

②意阑珊，情绪低落。

③倩，请。《西洲曲》："南风知我意，吹梦到西洲。"此用其意。长安，指代京城汴京，或为丈夫所在之地。

④白居易《长恨歌》："玉容寂寞泪阑干，梨花一枝春带雨。"

【说明】

词写女子的相思之情，作者先从写景开端，说风景虽然美丽，但人却情意阑珊，为甚么？因为割不断的相思之情。因而产生了幻想："拟倩东风，吹梦到长安"，希望能与在京城的郎君相会，这当然是不可能实现的痴心妄想。因而最后仍旧只能回归目前，一人独自悲伤。陈廷焯评论说："词意幽怨，几可接武少游。"（《词则·别调集》）

又　春思

杏花村馆酒旗风。水溶溶。飏残红。野渡舟横，杨柳绿阴浓[①]。望断江南山色远，人不见，草连空[②]。　　夕阳楼外晚烟笼。粉香融。淡眉峰。记得年时，相见画屏中[③]。只有关山今夜月，千里外，素光同[4]。

【注释】

①酒旗风，酒帘子在风中飘荡。飏残红，残花在风中飘谢。韦应物《滁州西涧》："野渡无人舟自横。"

②杜牧《题宣州开元寺水阁阁下宛溪夹溪居人》："六朝文物草连空，天淡云闲今古同。"

③年时，当年。三句写回忆。

④三句写当前。素光，月光。谢庄《月赋》："美人迈兮音尘绝，隔千里兮共明月。"

【说明】

旅途相思怀人之作。先写旅途景色：酒旗飘扬，落花飞舞，杨柳阴浓，一派典型的江南暮春景象。"望断"三句，突然转折，由景及情，说情人不见，唯有衰草连天而已。下片抒说相思之情，从回忆开始，"夕阳"五句，描绘当年相见情景，人物则由"粉香融。淡眉峰"六字，一笔带过，委婉含蓄，引人遐想。结尾两句再回到当前，用谢庄"千里共明月"之句，既诉说相思，又彼此慰藉。本词是谢逸的名作，据《苕溪渔隐丛话》记载，作者把词题在黄州关山杏花村驿馆的墙壁上，过往的人纷纷向驿卒借笔钞录，驿卒不胜其烦，干脆用黄泥把词涂掉了。足见本词当时受人喜爱的程度，也可见出词这种文学体式在宋代流行普及的程度。

渔家傲[1]

秋水无痕清见底。蓼花汀上西风起。一叶小舟烟雾里。兰棹舣。柳条带雨穿双鲤[2]。　自叹直钩无处使。笛声吹彻云山翠[3]。鲙落霜刀红缕细。新酒美。醉来独枕莎衣睡[4]。

【注释】

①本篇诸本亦作《渔父》。

②舣(yǐ),船靠岸。

③直钩,钓鱼用直钩,岂能有所获?这是牢骚话。

④鲙,把鱼切成小条块。霜刀,快刀。莎衣,亦作蓑衣。

【说明】

词写隐逸生活的乐趣,但在潇洒闲逸的情趣中也夹杂了几分牢骚。正如黄苏《蓼园词选》所说:“无逸第进士后,郁郁不得志,尝作《花心动》词,中有句云:‘香饵悬钩,鱼不轻吞,辜负钩儿虚设。’即其‘直钩无处使’之意乎?此词借渔父以写其牢落,自慰自解,亦不得已有托而逃者乎?可思其志。”按谢逸屡试皆落第,并未中过进士。黄蓼园可能记错了。

晁冲之二首

晁冲之,生卒年不详。字叔用,济州巨野(今山东省荷泽市巨野县)人。晁补之从弟。举进士不第,授承务郎。绍圣初,群从多入党籍,独隐河南新郑具茨山下,人称具茨先生。

感皇恩

蝴蝶满西园,啼莺无数。水阁桥南路[①]。凝伫。两行烟柳,吹落一池飞絮。秋千斜挂起,人何处[②]。　　把酒劝君,闲愁莫诉。留取笙歌住[③]。休去。几多春色,禁得许多风雨。海棠花谢也,君知否[④]。

【注释】

①西园，泛指京城园囿。李白《长干行》:“八月蝴蝶黄，双飞西园草。”

②飞絮，指柳絮。人，指荡秋千的女子。

③留取笙歌，演奏音乐。

④禁得，怎禁得。海棠花谢，春天将尽。

【说明】

此首黄昇《唐宋诸贤绝妙词选》有副题“春情”。词写暮春景象，抒发惜春之情，从全词浓重的今昔之慨中，我们约略可以感受到本词或有所寄托。沈雄《古今词话·词评》曰:“花庵词客曰:‘冲之……其《感皇恩》二曲最工。’”为什么？很可能就是词非泛泛描写暮春景象，惜春之感中也融入了词人政治上失意的牢愁。

临江仙

忆昔西池池上饮，年年多少欢娱[①]。别来不寄一行书。寻常相见了，犹道不如初[②]。　安稳锦衾今夜梦，月明好渡江湖[③]。相思休问定何如。情知春去后，管得落花无[④]。

【注释】

①西池，或即金明池，位于宋代东京顺天门外。金明池始凿于五代后周时期，又经北宋王朝多次营建，成为景色优美的皇家园林。

②寻常，平常。杜甫《寄高三十五詹士适》:“相看过半百，不寄一行书。”

③“安稳”句，反用杜甫《梦李白》句意:“江湖多悲风，舟楫恐失坠。”言梦中见面不难。

④情知，明知。二句意谓春天已尽，还管得了落花吗？或暗喻政治形势严峻，往日欢娱不再，呼应上片首句。

【说明】

晁冲之是晁补之的堂弟，与其兄补之一样，也被列入元祐党籍，政治上受到迫害打击。后罢官隐居不出。本词为怀旧惜别之作，上片惜别，下片伤今。结尾二句，寄托了作者政治上失意的牢愁。故许昂霄评曰：“淡语有深致，咀之无穷。”（《词综偶评》）

苏庠四首

苏庠（1065—1147），字养直，澧州（今湖南澧县）人。初以病目，自号眚翁，后徙居丹阳后湖，号后湖居士。屡招不起，终生未仕。能诗词，有《后湖集》十卷，已佚，《后湖词》一卷，为今人所辑。

临江仙　席上赠张建康[1]

本是白蘋洲畔客，虎符卧镇江城[2]。归来犹得趁鸥盟。柳丝摇晓市，杜若遍芳汀[3]。　莫惜飞觞仍堕帻，柳边依约莺声。水秋鲈熟正关情[4]。只愁宣室召，未许钓船轻[5]。

【注释】

①张浚于宋高宗绍兴三十年（1161）十一月起，任建康府行宫留守。

②白蘋洲，喻隐者所居。虎符，兵符。江城，指建康城。二句意谓张浚本无意于功名，但现在手握兵权，镇守建康。

③鸥盟，与鸥鸟结盟，指隐居。黄庭坚《登快阁》：“万里归船弄长笛，此心吾与白鸥盟。”

④飞觞，指快饮，痛饮。仍，于是。堕帻，用孟嘉落帽典故。帻（zé），头巾。鲈熟，用张翰秋风鲈鱼典故，表归隐之念。

⑤宣室召，《史记·屈原贾生列传》："后岁余，贾生征见。孝文帝方受厘，坐宣室。上因感鬼神事，而问鬼神之本。贾生因具道所以然之状。至夜半，文帝前席。"宣室，宫殿名。后遂以宣室召称被帝王召见。刘长卿《新安奉送穆谕德归朝赋得行字》："九重宣室召，万里建溪行。"钓船，喻指隐居。

【说明】

北宋后期至南宋的士大夫们，对待北方金人的侵略，大致分主战与主和两派。主战派虽然人数众多，声势浩大。但由于统治集团的核心，每每心存苟且偷安之念，在多数情况之下，主和派总是在朝廷占据优势。张浚是主战派的代表人物之一，曾数度出将入相，又屡遭贬谪。苏庠是一位隐士，"绍兴间，隐庐山，屡召不起"。但他的远离朝廷，除疾病之外，还有对仕途险恶的看法。事实上张浚本人在晚年也感到抗金无望，力求致仕，可是并未完全得到恩准。这首词就是作者劝说张浚及早从官场抽身，和自己一样去过隐居生活。果然，"只恐宣室召，未许钓舟轻"，词人不幸而言中。宋孝宗即位后，张浚又一次被起用，官枢密使。隆兴元年（1163），封为魏国公，都督江淮军马渡淮北伐，但终究以失败而告终。

鹧鸪天

枫落河梁野水秋。淡烟衰草接郊丘①。醉眠小坞黄茅店，梦倚高城赤叶楼②。　天杳杳，路悠悠。钿筝歌扇等闲休③。灞桥杨柳年年恨，鸳浦芙蓉叶叶愁④。

【注释】

①题名《李陵与苏武诗》："携手上河梁，游子暮何之？"梁，桥。

②坞，山坳。高城，城中。赤叶楼，指女子所居。

③“钿筝”句，意谓乐器舞扇，均弃而不用。钿筝，华美的筝。等闲，轻易、随便。白居易《琵琶行》：“今年欢笑复明年，秋月春风等闲度。”

④灞桥，在长安，为送别之地。鸳浦，泛指多鸳鸯之水域。浦，水边。

【说明】

羁旅怀人之作，所怀者大约是一位歌女，“梦倚高城赤叶楼”，就表现词人对这位女子魂牵梦萦的相思之情。下片又回到羁旅行路之苦，“天杳杳，路悠悠”，不免令人想念昔日“钿筝歌扇”的情景。可惜这一切都已经“等闲休”，词人面对的只有引人愁思的“灞桥杨柳，鸳浦芙蓉”而已。本词内容并无出新之处，但风景描写，抒情笔法颇有独创。尤其“醉眠”两句，受到杨升庵的特别夸奖，称之为“佳句”。

又　过湖阴席上赠妓[1]

梅妒晨妆雪妒轻。远山依约学眉青[2]。樽前无复歌金缕，梦觉空余月满林[3]。　　鱼与雁，两浮沉。浅颦微笑总关心[4]。相思恰似江南柳，一夜春风一夜深。

【注释】

①《唐宋诸贤绝妙词选》有副题《和康伯可韵》。按康与之字伯可，一字叔闻，号退轩，滑州（今属河南）人。其原词已佚。

②二句极言歌妓体态面目之轻盈姣好。

③金缕，曲调名。

④“相思”句，意谓消息虽然断绝，心中思念之情却日深一日。

【说明】

酒筵上赠妓之作，这种风习在当时非常普遍。词是歌词，虽由文人写作，却要交给歌女演唱，否则就不易传播流行。当年“凡有井水饮处即能歌柳词”的盛况，就是这样形成的。本词上片赞扬歌妓之曼妙绝伦，说此情此境，以后只能在梦中见到。下片写别后之思念，末二句是词中警策，

"比拟妙绝",受到后人高度赞扬。

阮郎归　春恨

西园风暖落花时。绿阴莺乱啼[①]。倚阑无语惜芳菲。絮飞蝴蝶飞[②]。　缘底事,减腰围。遣愁愁着眉[③]。波连春渚暮天垂。燕归人未归。

【注释】

①"西园"二句,写暮春景色如画。

②芳菲,香花芳草,指代春天美景。

③愁着眉,因愁苦而皱眉。

【说明】

相思怀人之词。上片写暮春景色,如画如描,生动形象。下片表相思之情,前三句言相思难遣,末二句恨人不如燕,笔法简洁轻灵,风格颇似欧、秦。

僧祖可二首

僧祖可,字正平,澧州(今湖南澧县)人。生卒年不详。原名苏序,为苏坚之子,苏庠之弟。能诗词。少病癞,人称"癞可"。居庐山为僧。

小重山　春晚

谁向江头遣恨浓。碧波流不断,楚山重[①]。柳烟和雨隔疏钟。黄昏后，罗幕更朦胧。　　桃李小园空。阿谁犹笑语，拾残红[②]。珠帘卷尽夜来风。人不见，春在绿芜中。

【注释】

①遣恨浓，排遣深愁。楚山，楚地之山。重(chóng)，重重叠叠。

②阿谁，何人。

菩萨蛮

西风簌簌低红叶。梧桐影里银河匝[①]。梦破画帘垂。月明乌鹊飞[②]。　　新愁知几许。欲似丝千缕[③]。雁已不堪闻，砧声何处村[④]。

【注释】

①簌簌，风吹树叶声。匝，环绕。

②晏幾道《临江仙》："梦后楼台高锁，酒醒帘幕低垂。"曹操《短歌行》"月明星稀，乌鹊南飞。"

③丝千缕，极言新愁之多。晏殊《玉楼春》："无情不似多情苦。一寸还成千万缕。"

④雁声悲哀，更加砧声凄苦，令人难以为怀。杜甫《孤雁》："望尽似犹见，哀多如更闻。"

【说明】

吴曾《能改斋漫录》卷十七："释可正平工诗之外，其长短句尤佳。"从上选两词可见。以上两首词，《小重山》写春恨，《菩萨蛮》写悲秋。春恨中还夹杂了相思怀人之意，秋思中又充满了旧恨新愁。感情真挚，悲痛深沉，既无佛家心空万物的姿态，也无道学家枯燥刻板的说教，可能是身已出家，而心系尘世。这样的僧人，在世上并不鲜见。

毛滂五首

毛滂(1060—?),字泽民,衢州江山人。元祐间为杭州法曹,受知于苏轼。曾官祠部员外郎,知秀州。有《东堂词》。

惜分飞　富阳僧舍作别语赠妓琼芳[1]

泪湿阑干花着露。愁到眉峰碧聚[2]。此恨平分取。更无言语、空相觑[3]。　断雨残云无意绪。寂寞朝朝暮暮[4]。今夜山深处。断魂分付、潮回去[5]。

【注释】

①富阳,今浙江杭州市富阳区。

②着,沾。眉峰,喻女子黛眉,满腔愁绪都聚集在眉峰之间。张泌《思越人》:"眉黛聚春碧。"

③此恨,指别恨。平分取,双方平分,彼此相同。觑(qù),注视。

④"断雨残云"二句,用楚王遇巫山女神典故,言短暂的爱情已经过去,只剩孤单寂寞而已。

⑤分付,交付。

【说明】

本词为惜别赠妓之作,却也是毛滂成名之作。上片写别时之悲痛,下片写别后之相思,一结有余不尽。周煇《清波杂志》卷九评论道:"语尽而意不尽,意尽而情不尽,何酷似少游也。"按黄昇《唐宋诸贤绝妙词选》卷六载毛滂《惜分飞》词,其词话云:"元祐中,东坡守钱塘,泽民为法曹掾,秩满辞去。是夕宴宾客,有妓歌此词。坡问谁所作,妓以毛法曹对。坡语客曰:'郡寮有词人不及知,某之罪也。'翌日折柬追还,流连数月。泽民因此得名。"不过后人多认为,此事不确。据夏承焘先生考证,毛滂平生实未尝仕钱塘法曹。由于历史资料缺乏,夏先生的意见,也难作定论。但不管如何,这则故事对我们理解本词,还是有一定参考价值。

浣溪沙　寒食初晴东堂对酒①

小雨初收蝶做团。和风轻拂燕泥干。秋千院落落花寒②。　莫对清尊追往事,更催新火续余欢。一春心绪倚阑干。

【注释】

①东堂,毛滂《蓦溪山》词自注曰:"东堂,武康县令舍'尽心堂'也,仆改名东堂。"

②做团,聚集盘旋貌。燕泥,燕子筑巢所用的泥土。南朝梁简文帝《和湘东王首夏诗》:"燕泥衔复落,鶗吟敛更扬。"

【说明】

《全宋词评注》录毛滂《浣溪沙》二十四首,今选其三首,以见一斑。宋哲宗元符二年(1098),毛滂任武康知县,本词作于此时。词写伤春寂寞之情,虽然意境不深,但写景如画,语言流利清新,代表了毛滂词艺术上一大特色。

又　武康社日①

碧户珠窗小洞房。玉醅新压嫩鹅黄。半青橙子可怜香②。　风露满帘清似水,笙箫一片醉为乡。芙蓉绣冷夜初长③。

【注释】

①社日,古代农民祭祀土地神的日子,分春社和秋社,宋代以后以立春和立秋后的第五个戊日为社日。

②玉醅,美酒。新压,新榨。嫩鹅黄,比喻酒色。可怜,可喜。

③醉为乡,经常醉酒。李后主《乌夜啼》:“醉乡路稳宜频到,此外不堪行。”

又　泛舟还余英馆[1]

烟柳风蒲冉冉斜。小窗不用着帘遮。载将山影转湾沙[2]。　　略彴断时分岸色,蜻蜓立处过汀花。此情此水共天涯[3]。

【注释】

①余英馆,在武康(今浙江德清)余英溪畔。

②风蒲,风中蒲草。“载将”句,言山影随船行而转动。

③略彴(zhuó),小木桥。汀,水边平地。

【说明】

以上《浣溪沙》二首,都作于毛滂任武康县令之时。第一首写武康社日情景,第二首写春日乘船所见景色。武康属于江南富庶之地,河流湖泊纵横交错,当时又是一个相对安定的太平世界。毛滂这位不大管事的县太爷,在节日可以悠闲地“笙箫一片醉为乡”,在平时可以坐着小船“载将山影转湾沙”。虽然词中也流露出几分淡淡的乡愁,但总的格调还是明朗欢快的。

玉楼春　至盱眙作[1]

长安回首空云雾。春梦觉来无觅处[2]。冷烟寒雨又黄昏,数尽一堤杨柳树。　　楚山照眼青无数。淮口潮生催晓渡[3]。西风吹面立苍茫,欲寄此情无雁去[4]。

【注释】

①盱眙(xū yí),今江苏淮安市盱眙县。

②长安指代北宋京城汴梁。

③楚山,楚地之山,盱眙古属楚地。淮口,地名,或为淮河入洪泽湖之出口处,今名淮河镇渡口村。骆宾王有《早发淮口望盱眙》诗。

④无雁去,谓书信难通。

【说明】

从词的内容看,本篇很可能作于罢官回归乡里的途中,故首二句有"长安回首""春梦觉来"之叹,而结二句又有独立苍茫、寄情无雁之悲。本词感情深挚沉痛,风格悲壮苍凉,是《东堂词》中少见的优秀之作。

司马槱一首

司马槱(yóu),字才仲,陕西夏县(今属山西省运城市)人。生卒年不详。司马光之侄。元祐中,以苏轼荐,应贤良方正能直言极谏科,入第五等,赐同进士出身。累迁河中府司理参军,终知杭州,卒于任。《全宋词》录其词二首。

黄金缕[1]

家在钱塘江上住。花落花开,不管年华度。燕子又将春色去。纱窗一阵黄昏雨[2]。 斜插犀梳云半吐。檀板清歌，唱彻黄金缕[3]。望断云行无去处。梦回明月生春浦。

【注释】

①《蝶恋花》又名《黄金缕》《鹊踏枝》《凤栖梧》等等。相传本词上半为梦中所作，下半为梦醒所续。

②“燕子”二句，王世贞《艺苑卮言·附录》卷一作“燕子衔将春色去，纱窗几阵黄梅雨”。

③犀梳，犀牛角所制的梳子，对梳子的美称。云，指头发。檀板，檀木制成的拍板。杜牧《自宣州赴官入京路逢裴坦判官归宣州因题赠》：“画堂檀板秋拍碎，一饮有时连十觥。”

【说明】

对这首词的创作过程，虽有种种不同说法，有云前半梦中一位女子所作，后半梦醒后作者所续；有云前半为司马所作，后半为秦觏所续；有云全首为苏小小所作。按梦中所作，实为司马一人所作；苏小小乃南朝人，所传当然是荒诞神话。而秦觏（少章）是秦观的弟弟，曾任钱塘尉，有续词的可能，但也缺乏旁证。因此还是以司马为本词作者，比较合理。

全词都以女子口吻写景抒情，娓娓道来，自然流畅，情致缠绵，很可能是作者为歌姬所写的歌词。俞平伯先生说：“上阕写残春风景，下阕写凉夜情怀，皆代女子着想。琢句工妍，传情凄婉。”风格很像欧阳修同调之作。

谢克家一首

谢克家，字任伯，上蔡人，生卒年不详。宋哲宗绍圣四年（1097）进士，官至参知政事。只存词一首，见《全宋词》。

忆君王[1]

依依宫柳拂宫墙。楼殿无人春昼长。燕子归来依旧忙。忆君王。月破黄昏人断肠。

【注释】

①《忆君王》即《忆王孙》。

【说明】

杨慎《词品》卷五："徽宗被虏北行，谢克家作《忆君王》词。……忠愤之气，寓于声律。"钱尚濠《买愁集·恨书》："钦宗北狩，出南熏门，大雪，后宫臣民泣送，相顾凄楚，无不断肠。民间作《忆君王》词。"一说谢克家作，一说民间所作，未知孰是。按《全宋词》据石茂良《避戎夜话》定为谢克家作，今从之。

米友仁三首

米友仁（1069—1151），字玄晖，小字虎儿，自号懒拙老人。襄阳人，米芾之子，人称"小米"。文词书画，深得家法。官至权兵部侍郎。

阮郎归

碧溪风动满文漪。雨余山更奇[1]。淡烟横处柳行低。鸳鸯来去飞。　人似玉，醉如泥。一枝随鬓欹[2]。夷犹双桨月平西。幽寻归路迷[3]。

【注释】

①文漪,微波。梅尧臣《泗州郡圃四照堂》:“射堋宽阔习武事,镜沼清浅吹文漪。”雨余,雨后。

②攲,攲斜。三句写同舟歌女。

③夷犹,从容不迫。唐彦谦《浦津河亭》诗:“孤棹夷犹期独往,曲栏愁绝悔长凭。”

【说明】

米玄晖以书画名世,诗词乃其余事,但偶一为之,便不同凡响。本词内容不过是写雨后乘船的经过,上片写雨后风光,信笔挥洒,便画意盎然;下片写舟行归路,风景之外,又点缀了一位美女,使画面更加生动形象。

小重山

雨过风来午暑清。榴花红照眼,向人明[①]。一枝低映宝钗横。菖蒲酒,玉碗十分斟[②]。　　引满听新声。小轩帘半卷,远山青[③]。几人闲处见闲情。醒还醉,为趣妙难名[④]。

【注释】

①午暑清,中午的暑热得到消解。

②菖蒲酒,用菖蒲叶泡酒,古人在端午节饮用。十分斟,酒斟得很满。

③引满,谓斟酒满杯而饮。新声,新曲。

④为趣妙难名,此中情趣之妙,难以名状。陶渊明《饮酒》其五:“此中有真意,欲辨已忘言。”

【说明】

词写隐逸生活的乐趣。从榴花、菖蒲等意象看,时节当在端午,而词的主题是饮酒,“玉碗十分斟”“引满听新声”“醒还醉”都是写饮酒之乐趣。乐趣究竟如何?作者回答说:妙不可言。结句从陶渊明《饮酒》诗化出,意谓此中意趣,可意会而不可言传。

减字木兰花

柳塘微雨。两两飞鸥来复去。倚遍重阑。人在碧云山外山[①]。　一春离怨。日照绮窗长几线。酒病情魔。两事春来无奈何[②]。

【注释】

①鸥，鸥鸟。

②几线，指阳光。情魔，佛家语，指纠缠不已的感情。

【说明】

怀人之作。上片写景而景中含情，下片抒情而情中带景，情景兼胜，艺术上非常成功。

赵子发二首

赵子发，字君举。燕王德昭五世孙。生平不详，与黄庭坚交谊甚笃。

阮郎归

马蹄踏月响空山。梅生烟壑寒[①]。水妃去后泪痕干。天风吹佩兰[②]。　纫香久，怕花残。与君聊据鞍[③]。一枝欲寄北人看。如今行路难[④]。

【注释】

①壑，山谷。

②水妃,水中神女。

③纫香,《楚辞·离骚》:“纫秋兰以为佩。”据鞍,指骑马。

④用陆凯寄梅花典故。北人,沦陷区的人。

【说明】

作者是宋室后裔,北宋灭亡之后,赵宋王朝的后代可能有不少流落于南方。从末二句“一枝欲寄北人看”推测,本词乃思念故国故人之作。

望江南

新梦断,久立暗伤春。柳下月如花下月,今年人忆去年人。往事梦中身。

【说明】

梦醒而伤春,因念及往事和“去年人”,这位去年人,实际就是词人自己。在经历了沧桑巨变之后,往事仿佛一场大梦。词有“风景不殊,山河变色”之慨。全篇用白描笔法,感情真挚,凄恻动人。

徐俯二首

徐俯(1075—1141),字师川,洪州分宁(今江西修水县)人。绍兴二年,赐进士出身。历官端明殿学士,权参知政事。集已佚。

卜算子

天生百种愁,挂在斜阳树。绿叶阴阴占得春,草满莺啼处。　　不见生尘步。空忆如簧语[①]。柳外重重叠叠山，遮不断、愁来路。

【注释】

①生尘步，曹植《洛神赋》："凌波微步，罗袜生尘。"如簧语，《诗经·小雅·巧言》："巧言如簧。"

【说明】

本篇为徐俯名作，词写"天生百种愁"，却不明言愁从何来；过片说不见美女而空闻巧舌如簧，似乎微微透露出此中消息。黄苏《蓼园词选》认为，本词"大约为忧时而作"，"凌波"两句，有《离骚》美人香草之旨。结合作者生平来看，这一推测不无道理。但也有人根据"不见"二句判断，认为词人所称"百种愁"，乃是相思之愁，也可通解。

浣溪沙

新妇矶边秋月明。女儿浦口晚潮平。沙头鹭宿戏鱼惊[①]。　　青箬笠前明此事，绿蓑衣底度平生。斜风细雨小舟轻[②]。

【注释】

①新妇矶、女儿浦，均为地名，一在浙江，一在江西，词中为泛指。黄庭坚《浣溪沙》："新妇矶边眉黛愁，女儿浦口眼波愁。"戏鱼，游鱼。古乐府《江南》："江南可采莲，莲叶何田田，鱼戏莲叶间。"鹭为捕鱼之鸟，故"鱼惊"。

②张志和《渔歌子》："青箬笠，绿蓑衣，斜风细雨不须归。"

【说明】

原词共两首，都化用张志和词意，抒写自己的隐逸情怀，这是其中第二首。

叶梦得六首

叶梦得(1077—1148),字少蕴,号石林,苏州吴县人。哲宗绍圣四年进士。官至龙图阁直学士,知建康府。有《石林词》。

浣溪沙　许公堂席上次韵王幼安[1]

绛蜡烧残夜未分。宝筝声缓拍初匀。斗枢光照坐生春[2]。　便恐赐环归衮绣,莫辞挥翰落烟云。凤城西去断离魂[3]。

【注释】

①王襄字幼安,邓州人。其原作已佚。

②绛蜡,红烛。夜分,夜半。李白《赠何七判官昌浩》:“有时忽惆怅,匡坐至夜分。”拍,节拍。斗枢,北斗七星的第一星,名天枢。亦泛指北斗。高适《真定即事奉赠韦使君二十八韵》:“月换思乡陌,星回记斗枢。”

③赐环归衮绣,遇赦召还,重新做官。环,亦作还。衮绣,指官服。挥翰,挥毫,指写作诗词。落云烟,比喻文章书法有气势。杜甫《饮中八仙歌》:“张旭三杯草圣传,脱帽露顶王公前,挥毫落纸如云烟。”苏轼《次韵答满思复》:“纸落云烟供醉后,诗成珠玉看朝还。”

【说明】

王襄是叶梦得的友人,在《石林词》中曾多次出现。据王兆鹏考证,本词作于宋徽宗重和元年(1118),在颍昌知府任上。词写朋友筵席上聚会时的欢乐和担忧,风格豪放,有东坡余韵。

虞美人　雨后同干誉才卿置酒来禽花下作①

落花已作风前舞。又送黄昏雨。晓来庭院半残红。惟有游丝千丈罥晴空②。　殷勤花下同携手。更尽杯中酒。美人不用敛蛾眉。我亦多情无奈酒阑时③。

【注释】

①此首别误作苏轼、周邦彦词。许亢宗,字干誉,饶州乐平人,官至起居舍人。来禽。即林檎,一名沙果,俗称花红。

②罥(juàn),缭绕。

③酒阑,酒尽。

【说明】

词写伤春之情,并托寓生命短促,应及时行乐之意。上片写景,但在花落春残,游丝缭绕的景色中已透露出浓重的惜春之情。下片紧扣题意,写与友人花下同醉。结二句宕开从酒席上歌女着笔,劝她们不要因春去而悲歌,免得增添自己的愁绪。以豪放语写悲情,更觉悲情难遣。《古今词话》引关著评曰:"叶右丞词,能于简淡处时出雄杰。……而尤以《虞美人》为绝唱,如'美人不用敛蛾眉,我亦多情无奈酒醒时'是也。"

又　逋堂睡起同吹洞箫

绿阴初过黄梅雨。隔叶闻莺语。睡余谁遣夕阳斜。时有微凉风动入窗纱①。　天涯走遍终何有。白发空搔首。未须锦瑟怨年华。为寄一声长笛怨梅花②。

【注释】

①黄梅雨,贺铸《青玉案》:"一川烟草,满城风絮,梅子黄时雨。"睡余,

睡罢。

②高适《九日酬颜少府》:“纵使登高只断肠,不如独坐空搔首。”搔首,焦急忧愁貌。贺铸《青玉案》:“锦瑟华年谁与度。月台花榭,琐窗朱户,只有春知处。”此反用其意。笛曲有《梅花落》。李白《与史郎中钦听黄鹤楼上吹笛》:“黄鹤楼中吹玉笛,江城五月落梅花。”又赵嘏《长安秋晚》:“残星几点雁横塞,长笛一声人倚楼。”

【说明】

词写吹奏洞箫时的感受,实际是借此以感怀身世。上片写景,但景中寓情,言春去夏来,年华空逝,由“夕阳”二字,轻轻点出。下片直接抒情。叶梦得的仕途很不平坦,曾经几起几落,担任过多处地方官。而当时国家的形势岌岌可危,已经临近南北宋交替之际,“天涯走遍终何有,白发空搔首”,就是词人焦虑失望心情的表达。结尾三句回到吹奏洞箫,慨叹年华已逝,往事难追,只能在一曲《梅花落》中寄托心中悲情。

定风波　与干誉才卿步西园始见青梅

破萼初惊一点红。又看青子映帘栊①。冰雪肌肤谁复见。清浅。尚余疏影照晴空②。　惆怅年年桃李伴。肠断。只应芳信负东风③。待得微黄春亦暮。烟雨。半和飞絮作蒙蒙④。

【注释】

①破萼,花蕾绽开。青子,指青梅。

②林逋《山园小梅》:“疏影横斜水清浅,暗香浮动月黄昏。”此化用其句意。

③桃李伴,与桃李为伴。芳信,花信,春信。

④微黄,指梅子成熟。

【说明】

据王兆鹏考证,本词作于叶梦得晚年退居湖州卞山之时。词为托物言怀之作，借梅花结子，春天易尽，以自伤身世。上片从梅萼初苞写到梅花结子。第三句倒叙，言梅花盛开时的冰雪姿态已不可见，而今只剩“疏影照晴空”了。下片“桃李伴”三字或有所指，“肠断”“惆怅”云云，表示高洁的梅花不屑与秾桃艳李为伴，因而辜负了东风花信。结尾三句仍用比喻，说待到梅子微黄，则春天已逝，人们只见烟雨溟蒙，遍天飞絮而已。叶梦得是一位爱国词人，退居湖州卞山时，已经年近六十，国家危亡，理想成空，故借梅花以写内心感慨，构思别出心裁，含义蕴于言外，令人寻味不尽。

点绛唇　绍兴乙卯登绝顶小亭[①]

缥缈危亭，笑谈独在千峰上[②]。与谁同赏。万里横烟浪。　老去情怀，犹作天涯想[③]。空惆怅。少年豪放。莫学衰翁样[④]。

【注释】

①乙卯，宋高宗绍兴五年(1135)。

②缥缈，高远貌。杜甫《白帝城最高楼》：“城尖径仄旌旆愁，独立缥缈之飞楼。”危亭，高亭。李白《夜宿山寺》：“危楼高百尺，手可摘星辰。”

③天涯想，犹思辞别家乡，为国效力。

④衰翁，是年作者已经五十九岁，故以自称。少年，指同行的小辈。

【说明】

登高感怀之作，上片写景，开门见山，气势豪迈。下片抒情，颇有“老骥伏枥，志在千里”之意。陆游是宋代最著名的爱国诗人，他比叶梦得小了近五十岁。陆游晚年在万念俱灰以后曾经写过一首诗，说：“莫作天涯想，翛然梦里身。”(《晨至湖上》)很可能即从本词脱胎而来，不过意思却相反。

临江仙　诏芳亭赠坐客[①]

一醉年年今夜月，酒船聊更同浮。恨无羯鼓打梁州[②]。遗声犹好在，风景一时留[③]。　老去狂歌君勿笑，已拚双鬓成秋。会须击节溯中流[④]。一声云外笛，惊看水明楼[⑤]。

【注释】

①诏芳亭，在吴兴南山台上，于宋高宗绍兴五年（1135）筑成，本词作于次年中秋。

②酒船，供客人饮酒游乐的船。《晋书·毕卓传》："卓尝谓人曰：'得酒满数百斛船，四时甘味置两头，右手持酒杯，左手持蟹螯，拍浮酒船中，便足了一生矣。'"羯鼓，一种少数民族的打击乐器，在唐代盛行。李益《夜上西城听梁州曲》："行人夜上西城宿，听唱梁州双管逐。"

③遗声，指羯鼓的乐声。一时，暂时。陶渊明《拟古诗》："明明云间月，灼灼叶中花。岂无一时好，不久当如何？"

④双鬓成秋，两鬓斑白。击节，打拍子。左思《蜀都赋》："巴姬弹弦，汉女击节。"溯，逆流而上。作者自注："世传《凉州》，西凉府初进此曲。会明皇游月宫还，记《霓裳》之声适相近，因作《霓裳羽衣曲》，以《梁州》名之。是夕约诸君明夜泛舟，故有凉州、中流之句。"会须，应当。击节中流，暗用东晋祖狄典故，表示壮志不衰。

⑤杜甫《月》："四更山吐月，残夜水明楼。"

【说明】

本词作于宋高宗丙辰（1136），此前一年八月九日、十日、十一日，作者曾与友人三登此台，并作《临江仙》词三首。曾慥《乐府雅词》录本词，前有作者自序云："去岁中秋南山台初成，与徐敦立氏昆仲，连三日极饮其上，月色达旦无纤云，尝作《临江仙》三首。今岁敦立在馆中，招章几道、朱三复会诏芳亭，追怀去年之集，复用旧韵作。"足见词人豪兴不减。词的上片先从老友再次聚会诏芳亭说起，接着慨叹没有音乐助兴，去年的乐声仿佛尚在耳边，而此情此景，可能不会再有了。下片自述年华老大，而壮志犹存。末二句以杜甫诗意作结，豪迈旷放，余意无穷。叶梦得词深受苏轼影响，颇得苏词余韵，本篇或可为典型。

李光三首

李光(1078—1159)，字太发，越州上虞(今浙江省绍兴上虞区)人。宋徽宗崇宁五年(1106)进士。官至参知政事，因与秦桧政见不合，出为绍兴知府。以后屡遭贬谪，直至琼州。高宗二十九年致仕，寻卒，年八十二。

减字木兰花

客赠梅花一枝，香色奇绝，为赋此词

芳心一点。瘴雾难侵尘不染。冷淡谁看。月转霜林怯夜寒[①]。　　一枝孤静。梦破小窗曾记省。烛影参差。脉脉还如背立时[②]。

【注释】

①怯夜寒，害怕夜中寒冷。

②背立，背人而立。

【说明】

李光与李纲、赵鼎、胡铨并称“南宋四大名臣”，因遭秦桧排挤，而流贬南荒远州。本词乃托物言怀之作，上片以梅花自比高洁，下片以梅花自写孤芳，寓意明白，含义深远。

南歌子　重九日宴琼台[①]

佳节多离恨，难逢笑口开。使君携客上层台[②]。不用篱边凝望、白衣来[③]。　且看花经眼，休辞酒满杯。玉人低唱管弦催[④]。归去琐窗无梦、月徘徊。

【注释】

①琼台，在海南。李光《庄简集》卷七《近次韵徐念道琼台洞酌亭两绝》诗自注："洞酌亭、琼台在海南孤绝之处。"

②杜牧《九日齐山登高》："尘世难逢开口笑，菊花须插满头归。"层台，高台。

③白衣，此指送酒人。南朝宋檀道鸾《续晋阳秋》："陶潜尝九月九日无酒，宅边菊丛摘菊盈把，坐其侧久，望见白衣至，乃王弘（江州刺史）送酒也。即便就酌，醉而后归。"二句言无人送酒。

④杜甫《曲江》之一："且看欲尽花经眼，莫厌伤多酒入唇。""且看"二句化用其意。王翰《凉州词》："葡萄美酒夜光杯，欲饮琵琶马上催。"

【说明】

本篇作于词人流贬海南之时。词写重阳登高之悲慨。上片化用杜牧《九日齐山登高》诗句，申述远离朝廷、家乡之悲痛；下片化用杜甫《曲江》诗句，自表及时行乐，消解忧愁之心情。古人诗句，信手拈来，化为己意，自然流畅，韵味悠长。

渔家傲

予顷在琼山，见桃李甚盛，但腊月已开尽，三春未尝见桃花，每以为恨。今岁寓昌江，二月三日与客游黎氏园，偶见桃花一枝。羊君荆华折以见赠，恍然如逢故人。归插净瓶中，累日不凋。予既作二小诗，同行皆属和。忽忆吾乡桃花坞之盛，每至花发,乡中人多醵会往游。醉后歌呼,今岂复得。缅怀畴昔,不无感叹,因成长短句,寄商叟、德矩二友。若悟此空花,即不复以存没介怀也

海外无寒花发早。一枝不忍簪风帽[①]。归插净瓶花转好。维摩老。年来却被花枝恼[②]。
忽忆故乡花满道。狂歌痛饮俱年少。桃坞花开如野烧[③]。都醉倒。花深往往眠芳草[④]。

【注释】

①海外,指海南岛。

②维摩,维摩诘。作者晚年信佛,故以自称。

③野烧,野火。

④苏轼《西江月》:"障泥未解玉骢骄,我欲醉眠芳草。"

【说明】

怀念故乡之作。因桃花而起兴,上片言见桃枝而打破内心平静,引发了思乡之情。下片回忆少年时代故乡桃花季节的繁华热闹景象。写作此词时,作者已由琼州调昌化(今海南昌化黎族自治区),年已七十三岁。

刘一止二首

刘一止(1079—1160),字行简,归安(今浙江省湖州市)人。历官秘书郎、给事中。以敷文阁待制致仕。有《苕溪乐章》。

清平乐

相望吴楚。远信无凭据[①]。欲倩春风吹泪去。化作愁云恨雨[②]。　　春应已到三吴。楚江日夜东徂[③]。惟有溯流鱼上，不知尺素来无[④]。

【注释】

①吴楚，吴地和楚地。杜甫《登岳阳楼》："吴楚东南坼，乾坤日夜浮。"

②倩，请。

③三吴，泛指江南吴地。柳永《望海潮》："东南形胜，三吴都会，钱塘自古繁华。"东徂，东流。徂，往。

④古诗《饮马长城窟行》："客从远方来，遗我双鲤鱼。呼儿烹鲤鱼，中有尺素书。"

【说明】

词写离别思乡之情。上片写离别之痛，下片言相思之情，作者是浙江湖州人，此时大约在楚地做官，故有"相望吴楚"之叹。两地都在长江流域，楚地在吴地之上游，故有"溯流鱼上"之盼。结尾二句，构思巧妙，比喻新颖妥帖。

浣溪沙

曾向蓬莱得姓名。坐中省识是飞琼。琵琶翻作步虚声[①]。　　一自当时收拨后，世间弦索不堪听。梦回凄断月胧明[②]。

【注释】

①蓬莱，仙境。省识，认识。飞琼，许飞琼，西王母的侍女，词中喻指琵琶女。步虚声，道教音乐，此处犹言仙乐。

②一自，自从。收拨，停止弹奏。弦索，指乐器。

【说明】

本篇大约是追怀一位歌女，上片赞其貌美如仙，琵琶弹奏犹如仙乐，为下片做铺垫。下片写对歌女的思念，说听过这样的音乐以后，其他一切音乐都已不堪入耳。结句意境悠远。

汪藻二首

汪藻（1079—1154），字彦章，饶州（今江西省鄱阳县）人。崇宁进士。高宗时，官至翰林学士，后出知湖州、徽州、宜州等地。因事罢官，卒于永州。有《浮溪集》。

点绛唇

新月娟娟，夜寒江静山衔斗[①]。起来搔首。梅影横窗瘦。　好个霜天，闲却传杯手[②]。君知否。乱鸦啼后。归兴浓如酒[③]。

【注释】

①娟娟，美好貌。斗，北斗星。

②传杯，古人在宴席上互传酒杯饮酒，用以助兴。

③归兴，乡情。

【说明】

本词抒写作者仕途不得意，欲还家归隐之情。据吴曾《能改斋漫录》记载："汪彦章在翰苑，屡致言者，尝作《点绛唇》。或问曰：'归梦浓于酒，何以在晓鸦啼后？'公曰：'无奈这一队畜牲聒噪何！'"认为乱鸦指当时政坛群小，是否如此，尚有许多不同意见，对本词的作者，看法也存分歧。但这首词的确寄托了词人的不满和牢骚,只是表现手法比较含蓄而已。

小重山

月下潮生红蓼汀。残霞都敛尽、四山青[①]。柳梢风急堕流萤。随波处,点点乱寒星[②]。　别语寄丁宁。如今能间隔、几长亭[③]。夜来秋气入银屏。梧桐雨,还恨不同听[④]。

【注释】

①红蓼,植物名,秋季开红花。白居易《曲江秋晚》:“秋波红蓼水,夕照青芜岸。”

②寒星,比喻流萤。

③丁宁,叮咛。

④银屏,镶银的屏风。白居易《长恨歌》:“揽衣推枕起徘徊,珠箔银屏逦迤开。”

【说明】

怀人之作,上阕写月夜景色极其生动流利。下阕怀人,从别语丁宁写起,直至秋夜寂寥,不能相伴听雨,以此为恨。从对方设想,更显情意绵绵。

曹组四首

曹组,字彦章,更字符宠,颍昌(今河南许昌)人。生卒年不详。宋徽宗宣和三年(1121),赐同进士出身。官至阁门宣赞舍人,道州刺史。工谑词,受宠于徽宗。有《箕颍集》,已佚。

如梦令[1]

门外绿阴千顷。两两黄鹂相应[2]。睡起不胜情，行到碧梧金井[3]。人静。人静。风动一庭花影。

【注释】

①此首又作欧阳修、秦观、吴文英词，今据《全宋词》定为曹组词。相应，相对而啼。

②杜甫《绝句》："两个黄鹂鸣翠柳，一行白鹭上青天。"

③碧梧金井，杜甫《秋兴》："碧梧栖老凤凰枝。"王昌龄《长信秋词》："金井梧桐秋叶黄，珠帘不卷夜来霜。"

【说明】

春日怀人之作，"两两黄鹂"，衬托女子孤单；"不胜情"，表寂寞难耐之意。末三句，唯见风动花影而不见人来。笔法简洁而含蓄。

忆少年

年时酒伴，年时去处，年时春色[1]。清明又近也，却天涯为客。　　念过眼、光阴难再得。想前欢、尽成陈迹[2]。登临恨无语，把阑干暗拍。

【注释】

①年时，去年。

②前欢，往日的欢乐。晏殊《蝶恋花》："急景流年都一瞬。往事前欢，未免萦方寸。"

【说明】

相思怀人之作，上片感叹青春不再，羁旅天涯；下片"想前欢，尽成尘迹"，分明是怀念一位离去的情人，结尾以暗拍阑干作结，表现愁恨之深重难遣。在明白流畅的叙述中，流露真情，故为前人所重。

青玉案

碧山锦树明秋霁。路转陡、疑无地[1]。忽有人家临曲水。竹篱茅舍，酒旗沙岸，一簇成村市。

凄凉只恐乡心起。凤楼远、回头漫凝睇[2]。何处今宵孤馆里。一声征雁，半窗残月，总是离人泪[3]。

【注释】

①霁，雨后初晴。陡，陡峭。

②凤楼，妇女居处。江总《箫史曲》："来时兔月满，去后凤楼空。"

③孤馆，寂寞的旅舍。许浑《瓜州留别李诩》："孤馆宿时风带雨，远帆归处水连云。"

【说明】

羁旅怀乡之作。上片写眼前之景，如画如描；下片抒怀人之情，缠绵悱恻。史载曹组多以应制、谑词取悦徽宗，从上选诸作看，实际情况并非完全如此。

点绛唇

云透斜阳，半楼红影明窗户。暮山无数。归雁愁还去。　　十里平芜，花远重重树。空凝伫。故人何处。可惜春将暮[1]。

【注释】

①高適《田家春望》："出门何所见，春色满平芜。"

【说明】

惜春怀人之作，末二句"故人何处，可惜春将暮"就是本词主旨。上片写景，以大雁春暮北归结束，"愁还去"云云，当然不是大雁的悲愁，而是词人内心感情的物化。下片写怀人，"空凝伫"三字点明，徒然相思而全无结果，而春天却无声无息地过去了，惆怅之情，绵绵不尽。

万俟咏四首

万俟咏，字雅言，自号词隐。生卒年不详。徽宗崇宁中，充大晟府制撰官。工诗词，《碧鸡漫志》称其："每出一章，信宿喧传都下。"有《大声集》，已佚。

昭君怨

春到南楼雪尽。惊动灯期花信[1]。小雨一番寒。倚阑干。　　莫把阑干倚。一望几重烟水。何处是京华。暮云遮。

【注释】

①灯期，谓元宵灯节。

【说明】

旅途中怀念京华之作。上片先从春天来到，积雪消融写起，接着忽然想到元夕已近，灯期已至。小雨二句，宕开一笔。下片"何处是京华"是一篇主旨，京华何在？已被暮云遮住，唯见烟水重重而已。怅惘之情，溢于言表。由于历史资料缺乏，已不知本词作于何时何地。不过，万俟雅言活到北宋灭亡之后，倘如此，那么词中所言"京华"，也可能是指北宋首都汴京。

忆少年　陇首山[1]

陇云溶泄，陇山峻秀，陇泉呜咽。行人暂驻马，已不胜愁绝[2]。　　上陇首、凝眸天四阔。更一声、寒雁凄切。征书待寄远，有知心明月[3]。

【注释】

①陇首山，即陇山，今之六盘山。

②溶泄，云盛而涌动貌。古乐府《陇头歌辞》之三："陇头流水，鸣声呜咽。遥望秦川，心肝断绝。"

③苏轼《次韵江晦叔》："浮云世事改，孤月此心明。"

【说明】

古乐府《陇头歌辞》三首，写尽行人羁旅漂泊之愁，本篇即从陇首山起意，抒发自己的悲愁。"行人暂驻马，已不堪愁绝"，过渡到下片。下片写登上陇首山之所见所闻所感，"凝眸四天阔"是所见，"寒雁凄切"是所闻，并由"寒雁"这一意象，联想到古今征夫怨妇绵绵无尽的离别之痛。一结语尽情遥。

长相思　雨

一声声。一更更。窗外芭蕉窗里灯。此时无限情。　　梦难成。恨难平。不道愁人不喜听。空阶滴到明[1]。

【注释】

①不道，不管、不顾。温庭筠《更漏子》："梧桐树。三更雨。不道离情正苦。一叶叶，一声声。空阶滴到明。"

又　山驿

短长亭。古今情。楼外凉蟾一晕生。雨余秋更清[1]。　　暮云平。暮山横。几叶秋声和雁声。行人不要听[2]。

【注释】

①古今情，指离别之情。

②和，混合。行人，行旅之人。

【说明】

两首《长相思》，题意即词意。第一首写相思怀人之根，第二首写羁旅离别之愁。绘景抒情，语言自然平淡，而感情却真挚缠绵。黄昇《唐宋诸贤绝妙词选》评曰："雅言之词，词之圣者也。发妙旨于律吕之中，运巧思于斧凿之外，平而工，和而雅，比诸刻琢句意而求精丽者，远矣。"从这两首词看，的确如此。可惜其词集五卷已佚，今只存词二十九首，人们从一斑之中难见全豹，对"词圣"的评价，很难理解。文学历史上，诗（词）人凭作品说话，就此而言，词人也有幸与不幸之分别。张先、柳永、贺铸、周邦彦、姜夔、吴文英等词人，社会地位虽然不高，但作品保留却相对完整，而万俟雅言，作品大多散失，虽然前人给予极高评价，而后人却难以完全接受。就此而言，万俟咏是属于不幸者之一。

田为二首

田为，字不伐，善琵琶。生卒年不详。政和末充大晟府典乐，宣和初罢典乐，为大晟府乐令。其集已佚，《全宋词》仅存词六首。

南柯子　春景

梦怕愁时断，春从醉里回[1]。凄凉怀抱向谁开。些子清明时候、被莺催[2]。　柳外都成絮，栏边半是苔[3]。多情帘燕独徘徊。依旧满身花雨、又归来[4]。

【注释】

①梦断，梦醒。

②杜甫《奉侍严大夫》："身老时危思会面，一身襟抱向谁开?"些子，少许，形容时光短暂。

③刘禹锡《再游玄都观》："百亩庭中半是苔，桃花净尽菜花开。"二句言春天已尽。

④燕子依旧归来，故言其"多情"。

又　春思

团玉梅梢重，香罗芰扇低[1]。帘风不动蝶交飞。一样绿阴庭院、锁斜晖[2]。　对月怀歌扇，因风念舞衣[3]。何须惆怅惜芳菲。拚却一生憔悴、待春归[4]。

【注释】

①芰扇，菱形扇子。

②斜晖，夕阳。

③歌扇、舞衣，指代歌女。

④拚却，甘愿。晏幾道《鹧鸪天》："彩袖殷勤捧玉钟，当年拚却醉颜红。"

【说明】

两首皆伤春之词,实际上都寄寓了相思怀人之情。第一首“凄凉怀抱向谁开”,就点明此意,结尾燕子归来了,那人呢?是否归来?何日归来?都是疑问,所以只好到梦中寻找,希望美梦永远不醒。第二首上片描写暮春景色。“一样”二字,关联下片。下片对景怀人,“对月”二句指明,所怀者乃是与词人相恋的歌女,末三句是决绝之词,即使“拚却一身憔悴”,也要等待春天归来,这旦春天象征词人所恋者。“春天”能否归来,说不准,但却表现了词人的一片痴情。故友吴战垒认为,二词为“同调姐妹篇”,良是。据《碧鸡漫志》记载:“田不伐才思与雅言抗行。”但他比万俟雅言更加不幸,作品大多佚失,《全宋词》仅录其词六首。

王庭珪二首

王庭珪(1080—1172),字民瞻,吉州安福(今属江西)人。徽宗政和进士。因作诗送胡诠,坐讪谤,除名编管辰州。孝宗时,赐国子监主簿,复除直敷文阁。有《卢溪集》。

忆秦娥

梅花发。夜寒吹笛千山月。千山月。此时愁听,龙吟幽噎[①]。　　数枝飞尽南枝雪。风光又作年时别。年时别。江头心绪,乱丝千结[②]。

【注释】

①欧阳修《梦中作》:“夜凉吹笛千山月,路暗迷人百种花。”龙吟幽噎,比喻笛声嘹亮悲咽。李白《宫中行乐词》之三:“笛奏龙吟水,箫鸣凤

下空。”

②南枝雪，朝南的梅花。风光，风景。

【说明】

王庭珪是一位正直的官吏，因替胡诠打抱不平，得罪权臣秦桧，被流贬远州湖南辰州，本词也许作于流贬途中。上片见梅花开放，夜听吹笛而生愁，为什么把梅花和吹笛关联在一起？因笛曲中有《梅花落》的曲子。李白就有“江城五月落梅花”之句，而写作这首诗时，李白也正在流放夜郎途中，二人处境相似。下片写离愁，在梅花飘谢的时节，此时一别，不知何年再见？因而心乱如麻，犹如“乱丝千结”。

点绛唇

花外红楼，当时青鬓颜如玉。淡烟残烛。醉入花间宿[①]。　　白发相逢，犹唱当时曲。当时曲。断弦难续。且尽杯中醁[②]。

【注释】

①青鬓颜如玉，年轻美貌。

②断弦难续，比喻旧情难再。醁（lù），美酒。李贺《示弟》：“醁醽今夕酒，缃帙去时书。”

【说明】

词写老友重逢的感慨。上片回忆当年浪漫生活，下篇慨叹白发重逢，青春难再，只能以酒浇愁而已。直书其事，笔法直露，但感情真实不虚。

陈克六首

陈克(1081—?),字子高,号赤城居士,临海人。屡试不第,入建康守吕祉幕。绍兴中为敕令所删定官。有《赤城词》。

临江仙

四海十年兵不解,胡尘直到江城[①]。岁华销尽客心惊。疏髯浑似雪,衰涕欲生冰[②]。　送老虀盐何处是,我缘应在吴兴[③]。故人相望若为情。别愁深夜雨,孤影小窗灯[④]。

【注释】

①十年兵不解,自宋徽宗宣和七年(1125)金兵南侵,已近十年。胡尘,指入侵的金兵。江城,指建康城(今南京市)。

②陈克,浙江临海人,此时在建康,故自称客。唐薛稷《秋朝览镜》:"客心惊落木,夜坐听秋风。"髯,胡子。涕,眼泪。

③送老齑盐,指老年时过清贫生活。齑(jī)盐,腌菜和盐,韩愈《送穷文》:"太学四年,朝齑暮盐。唯我保汝,人皆汝嫌。"吴兴,今浙江省湖州市吴兴区。

④李商隐《滞雨》:"滞雨长安夜,残灯独客愁。"

【说明】

本词作于宋高宗绍兴四年(1134),作者在建康府吕祉幕中。当时金兵攻滁州,已经直逼建康。一、二句就写当时战争形势。吕祉和陈克都是力主抗金之人,无奈君主昏庸,奸佞当道,他们的主张未被采纳。而此时作者已经年过半百,久客他乡,于是便产生了退居林下的念头。下片是给在吴兴的老友带信,希望辞去官职,回去安度晚年,过普通百姓的生活。这种态度,正是在封建时代战乱时期士大夫们的普遍态度,无可厚非。

谒金门

花满院。飞去飞来双燕。红雨入帘寒不卷。晓屏山六扇[1]。　翠袖玉笙凄断。脉脉两蛾愁浅。消息不知郎近远。一春长梦见[2]。

【注释】

①红雨,落花。李贺《将进酒》:"况是青春日将暮,桃花乱落如红雨。"顾敻《玉楼春》:"拂水双飞来去燕,曲槛小屏山六扇。"

②翠袖、两蛾,均写弹筝女子。

【说明】

词写女子相思之情,颇似《花间》风格。上片因春去燕来而兴怀;下片言情郎消息杳眇,只能在梦中相会。"长梦见"表示情思绵长,难以割舍。

菩萨蛮

赤阑桥尽香街直。笼街细柳娇无力[1]。金碧上青空。花晴帘影红[2]。　黄衫飞白马。日日青楼下[3]。醉眼不逢人。午香吹暗尘[4]。

【注释】

①笼,笼罩。

②金碧,指金碧辉煌的屋顶。上青空,仿佛高与天接。

③黄衫,隋唐时少年的华贵服饰。《新唐书·礼乐志》:"(玄宗)以乐工少年姿秀者十数人,衣黄衫,文玉带立左右。"后以黄衫指衣饰华丽,姿容秀美的少年公子。

④不逢人，不瞧人，意谓旁若无人。“午香”句，意谓尘土和着花香。李白《古风》：“大车扬飞尘，亭午暗阡陌。”

【说明】

上片写市井景色，布置环境；下片写一个意气豪放，目中无人的贵公子，此词颇有古乐府余韵。张惠言和谭献都认为，本词明显有刺时之意。是否果真如此，诗无达诂，见仁见智，尚可讨论。

又

绿芜墙绕青苔院。中庭日淡芭蕉卷[①]。蝴蝶上阶飞。烘帘自在垂[②]。　玉钩双语燕。宝甃杨花转[③]。几处簸钱声。绿窗春睡轻[④]。

【注释】

①白居易《陵园妾》：“把花掩泪无人见，绿芜墙绕青苔院。”此用其成句。

②烘帘，冬天悬挂的暖帘。周邦彦《早梅芳》：“微呈纤履，故隐烘帘自嬉笑。”

③甃（zhòu），井壁。杨花转，（井壁）杨花飘飞。

④簸（bǒ）钱，古代一种游戏。王建《宫词》：“暂向玉华阶上坐，簸钱赢得两三筹。”绿窗，指房中春睡之人。轻，睡不深。晏幾道《临江仙》：“绿窗春睡浓。”此处反用其意。睡不深，所以听到“簸钱声”。

【说明】

本词通篇描写暮春景色，写得清丽婉雅。篇末轻轻一点，画出春睡女子形象，用笔空灵含蓄，遂成名篇。陈廷焯评论说：“工雅纤丽，温、韦流派。”（《词则·大雅集》卷二）这是从艺术风格上说。不过本词难道仅仅是描写暮春风景吗？篇末那位“春睡”的美女，是否有什么象征意义？张惠言认为有“自寓”之意，但是言焉不详，大约是怀才不遇之意吧。但这种说法也有点勉强，与其如此，不如说是写女子春情比较符合词意。

鹧鸪天

小市桥弯更向东。便门长记旧相逢[1]。踏青会散秋千下，鬓影衣香怯晚风[2]。　悲往事，向孤鸿。断肠肠断旧情浓[3]。梨花院落黄茅店，绣被春寒此夜同[4]。

【注释】

①便门，正门之外的小门。

②踏青，古代一种民俗，即春游。唐宋之时，此风尤盛。周密《武林旧事》卷三："西湖天下景，朝昏晴雨，四序总宜。杭州亦无时而不游，而春游特盛焉……都人士女，两堤骈集，几于无置足地。"

③悲往事，往昔乐事，不可再得，令人生悲。

④黄茅店，指简陋的旅店，旅人所住。此夜同，此夜彼此相思。

【说明】

本篇亦写相思之情，但通篇都是回忆想象之词，大约这段爱情生活已经一去不返。末二句，梨花院落，指女子所居；黄茅店，指词人旅途所处，"绣被春寒"句，说彼此相思，亦并非真境，只是念想而已。陈克工于炼句，善于抒情，故前人给予很高评价。李慈铭《越缦堂读书记》说："陈子高词……清绮婉约，直接《花间》，在北宋诸家中，可与永叔、子野抗行一代。"这样的评价，是否允当？值得商榷。

清平乐　怀人

枕边清血。梦好离肠切[1]。笑倚柳条同挽结。满眼河桥烟月[2]。　莺啼新晓璁珑。罗窗寂寞春空[3]。只许梦魂相近，此生枉是相逢[4]。

【注释】

①清血，血泪。

②“笑倚”二句，追忆梦中离别情景。

③璁珑，明洁貌。

④枉是，徒然。

【说明】

这也是一首爱情词，上片写梦中，下片写梦醒。末二句说，一对情人如果只能在梦中会面，那又何必相逢相爱呢？构思曲折，感情沉痛。

朱敦儒十五首

朱敦儒（1081—1159），字希真，号岩壑，洛阳人。志行高洁，屡辞荐辟。历官秘书正字，两浙东路提点刑狱。有词集《樵歌》。

临江仙

直自凤凰城破后，擘钗破镜分飞[①]。天涯海角信音稀。梦回辽海北，魂断玉关西[②]。　　月解重圆星解聚，如何不见人归[③]。今春还听杜鹃啼。年年看塞雁，一十四番回[④]。

【注释】

①直自，自从。凤凰城，以汉唐首都长安喻指北宋首都汴京。宋钦宗靖康二年（1127），汴京陷落，北宋灭亡。擘钗、破镜，喻指夫妻离散。

②辽海，泛指辽东一带。玉关，玉门关。

③星,指牵牛织女。

④杜鹃啼声犹如:“不如归去。”塞雁年年归来,而离人杳无音信。

【说明】

词写国破家亡的悲痛。靖康之变以后,北宋灭亡,作者流落江南作此词。关于本词的具体写作时间,有两种不同意见。程千帆先生认为,作于靖康之变以后十四年,即词中所说的“一十四番回”。而为《樵歌》作注的邓子勉先生认为,本词作于绍兴九年(1139),并称凤凰城指洛阳,洛阳于靖康元年(1126)陷落,离开绍兴九年正好十四年。不过两种意见都不影响对本词基本内涵的理解。上片感叹国破家亡,亲人离散而信息渺茫;下片抒写词人思念亲人的悲痛,语言明白,感情沉痛。

鹧鸪天　西都作①

我是清都山水郎。天教分付与疏狂②。曾批给雨支风券,累上流云借月章③。　诗万首,酒千觞。几曾着眼看侯王④。玉楼金阙慵归去,且插梅花醉洛阳⑤。

【注释】

①北宋以洛阳为西都。

②清都,天帝的宫殿。《楚辞·远游》:“集重阳入帝宫兮,造旬始而观清都。”山水郎,主管山水的官员。疏狂,狂放不受拘束。白居易《代书诗寄微之》:“疏狂属年少,闲散为官卑。”

③“曾批”两句,虚拟之词。意谓天帝曾给予呼风唤雨的手令,自己又上章要求天帝给予留云借月的权力。累,多次。

④几曾,何曾。着眼,举目而视。

⑤玉楼金阙,对楼台宫阙的美称。慵,懒。

【说明】

靖康之变以前,朱敦儒隐居洛阳,《宋史·文苑传》记载,他“志行高洁，虽为布衣而有朝野之望”。他拒绝朝廷征聘，自称：“麋鹿之性，自乐闲旷，爵禄非所愿也。”本词就表现了词人敝屣功名，自由疏放的人生态度。上片是想象之词，自称是天帝所派，生性疏狂，有权呼风唤雨，留云借月。下片申言自己所追求的生活方式，饮酒赋诗，傲对王侯，蔑视功名富贵。

又

唱得梨园绝代声。前朝惟数李夫人[①]。自从惊破霓裳后，楚奏吴歌扇里新[②]。　秦嶂雁，越溪砧。西风北客两飘零[③]。尊前忽听当时曲，侧帽停杯泪满巾[④]。

【注释】

①梨园，唐玄宗教习伶人之处，此以唐代宋。李夫人，指北宋名妓李师师。据周密《浩然斋雅谈》卷下记载：“宣和中，李师师以能歌舞称。……师师后入中封瀛国夫人。朱希真有诗云：‘解唱阳关别调声，前朝惟有李夫人。’即其人也。”

②惊破霓裳，喻指北宋灭亡。白居易《长恨歌》：“渔阳鼙鼓动地来，惊破霓裳羽衣曲。”楚奏吴歌，吴楚一带的歌曲。

③秦嶂雁，从北方飞来的大雁；越溪砧，越地溪边的砧声。秦嶂，北方的山峰；砧，捣衣石。北客，从北方流亡到南方的人。两飘零，靖康乱后，李师师也流落江南，卖艺为生。

④当时曲，指当年听到过的乐曲。

【说明】

靖康之乱，朱希真流亡江南，偶然听到前朝名妓李师师曾经唱过的曲子，借此抒写亡国之痛。上片是回忆，说曾经听过前朝李师师的“绝代声”，自从国破家亡，流亡江南以后，便满耳都是“楚奏吴歌”了。下片慨叹自己漂泊流离的处境，以及听歌以后的悲痛心情。“侧帽停杯泪满巾”，形象地表现了词人悲痛感伤的形象。有人认为,尊前唱曲的即李师师本人,这种说法虽然很有戏剧性,但并无史料根据。

朝中措

登临何处自销忧。直北看扬州[①]。朱雀桥边晚市,石头城下新秋。　　昔人何在,悲凉故国,寂寞潮头[②]。个是一场春梦,长江不住东流[③]。

【注释】

①直北,正北。

②刘禹锡《金陵怀古·石头城》:“山围故国周遭在,潮打空城寂寞回。”

③个是,这是。

【说明】

本词也是在北宋灭亡后,作者流亡至金陵所作。上片写登临所见,发怀古之幽思;下片悲故国沦亡,抒写沧桑之慨叹。结二句感慨深沉。本词与同是作于此时的《相见欢》(金陵城上西楼)内容近似,但少了几分激愤之气,多了几分伤感之情。

浪淘沙　中秋阴雨,同显之、椿年、谅之坐寺门作

圆月又中秋。南海西头。蛮云瘴雨晚难收。北客相逢弹泪坐,合恨分愁[①]。　　无酒可销忧。但说皇州。天家宫阙酒家楼。今夜只应清汴水,呜咽东流[②]。

【注释】

①蛮云瘴雨,指岭南的云雨。北客,从北方流亡到南方的人,用“新亭对泣”典故。

②皇州，指北宋首都汴京。天家，皇家。清汴，汴水。白居易《长相思》："汴水流，泗水流。流到瓜洲古渡头，吴山点点愁。"

【说明】

邓子勉认为，本篇高宗建炎四年（1130）中秋作于南海。同坐都是从北方漂泊到南方之人。上片用"对泣新亭"典故，托寓共同的故国之思。下片想象古都沦陷后的凄凉情景，流水当然不会呜咽，是词人及同伴们的心，为皇州沦陷而呜咽。

好事近[①]

摇首出红尘，醒醉更无时节[②]。活计绿蓑青笠，惯披霜冲雪[③]。　晚来风定钓丝闲，上下是新月[④]。千里水天一色，看孤鸿明灭[⑤]。

【注释】

①朱敦儒因发表主战言论，受到右谏议大夫汪勃的弹劾，于宋高宗绍兴十九年（1149）被免职。不久，上疏请求退居嘉禾（今浙江嘉兴），过着隐逸生活。词作于此时，原词共六首，有副题《渔父词》。

②出红尘，脱离尘世。

③活计，生计。苏轼《李伯时画其弟亮工》："晚岁与君同活计，如云鹅鸭散平湖。"

③上下，天上、水中。

④孤鸿，孤雁。明灭，忽隐忽现。

又

渔父长身来，只共钓竿相识[①]。随意转船回棹，似飞空无迹[②]。　芦花开落任浮生，长醉是良策[③]。昨夜一江风雨，都不曾听得。

【注释】

①长身来，向来，从来。只共，只与。

②飞空，形容船行之轻捷，仿佛在空中飞行。

③良策，好办法。《旧唐书·薛登传》："断浮虚之饰词，收实用之良策。"

【说明】

朱敦儒原来就是胸怀高洁，敝屣功名的隐士，南渡以前，一直过着隐居生活。北宋灭亡以后，南下流离江西两广，虽然曾经被迫出仕，但由于发表主战言论，与力求苟且偷安的当朝执政格格不入，因而遭到弹劾，于宋高宗十九年(1149)被免去官职，不久隐退于嘉禾(今浙江嘉兴)。两首词都写隐居生活的逍遥自在，无拘无束，寄情于景，写景如画。故陈廷焯评曰："行文亦似飞空无迹。真高、真雅、真正乐境，不足为外人道。"不过从第二首"长醉是良策"一语看，词人的心情并没有完全平静，还没有达到"物我两忘"的境界。这或许正是朱词的优点，即使在寄情山水的作品中，也不时透露出几分感慨之意。真正达到"物我两忘"，还有诗吗？

又

春雨细如尘，楼外柳丝黄湿。风约绣帘斜去，透窗纱寒碧[①]。　美人慵剪上元灯，弹泪倚瑶瑟[②]。却上紫姑香火，问辽东消息[③]。

【注释】

①风约，风吹。二句意谓春风吹起帘子，寒气透入纱窗。

②上元，元宵。周密《武林旧事》卷二"品灯"："又有深闺巧娃，剪纸而成，尤为精妙。"陆游《十二月一日》："儿书春日榜，女剪上元灯。"

③紫姑是中国民间传说中的司厕之神，因其能未卜先知，故多迎祀于家，占卜诸事。李商隐《昨日》："昨日紫姑神去也，今朝青鸟使来赊。"辽东，泛指边远前线。

【说明】

本篇为思妇之词，笔触极其细腻。上片写春天已经到来，不免引人情思。下片通过两件事情，刻画思妇情怀，一是“慵剪上元灯，弹泪倚瑶瑟”，二是“上紫姑香火，问辽东消息”，辽东自古即是征戍之地，问辽东消息，即是打听丈夫的消息。不说破，故含蓄有味。

相见欢

金陵城上西楼。倚清秋。万里夕阳垂地，大江流[①]。　　中原乱。簪缨散。几时收。试倩悲风吹泪，过扬州[②]。

【注释】

①大江，指长江。

②中原乱，簪缨散，宋徽宗靖康二年(1127)正月，金军先后把宋徽宗、宋钦宗拘留在金营。四月初一，金军押送徽、钦二帝和后妃、皇子、宗室、贵戚等3000多人北撤。这就是历史上著名的“靖康之变”，北宋从此灭亡。簪缨，古代达官贵人的冠饰，借指高官显宦。倩，请。

【说明】

邓子勉认为，本词作于宋高宗建炎元年(1127)，作者寓居金陵。此时，北宋灭亡不久，南宋王朝刚刚建立。故词人登楼远眺，满怀悲愤之情。上片写苍凉宏阔之景，下片抒破国亡家之痛，气魄宏大，激昂慷慨，是朱敦儒最优秀的作品之一。正如陈廷焯所言：“希真词最清淡，唯此章笔力雄大，气韵苍凉，悲歌慷慨，情见乎词。”(《云韶集》)

西江月

世事短如春梦，人情薄似秋云。不须计较苦劳心。万事原来有命[①]。　　幸遇三杯酒好，况逢一朵花新。片时欢笑且相亲。明日阴晴未定[②]。

【注释】

①“不须”句，意谓不须苦心劳神，较量争胜。

②阴晴未定，喻指未来之事变化多端，难以逆料。

【说明】

本篇很可能作于晚年退隐嘉禾以后，作者在经历了国破家亡的痛苦，仕途坎坷的折磨以后，终于彻悟人生。词写人生如梦，鼓吹及时行乐。这本是自《古诗十九首》以来诗人作品中恒常的主题。不过从本词“不需计较苦劳心”“明日阴晴未定”等语句看，作者还没有真正看破红尘，悠然自得，他内心深处还没有完全平静如水。

减字木兰花

刘郎已老。不管桃花依旧笑[1]。要听琵琶。重院莺啼觅谢家[2]。　　曲终人醉。多似浔阳江上泪[3]。万里东风。国破山河落照红[4]。

【注释】

①刘郎，作者自称。刘禹锡《再游玄都观》：“前度刘郎今又来。”桃花依旧笑，唐崔护《题都城南庄》：“桃花依旧笑春风。”

②重院，深院。谢家，谢娘家。

③浔阳江上泪，白居易《琵琶行》：“座中泣下谁最多，江州司马青衫湿。”

④国破山河，杜甫《春望》：“国破山河在，城春草木深。”

【说明】

本词通过聆听演奏琵琶，抒发了词人的亡国之痛，迟暮之悲。首二句感叹自己已经老了，对行乐失去了兴趣。三、四句说忽然想听演奏琵琶，就来到了歌伎之家。五、六句写听了演奏后深受感动，伤心欲绝。结尾以“国破山河落照红”作结，悲慨无限。起承转合，层次分明。虽然用了较多典故，但都是普通典故，并不会增加读者理解困难，反而可使表达更加简洁含蓄。

卜算子

碧瓦小红楼，芳草江南岸。雨后纱窗几阵寒，零落梨花晚。　　看到水如云，送尽鸦成点。南北东西处处愁，独倚阑干遍①。

【注释】

①杨广《野望》:“寒鸦飞数点，流水绕孤村。”欧阳修《玉楼春》:“阑干倚遍重来凭。泪粉偷将红袖印。”

【说明】

本篇表面写春愁，实际上暗寓亡国之愁，身世之恨。上片描写江南春色，笔触细腻生动；下篇发抒内心愁苦，“南北东西处处愁”，为什么？作者没有正面回答。词中化用不少古人诗句，浑然不露痕迹，颇获前人好评。陈廷焯评曰:“情致最佳，颇似子野。”

又

旅雁向南飞，风雨群初失。饥渴辛勤两翅垂，独下寒汀立①。　　鸥鹭苦难亲，矰缴忧相逼。云海茫茫无处归，谁听哀鸣急②。

【注释】

①群初失，初失群。

②温庭筠《西江上送渔父》:“不见水云应有梦，偶随鸥鹭便成家。”矰缴，猎杀飞鸟的弓箭。刘邦《鸿鹄歌》:“虽有矰缴，尚安所施？”

【说明】

本词完全采用比喻象征手法，以失群孤雁比况自己在流离漂泊途中的辛苦和无助，危险和孤独，处处写孤雁，又处处写人，人和雁融为一体。在艺术表现手法上颇有特色。

采桑子　彭浪矶[①]

扁舟去作江南客，旅雁孤云。万里烟尘。回首中原泪满巾[②]。　碧山对晚汀洲冷，枫叶芦根。日落波平。愁损辞乡去国人[③]。

【注释】

①彭浪矶，在江西彭泽县西北长江边。

②旅雁孤云，作者自喻。

③汀洲，水中小洲。《楚辞·九歌·湘夫人》："搴汀洲兮杜若，将以遗兮远者。"辞乡去国人，作者自谓。

【说明】

本词作于北宋灭亡以后。作者离开故乡，避地江西两广，在流亡途中，经过江西彭泽，回望故乡，寄慨而作。上片侧重写情，以"旅雁孤云"自比，以"回首中原泪满巾"作结；下片侧重写景，面对苍茫景色，心中哀痛无限，自叹"辞乡去国人"。语句明白流畅，感情沉郁悲痛，是《樵歌》中的优秀之作。

又

一番海角凄凉梦，却到长安[①]。翠帐犀帘。依旧屏斜十二山[②]。　玉人为我调琴瑟，颦黛低鬟[③]。云散香残。风雨蛮溪半夜寒[④]。

【注释】

①海角，偏远海边。却，返回。长安，借指北宋首都汴京。

②山，指屏山。

③调琴瑟，奏乐。颦黛低鬟，皱眉低头。

④蛮溪，南方的溪流。

【说明】

本词写于流亡广东南雄时，作者通过梦境，回忆昔日京城幸福生活，感叹当前悲凉处境。虽然所写所忆只不过是男女之情，但也可从一个角度反映出词人对过去的无限怀恋，对国破家亡命运的深深悲痛。

周紫芝四首

周紫芝(1082—1155)，字少隐，号竹坡居士，宣城人。绍兴十二年进士。曾官枢密院编修、权实录院检讨官。有《竹坡词》。

鹧鸪天

一点残红欲尽时。乍凉秋气满屏帏[①]。梧桐叶上三更雨，叶叶声声是别离[②]。　　调宝瑟，拨金猊。那时同唱鹧鸪词[③]。如今风雨西楼夜，不听清歌也泪垂。

【注释】

①屏帷，屏风和帷幕。

②温庭筠《更漏子》："梧桐树。三更雨。不道离情正苦。一叶叶，一声声，空阶滴到明。"苏轼《木兰花令》："梧桐叶上三更雨。惊破梦魂无觅处。"

③金猊，一种兽形香炉。《鹧鸪词》，唐教坊曲名。又称《山鹧鸪》。

【说明】

秋夜怀人之作，从末句"不听清歌也泪垂"推想，所怀者可能是一位歌伎。上片化用温庭筠词意，抒写秋夜怀人之情，“叶叶声声是别离”是词中警策。下片回忆旧时相聚之乐。“如今”两句再回到目前之悲，“不听清歌也泪垂”，以此作结，情意绵绵。

又[①]

花褪残红绿满枝。嫩寒犹透薄罗衣[②]。池塘雨细双鸳睡，杨柳风轻小燕飞。　人别后，酒醒时。午窗残梦子规啼。尊前心事人谁问，花底闲愁春又归。

【注释】

①原有三首，今选其一。前有序云：“余少时酷喜小晏词，故其所作时有似其体制者，此三篇是也。晚年歌之，不甚如人意。聊载于此，为长短句之体助云。”

②花褪残红，苏轼《蝶恋花·春景》：“花褪残红青杏小。燕子飞时，绿水人家绕。”嫩寒，王诜《踏青游》：“金勒狨鞍，西城嫩寒春晓。”

【说明】

词写春日离别之情。上片描写春天风景，风格细腻柔婉；下片抒发离情别绪，也含蓄吞吐。作者自称本词是摹习晏幾道体，初看也颇有几分相似，但细加品味，总觉得在似与不似之间。为什么？冯煦《蒿庵论词》分析道：“渐于字句间凝练求工，而昔贤疏宕之致微矣。”缺乏晏幾道的性情，仅仅在凝练字句上下功夫，当然只能得其形似，而难以得其神似了。

生查子

春寒入翠帷，月淡云来去[①]。院落半晴天，风撼梨花树。　人醉掩金铺，闲倚秋千柱。满眼是相思，无说相思处[②]。

【注释】

①翠帷,翠幕。

②晏幾道《生查子》:“无处说相思,背面秋千下。”

【说明】

词写春日女子相思之情,上片写景,下片言请,末二句虽从晏幾道词化出,但能翻进一层,更觉沉痛。

踏莎行

情似游丝,人如飞絮。泪珠阁定空相觑[①]。一溪烟柳万丝垂,无因系得兰舟住[②]。　雁过斜阳,草迷烟渚。如今已是愁无数。明朝且做莫思量,如何过得今宵去[③]。

【注释】

①泪珠阁定,含泪。相觑(qù),对看。

②无因,无法。

③且做,即便,就算。

【说明】

词写离别相思之痛。上片写别时之难舍难分,极缠绵悱恻之致;下片写别后之哀痛,构思工巧,沉痛入骨。《四库总目》说:“紫芝填词本从晏幾道入,晚乃刊除秾丽,自为一格。”本词可为一例。

赵佶二首

宋徽宗赵佶(1082—1135),神宗赵顼之子。工诗词,善书画。宣和七年,传位于钦宗赵桓。靖康二年,与钦宗同被金兵所掳,后死于五国城。《全宋词》录其词十二首。

临江仙　宣和乙巳冬幸亳州途次①

过水穿山前去也,吟诗约句千余②。淮波寒重雨疏疏。烟笼滩上鹭,人买就船鱼③。　古寺幽房权且住,夜深宿在僧居。梦魂惊起转嗟吁。愁牵心上虑,和泪写回书④。

【注释】

①宣和乙巳,宋徽宗宣和七年(1125),金兵进逼汴京,徽宗逊位钦宗,走避亳州。

②约句,琢句。

③人买就船鱼,人们到船中买鱼。

④嗟吁,叹息。回书,回信。

【说明】

宋徽宗是一个昏庸无能的皇帝,但是艺术才能出众,诗词、书法、绘画都有精深造诣。他的词今存十二首,写得最好的当然数那首众口传诵的长调《燕山亭》。小令数首,都不见精彩,与李后主相差很远。本篇是他避难亳州途中所作,上片写旅途景色,下片言行路艰难,"愁牵心上虑,和泪写回书",充分表现了这位君王在身处危难时的惊慌和无奈。

眼儿媚[1]

玉京曾忆旧繁华。万里帝王家。琼林玉殿，朝喧弦管，暮列笙琶[2]。　　花城人去今萧索，春梦绕胡沙。家山何处，忍听羌笛，吹彻梅花[3]。

【注释】

①玉京，京城。

②花城，指北宋京城汴梁。萧索，萧条冷落。

③梅花，笛曲《梅花落》。

【说明】

这首词是徽宗被俘北上途中所作。据明人陈霆《渚山堂词话》记载："宋二帝北狩，金人徙之云州。一日，夜宿林下，时碛月微明，有胡雏吹笛，其声呜咽。太上因口占《眼儿媚》。"上片回忆昔日京城汴梁繁华景象，下片感叹自身目前悲惨处境。据李心传《建炎以来系年要录》卷一七六记载，徽宗原有文集一百卷，文章之外，诗一百五十四首，词二百阕，可惜佚失殆尽，这也是文学史上一大损失。

李祁二首

李祁，字肃远，一作萧远。生卒年不详。河南雍丘（今河南开封市杞县）人。少有诗名，后登进士，官至尚书郎。

南乡子

袅袅秋风起，萧萧败叶声。岳阳楼上听哀筝。楼下凄凉江月、为谁明[1]。　　雾雨沉云梦，烟波渺洞庭。可怜无处问湘灵。只有无情江水、绕孤城[2]。

【注释】

①《楚辞·九歌·湘夫人》："袅袅兮秋风，洞庭波兮木叶下。"

②孟浩然《望洞庭湖赠张丞相》："气吞云梦泽，波撼岳阳城。"

【说明】

词写登岳阳楼的感受，基本从《楚辞·湘夫人》与孟浩然登岳阳楼诗句变化而来，所不同的是，既没有前者的优美，也缺乏后者的壮阔，但感情哀痛，格调低沉。"凄凉江月""无情江水"云云，很可能与当时国家形势有关。

点绛唇

楼下清歌，水流歌断春风暮。梦云烟树。依约江南路[1]。　　碧水黄沙，梦到寻梅处。花无数。问花无语。明月随人去[2]。

【注释】

①依约，仿佛、隐约。唐刘兼《登郡楼书怀》："天际寂寥无雁下，云端依约有僧行。"

②欧阳修《蝶恋花》："泪眼问花花不语。"此化用其意。

【说明】

词写相思念远之情。上片因清歌而起兴，因歌断而生情，随之入梦。下片写梦中情景，寻寻觅觅而终无结果。以"明月随人去"作结，语短而情长。以轻灵之笔触，写朦胧之感情，风格清倩。况周颐认为，这类词是清代浙西词派的“初祖”。浙西词派的初祖当然是姜夔、张炎，李祁还不够格。但这种风格，的确是浙派词人所钟爱的。

李清照十五首

李清照（1084—？），自号易安居士，济南人。嫁诸城赵明诚。金兵南下，明诚病卒，流寓台、温、杭、越间，终老金华。有《漱玉词》。

如梦令[①]

昨夜雨疏风骤。浓睡不消残酒[②]。试问卷帘人，却道海棠依旧[③]。知否。知否。应是绿肥红瘦[④]。

【注释】

①《草堂诗余别录》：“韩偓诗《懒起》云：‘昨夜三更雨，今朝（按一作临明）一阵寒。海棠花在否，侧卧卷帘看。’此词盖用其语点缀，结句尤为委曲精工，含蓄无穷之意焉，可谓女流之藻思矣。”

②浓睡，熟睡。残酒，残余的酒意。

③卷帘人，卷帘的侍女。“海棠依旧”是侍女的回答。

④绿肥红瘦，谓枝叶渐繁，花朵渐凋。这是对侍女回答的纠正。

【说明】

这是李清照早期的作品，写得清新隽永，委曲精工，当时便博得一片彩声。作者化用韩偓《懒起》诗下半首句意，稍加点缀，又改自问自答为对答句式，接着连用两个“知否”，终于逼出了词的主题，也是全词的警句——“绿肥红瘦”。使一位少妇的惜春之情，跃然纸上。明蒋一葵《尧山堂外纪》卷五十四曰：“李易安又有《如梦令》云‘昨夜雨疏风骤。……’当时文士莫不击节称赏，未有能道之者。”王士禛《花草蒙拾》评曰：“如‘绿肥红瘦’‘宠柳娇花’，天工人巧，可称绝唱。”给予极高评价。

又

常记溪亭日暮。沉醉不知归路[①]。兴尽晚回舟，误入藕花深处[②]。争渡。争渡。惊起一滩鸥鹭。

【注释】

①溪亭，溪边亭台。

②藕花，荷花。

【说明】

本篇一作苏轼词，又作无名氏词。即兴之作，细笔绘景如画。

醉花阴

薄雾浓云愁永昼。瑞脑消金兽[①]。佳节又重阳，玉枕纱厨，半夜凉初透[②]。　　东篱把酒黄昏后。有暗香盈袖[③]。莫道不消魂，帘卷西风，人比黄花瘦[④]。

【注释】

①瑞脑，又称龙瑞脑，一种名贵香料。

②玉枕，枕的美称。纱厨，即碧纱厨。以木为架，蒙以轻纱，形如小屋，中间可放床位，用避蚊蝇。一名蚊厨。

③“东篱”句，用陶渊明《饮酒》诗“采菊东篱下”句意。

④帘卷西风，帘子被西风卷起。黄花，菊花。

【说明】

词写重阳有感。元伊世珍《琅嬛记》卷中："易安以重阳《醉花阴》词函致明诚，明诚叹赏，自愧弗逮，务欲胜之。一切谢客，忘食忘寝者三日夜，得五十阕，杂易安作以示友人陆德夫。德夫玩之再三，曰：'只三句绝佳。'明诚诘之，答曰：'莫道不消魂，帘卷西风，人似黄花瘦。'政（正）易安作也。"这说明李清照的艺术才能，高于其丈夫赵明诚。本词所塑造的多愁善感的闺阁少妇形象，鲜明生动。陈廷焯《云韶集》卷十评曰："无一字不秀雅。深情苦调，元人词曲，往往宗之。"指出了这首词的艺术特点及其对后世的影响。

点绛唇

寂寞深闺，柔肠一寸愁千缕。惜春春去。几点催花雨[1]。　倚遍阑干，只是无情绪[2]。人何处。连天衰草，望断归来路[3]。

【注释】

①催花雨，春雨。暮春雨中花谢，故曰"催花"。

②无情绪，心情恶劣。

③归来路，丈夫回家之路。

【说明】

暮春怀人之作。李清照与赵明诚是恩爱夫妻，结婚以后，总是离多聚少。因而她的作品，每每写离愁别绪，而这种情绪，又催生了词人许多优秀作品，本词便是其中之一。

浣溪沙[1]

髻子伤春慵更梳。晚风庭院落梅初。淡云来往月疏疏[2]。　玉鸭熏炉闲瑞脑，朱樱斗帐掩流苏。通犀还解辟寒无[③]。

【注释】

①此首《花草粹编》作无名氏词。

②“髻子”句，语序倒置，谓因伤春之故而懒得梳头。疏疏，月光疏淡。

③玉鸭熏炉，玉制鸭形香炉。闲瑞脑，不烧香料，炉子已灭。朱樱斗帐，朱红色的斗帐。《古诗为焦仲卿妻作》：“红罗复斗帐，四角垂香囊。”又温庭筠《偶游》：“红珠斗帐樱桃熟。”通犀，通天犀，因其角上有一白线直通尖端，故名。据说有一种犀角可以辟寒，把它挂在帐上，能驱除寒冷。《开元天宝遗事》：“开元二年冬至日，交趾国进贡犀牛角一只，色黄似金。置于殿中，有暖气袭人，名曰辟寒犀。”

【说明】

词写少妇伤春之情。上片写室外之景，下片写室内之境，直接写情的只有首句“伤春”二字。寓情于景，风格闲婉典雅，含蓄蕴藉。谭献《复堂词话》评论曰：“易安居士独此篇有唐调。”

又

小院闲窗春已深。重帘未卷影沉沉。倚楼无语理瑶琴[①]。　　远岫出云催薄暮。细风吹雨弄轻阴，梨花欲谢恐难禁[②]。

【注释】

①理瑶琴，弹琴。

②远岫出云，陶渊明《归去来兮辞》：“云无心以出岫。”谢朓《郡内高斋闲望答吕法曹》：“窗中列远岫。”岫（xiù），山穴。难禁，难以阻止。

【说明】

惜春伤春之作。淡淡写来，并无一语直接涉及主题，但上下片末句“倚楼无语理瑶琴”和“梨花欲谢恐难禁”，却透露出缕缕愁思，这种愁思，就是伤春之情。只是表述和婉典雅，意在言外，更加耐人寻味。

摊破浣溪沙

病起萧萧两鬓华。卧看残月上窗纱。豆蔻连梢煎熟水，莫分茶[①]。　　枕上诗书闲处好，门前风景雨来佳。终日向人多酝藉，木犀花[②]。

【注释】

①豆蔻，植物名，可以入药。热水，宋人常用饮料之一。分茶，宋代流行的茶道，词中指饮茶，中医认为，茶能解药性。

②向人，对着人。蕴藉，含蓄不露。木樨花，桂花。桂花，无色而有香，不似桃李之艳丽，故以“酝藉”形容之。

【说明】

李清照晚年流寓江南以后，曾经生过一场大病，词写病后所见所感。

菩萨蛮

风柔日薄春犹早。夹衫乍着心情好[①]。睡起觉微寒。梅花鬓上残[②]。　　故乡何处是。忘了除非醉[③]。沉水卧时烧。香消酒未消[④]。

【注释】

①乍着，刚穿上。

②梅花，指插在头鬓上的梅花。

③除非醉，言只有喝醉酒才能浇灭乡愁。

④沉水，沉水香。

【说明】

本篇抒怀乡之情。可能也作于流寓江南之时。

清平乐

年年雪里。常插梅花醉。挼尽梅花无好意。赢得满衣清泪[①]。　　今年海角天涯。萧萧两鬓生华。看取晚来风势，故应难看梅花[②]。

【注释】

①无好意，心情不好。

②看取，看。取，助词，无义。孟浩然《题大禹寺义公禅房》："看取莲花净，应知不染心。"

【说明】

李清照逃避金兵南侵时，曾经到过浙江台州、温州等沿海城市，故词中每有"海角天涯"之句，本篇亦作于此时。词以梅花起兴，以梅花作结，上片写回忆，下片叹当前。有人以为结二句有暗示家国忧危之意，也不无可能。

一剪梅[①]

红藕香残玉簟秋。轻解罗裳，独上兰舟[②]。云中谁寄锦书来，雁字回时，月满西楼[③]。　　花自飘零水自流。一种相思，两处闲愁[④]。此情无计可消除，才下眉头，却上心头[⑤]。

【注释】

①此首黄昇《花庵词选》有副题《别愁》。

②玉簟，竹席的美称。

③锦书，书信。雁字，雁群。

④一种，一样；两处，两地。意谓自己与丈夫一样怀有相思之情，却身在两地悲愁。

⑤此情，相思之情。范仲淹《御街行》："都来此事，眉间心上，无计相回避。"

【说明】

伊世珍《琅嬛记》卷中："易安结缡未久，明诚即负笈远处游，易安殊不忍别，觅锦帕书《一剪梅》词以送之。"词写离别之痛。上片写离别，下片述相思，淡淡写来，却缠绵悱恻，一往情深。

临江仙

欧阳公作《蝶恋花》，有"深深深几许"之句，予酷爱之。用其语作"庭院深深深"数阕，其声即旧《临江仙》也[①]。

庭院深深深几许，云窗雾阁常扃[②]。柳梢梅萼渐分明。春归秣陵树，人老建康城[③]。　感月吟风多少事，如今老去无成[④]。谁怜憔悴更凋零。试灯无意思，踏雪没心情[⑤]。

【注释】

①欧阳修有《蝶恋花》词，首句为"庭院深深深几许"。

②云窗雾阁，韩愈《华山女》："云窗雾阁事慌惚，重重翠幔深金屏。"扃，关闭。

③萼，花蕾。秣陵，建康，都是南京古称。人老，一作"人客"。

④感月吟风，吟风弄月，即写诗作赋。是年，易安已经四十五岁，故云"人老"。

⑤试灯，见姜夔《鹧鸪天·正月十一日观灯》注。

【说明】

宋高宗建炎元年(1127)八月，赵明诚奔母丧后起复知江宁府。次年春，李清照至江宁。本篇大约作于此时。但王学初先生认为，词中言"老去"，情景与当时不合，建康应作"建安"(今属福建)。按古代女子四十五岁称老，并不鲜见，赵明诚跋蔡襄书《赵氏神妙帖》也称："老妻独携此而逃。”何况诗词中自称老，主要是表现一种心情，不必据实以考之。福建建安属亚热带季风气候，年平均气温十九度摄氏度，很少见雪。又据李清照《金石录后序》云：“金人陷青州，凡所谓十余屋者，已皆为煨烬矣。”新遭大变，作者的心情，怎么能好？说自己无心赏灯踏雪，也很自然。王先生根据词中情景，遽定其为建安作，似乎缺乏充分理由。

蝶恋花　晚止昌乐馆寄姊妹[①]

泪湿罗衣脂粉满。四叠阳关，唱到千千遍[②]。人道山长山又断。萧萧风雨闻孤馆[③]。　惜别伤离方寸乱。忘了临行，酒盏深和浅[④]。好把音书凭过雁。东莱不似蓬莱远[⑤]。

【注释】

①一作延安夫人作。王仲初先生认为；“此首既见于宋曾慥《乐府雅词》，题李易安作，而曾慥又与易安同时，必无错误。”又曰：“此首殆宣和三年(1121)辛丑八月间，清照由青州至莱州，宿昌乐寄姊妹所作。按地理图，由青至莱，须经昌乐。”

②叠，乐曲重复演奏。千千遍，极言不忍离别，故反复演奏。

③山又断，一作“水又断”。风雨，一作“微雨”。闻孤馆，闻于孤馆。

④方寸乱，心绪乱。

⑤东莱，今山东莱州市，时赵明诚守莱州。蓬山，传说中的海外仙山。

【说明】

据王仲初先生考证，本篇作于清照自青州赴莱州途中，时赵明诚守莱州。但细观全词惜别伤离之沉痛，尤其末二句，言东莱不远，望时常来信。若作于赴莱州途中，即将与夫君团聚矣，又何出此言？此真“与词中情景不合”也。鄙意，本词或为赵明诚即将赴任莱州太守前，李清照在临别时所作。如此方与词中情景相合。

又

暖日晴风初破冻。柳眼梅腮，已觉春心动[1]。酒意诗情谁与共。泪融残粉花钿重[2]。　乍试夹衫金缕缝。山枕斜敧，枕损钗头凤[3]。独抱浓愁无好梦。夜阑犹剪灯花弄[4]。

【注释】

①初破冻，冰雪初融。初生柳叶如睡眼初展。元稹《生春》诗之九："何处生春早，春生柳眼中。"梅腮，梅花初放，如女子之腮。春心动，春天已至，指梅柳；相思之情已动，指自己。

②粉，脂粉；花钿，头饰。白居易《长恨歌》："花钿委地无人收。"

③夹衫，夹袄，金缕缝，用金丝缝制。山枕，古代一种枕头。枕损，睡觉时压坏了。钗头凤，头钗上的凤形图案。

④浓愁，深愁。夜阑，夜将尽。杜甫《羌村》："夜阑更秉烛，相对如梦寐。"弄，把玩。

【说明】

本篇亦为相思怀人之作。上片因春至而相思；下片因怀人而无眠。李清照与赵明诚结婚以后，心意投合，伉俪情笃。但是自赵明诚步入仕途以后，夫妇二人聚少离多，而李清照又是一位感情丰富的女子。这就是《漱玉词》中表现离愁别恨的作品多而且好的原因。

武陵春[1]

风住尘香花已尽，日晚倦梳头。物是人非事事休。欲语泪先流[2]。　闻说双溪春尚好，也拟泛轻舟[3]。只恐双溪舴艋舟。载不动、许多愁。

【注释】

①据王学初先生考证，本篇作于宋高宗绍兴五年(1135)，李清照已经五十二岁，因金兵南侵而流离漂泊，寄寓于浙江金华，赋《武陵春》词，又作《八咏楼》诗。

②此时赵明诚已经去世多年，清照与第二任丈夫张汝舟已经离异，平生收集的金石图书也在流离途中散失殆尽，所以说“物是人非事事休”。

③双溪，即今金华婺江，因由上游两条溪(义乌江、武义江)汇合而成，故称。

【说明】

本词是易安晚年沉痛之作。上片言“物是人非”，满腹悲情无从告诉；下片说意欲排遣深愁，但愁苦沉重，恐怕轻舟难载。以妙比作结，悲深婉约，读之令人悲怆。李攀龙评曰：“未语先泪，此怨莫能载矣。景物尚如旧，人情不似初，言之于邑，不觉泪下。”(《草堂诗余隽》)

鹧鸪天

寒日萧萧上琐窗。梧桐应恨夜来霜[①]。酒阑更喜团茶苦，梦断偏宜瑞脑香[②]。　　秋已尽，日犹长。仲宣怀远更凄凉[③]。不如随分尊前醉，莫负东篱菊蕊黄[④]。

【注释】

①琐窗，雕刻花纹的窗子。鲍照《玩月城西门廨中》诗：“蛾眉蔽珠栊，玉钩隔琐窗。”霜降则桐叶飘零，故曰“应恨”。

②酒阑，喝完酒。苏轼《和子由送春》：“酒阑病客惟思睡。”团茶，宋人特制的一种小茶饼，专供王公贵族使用。

③王粲，字仲宣，三国魏著名诗人，为“建安七子”之一。王粲曾作《登楼赋》抒写其异乡漂泊之感慨，中有句云：“遭纷浊而迁逝兮，漫逾纪以迄今。情眷眷而怀归兮，孰忧思之可任。”与易安当时心境，颇为相似。

④随分，依旧。白居易《续古诗》之七："勿言小大异，随分有风波。"莫负，不要辜负。菊蕊，指菊花。末句暗用陶渊明饮酒诗典。

【说明】

本篇为秋日怀乡之作。写作时间不明，或以为作于易安流寓越州之时，是为宋高宗建炎四年(1130)。从词中以王粲自比来看，也有此可能。陈廷焯《白雨斋词话》卷六评论说："宋闺秀词自以易安为冠。"岂止如此，如果扩大范围，诗词合一，李清照可以算是我国诗歌史上最杰出的女诗人，这样评价，并不夸张。汉代卓文君、班婕妤只存诗一首，而且真伪难明。东汉末年之蔡文姬，是著名学者蔡邕之女，文化素养很高，命运凄苦，与李清照近似。可惜只存《悲愤诗》一首。被郭沫若先生热捧的《胡笳十八拍》，作者迄今仍存争议。唐代最著名的女诗人鱼玄机和薛涛，虽然身世凄凉，诗也写得不错。但无论文化素养或作品格调，都难以和李清照比肩。自此以降，从朱淑真延及明、清时期的女诗人，就整体成就而言，与李清照相比，都有所不及。李清照的存在，是中华妇女文学史的荣耀。

吕本中三首

吕本中(1084—1145)，原名大中，字居仁，开封人。以荫补承务郎，累迁中书舍人，兼直学士院。学者称东莱先生，赐谥文清。有《东莱诗集》《紫微词》。

采桑子

恨君不似江楼月，南北东西。南北东西。只有相随无别离[1]。　　恨君却似江楼月，暂满还亏。暂满还亏。待得团圆是几时[②]。

【注释】

①相随,伴随。

②待得,等到。

【说明】

词写离别之情,并无深意。但构思巧妙,同样用江楼月作比喻,一贬一褒,上片恨其不似江楼月,“只有相随无别离”。下片怨其却似江楼月,“待得团圆是几时”。加之语语明白如话,自胸中自然流出,遂成名作。

南歌子

驿路侵斜月,溪桥度晓霜。短篱残菊一枝黄。正是乱山深处、过重阳[①]。　旅枕元无梦,寒更每自长。只言江左好风光。不道中原归思、转凄凉[②]。

【注释】

①温庭筠《商山早行》:“鸡声茅店月,人迹板桥霜。”首二句从此变化而来。

②归思,乡思。

【说明】

据王兆鹏考证,本词作于宋高宗建炎二年(1128),这年秋天,作者离开宣城赴江西,重阳节又取道旌德赴徽州。建炎二年,北宋灭亡不久,作者流亡到江南,本词既表现了羁旅之愁,又抒写了思乡之情。吕本中是河南人,此时河南已成金人领地,所以词人说,江南风光虽好,但念及家乡,念及沦亡的故国,心中不免无限凄凉。

减字木兰花

去年今夜。同醉月明花树下。此夜江边。月

暗长堤柳暗船。　　故人何处。带我离愁江外去。来岁花前。又是今年忆去年。

【说明】

送别故人之作。陈廷焯评曰:"数十字中,纡徐反复,道出三年间事,有虚有实,运笔甚圆矣。"(《词则·别调集》)陈氏所谓有虚有实,是指上片乃记实;下片"来岁花前,又是今年忆去年",想象之词,是虚写。来岁之事,既难逆料,又很可能。虚实相间,韵味无穷。

赵鼎四首

赵鼎(1085—1147),字符镇,解州闻喜(今山西省运城市闻喜县)人。官至御使中丞、尚书右仆射,同中书门下平章事。与秦桧论和议不合,贬岭南,不食而卒。孝宗继位,追谥忠简。有《得全集》。

蝶恋花　河中作[①]

尽日东风吹绿树。向晚轻寒,数点催花雨[②]。年少凄凉天付与。更堪春思萦离绪。　　临水高楼携酒处。曾倚哀弦,歌断黄金缕[③]。楼下水流何处去。凭栏目送苍烟暮。

【注释】

①河中,今山西永济县。

②陆游《社日小饮》:"催花初过社公雨,对酒喜烹溪友鱼。"

③黄金缕,曲调名,即《蝶恋花》。司马槱《黄金缕》:“斜插犀梳云半吐。檀板轻敲,唱彻黄金缕。”

【说明】

赵鼎是山西人,二十一岁中进士,开始步入仕途。本词可能作于少年时代。词的内容并没有特别之处,不过是抒写春恨春情而已,但是语言风格清新,表达自然流畅,不失为优秀之作。正如杨慎《词品》所评:“赵鼎宋中兴名相,小词婉媚,不减《花间》《兰畹》。”

点绛唇　春愁

香冷金炉,梦回鸳帐余香嫩[①]。更无人问。一枕江南恨[②]。　　消瘦休文,顿觉春衫褪[③]。清明近。杏花吹尽。薄暮东风紧[④]。

【注释】

①余香嫩,余香淡淡。

②“一枕”句,岑参《春梦》:“枕上片时春梦中,行尽江南数千里。”

③休文,沈约字。沈约曾自称病后消瘦,腰围暗减。春衫褪,春衣宽大了。

④东风紧,东风劲峭。

【说明】

词写春日相思之情,风格含蓄蕴藉,婉丽缠绵,受到前人很高评价。陈廷焯认为本词:“凄艳似飞卿,芊雅似同叔。”(《词则·闲情集》)但是否也寄托了词人政治上受到打击后的苦闷心情,不妨作此猜想。

鹧鸪天　建康上元作[①]

客路那知岁序移。忽惊春到小桃枝[②]。天涯海角悲凉地,记得当年全盛时[③]。　　花弄影,月流辉。水晶宫殿五云飞[④]。分明一觉华胥梦,回首东风泪满衣[5]。

【注释】

①靖康之变后，宋高宗仓皇南逃，渡江驻跸建康（今南京市），作者随驾南行，任建康知府，词作于建炎四年元宵。

②客路，指流亡之路。岁序，岁月。

③“天涯”句，建康离北宋首都并不遥远，但因汴京已经沦陷，归期渺茫，故生天涯之感。全盛时，指北宋时期。

④三句写北宋时繁华景象，宫殿之华美。

⑤华胥梦，美梦。《列子·黄帝》：“（黄帝）昼寝，而梦游于华胥氏之国。……黄帝既寤，怡然自得。”

【说明】

本词写南迁流亡途中的内心感受。上片描述当前之狼狈处境，只用“天涯海角悲凉池”一句点明。结句承上启下。下片回忆当年“全盛时”，用虚笔轻轻带过，结尾又回到当前，说往事已成华胥一梦，回首当年，徒然令人悲伤流泪而已。沉郁悲痛，情见乎词。况周颐《蕙风词话》卷二评论说：“赵忠简词……清刚忱至，卓然名家。故君故国之思，流溢行间句里，如《鹧鸪天·建康上元作》。”

贺圣朝　道中闻子规

征鞍南去天涯路。青山无数。更堪月下子规啼，向深山深处[1]。　凄然推枕，难寻新梦，忍听伊言语[2]。更阑人静一声声，道不如归去[3]。

【注释】

①征鞍，征马。杜审言《经行岚州》：“自惊牵远役，艰险促征鞍。”更堪，那堪，何堪。卢纶《舟次鄂州》：“旧业已随征战尽，更堪江上鼓鼙声。”

②难寻新梦，难以入睡。忍听，不忍听，何忍听。伊，他，指杜鹃。

③杜鹃啼声犹如“不如归去”。宋梅尧臣《杜鹃》诗：“蜀帝何年魄，千

春化杜鹃。不如归去语,亦自古来传。”

【说明】

据吴熊和《唐宋词汇评》考证,本词作于高宗绍兴九年(1139)春,赵鼎自绍兴府移知福建泉州途中。词以杜鹃这一悲剧性意象为核心,层层推进,抒写了自己的羁旅漂泊之感和思念故乡之情。

向子諲四首

向子諲(1085—1152),字伯恭,自号芗林居士,开封人,南渡后徙居临江。以恩荫补官,历徽猷阁直学士,户部侍郎。以忤秦桧致仕。有《酒边词》。

阮郎归　绍兴乙卯大雪行鄱阳道中[①]

江南江北雪漫漫。遥知易水寒[②]。同云深处望三关,断肠山又山[③]。　天可老,海能翻。消除此恨难[④]。频闻遣使问平安。几时鸾辂还[⑤]。

【注释】

①绍兴乙卯,宋高宗绍兴五年(1135),作者在是年由江州知州改任江东转运使,途经鄱阳。

②易水寒,荆轲刺秦王,临行作《易水歌》,其词曰:“风萧萧兮易水寒,壮士一去兮不复还。”易水在今河北省。

③同云,《诗经·小雅·信南山》:“上天同云,雨雪雰雰。”朱熹《诗集传》:“同云,云一色也。将雪之候如此。”唐李咸用《大雪歌》:“同云惨惨如天怒,寒龙振鬣飞干雨。”三关,淤口关、益津关、瓦桥关,合称三关,均在

河北境内。

④此恨，指徽、钦二帝被掳北上之恨。犹如岳飞《满江红》所言“靖康耻”。

⑤频闻遣使，宋高宗四年正月、五年五月分别派遣使者章谊、何藓等人赴金国，通问二帝，与金人交涉无果。鸾辂，帝王车驾，此指徽、钦二帝。

【说明】

冯煦《蒿庵词论》曰：“《酒边词》绍兴乙卯大雪行鄱阳道中《阮郎归》一阕，为二帝在北作也。眷恋旧君，与陆虔扆之‘金锁重门’，谢克家之‘依依宫柳’同一词旨。”自从汉武帝“罢黜百家，独尊儒术”以后，树立了君主的绝对权威。先秦孟子那种“民为贵，社稷次之，君为轻”的民本思想，一千年来已被淘洗殆尽。在广大士大夫的心目中，君主就是国家的象征。本词就是通过怀念旧君徽、钦二帝，抒发词人的家国之痛。虽然徽、钦二帝不算好皇帝，但他们做了俘虏，北方广大土地沦丧，人民成了亡国奴，实际上是一回事。岳飞《满江红》说：“靖康耻，犹未雪。臣子恨，何时灭。”作者也说：“天可老，海能翻，消除此恨难。”都表现了极度的悲愤之情，也表现了强烈的忠君之情。在当时的历史条件下，忠君和爱国是同一件事情。

减字木兰花　政和癸巳[①]

几年不见。胡蝶枕中魂梦远[②]。一日相逢。鹦鹉杯深笑靥浓[③]。　欢心未已。流水落花愁又起[④]。离恨如何。细雨斜风晚更多[⑤]。

【注释】

①政和癸巳，宋徽宗政和三年(1113)。

②蝴蝶梦，用庄子梦为蝴蝶典故，言梦中也无由相见。

③陆游《蝶恋花》：“鹦鹉杯深君莫诉。他时相遇知何处。”鹦鹉杯，用鹦鹉螺制成的酒杯，泛指酒杯。

④流水落花，喻离别。柳永《香雪梅》：“雅态妍姿正欢洽，落花流水忽西东。”

⑤张志和《渔父》:“斜风细雨不须归。”

【说明】

词写相思离别之情。先写相思之苦,继写相逢之乐,再写别离之痛,写得委婉曲折,一往情深。本词当作于南渡以前。

南歌子

柳眼风前动,梅心雪后寒[①]。年光浑似雾中看。报答风光无处、可为欢[②]。　　一曲聊收泪,三杯强自宽。新愁不耐上眉端。怕见长安归路、懒凭栏[③]。

【注释】

①柳眼,初生的柳叶。梅心,梅花的苞蕾。元稹《寄浙西李大夫》诗之一:“柳眼梅心渐欲春,白头西望忆何人?”

②年光,春光。王绩《春桂问答》诗之一:“年光随处满,何事独无花?”雾中看,杜甫《小寒食舟中作》:“春水船如天上坐,老年花似雾中看。”

③不耐,不忍。长安,指北宋首都汴京。

【说明】

本词作于南渡以后。上片描写春景,但在词人眼中,美丽的风景却一无可看,徒然引起忧愁。为什么?下片抒发故国之思,同时也回答这一问题。“一曲”三句先言自己悲痛心情。篇末点题:“怕见长安归路”,首都汴京已经沦陷,回归之路已经断绝,所以“怕见”。

秦楼月[①]

芳菲歇。故园目断伤心切。伤心切。无边烟水,无穷山色[②]。　　可堪更近乾龙节。眼中泪尽空啼血[③]。空啼血。子规声外,晓风残月[④]。

【注释】

①秦楼月,又名忆秦娥。

②故园,故乡。作者河南人,此时已被金国占领。

③乾龙节,宋钦宗赵桓生日,在四月己酉(十三日)。

④柳永《雨铃霖》:"杨柳岸,晓风残月。"

【说明】

词写思乡之情,作者的家乡河南已经成为沦陷区,所以思乡也就是怀念故国。下片从思乡过渡到思怀旧君。此时钦宗赵桓生日乾龙节已近,而钦宗本人却已成金人俘虏,故词人悲痛异常,"眼中泪尽空啼血",就是这种悲痛心情的写照。

蒋氏女一首

蒋氏女,阳武令蒋兴祖之女。金兵南侵,兴祖殉国,追赠朝散大夫。其女被掳北去。

减字木兰花　题雄州驿[①]

朝云横度。辘辘车声如水去[②]。白草黄沙。月照孤村三两家。　飞鸿过也。万结愁肠无昼夜。渐近燕山。回首乡关归路难[③]。

【注释】

①雄州,在今河北保定市。

②辘辘,车轮声。

③燕山,北京一带,当时为金人领地。

【说明】

韦居安《梅磵诗话》卷下:靖康间,金人犯阙,阳武令蒋兴祖死之。其女为贼掳去,题字于雄安驿中,叙其本末,仍作《减字木兰花》词。况周颐《蕙风词话》卷一:"词寥寥数十字,写出步步留恋,步步凄恻。……非平日学养醇至不办。"可惜其词只存此一首。

蔡柟一首

蔡柟,字坚老,南城(今属江西)人,自号云壑道人。曾官袁州通判。词集《浩歌集》已佚,《全宋词》录其词六首。

鹧鸪天

病酒厌厌与睡宜。珠帘罗幕卷银泥[①]。风来绿树花含笑,恨入西楼月敛眉[②]。　惊瘦尽,怨归迟。休将桐叶更题诗[③]。不知桥下无情水,流到天涯是几时。

【注释】

①与睡宜,只想昏睡。银泥,用银粉调成的染料。

②月敛眉,月色昏暗。

③桐叶题诗,用唐宫女桐叶题诗典故,意谓信息难通。

【说明】

词写女子相思之情,习见题材而已。好在末三句反用桐叶题诗典故,抒写女子的相思之情,既委婉曲折,又自然流畅,情味悠悠不尽。

蔡伸五首

蔡伸(1088—1156),字伸道,自号友古居士。莆田人。蔡襄之孙。政和五年进士,官至左中大夫。有《友古词》。

浣溪沙

紫燕双双掠水飞。廉纤小雨未成泥。篱边开尽野蔷薇[1]。　　会少离多终有恨,暂来还去益堪悲。后期重约采莲时[2]。

【注释】

①廉纤,细微。韩愈《晚雨》:“廉纤晚雨不能晴,池岸草间虻蚓鸣。”

②后期,后会之期。

【说明】

词写春日相思之情。上片写春天景色如画,下片抒情亦委婉缠绵。

虞美人

瑶琴一弄清商怨。楼外桐阴转[1]。月华澄淡露华浓。寂寞小池烟水冷芙蓉[2]。　　攀花撷翠当时事。绿叶同心字[3]。有情还解忆人无。过尽寒沙新雁甚无书[4]。

【注释】

①清商怨，古乐府有《清商曲辞》，其声哀怨。

②月华，月光。露华，露水。芙蓉，这里指荷花。

③宋王安石《杖策》："杖策窥园日数巡，攀花弄草兴常新。"当时，昔日。"绿叶"句，作者《愁倚栏·伤春》："绿叶同心双小字，记曾题。"

④甚无书，为何没有书信。

【说明】

相思怀人之词。上片描绘凄清秋景，但景中分明有一个人在，弄瑶琴而生怨，对月华而愁寂。下片抒相思之情，先从昔日相聚之乐写起，末三句写自己相思，却从对方落笔，"有情还解忆人无"。构思不落俗套。

柳梢青

数声鶗鴂。可怜又是，春归时节[①]。满院东风，海棠铺绣，梨花飘雪[②]。　丁香露泣残枝，算未比、愁肠寸结[③]。自是休文，多情多感，不干风月[④]。

【注释】

①鶗鴂，暮春啼鸣，故曰"春归"。

②铺绣，指海棠花落遍地。

③未比，比不上、不如。

④沈约，字休文。不干，无关。

又

子规啼月。幽衾梦断，销魂时节[①]。枕上斑斑，枝头点点，染成清血[②]。　凄凉断雨残云，算此恨、文君更切[③]。老去情怀，春来况味，那禁离别。

【注释】

①啼月，李白《蜀道难》："又闻子规啼夜月，愁空山。"销魂时节，谓春末。毛熙震《清平乐》："正是销魂时节，东风满树花飞。"

②斑斑，泪痕；点点，桃花。黄机《乳燕飞·次徐斯远韵寄稼轩》词："满袖斑斑功名泪，百岁风吹急雨。"真德秀《蝶恋花》："何事枝头，点点胭脂污。"

③断雨残云，喻指爱情中断。毛滂《惜分飞》："断雨残云无意绪。寂寞朝朝暮暮。"文君，喻称所爱女子。

【说明】

以上两首，均通过杜鹃悲鸣这一意象，抒写词人的内心感受。第一首以写景为主，表达对春天的无比眷恋；第二首抒发别离之悲情，笔致抑郁沉痛，从"老去情怀"两句看，似乎不仅仅是离别之痛，还糅合了身世之感。

点绛唇　登历阳连云观[①]

水绕孤城，乱山深锁横江路。帆归别浦。冉冉兰皋暮[②]。　人在天涯，雁背南云去。空凝伫。凤楼何处。烟霭迷津渡[③]。

【注释】

①历阳，今安徽和县。别浦，河流入口处。杜甫《奉送卿二翁统节度镇军还江陵》："嘹唳吟笳发，萧条别浦清。"

②冉冉，渐渐。贺铸《青玉案》："碧云冉冉蘅皋暮。"

③"雁背"句，谓大雁北飞。凤楼，指女子所居处。冯延巳《鹊踏枝》："几度凤楼同饮宴，此夕相逢，却胜当时见。"秦观《踏莎行》："雾失楼台，月迷津渡。"

【说明】

客中怀人之作,上片写行旅之愁,下片写怀人之思,笔致非常含蓄,只下片“人在天涯”四字,点明羁旅之情,“凤楼何处”四字暗示情人远别。据吴熊和考证,本词作于绍兴九年(1139)和州任上。

李甲一首

李甲,字景元,一说字重元,嘉兴华亭人。自号华亭逸人。善画,亦工词。《全宋词》录其词九首。

忆王孙　春词

萋萋芳草忆王孙。柳外楼高空断魂①。杜宇声声不忍闻。欲黄昏。雨打梨花深闭门②。

【注释】

①“萋萋”句,用淮南小山《招隐士》句意,写相思之情。

②楼高,高楼。指代高楼之思妇。曹植《七哀》:“明月照高楼,流光正徘徊。上有愁思妇,悲叹有余哀。”

【说明】

词写相思离别之情,但只有“忆王孙”三字说到本题,其后一句一思,一步一景,全从空处落笔。黄蓼园评曰:“高楼望远,‘空’字已凄恻,况闻杜宇。末句尤比兴深远,言有尽而意无穷。”

吴淑姬二首

吴淑姬，生平不详。当为北宋人，黄昇《唐宋诸贤绝妙词选》录其词三首。

小重山 春愁

谢了荼蘼春事休。无多花片子，缀枝头[①]。庭槐影碎被风揉。莺虽老，声尚带娇羞。　独自倚妆楼。一川烟草浪，衬云浮。不如归去下帘钩。心儿小，难着许多愁[②]。

【注释】

①荼蘼，即酴醾，春末夏初开花。刘克庄《出城二绝》："主人叹息官来晚，谢了酴醾一架花。"

②着，放置。

【说明】

黄昇《唐宋诸贤绝妙词选》说："吴淑姬，女流中慧黠者。有词五卷，名《阳春白雪》，佳处不减李易安也。"可惜《阳春白雪》已经佚失，《全宋词》仅录其词三首。但从仅存的三首词看，其描写笔致之细腻，造语之创新，黄昇"佳处不减易安"的评价，或许并不过分。本词写春恨，所谓春恨、春愁，其实都是相思之情，只不过本词写得特别含蓄而已。全篇以写景为主，上片写庭院中所见之景，下片写登楼所见之景，篇末说"心儿小，难着许多愁"，巧妙地表达了春愁之深重。《古今词话·词辨》上卷引严仁曰："如怨如诉，自起自倒，诵之有难以为情者。非直深于意态也。"

惜分飞　送别

岸柳依依拖金缕。是我朝来别处[①]。惟有多情絮。故来衣上留人住[②]。　　两眼啼红空弹与。未见桃花又去[③]。一片征帆举。断肠遥指苕溪路[④]。

【注释】

①金缕，金色柳丝。

②絮，柳絮；故来，有意飞来。

③啼红，眼泪。空弹与，意谓眼泪无法留住行人。

④苕溪，在浙江省北部，浙江八大水系之一，是太湖流域的重要支流。

【说明】

词写离别之悲痛。上片写景，下片抒情。构思新巧，笔法含蓄，尤其三、四句，卓人月评曰："杨花也，人皆怨其送春，此独感其留人。……佳处故敌易安，惜无知者。"

聂胜琼一首

聂胜琼，汴京（今开封市）妓女，后归李之问。《全宋词》仅存词一首。

鹧鸪天　寄李之问[①]

玉惨花愁出凤城。莲花楼下柳青青[②]。尊前一唱阳关曲，别个人人第五程[3]。　　寻好梦，梦难成。有谁知我此时情。枕前泪共阶前雨，隔个窗儿滴到明[4]。

【注释】

①梅鼎祚《青泥莲花记》载："李之问仪曹解长安幕，诣京师改秩。都下聂胜琼，名倡也，质性慧黠，公见而喜之。李将行，胜琼送别，饯饮于莲花楼，唱一词，末句曰：'无计留春住，奈何无计随君去。'李复留经月。为细君督归甚切，遂饮别。不旬日，聂作一词以寄李云（词略），盖寓调《鹧鸪天》也。之问在中路得之，藏于箧间，抵家为其妻所得。因问之，具以实告。妻喜其语句清健，遂出妆奁资夫取归。琼至，即弃冠栉，损其妆饰，委曲以事主母，终身和悦，无少间焉。"

②玉惨花愁，女子自比。莲花楼，楼名，或为妓馆。

③《阳关曲》，送别之曲。人人，对所爱者的昵称。第五程，意谓送了一程又一程。

④共，一同、一起。

【说明】

词写离别之悲痛，但是据传有一个大团圆的结局。词写得非常出色，清末民初词学大师况周颐《蕙风词话》卷一评曰："纯是至情语，自然妙造，不假造琢，愈浑成，愈秾粹。于北宋名家中，颇近六一、东山。方之闺帷之彦，虽幽栖、漱玉，未遑多让，诚坤灵间气矣。"这样的评价当然很高，但并不过分。宋代的女词人中，很可能有一批优秀词人，但许多人由于社会地位低微，或者由于战乱，作品基本散失，令人痛心。做此推论的理由是，能够写出如此优秀的作品的词人，绝对不可能平生只写过一两首词。

乐婉一首

乐婉，杭州妓女。生平不详，《全宋词》录词一首。

卜算子　答施

相思似海深，旧事如天远。泪滴千千万万行，更使人、愁肠断。　　要见无因见，了拚终难拚[①]。若是前生未有缘，待重结、来生愿。

【注释】

①了拚，舍弃。

【说明】

《全宋词》录施酒监《卜算子·赠乐婉》词一首，其辞曰："相逢情便深，恨不相逢早。识尽千千万万人，终不似、伊家好。　　别你登长道。转更添烦恼。楼外朱楼独倚阑，满目围芳草。"词写得不错，也表露了真情。但两相比照，显然乐婉的答词写得更好。好在何处？直抒胸臆，不用任何典故，但一片真情流溢于字里行间，颇具古乐府之风。

刘彤一首

刘彤，字子美，江宁章文虎妻。生平不详。《全宋词》录词一首。

临江仙

千里长安名利客，轻离轻散寻常[①]。难禁三月好风光。满阶芳草绿，一片杏花香[②]。　记得年时临上马，看人眼泪汪汪。如今不忍更思量。恨无千日酒，空断九回肠[③]。

【注释】

①名利客，指丈夫章文虎。

②难禁，难耐。

③千日酒，传说一种能令人长醉千日的酒，见干宝《搜神记》卷十九。韩偓《江岸闲步》："青布旗夸千日酒，白头浪吼半江风。"九回肠，形容悲痛不已。梁简文帝《应令》："望邦畿兮千里旷，悲遥夜兮九回肠。"

【说明】

词写离别之痛。先从别后写起，开篇即埋怨丈夫"重利轻离别"，接着说虽然春光明媚，但因寂寞相思，自己更加难以禁受。下片从回忆当年离别时的情景开端，结尾再回到目前，"恨无千日酒，空转九回肠"，极言相思之痛苦难以排遣。

陈与义四首

陈与义（1090—1138），字去非，号简斋，洛阳人。绍兴中，历官中书舍人、吏部侍郎、翰林学士，官至参知政事。以诗名家，亦工词。有《无住词》。

临江仙　夜登小阁忆洛中旧游[①]

忆昔午桥桥上饮，坐中多是豪英[②]。长沟流月去无声。杏花疏影里，吹笛到天明[③]。　二十余年如一梦，此身虽在堪惊[④]。闲登小阁看新晴。古今多少事，渔唱起三更[⑤]。

【注释】

①据缪钺先生考证，本词或作于宋高宗绍兴五至六年（1135—1136），当时陈与义退居湖州青墩僧舍。洛中，指作者故乡河南洛阳。

②午桥，在洛阳城南，唐代名相裴度曾筑别墅于此，与白居易、刘禹锡等人诗酒唱和。

③长沟流月，月光随波而去，亦喻时光流逝。

④虽在堪惊，人虽然活着，但历经亡国之痛，播迁之苦，故曰“堪惊”。

⑤“古今”二句，意谓古往今来之事，均付与渔唱而已。渔唱，渔歌。

【说明】

陈与义以诗名家，为江西诗派“三宗”之一。作词不多，今本《无住词》仅存词十八阕。数量虽不多，但中有名作，在当时就广为传诵，论者以为“可摩坡仙（东坡）之垒”。本篇写身世之慨，上片回忆当年洛阳旧游盛况；

下片感慨目前,“二十余年”两句,写尽人间苦难,世事沧桑。结尾三句,以旷达之语,表现悲慨之情,更觉意味深长。许昂霄《词综偶评》说:“神到之作,无容拾袭。渔隐称为‘清婉奇丽’,玉田称为‘自然而然’,不虚也。”

又

高咏楚词酬午日,天涯节序匆匆[①]。榴花不似舞裙红。无人知此意,歌罢满帘风[②]。　　万事一身伤老矣,戎葵凝笑墙东。酒杯深浅去年同[③]。试浇桥下水,今夕到湘中[④]。

【注释】

①楚辞,战国时产生于楚国的一种诗体,屈原是楚辞的主要代表作家。午日,阴历五月五日,俗称端午节。酬,纪念。“天涯”句,宋高宗建炎三年(1129),作者流寓湖南、湖北一带,远离故乡,故云。

②不似,不如。五月榴花盛开,故用以比舞裙。

③戎葵,即蜀葵,俗称一丈红。凝笑,一直含笑。

④二句写酹酒于江水,凭吊屈原。湘中,指屈原死处。据说屈原投汨罗江而死,汨罗为湘江支流,在今湖南省北部。

【说明】

端阳节自伤身世,追怀屈原之作。宋高宗建炎三年(1129),金兵入侵北宋首都汴京(今河南开封),宋室南迁。陈与义避乱湖北、湖南一带。本词即作于此年端午。词人浪迹湖湘,又逢端午,自然更容易联想到诗人屈原,故篇首以高咏楚词开始,篇末以祭悼屈原作结。与此同时,词中也糅合了个人的身世之慨,感叹岁月匆匆,功业无成,充满豪迈激越之情,明显受到苏轼豪迈词风的影响。

虞美人　大光祖席醉中赋长短句[①]

张帆欲去仍搔首。更醉君家酒[②]。吟诗日日待春风。及至桃花开后却匆匆[③]。　　歌声频为行人咽。记着樽前雪[④]。明朝酒醒大江流。满载一船离恨向衡州[⑤]。

【注释】

①席益,字大光,陈与义同乡好友。祖席,离别时的筵席。

②搔首,指踟蹰,徘徊。《诗经·邶风·静女》:“爱而不见,搔首踟蹰。”

③桃花开后,春已过半,故曰匆匆。

④尊前雪,雪,或为雪儿之省称。据孙光宪《北梦琐言》记载,隋末李密有歌伎名雪儿,能歌善舞。这里是泛称。

⑤“明朝”二句,形容离恨重重。苏轼《虞美人》:“无情汴水自东流,只载一船离恨向西州。”

【说明】

辞别友人,感怀身世之作。上片写依依惜别之情;下片抒离恨重重之痛。结尾化用东坡词成句,表达深情难遣。

定风波　重阳

九日登临有故常。随晴随雨一传觞[①]。多病题诗无好句。孤负。黄花今日十分黄[②]。　　记得眉山文翰老。曾道。四时佳节是重阳[③]。江海满前怀古意。谁会。阑干三抚独凄凉[④]。

【注释】

①故常,旧例。随晴随雨,不论晴雨。传觞,宴饮时传递酒杯劝酒。

②“多病”三句,意谓写不出好诗,辜负了黄花。

③眉山文翰老,指苏轼。苏轼四川眉山人。文瀚老,前辈文豪。按苏轼去世时,陈与义十一岁。“四时”句,苏轼《与李公择》:“秋色佳哉,想有以为乐。人生唯寒食、重九,切勿虚过。四时之美,无如此节者矣。”

④江海满前，意即登高望远，满目江山。柳永《蝶恋花》："草色烟光残照里，无言谁会凭栏意。"三抚，多次抚摸。

【说明】

重阳登高感怀之作。上片写与友人登高饮酒赏菊，但构思曲折，表达风趣；下片用苏轼语，赞美重阳佳节。结尾三句，登高望远，怀古伤今，抒发词人内心感慨。

张元幹五首

张元幹(1067—1161)，字仲宗，别号芦川居士，永福人。靖康初，为李纲行营幕僚，李纲罢，亦遭贬逐。绍兴初，官将作少监。坐作词送胡诠及李纲，为秦桧所忌，除名削籍，漫游江湖以终。有《芦川词》。

浣溪沙

山绕平湖波撼城。湖光倒影浸山青。水晶楼下欲三更[①]。　雾柳暗时云度月，露荷翻处水流萤。萧萧散发到天明[②]。

【注释】

①孟浩然《临洞庭湖赠张丞相》："气吞云梦泽，波撼岳阳城。"水晶楼，或指水中楼阁。

②流萤，比喻荷叶上水珠闪烁流动。散发，李白《宣州谢朓楼饯别校书叔云》："人生在世不称意，明朝散发弄扁舟。"

【说明】

张元幹是主战派，他因作词送李纲及胡诠而触犯秦桧，四十一岁就被迫致仕。他的词以《贺新郎》送李伯纪丞相与《贺新郎》送胡邦衡待制二首为压卷。正如《四库总目》所说："其词慷慨悲凉，数百年后，尚想其抑塞磊落之气。"但致仕以后词风一变，"多清丽婉转，与秦观、周邦彦可以肩随"（同上引）。本词可能是作者致仕后游览吴兴时所作，在生动如画的风景描绘中，寄托了作者潇洒闲逸的心情，但从末句"萧萧散发到天明"看，又隐约透露出几丝壮志未酬的感慨。

又　武林送李似表[①]

燕掠风樯款款飞。艳桃秾李闹长堤。骑鲸人去晓莺啼[②]。　可意湖山留我住，断肠烟水送君归。三春不是别离时[③]。

【注释】

①李弥正，字似表。宣和进士，曾官吏部郎中。武林（今浙江杭州），当时为南宋首都。

②风樯，指帆船。款款，慢慢。杜甫《曲江》："穿花蛱蝶深深见，点水蜻蜓款款飞。"长堤，当时武林有白堤、苏堤，堤上遍植桃李。骑鲸，比喻隐遁或游仙。宋晁补之词《少年游·次季良韵》："它日骑鲸，尚怜迷路，与问众仙真。"

③可意，中意、称心。

【说明】

送别友人之作，当时李弥正或致仕归隐，故称其为骑鲸人。下片致惜别之意，"断肠"二字，显示离别之痛，信笔写来，自然流畅而深情自见。

点绛唇　丙寅秋社前一日溪光亭大雨作[①]

山暗秋云，暝鸦接翅啼榕树。故人何处。一

夜溪亭雨[②]。　梦入新凉，只道消残暑。还知否。燕将雏去。又是流年度[③]。

【注释】

①丙寅，宋高宗绍兴十六年(1146)，作者五十六岁。

②溪亭，溪光亭。

③只道，还以为。雏，小鸟。

【说明】

即景言情之作，本词当作于作者致仕归隐以后。上片挂念故人何在，下片慨叹年华空逝。有情有景，情景交融，是作者晚年艺术上成熟之作。

虞美人

菊坡九日登高路。往事知何处[①]。陵迁谷变总成空。回首十年秋思吹台东[②]。　西窗一夜萧萧雨。梦绕中原去[③]。觉来依旧画楼钟。不道木犀香撼海山风[④]。

【注释】

①九日，九月九日重阳节。

②陵迁谷变，《诗经·小雅·十月之交》："高岸为谷，深谷为陵。"比喻世事变迁，此指北宋灭亡。吹台，又称繁台，在今河南开封市东南禹王台公园内。相传为春秋时师旷吹乐之台。汉梁孝王增筑曰明台。因梁孝王常按歌吹于此，故亦称吹台。阮籍《咏怀》诗之六十："驾言发魏都，南向望吹台。"

③中原，指洛阳至开封一带为中心的黄河中下游地区，泛指北方沦陷区。

④木犀，即木樨，桂花之别称。

【说明】

从"回首十年秋思、吹台东"句推测，词或作于靖康之变后十年左右。

本词抒发故国之思,慨叹北宋灭亡的陵谷沧桑之变。作者虽因主战而遭排挤,遭陷害,以致一度身陷囹圄。但是初心不变,退居林下之后,仍旧念念不忘故国,为北宋的灭亡而痛心不已。词中“陵迁谷变”“梦绕中原”等句,都明白无误地表现了词人的满腔爱国情怀。

减字木兰花

客亭小会。可惜无欢容易醉。归去更阑。细雨鸣窗一夜寒[①]。　昏然独坐。举世疏狂谁似我[②]。强拨炉烟。也道今宵是上元[③]。

【注释】

①小会,指朋友小规模聚会。更阑,更深夜残。方干《元日》:“晨鸡两遍报更阑,刁斗无声晓露干。”

②疏狂,豪放,不受拘束。柳永《蝶恋花》:“拟把疏狂图一醉,对酒当歌,强乐还无味。”

③上元,元宵节。

【说明】

词写元宵之夜的感受。元宵在宋代是一个非常重要的节日,尤其在北宋首都开封和南宋首都临安,都是一片繁华热闹景象。但是在词人的笔下,元宵却显得如此凄凉萧瑟,“可惜无欢容易醉”“细雨鸣窗一夜寒”“昏然独坐”“强拨炉烟”,都表现了词人寂寞凄凉的心情。为什么呢?忧国之心,迟暮之感,纠结在一起,使得当年满腔热血的诗人,心灰意冷。

吕渭老四首

吕渭老，一作滨老，字圣求，秀州（今属浙江）人。约徽宗宣和前后在世，为朝士，余不详。有《圣求词》。

思佳客[1]

江上何人一笛横。倚楼吹得月华生[2]。寒风堕指倾三弄，小市收灯欲二更[3]。　持蟹股，破霜橙。玉人水调品秦筝[4]。细看桃李春时面，共尽玻璃酒一觥[5]。

【注释】

①《思佳客》即《鹧鸪天》，亦称《思越人》。

②欧阳修《临江仙》："阑干倚处，待得月华生。"

③三弄，笛曲《梅花三弄》。

④水调，古曲调名；品秦筝，弹奏秦筝。杜牧《扬州》："谁家唱水调，明月满扬州。"桃李春时面，或指美女。杨万里《兰花》："生无桃李春风面，名在山林处士家。"觥（gōng），古代酒器。

【说明】

词写与佳人共聚之乐。上片言在悠扬的笛声中，月亮渐渐升起。下片写手持蟹螯，手剥新橙，在音乐声中与佳人对坐而饮酒，其乐融融。

南歌子

策杖穿荒圃，登临笑晚风。无穷秋色蔽晴空[①]。遥见夕阳江上、卷飞蓬[②]。　　雁过菰蒲远，山遥梦寐通。一林枫叶堕愁红[③]。归去暮烟深处、听疏钟[④]。

【注释】

①圃，种植蔬菜、瓜果、花草的园地。

②飞蓬，喻漂泊无定。曹植《杂诗》："转蓬离本根，飘飘随长安。"

③愁红，红叶。

④刘长卿《送灵澈上人》："苍苍竹林寺，杳杳钟声晚。"二句意谓，欲归隐林下。

【说明】

词写隐退闲居情趣。上片描写秋天景色，下片表现退隐心情。但从"飞蓬""大雁""梦寐通""堕愁红"等词语看，作者并未真正忘怀世事，词人既有羁旅之叹，亦有怀念之人，还有悲秋之意。"归去"云云，很可能有不得已的原因。

一落索

蝉带残声移别树。晚凉房户[①]。秋风有意染黄花，下几点、凄凉雨。　　渺渺双鸿飞去。乱云深处。一山红叶为谁愁，供不尽、相思句[②]。

【注释】

①移别树，飞到另一棵树。

②供不尽，意谓写不尽。

【说明】

悲秋怀人之词,上片抒悲秋之意,下片写相思之情。笔法简洁而含蓄。陈廷焯《词则》评曰:“凄紧。”

南乡子

小雨阻行舟。人在烟林古渡头。欲挈一尊相就醉,无由。谁见横波入鬓流①。　百计不迟留。明月他时独上楼②。水尽又山山又水,温柔。占断江南万斛愁③。

【注释】

①挈,带。一尊,指酒。横波,女子眼波。

②迟留,逗留、停留。他时,将来。

③占断,占尽。

【说明】

词写相思之情,上片言欲见而无由相见,下片说盼望将来能够相见,但是行程漫漫,“水尽又山山又水”,因而心中满是忧愁。表现手法迷离恍惚,令人有可望而不可即之感。

扬无咎二首

扬无咎(1097—1169),字补之,号逃禅老人,清江(今属江西)人。高宗朝,秦桧擅权,故屡征不起。善书画,亦能词,人称“逃禅三绝”。

南歌子　次东坡端午韵[①]

小雨疏疏过，长江滚滚流。落霞残照晚明楼。又是一番重午，身寄南州[②]。　罗绮纷香陌，鱼龙漾彩舟。不堪回首凤池头[③]。谁道于今霜鬓，犹自淹留[④]。

【注释】

①苏轼《南歌子·游赏》："山与歌眉敛，波同醉眼流。游人都上十三楼。不羡竹西歌吹、古扬州。　菰黍连昌歜，琼彝倒玉舟。谁家水调唱歌头。声绕碧山飞去、晚云留。"

②重五，旧历五月五日，端午节。南州，泛指南方地区。《楚辞·远游》："嘉南州之炎德兮，丽桂树之冬荣。"

③罗绮，穿着华丽的女子。李白《清平乐》词："女伴莫话孤眠，六宫罗绮三千。"鱼龙，指鱼龙杂戏。凤池，凤凰池，指皇宫禁苑中的池沼。柳永《望海潮》："异日图将好景，归去凤池夸。"

④淹留，羁留、久留。曹丕《燕歌行》："慊慊思归恋故乡，君何淹留寄他方？"

【说明】

本词为端午节和东坡之作，东坡原词副题并非端午，而是《游赏》，但从文本看，的确包含端午的内容。本词上片写羁旅之感，下片抒发故国之思。北宋灭亡之时，扬无咎已经三十一岁，曾经在汴京生活过，下片"罗绮"三句，就是写词人对已经沦陷的故国的思念之情。

鹧鸪天

休倩傍人为正冠。披襟散发最宜闲[①]。水云况得平生趣，富贵何曾着眼看[②]。　低拍棹，称鸣銮。一尊长向枕边安[3]。夜深贪钓波间月,睡起知他日几竿[4]。

【注释】

①倩,请。杜甫《九日蓝田崔氏庄》:“羞将短发还吹帽,笑倩旁人为正冠。”此反其意。

②水云,指隐居之地。

③拍棹、指乘船而歌;称鸣銮;乘坐豪华的銮车。称通趁。苏轼《前赤壁赋》:“于是饮酒乐甚,扣舷而歌之。”唐玄宗《早渡蒲津关》:“鸣銮下蒲坂,飞旆入秦中。”一尊即一樽,指酒。

④钓月,指夜里钓鱼。高观国《点绛唇》:“钓月篷闲,载诗却向旗亭醉。”“睡起”句,言不管睡醒时太阳升起多高。

【说明】

本词写闲居生活情趣,在潇洒闲逸之中,还带有几分傲兀之气。这很符合扬无咎的性格.词人因羞于攀附权臣秦桧,多次拒绝朝廷征聘,后隐居不出,以诗、书、画自娱。《全宋词》录扬无咎词近二百首,但大多是应酬赠答之篇,佳作并不多。

岳飞一首

岳飞(1103—1141),字鹏举,相州汤阴(今河南安阳市汤阴县)人。南宋抗金名将。官至河南、河北诸路招讨使、枢密副使。因坚持抗金,反对和议,为秦桧所害。淳熙间追谥武穆,嘉定间追封鄂王。淳祐间,改谥忠武。有《岳忠武王集》。

小重山

昨夜寒蛩不住鸣。惊回千里梦,已三更[①]。起来独自绕阶行。人悄悄,帘外月胧明[②]。 白首为功名。旧山松竹老,阻归程[③]。欲将心事付瑶琴。知音少,弦断有谁听[④]。

【注释】

①不住,不停。惊回,惊醒。

②月胧明,月色朦胧。

③“白首”二句,意谓欲退隐而身不由己。唐释齐己《过西山施肩吾故居》:“荒斋松竹老,鸾鹤自裴回。”宋刘子翚《送元仲之荆南》:“三径旧游松竹老,五湖新隐水云宽。”

④付瑶琴,寄托于瑶琴。“知音”二句用钟子期、俞伯牙典故,诉说自己心情无人理解。

【说明】

抗金名将岳飞的《满江红》慷慨激昂,忠愤填膺,已经名满天下,几乎成为古往今来爱国主义的一块标牌。但历史是复杂的,人的思想感情也是多面的。这首《小重山》却表现了岳飞思想的另一个方面:希望功成身退,归隐林泉。为什么呢?据缪钺先生分析:“岳飞抗金的志业,不但受到赵构、秦桧君臣的忌恨迫害,而同时其他的人如大臣张浚,诸将张俊、杨沂中、刘光世等,亦进行阻挠,故岳飞有曲高和寡、知音难遇之叹。”

顺便交代一个问题,自近人余嘉锡以来,就有不少学者对《满江红》的作者提出质疑,夏承焘、邓广铭都有考辨文章论及此事。吴世昌《词林新话》更是肯定地说:“《满江红》决非飞作。”中国文学史上有关文章真伪的争辩,由来已久,从题名屈原的作品开始,比较著名的如苏武、李陵诗,李陵《答苏武书》、司空图《二十四诗品》等等,都是如此。《满江红》是否岳飞所作,可以考辨,但其词所反映的志士情怀,却没有半分虚假。

孙道绚三首

孙道绚，号冲虚居士，生卒年不详。本中原人，“盛年居孀”，宋室南渡前，曾居汴京。著名学者黄铢之母。

少年游

葛氏侄女子告归，作《少年游》送之[1]

雨晴云敛，烟花澹荡，遥山凝碧。驱车问征路，赏春风南陌。　　正雨后、梨花幽艳白。悔匆匆、过了寒食。归家渐春暮，探酴醾消息[2]。

【注释】

①《少年游》，朱彝尊《词综》作《忆少年》。

②酴醾于春末夏初开花，故曰“渐春暮”。

【说明】

送别之词，在简淡平实的风景描绘中，透露出一丝惜春离别之情，颇具大家风范。

如梦令　宫词

翠柏红蕉影乱。月上朱栏一半。风自碧空来，吹落歌珠一串。不见。不见。人被绣帘遮断[1]。

【注释】

①歌珠，比喻歌声圆转。

【说明】

词写相思之情,唯听歌声传来,而不见人之踪影,笔致含蓄。

清平乐

悠悠飏飏。做尽轻模样。半夜萧萧窗外响。多在梅边竹上[1]。　　朱楼向晓帘开。六花片片飞来。无奈熏炉烟雾,腾腾扶上金钗[2]。

【注释】

①萧萧,形容雪花飘落在“梅边竹上”的声音。

②向晓,拂晓。六花,雪花。

【说明】

咏物之作,描写雪花,从夜半闻其声,到天明见其形,虽然并无深刻寓意,但也颇能得其形似。徐釚《词苑丛谈》认为,孙夫人“咏雪”,堪与李清照颉颃。

李石二首

李石(1108—1181),字知幾,号方舟,蜀人。进士,曾官都官员外郎、成都路转运判官等。有《方舟集》二十卷。

长相思　暮春

花飞飞。絮飞飞。三月江南烟雨时。楼台春树迷[1]。　　双莺儿。双燕儿。桥北桥南相对啼。

行人犹未归[2]。

【注释】

①“楼台”句,意谓楼台掩映于迷离的树林中。

②行人,行旅之人。

【说明】

原作三首,今选其一。词写女子相思之情,上片描绘春景如画,楼台即女子所居之处。“春树迷”句,景中见情。下片以成双成对的莺燕,反衬怀春女子的孤独情怀。篇末点题,笔法简洁。

西江月　渔父

一脉分溪浅绿,数枝约岸猗红[1]。小船横系碧芦丛。似我江湖春梦。　晒网渔归别浦,举头雁度晴空[2]。短蓑独宿月明中。醉笛一声风弄[3]。

【注释】

①猗红,大红、深红。

②杜甫《奉送卿二翁统节度镇军还江陵》:“嘹唳吟笳发,萧条别浦清。”

③风弄,风中吹笛。

【说明】

词写隐逸生活之乐趣。作者是一位崇尚气节,不善逢迎的士人,因而仕途坎坷,几起几落。在罢官之时,已入暮年,以后一直过着隐居生活。本词是词人这种生活和当时心情的写照。

康与之三首

康与之，字伯可，又字叔闻，号退轩，一号顺庵，滑州（今属河南）人。生卒年不详。秦桧当国，擢为台郎，以词受知于高宗。桧死，贬五羊。有《顺庵乐府》已佚。今人赵万里有辑本。

长相思　游西湖

南高峰。北高峰。一片湖光烟霭中。春来愁杀侬[①]。　郎意浓。妾意浓。油壁车轻郎马骢。相逢九里松[②]。

【注释】

①南高峰、北高峰，西湖附近南北对峙的两座山峰。

②古乐府《钱塘苏小歌》："妾乘油壁车。郎骑青骢马。"九里松，西湖十景之一，在西湖附近。

【说明】

词写西湖风光，上片自然风光，下片人文风光，语言朴素，自然流畅，似乎有意模仿古乐府风格。杨慎《词品》认为本词是模仿宋初林逋《相思令》（吴山青）之作，并说"二词可谓敌手"。

菩萨蛮　金陵怀古

龙蟠虎踞金陵郡。古来六代豪华盛[①]。缥凤不来游。台空江自流[②]。　下临全楚地。包举中原势[3]。可惜草连天。晴郊狐兔眠[4]。

【注释】

①龙盘虎踞,形容金陵形势险要。

②李白《登金陵凤凰台》:“凤凰台上凤凰游,凤去台空江自流。”缥,淡青色。

③全楚地,泛指今长江中下游一带。包举,囊括。中原,河南一带。二句言金陵形势之险要。

④“可惜”二句,形容如今中原的荒凉冷落。

【说明】

怀古伤今之作,上片怀古,下片伤今。结尾二句,目极伤心,感叹大好中原,尽成狐兔出没之地。康与之为秦桧门下十客之一,其人品颇为后人诟病。但人品与词品不一定统一,他的词写得不错。正如陈廷焯《白雨斋词话》所说:“伯可之谄桧,明于始而晦于终,不可恕也。然其词哀感顽艳,尽有佳者。陈质斋(陈振孙)云:‘伯可词鄙亵之甚。’此不足以服其心。”这是比较公允的评论。

卜算子

潮生浦口云,潮落津头树。潮本无心落又生,人自来还去[1]。　　今古短长亭,送往迎来处[2]。老尽东西南北人,亭下潮如故[3]。

【注释】

①津,渡口。

②短长亭,李白《菩萨蛮》:“何处是归程,长亭更短亭。”

③东西南北人,为名利生计而奔波者。

【说明】

词写羁旅漂泊之感,通过津头潮水之涨落,驿亭之迎来送往,说明人生苦短而自然无穷的道理。本词既有自叹之情,亦有规劝之意,比喻贴切,语言自然朴素,而表达含蓄,艺术上颇有特色。

曾觌三首

曾觌(1109—1180),字纯甫,号海野老农。汴人。淳熙初,除开府仪同三司,加少保。用事近二十年,逐直臣,用群小,也是一个著名的权奸。有《海野词》。

鹧鸪天　奉和伯可郎中席上见赠[1]

桃李飘零春已深。可怜轻负惜花心[2]。尊前赖有红千叠,窗外休惊绿满林[3]。　灯灼灼,醉沉沉。笙歌丛里酒频斟[4]。留欢且莫匆匆去,怅望春归何处寻。

【注释】

①康与之,字伯可。

②轻负,轻易辜负。

③程垓《醉落魄》:"绿深深处红千叠。杜鹃过尽芳菲歇。"红千叠,程词指榴花,本词或喻指筵席上的舞女。

④灼灼,明亮。

【说明】

惜春之词,鼓吹及时行乐,莫要辜负青春。这是词中习见题材。但作者表达委婉曲折,顿挫抑扬,语言也自然流畅,艺术上相当成功。

朝中措　维扬感怀[1]

雕车南陌碾香尘。一梦尚如新[2]。回首旧游何在，柳烟花雾迷春。　如今霜鬓，愁停短棹，懒傍清尊[3]。二十四桥风月，寻思只有消魂[4]。

【注释】

①维扬，即今扬州市。

②杜牧《遣怀》："十年一觉扬州梦，赢得青楼薄幸名。"

③短棹，指船。懒傍清尊，没有酒兴。

④杜牧《寄扬州韩绰判官》："二十四桥明月夜，玉人何处教吹箫。"

【说明】

化用杜牧两首绝句诗意，抒发怀旧之情。昔日繁华之都市，历经战争摧残，而今已经荒凉冷落；而词人自己，亦年华老大，旧游散尽，再无心寻欢作乐。词虽写个人感受，其实也包含时代沧桑之慨。

忆秦娥　邯郸道上望丛台有感[1]

风萧瑟。邯郸古道伤行客。伤行客。繁华一瞬，不堪思忆[2]。　丛台歌舞无消息。金尊玉管空尘迹。空尘迹。连天草树，暮云凝碧[3]。

【注释】

①丛台，又名武灵丛台，始建于战国赵武灵王时期（前325—前299），是赵王检阅军队与观赏歌舞之地。邯郸，在今河北省。

②思忆，回忆。

③江淹《杂体诗·效惠休别怨》："日暮碧云合，佳人殊未来。"

【说明】

怀古伤今之作。李调元《雨村词话》卷三："望丛台诸作，语多感慨，令人生麦秀黍离之感。”陈廷焯《白雨斋词话》卷六：“词极感慨，但说得太显，终病浅薄。”

黄公度三首

黄公度(1109—1156)，字师宪，号知稼翁，莆田人。绍兴八年进士第一，除秘书省正字，因诗句触怒秦桧，贬肇庆通判。桧死召还。终考功员外郎。有《知稼翁词》。

菩萨蛮

高楼目断南来翼。玉人依旧无消息[①]。愁绪促眉端。不随衣带宽[②]。　萋萋天外草。何处春归早[③]。无语凭阑干。竹声生暮寒[④]。

【注释】

①玉人，喻指友人汪彦章。

②“愁绪”二句，意谓人因相思而瘦，而愁绪仍难排解。

③用淮南小山典故，表达对友人的思念。

④杜甫《暮寒》：“沉沉春色静，惨惨暮寒多。”

【说明】

怀念友人之作，笔致异常含蓄。陈廷焯《白雨斋词话》卷二：“黄思宪《知稼翁词》，气和音雅，得味外味。人品既高，词理亦胜。《宋六十一家词选》中载其小令数篇，洵风雅之正声，温、韦之真脉也。余最爱其《菩萨蛮》云云。时公在泉幕，有怀汪彦章，以当路多忌，故托玉人以见意。”

卜算子　别士季弟之官[1]

薄宦各东西，往事随风雨[2]。先自离歌不忍闻，又何况、春将暮。　愁共落花多，人逐征鸿去[3]。君向潇湘我向秦，后会知何处[4]。

【注释】

①黄童，字士季。作者从弟。

②薄宦，言官职低微，仕途不顺。

③共，一样。征鸿，远飞的大雁。

④郑谷《淮上别友人》："数声风笛离亭晚，君向潇湘我向秦。"

【说明】

按黄童《卜算子》和思宪兄韵："不忍更回头，别泪多于雨。肺腑相看四十秋，奚止朝朝暮暮。　何事值花时，又是匆匆去。过了阳关更向西，总是思兄处。"骨肉情亲，行将远别，语语从肺腑流出，完全不加修饰，故能以真情动人。故许昂霄评曰："骨肉之别，语无一毫妆点。"

眼儿媚　梅词二首和傅参议韵

公时为高要倅，傅参议雱彦济寓居五羊，尝遗示梅词。公依韵和之。初，公被召命而西过分水岭，有诗云："呜咽泉流万仞峰，断肠从此各西东。谁知不作多时别，依旧相逢沧海中。"及公遭谤归莆，赵丞相鼎先已谪居潮阳，谗者傅会其说，谓公此诗指赵而言，将不久复偕还中都也。秦益公愈怒，至以岭南荒恶之地处之，此词盖以自况也。

一枝雪里冷光浮。空自许清流[1]。如今憔悴，蛮烟瘴雨，谁肯寻搜[2]。　昔年曾共孤芳醉，争插玉钗头[3]。天涯幸有，惜花人在，杯酒相酬[4]。

【注释】

①清流,喻指德行高洁、有名望的士大夫。

②寻搜,意谓探访、欣赏。

③玉钗头,女子发饰。

④相酬,酬对。韩愈《双鸟》:“还当三千秋,更起鸣相酬。”

【说明】

托物言怀之作,通过梅花这一意象,表达自己的高洁情怀,以及流落天涯以后的不幸命运。结尾“天涯”三句,回应副题,表达对傅参议的感激之情。陈廷焯评曰:“情见乎词,而措语未尝不忠厚。”按傅雱,字彦济,婺州浦江人。宋高宗绍兴二十六年(1156)曾知韶州,词或作于此时。傅雱原词已佚。

倪偁二首

倪偁(1116—1172),字文举,号绮川居士。吴兴(今属浙江省湖州市)人。进士,历官常州教授、太常寺主簿。有《绮川词》。

蝶恋花

我爱西湖湖上路。万顷沧波,河汉连天注[①]。一片寒光明白鹭。依稀似我登临处。　报答溪山须好语。痛饮高歌,何必骑鲸去[②]。环舍清阴消几亩。无人肯辨归来趣[③]。

【注释】

①河汉，银河。

②骑鲸，骑鲸鱼，杨雄《羽猎赋》："乘巨鳞，骑京鱼。"俗传太白醉骑鲸鱼，溺死浔阳。

③消，需要。归来趣，用陶渊明《归去来兮辞》典故，意谓无人领会归来之真趣。

【说明】

词写杭州西湖风光之美丽，表达隐居西湖之心愿。作者这一心愿最终是否实现？不得而知。但他所留词作三十余首，很多都与西湖相关，可见词人与西湖的确缘分不浅。

鹧鸪天　九日怀文伯

去岁登高感叹长。今年九日倍幽凉[①]。怀人独下西州泪，对菊谁空北海觞[②]。　夸酒量，斗新狂。尚余醉墨在巾箱[③]。眼前风物都非旧，只有青山带夕阳[④]。

【注释】

①幽凉，寂寞凄凉。

②西州泪，用兰昙伤悼谢安典故，悲痛故人去世。北海，汉末孔融曾官青州北海相。人称"孔北海"，建安七子之一，为人正直豪爽，曾说："座上客常满，樽中酒不空，吾愿足矣。"后被曹操所杀。

③醉墨，醉后所留墨迹。巾箱，小箱子。

④风物，风光景物。

【说明】

重阳登高，追念亡友之作。上片感叹目前，用羊昙和孔融两个典故，增加了抒情的深度和厚度；下片追忆过去，先扬而后抑，"夸酒量，斗新狂"，以豪情发端；"眼前风物都非旧，只有青山带夕阳"，以悲叹结束，使全词充满悲剧色彩。

许庭一首

许庭，字伯扬，濠梁（今安徽凤阳）人，平生不详。《全宋词评注》录其《临江仙》咏柳词五首。

临江仙　柳

不见隋河堤上柳，绿阴流水依依[①]。龙舟东下疾于飞。千条万叶，浓翠染旌旗[②]。　　记得当年春去也，锦帆不见西归[③]。故抛轻絮点人衣，如将亡国恨，说与路人知[④]。

【注释】

①隋河，隋炀帝开凿运河，河堤两岸遍植柳树。

②“龙舟”三句，指隋炀帝乘龙舟游历江南之事。

③“记得”二句，言炀帝最终被宇文化及所杀，身丧江南，未归西京洛阳。

④《全宋词评注》引《南部烟花记》：“陈后主与张丽华游后园，有柳絮点衣。”词暗用此典故，感叹隋炀帝荒淫亡国。

【说明】

许庭词仅剩五首，全部以柳为题，调寄《临江仙》。本篇紧紧围绕“柳”字展开，慨叹隋炀帝荒淫无度，以致身死国灭。表现手法含蓄轻灵，尤其结尾三句，暗用陈后主、张丽华典故，巧妙地将杨柳与亡国相联系，言尽而意余。

洪适三首

洪适（1117—1284），字景伯，晚号盘洲老人。鄱阳人，官至尚书右仆射，同中书门下平章事，封魏国公。卒谥文惠。

虞美人

芭蕉滴滴窗前雨。望断江南路。乱云重叠几多山。不似倦飞鸥鹭便知还。　　角声更听谯门弄。夜夜思归梦[①]。鄱江楼下水含漪。孤负钓滩烟艇绿蓑衣[②]。

【注释】

①弄，吹奏。

②漪，涟漪。张志和《渔歌子》："青箬笠，绿蓑衣。"

【说明】

洪适虽然官至宰相，但此时的南宋王朝，外有强敌窥伺，内伤积弱难返，因此每生辞官归隐之念，上片"不似倦飞鸥鹭、便知还"；下片"孤负钓滩烟艇绿蓑衣"，都表达了词人的这种愿望。

长相思

朝思归。暮思归。塞雁三年不见飞。断肠天一涯[①]。　　千思归。万思归。梦到窗前拂淡眉。觉来双泪垂[②]。

【注释】

①塞雁，比喻远离家乡者。

②拂淡眉，画眉之人。

【说明】

思念家乡亲人之作。上片言久不能归，下片说梦中归去，看到妻子正在窗前画眉。但是梦毕竟是梦，一觉醒来，反增悲痛。

生查子

桃疏蝶惜香，柳困莺惊絮。日影过帘旌，多少愁情绪[①]。　　红惨武陵溪，绿暗章台路。春色似行人，无意花间住[②]。

【注释】

①帘旌，泛指帘幕。白居易《旧房》："床帷半故帘旌断，仍是初寒欲夜时。"

②绿暗，树叶渐密，道路光线暗淡。司空图《远望》："绿树连村暗，黄花入麦稀。"

【说明】

此亦惜春之词。作者在遣词造句上，不惜炉锤之工。如"日影过帘旌，多少愁情绪""春色似行人，无意花间住"，都为后人所称赞。

韩元吉二首

韩元吉（1118—1187），字无咎，号南涧翁，许昌人，寓居信州。官至吏部尚书、龙图阁学士。封颍州郡公。有《南涧诗余》。

好事近　汴京赐宴闻教坊乐有感[1]

凝碧旧池头，一听管弦凄切[2]。多少梨园声在，总不堪华发。　杏花无处避春愁，也傍野烟发[3]。惟有御沟声断，似知人呜咽[4]。

【注释】

①宋孝宗乾道八年(1172)，韩元吉奉使赴燕京祝贺金主完颜雍生辰。次年春归，途经北宋旧都汴京，金人设宴款待。教坊乐，宋朝的宫廷音乐。

②王维《菩提寺禁裴迪来相看说逆贼等凝碧池上作音乐供奉人等举声便一时泪下私成口号诵示裴迪》："万户伤心生野烟，百官何日更朝天。秋槐叶落空宫里，凝碧池头奏管弦。"凝碧池，在陈州门里繁台东南，唐为薮泽，宋真宗时改为池沼。梨园，唐明皇教习伶人之所，此指北宋宫廷音乐。

③野烟，指荒野。

④御沟，流经宫中的沟渠。

【说明】

本词化用王维诗意境，抒发自己的黍离麦秀之悲。作者写作本词时的处境，虽然与王维不同，王维是身为俘虏，而作者是作为使者，但两人的感受，却大同小异。

鹧鸪天　九日双溪楼[1]

不惜黄花插满头。花应却为老人羞[2]。年年九日常拚醉，处处登高莫浪愁[3]。　酬美景，驻清秋。绿橙香嫩酒初浮[4]。多情雨后双溪水，红满斜阳自在流[5]。

【注释】

①双溪，今金华婺江。据作者《南涧甲乙稿》卷十四《极目亭诗集序》曰："婺城临观之所凡三，中为双溪楼，西为八咏楼，东则此亭（极目亭）。皆尽见山之秀，两川贯其下，平林广野，景物万态。"

②杜牧《九日齐山登高》："尘世难逢开口笑，菊花须插满头归。"又苏轼《吉祥寺赏牡丹》："人老簪花不自羞，花应羞上老人头。"

③拚醉，开怀畅饮，不惜一醉。浪愁，空愁、无谓忧愁。杨万里《无题》："渠侬狡狯何须教，说与旁人莫浪愁。"

④驻清秋，留住秋天。唐雍陶《访友人幽居》："莎深苔滑地无尘，竹冷花迟剩驻春。"酒初浮，刚酿成的酒。

⑤红满斜阳，谓斜阳映照溪水，一片红色。

【说明】

韩元吉于淳熙元年（1174）和五年（1179）两知婺州，本词作于知婺州时，究竟何年，难以确定。词写九日登高的情怀，两次离京就任地方官，当然也不是仕途得意之事。但作者胸怀旷达，全词调子明快，没有许多文人常有的那种幽思感慨，结尾二句，对婺州风光景物的描绘，也十分生动形象，令人心动。

朱淑真八首

朱淑真，自号幽栖居士，海宁人，家居钱塘（今杭州）。生卒年不详。况周颐认为，淑真与魏夫人为词友，应为北宋人无疑（《蕙风词话》卷四）。嫁为市井妇，悒郁寡欢。工诗词，有《断肠词》。

生查子

寒食不多时，几日东风恶[①]。无绪倦寻芳，闲却秋千索[②]。　玉减翠裙交，病怯罗衣薄[③]。不忍卷帘看，寂寞梨花落[④]。

【注释】

①东风恶，谓春风犹寒峭。

②寻芳，观赏春景。不玩秋千，故曰闲却。

③玉减，人瘦了。

④温庭筠《鄠杜郊居》："夜来风雨送梨花。"

【说明】

朱淑真是宋代成就仅次于李清照的女词人。陈廷焯评论说："朱淑真词，风致之佳，情词之妙，真可亚于易安。宋妇人能诗词者不少，易安为冠，次则淑真，次则魏夫人。"（《词坛丛话》）又说："朱淑真词，才力不逮易安，然规模唐五代，不失分寸。"（《白雨斋词话》卷二）不失为持平之论。本词写伤春之情，"无绪""病怯""不忍"，层层递进，使悲情达到高潮。至于为何如此伤怀，词人始终含而不说，是之谓含蓄蕴藉。

又

年年玉镜台，梅蕊宫妆困[①]。今岁未还家，怕见江南信[②]。　酒从别后疏，泪向愁中尽[③]。遥想楚云深，人远天涯近[④]。

【注释】

①玉镜台，梳妆台。梅蕊宫妆，用寿阳公主典，言懒于梳妆打扮。

②江南信，指丈夫来信。

③酒疏，酒喝得少了。

④楚云深,或指丈夫所在处。“人远”句,言离人比天涯更远,这是心理距离。

【说明】

相思怀人之作。上片从“年年”说到“今岁”;从懒于梳妆,讲到怕见来信,为什么?因为怕听到又不归来的消息。下片进一步抒发相思之痛,“泪向愁中尽”,表达相思之切“人远天涯近”。本词风格沉痛,与李清照可有一比,唯“骨韵不及耳”。

谒金门

春已半。触目此情无限[①]。十二阑干倚遍。愁来天不管[②]。　　好是风和日暖。输与莺莺燕燕[③]。满院落花帘不卷。断肠芳草远[④]。

【注释】

①李煜《清平乐》:“别来春半。触目愁肠断。”

②古乐府《西洲曲》:“阑干十二曲,垂手明如玉。”二句意谓,登楼远望而满腹哀愁。

③好是,正是。输与,不如。

④韦庄《谒金门》:“满院落花春寂寂,断肠芳草碧。”

【说明】

本词亦写春日怀人之情,表达比上篇更加含蓄。“愁来天不管”,是什么愁呢?下片对此做出回答,但也从写景开始,在这风和日暖之时,自己反不如莺莺燕燕能够充分享受春光之美,构思精巧。末二句暗用淮南小山典故,点出离愁别绪,语短而情长。

蝶恋花　送春

楼外垂杨千万缕。欲系青春,少住春还去[①]。犹自风前飘柳絮。随春且看归何处[②]。　　绿满山川闻杜宇。便做无情，莫也愁人苦[3]。把酒送春春不语。黄昏却下潇潇雨[4]。

【注释】

①欲系青春，想留住春光。住，停留。

②犹自，仍旧。

③便做，纵使；莫也，不要。

④潇潇，雨声。

【说明】

本篇借伤春而感怀身世。从“犹自风前飘柳絮，随春且看归何处”二句可见。下片送春，满纸愁情。结尾二句，从欧阳修《蝶恋花》“泪眼问花花不语，乱红飞过秋千去”化出，表达对春天的无比留恋。朱淑真也是一位“伤心人”，她的词写得悲忧深婉，情致缠绵，但为什么陈廷焯认为不如李清照呢？除了家庭背景、文化素养等因素之外，主要原因是经历不同。从表面看，李清照词和朱淑真相仿，多写伤春悲秋之感，离别相思之愁。但是李清照身历国破家亡之痛，身世流离之悲，因此她的词比朱淑真不仅“骨韵”更高，感情也更加沉痛。王国维说：“天以百凶成就一词人。”信不诬也。

菩萨蛮　咏梅

湿云不渡溪桥冷。娥寒初破东风影[1]。溪下水声长。一枝和月香[2]。　　人怜花似旧。花不知人瘦[3]。独自倚阑干。夜深花正寒。

【注释】

①湿云，雨云。娥，嫦娥，指月亮。

②水声长，水声不断。和月香，在月光下散发出芳香。

③“人怜”二句意谓，人依旧爱花，花却不知关心人。

【说明】

此篇咏梅花。在艺术表现上，词人采用拟人手法，“人怜花似旧，花不知人瘦”，花是无情之物，但在作者笔下，花却被赋予了人的感情。因而结尾二句的“花”，既指人也指花，二者融成一片，同时在寒冷的深夜，被愁苦所笼罩。

减字木兰花　春怨

独行独坐。独倡独酬还独卧[①]。伫立伤神。无奈轻寒着摸人[②]。　　此情谁见。泪洗残妆无一半。愁病相仍。剔尽寒灯梦不成[③]。

【注释】

①倡酬，即唱和。一人首唱，他人相和。《诗经·郑风·萚兮》：“倡余和女（汝）。”独倡独酬，自唱自酬。

②伫立，久立。着摸，撩拨、沾惹。

③相仍，相继。剔，挑、拨。

【说明】

词写孤独寂寞之情，起二句连用五个“独”字，就为全词奠定了感伤的基调。接下去“伫立伤神”“此情谁见”“愁病相仍”，反复诉说自己的痛苦和悲伤，但却并未说破真正的原因——春怨，也就是春天相思怀人之愁。笔致含蓄无尽。

江城子　赏春

斜风细雨作春寒。对尊前。忆前欢。曾把梨花，寂寞泪阑干[①]。芳草断烟南浦路，和别泪，看青山[②]。　　昨宵结得梦夤缘。水云间。悄无言。争奈醒来，愁恨又依然[③]。展转衾裯空懊恼，天易见，见伊难[④]。

【注释】

①白居易《长恨歌》:“玉容寂寞泪阑干，梨花一枝春带雨。”

②南浦路，离别之地。见江淹《别赋》。

③夤缘，又作“因缘”。争奈，无奈。

④衾裯，被褥。伊，第三人称代词，他。

【说明】

因春寒而饮酒，对酒尊而相思，因相思而回忆离别之痛。下片言梦中与情人相见，梦醒依然独自一人，“愁恨又依然”。终宵展转不寐，感叹:“天易见，见伊难。”抒情脉络清晰，语言也明白流畅。只是我们不知道，引发词人相思的人是谁，是旧日的情人？是如今的相好？也许什么都不是，只是词人心中的意念而已。

眼儿媚　春情

迟迟春日弄轻柔。花径暗香流[①]。清明过了，不堪回首，云锁朱楼[②]。　　午窗睡起莺声巧，何处唤春愁[③]。绿杨影里，海棠亭畔，红杏梢头。

【注释】

①暗香，花香。

②朱楼，华丽的楼阁，作者所居。

③唤春愁，唤起春愁。

【说明】

伤春感怀之作。由于家世和文化素养的差异，生活经历的不同，朱淑真词虽不如李清照典雅深沉，但艺术上也有自己的独特之处，笔致明白坦易，感情真挚自然。题材虽比较单一，境界也略嫌狭窄，这是由词人的生活环境所决定的，后人不能苛求。

张抡二首

张抡，字才甫，号莲社居士，开封人。善填词，为高宗、孝宗所赏，每应制进一词，宫中即付之丝竹。有《莲社词》。

春光好

烟淡淡，雨蒙蒙。水溶溶。帖水落花飞不起，小桥东[1]。　翩翩怨蝶愁蜂。绕芳丛。恋余红。不恨无情桥下水，恨东风[2]。

【注释】

①帖水落花，水面落花。

②芳丛，花丛。余红，残花。

【说明】

张抡是一位精通音律的词学专家，《四库总目》称其为“狎客者流”“但以词章邀宠”，他的词大多为应制之作，故佳作寥寥。本词通过落花这一特定意象，抒发惜春之情，笔致细腻生动，结尾因落花而恨及东风，构思新颖。

蝶恋花

前日海棠犹未破。点点胭脂，染就真珠颗[1]。今日重来花下坐。乱铺宫锦春无那[2]。　剩摘繁枝簪几朵。痛惜深怜，只恐芳菲过[3]。醉倒何妨花底卧。不须红袖来扶我[④]。

【注释】

①未破，花未开放。

②宫锦，宫中锦缎，比喻落花。无那，无奈。王维《酬郭给事》："强欲从君无那老，将因卧病解朝衣。"

③芳菲，喻指春天。

④红袖，指女子。

【说明】

本词通过海棠花开花落的描写，抒发了词人惜春之情和恋春之意，惜春的主题和感叹年华空逝，鼓吹及时行乐的内容相结合，深化了主题的含义。

侯置二首

侯置，字彦周，东武（今山东渚城）人。曾官耒阳令。绍兴中，以直学士知建康。有《懒窟词》。

青玉案　戏用贺方回韵饯别朱少章[①]

三年牢落荒江路。忍明日、轻帆去[②]。冉冉年光真暗度。江山无助，风波有险，不是留君处[③]。

梅花万里伤迟暮。驿使来时望佳句[④]。我拚归休心已许。短篷孤棹，绿蓑青笠，稳泛潇湘雨[⑤]。

【注释】

①贺方回韵，指贺铸《青玉案》（凌波不过横塘路）。朱弁，字少章，婺源人。

②牢落，犹寥落。唐罗邺《仆射陂晚望》诗："田园牢落东归晚，道路辛勤北去长。"

③冉冉，渐渐。屈原《离骚》："老冉冉其将至兮，恐修名之不立。"

④"梅花"二句，用陆凯赠范晔梅花诗典故，谓希望别后常寄诗来，以慰迟暮。

⑤归休，归隐。"短篷"句，想象归隐后的生活情景。

【说明】

送别友人之作。上片写送别，下片言别后。据《宋史·朱弁传》记载，朱弁曾担任赴金国和谈的副使，是一位直节忠臣，归国后受到秦桧的迫害。他与侯置的关系不详。但词中写到"江山无助，风波有险，不是留君处"，或许侯置当时的处境并不好。下片表示自己年华老大，即将归隐，这也可能与奸臣当道，主战之士屡遭迫害的政治形势有关。

江城子　萍乡王圣俞席上作[1]

萍蓬踪迹几时休。尽飘浮。为君留。共话当年，年少气横秋[2]。莫叹两翁俱白发，今古事，尽悠悠。　西风吹梦入江楼。故山幽。谩回头。又是手遮，西日望皇州[3]。欲向西湖重载酒，君不去，与谁游。

【注释】

①萍乡，今江西省萍乡市。王圣俞，作者好友，生平不详。

②气横秋，形容人的气势很盛。苏轼《次韵王定国得晋卿酒相留夜饮》："短衫压手气横秋，更着仙人紫绮裘。"

③皇州，指南宋首都临安。杜牧《途中一绝》："惆怅江湖钓竿手，却遮

西日向长安。”

【说明】

王圣俞的平生虽然不详，但从词中内容看，二人交非泛泛。他们是少年朋友，相交直至白发老人；结尾句说：“欲向西湖重载酒，君不去，与谁游。”两人曾同在京城为官，不仅交往时间长，还是难得的知己。

赵彦端三首

赵彦端（1121—1175），字德庄，号介庵，汴人。太祖弟魏王廷美七世孙。乾道、淳熙间，以直宝文阁知建宁府，终左司郎官。工词。有《介庵词》。

谒金门[①]

休相忆。明夜远如今日。楼外绿烟村幂幂。花飞如许急[②]。　　柳岸晚来船集。波底斜阳红湿。送尽去云成独立。酒醒愁又入[③]。

【注释】

①张端义《贵耳集》：“德庄，宗室之秀，能作文。赋西湖《谒金门》云：‘波底夕阳红湿’，阜陵（宋孝宗）问谁词，答云：‘彦端所作。’上云：‘我家里人也会作此等语！’喜甚。”

②幂幂，浓密貌。如许，如此。

③独立，指人。

【说明】

抒写离愁之作。因为词中“波底夕阳红湿”句得到宋孝宗的赏识，遂成名作。其实就全篇而言,并不十分出色,可谓有秀句非完篇。

青玉案　赠勉道琵琶人[1]

当年万里龙沙路。载多少、离愁去[2]。冷压层帘云不度。芙蓉双带,垂阳娇髻,弦索初调处[3]。

花凝玉立东风暮。曾记江边丽人句。异县相逢能几许[4]。多情谁料,琵琶洲畔,同醉清明雨[5]。

【注释】

①琵琶人,弹奏琵琶的女子。

②龙沙,泛指塞外沙漠之地。三句暗用昭君出塞典故,写琵琶女。杜甫《咏怀古迹》之二"一去紫台连朔漠""千载琵琶作胡语,分明怨恨曲中论"。

③弦索初调,调整弦索,开始弹奏琵琶。

④花凝玉立,形容琵琶女像美丽的花朵,亭亭玉立。几许,多久。

⑤琵琶洲,据《全宋词评注》考证,琵琶洲在今江西上饶余干县。

【说明】

赠送琵琶女之作,其中也融入了词人身世之慨。这位女子与作者过去曾经相识,在经历了时局变化,人世沧桑以后,不料如今又能异地相逢,在琵琶洲畔,春雨之中,一同饮酒。既温馨,又怅惘,怀旧深情,溢于言表。

点绛唇　途中逢管倅[1]

憔悴天涯,故人相遇情如故。别离何遽。忍唱阳关句[2]。　我是行人,更送行人去[3]。愁无据。寒蝉鸣处。回首斜阳暮。

【注释】

①倅,副职。

②遽，匆忙。忍，岂忍、不忍。

③行人，行旅之人。

【说明】

客中痛别之作。管倅，不知何人，从开头两句看，二人感情深厚，而且都在羁旅漂泊之中，故云“憔悴天涯”。下片就客中送客展开，最后以斜阳暮蝉意象作结，倍觉沉痛。

王千秋二首

王千秋，字锡老，号审斋，东平（今山东省泰安市东平县）人。生卒年不详。流寓金陵，与韩元吉等交往。高宗、孝宗前后在世。有《审斋词》。

虞美人

琵琶弦畔春风面。曾向尊前见[①]。彩云初散燕空楼。萧寺相逢各认两眉愁[②]。　　旧时曲谱曾翻否。好在曹纲手[③]。老来心绪怯么弦。出塞移船莫遣到愁边[④]。

【注释】

①春风面，杜甫《咏怀古迹》之二：“画图省识春风面。”

②燕楼，燕子楼，唐尚书张封建爱姬关盼盼所居。关盼盼后来绝食而死。萧寺，寺庙。

③翻，翻新。好在，依旧。常建《落第长安》诗：“家园好在尚留秦，耻作明时失路人。”曹纲，唐代著名琵琶演奏家。

④么弦，琵琶有四弦，最细的一根叫么弦。白居易《琵琶行》：“大弦嘈嘈如急雨，小弦切切如私语。”

【说明】

本词也是赠琵琶女之词。上片先从回忆开端，再从分别写到重逢。下片询问琵琶女有无新创曲调，称赞她依旧技艺非凡。结尾三句说，请莫拨弄么弦，现今害怕聆听感伤的曲调。既悲年华老大，又复感伤离别。

忆秦娥

云破碧。作霜天气西风急[1]。西风急。一行征雁，数声横笛。　挑灯试问今何夕。柔肠底事愁如织[2]。愁如织。紫苔庭院，悄无人迹。

【注释】

①作霜天气，寒冷天气，霜降天气。

②愁如织，极言愁多。刘克庄《贺新郎》：“更那堪、斜风细雨，乱愁如织。”

【说明】

悲秋怀人之词，上片写景，下片怀人。挑灯，表明深夜未寐；愁如织，说明愁怀之深浓。《四库提要》认为王千秋词：“风格秀拔，不杂俚音，南渡之后，亦卓然为一作手。”并举本词及《虞美人》等篇为例，称赞其“短歌微吟，兴复不浅”。

李吕一首

李吕（1122—1198），字滨老，又字东老。邵武人。年四十，即弃科举。有《澹轩集》七卷。

鹧鸪天　寄情

脸上残霞酒半消。晚妆匀罢却无聊①。金泥帐小教谁共，银字笙寒懒更调②。　人悄悄，漏迢迢。琐窗虚度可怜宵。一从恨满丁香结，几度春深豆蔻梢③。

【注释】

①残霞，比喻酒后脸色红晕。

②金泥帐、银字笙都是对帐子和乐器的美称。

③丁香结，比喻深愁不解。牛峤《感恩多》："自从南浦别，愁见丁香结。"豆蔻梢，杜牧《赠别》："豆蔻梢头二月初。"

【说明】

词写女子春日相思情怀，上片围绕孤独无聊展开，残酒醒来，晚妆初罢，却百无聊赖。为什么？下片回答这个问题，"琐窗虚度可怜宵"，因而愁情郁结难消。笔致含蓄轻灵。

姚宽二首

姚宽（？—1161），字令威，号西溪，嵊县人。生卒年不详。以荫补官，权尚书户部员外郎、枢密院编修官。《全宋词》录词五首。

菩萨蛮　别恨

梦中不记江南路。玉钗翠鬓惊春去[1]。午醉晚来醒。暝烟花上轻。　红绡空浥泪。锦字凭谁寄[2]。衫薄暖香销。相思云水遥。

【注释】

①沈约《别范安成》:“梦中不识路,何以慰相思。”

②锦字,书信。用前秦窦滔妻苏氏典故。李白《秋浦寄内》:“开鱼得锦字,归问我何如?”

【说明】

怀人念远之作。副题《恨别》即是全词主旨,上片说梦中难觅良人踪影,下片慨叹彼此消息难通,故倍增相思之苦。

生查子　情景

郎如陌上尘,妾似堤边絮。相见两悠扬,踪迹无寻处。　酒面扑春风,泪眼零秋雨[1]。过了别离时,还解相思否[2]。

【注释】

①零秋雨,比喻泪流满面。

②解,懂得。

【说明】

在中国古代男权中心社会中,女子地位低微。本词以女子口吻,诉说对爱情的渴望和无奈。上片以妙比开端,慨叹爱情的短暂和飘忽,充满身世飘零的悲剧气氛。下片直抒胸怀,写离别之悲痛。泪流满面的女子问道,一别之后,你还能理解我的相思之苦吗?问得有理,因为在古代封建社会中,女子不过是男人的玩物,“痴情女子负心汉”的现象,比比皆是,而且不受社会舆论谴责，何况是一位风尘女子呢？

袁去华四首

袁去华，字宣卿，江西奉新人。生卒年不详。宋高宗十五年(1145)进士，曾官善化、石首等地知县，有《宣卿词》。

谒金门

烟水阔。夜久风生蘋末[①]。东舫西船人语绝。四更山吐月[②]。　　客里光阴电抹。不记离家时节[③]。楼上单于听未彻。又催征棹发[④]。

【注释】

①宋玉《风赋》："夫风生于地，起于青蘋之末。"

②舫，船。苏轼《江月五首》："五更山吐月，窗迥室幽幽。"

③电抹，极言其消逝之快。苏轼《木兰花令》："佳人犹唱醉翁词，四十三年如电抹。"

④单于，曲调名，又名"小单于"。古代军中号角常奏此曲。李益《听晓角》："无限塞鸿飞不度，秋风卷入小单于。"未彻，未毕。

【说明】

客中怀乡之作。上片写景，下片抒情。"客里光阴"二句，感叹岁月流逝之迅疾，离别家乡之长久，结尾二句言行色匆促。

柳梢青　建康作

白鹭洲前，乌衣巷口，江上城郭[①]。万古豪华，六朝兴废，潮生潮落[②]。　　信流一叶飘泊。叹问米、东游计错[③]。老眼昏花，家山何处，孤云天角[④]。

【注释】

①白鹭洲，在南京西南长江中。李白《登金陵凤凰台》："三山半落青天外，二水中分白鹭洲。"乌衣巷，在南京秦淮河利涉桥南。刘禹锡《乌衣巷》："朱雀桥边野草花，乌衣巷口夕阳斜。"

②张昇《离亭燕》："多少六朝兴废事，尽入渔樵闲话。"

③信流，随流水。问米，指出仕。

④天角，天涯。

【说明】

怀古伤今，感慨身世之作。上片怀古，下片伤今。建康是六朝古都，自古至今，引起许多诗人的感慨，写下了不少名篇，例如刘禹锡的《金陵怀古》、王安石的《桂枝香》等等，本词的上片就是化用古人名篇成句，抒发自己的感慨。下片自伤身世，感叹功业无成，年华老大，就像天边漂泊的孤云，没有栖息之地。

菩萨蛮

西风送雨鸣庭树。嫩寒先到孤眠处[①]。愁极梦频惊。马嘶天渐明[②]。　　千林枫叶赤。寒事催刀尺[③]。树杪又斜阳。迢迢归路长[④]。

【注释】

①嫩寒，轻寒。

②频惊，每每惊醒。

③寒事，杜甫《小园》："问俗营寒事，将诗待物华。"仇兆鳌注："寒事，御寒之事。"又《秋兴》："寒衣处处催刀尺。"

④树杪，树梢。王维《送梓州李使君》："山中一夜雨，树杪百重泉。"

【说明】

本篇也是客中怀乡之作。上片写旅途孤寂情怀，下片言思乡心情迫切。"千林"二句，从对方落笔，说家中可能已经急忙为旅人准备寒衣，但自己回乡的路途还十分遥远。

虞美人　七夕悼亡

娟娟缺月梧桐影。云度银潢静[1]。夜深檐隙下微凉。醒尽酒魂何处藕花香[2]。　鹊桥初会明星上。执手还惆怅[3]。莫嗟相见动经年。犹胜人间一别便终天[4]。

【注释】

①苏轼《卜算子》："缺月挂疏桐，漏断人初静。"银潢，银河。

②檐隙，屋檐下。江淹《杂体诗·效陶潜田居》："归人望烟火，稚子候檐隙。"

③鹊桥，韩鄂《岁华纪丽》卷三引《风俗通》："织女七夕当渡河，使鹊为桥。"

④经年，牛郎织女一年一度相会。终天，终身。

【说明】

追悼亡妻之作。本词最大的特点是在构思上的创新。秦观《鹊桥仙》："金风玉露一相逢，便胜却、人间无数。"本篇也说："莫嗟相见动经年。犹胜人间一别便终天。"少游词辞藻华丽；本词用词古朴，说牛郎织女尚能一年一聚，远不及自己终天离别之痛。同样构思新颖，沉痛无比。

晁公武一首

晁公武,字子止,钜野(今山东省菏泽市巨野县)人。曾官侍郎、安抚使。有《郡斋读书志》。仅存词一首。

鹧鸪天

笑擘黄柑酒半醒。玉壶金斗夜生冰[①]。开窗尽见千山雪,雪未消时月正明[②]。　　兰烬短,麝煤轻。画楼钟鼓已三更[③]。倚栏谁唱清真曲,人与梅花一样清[④]。

【注释】

①擘(bò),分开。金斗,酒器。鲍照《代白头吟》:“直如朱丝绳,清如玉壶冰。”

②杜甫《绝句》:“窗含西岭千秋雪,门泊东吴万里船。”

③皇甫松《梦江南》:“兰烬落,屏上暗红蕉。”麝煤,香墨。韩偓《横塘》:“蜀纸麝煤添笔媚,越瓯犀液发茶香。”

④清真曲,周邦彦,号清真居士。

【说明】

《阳春白雪》原注:“或云戴平之。”从首二句和末二句看,本词或为赠妓之作。“人与梅花一样清”是称赞女子风韵清绝,像梅花一般美丽。

向滈三首

向滈，字丰之，开封人。生卒年不详。宋高宗绍兴间，曾官萍乡县令。有《乐斋词》。

如梦令　次韵子文邢丈

梦断绿窗莺语。消遣客愁无处[1]。小槛俯青郊，恨满楚江南路。归去。归去。花落一川烟雨[2]。

【注释】

①消遣，排遣。郑谷《渼陂》："潸然四顾难消遣，只有佯狂泥酒杯。"

②贺铸《青玉案》："一川烟草，满城风絮。梅子黄时雨。"

又　书弋阳楼[1]

楼上千峰翠巘。楼下一湾清浅[2]。宝簟酒醒时，枕上月华如练[3]。留恋。留恋。明日水村烟岸。

【注释】

①弋阳楼，在江西上饶弋阳县。

②巘（yǎn），险峻的山峰。一湾，指信江。

③范仲淹《御街行》："年年今夜，月华如练，长是人千里。"

【说明】

两首《如梦令》,都写作客旅途的感受,所不同的是第一首言“消遣客愁无处”,所以急于归去。第二首因所见旅途风景美丽,又生留恋之情。词以写景为主,然亦能于景中见情,风格清丽。

长相思

行相思。坐相思。两处相思各自知。相思更为谁。　　朝相思。暮相思。一日相思十二时。相思无尽期①。

【注释】

①时,时辰。

【说明】

相思怀人之词,感情真挚,明白如话,有古乐府遗风。

曹冠二首

曹冠,字宗臣,号双溪居士。东阳人。生卒年不详,秦桧门下十客之一。宋高中绍兴二十四年(1154)进士。官至太常博士兼权中书门下检正诸房公事。有《燕喜词》。

浣溪沙　柳

翠带千条蘸碧流。多情不解系行舟。章台惜别恨悠悠①。　　湿雨伤春眉黛敛,倚风无力舞腰柔。丝丝烟缕织离愁[②]。

【注释】

①系行舟，系住行船。

②眉黛敛，皱眉。

【说明】

惜别之词，全篇以柳为喻，抒写依依惜别之情，亦人亦景，情景交融，构思巧妙。

凤栖梧　兰溪[①]

桂棹悠悠分浪稳。烟幂层峦，绿水连天远[②]。赢得锦囊诗句满。兴来豪饮挥金碗[③]。　飞絮撩人花照眼。天阔风微，燕外晴丝卷[④]。翠竹谁家门可款。舣舟闲上斜阳岸[⑤]。

【注释】

①兰溪，即今之浙江省兰溪市兰江。

②烟幂，烟雾笼罩。

③赢得，获得。杜甫《崔驸马山亭宴集》："客醉挥金碗，诗成得绣袍。"锦囊诗句，用李贺作诗典故。

④晴丝，晴空中飘荡的游丝。

⑤款，敲打。舣舟，停舟靠岸。

【说明】

词写暮春行舟兰溪途中所见所感，风景描写出色。况周颐说："宋曹冠燕喜词《凤栖梧》云：'飞絮撩人花照眼。天阔风微，燕外晴丝卷。'状春情景色绝佳。每值香南研北，展卷微吟，便觉日丽风暄，淑气扑人眉宇。"给予很高评价。

管鉴二首

管鉴，字明仲，龙泉人。生卒年不详。官至广东提刑，权知广州经略安抚使。有《养拙堂词》。

浣溪沙

十里狂风特地晴。天工着意送行人。负他桃李十分春[1]。　　杜宇已催归思乱，啼莺休惹客愁新。晚风溪路净无尘[2]。

【注释】

①特地，忽然。着意，有意。

②杜宇，杜鹃。

【说明】

词写羁旅之愁思，上片写风停雨霁，春色将阑；下片言思归心切，客愁日新，趁天气晴好，赶快上路。

玉连环　泊英州钟石铺[1]

江上青山无数。绿阴深处。夕阳犹在系扁舟，为佳景、留人住。　　已办一蓑归去。江南烟雨。有情鸥鹭莫惊飞，便相约、长为侣[2]。

【注释】

①英州，今广东英德市。

②“已办”句,言已经准备好归隐。与鸥鹭相约为侣,也是此意。侣,伴侣。

【说明】

词写归隐之愿,大概作于回乡途中。上片说行舟途中因佳景而暂留。下片说已准备好归隐江南,与鸥鹭为侣。鸥鹭是自由的象征,常与鸥鹭为伴,意谓从此辞官隐居,过自由闲逸的生活。

吴儆三首

吴儆(1125—1183)初名偁,字益恭,休宁人。官至广南西路安抚使,知泰州。卒谥文肃。有《竹洲集》。

浣溪沙　题星洲寺

十里青山溯碧流。夕阳沙晚片帆收。重重烟树出层楼[①]。　人去人来芳草渡,鸥飞鸥没白蘋洲。碧梧翠竹记曾游。

【注释】

①溯,逆流而上。片帆收,收帆停船。出,露出。

【说明】

纪游之作,写江南风景如画。

又　次范石湖韵[①]

歙浦钱塘一水通。闲云如幕碧重重。吴山应

在碧云东[②]。　　无力海棠风淡漾，半眠官柳日葱茏。眼前春色为谁浓[③]。

【注释】

①此首又见范成大词集。石湖，范成大号。

②歙浦，在安徽歙县，为新安江上游，下与钱塘江通。吴山，在杭州西湖之东南。

③淡漾，淡荡，悠闲舒缓貌。葱茏，青翠茂密。

【说明】

上片江景，写船行新安江上之所见。下片春景，海棠盛开，柳色葱茏，正是暮春景象。故末句云“眼前春色为谁浓”，透露惜春之意。

减字木兰花　中秋独与静之饮[①]

碧梧秋老。满地琅玕纷不扫[②]。门掩黄昏。惟有年时月照人。　　凄凉满眼。肯作六年灯火伴。莫说凄凉。来岁如今天一方[③]。

【注释】

①静之，不详何人。

②杜甫《秋兴》：“碧梧栖老凤凰枝。”杜甫《郑驸马宅宴洞中》：“主家阴洞细烟雾，留客夏簟青琅玕。”仇兆鳌注：“青琅玕，比竹簟之苍翠。”琅玕，此处或指落叶。

③来岁，来年。

【说明】

惜别之词。静之不知何人，能与词人相伴六年，一定交非泛泛。为何此次离别，如此悲凉沉痛，也不得而知。

陆游十七首

陆游(1125—1210),字务观,晚号放翁,越州山阴(今浙江绍兴)人。孝宗时,赐进士出身,任枢密院编修。中年入蜀,知夔、严二州,以宝章阁待制致仕。诗为南宋四家之一,有《剑南诗稿》《放翁词》。

定风波　进贤道上见梅赠王伯寿[①]

欹帽垂鞭送客回。小桥流水一枝梅[②]。衰病逢春都不记。谁谓。幽香却解逐人来[③]。　安得身闲频置酒。携手。与君看到十分开[④]。少壮相从今雪鬓。因甚。流年羁恨两相催[⑤]。

【注释】

①本篇约作于淳熙七年(1180),时陆游任提举江南西路常平茶盐公事,任所在江西抚州,年已五十六岁。进贤,今江西进贤县。

②欹帽,歪戴帽子。欹(qī),倾斜。

③"衰病"句,谓自己年老多病,全然记不得春天已悄然来到。幽香,梅花香气。却解,却懂得。

④频置酒,常设酒宴。十分开,指梅花盛开。

⑤相从,相过从,相交。因甚,为什么。流年,流逝的岁月;羁恨,羁旅之痛。

【说明】

本篇为赠别之作,王伯寿其人已不可详考,从“少壮相从今雪鬓”之句推测,他与陆游相识已久。上片写离别之痛兼寓感怀之意。“衰病”三句,叹老伤春,感喟深沉。下片先就梅花再做文章,说何时能够“身闲置酒”,再与你共赏梅花。结尾再叙二人交谊之深,并且感叹年华老大,功业无成,语调沉郁悲痛。词借梅花春天写意,表现手法较直抒胸臆者含蓄有味。

南乡子

归梦寄吴樯。水驿江程去路长[①]。想见芳洲初系缆,斜阳。烟树参差认武昌[②]。　愁鬓点新霜。曾是朝衣染御香[③]。重到故乡交旧少,凄凉。却恐他乡胜故乡[④]。

【注释】

①吴樯,吴船。樯,桅杆,引申为帆船。水驿,水路驿站。

②芳洲,指武昌东北的鹦鹉洲。系缆,停船。柳永《望海潮》:“烟柳画桥,风帘翠幕,参差十万人家。”

③点新霜,新添白发。“曾是”句,作者在入蜀之前,曾在朝中任枢密院编修官,故云。贾至《早朝大明宫》:“衣冠身惹御炉香。”

④交旧,旧交,因格律调整词序。“却恐”句,杜甫《得舍弟消息》:“乱后虽归得,他乡胜故乡。”此用其成句。

【说明】

陆游于宋孝宗乾道六年(1170)入蜀,在蜀中生活了八年。孝宗淳熙五年(1178),奉调福州、江西提举常平茶盐公事。本词作于离蜀东归途中。上片写归程之所见,下片写归途之所感,感慨深沉,风格苍凉。

又

早岁入皇州。尊酒相逢尽胜流[1]。三十年来真一梦,堪愁。客路萧萧两鬓秋[2]。　　蓬峤偶重游。不待人嘲我自羞[3]。看镜倚楼俱已矣,扁舟。月笛烟蓑万事休[4]。

【注释】

①皇州,京城。胜流,名流。

②两鬓秋,两鬓已生白发。

③蓬峤,指学士院。朱东润《陆游年谱》:宋孝宗淳熙十六年,陆游六十五岁,任礼部郎中兼实录院检讨官。其年冬,以口语被斥归。

④"看镜"句,杜甫《江上》:"勋业频看镜,行藏独倚楼。"慨叹年华老大,功业无成。

【说明】

据夏承焘、吴熊和考证,本词作于宋孝宗淳熙十六年(1189),上距绍兴三十二年(1162),作者为枢密编修官,已近三十年。词写作者因言论不当,得罪权贵,被撤职罢官以后的感慨。此时词人已经六十五岁,年华老大,功业无成,故有"万事休"之叹。

鹧鸪天

家住苍烟落照间。丝毫尘事不相关[1]。斟残玉瀣行穿竹,卷罢黄庭卧看山[2]。　　贪啸傲,任衰残。不妨随处一开颜[3]。元知造物心肠别,老却英雄似等闲[4]。

【注释】

①尘事,尘世之事。

②斟残玉瀣,喝罢美酒。卷罢黄庭,读罢《黄庭》。按玉瀣(xiè),美酒名;黄庭,《黄庭经》,道教典籍名。啸傲,逍遥自在,不受礼俗拘束。

③陶渊明《饮酒》其七:“啸傲东轩下,聊复得此生。”衰残,陆游是年四十二岁,正当盛壮之年,“衰残”云云,主要表达心灰意懒之情绪。随处,到处。

④造物,造物主,即老天。心肠别,不公平。英雄,作者自称。

【说明】

乾道二年,陆游在隆兴府(今江西南昌)通判任上,因“力说张浚用兵”,被弹劾罢官,“卜筑湖上”。其诗《开东园之路》“忆自南昌返故乡,移家来就镜湖凉”即纪其事。词的大部分篇幅,都写罢官归乡以后逍遥自在的生活。但是陆游毕竟是一位热烈的爱国词人,他不可能真正做到“丝毫尘事不相关”,因此在词的末尾,仍不免发出“元知造物心肠别,老却英雄似等闲”的愤慨之声。

又　送叶梦锡[1]

家住东吴近帝乡。平生豪举少年场[2]。十千沽酒青楼上,百万呼卢锦瑟傍[3]。　身易老,恨难忘。尊前赢得是凄凉[4]。君归为报京华旧,一事无成两鬓霜。

【注释】

①宋孝宗乾道九年(1173)作于蜀中。叶衡,字梦锡,婺州金华(今属浙江)人。丁母忧,乾道六年(1170)起复,历知荆南、成都、建康府。官至右丞相兼枢密使。为汤邦彦所谮,罢相,贬知建宁府。

②东吴,指陆游家乡山阴(浙江绍兴市)。帝乡,京都。南宋京都在临安(今浙江杭州市)。

③曹植《名都篇》:“归来宴平乐,美酒斗十千。”呼卢,赌博。李白《少年行》之三:“呼卢百万终不惜,报雠千里如咫尺。”

④恨,报国无门之恨。

【说明】

陆游自乾道六年(1170)四十五岁入蜀,至淳熙五年(1178)五十四岁离蜀东归,在蜀中八年,其仕途并不顺利。本词借送别友人之际,抒发自身的感慨。上篇回忆少年时代豪放浪漫生活,为下文作铺垫。下片语气急转,从豪放转为悲凉,感叹年华老大,一事无成。本词语言平实流畅,直抒胸臆,感情却悲壮苍凉,并非泛泛之作。

卜算子 咏梅

驿外断桥边,寂寞开无主[①]。已是黄昏独自愁,更着风和雨[②]。　　无意苦争春,一任群芳妒[③]。零落成泥碾作尘,只有香如故[④]。

【注释】

①驿外,驿站之外。无主,无人养护、欣赏。

②更着,又遇。

③争春,在春天与其他花争美。群芳,众花。

④碾,压碎。

【说明】

本篇为陆游名作,名为咏梅,实际乃托物言志,表现自己不幸命运和高洁情怀。陆游的不幸,原因就在于他是一位坚定的主战派,一个热烈的爱国者。在以帝王为首的主和派占优势的南宋朝廷,他不断受到排挤打击,就像断桥边那棵孤独的梅花,在风雨中苦苦挣扎。但是陆游始终坚持自己的理想,虽历经劫难而至死不渝;正如梅花虽然零落成泥,依旧芳香如故。这就是本词的象征意义。所以陈廷焯评论说:“寓意高远,笔力高绝。此种地步不仅秦、柳不能到,即求之唐宋诸名家亦不能到。”(《云韶集》卷六)给出了极高评价。

渔家傲　寄仲高[①]

东望山阴何处是。往来一万三千里[②]。写得家书空满纸。流清泪。书回已是明年事[③]。

寄语红桥桥下水。扁舟何日寻兄弟[④]。行遍天涯真老矣。愁无寐。鬓丝几缕茶烟里[⑤]。

【注释】

①陆升之,字仲高,山阴人。陆游远房堂兄,颇有文才。因阿附秦桧,擢大宗正丞。秦桧败,远贬琼州七年,后退归乡里。

②“东望”二句,作此词时,陆游正任成都府路安抚司参议官,时间约为淳熙二年(1175)。山阴,今浙江绍兴,陆游故乡。

③书回,回信到来。

④红桥,在山阴县西七里迎恩门外,是二人都熟悉的旧游之地。陆游在夔州所写的《初夏怀故山》也提到红桥,曰:“镜湖四月正清和,白塔红桥小艇过。”

⑤写这首词时,作者已经五十一岁,所以说“真老矣”。杜牧《题禅院》:“今日鬓丝禅榻畔,茶烟轻漾落花风。”用此典故,慨叹年华老大,功业无成,岁月都消磨在闲散生活之中了。

【说明】

本词作于陆游宦游蜀中之时,仲高亦已从贬所回归故乡山阴。时过境迁,兄弟两人,大约已释前嫌,重归于好。不过,仲高已于淳熙元年(1174)去世,因此并未能读到作者此词。词意十分明白显豁,上片写思乡之情,下片抒羁旅之恨,结尾化用杜牧诗意,语浅淡而意深沉。陈廷焯说:“稼轩、放翁词扫尽绮靡,在词坛别树一帜。”本篇完全抛开传统词人委婉曲折的笔法,直抒悲情,一气贯注,自然流畅,使人耳目一新,的确在词坛别树一帜。

鹊桥仙　夜闻杜鹃

茅檐人静，蓬窗灯暗，春晚连江风雨[①]。林莺巢燕总无声，但月夜、常啼杜宇[②]。　　催成清泪，惊残孤梦，又拣深枝飞去[③]。故山犹自不堪听，况半世、飘然羁旅[④]。

【注释】

①蓬窗，草窗。

②杜宇，杜鹃。李白《蜀道难》："又闻子规啼夜月，愁空山。"

③杜鹃鸟啼声悲苦，又于月夜啼鸣，故有"催泪、惊梦"之言。

④故山，故乡。

【说明】

本词当在蜀中闻杜鹃有感而作。上片写月夜闻啼鹃，下片写鹃啼之声，引发词人悲苦之情。陆游离开蜀地，年已五十四岁，故有"半世羁旅"之叹。冯金伯《词苑萃编》引《词统》语云："去国怀乡之感，触绪纷来，读之令人於邑。"

又

华灯纵博，雕鞍驰射，谁记当年豪举[①]。酒徒一半取封侯，独去作、江边渔父[②]。　　轻舟八尺，低篷三扇，占断蘋洲烟雨[③]。镜湖元自属闲人，又何必、君恩赐与[④]。

【注释】

①黄昇《中兴以来绝妙词选》卷二有副题"感旧"二字。纵博，尽情赌博。

②酒徒，指当年旧友。《史记·郦生陆贾列传》：郦生瞋目案剑叱使者

曰:“走！复入言沛公,吾高阳酒徒也,非儒人也。”渔父,隐士,作者自喻。

③占断,占尽。

④《新唐书·贺知章传》:“天宝初,病,梦游帝居,数日寤,乃请为道士,还乡里。诏许之,以宅为千秋观而居。又求周宫湖数顷为放生池,有诏赐镜湖剡川一曲。”此反其意而用之。

【说明】

本词当作于作者辞官回归故乡山阴之时。但从上片“酒徒一半”和下片“镜湖元自”三句看,作者虽然做了“闲人”,但内心深处,依旧充满了郁愤不平之气。

诉衷情

当年万里觅封侯。匹马戍梁州[①]。关河梦断何处,尘暗旧貂裘[②]。　　胡未灭,鬓先秋。泪空流[③]。此生谁料,心在天山,身老沧洲[④]。

【注释】

①当年,宋孝宗乾道八年(1172),王炎宣抚川、陕,驻军南郑(今陕西汉中)。陆游曾为其幕僚,曾多次到过前线。梁州,指陕西汉中一带。万里觅封侯,《后汉书·班超传》:“家贫,常为官佣书以供养,久劳苦。尝辍业投笔叹曰:‘大丈夫无他志略,犹当效傅介子、张骞立功异域,以取封侯,安能久事笔研间乎?’”

②梦断,梦醒,指自己的愿望落空。“尘暗”句,用苏秦典故,《战国策·秦策》:“(苏秦)说秦王书十上,而说不行。黑貂之裘敝,黄金百斤尽,资用乏绝,去秦而归。”

③胡,古代对西北少数民族的称呼,词中指金人。

④天山,指抗金前线。沧州,隐居之地。

【说明】

本词作于淳熙八年(1181)至十二年(1185),诗人家居山阴之时。陆游不仅是一位热烈的爱国主义者,也是一位胸怀壮志,渴望以实际行动报效国家的人。他终生念念不忘的一件事,就是抗击金人,收复失地。但是在主子苟安,权奸当道的南宋,他始终难以实现自己的理想。本词的主旨非常明确,就是词中所说的:"胡未灭,鬓先秋。"就是:"心在天山,身在沧州。"激愤之情,溢于言表。

朝中措　梅

幽姿不入少年场。无语只凄凉[1]。一个飘零身世,十分冷淡心肠[2]。　　江头月底,新诗旧梦,孤恨清香[3]。任是春风不管,也曾先识东皇[4]。

【注释】

①幽姿,优雅的姿态。谢灵运《登池上楼》:"潜虬媚幽姿,飞鸿响远音。"

②"一个"句,以梅花自况。

③"江头"句,人梅合写。

④任是,即便是。东皇,《全宋词评注》:"东皇,春为东皇,又为青帝。"

【说明】

托物咏怀之作,词人虽然在咏梅,但实际是在诉说自己不幸的命运,上片"一个飘零身世,十分冷淡心肠",下片"新诗旧梦,孤恨清香",正是词人不幸命运的写照。结尾两句,表面意思是说,梅花虽然未能领受春风的温暖,但她却是春天的第一位信使,最先见到东皇的花朵。这仿佛在说,词人自己虽然理想未能实现,而且屡遭挫折,但却为此奋斗终身,至死不悔。与前一首咏梅词(驿外断桥边)比较,同样采用寄托象征的方法,本篇显得比较直露,抒情主体与喻象之间不如前篇自然浑成,融洽无间,艺术上稍逊一筹。

一落索

识破浮生虚妄。从人讥谤[1]。此身恰似弄潮儿，曾过了、千重浪[2]。　　且喜归来无恙。一壶春酿[3]。雨蓑烟笠傍渔矶，应不似、封侯相[4]。

【注释】

①从人，任人。

②弄潮儿，指朝夕与潮水周旋的水手或在潮中戏水的少年人。李益《江南曲》："早知潮有信，嫁与弄潮儿。"详周密《武林旧事·观潮》。

③无恙，未受损伤。春酿，春酒。王绩《赠学仙者》："春酿煎松叶，秋杯浸菊花。"

④封侯相，封侯的相貌。《史记·李将军列传》：文帝曰："惜乎，子不遇时！如令子当高帝时，万户侯岂足道哉！"

【说明】

本篇也作于词人退休回乡以后。上片回忆平生遭际，陆游因极力主战，仕途一直坎坷；晚岁又因韩侂胄的牵连，遭人非议，"从人讥谤"云云，很可能与此事有关，故以弄潮儿自比。下片写退归以后潇洒闲逸的生活，但从末二句看，词人激愤不平的心情，似乎尚未完全平息。

菩萨蛮

小院蚕眠春欲老。新巢燕乳花如扫[1]。幽梦锦城西。海棠如旧时[2]。　　当年真草草。一棹还吴早[3]。题罢惜春诗。镜中添鬓丝[4]。

【注释】

①春欲老，春天将尽。花如扫，落花遍地。

②锦城，指成都。成都盛产海棠。

③当年，指自己在蜀中的一段经历。草草，匆忙仓促貌。李白《南奔书怀》："草草出近关，行行昧前算。"还吴，陆游于宋孝宗淳熙五年（1178），离蜀东归。

④添鬓丝，添白发。

【说明】

怀念蜀中旧情之作。陆游在蜀中的时间并不算短，自四十五岁入蜀，到五十四岁离蜀东归，前后接近十年，他在蜀中还遇到过像王炎、范成大这样的知遇之人，也经历过新的爱情生活。因此，词中所言海棠如旧，所谓幽梦，很可能与诗人在蜀中的感情生活有关。

渔父（五首选二）

镜湖俯仰两青天。万顷玻璃一叶船[①]。拈棹舞，拥蓑眠。不作天仙作水仙[②]。

【注释】

①两青天，比喻水天清澈。

②水仙，越地多水，作者每自称水仙。如《剑南诗稿》卷六十三《舟中作》："烟波四万八千顷，造物推排作水仙。"又卷七十六《书兴》："湖桥酒美能来醉，一棹何妨作水仙。"

又

湘湖烟雨长莼丝。菰米新炊滑上匙[①]。云散后，月斜时。潮落舟横醉不知。

【注释】

①湘湖，在今浙江杭州萧山西，盛产莼菜。菰米，菰，俗称茭白，菰米就是菰所结的种子，又称雕胡米。杜甫《秋兴》之七："波漂菰米沉云黑，露冷莲房坠粉红。"

【说明】

两首词都作于陆游退居山阴旧居之时，描写词人潇洒闲逸的生活与心情，风格秀丽清新。唐圭璋先生说："放翁词有豪放与闲适两面。此特其闲适一面，颇令人有翛然出世之想。"（《读词札记》）甚是。

长相思

桥如虹。水如空。一叶飘然烟雨中。天教称放翁[①]。　　侧船篷。使江风。蟹舍参差渔市东。到时闻暮钟[②]。

【注释】

①虹,彩虹。越地多拱桥,以便通船,故以作比。放翁,《宋史·陆游传》:"范成大帅蜀,游为参议官,以文字交,不拘礼法。人讥其颓放,因自号放翁。"

②蟹舍,渔家。张志和《渔歌子》:"松江蟹舍主人欢,菰饭莼羹亦共餐。"

【说明】

词写晚年退居故里以后自由旷放的生活。上片描绘江南水乡风景,极其生动形象。结句过渡。下片具体描写自己自由放达的生活方式,信笔挥洒,情味悠然,表现了词人晚年艺术修养已达炉火纯青的境界。

钗头凤[①]

红酥手。黄滕酒。满城春色宫墙柳[②]。东风恶。欢情薄。一怀愁绪,几年离索。错错错[③]。

春如旧。人空瘦。泪痕红浥鲛绡透[④]。桃花落。闲池阁。山盟虽在,锦书难托。莫莫莫。

【注释】

①本词是否为陆游所作,目前学界认识存在分歧。

②黄滕酒,宋代官酒,此指美酒。

③恶,可憎。离索,离别、分离。

④浥,湿润。

【说明】

周密《齐东野语》卷一:放翁钟情前室。陆务观初娶唐氏,闳之女也,于其母夫人为姑侄。伉俪相得,而弗获于其姑。既出,而未忍绝之。则为别馆,时时往焉。姑知而掩之,虽先知挈去,然事不得隐,竟绝之,亦人伦之变也。唐后改适同郡宗子士程。尝以春日出游,相遇于禹迹寺南之沈氏园。唐以语赵,遣致酒肴。翁怅然久之,为赋《钗头凤》一词,题园壁间云(词略)。实绍兴乙亥岁也。翁居鉴湖之三山,晚岁每入城,必登寺眺望,不能胜情。尝赋二绝云:"梦断香销四十年,沈园柳老不飞绵。此身行作稽山土,犹吊遗踪一怅然。"又云:"城上斜阳画角哀,沈园无复旧池台。伤心桥下春波绿,曾是惊鸿照影来。"盖庆元己未岁也。未久,唐氏死。至绍熙壬子岁,复有诗。序云:"禹迹寺南有沈氏小园,四十年前,尝题小词一阕壁间。偶复一到,而园已三易主,读之怅然。"诗云:"枫叶初丹槲叶黄,河阳愁鬓怯新霜。林亭感旧空回首,泉路凭谁说断肠。坏壁题词尘漠漠,断云幽梦事茫茫。年来妄念消除尽,回向蒲龛一炷香。"又至开禧乙丑岁暮,夜梦游沈氏园,又两绝句云:"路近城南已怕行,沈家园里更伤情。香穿客袖梅花在,绿蘸寺桥春水生。""城南小陌又逢春,只见梅花不见人。玉骨久成泉下土,墨痕犹锁壁间尘。"沈园后属许氏,又为汪之道宅云。关于此事,陈鹄《耆旧续闻》、刘克庄《后村诗话》、叶申芗《本事词》都有记载,以"野语"记载最为详尽。但从清人吴骞《拜经楼诗话》开始,就不断有人对此提出疑问,今人吴熊和先生曾写专文《陆游钗头凤本事质疑》一文,详辨其事,言之凿凿。其实在漫长的中国文学史上,从屈原、宋玉的作品开始,到苏武、李陵的《赠别》,卓文君的《白头吟》,班婕妤的《团扇》,蔡文姬的《悲愤诗》《胡笳十八拍》,以至杜牧的《清明诗》,岳飞的《满江红》,其作者的真伪,一直存在争论。但是这并不影响上述作品在文学史上的存在,以至众口传诵,流传至今。陆游的《钗头凤》也是如此。这或许也就是历史的一部分吧。

唐琬一首

唐琬(1128—1156),又名婉,字蕙仙,越州山阴(今浙江绍兴)人,陆游前妻,因婆婆不满,被迫离异。后改嫁赵士程。

钗头凤

世情薄。人情恶。雨送黄昏花易落。晓风干。泪痕残。欲笺心事,独语斜栏。难难难[①]。

人成各。今非昨。病魂常似秋千索。角声寒。夜阑珊。怕人寻问,咽泪装欢。瞒瞒瞒[②]。

【注释】

①笺,写信。独语,自言自语。

②人成各,两人分离。各,各自。“病魂”句,意谓心神不定,一如秋千索之摇摆。寻问,询问。

【说明】

本篇是对陆游《钗头凤》词的回答,似乎比陆游的原作更加委婉曲折,哀怨缠绵,这是由两人不同的社会地位和处境所决定的。在漫长的封建时代,妇女的地位十分低微,这是中华文化中最大的不公之一。从汉代开始就有所谓“七出之条”,唐宋以后还被正式写入了律法。虽然唐婉被逐出家门后尚可改嫁,但她的顾虑肯定比陆游更多,因而其内心的悲痛也较陆游更加深沉。两首《钗头凤》背后所隐藏的悲剧故事,与汉乐府《孔雀东南飞》十分相似,结局却有点不同。前者是以双双殉情结束,而陆游和唐婉是以两首词来表达自己的悲痛。不过唐氏不久就郁郁病故,而放翁对这段情缘也终身难忘，直到晚年还写了不少沉痛的诗歌来抒发自己的悲怀。

陆游妾一首

陆游妾，平生不详，据说为驿卒之女。陆游纳之，半载余，为夫人所逐。

生查子①

只知眉上愁，不识愁来路。窗外有芭蕉，阵阵黄昏雨。　　逗晓理残妆，整顿教愁去②。不合画春山，依旧留愁住③。

【注释】

①陈世崇《随隐漫录》卷五：陆放翁宿驿中，见题壁云："玉阶蟋蟀闹清夜，金井梧桐辞故枝。一枕凄凉眠不得，呼灯起作感秋诗。"放翁询之，驿卒女也，遂纳为妾。方余半载，夫人逐之。妾赋《卜算子》（按应为《生查子》）云："只知眉上愁，不识愁来路。……"

②逗晓，拂晓。整顿，收拾。辛弃疾《水龙吟·甲辰岁寿韩南涧尚书》："待他年、整顿乾坤事了，为先生寿。"

③不合，不应。五代许岷《木兰花》："当初不合尽饶伊，赢得如今长恨别。"画春山，画眉。

【说明】

又是一个悲剧故事，证明了封建社会女子地位之低微。这位驿卒之女因为能诗，被陆游纳为小妾，但不久就被主母驱逐。本词可能作于女子遭驱逐之后。全词紧紧围绕一个“愁”字展开，词人似乎千方百计要摆脱这个愁字，无奈这刻骨的深愁始终盘踞在她的心头，不肯离去。

范成大九首

范成大(1126—1193)，字致能，号石湖居士，苏州吴县(今江苏苏州)人。宋高宗绍兴二十四年进士。官至四川制置使。淳熙五年，除参知政事，仅二月而罢。有《石湖词》。

忆秦娥

楼阴缺。阑干影卧东厢月[①]。东厢月。一天风露，杏花如雪。　　隔烟催漏金虬咽。罗帏暗淡灯花结[②]。灯花结。片时春梦，江南天阔[③]。

【注释】

①楼阴缺，楼阴缺处。“阑干”句，月照东厢，阑干的影子静卧在地面。

②金虬(qiú)咽，更漏声呜咽。金虬，铜制的龙头形漏壶。李商隐《深宫》：“玉壶传点咽铜龙。”

③“片时”二句写梦境。岑参《春梦》：“枕上片时春梦中，行尽江南数千里。”

【说明】

范成大以诗名世，与陆游、杨万里、尤袤并称“中兴四家”。词亦平和婉美，今本《石湖词》存词一百三首，以小令居多。本词写思妇春日怀人，上片写春天月夜景色，下片抒思妇怀人情思。结二句化用古人诗句，逗出相思怀人之意。笔致空灵深婉，“不言愁而愁随梦远矣”。

霜天晓角[1]

晚晴风歇。一夜春威折[2]。脉脉花疏天淡，云来去、数枝雪[3]。　　胜绝。愁亦绝。此情谁共说[4]。惟有两行低雁，知人倚、画楼月[5]。

【注释】

①一本有副题《梅》。

②春威，春寒的威力。

③数枝雪，指梅花盛开。

④胜绝，妙绝、美绝。谁共说，与谁说。

⑤知人倚，画楼月。知道有人倚楼望月。白居易《长相思》："月明人倚楼。"

【说明】

此首为咏梅之作，兼寓怀人之意。上片说春意渐回，梅花盛开。下片抒怀人之情。以"胜绝，愁亦绝"五字承上启下。"胜绝"承上述之美景；"愁亦绝"启下片之愁情，而这愁情却又无处诉说。结尾三句才点出那个怀人念远的女子，这个人很可能就是作者的亲人。杜甫《月夜》："今夜鄜州月，闺中只独看。"意境与此相似。范成大的小令，往往能以简洁传神之笔绘景，含蓄淡远之笔抒情，颇耐人寻味。

醉落魄

栖乌飞绝。绛河绿雾星明灭[1]。烧香曳簟眠清樾。花久影吹笙，满地淡黄月[2]。　　好风碎竹声如雪。昭华三弄临风咽[3]。鬓丝撩乱纶巾折。凉满北窗，休共软红说[4]。

【注释】

①栖乌飞绝，鸟儿归巢，都不再飞了。绛河，银河。王维《同崔员外秋宵寓值》："云消出绛河。"绿雾，淡青色的烟雾。李贺《江南弄》："江中绿雾起凉波。"星明灭，星星闪烁。

②"烧香"句，点起香，铺开竹席，睡在清凉的树荫下面。"花久影吹笙"，在花影下久久地吹笙。

③"好风"句，风吹竹叶，声音像下雪。据宋翔凤《乐府余论》说，这是形容笙声。昭华，古乐器名。《晋书·律历志》云："舜时西王母献昭华之管(管)，以玉为之。"弄，演奏。这句是说临风吹奏，笛声悲咽。

④纶(guān)巾，丝帛做的头巾。苏轼《念奴娇》："羽扇纶巾。"软红，指世俗繁华。二句意谓，这种闲适之乐趣，世俗之人不懂。

【说明】

本词写夏日闲居之乐。清夜久坐花荫，面对疏星淡月，吹笙弄笛以自娱。通篇写景，风情绝妙。篇末才点明主题，含蓄有味。

朝中措

长年心事寄林扃。尘鬓已星星[①]。芳意不如水远，归心欲与云平[②]。　　留连一醉，花残日永，雨后山明[③]。从此量船载酒，莫教闲却春情[④]。

【注释】

①林扃，林园。星星，指白发。

②芳意，对他人的情意，柳宗元《自衡阳移桂十余本植零陵所住精舍》："芳意不可传，丹心徒自渥。"归心，回乡之念。梅尧臣《送庭老归河阳》："五月驰乘车，归心岂畏暑？"与云平，形容归心之浓烈。

③留连，留恋不舍。李白《友人会宿》："涤荡千古愁，留连百壶饮。"

④用《晋书·毕卓传》典故，表达思归之情。

【说明】

范成大的故乡苏州石湖，风景优美。每当他仕途不顺之时，便不免心生归欤之思。本篇就写欲弃官归隐之情，但表达异常平和舒缓，见不到一般人常有的那种激愤之态。这也是范成大词风格与陆游不同的重要之点。

眼儿媚

萍乡道中乍晴，卧舆中困甚，小憩柳塘[①]

酣酣日脚紫烟浮。妍暖试轻裘[②]。困人天色，醉人花气，午梦扶头[③]。　　春慵恰似春塘水，一片縠纹愁[④]。溶溶泄泄，东风无力，欲皱还休。

【注释】

①萍乡，今江西萍乡市。舆，马车。憩，休息。

②酣酣，形容日光明亮而温暖。日脚，穿过云隙斜照到地面的阳光。杜甫《羌村》："峥嵘赤云西，日脚下平地。"裘，皮袄。

③扶头，扶头酒，易醉之酒。白居易《早饮湖州酒寄崔使君》："一榼扶头酒，泓澄泻玉壶。"

④春慵，春困。縠纹，微波。

【说明】

据范成大《骖鸾录》，本词作于宋孝宗乾道九年(1173)正月。乾道七年(1171)，范成大以集英殿修撰出知静江府(今广西桂林)，兼广西经略安抚使，九年(1173)三月，抵达任所桂林，词即作于赴任途中。词写所见早春景象以及自身的感受，于平和淡远中见真情。黄昇评曰："词意清婉，咏味之如在画图中。"王闿运评曰："自然移情，不可言说，绮语中仙语也。"都给出极高评价。

浪淘沙

黯淡养花天。小雨能悭。烟轻云薄有无间[①]。官柳丝丝都绿遍，犹有春寒[②]。　　空翠湿征鞍。

马首千山。多情若是肯俱还[③]。别有玉杯承露冷，留共君看[④]。

【注释】

①养花天，暮春时节，因多轻云微雨，适宜养花，故称。能悭，如此吝啬。

②官柳，大路上的柳树。杜甫《郪城西原送李判官武判官赴成都府》："野花随处发，官柳着行新。"

③若是，如果、倘若。

④作者自注："玉杯，官舍中牡丹绝品也。"

【说明】

从"空翠湿征鞍，马首千山"句看，本词也作于行旅途中。上片写暮春景色，下片表现对旧地和故人的留恋之情，不过表达非常含蓄淡远，只是说如果有机会回来，还要与你共赏牡丹。

鹧鸪天

嫩绿重重看得成。曲栏幽槛小红英[①]。酴醿架上蜂儿闹，杨柳行间燕子轻[②]。　春婉娩，客飘零。残花浅酒片时清[③]。一杯且买明朝事，送了斜阳月又生[④]。

【注释】

①嫩绿重重，暮春时节，柳条看去已成重重绿荫。红英，红花。

②酴醿，即荼蘼花，开于春末。

③婉娩，柔美貌。王安石《后殿牡丹未开》："红幞未开知婉娩，紫囊犹结想芳菲。"婉娩即婉婉。客，作者自指。

④"一杯"句，意谓酒醉醒来，已是明朝。

【说明】

行旅途中惜春之作。上片写暮春景色，如画如描。下片首二句"春婉娩，客飘零”，点明全篇主题，表现惜春之情和羁旅之慨。与作者其他作品一样，这种情绪往往通过风景描写含蓄地表达，并不直接说出，故而特别耐人寻味。

南柯子

怅望梅花驿，凝情杜若洲。香云低处有高楼。可惜高楼、不近木兰舟[①]。　　缄素双鱼远，题红片叶秋。欲凭江水寄离愁。江已东流、那肯更西流[②]。

【注释】

①梅花驿，寄送信件的驿站，用陆凯与范晔典故。杜若洲，生长杜若的水中小岛。《楚辞·九歌·湘君》：“采芳洲兮杜若，将以遗兮下女。”

②汉乐府《饮马长城窟行》：“客从远方来，遗我双鲤鱼。呼儿烹鲤鱼，中有尺素书。”后因用双鱼指代书信。题红，也指书信。用唐人红叶题诗典故。

【说明】

词写相思怀人之情。据说本篇是词人自己的得意之作。词的上片抒离别之情，下片言相思之意。俞陛云先生曰：“高楼而移傍兰舟，东流而挽使西注，皆事理所必无者，借以为喻，见虚愿之难偿。”说得很对。高楼不可能傍兰舟，东流也不可能“更西流”，用以表达词人愿望落空的惆怅心情，可以达到意在言外的效果。

浣溪沙　江村道中

十里西畴熟稻香。槿花篱落竹丝长。垂垂山果挂青黄[①]。　　浓雾知秋晨气润，薄云遮日午阴凉。不须飞盖护戎装[②]。

【注释】

①畴,田地。山果,山间野果。

②润,滋润。飞盖,用以遮荫的篷盖。戎装,作者当时为四川制置使,故戎装出游。

【说明】

范成大热爱田园,曾经创作《四时田园杂兴诗》六十首,但在词中并不多见。本词以质朴的文笔,描写秋日田园景色,别具一格。

游次公一首

游次公,字子明,号西池,建安(今福建建瓯)人。范成大帅桂林,以次公为幕僚。曾官安仁令、汀洲通判。《全宋词》录其词五首。

卜算子

风雨送人来,风雨留人住。草草杯盘话别离,风雨催人去[①]。　泪眼不曾晴,眉黛愁还聚。明日相思莫上楼,楼上多风雨[②]。

【注释】

①草草,匆促、随便。王安石《示长安君》:“草草杯盘共笑语,昏昏灯火话平生。”

②不曾晴,不曾干;聚,皱眉。

【说明】

游次公词今存五首,小令仅此一首。词写离别相思之情,围绕“风雨”

二字展开,在风雨中相聚,在风雨中离别,在风雨中相思,感情真挚,笔墨自然流畅,艺术上十分成功。

尤袤一首

尤袤(1127—1294),字延之,无锡人。宋高宗绍兴十八年(1148)进士。累官至正奉大夫、礼部尚书。卒谥文简。诗为南宋四大家之一,作品大多散失。《全宋词》录其词二首。

瑞鹧鸪　落梅[①]

梁溪西畔小桥东。落叶纷纷水映空[②]。五夜客愁花片里,一年春事角声中[③]。　歌残玉树人何在,舞破山香曲未终[④]。却忆孤山醉归路,马蹄香雪衬东风[⑤]。

【注释】

①《瑞鹧鸪》格律与七言律诗相同。据《词谱》说,《瑞鹧鸪》原本七言律诗,因唐人用来歌唱,遂成词调。

②梁溪,水名,为流经无锡市的一条重要河流,其源出于无锡惠山,北接运河,南入太湖。

③五夜,五更。角声,军中号角之声。李贺《雁门太守行》:“角声满天秋色里,塞上燕脂凝夜紫。”

④玉树,《玉树后庭花》,相传为陈后主所制。许浑《金陵怀古》:“玉树歌残王气终,景阳兵合戍楼空。”山香,不详,或为舞曲名。

⑤孤山,在今杭州西湖景区内,其地多植梅花。香雪,指梅花。王安

石《梅花》:“遥知不是雪,为有暗香来。”

【说明】

尤袤以诗名世,与杨万里、范成大、陆游齐名。原有《梁溪集》五十卷,早佚。词作仅存《瑞鹧鸪》二首,而且介乎诗、词之间。词有副题“落梅”,实际上通过落梅寄托词人的羁旅之情,“五夜客愁花片里,一年春事角声中”便表达了这层意思。末二句以回忆孤山醉归作结,回应副题“落梅”。

杨万里二首

杨万里(1127—1206),字廷秀,号诚斋,吉水人。官至秘书监兼实录院检讨官。开禧二年卒,年八十。谥文节,赠光禄大夫。有《诚斋集》。诗作丰富,号诚斋体。作词不多,《全宋词》录其词八首。

好事近　七月十三日夜登万花川谷望月作

月未到诚斋,先到万花川谷。不是诚斋无月,隔一林修竹[①]。　　如今才是十三夜,月色已如玉。未是秋光奇绝,看十五十六[②]。

【注释】

①诚斋,杨万里自号诚斋野客。词中指其室名。万花川谷,杨万里在江西老家江西吉水的一座园林。

②如玉,形容月光皎洁。“未是”二句,意谓等到月半,月光将更加明媚。

【说明】

词写月亮，却只有“月色明如玉”一句直接描写月亮，其余七句都是旁敲侧击，衬托想象，但又无不与月亮有关。这种写法很特别，而“特别”或许就是词人所追求的艺术效果。

昭君怨　咏荷上雨

午梦扁舟花底。香满西湖烟水。急雨打篷声。梦初惊[1]。　　却是池荷跳雨。散了真珠还聚。聚作水银窝。泻清波[2]。

【注释】

①午梦，午睡。花底，指荷花丛中。西湖，今杭州西湖。

②跳雨，雨点溅起。苏轼《六月二十七日望湖楼醉书》：“黑云翻墨未遮山，白雨跳珠乱入船。”

【说明】

钱锺书《谈艺录》论陆游与杨万里诗说：“放翁善写景，诚斋擅写生。”在这首词中，词人把写生的技巧运用到了极致。词的副题是《咏荷上雨》，但上片并未涉及写生的对象，而从午梦被雨声惊醒说起，自然过渡到下片。下片才聚焦描写对象，寥寥数语，便把荷上雨珠的样子写得极其生动形象，真是神来之笔，不愧写生高手。

李泳一首

李泳，字子永，号兰泽。扬州人。宋孝宗淳熙中，曾为溧水知县。余不详。《全宋词》录其词三首。

定风波　感旧

点点行人趁落晖。摇摇烟艇出渔扉[①]。一路水香流不断。零乱。春潮绿浸野蔷薇[②]。　南去北来愁几许，登临怀古欲沾衣。试问越王歌舞地。佳丽。只今惟有鹧鸪啼[③]。

【注释】

①渔扉，渔舟。陆游《渔扉》："湖上千峰翠作围，正应佳处着渔扉。"

②绿浸，浸在绿水中。野蔷薇，又名刺蘼，五月间开白花，其味芬芳。

③李白《越中览古》："越王勾践破吴归，义士还家尽锦衣。宫女如花满春殿，只今惟有鹧鸪飞。"此化用李白诗意。

【说明】

副题"感旧"，实际上是怀古。上片记沿途之所见，"一路水香"三句，是词中警策，描写江南水乡景色，生动形象，妙不可言。下片发怀古之幽思，化用李白诗意，笔法流畅，感慨深沉。

朱熹二首

朱熹（1130—1200），字符晦，号晦庵，祖籍婺源，生于南剑州（今属福建）。宋高宗绍兴十八年（1148）进士。宋代著名理学家。官至焕章阁待制兼侍读，提举南京鸿庆宫。韩侂胄当政，落职罢祠。宋宁宗嘉定二年，追谥文。宋理宗淳祐元年（1241），从祀孔庙。

鹧鸪天

已分江湖寄此生。长蓑短笠任阴晴[①]。鸣桡细雨沧洲远，系舸斜阳画阁明[②]。　　奇绝处，未忘情。几时还得去寻盟[③]。江妃定许捐双佩，渔父何劳笑独醒[④]。

【注释】

①已分（读去声），已经料定。冯延巳《更漏子》："蓬垂鬓，尘侵镜。已分今生薄命。"张志和《渔歌子》："青箬笠，绿蓑衣，斜风细雨不须归。"

②鸣桡，开船。沧洲，水滨，指隐者所居之处。杜甫《曲江对酒》："吏情更觉沧洲远，老大悲伤未拂衣。"舸（gě），大船。

③奇绝处，指风景优美之处。寻盟，寻找白鸥为盟。黄庭坚《登快阁》："万里归船弄长笛，此心吾与白鸥盟。"此处化用其句意，指隐居。

④"江妃"句，用江妃与郑交甫典故，比喻自己的愿望定能实现。"渔父"句，意谓自己并没有像屈原那样孤高自傲，不劳渔父来嘲笑。《史记·屈原列传》：屈原至于江滨，被发行吟泽畔，颜色憔悴，形容枯槁。渔父见而问之曰："子非三闾大夫欤？何故而至此？"屈原曰："举世皆浊而我独清，众人皆醉而我独醒，是以见放。"渔父曰："夫圣人者，不凝滞于物，而能与世推移。举世皆浊，何不随其流而扬其波？众人皆醉，何不哺其糟而啜其醨？何故怀瑾握瑜，而自令见放为？"

【说明】

词写隐逸之情怀。但在表达这种情怀的同时，似乎还夹杂了几分不平之气，很可能作于罢官落职以后。朱熹是著名的理学大师，有时不免在诗词中说教，令人扫兴。但本词并不存在这种缺点。

南乡子　次张安国韵[①]

落日照楼船。稳过澄江一片天。珍重使君留

客意，依然。风月从今别一川[2]。　　离绪悄危弦。永夜清霜透幕毡[3]。明日回头江树远，怀贤。目断晴空雁字连[4]。

【注释】

①安国，张孝祥字。

②使君，汉代称刺史为使君，汉以后用作对州郡长官的尊称。珍重，道谢之词。刘禹锡《刘驸马水亭避暑》："尽日逍遥避烦暑，再三珍重主人翁。"

③危弦，急弦，音乐的节奏很快。幕毡，即毡幕，毡帐，北方少数民族所居的帐篷。亦作"毡幕"。南朝徐陵《陈公九锡文》："穹庐毡幕，抵北阙而为营。"

④江树远，杜甫《春日忆李白》："渭北春天树，江东日暮云。"贤，贤者。

【说明】

宋孝宗乾道三年（1167），张孝祥改知潭州（今湖南长沙）。时朱熹前往潭州访问湖湘学派代表张栻并游衡山，与张孝祥会于长沙。朱熹离开时，张孝祥曾设宴送别，并赋《南乡子·送朱元晦行张钦夫邢少连同集》一阕，其词曰："江上送归船。风雨排空浪拍天。赖有清尊浇别恨，凄然。宝蜡烧花看吸川。　　楚舞对湘弦。暖响围春锦帐毡。坐上定知无俗客，俱贤。便是朱张与少连。"本篇是对张词的和作。两首词写得都不算好，但从中可见出两位重要人物的交情。

沈端节三首

沈端节，字约之，吴兴（今浙江湖州）人，寓居溧阳。生卒年不详。历官芜湖县令，提举江东茶盐。宋孝宗淳熙三年（1176）

知衡州。有《克斋词》。

虞美人

去年寒食初相见。花上双飞燕。今年寒食又花开。垂下重帘不许燕归来。　　隔帘听燕呢喃语。似说相思苦。东君都不管闲愁。一任落花飞絮两悠悠①。

【注释】

①东君,春神。

【说明】

相思怀人之作。上片以去年和今年对比,不许燕归来,怕引起相思之痛。下片仍从“双燕”落笔,说帘外双燕总是不肯离去,她们的呢喃细语,仿佛在诉说无尽的相思之苦。结尾三句似在埋怨东君对此不理不睬,一任春天无情地离去,落花飞絮,象征爱情无望。《四库总目》说,沈端节词“吐属婉约,颇具风致”,本篇可为代表。

又

暮云衰草连天远。不记离人怨。可怜无处不关情。梦断孤鸿哀怨两三声。　　恨眉醉眼何时见。夜夜相思遍。梧桐叶落候蛩秋。唯有一江烟雨替人愁①。

【注释】

①候蛩,指蟋蟀之类。

【说明】

与前篇一样,本词也写相思之情,不同的是一在春季,一在秋天。时在秋天,不免增添几分悲剧气氛。两首词有一个共同特点,笔致自然流畅，抒情真挚缠绵，几乎不用任何典故，读者一望便知。

南歌子

远树昏鸦闹，衰芦睡鸭双[①]。雪篷烟棹炯寒光。疑是风林纤月、到船窗[②]。　时序惊心破，江山引梦长[③]。思量也待不思量。泪染罗巾犹带、旧时香[④]。

【注释】

①昏鸦，傍晚的乌鸦；鸭，指野鸭。黄庭坚《睡鸭》："天下真成长会合，两凫相倚睡秋江。"

②雪篷，积雪的船篷。炯，明亮。

③时序，时节。破，冲破，过去。江山，江河山岳，杜甫《宿凿石浦》："早宿宾从劳，仲春江山丽。"

④也待，也打算。

【说明】

本篇也写相思怀人之情，不过情景有点特殊，词人身处寒冬雪天的篷船之上。上片写景，下片抒情，写景是眼前所见之真实景象；抒情却是旖旎婉约的痴情。冯煦《蒿庵论词》认为，本词："字字沉响，非仅以婉约见长也。"给予很高评价。

张孝祥五首

张孝祥（1132—1170），字安国，号于湖居士，和州乌江（今安徽和县）人。宋高宗绍兴二十四年（1154）举进士第一。孝宗朝，累迁中书舍人，直学士院，领建康留守。以显谟阁直学士致仕。卒年三十九岁。有《于湖词》。

浣溪沙

霜日明霄水蘸空。鸣鞘声里绣旗红。淡烟衰草有无中①。　　万里中原烽火北，一尊浊酒戍楼东。酒阑挥泪向悲风②。

【注释】

①明霄，明朗的天空。水蘸空，天空仿佛被水沾湿，形容水势浩大，水天相接。鸣鞘，挥鞭作声。李白《行行游且猎篇》："金鞭拂雪挥鸣鞘，半酣呼鹰出远郊。"有无中，隐隐约约，似有若无。王维《汉江临泛》："江流天地外，山色有无中。"

②中原，指北方广大沦陷区。烽火，边地报警设施。戍楼，边防驻军的瞭望楼。挥泪，洒泪。

【说明】

一本有副题"荆州约马奉先登城楼观"，据此推断，本词当作于宋孝宗乾道四年(1168)，作者任知荆南府兼荆湖北路安抚使之时。词写登楼北望中原的感慨，信笔挥洒，一气呵成。张孝祥与辛弃疾一样，是南宋著名的爱国词人。陈廷焯曰："张安国词，热肠郁思，可想见其为人。"(《白雨斋词话》卷一)可惜英年早逝，不能尽展其才力。

又　洞庭

行尽潇湘到洞庭。楚天阔处数峰青。旗梢不动晚波平①。　　红蓼一湾纹缬乱，白鱼双尾玉刀明。夜凉船影浸疏星②。

【注释】

①旗梢,即旗旓,旗帜上飘带之类的装饰物,泛指旌旗。

②纹缬,有花纹的丝织品,比喻水波。玉刀,比喻白色。疏星,指倒映着疏星的湖面。

【说明】

宋孝宗乾道四年(1168),张孝祥由潭州调往荆州,本词作于从湘江入洞庭湖途中。首句"行尽潇湘到洞庭"即指此而言。词写乘船经湘江及洞庭湖时所见夜间景色,风格清丽,与作者名篇《念奴娇·过洞庭》有类似之处。也许是限于小令篇幅,故不及其长调胸情豪迈,想象丰富。

西江月　题溧阳三塔寺[①]

问讯湖边春色,重来又是三年[②]。东风吹我过湖船。杨柳丝丝拂面。　世路如今已惯,此心到处悠然[③]。寒光亭下水如天。飞起沙鸥一片[④]。

【注释】

①据陈长明先生考证,三塔湖一名梁城湖,在溧阳西七十里。三塔寺乃傍湖而建,寒光亭亦在湖边。塔、亭和寺庙如今均已湮灭。

②三年,此前三年的秋冬之交,词人曾经到过三塔寺,并且写下七绝二首。

③世路,人生之路,主要指仕途。悠然,安闲貌。陶渊明《饮酒》:"采菊东篱下,悠然见南山。"

④水如天,水天相接。沙鸥,杜甫《旅夜书怀》:"飘飘何所似,天地一沙鸥。"

【说明】

据宛敏灏《张孝祥年谱》考证:"宋高宗绍兴三十二年(1162),张孝祥自建康还宣城,经丹阳,作《西江月》。……孝祥自绍兴二十九年为汪澈劾罢后可能曾经此湖,所以说:'重来又是三年。'"词写重经三塔湖的感受。词人在历经仕途风波之后,有了一种豁然开朗的感悟,所以说:"世路如今已惯，此心到处悠然。”这两句，便是全词的主旨。

又　阻风三峰下[①]

满载一船秋色，平铺十里湖光。波神留我看斜阳。放起鳞鳞细浪[②]。　　明日风回更好，今宵露宿何妨[③]。水晶宫里奏霓裳。准拟岳阳楼上[④]。

【注释】

①一作“黄陵庙”。三峰，山名，在湖南湘阴，位于湘江至洞庭湖入口处。

②波神，水神。

③风回，风向改变，逆风变成顺风。

④水晶宫，神话传说中龙王的宫殿。此句比喻夜晚风声水声之美妙。岳阳楼，在今湖南岳阳洞庭湖畔，为天下名楼。

【说明】

据宛敏灏先生《张孝祥词笺校》考证：“乾道二年（1166）秋，罢静江（今广西桂林）东归，将过洞庭前，阻风三峰下作。”按乾道元年（1165）至乾道二年（1166），张孝祥复官，出知静江府。乾道三年（1167），改知潭州。此篇与前篇内容相似，只是情景稍有不同。前篇是心存感慨，但船行一帆风顺；而此篇写船行遇风，停泊于洞庭湖口。不过从“明日风回更好，今宵露宿何妨”句看，词人的心情是振奋的，因为他将“迁知荆南、荆湖北路安抚使”，可以在这重要岗位上，为国效力。可惜天妒英才，词人在这个岗位上只待了一年，因病致仕，不久就病故了。

鹧鸪天　春情

日日青楼醉梦中。不知楼外已春浓[①]。杏花未遇疏疏雨，杨柳初摇短短风[②]。　　扶画鹢，跃花骢。涌金门外小桥东[③]。行行又入笙歌里，人在珠帘第几重④。

【注释】

①青楼,歌楼妓馆。

②疏疏雨,细雨;短短风,微风。

③画鹢,画船;花骢,五花马。李白《将进酒》:“五花马,千金裘。呼儿将出换美酒,与尔同销万古愁。”涌金门,古代杭州西城门之一,今已不存。

④行行,走着走着。笙歌里,歌舞丛中,娱乐场所。人,词人心慕的女子。杜牧《赠别》:“春风十里扬州路,卷上珠帘总不如。”

【说明】

据宛敏颢先生考证,此词作于临安,在宋高宗绍兴二十八九年(1158—1159)间,时作者以起居舍人权兼中书舍人。南宋虽然是偏安江左的小朝廷,但当时的京城临安非常繁华,程度不亚于北宋的首都汴京。词写作者青年时代的浪漫生活,“日日青楼醉梦中。不知楼外已春浓”“行行又入笙歌里,人在珠帘第几重”,就是这种浪漫生活的写照。唐、宋之时,对官员的道德要求非常宽松,出入于歌楼酒肆,宴席上招妓助兴,是十分普遍的事情,并不会因此受到谴责和处分。从一定的意义上说,词这种特殊的文学体裁,就是在歌楼妓馆等娱乐场所中酝酿成熟起来的。

赵长卿三首

赵长卿,自称仙源居士,宋宗室。高宗、孝宗时在世。南渡后寓居南丰。有《惜香乐府》九卷。

临江仙　暮春

过尽征鸿来尽燕，故园消息茫然。一春憔悴有谁怜。怀家寒食夜，中酒落花天[①]。　见说江头春浪渺，殷勤欲送归船。别来此处最萦牵。短篷南浦雨，疏柳断桥烟[②]。

【注释】

①中酒，醉酒。杜牧《睦州四韵》："残春杜陵客，中酒落花前。"

②见说，听说。李白《送友人入蜀》："见说蚕丛路，崎岖不易行。"萦牵，牵挂。断桥，古称段家桥，在杭州西湖之东，北山路与白堤交界处。

【说明】

怀念故乡之作。作者是赵宋宗室，其怀乡当然就是怀念故国。下片痛离别，从末句"疏柳断桥烟"推测，本词可能写于离开临安之时，为何要离开？原因不明。全词笔致自然流畅，一气呵成，是《惜香乐府》中写得较好的作品之一。

又　秋日有感

枫叶白蘋秋未老，晚风吹泛轻艎。青山沥沥水茫茫[①]。情随流水远，恨逐暮山长。　一点相思千点泪，眼前无限情伤。佳人犹自捧离觞[②]。阳关休唱彻，唱彻断人肠[③]。

【注释】

①秋未老，未至深秋。艎，船。

②离觞，离杯。王昌龄《送十五舅》："夕浦离觞意何已，草根寒露悲鸣虫。"

③阳关，即王维《渭城曲》，唱彻，唱毕。

【说明】

词写离别之痛，上片写景而情在其中，“情随流水远，恨逐暮天长”，这“情”和“恨”就是离别的悲恨。下片直接抒情，写得沉痛悲凉，为何这次离别使词人如此伤痛，因史料缺乏，难知其详，令人遗憾。

醉花阴　建康重九

老去悲秋人转瘦。更异乡重九。人意自凄凉，只有茱萸，岁岁香依旧[①]。　　登高无奈空搔首。落照归鸦后[②]。六代旧江山，满眼兴亡，一洗黄花酒[③]。

【注释】

①杜甫《九日蓝田崔氏庄》：“老去悲秋强自宽，兴来今日尽君欢。”又：“明年此会知谁健？醉把茱萸仔细看。”

②空搔首，无奈之状。杜甫《楼上》：“天地空搔首，频抽白玉簪。”

③黄花酒，菊花酒，杜甫《九日登梓州城》：“伊昔黄花酒，如今白发翁。”一洗，谓以酒浇愁。

【说明】

重阳登高感怀之作。“人意自凄凉”，为什么？因为“更异乡重九”。面对“六代旧江山”，面对“满眼兴亡”，面对沦亡的中原大地，词人徒叹奈何，毫无办法，只能“空搔首”，只能以酒浇愁。

张良臣一首

张良臣，字武子，一字汉卿，号雪窗，大梁（今河南开封）人。

南渡后侨居鄞县。宋孝宗隆兴元年(1163)进士,曾官监左藏库。有集十卷已佚。《全宋词》录其词二首。

采桑子

佳人满劝金蕉叶,夜玉春温。别后黄昏。燕子楼高月一痕[1]。　　年年依旧梨花雨,粉泪空存。流水孤村。不着寒鸦也断魂[2]。

【注释】

①金蕉叶,酒杯名。柳永《金蕉叶》:"金蕉叶泛金波齐,未更阑、已尽狂醉。"燕子楼,在江苏徐州,相传为唐贞元时尚书张建封之爱妾关盼盼居所。白居易《燕子楼诗》:"燕子楼中霜月夜,秋来只为一人长。"

②梨花雨,白居易《长恨歌》:"梨花一枝春带雨。""流水"二句,秦观《满庭芳》:"斜阳外,寒鸦万点,流水绕孤村。"

【说明】

词写离别之痛,所别者很可能是一位歌妓。上片写离别之情怀,下片抒别后之悲痛,虽然化用不少前人成句,但融为自己语言,显得自然流畅,情意绵长。

赵汝愚一首

赵汝愚(1140—1196),字子直,饶州(今江西鄱阳县)人。赵宋宗室。宋孝宗乾道二年(1166)进士,官至右丞相。在位仅半年,遭韩侂胄排挤,出知福州,寻谪永州安置,卒于途中。谥忠定。《全宋词》录其词一首。

柳梢青 西湖

水月光中，烟霞影里，涌出楼台。空外笙箫，云间笑语，人在蓬莱[1]。 天香暗逐风回。正十里、荷花盛开[2]。买个扁舟，山南游遍，山北归来。

【注释】

①蓬莱，传说中的海外仙岛。

②宋之问《灵隐寺》："桂子月中落，天香云外飘。"又柳永《望海潮》："有三秋桂子，十里荷香。"

【说明】

词写西湖美景，笔法异常简洁。据周密《武林旧事》记载，此词题于当时最繁华热闹的酒肆"丰乐楼"壁上，与吴文英的《莺啼序》等，一时为人传诵。

张震二首

张震，字东父，号无隐居士。龙湖（今属福建泉州）人。曾官福建、江西提刑。《全宋词》录其词五首。

蝶恋花 惜春

梅子初青春已暮。芳草连云，绿遍西池路。小院绣垂帘半举。衔泥紫燕双飞去[1]。 人在赤阑桥畔住。不解伤春，还解相思否[2]。清梦欲寻犹间阻。纱窗一夜萧萧雨[3]。

【注释】

①帘半举，窗帘半卷。

②陈克《菩萨蛮》："赤栏桥尽香街直。"

③间阻，阻隔不通。

【说明】

惜春怀人之作。上片写暮春景色，"紫燕双飞"，既寓惜春之情，又表相思之意。下片怀人，所怀者是一位女子，赤栏桥泛指女子所居之处。末二句言梦也难通，沈约《别范安成》"梦中不识路，何以慰相思"，是说梦中不认识路，本词更进一层，说梦中道路不通，醒来只能谛听窗外的潇潇雨声，表达了孤独惆怅心情。

鹧鸪天　怨别

宽尽香罗金缕衣。心情不似旧家时[1]。万丝柳暗才飞絮，一点梅酸已着枝[2]。　金底背，玉东西。前欢赢得两相思[3]。伤心不及风前燕，犹解穿帘度幕飞[4]。

【注释】

①旧家时，从前、往昔。李清照《南歌子》："旧时天气旧时衣。只有情怀不似、旧家时。"

②苏轼《南乡子》："花谢酒阑春到也，离离。一点微酸已着枝。"

③金底背、玉东西，均为古代酒器名称。

④不及，不如。

【说明】

本篇也是惜春怀人之词，在表现手法上略有差异。前篇是因景及情，先写景，后言情；本篇却因情及景，先言情，后写景。上片先说因相思而消瘦，心情恶劣，再写春天已尽，柳老梅酸。下片进入回忆，从昔年之欢聚,引发今日离别的悲哀。结尾以燕比人,更显言尽意余的艺术效果。

辛弃疾二十首

辛弃疾(1140—1207),字幼安,号稼轩居士,济州历城(今济南市)人。历官浙东安抚使,龙图阁待制,进枢密都承旨,未受命而卒。有《稼轩长短句》。

鹧鸪天　送人[①]

唱彻阳关泪未干。功名余事且加餐[②]。浮天水送无穷树,带雨云埋一半山[③]。　今古恨,几千般。只应离合是悲欢[④]。江头未是风波恶,别有人间行路难[⑤]。

【注释】

①邓广铭先生认为,本篇作于宋孝宗淳熙五年(1178),辛弃疾自江西赴临安途中。按是年暮春,辛弃疾奉召赴临安,任大理寺卿。

②唱彻,唱罢。功名余事,功名乃是身外之事。《庄子·让王》:“帝王之功,圣人之余事也,非所以完身养生也。”加餐,意谓多吃饭,保养身体。《古诗十九首》:“弃捐勿复道,努力加餐饭。”

③浮天水,江水上涨,似与天接。杜牧《题白云楼》:“江村夜涨浮天水,泽国秋生动地风。”(一作许浑诗,题作《汉水伤稼》)又宋杨徽之诗《嘉阳川》:“浮花水入瞿塘峡,带雨云归越隽州。”

④几千般,几千种,无数种。“只应”句,承上意,言今古恨事很多,离合悲欢也是恨事。

⑤未是，不算。二句意谓江上风波还算不上险恶，人世之事更加凶险难测。

【说明】

送别友人之作。上片抒写离情，情景交融；下片感怀世事，喟叹深沉。用典虽多，但表述顺畅，一气贯注，并不影响人们阅读欣赏。

又　鹅湖归病起作①

枕簟溪堂冷欲秋。断云依水晚来收②。红莲相倚浑如醉，白鸟无言定自愁③。　书咄咄，且休休。一丘一壑也风流④。不知筋力衰多少，但觉新来懒上楼⑤。

【注释】

①据邓广铭先生考证，此词作于宋孝宗淳熙十六年至十八年之间（1186—1188），辛弃疾投闲置散，隐居江西上饶之时。鹅湖，山名，在江西铅山东北。山上有湖，因东晋人龚氏曾居山养鹅而得名。

②枕簟溪堂，安放枕席在溪堂休养。溪堂，溪边堂屋。依水，傍水。

③浑如，直似，简直像。无言，鸟不鸣。

④书咄咄，刘义庆《世说新语·黜免》："殷中军（浩）被废，在信安，终日恒书空作字。扬州吏民寻义逐之，窃视，唯作'咄咄怪事'四字而已。"且休休，且休官归隐。唐末司空图隐居中条山，建休休亭，并作《休休亭记》曰："盖量其才一宜休，揣其分二宜休，耄且聩三宜休；又少而惰，长而率，老而迂，是三者皆非济时之用，又宜休也。"《世说新语·品藻》："明帝问谢鲲：'君自谓何如庾亮。'答曰：'端委庙堂，使百官准则，臣不如亮；一丘一壑，自谓过之。'"一丘一壑，指弃官归隐，纵情山水。

⑤"不知"二句，糅合刘禹锡《秋日书怀寄白宾客》："筋力上楼知"，又常建《太公哀晚遇》："臣老筋力衰。"薛逢《酬牛秀才登楼见示》："心烦懒上楼"数诗，自叹年岁渐老而壮志难酬，体力衰退。

【说明】

感怀身世之作。上片写景，但从“浑如醉”“定自愁”六字，已经隐隐透露出作者的心情。下片转入言情，先以东晋殷浩和唐代司空图的典故，抒写自己的激愤不平，笔法简洁含蓄。接下来又用南朝谢鲲典故，表明既然不能有所作为，那就只能纵情山水，自我排遣了。不过，辛弃疾的积极用世之情，毕竟难以压抑，故末二句“筋力衰”“懒上楼”，表面回应副题“病起”，实际上慨叹年华老大，恐怕不能继续为朝廷效力，言外有无穷遗憾。本词在抒情方式上的主要特点，是以旷达洒脱的语言，表达内心的激愤不平，这是人生阅历丰富和艺术风格成熟的表现。所以陈廷焯评论说：“信笔写去，格调自苍劲，意味自深厚，不必剑拔弩张，洞穿已过七孔，斯为绝技。”（《白雨斋词话》卷一）辛弃疾作词极其认真刻苦，据岳珂《桯史》记载，他：“有所作，辄数十易稿，累月未竟。”他也的确有“时时掉书袋”的癖好，在作品中大量使用典故，或变化糅合前人成句，用以表达自己的思想感情。由于作者才高而气盛，加之感情丰沛，往往不见其滞涩，反而显得厚重含蓄，耐人寻味。本篇就是一个典型例子。

又　代人赋

陌上柔条初破芽。东邻蚕种已生些[①]。平冈细草鸣黄犊，斜日寒林点暮鸦[②]。　山远近，路横斜。青旗沽酒有人家[③]。城中桃李愁风雨，春在溪头荠菜花[④]。

【注释】

①破芽，抽出嫩芽。些，少许。

②犊，小牛。

③青旗，青色酒帘子。张孝祥《拾翠羽》：“青旗沽酒，各家炊熟。”

④荠菜，一种野菜，春末开白花。“城中”句意谓时在春末，城中桃李都已在风雨中凋谢，只有溪头荠菜花仍旧开放。

【说明】

辛弃疾是宋代豪放词派的代表,但他的婉约词也写得非常出色,例如慢词《祝英台近》(宝钗分)、《摸鱼儿》(更能消几番风雨)等,何减北宋名家?他的词风格多样,题材丰富。像本词描写当时农村风光,以朴素自然的语言,绘神绘影的笔法,把一幅田园风光图,呈现在读者面前,艺术技巧之高妙,绝非一般词家所能做到。结尾二句,把城中桃李与溪头野花作比较,虽然不能一定说有何寄托,但是其意境深远,足以令人寻味不尽。陈廷焯评曰:"'城中'二语,有多少感慨。信笔写去,格调自苍劲,意味自深厚,有不可强而致者。放翁、改之、竹山学之,已成效颦,何论余子!"(《词则·放歌集》)

又　有客慨然谈功名,因追念少年时事。戏作

壮岁旌旗拥万夫。锦襜突骑渡江初[①]。燕兵夜娖银胡䩮,汉箭朝飞金仆姑[②]。　　追往事,叹今吾。春风不染白髭须[③]。却将万字平戎策,换得东家种树书[④]。

【注释】

①"壮岁"句,黄庭坚《送范德孺知庆州》:"春风旌旗拥万夫。"锦襜,锦绣短衣。突骑,精锐的骑兵。张孝祥《水调歌头》:"少年荆楚客,突骑锦襜红。"渡江,指辛弃疾生擒叛将张安国,渡江献俘南宋朝廷之事。

②燕兵,金兵。银胡䩮,银色箭囊。娖,整理,整顿。金仆姑,箭名。《左传·庄公十一年》:"公以金仆姑射南宫长万。"二句描写双方战斗情景。

③欧阳修《圣无忧》:"好酒能消光景,春风不染髭须。"

④平戎策,稼轩回归南宋后,曾数度上书朝廷,力陈抗金方略,但未被采纳。《新唐书·王忠嗣传》:"因上平戎十八策。"种树书,种植树木等植物之书,秦始皇焚书时未被烧毁。

【说明】

本词或作于词人晚年,具体时间,难以确考。绍兴三十一年(1161),金主完颜亮大举南侵,后方的汉族人民奋起反抗。二十一岁的辛弃疾也聚集了两千人,参加了由耿京领导的起义军,并担任掌书记。当金人内部矛盾爆发,完颜亮在前线为部下所杀,金军向北撤退时,辛弃疾于绍兴三十二年(1162)奉命南下与南宋朝廷联络。在他完成使命归来的途中,听到耿京被叛徒张安国所杀、义军溃散的消息,便率领五十多人袭击敌营,生擒叛徒带回建康,交给南宋朝廷处决。辛弃疾是坚定的抗战派,本词上片回忆当年亲历抗战的情境,感情豪迈,语气愤激。下篇慨叹岁月虚度,平生志愿落空。结尾两句,看似平淡,实际沉郁。陈廷焯评论说:"放翁《蝶恋花》云:'早信此生终不遇,当年悔草《长杨赋》。'情见乎词,更无一毫含蓄处。稼轩《鹧鸪天》云:'却将万字平戎策,换得东家种树书。'亦即放翁之意,而气格迥乎不同。彼浅而直,此郁而厚也。"这是很有见地的评论。当然放翁也有沉厚的作品,这里所举,是极端的例子。

又　东阳道中

扑面征尘去路遥。香篝渐觉水沉销[①]。山无重数周遭碧,花不知名分外娇[②]。　　人历历,马萧萧。旌旗又过小红桥[③]。愁边剩有相思句,摇断吟鞭碧玉梢[④]。

【注释】

①香篝,熏笼。周邦彦《花犯》:"更可惜、雪中高树,香篝熏素被。"水沉,一种名贵香料。

②贺铸《感皇恩》:"回首旧游,山无重数。"周遭,四周。刘禹锡《金陵怀古》:"山围故国周遭在。"

③历历,清楚、分明。白居易《游悟真寺》:"历历上山人,一一遥可观。"

④愁边，愁中。

【说明】

本篇或作于宋孝宗淳熙五年(1178)前后，当时作者在京城，官大理少卿。大理寺是最高刑法机构，到东阳或许是为了办案。词的上片写赴东阳沿途所见风景，“山无重数”，虽然化用古人成句，但组合得好，便如同己出，且继以“花不知名分外娇”，更觉自然流畅，画意盎然。下片写人，先从随行队伍开始，最后归结到词人自己吟诗情景，句中虽有“愁边”“相思”一类的词语，但总体格调是明快的。陈廷焯评曰：“信手拈来，自饶姿态。幼安小令诸篇，别有千古。”(《词则·放歌集》)

又 代人作[①]

晚日寒鸦一片愁。柳塘新绿却温柔[②]。若教眼底无离恨，不信人间有白头[③]。　肠已断，泪难收。相思重上小红楼[④]。情知已被山遮断，频倚阑干不自由[⑤]。

【注释】

①稼轩词集中，有不少代别人写的作品。本篇可能是代一位女子所作。

②新绿，周邦彦《风流子》：“新绿小池塘。”

③眼底，眼前。

④小红楼，为女子居住处。

⑤情知，明知。骆宾王《艳情代郭氏答卢照邻》：“情知唾井终无理。”不自由，不由自主。

【说明】

本片的主人公是一位女子，词写其相思离别之痛。上片从写景开端，先点明时间和季节。三、四句欲扬而先抑，说人间如无离恨，便不会有头白之悲，这当然是假设之词。实际情况是眼前就面临离别之悲，因而更觉无比沉痛。下片直抒悲情,说因离别而愁肠寸断,流泪不止,只能回到居住之处。结二句说,明知离人愈行愈远,已被群山阻隔,不见踪影,但仍旧情不由己地凭栏远眺,更显女子的痴情。

又　离豫章别司马汉章大监[1]

聚散匆匆不偶然。二年遍历楚山川[2]。但将痛饮酬风月,莫放离歌入管弦[3]。　萦绿带,点青钱。东湖春水碧连天[4]。明朝放我东归去,后夜相思月满船[5]。

【注释】

①豫章,今江西南昌。司马卓,字汉章。大监,官名。

②欧阳修《浪淘沙》:“聚散苦匆匆,此恨无穷。”“二年”句,邓广铭先生曰:“稼轩于淳熙三年由江西提刑调京西转运判官,四年差知江陵府兼湖北安抚,其年秋冬之间,又迁知隆兴兼江西安抚,二年之内,所至莫非楚地。”

③莫放,莫教、莫使。欧阳修《别滁》:“我亦且如常日醉,莫教弦管作离声。”萦绿带,绿水环绕,韩愈《送桂州严大夫用南字》:“江作青罗带,山如碧玉篸。”

④点青钱,形容荷叶初生。杜甫《漫兴》:“点溪荷叶叠青钱。”东湖,在豫章郡东南。

⑤张孝祥《鹧鸪天》:“今宵拚醉花迷坐,后夜相思月满川。”

【说明】

孝宗淳熙五年(1178)春,作者在江西安抚使任上,被朝廷召为大理寺少卿,本篇为离开豫章赴任时的赠友之作。上片写离别,说且对美景而痛饮,莫因离别而悲伤;下片从眼前风光写到离别之后,“后夜”句,谓别后当会彼此思念,友情不断。本词的最大特点是写景多于抒情,而抒情又颇有豪迈之气,并无伤感之意。这年,辛弃疾才三十九岁,正当盛年,踌躇满志，一心希望能够实现报国之志。孰料天不从人愿，四年之后，词人就被弹劾罢官，在江西上饶隐居十年。直到宋光宗绍熙三年（1192），才再次被起用，此时他已经五十三岁了。可是两年以后，韩侂胄当政，稼轩又一次罢官。隐居铅山达十年之久，等到宋宁宗嘉泰三年（1203）再次被启用时，稼轩已经六十四岁，四年之后，便与世长辞了。辛弃疾的一生，可谓跌宕起伏，但也多姿多彩。正因为如此，所以他才能写出那么多优秀作品，流传后世。

辛弃疾是一位多产词人，平生作词近七百首。而《鹧鸪天》又是作者最喜爱的词调，总数达六十三首之多，占全部作品的十分之一左右。

蝶恋花　送佑之弟[①]

衰草残阳三万顷。不算飘零，天外孤鸿影[②]。几许凄凉须痛饮。行人自向江头醒[③]。　会少离多看两鬓。万缕千丝，何况新来病[④]。不是离愁难整顿。被他引惹其它恨[⑤]。

【注释】

①南宋名臣辛次膺之孙辛助，字佑之，曾官钱塘令，与作者为同族，故称其为弟。

②苏轼《卜算子》："谁见幽人独往来，飘渺孤鸿影。"

③行人，指辛佑之。

④看两鬓，意谓离愁使人增添白发。

⑤整顿，收拾。其它恨，指忧国之恨。

【说明】

用豪放语写离别之恨，但是并不直露，以至一发无余，而能尽抑扬顿挫之妙。尤其结尾二句，词人说大丈夫离别并不足悲伤，令人痛心的是因离别而引发其它的愁恨。什么愁恨呢？不说破。按作者一贯思想与当时处境推论，当然是身世之愁，家国之恨了。

又　戊申元日立春席间作[1]

谁向椒盘簪彩胜。整整韶华，争上春风鬓[2]。往日不堪重记省。为花长把新春恨[3]。　春未来时先借问。晚恨开迟，早又飘零近[4]。今岁花期消息定。只愁风雨无凭准[5]。

【注释】

①戊申元日，宋孝宗淳熙十五年（1188）正月初一，正逢立春。词作于此日宴席上。

②椒盘，古代习俗，正月初一用盘进椒，和酒而饮。簪，插戴。彩胜，即幡胜。古代士大夫家，每于立春日剪彩绸为春幡，插于人们头鬓，或系于花枝，以示迎春。陈师道《立春致语口号》："鬓边彩胜年年好。"整整，完整；韶华，春光。初一即是立春，故曰"整整韶华"。

③记省，记忆。春光易逝，繁花易谢，春始至即愁其逝，花未开已恐其谢，故而恨及新春。

④既盼春花早开，又恐花开易谢。

⑤立春已到，花期已定，但是又愁风雨搅乱了花期。

【说明】

托物言怀之作，爱春、迎春、惜春、怕春，愁春，面面都写到了，短短数十字的一首小词，却写得如此委婉曲折，反复缠绵，其中却有寄托。陈廷焯《白雨斋词话》评论说："结拍两句，盖言荣辱不定，迁谪无常，言外有多少哀怨，多少疑惧。"可谓得其要旨。

踏莎行　庚戌中秋后二夕带湖篆冈小酌[1]

夜月楼台，秋香院宇。笑吟吟地人来去。是谁秋到便凄凉。当年宋玉悲如许[2]。　随分杯盘，等闲歌舞。问他有甚堪悲处[③]。思量却也有悲时，重阳节近多风雨[④]。

【注释】

①庚戌，宋光宗绍熙元年(1190)，辛弃疾五十岁，闲居江西上饶。带湖，在上饶城西。

②宋玉《九辩》:“悲哉！秋之为气也，萧瑟兮草木摇落而变衰。”人称悲秋之祖。如许，如此。范成大《盘龙驿》:“行路如许难，谁能不华发。”

③随分，随便；等闲，平常、普通。

④宋潘大临断句:“满城风雨近重阳。”

【说明】

重阳登高感怀之作。以淡语写悲情，是稼轩中年以后许多作品的特点，如《丑奴儿慢》(少年不识愁滋味)等等，都是典型例子。本篇亦复如此，明明是自己悲秋，却说“当年宋玉悲如许”。下片随分、等闲等等，都表明词人十分无奈的心态。辛弃疾从三十九岁开始闲居，他是一位热烈的爱国者，坚定的主战派，但在盛壮之年，却被迫闲居十多年，其心中郁结的悲愤，可想而知。但当问及“有甚堪悲处”时，词人却顾左右而言它，只淡淡地回答了一句:“重阳节近多风雨。”故陈廷焯评曰:“郁勃以蕴藉出之。”(《词则》放歌集)又曰:“笔致疏宕，独有千古，合拍处妙不可思议。”(《云韶集》卷五)

南乡子　登京口北固亭有怀[①]

何处望神州。满眼风光北固楼[②]。千古兴亡多少事，悠悠。不尽长江滚滚流[③]。　年少万兜鍪。坐断东南战未休[④]。天下英雄谁敌手。曹刘。生子当如孙仲谋[⑤]。

【注释】

①北固亭，在江苏镇江市东北北固山上，面临长江。又名北顾亭。

②神州，原指中国，此处指当时北方广大沦陷区。

③“千古”三句意谓，千古兴亡之事，犹如长江之水，不尽东流。

④“年少”句，指三国孙权，孙权继孙策为吴主时，年方十九岁。兜鍪，头盔，指代士兵。坐断，占据。

⑤曹、刘，曹操和刘备。敌手，对手。《三国志·孙权传》注引《吴历》：“公（曹操）见舟船、器仗、军伍整肃，喟然叹曰：‘生子当如孙仲谋，刘景升（刘表）儿子（刘琮）若豚犬耳。’”仲谋，孙权字。

【说明】

宋宁宗嘉泰四年（1204）至五年（1205），辛弃疾已六十五岁高龄，出任镇江知府。词写于次年。镇江位居长江要冲，也是当时抗金的前哨阵地。作者登楼怀古，豪情勃发，创作了两首震铄古今的名作，本篇即为其中之一（另一首是慢词《永遇乐·京口北固亭怀古》）。词中借古讽今，赞颂了敢于以弱抗强的孙仲谋，暗中讽刺批评了当时的投降派。全词风格豪迈，感慨深沉，是辛弃疾词中佳作。

丑奴儿　书博山道中壁[①]

少年不识愁滋味，爱上层楼。爱上层楼。为赋新词强说愁[②]。　　而今识尽愁滋味，欲说还休。欲说还休。却道天凉好个秋[③]。

【注释】

①《丑奴儿》，通称《采桑子》。博山，在今江西上饶广丰县西北二十余里，因形似香炉，故名博山，为当地名胜。辛弃疾赋闲居住信州（今上饶市），多次到过博山。

②强说愁，即无病呻吟之意。强，勉强。

③欲说还休，欲言又止。

【说明】

本词寓深沉于浅淡之中，似淡而实深。采用前后对比写法，以一个“愁”贯穿全篇，说尽平生心事。少年时代，人生阅历尚浅，实无深愁而强说愁；而今历尽人生种种艰难苦恨，满腹深愁而无从说起，所以不如不说，只能顾左右而言他，说些无关痛痒的活，例如秋天天气不错之类。这种悲哀是何等的无奈，非饱经沧桑者，不易理解。

青玉案　元夕

东风夜放花千树。更吹落、星如雨[①]。宝马雕车香满路。凤箫声动，玉壶光转，一夜鱼龙舞[②]。

蛾儿雪柳黄金缕。笑语盈盈暗香去[③]。众里寻他千百度。蓦然回首，那人却在，灯火阑珊处[④]。

【注释】

①“东风”三句，写元宵节夜间花灯、焰火之胜。花千树，形容花炮初放，如千树花开。星如雨，比喻焰火降落，如银星万点。张鷟《朝野佥载》：“睿宗先天二年十五、十六夜，于京师安福门外作灯轮高二十丈，衣以锦绮，饰以金玉，燃五万盏灯，簇之如花树。”

②“宝马”句，唐郭利贞《上元》：“倾城出宝骑，匝路转香灯。”凤箫声动，指音乐响起。玉壶，比喻月亮。朱华《海上生明月》：“影开金镜满，轮抱玉壶清。”鱼龙，鱼形、龙形彩灯。

③蛾儿、雪柳，古代妇女头上所戴装饰品，一般用彩绸或彩纸制成。周密《武林旧事·元夕》：“元夕节物，妇人皆戴珠翠、闹蛾、玉梅、雪柳。……”黄金缕，蛾儿、雪柳皆以金线为饰。暗香，指妇女身上散发的香气。

④千百度，无数次。蓦然，忽然。那人，词人属意之人。阑珊，稀落。

【说明】

这是辛弃疾的名篇之一，写京城临安元宵之夜的繁华景象，而词人所追慕的却是一个幽独的美人，这个美人，其实就是作者自己。本词的写法非常新颖出奇，上片用比喻夸张手法，极力描摹都城元夕的繁华热闹景象。下片写观灯女子逐渐离去，而在这罗绮如云的地方，却不见词人所追慕者，但是偶一回头，却在灯火阑珊处发现了“那人”。梁启超认为，“那人”就是作者自己。本词乃辛弃疾“自怜幽独，伤心人别有怀抱”。这位不同凡俗，自甘寂寞，而又有几分迟暮之感的美人，很可能就是作者宁受冷落，也不愿同流合污的高洁情怀之寄托。王国维《人间词话》曾经把后三句加以引申，比喻为古今“成大事业、大学问者”的第三重境界，使得本词的深厚内涵更被人们所重视。

西江月　夜行黄沙道中①

明月别枝惊鹊，清风半夜鸣蝉②。稻花香里说丰年。听取蛙声一片③。　七八个星天外，两三点雨山前④。旧时茅店社林边。路转溪桥忽见⑤。

【注释】

①黄沙，黄沙岭，在江西上饶之西。

②“明月”二句，意谓树上乌鹊被明月惊起；夜半清风送来阵阵蝉鸣。

③听取，听见。

④天上尚可见疏星点点，山前却飘来几阵疏雨。

⑤二句语序倒置，谓路上一拐弯，就看见社林边有一间茅屋。社，土地庙。

【说明】

本篇写夜行所见风光景物，完全采用白描手法，顺着时间次序，描写所见所闻。信手拈来，绘声绘形，真切生动，遂成写景名篇，“总由笔力胜故也。”（陈廷焯《词则》）

破阵子　为陈同甫赋壮语以寄①

醉里挑灯看剑，梦回吹角连营②。八百里分麾下炙，五十弦翻塞外声。沙场秋点兵③。　马作的卢飞快，弓如霹雳弦惊④。了却君王天下事，赢得生前身后名。可怜白发生[5]。

【注释】

①陈亮(1143—1194),字同甫,号龙川,浙江永康人,为辛弃疾挚友,二人同为主战派,其词风豪迈亦酷似稼轩。

②挑灯,拨亮灯。梦回,梦醒。

③八百里,指牛。《世说新语·汰侈》:"王君夫有牛名'八百里驳'。"麾下,部下。炙,烤熟的肉。此句言把烤熟的牛肉分给部下。五十弦,指瑟,古代的瑟有五十弦。翻,演奏。塞外声,塞外的悲壮乐曲。点兵,检阅军队。

④的卢,额头有白色斑块的马,据说是一种不吉利的"凶马"。词中泛指骏马。霹雳,雷声,词中比喻弓弦的响声。《北史·长孙晟传》:"突厥之内,大畏长孙总管。闻其弓声,谓为霹雳。"

⑤了却,完成。天下事,指收复中原之事。赢得,博得,获得。可怜,可惜。

【说明】

辛弃疾虽然以词名世,但是与多数词人不同,他一生参加过许多实际的战斗,并立下了赫赫战功。在这首赠友人的"壮词"中,作者以生动的笔墨,描写了当年的军旅生活和战斗场景,感情豪迈,气象雄阔。前七句大概都是回忆,但是最后三句突然一转,回到了现实。现实是什么呢?现实是"了却君王天下事,赢得生前身后名"的夙愿不仅没有实现,而词人自己却已经老了,只能留下无穷的遗恨。

菩萨蛮　书江西造口壁[1]

郁孤台下清江水。中间多少行人泪[2]。西北望长安。可怜无数山[3]。　青山遮不住。毕竟东流去[4]。江晚正愁余。山深闻鹧鸪[5]。

【注释】

①造口，造口镇，在今江西万安西南六十里，或称皂口。罗大经《鹤林玉露》卷四："南渡之初，虏人追隆佑太后御舟至造口，不及而还。幼安由此起兴。"

②行人，指流离到南方的难民。二句追述当年金兵侵扰赣西南地区，致使人民流离失所的惨状。

③"西北"二句，西北边是京城，可惜被重重山岭所遮隔。长安，指代北宋首都汴京。

④"青山"二句，意谓群山难以阻挡流水，它毕竟依旧滔滔汩汩，向东流去。

⑤愁余，余愁。《楚辞·湘夫人》："帝子降兮北渚，目渺渺兮愁余。"鹧鸪鸣声悲切，犹曰："行不得也哥哥。"《鹤林玉露》卷四："'闻鹧鸪'之句，谓恢复之事行不得也。"即对朝廷主和表示失望。

【说明】

宋孝宗淳熙三年（1176），辛弃疾任江西提点刑狱，驻节赣州，本词作于此时。上片即景言情，回忆往事，凭吊古迹，联想到当年金兵南侵时所造成的历史悲剧。"西北"二句，可能是写流亡至此的南宋君臣心情：故乡已经遥隔群山，借此抒发词人怀念故国，渴望收复中原失地的愿望。下片回到当前。"青山"两句写景，未必有何寄托。末尾两句从屈原《湘夫人》取意，以闻鹧鸪之声作结，抒写词人登台怀古的惆怅心情，也可能有暗示人生途路艰难，国家形势危急之意。

清平乐　村居[1]

茅檐低小。溪上青青草。醉里吴音相媚好。白发谁家翁媪[2]。　大儿锄豆溪东。中儿正织鸡笼。最喜小儿无赖，溪头卧剥莲蓬[3]。

【注释】

①本篇作于赋闲退居上饶带湖期间。

②相媚，相互取悦。翁媪，老头、老太。“吴音”，一作“蛮音”。

③无赖，犹顽皮。

【说明】

南宋时期，江南一带总体未受战火波及，人民生活相对安定。词中所描绘，正是封建时代安闲的普通农民生活图画。

又　独宿博山王氏庵[①]

绕床饥鼠。蝙蝠翻灯舞。屋上松风吹急雨。破纸窗间自语[②]。　　平生塞北江南。归来华发苍颜。布被秋宵梦觉，眼前万里江山[③]。

【注释】

①作于闲居上饶期间，可能是出游途中遇雨，借宿王氏茅屋。

②王氏庵大约已经久无人住，破败荒废，故有此情景。

③作者从四十四岁（1183）至五十二岁（1191），闲居上饶八年。“眼前”句，谓自己依旧壮心未已，希望能够继续为国效力。

【说明】

即兴抒怀之作。上片写景，描摹生动逼真。下片言情，慨叹壮志未酬而年华老大；但是并不灰心丧气，心中念念不忘的依旧是眼前的“万里江山”。

浪淘沙　山寺夜半闻钟[①]

身世酒杯中。万事皆空[②]。古来三五个英雄。雨打风吹何处是，汉殿秦宫[③]。　　梦入少年丛。歌舞匆匆[④]。老僧夜半误鸣钟。惊起西窗眠不得，卷地西风[⑤]。

【注释】

①本篇也可能作于闲居上饶期间。山寺，山中寺庙。

②“身世”二句,意谓平生事业理想都未实现,只能借酒浇愁。

③“古来”二句意谓,自古以来,英雄人物本就寥寥可数,但是他们以及汉殿秦宫,也都在历史的风雨中消失殆尽。

④“梦入”二句意谓,梦中又回到了少年时代,正匆匆忙忙地享受歌舞之乐。

⑤误鸣钟,打错了钟。夜半本不该打钟,故曰“误”。惊起,词人被钟声惊醒。

【说明】

上片怀古思今,感慨身世。下片记梦(实际是回忆),以及梦醒后的悲慨,照应副题“山寺夜半闻钟”。梦中欢乐是为了反衬如今悲慨而写的,故而一笔带过,所以结尾又回到了“卷地西风”的悲秋之感。陈廷焯评曰:“沉郁顿挫中,自觉眉飞色舞。笔力雄大,辟易千人。结数语,如闻霜钟,如听秋风,读者神色都变。”(《云韶集》卷五)给予极高评价。

定风波　暮春漫兴[①]

少日春怀似酒浓。插花走马醉千钟[②]。老去逢春如病酒。唯有。茶瓯香篆小帘栊[③]。　卷尽残花风未定。休恨。花开元自要春风[④]。试问春归谁得见。飞燕。来时相遇夕阳中[⑤]。

【注释】

①本篇也作于闲居上饶期间。漫兴,率意而作,杜甫有《漫兴》九首。

②千钟,千杯。形容豪饮。

③如病酒,形容春兴衰退。茶瓯,茶杯;香篆,篆香。

④原自,原本。二句意谓,莫要怨恨春风吹送残花,花开原本也要依靠春风吹拂。

⑤谁得见,谁能够看见。

【说明】

本篇实为惜春之词，夹杂着对年华逝去的叹息。上片以“少日春怀”与“老去逢春”作对比，慨叹年华老大，豪气尽消。下片宕开，以春风为例子，春风有过也有功，犹如人生有青春也有老迈，“此事古难全”，不必为之愁苦伤怀。表现了词人旷达洒脱的情怀。

程垓四首

程垓，字正伯，眉山人。生平不详。杨慎《词品》称其为“东坡中表之戚”，近人梁启超、况周颐已辨其误。有《书舟词》。

卜算子

独自上层楼，楼外青山远。望到斜阳欲尽时，不见西飞雁①。　　独自下层楼，楼下蛩声怨。待到黄昏月上时，依旧柔肠断②。

【注释】

①王粲《登楼赋》：“登兹楼以四望兮，聊暇日以消忧。”“不见”句，言音信全无。

②蛩声，蟋蟀的鸣声。王安石《五更》：“只听蛩声已无梦，五更桐叶强知秋。”

【说明】

程垓是四川眉山人，毛晋《书舟词跋》与《四库总目》都说程垓是苏轼中表兄弟，这是莫大的误会。事实是程垓的祖父程正辅与苏轼为中表兄弟，说起来也有点沾亲带故。不过程垓与苏轼相距一百余年，时代不同了，二人的词风也截然不同。苏轼词豪放旷达，程垓词清便流畅，正如陈廷焯所言："两人词一洪一纤，一深一浅，如冰炭之不相入。"不过在同时代词人中，程垓的词也是有特色的。清人冯煦《蒿庵论词》说："程正伯凄婉绵丽，与草窗所录《绝妙好词》家法相近，故是正锋。"本词描写女子的相思情怀，构思巧妙而自然，地点只限于楼上和楼下，时间只限于黄昏至月上。楼上是远眺而无所见，楼下则久等而无所获，终究以深深的失望而告终，但余意绵绵不绝。

南乡子

几日诉离尊。歌尽阳关不忍分。此度天涯真个去，销魂。相送黄花落叶村[1]。　　斜日又黄昏。萧寺无人半掩门[2]。今夜粉香明月泪，休论。只要罗巾记旧痕。

【注释】

①真个，当真。苏轼《书李世南所画秋景二首》："扁舟一棹归何处？家在江南黄叶村。"

②萧寺，佛寺。

【说明】

词写离别相思之情。上片言依依惜别之情，下片抒孤寂怀人之意。从末三句看，词人惜别的乃是一位女子。

虞美人

轻红短白东城路。忆得分襟处[1]。柳丝无赖舞春柔。不系离人只解系离愁[2]。　　如今花谢春将老。柳下无人到。月明门外子规啼。唤得人愁争似唤人归[3]。

【注释】

①分襟,分手。

②无赖,可爱又可恨。段成式《折杨柳》之四:“长恨早梅无赖极,先将春色出前林。”

③争似,何如、不如。刘禹锡《杨柳枝》:“城中桃李须臾尽,争似垂杨无限时。”

【说明】

春日怀人之作。上片回忆离别之时;下片抒写怀人之意。上下片的结句“不系离人只解系离愁”“唤得人愁争似唤人归”,构思新颖,为全词增色。

酷相思[①]

月挂霜林寒欲坠。正门外、催人起[②]。奈离别、如今真个是。欲住也、留无计。欲去也、来无计[③]。　　马上离魂衣上泪。各自个、供憔悴[④]。问江路梅花开也未。春到也、须频寄。人到也、须频寄[⑤]。

【注释】

①叶申芗《本事词》云:“眉山程垓……与锦江某妓甚笃,别时赠以《酷相思》。”作者是这一词调的始创者。

②寒欲坠,寒月将落,天已拂晓。

③无计,无法。

④“各自个”二句,言令彼此憔悴。

⑤“问江路”数句,意谓希望别后频通音问。南朝乐府《西洲曲》:“忆梅下西洲,折梅寄江北。”江路,江上。

【说明】

《本事词》说本篇为赠妓之作,从词的内容看,完全符合。词写离别之情景,上片写离别之感,下片抒相思之情。本词最大的特点是完全采用白描手法,运用自创曲调,抒写真情实感,令人耳目一新。许昂霄《词综偶评》:“人人之所欲言,却是人人之所不能言,此之谓本色。无笔力者,未许妄作邯郸。”给予极高评价。

陈三聘一首

陈三聘,字梦弼,吴郡(今江苏苏州市)人,生平事迹不详。有《和石湖词》一卷,见《全宋词》。

浪淘沙

风雨晚春天。芳兴慵悭。浅红稠绿满园间①。独有梨花三四朵,留住春寒。　　年少跃金鞍。咫尺关山。倦飞如我已知还②。洒向东风千点泪,衣上重看。

【注释】

①芳兴慵悭,春兴倦怠、不浓。浅红稠绿,花少叶多。

②跃金鞍,跃马从军。陶渊明《归去来兮辞》:“鸟倦飞而知还。”

【说明】

本词乃即兴之作,上片感叹春天将尽,游兴不浓;下片回忆少年时代,报效国家的愿望落空,如今只想效仿陶渊明,回归故乡,过隐居生活。值得注意的是末尾两句,表明作者并不能真正忘怀国事,因而,回首往事,仍不免伤心落泪。本词步范成大《浪淘沙》韵。范原词云:“黯淡养花天。小雨能悭。烟轻云薄有无间。官柳丝丝都绿遍,犹有春寒。

空翠湿征鞍。马首千山。多情若是肯俱还。别有玉杯承露冷，留共君看。”

石孝友五首

石孝友，字次仲，南昌人。生卒年不详。宋孝宗乾道二年(1166)进士。有词集《金谷遗音》。

临江仙

醉袖吟鞭行色里，帽檐低处风斜[①]。晚山一半被云遮。残阳明远水，古木集栖鸦[②]。　　暮去朝来缘底事，不如早早还家[③]。曲屏深幌小窗纱。翠沾眉上柳，红揾脸边花[④]。

【注释】

①行色里，旅行中。

②栖鸦，栖息的乌鸦。

③底事，何事。李白《蜀道难》：“锦城虽云乐，不如早还家。”

④柳叶喻眉，红花喻脸。可能指妻子。

【说明】

旅途思乡之作。上片写眼前景色；下片抒怀乡之情。“暮去朝来缘底事，不如早早还家”，是全篇主旨。无论写景抒情都采用白描手法，不使用典故，不涂脂抹粉，风格自然清奇。李调元《雨村词话》称作者为“词中白描高手”，的确如此。

鹧鸪天

收拾眉尖眼尾情。当筵相见便相亲[1]。偷传翡翠歌中意，暗合鸳鸯梦里身[2]。　　云态度，月精神。月流云散两无情[3]。觉来一枕凄凉恨，不敢分明说向人[4]。

【注释】

①眼尾，眼梢、眼角。

②翡翠、鸳鸯，喻指爱情。

③月流云散，喻指爱情断绝。

④说向人，对人说。于鹄《江南曲》："众中不敢分明语，暗掷金钱卜远人。"

【说明】

本词的抒情主体是一位歌妓，上片写二人在酒筵歌席上一见钟情，结下情缘。下片写短暂相爱以后的离别，"月流云散两无情"，从此只能在梦中相会，心中悲苦却又无人可以诉说，只能独吞苦果。

清平乐

天涯重九。独对黄花酒。醉捻黄花和泪嗅。忆得去年携手[1]。　　去年同醉流霞。醉中折尽黄花[2]。还是黄花时候，去年人在天涯[3]。

【注释】

①捻，搓捏。

②流霞，传说中的仙酒，泛指美酒。李商隐《花下醉》："寻芳不觉醉流霞，倚树沉眠日已斜。"

③还是，仍旧是。

【说明】

重阳怀人之作，以去年相聚与今年离别相对比，更显别情之浓重。“黄花”一词接连出现四次，每次都有不同组合，因而不显重复，同时又强调重九这一节日之重要。末句“去年人”是指去年相聚之人，而今年已远在天涯了，令人不胜悲惋。

南歌子

乱絮飘晴雪，残花绣地衣[①]。西园歌舞骤然稀。只有多情蝴蝶、作团飞。　旧事深琴怨，新愁减带围。倚楼凝望更依依[②]。怕见一天风雨、卷春归[③]。

【注释】

①地衣，青苔。

②带围，腰围。

③卷春归，把春天带走。

【说明】

惜春之作，惜春其实就是慨叹青春年华空度。从下片“倚楼凝望更依依”句看，惜春之中透露出浓浓的怀人之情，正因为如此，所以产生“深琴怨”“减带围”的悲叹。陈廷焯《词则》评曰：“‘骤然’二字逼人，‘怕见一天风雨、卷春归’，警炼语，却极悲郁。”

卜算子

见也如何暮。别也如何遽[①]。别也应难见也难，后会难凭据。　去也如何去。住也如何住。住也应难去也难，此际难分付[②]。

【注释】

①暮，迟、晚。遽，急忙、匆忙。

②此际，此时。秦观《满庭芳》："销魂。当此际，香囊暗解，罗带轻分。"分付，处置，发落。

【说明】

词写情人离别时难舍难分的情状，不用一个典故，没有一句赘语，全用平常语言，白描手法，却写得极其细腻熨帖，生动传神。李调元称赞曰："白描高手无过石孝友。"又曰："不着一字，尽得风流。"赞语并不过分。

杨炎正二首

杨炎正（1145—?），庐陵（今江西吉安市）人，字济翁。宋宁宗庆元二年（1196）进士。曾官大理司直。出知藤州，戍琼州。有《西樵语业》。

蝶恋花　别范南伯[1]

离恨做成春夜雨。添得春江，划地东流去[2]。弱柳系船都不住。为君愁绝听鸣橹。　君到南徐芳草渡。想得寻春，依旧当年路[3]。后夜独怜回首处。乱山遮隔无重数。

【注释】

①范如山，字南伯，邢台人，曾官辰州卢溪令。辛弃疾之妻舅。

②划地，无端、平白。辛弃疾《念奴娇》："划地东风欺客梦，一枕云屏寒怯。"

③南徐，今江苏镇江。想得，推想之词。韩翃《想得》：“想得那人垂手立，娇羞不肯上秋千。”

【说明】

杨炎正是一位爱国词人，可惜仕途坎坷，有才难展。他在《水调歌头》词中曾经感叹：“忽然醒，成感慨，望神州。可怜报国无路，空白一分头。”他曾经做过辛弃疾的部下，二人意气相投，词集中还保留不少赠稼轩的作品。而范伯南又是稼轩的妻舅，大概二人关系也很好。所以这首送别诗感情真挚，没有任何虚饰。

诉衷情

露珠点点欲团霜。分冷与纱窗。锦书不到肠断，烟水隔茫茫。　征燕尽，塞鸿翔。睇风樯[①]。阑干曲处，又是一番，倚尽斜阳。

【注释】

①睇，看、望。风樯，帆船。周邦彦《西河·金陵怀古》词：“怒涛寂寞打孤城，风樯遥度天际。”

【说明】

词写相思念远之情。上片感秋景而生情，又因情而布景。烟水茫茫者，不仅写景，也表达迷茫心绪。下片写思念之切，“征燕尽”三句，回应上片“锦书不到肠断”，结尾三句，以景结情，余情不尽。

章良能一首

章良能（？—1214），字达之，浙江丽水人。宋孝宗淳熙五年(1178)进士,除著作佐郎。宁宗朝,官至参知政事,卒谥文庄。《全宋词》仅录其词一首。

小重山[①]

柳暗花明春事深。小阑红芍药、已抽簪[②]。雨余风软碎鸣禽。迟迟日,犹带一分阴[③]。　往事莫沉吟。身闲时序好、且登临[④]。旧游无处不堪寻。无寻处、惟有少年心[⑤]。

【注释】

①一作张颖词。

②抽簪,含苞。

③雨余,雨后。碎鸣禽,鸣禽声细碎。杜荀鹤《春宫怨》:"风暖鸟声碎,日高花影重。"迟迟日,指春天。《诗经·豳风·七月》:"春日迟迟。"朱熹集传:"迟迟,日长而暄也。"暄,温暖。

④沉吟,回忆深思。时序,时节。

⑤不堪寻,不可寻。少年心,少年时的心情。

【说明】

本词感叹年华易逝,青春难再。上片描写暮春景色,生动传神;下片回忆往事,喟叹深沉,尤其结尾二句,令人吟味不尽。周密《齐东野语》说:"外大父文庄章公间作小词,极有思致。"可惜作品大多佚失,仅剩此一阕。

刘过二首

刘过(1154—1206),字改之,号龙州道人,吉州太和(今江西泰和县)人。辛弃疾帅淮,曾招置幕下。后放浪江湖以终。有《龙洲词》。

唐多令

安远楼小集,侑觞歌板之姬黄其姓者,乞词于龙洲道人,为赋此《糖多令》。同柳阜之、刘去非、石民瞻、周嘉仲、陈梦参、梦容,时八月五日也

芦叶满汀洲。塞沙带浅流。二十年、重过南楼。柳下系舟犹未稳,能几日,又中秋②。　　黄鹤断矶头。故人今在否。旧江山、浑是新愁③。欲买桂花同载酒,终不似,少年游。

【注释】

①安远楼,即武昌南楼,在武昌西南黄鹤山上。

②系船犹未稳,犹言停船未久。能几日,没几天。

③黄鹤断矶头,黄鹤山西边有黄鹤矶,黄鹤楼即在其上,面临长江。矶,临江的山崖。"旧江山"句,《世说新语·言语》:"……周侯(周顗)中坐而叹曰:'风景不殊,正自有山河之异。'皆相视流泪。"新愁,家国之恨。

【说明】

黄昇《花庵词选》说:"改之,稼轩之客。词多壮语,盖学稼轩者也。"可见刘过属于豪放派词人。不过刘过词也不是一味豪放,像这首传唱一时的《唐多令》,就表现了刘过词风俊爽的一面。

作者小序说,词是小集时书赠一位黄姓歌姬的。但全词的内容却与偎红倚翠并无关涉,而多感怀身世,慨叹时事之语。上片以写景发端,写登楼之所见,从萧疏的景物中见出词人的悲凉心境。下片直接抒情,胜地重游,目睹旧友零落,山河破碎,所以说:"旧江山、浑是新愁。"最后词人感叹说,纵使买花载酒,但物是人非,终难觅少年时代的乐趣,一结无比苍凉。潘龙游评论说:"情极畅,语极俊,韵极协,而音调绝无扭造之迹,多是

改之得意笔也。”(《古今诗余又醉》卷十一)据冯金伯《词苑萃编》记载:“刘此词,楚中歌者竞唱之。”足见当时流传很广。

四字令[1]

情深意真。眉长鬓青。小楼明月调筝。写春风数声[2]。　　思君忆君。魂牵梦萦。翠销香暖云屏。更那堪酒醒[3]。

【注释】

①四字令,又名醉太平。

②写春风,表达春情。

③翠销,形容女子憔悴。

【说明】

词写女子春日相思之情,笔法简洁含蓄,描写细腻生动。艺术上非常成功。刘过曾为辛弃疾幕僚,他的词着意学稼轩体,但是没有学得很好,未得其沉郁而往往失之粗豪,陈廷焯批评曰:“改之全学稼轩皮毛。……即以艳体论,亦是下品,盖叫嚣淫冶,两失之矣。”这种批评未免过于苛严,与事实也不尽相符。刘过学稼轩的豪放词,一般都不成功,但也有例外,如上选《唐多令》,连陈廷焯自己也认为:“词意凄感而语调浑成,似此亦升稼轩之堂矣。”他的婉约词,也每有佳作,如慢词之《贺新郎》(老去相如倦)以及本篇,都写得清丽芊绵,情深一往,从艺术上看,都是相当成功的作品。

姜夔十五首

姜夔，字尧章，自号白石道人，饶州鄱阳(今江西鄱阳县)人。生卒年不详。试进士不第，遂终身未仕，流寓苏、杭、皖、湘、鄂一带。工诗词，尤以词名家。有《白石道人歌曲》。

点绛唇　丁未冬过吴淞作[①]

燕雁无心，太湖西畔随云去[②]。数峰清苦。商略黄昏雨[③]。　第四桥边，拟共天随住[④]。今何许。凭阑怀古。残柳参差舞[⑤]。

【注释】

①丁未，宋孝宗淳熙十四年(1187)，作者自湖州道经吴淞赴苏州。吴淞，即今江苏吴江。

②燕雁，从北方飞向南方的雁。燕，河北旧为燕国，这里泛指北方。二句有自喻之意。

③清苦，形容寒山的荒寂。商略，商量，引申为酝酿。

④第四桥，一名甘泉桥，在吴江城外。天随，唐代隐逸诗人陆龟蒙，自号天随子，其故宅在松江上甫里。白石每以陆龟蒙自比，如《除夜自白石归苕溪诗》:“三生定是陆天随，又向吴松作客归。”又《三高祠》:“沉思只羡天随子，蓑笠寒江过一生。”

⑤今何许，如今何在。参差，不齐貌。

【说明】

姜夔是宋代婉约派词人的重要代表之一，上承柳、周之余绪，下开吴、张、之风气，是承前启后的关键人物。前人对白石词的赞誉，可谓无以复加。张炎《词源》就赞叹道：“姜白石如野云孤飞，去留无迹。”刘熙载《艺概》也说：“姜白石词幽韵冷香，令人挹之无尽。”冯煦《蒿庵论词》认为：“白石为南渡第一人，千秋定论，无俟扬榷。”陈廷焯《词则》竟说：“白石词清虚骚雅，前无古人，后无来者，真词中之圣也。”王国维则认为：“古今词人格调之高，无如白石。惜不于意境上用力，故觉无言外之味，弦外之响，终不能与于第一流之作者也。”（《人间词话》）王国维的评论，可能相对客观。

关于本篇，夏承焘先生认为：“淳熙十四年（1187）丁未春，白石尝以杨万里介，往苏州见范成大，此词或冬间自湖州再往，道经吴淞作。”（《姜白石词编年笺校》）词以燕雁自比，抒写江湖漂泊之慨和怀古归隐之情。陈廷焯评论说：“白石《点绛唇》一曲，通首只写眼前景物，至结处云：‘今何许，凭栏怀古，残柳参差舞。’感时伤事，只用‘今何许’三字提唱，‘凭栏怀古’下，仅以‘残柳’五字咏叹了之。无穷哀感都在虚处，令读者吊古伤今，不能自已，洵推绝调。”

又

金谷人归，绿杨低扫吹笙道。数声啼鸟。也学相思调[①]。　月落潮生，掇送刘郎老。淮南好。甚时重到。陌上生春草[②]。

【注释】

①金谷，晋豪贵石崇所筑园林，在洛阳西北。

②刘郎，刘禹锡《元和十年自朗州承召至京戏赠看花诸君子》：“玄都观里桃千树，尽是刘郎去后栽。”掇送，打发、推送。词中以刘郎自比，慨叹迟暮。

【说明】

据夏承焘先生考证，本词乃宋光宗绍熙二年（1191），白石自合肥东归时惜别之作。词人在合肥曾经痴恋姊妹两位女子，她们的身份可能是歌妓，这种“剪不断，理还乱”的恋情，使词人饱受离别之痛，但同时也催生了许多美丽的诗篇。可以说白石大多数优秀之作，都与这段感情生活有着密切的关系。

踏莎行

自沔东来，丁未元日至金陵，江上感梦而作[①]

燕燕轻盈，莺莺娇软。分明又向华胥见[②]。夜长争得薄情知，春初早被相思染[③]。　　别后书辞，别时针线。离魂暗逐郎行远[④]。淮南皓月冷千山，冥冥归去无人管[⑤]。

【注释】

①宋孝宗淳熙十四年丁未（1187）元旦，作者从眄州（今湖北汉阳）东往浙江湖州途经金陵（今南京），感梦而作。

②燕燕、莺莺，喻指所爱女子。苏轼《张子野年八十五尚闻买妾述古令作诗》：“诗人老去莺莺在，公子归来燕燕忙。”华胥，指梦中。

③争得，怎得。薄情，薄情郎，对男子的昵称。

④郎行（háng），情郎的身边。

⑤淮南，指合肥，宋代属淮南路。皓月，明月。按据夏承焘考证，白石在合肥有一位情人，许多作品都是为她而写。

【说明】

这是一首爱情词。上片写梦中见到情人，她体态轻盈如燕子，语音娇软如春莺。“夜长”两句，通过梦中女郎的口吻，叙述词人对爱人的脉脉深情。下片“别后”三句写醒后回忆，别后的书信，行前的针线，今夜又在梦中来到我身边，这一切都引人无限怀想。末二句，词人痴情地设想，当她归去之时，独自经过淮南冷月千山的情景。王国维又说：“白石之词，余所最爱者，亦仅二语，曰：‘淮南皓月冷千山，冥冥归去无人管。’”（《人间词话》）王国维批评白石词“有格而无情”，像这首词，缠绵悱恻，一往情深，岂无情者所能作！

杏花天影

丙午之冬，发沔口。丁未正月二日，道金陵，北望淮楚，风月清淑，小舟挂席，容与波上①

绿丝低拂鸳鸯浦。想桃叶、当时唤渡②。又将愁眼与春风，待去。倚兰桡、更少驻③。　　金陵路。莺吟燕舞。算潮水知人最苦。满汀芳草不成归，日暮。更移舟、向甚处④。

【注释】

①丙午，宋孝宗淳熙十三年（1186）。丁未，淳熙十四年。沔口，汉水入长江处。道金陵，路过金陵。淮楚，淮河一带。挂席，扬帆。孟浩然《晚泊浔阳望庐山》："挂席几千里，名山都未逢。"容与，安闲自得貌。《楚辞·九歌·湘夫人》："时不可兮骤得，聊逍遥兮容与。"

②绿丝，指柳丝。桃叶，《乐府诗集·清商曲辞二·桃叶歌》郭茂倩引《古今乐录》："《桃叶歌》者，晋王子敬所作也。桃叶，子敬妾名，缘于笃爱，所以歌之。"子敬，王献之字。

③待去，将要离去。少驻，短期停留。

④不成归，不能回乡，用淮南小山《招隐士》典："王孙游兮不归，春草生兮萋萋。"甚处，何处。

【说明】

本篇为作者依旧曲所改新词。词人自去岁冬天从沔口乘船东下，于次年正月初一抵达金陵，感梦而作《踏莎行》（燕燕轻盈）一首，次日又作此词。词的内容与前篇相同，都是怀念合肥情人之作。不同的是，前篇写梦境，本篇写实情。上片即景言情，那飘拂于鸳鸯浦上的丝丝杨柳，勾起了词人对合肥女子的深深怀念，以至停舟不前。下片直抒悲情，说在这"莺吟燕舞"的春天，只有潮水或许知道我内心的悲苦吧，这无人理解的悲苦是什么呢？从结尾三句看，除了相思之苦，还有与词人相伴终身的羁旅之愁。

鹧鸪天　元夕有所梦[①]

肥水东流无尽期。当初不合种相思[②]。梦中未比丹青见，暗里忽惊山鸟啼[③]。　春未绿，鬓先丝。人间别久不成悲[④]。谁教岁岁红莲夜，两处沉吟各自知[⑤]。

【注释】

①本词作于宋宁宗庆元三年丁巳（1197）元宵之夜。

②肥水，源出安徽合肥紫蓬山，后分为二，其一东流入巢湖，另一西北至寿县入淮河。水流无尽，象征情思绵绵不断。不合，不该。种相思，结下情缘。

③未比，不如。丹青，图画。梦境迷离，所以这么说。忽惊，忽然被（山鸟啼声）惊醒。

④鬓先丝，鬓发先白。

⑤红莲夜，元宵夜。红莲指灯。周邦彦《解语花·元宵》："露浥红莲，灯市光相射。"两处沉吟，词人与情人身处两地，彼此相思。

【说明】

据夏承焘考证，此词作于杭州，白石已经四十多岁，距合肥初遇，已经二十余年。

本词怀念合肥初恋情人。上片抒相思之情，以东流无尽的肥水起兴，比喻自己的相思绵绵无尽。"当初"句，以怨悔语抒深情，倍觉沉痛。三、四句言因相思入梦，而梦境迷离，反不如图画真切。"暗里"句又说，短短春梦，又被啼鸟惊醒，令人恨恨。抒情于尺幅之内，却极尽波折之能事。下片诉说离别之悲。先从自身羁旅漂泊，年华老大说起。"别久不成悲"，是极沉痛语，正言悲痛之深沉难遣。结尾两句，点明元夕，兼明双方相思

之意。唐圭璋先生评论说:“以劲峭之笔,写缱绻之深情,一种无可奈何之苦,令读者难以为怀。”(《唐宋词简析》)

又　正月十一日观灯[①]

巷陌风光纵赏时。笼纱未出马先嘶[②]。白头居士无呵殿,只有乘肩小女随[③]。　　花满市,月侵衣。少年情事老来悲[④]。沙河塘上春寒浅,看了游人缓缓归[⑤]。

【注释】

①据周密《武林旧事》卷二记载,在元宵灯会之前,“迤逦试灯,谓之预赏”。

②巷陌,街道。纵赏,纵情观赏。笼纱,蒙纱灯笼。此句写豪贵人家赏灯之景象。

③白头居士,词人自称。呵殿,意即前呼后拥。“唯有”句,意谓与豪贵人家不同,自己唯有乘肩小女相随相伴。黄庭坚:《陈留市隐》:“乘肩娇小女,邂逅此生同。”

④花,花灯。少年情事,大概指少年时代与合肥情侣之事,数日以后,词人有同调词,副题为“元夕有所梦”,中有句云:“淮水东流无尽期,当初不合种相思。”

⑤沙河塘,在钱塘县南五里,为赏灯佳处。苏轼《虞美人》云:“沙河塘里灯初上。”白石诗云:“沙河云合无行处,惆怅来游路已迷。”

【说明】

本篇记叙元夕前数日预赏观灯情景。上片以豪贵人家与白头居士作对比,既有孤芳自赏之意,又有年华老大之悲,而“乘肩小女”句,虽寄寓几分寂寞,也使人感到更多温馨。下片乐尽而悲来。灯市繁华景象,反而引起词人对少年情事的追忆,因而心生悲感。结尾二句写夜深灯歇,游人逐渐散去,在平淡的叙述中,也稍稍流露几分落寞之意。

又　元夕不出[①]

忆昨天街预赏时。柳悭梅小未教知[②]。而今正是欢游夕，却怕春寒自掩扉[③]。　帘寂寂，月低低。旧情惟有绛都词[④]。芙蓉影暗三更后，卧听邻娃笑语归[⑤]。

【注释】

①据夏承焘先生考证，本词作于宋宁宗庆元三年(1197)，时居杭州。元夕，元宵夜。

②天街，京城街道。预赏，有不同说法。周密《武林旧事》卷二："禁中自去岁九月赏菊灯之后，迤丽试灯，谓之'预赏'。"又陈元靓《岁时广记》："自十二月十五日便放灯，直至上元，谓之预赏。"柳悭梅小，柳未抽青，梅花未开。悭，少。

③欢游夕，指元夕。掩扉，杜门不出。

④绛都词，夏承焘《姜白石词编年笺校》卷五："丁仙现有《绛都春》词'融和又报'一首，咏汴都灯夕。见《草堂诗余》下。"刘永济先生《微睇室说词》："按白石此语或记昔日曾作此调，写元夕观灯事，未必定指丁作。"

⑤芙蓉，指花灯。娃，小孩。

【说明】

元宵是宋代最重要、也是最热闹的节日之一。词人在四天之前已经肩驮小女，参加了预赏观灯，为什么到了元夕反而闭门不出了呢？词先从几天前的预赏说起，接着交代为何不出的原因："而今正是欢游夕，却怕春寒自掩扉。"但这只是词人的托词，真正的原因是在热闹场中，害怕触动心头痛楚："少年情事老来悲。"因此只好独自在家，回忆往事。结尾二句说："芙蓉影暗三更后，卧听邻娃笑语归。"以淡语衬托悲怀，倍觉沉痛。

又　己酉之秋苕溪记所见[1]

京洛风流绝代人。因何风絮落溪津[2]。笼鞋浅出鸦头袜，知是凌波缥缈身[3]。　红乍笑，绿长颦。与谁同度可怜春[4]。鸳鸯独宿何曾惯，化作西楼一缕云[5]。

【注释】

①据夏承焘先生考证，本词作于宋孝宗淳熙十六年(1189)秋天，白石寓居湖州之时。苕溪，河流名，出自浙江天目山之南者为东苕，出自天目山之北者为西苕。两溪合流后经湖州注入太湖。夹岸多苕，秋后花飘水上如飞雪，故名。

②京洛，洛阳，东汉王朝曾建都于此，故称。绝代人，绝代美女，据艾治平先生分析，这是一位从京洛漂流至此地的歌妓。风絮，风中柳絮，比喻身世漂泊。津，渡口。

③笼鞋，古代一种鞋子。鸦头袜，袜子呈丫形，即将拇指与其他四指分开的一种袜子。李白《越女词》："履上足如霜，不着鸦头袜。"浅出，微微露出。凌波，曹植《洛神赋》："凌波微步，罗袜生尘。"缥缈，随水漂流貌。李白《愁阳春赋》："缥缈兮翩绵，见游丝之萦烟。"

④红乍笑，绿长颦，偶尔露出笑颜，经常皱起眉头，言其愁多欢少。"与谁"句，贺铸《青玉案》："锦瑟年华谁与度。"可怜，可爱。

⑤何曾惯，不习惯。鸳鸯，比喻女子。西楼，李煜《相见欢》："无言独上西楼。月如钩。"

【说明】

本词描写一位从京洛漂泊到江南的著名歌伎。词的上片，作者不惜用浓墨重笔，极力形容其美丽非凡，但这样一位美女，为何会像风中之絮一般，"飘落溪津"呢？自然是北宋的沦亡，不过作者并未直接说出原因。下片感叹其当前的命运，愁多欢少，孤独一身，就像一只失侣的鸳鸯。出路何在？作者似乎无法回答，但又不愿玷污自己创造的美丽形象，于是只能运用浪漫手法，让她“化作西楼一缕云”。本词虽然描写一位绝色名妓的命运，但也寄托了词人自己“同是天涯沦落人”的身世之慨。

鬲溪梅令　丙辰冬自无锡归，作此寓意[①]

好花不与殢香人。浪粼粼。又恐春风归去绿成阴。玉钿何处寻[②]。　木兰双桨梦中云。小横陈。漫向孤山山下觅盈盈。翠禽啼一春[③]。

【注释】

①据夏承焘先生考证，本词作于宋宁宗庆元二年（1196），作者寓居梁溪（今江苏无锡）时。但本词副题明说“自无锡归”，词中又有“孤山山下”之语，或定为在临安作为妥。

②好花，指梅花，比喻情人；殢香人，被恋情所困者，作者自指。秦观《梦扬州》：“殢酒困花，十载因谁淹留。”“又恐”句，用杜牧典故。杜牧《叹花》：“自恨寻芳到已迟，往年曾见未开时。如今风摆花狼藉，绿叶成阴子满枝。”玉钿，女子头饰，比喻所爱之人。俞国宝《风入松》：“明日重携残醉，来寻陌上花钿。”

③木兰双桨，舟船之美称。二句意谓，昔日同舟共游之事，已成梦中之云，不可追及。小横陈，《全宋词评注》曰，小，当作“水”。亦可。按李商隐《北齐》：“小怜玉体横陈夜，已报周师入晋阳。”若用此典，则词意较艳丽，与白石清雅之风，略有抵牾。盈盈，美好貌。《古诗》：“盈盈楼上女，皎皎当窗牖。”翠禽，翠鸟。暗用《龙城录》赵师雄醉卧罗浮山梅花树下典故，表达对情人的思念之情。

【说明】

相思怀人之作，表面咏物，实为怀人，所怀对象仍是令词人终身念念不忘的合肥情人。首句“好花”指梅花，比喻情人；殢香人，惜花人，指词人自己。此年，白石已经四十二岁，故有杜牧“绿叶成阴”之叹。下篇托梦以言情，说梦中与情人相会。结尾又回到梅花，“漫向”句，人、花合写，“盈盈”既指人也指花，结果也令人失望，唯闻翠禽不断啼鸣而已。俞陛云曰：“结句不着边际，含情无限，如赵师雄之罗浮梦醒，但闻翠羽飞鸣耳。”

小重山令　赋潭州红梅[①]

人绕湘皋月坠时。斜横花树小，浸愁漪[②]。一春幽事有谁知。东风冷、香远茜裙归[③]。　鸥去昔游非。遥怜花可可，梦依依[④]。九疑云杳断魂啼。相思血，都沁绿筠枝[⑤]。

【注释】

①据夏承焘先生考证，本词作于宋孝宗淳熙十三年（1186），作者客居潭州（今湖南长沙）时。其地盛产红梅。

②湘皋，湘水边。月坠，月落。横斜花树，指红梅。漪，水的波纹。林逋《山园小梅》：“疏影横斜水清浅，暗香浮动月黄昏。”三句化用林逋诗意，抒写愁思。

③幽事，幽隐之事，指爱情。茜裙，红色裙子，指代红梅。

④鸥去，鸥鸟离去，比喻游伴星散。《列子·黄帝》：“海上之有人好鸥鸟者，每旦之海上，从鸥鸟游，鸥鸟之至者百数而不止。”可可，可爱。

⑤三句借用娥皇、女英典故，抒说自己悲愁。九疑即九嶷山，在今湖南宁远县，相传为舜之葬地。《史记·五帝本纪》：“舜葬于江南九嶷。”沁，渗透。绿筠，绿竹。杜甫《湘夫人祠》：“苍梧恨不浅，染泪在丛筠。”

【说明】

与前篇一样，本词也是托物言怀之作，既写梅，又写人，人与梅合写，浑成一片。上片寓情于景，以景为主。先写赏梅之久，继写梅花姿态，再写自己心情，最后归结到红梅。下片借景言情，以情为主。“鸥去”三句，言情人离散，唯有梦中相见。末三句用湘妃典故抒写悲情，再归结到梅花。俞陛云评曰：“梅苑人归，蘅皋月冷，感怀吊古，愁并毫端。其凄丽之致，颇类东山、淮海。”

浣溪沙

予女须家沔之山阳，左白湖，右云梦，春水方生，浸数千里[①]。冬寒沙露，衰草入云。丙午之秋，予与安甥或荡舟采菱，或举火罝兔，或观鱼簺下[②]。山行野吟，自适其适。凭虚怅望，因赋是阕[③]

着酒行行满袂风。草枯霜鹘落晴空。消魂都在夕阳中[④]。　　恨入四弦人欲老，梦寻千驿意难通。当时何似莫匆匆[⑤]。

【注释】

①女须，即女嬃，楚人称姊曰嬃。屈原《离骚》："女嬃之婵媛兮，申申其詈予。"王逸注："女嬃，屈原姊也。"姜夔《探春慢》序》："予自孩幼从先人宦于古沔，女嬃因嫁焉。"沔，汉水。山阳，地名，因在山之南，故称。白湖，太白湖，位于今湖北省仙桃市东南部，与长江相连。云梦，云梦泽，湖北江汉平原上的古代湖泊群的总称。孟浩然《望洞庭湖赠张丞相》："气蒸云梦泽，波撼岳阳城。"

②丙午，宋孝宗淳熙十三年(1186)。安甥，作者姐姐的儿子，名安。罝兔，捕捉兔子。罝(jū)，古代捕捉鸟兽的网。簺(sài)，古代用竹木编制的捕鱼工具。

③虚，墟的古字，大丘。《诗经·墉风·定之方中》："升彼虚矣，以望楚矣。"自适其适，悠闲自在，自得其乐。《庄子·骈拇》："夫适人之适，而不自适其适，虽盗跖与伯夷，是同为淫僻也。"

④着酒，带着酒意。霜鹘，霜天的鸷鸟。

⑤四弦，指琵琶。驿，驿站。何似，不如。

【说明】

夏承焘先生曰："此汉阳游观之词，而实为怀合肥人作。其人善琵琶，故有'恨入四弦'句。序与词似不相应，低回往复之情，不欲明言也。"本篇确为相思怀人之作，上片前两句虽然写景，但“消魂”句即转而抒情。下片词人自叹年华老大，与远方情人心意难通，因而后悔当年之匆匆分离。虽然只有短短三句，却写得无限低回往复，足见白石对合肥情人眷恋之深。

又　辛亥正月二十四日发合肥[①]

钗燕笼云晚不忺。拟将裙带系郎船。别离滋味又今年[②]。　　杨柳夜寒犹自舞，鸳鸯风急不成眠。些儿闲事莫萦牵[③]。

【注释】

①辛亥，宋光宗绍熙二年(1191)。

②钗燕，燕形头钗。云，指女子云鬓。不忺，不快，不称心。

③些儿，细小、一点点。萦牵，牵挂。

【说明】

夏承焘先生曰：“此合肥惜别之作，白石情词明著时地与事缘者，此首最早。时白石年将四十，初遇当在丙午、丙申间，至此盖十余载矣。”词写双方依依惜别之情，末句故作平淡语，以安慰对方，令人感到既无奈又悲楚。

又　丙辰岁不尽五日，吴松作[①]

雁怯重云不肯啼。画船愁过石塘西。打头风浪恶禁持[②]。　　春浦渐生迎棹绿，小梅应长亚门枝。一年灯火要人归[③]。

【注释】

①丙辰，宋宁宗庆元二年(1196)。岁不尽五日，离除夕五天。

②石塘，地名，在今苏州吴中。打头风，逆风。禁持，折磨、受苦。全句意谓，船在逆风中行走，吃尽苦头。

③棹，船桨。绿，指春水。亚门枝，梅枝低亚于门前。

【说明】

姜夔终生未仕，飘泊依人。中年以后，曾经依靠张鉴的帮助，在南宋首都临安（今杭州市）居住十年。庆元二年岁末，词人从梁溪（今无锡市）乘船回杭过年，作此词。词的上片描写天气恶劣，途旅艰难。下片随着天气好转，将近家门，词人的心情也变得温馨而欢快，末二句虽是想象之词，却把这种心情表现得十分细腻生动。

诉衷情　端午宿合路[①]

石榴一树浸溪红。零落小桥东。五日凄凉心事，山雨打船篷[②]。　诣世味，楚人弓。莫忡忡[③]。白头行客，不采蘋花，孤负熏风[④]。

【注释】

①合路，夏承焘曰："嘉兴、平望、吴江间一小镇，地傍运河，居民繁夥。见陆游《入蜀记》。"

②小桥，指合路桥。五日，端午节。陈与义《临江仙》："高咏楚辞酬午日。"

③谙世味，遍尝了人间滋味。范仲淹《御街行》："残灯明灭枕头欹，谙尽孤眠滋味。"楚人弓，《孔子家语·好生》："楚王失弓，楚人得之，又何求之？"此句紧承"谙世味"，表示历经世态，对得失已经抱达观态度，不再计较。忡忡，忧愁貌。《诗经·召南·草虫》："未见君子，忧心忡忡。"

④白头行客，作者自指。不采蘋花，柳宗元《酬曹侍御过象县见寄》："春风无限潇湘意，欲采蘋花不自由。"孤负，辜负。熏风，东南风。

【说明】

词写端午节客途之感慨心情，先从节日风景写起，因景而生情。"凄凉心事"，不知究为何事。陈谱认为是宁宗庆元五年（1199），作者试礼部落第以后。夏承焘先生认为证据不足，但也难以确定作于何年。下片直抒胸臆，说自己历尽人世风波，不应因一时得失而悲伤。结尾三句，化用柳宗元诗意,自伤年华老大,愿望落空,言外尚有无穷感慨。

淡黄柳

客居合肥南城赤阑桥之西,巷陌凄凉,与江左异。惟柳色夹道,依依可怜。因度此阕,以纾客怀[①]

空城晓角,吹入垂杨陌。马上单衣寒恻恻[②]。看尽鹅黄嫩绿,都是江南旧相识[③]。　　正岑寂,明朝又寒食。强携酒、小桥宅[④]。怕梨花落尽成秋色。燕燕飞来,问春何在,唯有池塘自碧[⑤]。

【注释】

①江左,江东,此处指江南。纾,舒解。

②恻恻,同侧侧,寒冷貌。韩偓《寒食夜》:"侧侧轻寒翦翦风,杏花飘雪小桃红。"

③鹅黄嫩绿,形容嫩柳的颜色。此句意谓柳色与江南相同。

④岑寂,寂寞。小桥宅,小桥是三国时东吴美女,周瑜之妻。此处喻指合肥恋人住所。

⑤李贺《河南府试十二月乐词·三月》:"曲水漂香去不归,梨花落尽成秋苑。"

【说明】

本词是作者的自度曲。据夏承焘先生考证,词当作于宋光宗元年(1190),词人客居合肥之时。上片写景,以杨柳这个意象为中心,抒写客怀的寂寞与悲凉。过片"正岑寂"三字承上启下。寒食正是秾春烟景之时,但词人却兴味索然,"强携酒,小桥宅",连赴情人之约也有几分勉强。为什么呢?词人回答道,此地已经没有春天,春色即将化为秋色。周啸天先生认为,江淮一带当时已经成为宋、金交战的前线,因而荒凉凋敝,且随时可能陷落,这是同时代人普遍的忧惧。

刘仙伦四首

刘儗，一名仙伦，字叔拟，号招山，庐陵（今江西吉安）人。生平不详，工诗词，与刘过齐名，人称庐陵二刘。有《招山小集》一卷。

菩萨蛮

东风去了秦楼畔。一川烟草无人管[1]。芳树雨初晴。黄鹂三两声[2]。　海棠花已谢。春事无多也。只有牡丹时。知他归不归。

【注释】

①秦楼，歌舞场所、妓院。贺铸《青玉案》："一川烟草，满城风絮，梅子黄时雨。"芳树，花木。

②王寂《减字木兰花》："湖上流莺。欲别频啼三两声。"

【说明】

惜春怀人之词，六句写景，只在篇末点明题意，笔法简洁含蓄。

一剪梅

唱到阳关第四声。香带轻分。罗带轻分[1]。杏花时节雨纷纷。山绕孤村。水绕孤村[2]。

更没心情共酒尊。春衫香满，空有啼痕[3]。一般离思两消魂。马上黄昏。楼上黄昏[④]。

【注释】

①白居易《对酒》:“相逢且莫推辞醉,听唱《阳关》第四声。”后因以“阳关第四声”为劝饮话别之语。秦观《满庭芳》:“消魂。当此际,香囊暗解,罗带轻分。”

②杜牧《清明》:“清明时节雨纷纷。”隋炀帝《野望》:“寒鸦飞数点,流水绕孤村。”

③秦观《满庭芳》:“此去何时见也,襟袖上、空惹啼痕。”

④一般,一样、同样。王建《宫词》:“云驳花骢各试行,一般毛色一般缨。”

【说明】

化用白居易、杜牧、秦观等人诗词成句,抒写离别之情。化用前人诗词成句,为自己作品表情达意,在宋词中已成约定俗成的惯例。北宋前期词人晏殊《浣溪沙》,已开先例,周邦彦则成为集大成者。问题在于如何做到圆融妥帖,浑化无迹,周邦彦当然是一致公认的范例,本词作者也做得相当成功。

蝶恋花

小立东风谁共语。碧尽行云,依约兰皋暮[①]。谁问离怀知几许。一溪流水和烟雨。　　媚荡杨花无着处。才伴春来,忙底随春去[②]。只恐游蜂粘得住。斜阳芳草江头路[③]。

【注释】

①小立,短时间站立。依约,仿佛。兰皋,《楚辞·离骚》:“步余马于兰皋兮,驰椒丘且焉止息。”朱熹注:“泽曲曰皋,其中有兰,故曰兰皋。”

②忙底,为何忙,忙啥。

③江开《玉楼春》:“争知日日小阑干,望断斜阳芳草路。”

【说明】

离别相思之作，上片“谁共语”，和“离怀知几许”可证，但是整篇写得非常含蓄，尤其下片，只写风景而不见抒情，但风景之中又隐约透露出浓厚的离愁别绪，那漂泊无定的杨花，似乎也象征着离人的命运。

霜天晓角　题蛾眉亭[①]

倚空绝壁。直下江千尺。天际两蛾凝黛，愁与恨、几时极[②]。　　暮潮风正急。酒醒闻塞笛[③]。试问谪仙何处，青山外，远烟碧[④]。

【注释】

①一作韩元吉词。蛾眉亭，在安徽当涂采石山上。

②两蛾，指长江之东博望山和西面的梁山，两山夹江相望，形似蛾眉。极，尽头。

③塞笛，或即羌笛、羌管。高適《塞上听吹笛》：“雪净胡天牧马还，月明羌笛戍楼间。”范仲淹《渔家傲》：“羌管悠悠霜满地。”

④据传李白死于当涂。

【说明】

本词是作者的名篇，较贺铸《天门谣》更胜一筹。上片描写蛾眉亭的形胜，绘形绘神，笔法简洁。下片发怀古之幽思，想起了诗仙李白，但只轻轻一点，便以“青山远烟”作结，引绵绵不尽之意于言外。黄昇《中兴诗话》赞曰：“蛾眉亭题咏甚多，唯（刘仙伦）《霜天晓角》一曲为绝唱。词意高绝，几拍谪仙之肩。”给予极高评价。

韩滤二首

韩滤(biāo)(1159—1224),字仲止,号涧泉。尚书韩元吉之子。祖籍开封,后移居上饶。为官不久,即休官不仕。有《涧泉诗余》。

生查子

晴色入青山,更见飞花晚。不是不登临,自是心情懒[1]。　　试襞小红笺,与写天涯怨。杜宇一声春,楼下沧波远[2]。

【注释】

①懒,倦怠。

②红笺,红色信笺。天涯怨,离别之怨情。

【说明】

暮春怀人之作。主人公为何不登临,是因为没有心情;为何没有心情,因为离人远在天涯,信息难通。欲作书信而未成,只听见杜宇声声,楼下沧波远去而已。不尽之意,见于言外。

风入松

小楼春映远山横。绿遍高城。望中一片斜阳静,更萋萋、芳草还生[1]。疏雨冷烟寒食,落花飞絮清明。　　数声弦管忍重听。犹带微醒[2]。问春何事春将老，春不语、春恨难平。莫把风流时节，都归闲淡心情[3]。

【注释】

①萋萋芳草，用淮南小山《招隐士》典故，慨叹离别。

②忍，不忍。微酲，微醉。风流时节，指春季。

③闲淡，平淡。

【说明】

惜春怀人之作，上片写景，用萋萋芳草典故，分明借景而言情，慨叹离人远别而未归。下片抒情，从不忍再听旧曲发端，写到春恨难平。春恨者，相思之谓也。末二句说，大好春光，正是情人欢会之日，莫要白白错过。

俞国宝一首

俞国宝，临川（今江西抚州）人，生平不详。淳熙中为太学生，因于西湖酒肆题《风入松》词，为高宗所赏，即日命官。

风入松[1]

一春长费买花钱。日日醉湖边[2]。玉骢惯识西湖路，骄嘶过、沽酒楼前[3]。红杏香中箫鼓，绿杨影里秋千。　　暖风十里丽人天。花压鬓云偏[4]。画船载取春归去，余情寄、湖水湖烟。明日重扶残醉，来寻陌上花钿[5]。

【注释】

①《武林旧事》卷三:“一日,御舟经断桥,桥旁有小酒肆,颇雅洁,中饰素屏,书《风入松》一词于上。光尧驻目,称赏久之,宣问何人所作,乃太学生俞国宝醉笔也。其词云:‘一春长费买花钱。(下略)’上笑曰:‘此词甚好,但末句未免儒酸。因为改定云:‘明日重扶残醉’,则迥不同矣。即日命解褐云。”

②买花,语涉双关,兼春花与歌妓而言。

③玉骢,白马。

④丽人天,指春天。杜甫《丽人行》:“三月三日天气晴,长安水边多丽人。”“花压鬓云偏”,意谓头上戴花甚多,把鬓发压偏了。

⑤陌上花钿,路上遗留的妇女饰物,借指丽人遗踪。

【说明】

隆兴二年(1164),宋、金签订“隆兴和议”,此后三十年双方无战事,南宋王朝偏安江左,首都临安更是一片繁华。本词正是描写临安春天的妍丽风光与繁华景象。上片作者先从自己的浪漫生活写起,说整个春天都出入于歌楼酒馆,大把花钱。来的次数多了,连马也熟悉了道路,嘶叫着跑过酒楼门前。下片紧承前意,继续渲染湖边繁华热闹景象,和风拂煦,美女如云,个个打扮得非常美丽。“画船”三句,写日暮游人散去,只剩下清冷的“湖水湖烟”。结尾两句说,明天还要再来寻欢作乐,回应开头“日日醉湖边”。

这首词风格绮丽,情致浓郁,又经皇上御笔修改,当时广为传诵。元人方回说:“《风入松》词万口传,翻成余恨寄湖烟。”(《涌金门城望》)林昇诗也说:“暖风吹得游人醉,直把杭州作汴州。”(《题临安邸》)都讽刺批评了南宋君民醉生梦死的享乐生活,本词也正是当时现实的反映。

戴复古四首

戴复古(1167—1247),字式之,浙江黄岩人,居南塘(今温岭市)之石屏山,因号石屏。以诗游江湖间,曾登陆游之门,为江湖诗派代表人物。宋理宗绍定五年,为邵武教授。有《石屏词》。

减字木兰花　寄五羊钟子洪[①]

天台狂客。醉里不知秋鬓白[②]。应接风光。忆在江亭醉几场[③]。　吴姬劝酒。唱得廉颇能饭否[④]。西雨东晴。人道无情又有情[⑤]。

【注释】

①五羊,即今广州市。

②温岭,宋代属台州府,故词人自称“天台狂客”。秋鬓,白发,隋尹式《别宋常侍》:“秋鬓含霜白,衰颜依酒红。”

③应接,应酬、接待。

④李白《金陵酒肆留别》:“风吹柳花满店香,吴姬压酒唤客尝。”辛弃疾《永遇乐》:“凭谁问,廉颇老矣,尚能饭否。”

⑤刘禹锡《竹枝词》:“东边日出西边雨,道是无晴却有晴。”

【说明】

据吴茂云先生考证,戴复古在宋理宗端平元年(1234),曾经游历两广,钟子洪可能就是此行中结识的朋友。上片回忆二人交往情景,充满了豪放之气。下片慨叹自己沦落的命运,流露出郁勃之情。此时词人已经年过七十,壮心犹存,故用《史记》廉颇典故自况。而南宋政权即将灭亡,个人前途亦茫茫难料,所以用刘禹锡诗述意。戴复古以诗鸣天下,其词仅存四十余首,只及诗的二十分之一,但其中也不乏佳作,如长调《满江红·赤壁怀古》等。他的词,风格与诗相近,《四库总目》称赞曰“音韵天成,不费斧凿”,符合事实。

又

阻风中酒。流落江湖成白首[①]。历尽艰关。赢得虚名在世间[②]。　浩然归去。忆着石屏茅屋趣[③]。想见山村。树有交柯犊有孙[④]。

【注释】

①阻风,船被风所阻。唐韩偓《阻风》:“肥鳜香秔小艛艓,断肠滋味阻风时。”

②艰关,艰难险阻。虚名,毛晋《石屏词跋》:“式之以诗鸣东南半天下,所称南渡后‘江湖四灵’之一也。”

③石屏,在戴复古家乡今浙江温岭市南塘镇屏山山麓。茅屋趣,村居乐趣。

④陆龟蒙《自遣诗》:“五年重别旧山村,树有交柯犊有孙。”

【说明】

词人功名失意,漂泊江湖四十余年,白首无成,令人遗憾又羞愧;但是足迹遍于南宋各地,诗名满于天下,这又使词人感到十分自豪。“虚名”云云,是对“功名”而言,乃牢骚语。此为上片之意。下片言归隐之志,经历了漫长的江湖漂泊之后,宋理宗嘉熙二年(1238),已经七十二岁的老诗人,终于决定结束流浪生活,回归故里。结尾用陆龟蒙诗句,既是想象推断之词,也是实际情况。

望江南

仆既为宋壶山说其自说未尽处，壶山必有答语，仆自嘲三解[①]

石屏老，家住海东云[②]。本是寻常田舍子，如何呼唤作诗人。无益费精神[③]。　　千首富，不救一生贫[④]。贾岛形模元自瘦，杜陵言语不妨村。谁解学西昆[⑤]。

【注释】

①宋自逊，字谦父，金华人，号壶山居士。所著《渔樵笛谱》已佚。《全宋词评注》录其词七首。

②石屏，作者自号。词人故乡在东海之滨，故云。

③田舍子，农家之子。王安石《韩子》："力去陈言夸末俗，可怜无补费精神。"

④千首富，戴复古《石屏诗集》十卷，存诗近千首。

⑤苏轼《祭柳子玉文》："元轻白俗，郊寒岛瘦。"形模，模样。村，土气。杜甫诗歌经常有意使用通俗化的语言，戴复古诗每每学之，常用白描手法，以口语、谚语入诗。西昆体，宋初以杨亿、刘筠等人为代表的一种诗体，代表作为《西昆酬唱集》。

【说明】

本篇用直白的语言，自述生平。上片用王安石语，慨叹诗人无用。下片解释为何无用，因为："千首富，难解一生贫。"末三句评价自己的诗歌创作。江湖诗派以唐代苦吟诗人孟郊、贾岛为学习典范。戴复古后来认识到"雕馊太过伤于巧"，曾登陆游之门，并且努力学习杜甫，使自己的诗歌创作又提高了一大步。但是戴复古诗不妄作，写作非常严谨刻苦，作品也以五律居多，这一点仍与贾岛相似。杜甫诗格律严谨，但晚年如《漫兴》《江畔独步》等，常以白话言语入诗，戴复古诗也常用村语、谚语，"不妨"是肯定语气，犹言允许、可以。"村"，在此地也非贬义，乃是自然质朴之意。

结句“谁解”，意谓西昆体华丽典雅，内容空洞贫乏，已经无人学习。

又

石屏老，长忆少年游。自谓虎头须食肉，谁知猿臂不封侯。身世一虚舟[1]。　　平生事，说着也堪羞。四海九州双脚底，千愁万恨两眉头。白发早归休[2]。

【注释】

①虎头食肉，《东观汉记·班超传》：“超问其状。相者曰：‘生燕颔虎头，飞而食肉，此万里侯相也。’”不封侯，汉代名将李广，长臂善射，屡建战功，但“数奇”（命运不好），始终未能封侯，事见《史记·李将军列传》。

②“四海”二句，戴复古平生多次出游，东至吴、越，西至两湖，南至两广，北至淮水，足迹遍及南宋半壁江山。直至七十二岁高龄，才踏上归程。

【说明】

本篇亦自叙平生遭际。上片说少年时代曾胸怀大志，希望像班超那样为国建功，但是像李广一样命运不济，愿望完全落空。下片自惭飘流四海，一事无成，而今白发满头，不如及时归隐。南宋末期，国之将亡，能为国捐躯的士人，像文天祥、史可法、陆秀夫那样毕竟极其个别，除了卖身投靠，为异族政权服务的少数人以外，隐退林泉，是大多数士人的选择。好在广大的农耕社会并未遭到破坏，天高帝王远，只要你不造反，统治者也不会干涉。

史达祖八首

史达祖(1163—?),字邦卿,号梅溪,汴人。卒年不详。韩侂胄当国,曾为堂吏,颇受宠信。韩败,受黥刑,以贬死。有《梅溪词》。

杏花天　清明

软波拖碧蒲芽短。画桥外、花晴柳暖[①]。今年自是清明晚。便觉芳情较懒[②]。　春衫瘦、东风翦翦。过花坞、香吹醉面[③]。归来立马斜阳岸。隔岸歌声一片。

【注释】

①蒲,多年生草本植物,生池沼中,高近两米。根茎长在泥中,可食。叶长而尖,可编席、制扇,夏天开黄花。杜甫《哀江头》:“江头宫殿锁千门,细柳新蒲为谁绿。”

②芳情懒,赏春情意浅淡。

③韩偓《寒食》:“恻恻轻寒剪剪风,杏花飘雪小桃红。”

【说明】

史达祖因为依附权臣韩侂胄,其人品颇为后人诟病。但是他的词写得很好。毛晋《梅溪词跋》说:“姜白石称其奇秀清逸,有李长吉之韵。盖能融情景于一家,会句意于两得,岂易及耶!”《四库总目》评论说:“达祖人不足道,而词则颇工。……清词丽句,在宋季颇属铮铮,亦未可以其人掩其文矣。”《四库》置评,比较公允。史达祖尤以咏物词闻名于世,他的《双双燕》《绮罗香》两词，一咏春燕，一咏春雨，描写刻画细腻传神，当时广为传诵，后人赞不绝口。虽然两首都是长调，但这一艺术特点，在他的小令中也有所表现。

本词写清明节所见所感，所见是清明时节的暮春景色，开头三句就显示出作者善于写景，工于造句的特长。表现自己的感慨，却异常含蓄，全词只有“芳情懒”“春衫瘦“六字约略言及，但为何懒？为何瘦？作者并不明言。而以酒醉归来，立马斜阳，听隔岸歌声结束。为读者的想象，留下了空间。

临江仙

愁与西风应有约，年年同赴清秋[1]。旧游帘幕记扬州。一灯人着梦，双燕月当楼[2]。 罗带鸳鸯尘暗澹，更须整顿风流[3]。天涯万一见温柔。瘦应因此瘦，羞亦为郎羞[4]。

【注释】

①“愁与”句，意谓愁苦与西风相伴而来。

②着梦，做梦。

③整顿，整理。白居易《琵琶行》：“沉吟放拨插弦中，整顿衣裳起敛容。”风流，风度、仪表。

④因此，因为相思。郎，情郎。

【说明】

秋日怀人之作，开头两句乃悲秋之意，造句工巧。扬州为风月之地，词人以前也曾在此有过冶游的经历。但写作本词时，作者已经不在扬州，故“一灯”二句，乃推想之词，表现对昔日旧情的忆念。下篇就此继续展开，“姑作重逢之想”，“天涯”句即指此而言。结尾二句，想象与旧日情人重逢时彼此相怜相惜情景，感情缠绵不尽。

又

倦客如今老矣，旧时不奈春何[①]。几曾湖上不经过。看花南陌醉，驻马翠楼歌[②]。　　远眼愁随芳草，湘裙忆着春罗[③]。枉教装得旧时多。向来箫鼓地，犹见柳婆娑[④]。

【注释】

①不奈，无奈。范成大《己丑五月被召至行在》："酒槽不奈青春老，经笥空供白昼眠。"

②翠楼，青楼，歌楼妓馆。

③远眼，远望。春罗，一种丝织品。牛希济《生查子》："记得绿罗裙，处处怜芳草。"

④向来，一向，从前。

【说明】

怀旧伤今之作，自称"倦客"，又言"老矣"，很可能作于被弹劾落职以后。上片回忆往日在京城的游冶生活，"极妍尽态"，有声有色。下片感叹如今之寂寥冷落，仍从回忆开始，但回忆不仅无补于事，徒然增加痛苦而已，故曰"枉教"。结尾二句写景，与上片形成强烈对比，增添悲剧气氛。

过龙门[①]

一带古苔墙。多听寒螿。箧中针线早销香[②]。燕尾宝刀窗下梦，谁剪秋裳[③]。　　宫漏莫添长。空费思量。鸳鸯难得再成双。昨夜楚山花簟里，波影先凉[④]。

【注释】

①过龙门，又名《浪淘沙》。

②寒螿，指深秋蝉鸣。张仲素《秋思》之一：“碧窗斜月蔼深晖，愁听寒螿泪湿衣。”

③燕尾宝刀，剪刀。

④花簟，有花纹的竹席。

【说明】

俞陛云先生认为，本篇乃悼亡之作。从“箧中针线早消香”以及“鸳鸯难得再成双”两句推测，很有可能。上片写对方，感叹从此无人再为自己缝制寒衣；下片悲自身，言斯人已逝，“空费思量”，只能独自在漫漫秋夜中煎熬。

又　春愁

醉月小红楼。锦瑟箜篌。夜来风雨晓来收[1]。几点落花饶柳絮，同为春愁[2]。　　寄信问晴鸥。谁在芳洲。绿波宁处有兰舟[3]。独对旧时携手地，情思悠悠[4]。

【注释】

①醉月，指对月饮酒。

②饶，加上。

③鸥，鸥鸟。

④携手地，相会之地。

【说明】

俞陛云先生认为，此篇与前首同一主题，只是季节不同，上片为秋日怀人，此片为春日怀人。但是细味全文，本篇似乎没有前首那样悲痛绝望，是否在怀念另一位久别的情人呢？从“同为春愁”“情思悠悠”两句推测，也很有可能。

蝶恋花

二月东风吹客袂。苏小门前，杨柳如腰细[1]。胡蝶识人游冶地。旧曾来处花开未[2]。　几夜湖山生梦寐。评泊寻芳，只怕春寒里[3]。今岁清明逢上巳。相思先到溅裙水[4]。

【注释】

①苏小，苏小小，南齐钱塘名妓。

②游冶地，游乐之处。

③评泊，思量。

④溅裙，古代风俗，元月初一至月末士女溅裳于水滨，以去除不祥。一说，谓妇女有孕至水边洗裙，分娩必易。

【说明】

词写春日情怀，不过作者并未叙述自己出游，而是想象出游。上片回忆昔日游冶之地的美丽风光，下片说自己非常想出游，但又怕春光未透，天气尚寒，不过一颗心已经飞到水边湔裙之处。写春怀而不直接写出游，只写神游，这是作者构思的巧妙之处。

鹧鸪天　卫县道中有怀其人[1]

雁足无书古塞幽。一程烟草一程愁[2]。帽檐尘重风吹野，帐角香消月满楼[3]。　情思乱，梦魂浮。湘裙多忆敝貂裘[4]。官河水静阑干暖，徙倚斜阳怨晚秋[5]。

【注释】

①卫县，今河南省鹤壁市浚县卫贤镇。

②雁足，用苏武雁足传书典故，言没有音信。

③“帽檐”句，分写行人和家人。

④湘裙，指代家人；敝貂裘，自指，用《战国策》苏秦典故。

⑤官河，官修的河道，指运河。

【说明】

旅途怀人之作。先从音信全无，思念不已说起。接着分写两地两人，“帽檐”句说自己，是实写；“帐角”句乃想象，是虚构。下片继续推进这层意思，说自己因思念而梦魂颠倒，想来对方同样在记挂自己吧。最后以写景作结，而含情于景。史达祖的词，虽然风格清丽，但遣词造句，过于精雕细琢，本篇笔致自然流畅，没有这种毛病。

点绛唇

六月十四夜与社友泛湖过西陵桥已子夜矣

山月随人，翠蘋分破秋山影[①]。钓船归尽。桥外诗心迥[②]。　　多少荷花，不盖鸳鸯冷[③]。西风定。可怜潘鬓。偏浸秦台镜[④]。

【注释】

①山影，指山在水中的倒影。

②迥，远。

③盖，遮盖，遮蔽。

④潘鬓，白发。镜，此指月光下的水面。

【说明】

词写与诗社同仁共游西湖，归途所见所感。上片写深夜游湖归来，见风光优美，而诗兴未尽。下片偶对夜月湖光，慨叹岁月流逝，年华老大。虽然无甚深意，但笔法简洁，写景如画，艺术上很成功。故俞陛云先生评曰：“四十字无不工，如手折琼枝，片片皆美玉也。”

高观国四首

高观国,字宾王,号竹屋,山阴(今浙江绍兴)人。生平不详。工词,有《竹屋痴语》。

玉楼春

多时不踏章台路。依旧东风芳草渡[①]。莺声唤起水边情,日影炙开花上雾[②]。　谢娘不信佳期误。认得马嘶迎绣户[③]。今宵翠被不春寒,只恐香浓春又去[④]。

【注释】

①章台,指妓院。芳草渡,杜牧《初春雨中舟次和州横江裴使君见迎李赵二秀才同来因书四韵兼寄江南许浑先辈》:“芳草渡头微雨时,万株杨柳拂波垂。”

②阳光照射,雾气散去。炙,曝晒。

③佳期,约会之期。

④春又去,喻指佳期不长。

【说明】

词写自己的浪漫生活,具体地说就是一次冶游的经历。这种事情,在唐宋文人和官吏中,非常平常而普通。

又

春烟淡淡生春水。曾记芳洲兰棹舣[①]。岸花香到舞衣边，汀草色分歌扇底[②]。　棹沉云去情千里。愁压双鸳飞不起[③]。十年春事十年心，怕说湔裙当日事[④]。

【注释】

①舣，船只靠岸。

②汀，水边平地。

③愁压，极言愁之浓重。

④湔裙，即溅裙。当日，往日。

【说明】

本词也是怀念旧情之作。上片写过去，“曾记芳洲兰棹舣”是关键之句，与下片“棹沉云去情千里”对应，表现离别之悲痛。下片写当前，结尾说，那段情缘已经过去多年，但每一想起，依旧令人痛心不已，故云“怕说”。

卜算子　泛西湖坐间寅斋同赋

屈指数春来，弹指惊春去[①]。檐外蛛丝网落花，也要留春住。　几日喜春晴，几夜愁春雨。十二雕窗六曲屏，题遍伤心句[②]。

【注释】

①弹指，极言时间之短，《僧祇律》：“一刹那者为一念，二十念为一瞬，二十瞬为一弹指。”苏轼《过永乐文长老已卒》：“一弹指顷去来今。”

②屏，屏风。

【说明】

惜春之词，语言明白晓畅，描写生动自然，“檐外”二句，构思巧妙而不见雕琢痕迹，这种境界，最难达到。

少年游　草

春风吹碧，春云映绿，晓梦入芳裀[①]。软衬飞花，远连流水，一望隔香尘。　　萋萋多少江南恨，翻忆翠罗裙[②]。冷落闲门，凄迷古道，烟雨正愁人。

【注释】

①裀，垫子。

②宋苏泂《晚春》：“青青池上草，翻忆梦中人。”

【说明】

咏物之作，并无深意，但通过对春草层层深入的细致描绘，也表现了词人怀人念远之意。结尾三句，景中见情，尤佳。

高观国与史达祖都学习姜白石，都没有达到白石的艺术高度。高观国又与史达祖并称“高、史”，不过在咏物方面，也没有写出史达祖那样的名篇，故前人多认为高不如史。但高词自然流畅，不像史达祖词那样雕琢，也是优长，本篇即为一例。

卢祖皋四首

卢祖皋，字申之，又字次夔，号蒲江，永嘉人。庆元五年(1199)进士。历官秘书省正字，著作佐郎，权直学士院。有《蒲江词》。

江城子

画楼帘幕卷新晴。掩银屏。晓寒轻。坠粉飘香，日日唤愁生[①]。暗数十年湖上路，能几度，着娉婷[②]。　　年华空自感飘零。拥春酲。对谁醒。天阔云闲，无处觅箫声[③]。载酒买花年少事，浑不似，旧心情[④]。

【注释】

①坠粉飘香，落花飘香。唤愁生，引起悲愁。

②着娉婷，遇见美女。

③酲（chéng），病酒。醒，酒醒。无处觅箫声，言往日情人已无音信。杜牧《寄扬州韩绰判官》："二十四桥明月夜，玉人何处教吹箫。"

④浑不似，全不像、完全不同。

【说明】

本篇为伤春怀旧之作。上片因春去而生悲，并由此牵出一段往日情缘。下片感叹身世飘零，旧情难再，只能天天以酒浇愁。结尾两句说，年华消逝，青春不再，纵使载酒买花，已无当年豪兴。况周颐说："卢申之《江城子》后段云云（词略）与刘龙州词：'欲买桂花还置酒，终不似，少年游。'（《唐多令》）可称异曲同工。"

西江月

燕掠晴丝袅袅，鱼吹水叶粼粼[①]。禁街微雨洒香尘。寒食清明相近[②]。　　漫着宫罗试暖，闲呼社酒酬春[③]。晚风帘幕悄无人。二十四番花讯[④]。

【注释】

①晴丝，春天的游丝。粼粼，形容水波明亮。

②禁街，京城街道。

③社酒，社日所用之酒。陆游《春社》："社肉如林社酒浓，乡邻罗拜祝年丰。"

④我国古代以五日为一候，三候为一个节气。每年冬去春来，从小寒到谷雨这八个节气里共有二十四候，每候都有某种花卉绽蕾开放，于是便有了"二十四番花信风"之说。

【说明】

词写闺怨，但表现手法非常含蓄，只在下片第三句"晚风帘幕悄无人"，透露出寂寞怀人之意。

清平乐

柳边深院。燕语明如剪[①]。消息无凭听又懒。隔断画屏双扇。　　宝杯金缕红牙。醉魂几度儿家[②]。何处一春游荡，梦中犹恨杨花[③]。

【注释】

①明如剪，形容燕鸣声的清脆明快。

②宝杯，名贵的酒杯。红牙，奏乐时的拍板。儿家，我家。

③杨花，喻指情郎。

【说明】

词写女子思念情郎。"消息无凭"轻轻一点，过渡到下片。下片从回忆开头，说过去常常醉醺醺地来到"儿家"，现在却到处游荡，消息全无。"杨花"春末漫天飞舞，用以比喻情郎行踪不定，且令人恨及杨花。构思精巧。

鹧鸪天

庭绿初圆结荫浓。香沟收拾旧梢红[①]。池塘少歇鸣蛙雨,帘幕轻回舞燕风[②]。　春又老,笑谁同。澹烟斜日小楼东[③]。相思一曲临风笛,吹过云山第几重[④]。

【注释】

①庭绿,亭中绿树。旧梢红,指落花。

②贺铸《送毕平仲西上》:“鸣蛙雨细生梅润,扬燕风高报麦秋。”鸣蛙雨、舞燕风均指春末夏初的风雨。

③笑谁同,无人与共。

④黄庭坚《念奴娇》:“老子平生,江南江北,最爱临风笛。”皇甫冉《送王司直》:“西塞云山远,东风道路长。”

【说明】

暮春怀人之作,上片描写暮春景色生动入画;下片怀人,“春又老”三字承上启下,末二句借笛曲表达相思怀人之意,措语含蓄,意蕴悠远。据黄昇《绝妙词选》说,卢祖皋精通音律,“乐章甚工,字字可入律吕,浙人皆唱之。”

真德秀一首

真德秀(1178—1235),字希元,又字景元,号西山。浦城人。宋宁宗五年(1199)进士。宋代著名理学家,官至参知政事。卒谥文忠。有《西山先生真文忠公文集》,《全宋词》仅存词一首。

蝶恋花

两岸月桥花半吐。红透肌香，暗把游人误[①]。尽道武陵溪上路。不知迷入江南去[②]。　　先自冰霜真态度。何事枝头，点点胭脂污[③]。莫是东君嫌淡素。问花花又娇无语[④]。

【注释】

①月桥，拱形桥。游人误，游人误以为是到了桃花源，意义连接下句。

②武林溪，即陶渊明所记的桃花源。

③先自，原先，原本。辛弃疾《瑞鹧鸪》："先自一身愁不了，那堪愁上又添愁。"冰霜态度，比喻梅花的纯洁清白。

④莫是，莫非。东君，司春之神。

【说明】

真德秀是宋代继朱熹以后最重要的理学家，他的词仅存此一首。本词咏红梅，上片描写红梅，说红梅像一位艳丽的美女，人们置身红梅丛中，误以为来到了桃花源。下片词人先说，梅花不是清高洁白的吗？为何却涂满了胭脂。结尾二句更妙，词人设问道，莫非是春神嫌你太素淡？但是红梅却含羞不答。本词虽然没有深刻寓意，但构思精巧而自然，令人耳目一新。

徐照一首

徐照（？—1211），南宋诗人。字道晖，一字灵晖，自号山民，永嘉（今浙江温州）人。家境清寒，一生未仕。与赵师秀、翁卷、徐玑合称“永嘉四灵”。《全宋词》录其词五首。

阮郎归

绿杨庭户静沉沉。杨花吹满襟。晚来闲向水边寻。惊飞双浴禽。　　分别后，忍登临。暮寒天气阴。妾心移得在君心。方知人恨深[①]。

【注释】

①顾敻《诉衷情》：“换我心，为你心，始知相忆深。”

【说明】

徐照为晚宋“永嘉四灵“之一，以诗鸣于当时，作词不多，《全宋词》仅录其词五首，多写男女情事，本篇亦然。此词之所以著名，在于结尾二句构思新巧。但清人王士禛指出，其实末二句也是从五代顾敻《诉衷情》“换我心，为你心，始知相忆深”变化而来。但作者的变化，似乎还不如原作简洁明了，实在不算成功。

刘学箕三首

刘学箕，字习之，自号种春子，晚号方是闲居，福建崇安（今福建武夷山市）人。生卒年不详，隐居不仕。有《方是闲居士小稿》二卷。

菩萨蛮

暮涛掀浪溪流急。单衣未试春寒力[①]。是处绿阴浓。春深杨柳风[2]。　　人依溪岸住。酒美忘归去。巢燕堕芹泥。幽禽花外啼[3]。

【注释】

①"单衣"句,意谓天气尚冷,未换单衣。

②是处,处处。柳永《八声甘州》:"是处红衰翠减,苒苒物华休。"

③芹泥,燕子筑巢所用草泥。杜甫《徐步》:"芹泥随燕嘴,花蕊上蜂须。"

【说明】

本词写春日美丽风光。刘学箕长期隐居不仕,是一位超脱人世纷争的世外高人。因而能够在优美的环境中,充分享受生活的乐趣,观照大自然的无比美丽。"人依溪岸住。酒美忘归去。"便是词人悠然自得生活态度的写照。

鹧鸪天　发舟安康游朋见留往复三用韵[1]

芳草萋萋入眼浓。一年花事又匆匆[2]。吐舒桃脸今朝雨,零落梅妆昨夜风[3]。　　云接野,水连空。画栏十二倚谁同[4]。两眉新恨无分付,独立苍苔数落红[5]。

【注释】

①往复三用韵,用同一韵部反复写了三首。

②花事,春天,花开季节。陈师道《春怀示邻里》诗:"屡失南邻春事约,只今容有未开花。"

③桃脸,桃花;梅妆,梅花。二句意谓,今朝春雨使桃花开放,昨夜风让梅花凋零。

④倚谁同,与谁同倚。

⑤分付,托付。毛滂《惜分飞》:"今夜山深处,断魂分付潮回去。"

【说明】

原作共三首，这是其中之一。词写离别之痛，上片写春景，下片抒别情。春景中掺杂了年华易逝的感慨；别情中又融进了相思之恨，景中见情，情中有景，末二句“两眉新恨无分付，独立苍苔数落红”，集中体现了这一特点。

乌夜啼　夜泊阳子江[①]

长亭急管生愁。楚天秋。落日寒鸦飞尽、水悠悠。　红蓼岸。白蘋散。浴轻鸥[②]。人在碧云深处、倚高楼。

【注释】

①阳子江，或当作扬子江。

②红蓼、白蘋，均为生长于水滨的植物。薛昭蕴《浣溪沙》：“红蓼渡头秋正雨，印沙鸥迹自成行。”顾况《白蘋洲送客》：“阙下摇青佩，洲边采白蘋。”

【说明】

旅途怀人之作，那位在“碧云深处倚高楼”的人，或许就是倚楼远望，盼望郎君早日归来的词人的妻子。全词以写景为主，只在结句点明主旨，笔致简洁含蓄。

洪咨夔二首

洪咨夔（1176—1236），字舜俞，号平斋。於潜（今属浙江省临安市）人。官至监察御史、刑部尚书。卒谥忠文。有《平斋词》。

眼儿媚

平沙芳草渡头村。绿遍去年痕[①]。游丝下上，流莺来往，无限销魂。　　绮窗深静人归晚，金鸭水沉温[②]。海棠影下，子规声里，立尽黄昏。

【注释】

①黄庭坚《徐孺子祠堂》："古人冷淡今人笑，湖水年年到旧痕。"

②水沉，沉香。

【说明】

惜春怀人之作，面对阳春美景，何以"无限销魂"？赏春归来，在寂静的院子里，何以"立尽黄昏"？乃是心有所思，情有所牵，却故意含而不说。本词造句工丽，表达含蓄，令人含味不尽。

南乡子

风雨过芳晨。多少愁红恨紫尘[①]。两点眉尖凝远碧，纷纷。又被杨花误一春[②]。　　金凤压娇云[③]。睡起纱窗背欠伸。心事欲言言不尽，沈沈。乳燕雏莺触拨人[④]。

【注释】

①芳晨，春晨。愁红恨紫，指落花。

②眉间凝远碧，皱眉。杨花，喻游子。

③金凤，女子头饰；娇云，女子头发。

④触拨，触动撩拨。范成大《秋前风雨顿凉》："酒杯触拨诗情动，书卷招邀病眼开。"

【说明】

词写女子春日寂寞无聊之状，相思难遣之情，但是含而不说，只在篇末略加点明“又被杨花误一春”,“乳燕雏莺触拨人”,笔致含蓄吞吐,耐人寻味。

刘镇三首

刘镇,字叔安,南海(今广东佛山)人。生卒年不详。嘉泰二年(1202)进士。以文鸣,自号随如。亦工填词,有《随如百咏》已佚。

江神子　三月晦日西湖饯春[①]

送春曾到百花洲。夕阳收。暮云留。想伴花神,骑鹤上扬州[②]。回首湖山情味淡,重把酒,更登楼[③]。　　相思南浦古津头。未拏舟。已惊鸥。柳外归鸦,点点是离愁[④]。空倚阳关三叠曲,歌不尽,水东流。

【注释】

①晦日,旧历每月最后一天。饯春,送别春天。

②花神,春神。骑鹤,谓神仙、道士骑鹤云游。贾岛《游仙》:“归来不骑鹤,身自有羽翼。”

③更登楼,再登楼。

④津头,渡口。拏舟,撑船。秦观《满庭芳》:“斜阳外,寒鸦万点,流水绕孤村。”

【说明】

西湖饯春之词，西湖的春天应该是美丽的，但在作者笔下，却显得如此暗淡无光，"回首湖山情味淡"，"柳外归鸦，点点是离愁"，似乎在告诉人们，美丽的西湖已经不复存在，国家将要灭亡，湖山也已经失色。

玉楼春　东山探梅

泠泠水向桥东去。漠漠云归溪上住[①]。疏风淡月有来时，流水行云无觅处。　　佳人独立相思苦。薄袖欺寒修竹暮[②]。白头空负雪边春，着意问春春不语[③]。

【注释】

①泠泠，形容水声清越。陆机《招隐诗》之二："山溜何泠泠，飞泉漱鸣玉。"

②"佳人"比喻梅花。杜甫《佳人》："绝代有佳人，幽居在空谷。……天寒翠袖薄，日暮倚修竹。"

③雪边春，指梅花。

【说明】

咏梅之作，词中并没有直接描写梅花的语句，也没有使用历来有关梅花的典故，但在疏风淡月、流水行云的环境中，安排了一位独立相思的佳人，这似乎就是词人心目中的梅花形象。似是而非，似非而是。结尾二句照应副题探梅，"白头空负"云云，表现了词人对年华空逝的淡淡惆怅，言尽而意不尽。

浣溪沙　丁亥饯元宵[①]

帘幕收灯断续红。歌台人散彩云空。夜寒归路噤鱼龙[②]。　　宿醉未消花市月，芳心已逐柳塘风。丁宁莺燕莫匆匆[3]。

【注释】

①丁亥,宋理宗宝庆三年(1227)。

②噤,不发声。鱼龙,指百戏杂耍。

③丁宁,叮咛。莺燕,喻指歌姬、舞女。

【说明】

词写元宵灯节,但通篇没有写灯节的繁华热闹,而从“帘幕收灯”“歌台人散”开端,体现了副题“饯”字之意。上片写灯市已尽,人声渐消;下片写词人自己感受世事“盛极而衰”的惆怅落寞心情。

曾揆二首

曾揆,字舜卿,号阇翁,南丰人。生平不详。《全宋词》录其词五首。

南柯子

桐叶凉生夜,藕花香满时。几多离思有谁知。遥望盈盈一水、抵天涯[1]。　　雨洒征衣泪,月颦分镜眉。相逢又是隔年期。不似画桥归燕、解于飞[2]。

【注释】

①《古诗十九首》:“盈盈一水间,脉脉不得语。”

②《诗经·周南·葛覃》:“黄鸟于飞,集于灌木,其鸣喈喈。”郑玄笺:

“飞集蘗木,兴女有嫁于君子之道。”后遂以于飞比喻爱情。

【说明】

相思怀人之词,抒情主人公是一位女子,悲痛情人之远别,羡慕燕子之双飞,深感人不如燕。

眼儿媚

芙蓉帐冷翠衾单。魂梦几曾闲。怎禁未许,茫茫烟水,叠叠云山[1]。　　去时频把归期约,远不过春残。而今已是,荷花开了,犹倚阑干[2]。

【注释】

①“魂梦”句,意谓频频梦见。

②远不过春残,(归期)最迟不超过春末。

【说明】

本篇也是女子相思怀人之辞,上片慨叹相隔路途遥远,梦亦难通;下片责怪情人负约,久久未归。描写生动,笔法简洁。

王武子一首

王武子(一作子武),字文翁,丰城人。开禧元年(1205)进士,曾为江夏尉。《全宋词》录其词二首。

玉楼春　闻笛

红楼十二春寒恻。楼角何人吹玉笛。天津桥

上旧曾听，三十六宫秋草碧[①]。　　昭华人去无消息。江上青山空晚色[②]。一声落尽短亭花，无数行人归未得[③]。

【注释】

①天津桥，在洛阳洛河上。白居易《洛中春感》："莫悲金谷园中月，莫叹天津桥上春。"三十六宫，汉代宫殿。班固《西都赋》："离宫别馆，三十六所。"词中或指代北宋宫殿。辛弃疾《酒泉子》："三十六宫花溅泪，春声何处说兴亡。"

②昭华，指笛子。晏幾道《采桑子》："月白风清，长倚昭华笛里声。"王诜《鹧鸪天》："临风更听昭华笛。"晚色，暮色。

③长亭短亭，指设在路旁的亭舍，用来当作饯行的地方。一声，指笛声。

【说明】

本词似借笛声以寄托对北宋的怀念之情。洛阳是北宋的陪都，被称为西京，地位重要。李白有《春夜洛城闻笛》诗曰："谁家玉笛暗飞声，散入春风满洛城。此夜曲中闻折柳，何人不起故园情。"本词因李白诗而起意，故园情即故国之思，行人归未得，可指沦陷区的人们，也可以指被掳北去的北宋君臣。

韩疁一首

韩疁，字子耕，号萧闲，里居及生平均不详。工词，有《萧闲词》一卷，已佚，近人赵万里有辑本。

浪淘沙

莫上玉楼看。花雨斑斑。四垂罗幕护朝寒。燕子不知人去也，飞认阑干。　　回首几关山。后会应难。相逢只有梦魂间。可奈梦随春漏短，不到江南[①]。

【注释】

①可奈，可恨。梦短路遥，故梦中亦难到。

【说明】

本词也写相思怀人之情，但是这次离别，似乎有江南江北之隔，所以不仅“后会应难”，而且梦亦难到。据此推测，是否女子滞留江北，而男子已经流亡江南。

方千里一首

方千里，浙江衢州人，生卒年不详。曾官舒州签判。

菩萨蛮[①]

黄鸡晓唱玲珑曲。人生两鬓无重绿[②]。官柳系行舟。相思独倚楼。　　来时花未发。去后纷如雪。春色不堪看。萧萧风雨寒[③]。

【注释】

①和周邦彦词《菩萨蛮·雪梅》。按周原词曰：“银河宛转三千曲。浴

凫飞鹭澄波绿。何处是归舟。夕阳江上楼。　天憎梅浪发。故下封枝雪。深院卷帘看。应怜江上寒。”

②黄鸡，公鸡。玲珑曲，或指公鸡报晓。苏轼《浣溪沙》：“谁道人生无再少，门前流水尚能西。休将白发唱黄鸡。”此反用其意。

③纷如雪，比喻落梅。

【说明】

羁旅途中怀人之作，“官柳”两句，分写行人和女子，慨叹离别。下片言离别之时，尚在冬季，而今已经是暮春时节，百花纷纷凋零，而自己依旧漂流他乡，未能归去。所以不堪面对春色，以免引发愁思。

朱藻一首

朱藻，号野逸，处州缙云（今浙江省丽水市缙云县）人。宋高宗绍兴末年（1162）进士。曾官江陵知府、焕章阁待制。《全宋词》录其词一首。

采桑子

障泥油壁人归后，满院花阴[1]。楼影沉沉。中有伤春一片心。　闲穿绿树寻梅子，斜日笼明。团扇风轻。一径杨花不避人[2]。

【注释】

①油壁车，古代妇女所乘。鲍令晖《钱塘苏小歌》：“妾乘油壁车，郎骑青骢马。”

②笼明，吴文英《虞美人》：“小窗愁卷月笼明。”

【说明】

词写情人离别之悲痛。离去的是一位女子，伤春的是一位男子。下片写男子重游旧地的心情，“寻梅子”云云，似乎用了杜牧“绿叶成阴子满枝”的典故，暗示女子已经名花有主，因此只能失望而归。笔致含蓄吞吐，近乎朦胧，读者只能意会。

许玠一首

许玠，字介之，睢州襄邑（今河南省睢县）人。魏了翁门生。宋理宗端平三年（1236），荐授衡州户掾。今存词一首。

菩萨蛮

西风又转芦花雪。故人犹隔关山月[①]。金雁一声悲。玉腮双泪垂[②]。　　绣衾寒不暖。愁远天无岸。夜夜卜灯花。几时郎到家[③]。

【注释】

①李白《关山月》：“明月出天山，苍茫云海间。长风几万里，吹度玉门关。”此言路途遥远。

②金雁，指代华丽的筝。温庭筠《赠弹筝人》：“钿蝉金雁今零落，一曲伊州泪万行。”

③卜灯花，古代以灯花为吉兆，故以卜吉利。

【说明】

此词亦写闺怨。上片悲情人之远隔天涯，下片盼情郎早日归来。但是，在那样的纷纷乱世，女子的愿望能否实现，那只有祈求上苍保佑了。

黄机六首

黄机，字几仲，号竹斋，婺州东阳人。生卒年不详。官至郴州永兴令。与岳飞之孙岳珂颇多酬唱。有《竹斋诗余》。

更漏子

秋点长，秋梦短。怕见黄昏庭院[1]。风窸窣，雨萧骚。倚窗魂欲消[2]。　　候蛛丝，占鹊喜。依旧浓愁一纸[3]。红袖黦，翠钿蔫。泪痕犹未干[4]。

【注释】

①秋点，秋夜报更的点声。李郢《宿杭州虚白堂》："江风彻晓不得睡，二十五声秋点长。"

②窸窣，风声；萧骚，雨声。

③蛛丝、喜鹊，均为喜兆。

④黦（yuè），玷污；蔫（niān），下垂貌。

【说明】

词写女子的寂寞相思之情，"倚窗魂欲消""依旧浓愁一纸"，是全篇的关键句子，前句说因相思而痛苦无尽，后句言由期盼而终归于失望。词中有情有景，情景交融，抒情委婉曲折，细腻传神，有花间遗风。

临江仙

上巳清明都过了，客愁惟有心知。子规昨夜

忽催归。驿程那复记，魂梦已先飞[①]。　　回首故园花与柳，枝枝叶叶相思。归来拚得典春衣。绿阴幽远处，不管尽情啼[②]。

【注释】

①杜鹃鸣声犹如“不如归去”，故言催归。驿程，路程。

②典春衣，意谓当衣买酒。杜甫《曲江》：“朝回日日典春衣，每日江头尽醉归。”

【说明】

久客思归之词，上片极言归思之迫切，“驿程不计，魂梦先飞”，写得很形象。下片想象回家以后的生活情境，虽然贫穷，但是安闲自在。结尾很风趣，说那时我居住在故乡的绿荫深处，随你杜鹃如何啼鸣，我也不再理会了。

鹧鸪天

细听楼头漏箭移。客床寒枕不胜攲[①]。凄凉夜角偏多恨，吹到梅花第几枝[②]。　　人间阔，雁参差。相思惟有梦相知[③]。谢他窗外芭蕉雨，叶叶声声伴别离。

【注释】

①攲，斜倚。

②夜角，夜晚的角声。古代有《梅花落》曲子，李白《与史郎中钦听黄鹤楼上吹笛》：“黄鹤楼中吹玉笛，江城五月落梅花。”

③间阔，久别。

【说明】

客旅相思之作，上片听夜角而兴怀，下片因相思而入梦，深夜梦醒，孤寂无聊，唯有窗外芭蕉雨声相伴而已。

菩萨蛮

相思绕遍天涯路。相思不识行人处[1]。多病怕逢春。那堪春正深。　　日高梳洗懒。鸾镜香尘掩。双鬓绿蓬松。一帘花信风[2]。

【注释】

①行人,行旅之人。

②花信风,指春风。

【说明】

词写女子相思怀人,步步深入,层层展现,抒情脉络清晰,表述层次分明,可惜无多深意。

采桑子

绮窗拨断琵琶索,一一相思。一一相思。无限柔情说似谁[1]。　　银钩欲写回文曲,泪满乌丝。泪满乌丝。薄幸知他知不知[2]。

【注释】

①晏幾道《长相思》:“长相思,长相思。欲把相思说似谁,浅情人不知。”说似,说与。

②银钩,指书法。杜甫《陈拾遗故宅》:“到今素壁滑,洒翰银钩连。”乌丝,乌丝栏之省称,指代用以书写的纸张。

【说明】

此首亦写女子相思怀人之意。上片说满腹情思,无人诉说,只能托之琵琶。下片由思而及怨,埋怨情郎薄幸无情。感情真挚,笔法自然流畅,是这类作品中的“拔萃”之作。

虞美人

十年不作湖湘客。亭堠催行色[①]。浅山荒草记当时。筱竹篱边羸马向人嘶[②]。　书生万字平戎策。苦泪风前滴[③]。莫辞衫袖障征尘。自苦英雄之楚又之秦[④]。

【注释】

①亭堠,古代边境上用以瞭望和监视敌情的岗亭、土堡。司马光《塞上》诗之二:"旌旗遥背水,亭堠远依山。"

②筱竹,细竹。羸马,瘦马。

③平戎策,辛弃疾《鹧鸪天》:"却将万字平戎策,换得东家种树书。"

④之楚又之秦,到楚国又到秦国,用战国苏秦典故,自喻为功名而到处奔走。

【说明】

上片言羁旅之苦,下片叹怀才不遇。《四库总目》说黄机词"皆沉郁苍凉,不复作草媚花香之语",词中所说"书生万字平戎策,苦泪风前滴",在当时乃是主战派诗人普遍的苦恼,最典型的代表人物就是陆游和辛弃疾,作者也是其中之一。作者的这种心情,在与岳珂的唱和词中,表现最为明显,但在小令中表现不多。

严仁三首

严仁,字次山,号樵溪,邵武人。与严羽,严参号"邵武三严"。有《清江欸乃集》,已佚。

玉楼春　春思

春风只在园西畔。荠菜花繁蝴蝶乱。冰池晴绿照还空，香径落红吹已断[1]。　　意长翻恨游丝短。尽日相思罗带缓[2]。宝奁明月不欺人，明日归来君试看[3]。

【注释】

①冰池，结冰的池塘。

②罗带，丝绸腰带。

③宝奁，梳妆镜匣的美称。欺人，骗人。

【说明】

在被称为“邵武三严”的严羽、严仁、严参三人中，严羽以诗歌理论著作《沧浪诗话》闻名，诗词都不算出色，严仁以词著名，可惜其词集已经失传。黄昇《中兴以来绝妙词选》说他：“极能道闺闱之趣。”从现存三十首作品看，的确如此，这也是自花间以来词的传统题材。本篇写少妇春日情思，但构思不落俗套，抒情曲折委婉，颇获前人好评。陈廷焯《白雨斋词话》评曰：“深情委婉，读之不厌百回。”俞陛云《唐五代两宋词选释》评曰：“古意深思，独标新警。”

鹧鸪天　怨别

一径萧条落叶深。离肠凄断月明砧[1]。征鸿送恨连云起，促织惊秋傍砌吟[2]。　　风悄悄，夜沉沉。鸳机坐冷晓霜侵[3]。挑成锦字心相向，未必君心似妾心[4]。

【注释】

①杜荀鹤《秋夜闻砧》：“荒凉客舍眠秋色，砧杵家家弄月明。”

②促织，蟋蟀。

③鸳机，对织机的美称。上官仪《八咏应制》之二："且学鸟声调凤管，方移花影入鸳机。"

④锦字，用苏蕙典故，指书信。杜甫《江月》："谁家挑锦字，灭烛翠眉颦。"相向，相对。

【说明】

词写秋天少妇怀人，上片写景，下片抒情。习见题材，但写法颇有创新，尤其结尾两句，"未必君心似妾心"，在比较和怀疑中，更显女子对丈夫的刻骨相思。

诉衷情　章贡别怀[1]

一声水调解兰舟。人间无此愁[2]。无情江水东流去，与我泪争流。　　人已远，更回头。苦凝眸。断魂何处，梅花岸曲，小小红楼[3]。

【注释】

①章、贡，二水名，合流称赣江。

②水调，曲调名。杜牧《扬州》诗之一："谁家歌《水调》，明月满扬州。"自注："炀帝凿汴渠成，自造《水调》。"

③红楼，女子所居处。

【说明】

女子送别情人之辞，写别时之悲痛情状，曲折尽情，语语如在目前。

葛长庚三首

葛长庚(1194—?),南宋道士,字如晦,又字白叟,祖籍闽清,幼时父亡母嫁,弃家游海上。至雷州,继白氏后,改姓白,遂家琼州(今海口市)。后入武夷山修道。宋宁宗嘉定中,诏征赴阙,封紫清明道真人。卒年九十余,有《玉蟾先生诗余》。

蝶恋花

楼上风光都占断。楼下风光,还许诗人管。管领风光谁是伴。一堤杨柳开青眼[①]。　波面琉璃花影乱。玉笋持杯,画舸歌声颤。醉里寻春春不见。夕阳芳草连天远[②]。

【注释】

①管领,领受,胡曾《赠薛涛》:"扫眉才子知多少,管领春风总不如。"

②玉笋,比喻女人手指。晁补之《鹧鸪天》:"夕阳芳草本无恨,才子佳人空自悲。"

【说明】

从理论上说,僧人和道士都是远离尘俗之人,应当心空万物,但实际上很难做到,否则也就不会有诗了。陈廷焯《白雨斋词话》卷二说:"葛长庚词,一片热肠,不作闲散语,转见其高。其《贺新郎》诸阕,意极缠绵,语极俊美,可以步武稼轩,远出竹山之右。"评语中"可以步武稼轩"一语,尚可商榷。值得注意的是"一片热肠"四字,大凡诗人都是具有"一片热肠"之人,否则一定写不出好诗。本篇乃惜春之辞,可能还掺杂了离愁别恨,写景非常出色，抒情却相对含蓄，只在结尾二句略加点缀而已。

虞美人

蘋花零乱秋亭暮。篱落江村路。棹歌摇曳钓船归。搅碎清风千顷碧琉璃[1]。　　山衔初月明疏柳。平野垂星斗[2]。莫辞沉醉伴孤吟。他日江南江北两关心[3]。

【注释】

①棹歌，渔歌。碧琉璃，比喻清澈明净的水面。

②杜甫《旅夜书怀》："星垂平野阔，月涌大江流。"

③两关心，彼此挂念。

【说明】

从本词末二句"他日江南江北、两关心"推测，本篇可能是辞别友人之作。友人已去江北，而自己身在江南，所以说别后一定会彼此怀念。

卜算子

渔火海边明，烟锁千山静[1]。独坐僧窗夜未央，寂寞孤灯影。　　感慨辄兴怀，往事无人省[2]。江汉飘浮二十年，一枕西风冷。

【注释】

①烟锁，烟雾笼罩。

②省（xǐng），关心。

【说明】

感怀身世之作。作者在出家之前，自幼父亡母嫁，是一个孤儿，身世十分坎坷。因此在僧窗夜坐，独对孤灯之时，回思往事，不免感慨兴怀，心生悲感。

刘克庄七首

刘克庄(1187—1269),字潜夫,号后村居士,莆田人。以荫补官,为建阳令,因诗获罪。后官至工部尚书兼侍讲,以焕章阁学士致仕。有《后村长短句》。

木兰花　戏林推[①]

年年跃马长安市。客舍似家家似寄[②]。青钱换酒日无何,红烛呼庐宵不寐[③]。　易挑锦妇机中字。难得玉人心下事[④]。男儿西北有神州,莫滴水西桥畔泪[⑤]。

【注释】

①戏林推,黄昇《花庵词选》题作《戏呈林节推乡兄》。林推,林姓节度推官,作者同乡,生平不详。

②跃马长安,在京城为客。“客舍”句,作客时多,居家时少。

③青钱,铜钱。日无何,每天无所事事。

④锦妇机中字,指回文诗。用晋窦滔妻子苏蕙织锦为回文璇玑图事。二句说妻子的感情真实可靠,妓女的心思难以捉摸。

⑤“男儿”二句,意谓神州西北尚未光复,男儿不必为儿女私情流泪。水西桥,刘辰翁《习溪桥记》称:在“闽之水西”,为当时名桥之一。词中当指玉人所居之处。

【说明】

此篇为赠友之作。上片写林推在长安的浪漫生活。下片是规劝友人的话语,语气虽然委婉,含义却比较明白。尤其结尾,眼界开阔,慷慨激昂,表现了作者的爱国情怀。所以况周颐评论说:“后村《玉楼春》(按即《木兰花》)云:‘男儿西北有神州,莫滴水西桥畔泪’。杨升庵谓其‘壮语足以立懦’,此类是也。”

卜算子

片片蝶衣轻,点点猩红小[①]。道是天公不惜花,百种千般巧[②]。　朝见树头繁,暮见枝头少。道是天公果惜花,雨洗风吹了[③]。

【注释】

①猩红,鲜红。猩红小,言红花渐谢。

②百种千般,指春天各种各样的鲜花。

③果,当真、果然。

【说明】

惜春之辞,构思非常巧妙。先说天公惜花,因而有意创造出各种奇花异卉。但紧接着又说,天公毕竟不惜花,因为它亲自毁灭了自己创造的美丽春天。这真是一个很难回答的哲学命题。

生查子　元夕戏陈敬叟[①]

繁灯夺霁华,戏鼓侵明发[②]。物色旧时同,情味中年别[③]。　浅画镜中眉,深拜楼中月[④]。人散市声收,渐入愁时节[⑤]。

【注释】

①陈以庄,字敬叟,号月溪,福建人。作者同乡好友。

②夺霁华,灯光明亮,仿佛夺走了明月的光辉。侵明发,直至天明。

③物色,风光景物;情味,心情。别,不同。

④拜月，古代妇女有拜月的习俗，李端《拜新月》："开帘见新月，便即下阶拜。"

⑤市声，元宵节街市喧闹之声。

【说明】

本篇大约作于宝庆元年（1225）至绍定元年（1228）之间，作者知建阳（今属福建南平）时。这是一首赠友之作，记录元宵之夜的感受，风格与后村其他豪放词不同，笔致委婉轻灵。上片记叙元宵花灯鼓乐之盛。"物色"二句转折，言风景依旧而心情已非。下片从描写元宵节风俗开端，画眉和拜月都是古代女子的行为，画眉是梳妆，拜月乃许愿。结尾说热闹过后，愁绪又渐渐涌上心头。与上片"情味中年别"相呼应。

临江仙

庚子重阳，余以漕摄帅，会前帅唐伯玉、前漕黄成父于越王台。明年是日，寓海丰县驿作[①]

去岁越王台上饮，席间二客如龙[②]。凭高吊古壮怀同。马嘶千嶂暮，乐奏半天中[③]。　今岁三家村市里，故人各自西东[④]。菊花时节酒樽空。可怜双雪鬓，禁得几秋风[⑤]。

【注释】

①越王台，指广州越王台。

②如龙，言其气度豪迈。后二人均奉召还朝，《后村词》中有《贺新郎·送唐伯玉还朝》《贺新郎·送黄成父》词各一，对二人期许甚高，希望唐伯玉成为当代的范仲淹。

③壮怀，雄心壮志。

④三家村，形容人烟稀少，地处偏僻的小乡村。宋陆游《村饮示邻曲》："偶失万户侯，遂老三家村。"

⑤雪鬓，白发。

【说明】

重阳节怀念友人之作。刘克庄是南宋著名的爱国词人，冯煦《蒿庵论词》说："后村词，与放翁、稼轩，犹鼎三足。其生于南渡，拳拳君国似放翁；不欲以词人自域似稼轩。"本词很可能作于宋宁宗宝庆年间，此时权臣史弥远当政，作者因《咏梅诗》涉嫌讽刺，闲废十年。故本词的上片虽壮怀激烈，豪情满怀；而下片却自悲沦落，慨叹岁月空逝，无所作为。

又　县圃种花

落魄长官江海客，少豪万里寻春[1]。而今憔悴向溪滨。断无觞咏兴，惟有簿书尘[2]。　手插海棠三百本，等闲妆点芳辰[3]。他年绛雪映红云。丁宁风与月，记取种花人。

【注释】

①长官，官吏。少豪，少年豪气。

②觞咏，饮酒咏诗；簿书，文书档案。

③等闲，随意。白居易《琵琶行》："今年欢笑复明年，秋月春风等闲度。"

【说明】

本篇很可能作于罢官之前，任建阳知县之时。上片自叹落魄，豪气尽消。下片写种花，表面看来，似乎是无意之举，实际上仍旧表现了词人不甘沦落的奋发精神，他要在县圃里种满鲜花，把春天装扮得更加美丽，让后人不会忘记自己这位种花人。

忆秦娥

梅谢了。塞垣冻解鸿归早。鸿归早。凭伊问讯，大梁遗老[1]。　浙河西面边声悄。淮河北去炊烟少[2]。炊烟少。宣和宫殿，冷烟衰草[3]。

【注释】

①大梁，北宋京城开封。

②浙河，浙江，指钱塘江。元稹《送王十一郎游剡中》诗："越州都在浙河湾，尘土消沉景象闲。"

③宣和，宋徽宗年号。

【说明】

词写故国之思，流露出浓重的黍离麦秀之慨。此时北宋已经灭亡多年，故作者凭归雁询问故都大梁遗老近况，想象北宋宫殿已成冷烟衰草。冯煦《蒿庵论词》评曰："伤时念乱，可以怨矣。"

又

游人绝。绿阴满野芳菲歇。芳菲歇。养蚕天气，采茶时节。　　枝头杜宇啼成血。陌头杨柳吹成雪。吹成雪。淡烟微雨，江南三月[1]。

【注释】

①杜宇，杜鹃。

【说明】

伤春之词，写得非常沉痛，"绿阴满野芳菲歇""枝头杜宇啼成血"，似乎都寄托了对山河破碎、国事危亡的痛心和忧虑。

周端臣二首

周端臣，字彦良，号葵窗，建业（今南京）人。生平不详。

《武林旧事》言其曾经御前应制。后出仕，未十年而卒。今存词九首，其中有四首西湖词。

少年游　西湖

四山烟霭未分明。宿雨破新晴[①]。万顷湖光，一堤柳色，人在画图行。　　清明过了春无几，花事已飘零。莫待斜阳，便寻归棹，家隔两重城[②]。

【注释】

①宿雨破新晴，久雨初晴。

②归棹，归船。

【说明】

春日游览西湖之作，上片描写久雨初晴的西湖风光，下片微露淡淡的惜春之情。笔法简洁，绘景如画。

玉楼春

华堂帘幕飘香雾。一搦楚腰轻束素[①]。翩跹舞态燕还惊，绰约妆容花尽妒[②]。　　樽前谩咏高唐赋。巫峡云深留不住[③]。重来花畔倚阑干，愁满阑干无倚处。

【注释】

①搦(nuò)，握，捏。楚腰，细腰。

②“蹁跹”二句，形容歌姬舞姿轻盈，妆容美丽。

③宋玉有《高唐赋》，写楚襄王与巫山神女幽会之事，后遂以比男女爱情。

【说明】

本词记叙一次欣赏歌舞的经过，上片极力形容歌伎舞姿之轻盈优美，连燕子都为之吃惊；妆容之姣好，连春花也自叹不如，心生嫉妒。大概词人此夜没有留宿，故生“巫峡云深留不住”之叹。末二句写重来访旧，但是人去楼空，一切都杳无踪影，所以感叹道：“重来花畔倚阑干，愁满阑干无倚处。”

张榘二首

张榘，字方叔，号芸窗，润州（今江苏省镇江市）人。生卒年不详。淳祐间，任句容令。宝祐中，任江东制置使参议。有《芸窗词》。

青玉案　被檄出郊题陈氏山居[1]

西风乱叶溪桥树。秋在黄花羞涩处。满袖尘埃推不去[2]。马蹄浓露，鸡声淡月，寂历荒村路[3]。

身名多被儒冠误。十载重来漫如许。且尽清樽公莫舞[4]。六朝旧事，一江流水，万感天涯暮[5]。

【注释】

①被檄，被召，奉命。

②黄花羞涩，菊花霜后萎蔫貌。

③温庭筠《商山早行》：“鸡声茅店月，人迹板桥霜。”寂历，荒凉冷落。

④杜甫《奉赠韦左丞丈二十二韵》：“纨袴不饿死，儒冠多误身。”

⑤王安石《桂枝香》：“六朝旧事随流水，但寒烟衰草凝绿。”

【说明】

张榘仕途坎坷，终生沦落下僚，最多做到过县令。他的词今存五十首，十之七八为阿谀上官，应酬同僚之作。但其中也有好词，如本词与下篇《浪淘沙》即是。作者为何被檄出郊，已不可详考，大概总出于无奈，故全词调子低沉。上片写旅途之寂历凄凉，下片慨叹功名无成，儒冠误身。“学而优则仕”，是数千年来士人心头挥之不去的死结，也是统治者用以笼络士人的最佳工具，这是词人张榘的悲剧，也是古代士大夫们的悲剧。

浪淘沙

和上元王仇香猷、含山邵梅仙有焕叙别[①]

风色转东南。翠拥层峦。杏花疏雨逗清寒[②]。钟阜石城何处是，烟霭漫漫[③]。　　行旆已西关。一霎时间。芳樽聊复挽余欢[④]。明日断魂分付与，万叠云山[⑤]。

【注释】

①《全宋词评注》：“王猷，主簿。邵有焕，尉。”

②逗，引起。

③钟阜，钟山。石城，石头城，即今南京市。

④行旆，官员出行时的旌旗。聊復，姑且。

⑤毛滂《惜分飞》：“今夜山深处，断魂分付潮回去。”

【说明】

据本词“钟阜石城何处是”之句，张榘可能在建康做过小官。本词是词人离开建康，告别同僚之作。从“钟阜石城何处是，烟霭漫漫”两句看，此时作者已经离开建康；从“明日断魂分付与，万叠云山”两句看，对于这次离开建康，词人非常悲痛。但究竟为何，已难详考。

李好古四首

李好古，字里生平均不详，自署乡贡免解进士。有《碎锦词》。

江城子

从来难剪是离愁。这些愁。几时休[1]。才趁风樯，千里到扬州。见说苍茫云海外，天杳杳，水悠悠[2]。　　男儿三十敝貂裘。强追游。梦魂羞。可解筹边，谈笑觅封侯[3]。休傍塞垣酾酒去，伤望眼，怕层楼[4]。

【注释】

①难剪，难以割断。李煜《相见欢》："剪不断，理还乱，是离愁。"

②见说，听说。

③敝貂裘，用战国苏秦典故，比喻不得志。筹边，筹划边防。杜甫《复愁》诗："闾阎听小子，谈笑觅封侯。"

④塞垣，边塞。酾（shāi）酒，斟酒，饮酒。"伤望眼"二句，意谓怕登楼远望，引起伤心之事。

【说明】

李好古生平不详，大概是江南一位布衣，但是却有关心国事的热肠。读他两首扬州怀古的《八声甘州》，正如丁丙所说："用笔浑颢，无末流纤弱之习。……雄声壮态，仿佛稼轩。"（《善本书室藏书志》）在李好古现存八首词中，有五首直接写到扬州，其余三首内容也多少与扬州、镇江一带有关。为何如此，扬州、镇江一带是当时抗金前线，是否与词人追求建功立业有关？不知其详。本词上片写离别家乡亲人，千里迢迢，来到扬州。下片慨叹愿望落空，功业无成，自感羞愧。遥望中原，眼看国土沦丧，因而“伤望眼，怕登楼”。

又

平沙浅草接天长。路茫茫。几兴亡。昨夜波声，洗岸骨如霜[①]。千古英雄成底事，徒感慨，谩悲凉[②]。　　少年有意伏中行。馘名王。扫沙场。击楫中流，曾记泪沾裳[③]。欲上治安双阙远，空怅望，过维扬[④]。

【注释】

①刘子翚《夜过王勉仲家宿酒数行为作此歌》：“豺狼得志竟何成，至今人骨如霜白。”

②谩，空，徒然。

③伏中行，从军。馘（guó）名王，斩杀匈奴诸王中名位尊贵者。《汉书·宣帝纪》：“匈奴单于遣名王奉献。”颜师古注：“名王者，谓有大名，以别诸小王也。”亦指少数民族的王。馘，古代战争中杀死敌人，割其左耳以数计功。引申为斩杀。击楫中流，用祖逖典故，表达为国杀敌之意。

④治安，治安策。汉文帝时，贾谊曾上书陈述治国方略。双阙，指帝王宫殿。三句言欲上书朝廷，陈述自己的治国意见，但无法送达。

【说明】

本词也作于扬州。上片发怀古之幽思，写得慷慨悲凉；下片感叹报国无门，少年时代的雄心壮志，徒成梦想。从末三句看，作者这次远别家乡，来到扬州，是有具体追求的，可能就是向当权者陈述治国抗金的方略。可惜他的意见并未受到重视，结果只能“空怅望，过维扬”。

谒金门

花过雨。又是一番红素[①]。燕子归来愁不。旧巢无觅处[②]。　　谁在玉关劳苦。谁在玉楼歌舞[③]。若使胡尘吹得去。东风侯万户[④]。

【注释】

①红素,指各色落花。素,白色。

②不,否。

③玉关,玉门关,泛指边关。

④胡尘,指蒙古军队。侯万户,封万户侯。

【说明】

本词讽刺统治者醉生梦死,不恤国事。上片用比喻,暗示从北方流亡到南方的统治阶层,已如难觅旧巢的燕子。但是他们并不关心在边关战斗的将士,依旧只知享乐,歌舞升平。末二句构思巧妙,讽刺辛辣。作者悲愤地说,如果不费力气,一阵风就可把敌人吹跑,那东风就应该封万户侯了。

清平乐

清淮北去。千里扬州路[①]。过却瓜州杨柳树。烟水重重无数[②]。　　柁楼才转前湾。云山万点江南[③]。点点尽堪肠断,行人休望长安[④]。

【注释】

①清淮,淮河。

②瓜州,瓜州古渡,位于扬州市古运河下游与长江交汇处,是镇江到扬州的主要渡口。王安石《泊船瓜州》:“京口瓜州一水间。”

③柁楼,船上操舵之室,指船柁。

④长安喻指北宋首都汴京。

【说明】

本词可能作于作者离开扬州，乘船经过瓜州古渡之时。末二句“点点尽堪肠断，行人休望长安”是全篇主旨，表达了词人的故国之思。既然统治者苟安南渡，不思进取，中原恢复无望，那么行人北望长安，只能伤心落泪了。

吴潜七首

吴潜（1195—1262），字毅夫，宜州宁国（今安徽宁国）人。嘉定十年，举进士第一。官至参知政事，累进左丞相，封庆国公，改许国公。终为奸臣所劾，谪化州团练使。循州安置。卒于贬所。有《履斋诗余》。

唐多令　湖口道中[1]

白鹭立孤汀。行人长短亭。正垂杨、芳草青青。岁月尽抛尘土里，又隔日、是清明[2]。　日暮碧云生。魂伤老泪横。算浮生、较甚浮名[3]。万事不禁双鬓改，谁念我、此时情。

【注释】

①湖口，在今江西鄱阳湖与长江接口处。

②隔日。次日，第二天。

③较，计较。

【说明】

吴潜是南宋后期的名臣，后遭奸臣贾似道等人诬陷，流贬南荒，并遭毒害而死。从词中“行人长短亭”“魂伤老泪横”等句看,本词可能作于流贬途中。上片“岁月尽抛尘土里”,下片“万事不禁霜鬓改”,都表现了词人对往事的追悔之情,同时也流露出激愤不平之意。《四库总目》说吴潜词“激昂凄劲,兼而有之”。诚然。不过激昂之情,大多表现在他的长调之中,而在小令中,更多表现其凄劲的一面。

鹧鸪天　和古乐府韵送游景仁将漕夔门[1]

去日春山淡翠眉。到家恰好整寒衣[2]。人归玉垒天应惜,舟过松江月半垂[3]。　千万绪,两三卮。送君不忍与君违[4]。书来频寄西边讯,是我江南愁断时[5]。

【注释】

①据《全宋词评注》,本词作于宋理宗绍定四年(1231)。游似,字景仁,号克斋,南充人。官至吏部尚书,后拜相。漕,水道运粮主管。夔门,瞿塘峡。

②“去日”二句,意谓离开时正当春天,到家时可能已经秋季。

③玉垒,山名,在四川灌县西北(今都江堰市)。杜甫《登楼》:“锦江春色来天地,玉垒浮云变古今。”

④卮,酒器。违,离别。

⑤当时作者为嘉兴府通判,而四川远在西部。

【说明】

告别友人之作,游似也是南宋后期一位正直的官吏,官至执宰,二人同朝为臣,未免惺惺相惜。游似晚年曾十次要求辞官回乡,均未获理宗允许,这次回到家乡做官,也算如愿以偿。但朝廷却失去了一位能臣,上片“玉垒”句或含此意。下片写依依惜别之情,末二句言希望经常来信,慰我愁思。一篇并无悲剧背景的送别词,却写得如此沉痛,这大约与当时国家内外交困的形势与词人自己的艰难处境有关。

小重山

溪上秋来晚更宜。夕阳西下处，碧云堆。谁家舟子采莲归。双白鹭，惊起背人飞。　烟水渐凄迷。渔灯三数点，乍明时。西风一阵白蘋湄[①]。凝伫久，心事有谁知。

【注释】

①湄，水边。

【说明】

词写秋天所见美丽风光，描写生动，笔致自然潇洒。但末二句却忽然变得凝重：久久伫立江边，心事重重，而且无人理解。为什么呢？南宋小朝廷虽然已经濒临灭亡，但内部却斗争激烈，权奸当道，君主怯弱，正直之士遭到打击，完全置国家利益于不顾。作者也被排挤出京，流放远荒。而不久临安沦陷，南宋灭亡。

浪淘沙　和吴梦窗席上赠别[①]

家在敬亭东。老桧苍枫。浮生何必寄萍蓬[②]。得似满庭芳一曲，美酒千钟[③]。　万事转头空。聚散匆匆。片帆稳挂晓来风[④]。别后平安真信息，付与飞鸿[⑤]。

【注释】

①吴潜任浙东安抚使，吴文英曾为其门客。吴文英原词已佚。

②敬亭山，在安徽宣城市。吴潜是安徽宣州人。抚越州时，已经年过五十，故以老桧苍枫自喻。

③得似，何如。满庭芳，词调名，词中是泛指。

④白居易《自咏》："百年随手过，万事转头空。"

⑤二句谓别后常来信报平安。

【说明】

词人吴文英,一生未第,游幕终身。晚年寓居越州,曾入吴潜之幕,并且得到吴潜的敬重和赏识,二人颇多唱和之作。梦窗原词已佚,从副题推测,似乎是吴潜即将离任,梦窗有赠别之作,本篇为对梦窗赠别的答词。上片"浮生"句,似有安慰梦窗之意,言离别当前不如听曲饮酒,以浣离愁。下片慨叹人生如梦,聚散匆匆,希望别后常通音问。

长相思[①]

燕高飞。燕低飞。正是黄梅青杏时。榴花开数枝。　　梦归期。数归期。相见画楼天四垂。有人攒黛眉[②]。

【注释】

①原作共三首。这是其中第二首。

②攒(cuán)眉,皱眉。

【说明】

思念家乡亲人之作。上片写景,简洁明了;下片抒情,情见乎词。

青玉案

十年三过苏台路。还又是、匆匆去[①]。迅景流光容易度。鹭洲鸥渚,苇汀芦岸,总是消魂处[②]。
苍烟欲合斜阳暮。付与愁人砌愁句[③]。为问新愁愁底许。酒边成醉,醉边成梦,梦断前山雨[④]。

【注释】

①作者于绍定六年(1233)知建康,嘉熙元年(1237)知平江,嘉熙二年(1238)知镇江,均途经苏州,故云"三过"。

②迅景流光，迅速飞逝的光阴。

③“付与”句，谓引起人的愁苦之情。砌愁，堆积愁恨。

④底许，何许。

【说明】

借景言情之作。本词用贺铸《青玉案》（凌波不过横塘路）韵。上片通过苍凉的秋景，感叹年光易逝，心绪悲凉。下片仍从写景发端，围绕一个“愁”字展开。但作者并不正面回答为何而愁，只说以酒浇愁，酒后入梦，而梦又醒了。从作者当时的处境推测，这种愁恨，都与国愁家恨有关。

蝶恋花

客枕梦回闻二鼓。冷落青灯，点滴空阶雨。一寸愁肠千万缕。更听切切寒蛩语[①]。　　世事翻来还复去。造物儿戏，自古无凭据[②]。利锁名缰空自苦。星星鬓影今如许[③]。

【注释】

①切切，忧伤貌。江淹《伤爱子赋》：“形惸惸而外施，心切切而内圮。”晏殊《玉楼春》：“无情不似多情苦。一寸还成千万缕。”

②造物，造物主，犹言老天爷。

③星星，形容白发。

【说明】

上片自抒客旅愁怀，下片感叹世事无常，年华老大，渴望摆脱名缰利锁，辞官归隐。作品表面意思十分明白，表达也比较直白显露，但是其背后隐藏的意蕴，却值得体味。

淮上女一首

淮上良家女子,姓名生卒年均不详。宋宁宗嘉定年间,金兵南侵,被掳北上。途经泗州(今属安徽),题此词于旅舍壁间。

减字木兰花

淮山隐隐。千里云峰千里恨[1]。淮水悠悠。万顷烟波万顷愁[2]。　　山长水远。遮住行人东望眼。恨旧愁新。有泪无言对晚春。

【注释】

①云峰,指群山。

②淮水,淮河。

【说明】

以朴实无华的语言,叙述自己深沉的悲痛。“情至者文亦至”,这是诗歌史上一条颠扑不破的规律,本词即为一例证。

萧泰来一首

萧泰来,字则阳,一曰山阳,号小山。临江(今四川忠县)

人。生卒年不详。宋理宗绍定二年(1229)进士。宝祐元年(1253),自起居郎出守隆兴府。有《小山集》已佚。《全宋词》仅录其词二首。

霜天晓角　梅

千霜万雪。受尽寒磨折。赖是生来瘦硬,浑不怕、角吹彻[1]。　　清绝。影也别。知心惟有月。元没春风情性,如何共、海棠说[2]。

【注释】

①赖是,依赖、幸亏。浑不怕,全不怕。

②梅花清瘦,海棠艳丽,风格绝异,花季也不同,不可相提并论。

【说明】

托物咏怀之作,表现了词人的人格理想。上片着重刻画梅花的顽强秉性,不怕千霜万雪,不愁塞外悲笳,傲然挺立。下片描写梅花的清高品性,以"清绝"二字概括,因为没有"春风情性",与俗艳的海棠不同,因而不为俗人所知。陈廷焯《白雨斋词话》卷九:"词贵浑涵。刻挚不能浑涵,终属下乘。……萧泰来《霜天晓角》一阕,亦犯此病。"本词立意很好,但在表现方法上,的确存在刻挚直露的缺点,不耐人讽诵。

吴文英十五首

吴文英,字君特,号梦窗,晚号觉翁,四明(今浙江宁波)人。生卒年不详。早岁曾供职苏州仓幕,后往来于苏、杭一带。淳祐间,入吴潜幕。景定间,曾为嗣容王赵与芮门客。有《梦窗甲乙丙丁稿》。

浣溪沙

门隔花深梦旧游。夕阳无语燕归愁。玉纤香动小帘钩[1]。　　落絮无声春堕泪，行云有影月含羞。东风临夜冷于秋[2]。

【注释】

①“门隔”句，重门掩隔于花丛深处。“夕阳”句，用刘禹锡《乌衣巷》诗意。燕归愁，即燕愁归。玉纤，女子纤手。

②柳絮无声飘落，仿佛春天在流泪；行云遮月，好像月亮也含羞。二句语意双关。春天将尽，意味青春将逝；月也含羞，暗示女子之美。冷于秋，比秋天还冷。

【说明】

词写怀人之情，“梦旧游”三字贯穿全篇。以下写梦境，全从对方落笔。“落絮无声”句，喻女子见春去而伤心落泪。“行云有影”句，喻女子有闭月羞花之貌。结尾说春夜如秋天之寒冷。冷字不单写感觉，也是写心理状态，表现孤独中人内心之凄冷。刘永济先生说：“词家所说之梦，不必是真梦，而写来是真，亦写虚为实之法也。”说得不错，梦不过是一种表现手段而已。梦窗词每每用之。如《霜叶飞》之“倦梦不知蛮素”，《齐天乐》之“梦不湿行云”，《花犯》之“才知花梦准”等等，都是如此。陈廷焯评曰：“字字凄凉。”（《词则·闲情集》）

又　仲冬望后出迓履翁舟中即兴[1]

新梦游仙驾紫鸿。数家灯火灞桥东。吹箫楼外冻云重[2]。　　石瘦溪根船宿处，月斜梅影晓寒中。玉人无力倚东风[3]。

【注释】

①望，阴历每月十五称望。履翁，吴潜号。吴潜为晚宋名臣，官至左丞相枢密使，封许国公。后遭贾似道等人排挤，罢相，谪建昌军，徙潮州、循州。梦窗集中赠吴潜词共三首。

②此句意谓梦见吴潜要来。吴潜官从二品，当服紫，故言紫鸿。灞桥在长安，词中指代南宋京城杭州。冻云，寒云。

③溪根，溪边。“玉人”句，或被认为此句有希望获得吴潜援手之意。

【说明】

吴潜是南宋名臣，梦窗词与吴潜有关的共三首，这是其中之一。词的主旨在副题中交代得很清楚，但词人的表达却相对晦涩朦胧。据吴蓓女士推测，本词可能作于宋理宗淳祐七年（1247）冬天，是时，吴潜以资政殿学士知绍兴。上片写吴潜将来，恍若梦境。下片说自己在溪边迎候，环境清奇。结尾“玉人”句，吴蓓认为以男女事比喻吴潜与自己的僚属关系，玉人乃自喻，东风喻指吴潜。

又　题李中斋舟中梅屏[①]

冰骨清寒瘦一枝。玉人初上木兰时。懒妆斜立澹春姿[②]。　月落溪穷清影在，日长春去画帘垂。五湖水色掩西施[③]。

【注释】

①李中斋，不详。梅屏，画着梅花的屏风。

②木兰，木兰舟之省称。玉人，比喻梅花。“懒妆”句，喻玉人。

③清影，梅花之影子。五湖，指太湖，相传范蠡携西施泛舟五湖归隐。西施亦比喻梅花。

【说明】

题画之作，实为咏梅之作。全篇把梅花比作一位美女，上片强调其“清”和“懒”，这不禁使人想起苏轼《红梅》的句子：“怕愁贪睡独开迟，自恐冰容不入时。”下片把梅花比作越国美女西施，她最后终于隐没在茫茫烟水之中，不知去向。李中斋不知何许人，梦窗此词显然并非泛泛的应酬之作，遣词造句都精雕细琢，十分讲究。但也仅此而已。咏物而没有寄托，虽穷极工巧，终觉浅近，略无余蕴。

又

波面铜花冷不收。玉人垂钓理纤钩。月明池阁夜来秋[1]。　　江燕话归成晓别，水花红减似春休。西风梧井叶先愁[2]。

【注释】

①铜花，比喻明亮的水波。玉人，美人，词中为虚拟之人。纤钩，喻月影。

②“江燕”句，燕子春来秋去，所以说“话归”。水花红减，水中落花减少。春休，春尽。叶先愁，秋天梧叶先凋落，故言“叶先愁”。

【说明】

词写月夜之秋景，或暗喻离愁。上片纯粹写景，月光照在清澈的水面上，波光粼粼，可见一弯新月的倒影。以纤钩比喻新月，本亦常见，但在前面加上“玉人垂钓”，奇则奇矣，总觉勉强。下片江燕话归，暗示离情；水花红减，喻爱情结束。所以结句说：“西风梧井叶先愁。”落叶本是无情之物，说“叶先愁”意谓西风落叶引动了离人的哀愁。张炎和王国维对梦窗的批评，未免苛刻。但像这首词，过分追求含蓄，过多使用华词丽藻，读后的确令人有相隔一层之感。

又

一曲鸾箫别彩云。燕钗尘涩镜华昏。灞桥舞色褪蓝裙[1]。　　湖上醉迷西子梦，江头春断倩离魂。旋缄红泪寄行人[2]。

【注释】

①彩云,指美女。“燕钗”句,谓钗钿蒙尘,明镜昏暗,意即无心打扮。“灞桥”句,以灞桥杨柳褪色,比喻女子形容憔悴。

②吴蓓女士认为,“湖上”二句分写男女二人,男子作乐于湖上,女子肠断于江头。“倩离魂”,用唐人小说《倩女离魂》典故。春断,春尽。旋,旋即;缄,封信。红泪,眼泪。据宋张君房《丽情集》记载:成都官妓灼灼,善舞《柘枝》,能歌《水调》,御史裴质与她有情。裴被召还朝,灼灼以软绡聚红泪为寄。

【说明】

词写女子离别相思之痛。炫人的华辞丽藻,刻意雕琢的句式,看去真有几分像“七宝楼台”,但是并不影响人们对本词的欣赏,为什么?因为其中有真情在焉。

点绛唇　试灯夜初晴

卷尽愁云,素娥临夜新梳洗[①]。暗尘不起,酥润凌波地[②]。　辇路重来,仿佛灯前事[③]。情如水。小楼熏被。春梦笙歌里[④]。

【注释】

①素娥,嫦娥。雨收云散,月色明净,比喻嫦娥新梳洗。

②暗尘,灰尘。酥润,酥松湿润。刚下过雨,所以如此。凌波地,指女子行走处。

③辇路,帝王车辇经行之路,词中泛指京城大道。仿佛灯前事,使人忆起元宵灯节前的往事。

④情如水,柔情似水。春梦,指爱情。笙歌里,歌舞声中。

【说明】

词写试灯节怀念情人。上片写景,首句比喻异常生动贴切。“凌波”句用《洛神赋》典故,暗示旧日情事。下片回忆,由“辇路重来”引起,从“情如水”过渡到温馨旧梦。语言简约而韵味深长。尤其是下片,谭献称赞道:"'情如水'三句,足当咳唾珠玉四字。"(《词辨》)张伯驹也说:"何其风华婉约。"(《丛碧词话》)都给予很高评价。

又　越山见梅

春未来时,酒携不到千岩路[①]。瘦还如许。晚色天寒处[②]。　　无限新愁,难对风前语[③]。行人去。暗消春素。横笛空山暮[④]。

【注释】

①酒携,携酒。千岩路,指越山。

②晚色,暮色。

③新愁,春愁,相思之愁。

④行人,指情人。暗消春素,暗自消瘦,人花两兼,表面写梅,回应上片"瘦还如许",实际是写人。笛曲有《梅花落》,梅花落尽,故曰"空山暮"。

【说明】

托物言怀之作,表面写梅花,实际写离别之痛,人与物合而为一,融洽无间,故能情余言外,令人吟味不尽。

又　有怀苏州

明月茫茫,夜来应照南桥路[①]。梦游熟处。一枕啼秋雨[②]。　　可惜人生,不向吴城住[③]。心期误。雁将秋去。天远青山暮[④]。

【注释】

①吴蓓引《吴中水利全书》曰:南桥塘在浅沙塘北,望湖泾在南桥北,此可作泛称。即所怀者之居处。

②熟处,熟悉之地。秋雨,喻眼泪。

③吴城,指苏州。

④心期误,不能如心所愿。心期,心愿。

【说明】

本词怀念苏州情人,此时作者居住杭州。吴文英与姜白石相似,是一位多情种。白石怀念合肥情侣,终生不忘,并且催生了许多爱情名篇;吴文英怀念苏州情人,也产生了许多优秀之作。这样的情况,在女子地位低微的封建社会中,并不多见,大多数情况是"多情女子薄情郎"。只要看一看唐诗、宋词中那么多思妇怨妇之辞,即可明白这一点。这种情况的形成,固然有其他的社会原因,但与儒家文化中男尊女卑的观念深入人心,也有很大关系。从那个时代来看,白石和梦窗的"多情",是难能可贵的。

风入松

听风听雨过清明,愁草瘗花铭[①]。楼前绿暗分携路,一丝柳、一寸柔情[②]。料峭春寒中酒,交加晓梦啼莺[③]。　　西园日日扫林亭。依旧赏新晴[④]。黄蜂频扑秋千索,有当时、纤手香凝[⑤]。惆怅双鸳不到,幽阶一夜苔生[⑥]。

【注释】

①瘗(yì),埋葬。庾信有《瘗花铭》。此句意谓怕写题咏落花的诗词。

②分携处,分手处。"一丝柳"二句,极言柔情之多。

③"料峭"二句,写别后心情。唯有醉酒做梦而已。料峭,寒冷貌。交加,交错。

④西园,在苏州,曾是词人与情侣寓居之地。这里是泛指。

⑤"黄蜂"句是痴情语,见黄蜂频频扑向秋千索,因而引起联想:可能那上面还留有爱人纤手的余香吧。

⑥"惆怅"句,点明所思终于未来。双鸳,女人的鞋子。

【说明】

怀念旧情之作。上篇惜春伤别，下片怀人自叹。“黄蜂”三句构思深曲，见出感情之深，思念之切。这是吴文英词“运意深远，用笔幽曲”艺术特点的一个典型例子，别人很难做到。但也由于这一特点，梦窗某些作品常不免晦涩难懂，但本篇却相当明快流利。谭献认为：“此是梦窗极经意词，有五季遗响。‘黄蜂’二句是痴语，是深语，结处见温厚。”（《谭评词辨》）

踏莎行

润玉笼绡，檀樱倚扇。绣圈犹带脂香浅[①]。榴心空叠舞裙红，艾枝应压愁鬟乱[②]。　午梦千山，窗阴一箭。香瘢新褪红丝腕[③]。隔江人在雨声中，晚风菰叶生秋怨[④]。

【注释】

①润玉笼绡，身穿薄纱服装。润玉，喻指女人身体。檀樱，樱桃小口。檀，浅红色。绣圈，绣花圈饰。脂香浅，淡淡脂香。

②“榴心”句，陈与义《临江仙》：“榴花不似舞裙红。”“艾枝”句，端午节以艾为虎形，或剪彩为小虎粘艾叶，戴在头上。

③午梦千山，午梦中仿佛经历了万水千山，一箭，言时间之短。箭指刻漏。红丝腕，端午节用五彩丝系在手臂上，用以避邪，又名长命缕。瘢，印痕。

④隔江人，指梦中所见情人。梦中人已消失，唯有晚风吹动菰叶发出一片愁怨之声。

【说明】

据杨铁夫《梦窗事迹考》推断，本词为端午节怀念苏州去姬感梦之作。上片以极其华丽的词藻，描写一位美貌女子端午节的装饰打扮，仿佛历历在目。后两句“榴裙”“艾虎”，均为节日应时的佩饰。不过刘永济先生指出，上片“犹带”“空叠”“应压”等词语，实际上已经表明这位美人并没有在目前，直到下片首二句才点明，原来是短短的一场春梦而已。刘先生又指出，“千山”是说“梦去甚远”，“一箭”是说“梦醒甚速”，“香瘢新褪”句除应端午节风俗外，也暗示“旧事无痕也”。

歇拍“隔江人在雨声中，晚风菰叶生秋怨”两句，寓情于景，表达词人的凄楚心情，十分动人。王国维对梦窗词评论苛刻，唯独对这两句赞赏有加。不过近人吴世昌却认为，既是端午，下片又有“晚风菰叶”“秋怨”，一首之中，时令错乱。这种批评近乎无理。“秋怨”不一定真指秋天。刘永济先生说得好：“‘秋怨’者，凄然其如秋也。”

夜游宫

人去西楼雁杳。叙别梦、扬州一觉[①]。云淡星疏楚山晓。听啼乌，立河桥，话未了。　雨外蛩声早。细织就、霜丝多少。说与萧娘未知道[②]。向长安，对秋灯，几人老[③]。

【注释】

①扬州一觉，杜牧《遣怀》：“十年一觉扬州梦，赢得青楼薄幸名。”楚山，楚地之山，泛指南方的山。

②织就，织成。蟋蟀，又名促织，故曰织就霜丝。霜丝，喻白发。

③长安，指代南宋首都临安。

【说明】

本篇也可能是怀念苏州情人之作。上片回忆别时情景。开头便说情人离去，音信全无。接着倒叙，回忆临别之时，细叙十年共同生活情景，真如扬州一梦。“云淡星疏”点明离别时间在拂晓，“立河桥”记分别之地，“话未了”，写依依惜别之状。下片诉说别后相思之苦。先从“雨外蛩声”写起，说凄凉秋景，刻骨相思，使人增添多少白发，你大概不知道吧。结三句说自己身在京城，独对秋灯，因相思而衰老。在梦窗词中，这是写得比较随意，含义也比较明白浅近的一首。

鹧鸪天　化度寺作[1]

池上红衣伴倚栏。栖鸦常带夕阳还[2]。殷云度雨疏桐落，明月生凉宝扇闲[3]。　乡梦窄，水天宽。小窗愁黛淡秋山[4]。吴鸿好为传归信，杨柳阊门屋数间[5]。

【注释】

①化度寺，原名水云寺，在杭州江涨桥附近。这首词可能是词人寓居杭州时怀念情人之作。

②红衣，荷花。伴倚栏，陪伴倚栏之人。"栖鸦"句，王昌龄《长信秋词》："玉颜不及寒鸦色，犹带昭阳日影来。"

③殷云度雨，浓云带来阵雨。"明月"句，谓月夜天气渐凉，扇子已闲置不用。

④乡梦窄，梦中回到故乡，但时间很短促。"小窗"句，女子的愁眉像窗前淡淡的秋山。

⑤吴鸿，吴地的鸿雁。作者此时身在杭州，而情人在苏州，故曰"传归信"。阊门，苏州城西门，为梦窗情人所居之处。

【说明】

本篇是梦窗寓居杭州时思念苏州去姬的作品。上片写景，以衬托词人孤独的情怀。下片言情，"乡梦窄"三句，说梦短路遥。"小窗"句，暗示梦见情人。结尾说，请鸿雁带去书信，我即将回到她的身边。本篇写景抒情明白晓畅，在梦窗词中属于疏隽之作。

唐多令

何处合成愁。离人心上秋。纵芭蕉、不雨也飕飕[1]。都道晚凉天气好，有明月、怕登楼[2]。

年事梦中休。花空烟水流。燕辞归、客尚淹留[3]。垂柳不萦裙带住。漫长是、系行舟[4]。

【注释】

①“何处”二句,愁字由“秋”与“心”二字组成,所以说合成愁。心上秋,心中悲凉之情。“纵芭蕉”二句,语序倒置,意谓纵使不下雨,芭蕉也发出凄凉的飕飕之声。

②“都道”句,辛弃疾《丑奴儿》:“却道天凉好个秋。”“有明月”二句,风清月明,天气晴好,反而害怕登楼,因为怕触动离愁。

③年华若梦,如花落水流。客,作者自指。曹丕《燕歌行》:“群燕辞归雁南翔……君何淹留寄他方。”

④萦,系,缠绕;裙带,指代女子。系行舟,垂柳系住行船,比喻自己滞留他乡,不能随情人同去。

【说明】

词写羁旅怀人之愁,重在怀人。上篇对秋景而生悲。首两句巧妙地设了一个字谜,这是古乐府中常用的手法,移用于词,也很新颖。接下去以“纵”“都道”连接,层层递进,表达自己的愁绪。为何芭蕉不雨也飕飕,有明月也怕登楼,因为“离人心上秋”。可见写悲秋实际是抒别愁。下片直接诉说离愁之苦。往事如春梦,似轻烟,如花之落水之流,多么无奈。燕是指离人,客是指自己。从此句看,本词很可能亦为苏州去妾而作。结句慨叹滞留他乡,未能随伊人同去,但表述巧妙,说柳丝没有挽住她,却总是系住我的行舟。对这首词的风格,张炎《词源》评论说:“此词疏快,却不质实,如是者集中尚有,惜不多耳。”《周批绝妙好词》却说:“词固佳,但非梦窗平生杰构。玉田心赏,特以其近自家手笔故也。……然而是极研炼出之者,看似俊快,其实深美。”按吴文英和张炎同为宋末重要词人,但二人词风不同,一疏快,一丽密,各有所长。后人各好其所好,亦无可厚非,但似乎没有必要为之强分高下。

青玉案

新腔一唱双金斗。正霜落、分柑手[①]。已是红窗人倦绣。春词裁烛，夜香温被，怕减银壶漏[②]。

吴天雁晓云飞后。百感情怀顿疏酒[③]。彩扇何时翻翠袖。歌边拌取，醉魂和梦，化作梅花瘦[④]。

【注释】

①新腔，新创的曲调。金斗，酒器。柑，柑橘。分柑，周邦彦《少年游》："纤手破新橙。"

②红窗，指代闺房。倦绣，倦于刺绣。春词，情诗。裁烛，剪烛，剪去烬余的烛芯，使其复明。李商隐《夜雨寄北》："何当共剪西窗烛，却话巴山夜雨时。"夜香温被，用熏炉烘被子。怕减银壶漏，怕时间过得太快。银壶，银质漏壶，古代定时器。

③吴天，犹言吴地。云飞，喻情人分离。"百感"句，心中百感交集，连喝酒也没了心情。顿，顿时。疏酒，少喝酒。

④"彩扇"句，谓何时能再见她手执彩扇，翠袖翻飞地跳舞。拌取，即拚取，甘愿之词。三句意谓，甘愿在饮酒歌舞中陶醉，不辞人与梅花同瘦。

【说明】

这也是一首爱情词。从"吴天"句看，可能与苏州爱姬有关。上片写前时相聚之欢乐，以华丽的词藻，叙旖旎之情事，为下片之悲情铺垫。下片诉说欢情难再的悲哀。"吴天雁晓"两句，说自情人别后，欢情消歇，百感交集，无心饮酒。一欢乐，一悲哀，前后形成鲜明对照。结尾三句大意说，既然欢情难再，只能强作欢乐，以遣悲怀。梦窗无疑是宋词大家，对他的词，后世评价越来越高。当然也有不同声音，张炎、王国维等人都对梦窗持批评意见。近人吴世昌甚至认为，"梦窗词兼备众恶"，这当然是极其偏激的看法。这个问题很有意义，值得讨论，在此不能多说。沈义父《乐府指迷》曾说："梦窗深得清真之妙，其失在用事下语太晦，人不可晓。"本词就在一定程度上存在这种不足。

浪淘沙

灯火雨中船。客思绵绵。离亭春草又秋烟[①]。似与轻鸥盟未了，来去年年[②]。　　往事一潸然。莫过西园。凌波香断绿苔钱[③]。燕子不知春事改，时立秋千[④]。

【注释】

①离亭即驿亭，为送往迎来之地，年复一年，绵绵不绝，故曰“春草又秋烟”。

②轻鸥，鸥鸟，是漂泊的象征。杜甫《旅夜书怀》：“飘飘何所似，天地一沙鸥。”

③西园，词中指词人苏州旧居。“凌波”句，意谓情人踪迹断绝，因而长满青苔。苔钱，苔点圆如铜钱，称苔钱。南朝刘孝威《怨诗》：“丹庭斜草径，素壁点苔钱。”

④春事，春天之事，实指情事。

【说明】

刘永济先生曰：“此舟行感旧之词。”上片写羁旅漂泊之感，下片抒相思怀旧之情。与鸥鸟结盟，故常年漂泊。见苔钱满径，悲旧情杳渺。结二句，以无情衬托有情，更觉沉痛。本词叙事自然流畅，抒情含蓄蕴藉，在梦窗词中，别具一格。

潘牥一首

潘牥(1204—1246),初名公筠,字庭坚,号紫岩,福州闽人。端平进士,历官太学正,通判潭州。近人辑有《紫岩词》。

南乡子　题南剑州妓馆[①]

生怕倚阑干。阁下溪声阁外山。惟有旧时山共水,依然。暮雨朝云去不还[②]。　应是蹑飞鸾。月下时时整佩环[③]。月又渐低霜又下,更阑。折得梅花独自看[④]。

【注释】

①叶申芗《本事词》卷下:"延平乐籍中,有能墨竹草书者,潘牥庭坚尝眷之,为赋长短句。……潘后复过延津,再访之,其人已为豪者挈去久矣,遂复有题壁之作云:'生怕倚阑干(下略)。'……"南剑州,今福建南平市。

②山共水,山与水。依然,如旧。"暮雨朝云"句,用楚王遇神女事,暗示旧时相识的女子已不可再遇。

③蹑飞鸾,乘坐鸾鸟。鸾,神鸟。"月下"二句,杜甫《咏怀古迹》之二:"环佩空归夜月魂"。

④末二句写自己失望孤独相思之状。

【说明】

据《本事词》记载,本词为追念姬人而作。上片从写景发端,由"生怕"二字提示,表达物是人非之慨。下片紧承"去不还"之意,想象情人已经化为仙人,乘鸾而归,这当然只是空想。结尾说在月落霜天之时,只能"折得梅花独自看”，表尽寂寞无聊之状。短短小词却能写得如此回环曲折，一往情深，艺术上非常成功。所以，况周颐称赞说：“小令中能转折，便有尺幅千里之妙。”

陈允平八首

陈允平，字君衡，一字衡仲，号西麓，四明（今浙江宁波）人。生卒年不详。宋恭帝德祐时（1275），授沿海制置司参议官。入元，以人才征至大都，不受官，放还。有《西麓继周集》《日湖渔唱》等。

清平乐

凤城春浅。寒压花梢颤[1]。有约不来梁上燕。十二绣帘空卷[2]。　去年共倚秋千。今年独倚阑干。误了海棠时候，不成直待花残[3]。

【注释】

①凤城，京都，此指南宋首都临安。颤，颤抖。

②梁上燕，喻指所爱女子。

③不成，莫非。

【说明】

词写春日相思怀人。陈廷焯《别调集》评曰：“怨语出于婉曲之笔，斯谓雅正。”意思是说词人以平和委婉的笔调，表达心中的怨情，这种风格，称为雅正。在《白雨斋词话》卷二又说：“陈西麓词，和平婉雅，词中正轨。”况周颐也认为：“西麓平正之作，妙能绵邈，故是家数。”（《历代词人考略》）但是周济的看法却大不相同，他在《宋四家词选目录序论》中说："西麓和平婉丽，最合世好。但无健举之笔，沉挚之思，学之必使生气汩丧。"并且称之为"馆阁词"。王国维则更加偏激，他把宋末词人如吴文英、史达祖、张炎、周密、陈允平等格律派词人，一概斥之为"乡愿"，这种看法，显然有失公允。批评家各有自己的标准，但文艺的繁荣却需要各种风格并存。就宋末词坛而言，吴梦窗的丽密、张叔夏的清空、周草窗之清丽。陈西麓之平婉，正不妨并存争秀，可以长此短彼，但不可一笔抹杀。

江城子

东风吹恨上眉弯。燕初还。杏花残。帘里春深，帘外雨声寒①。拾翠芳期孤负却，空脉脉，倚阑干②。　流苏香重玉连环。绕屏山。宝筝闲。泪薄鲛绡，零露湿红兰③。瘦却舞腰浑可事，银蹀躞，半阑珊④。

【注释】

①"东风"句，意谓东风引起了春愁，因而双眉紧锁。

②拾翠，拾取翠鸟羽毛，后指妇女春游。杜甫《秋兴》八首之八："佳人拾翠春相问，仙侣同舟晚更移。"

③玉连环，古代一种玉器玩具。宝筝闲，宝筝闲置不用。鲛绡，薄纱、薄绢。

④蹀躞（dié xiè），古代一种腰带。阑珊，零落残破。

【说明】

本篇似写一位歌女的感慨，她青春已逝，故不再受人追捧宠幸。上片言其寂寞无聊，已经与女伴们的春游活动无缘，只能"空脉脉，倚阑干"。下片自叹当前的落寞处境。宝筝已经闲置，连身上所佩的装饰也凋零残破，只能终日红绡掩泪而已。本词是否寄托了国亡家破以后，词人对命运遭际的慨叹，也不是没有可能。

唐多令　暮秋有感

休去采芙蓉。秋江烟水空。带斜阳、一片征鸿[①]。欲顿闲愁无顿处，都着在、两眉峰[②]。　心事寄题红。画桥流水东。断肠人、无奈秋浓[③]。回首层楼归去懒，早新月、挂梧桐[④]。

【注释】

①《古诗十九首》："涉江采芙蓉，兰泽多芳草。采之欲遗谁？所思在远道。"征鸿，李清照《念奴娇》："征鸿过尽、万千心事难寄。"

②顿，停留，稍停。着，附着。

③题红，用唐人红叶题诗典故。秋浓，秋深。

④苏轼《卜算子》："缺月挂疏桐，漏断人初静。"

【说明】

本词也写女子相思怀远之情。上片言相思无可寄托，欲采芙蓉已无可采，欲托征鸿而无从相托，欲顿愁肠而无法排遣。下片写女子效古人红叶题诗，随流水东去，但萧瑟的秋景，又引发她的寂寞情怀，因而迟迟不归。此时仰望天空，一钩新月，已出现在梧桐树梢。在平和闲婉的叙述中，把女子的相思之意和悲秋情怀表现得既充分又含蓄。这就是陈廷焯所说的"怨语出于婉曲之笔"，没有凄厉的悲叹，没有露骨的怨愤，这种境界，也不是一般人能够达到的。

又　吴江道上赠郑可大[①]

何处是秋风。月明霜露中。算凄凉、未到梧桐。曾向垂虹桥上看，有几树、水边枫[②]。　客路怕相逢。酒浓愁更浓。数归期、犹是秋冬[③]。欲寄相思无好句，聊折赠、雁来红[④]。

【注释】

①吴江，今江苏苏州市吴江区。郑可大，作者友人，生平不详。

②垂虹桥，在吴江区东，上有垂虹亭。

③客路，行旅途中。数归期，计算回家日期。

④雁来红，别名老来少、三色苋、叶鸡冠，秋季开花。

【说明】

旅途赠友之作，上片描写目前所见景色，在平实的叙述中，透露出淡淡的哀愁。下片写对友人的留恋关切，也表达了自己的怀乡之情。

蝶恋花

谢了梨花寒食后。剪剪轻寒，晓色侵书牖[①]。寂寞幽斋惟酹酒。柔条恨结东风手[②]。　浅黛娇黄春色透。薄雾轻烟，远映苏堤秀[③]。目断章台愁举首。故人应似青青旧[④]。

【注释】

①剪剪，形容春风寒冷。牖，窗户。

②“柔条”句，韩翃寄柳氏诗：“纵使长条似旧时，也应攀折他人手。”意谓昔日情人，今非己有。

③苏堤，在今杭州西湖。

④故人，指昔日情人。青青旧，言其旧情未变。

【说明】

原词共两首，主题相同，今选其一。本篇可能是赠妓之作，上片因春色而怀念旧情，心生疑惑。下片是希望推测之辞，企盼伊人不要变心。以写景开端，以抒情作结。这层意思，在第二首的结尾，表达得更加明白。“少年张绪心如旧”，自己没有变心，希望对方也“青青如旧”。

南乡子

归雁转西楼。薄幸音书日日收[①]。旧恨却凭红叶去，飕飗。春水多情日夜流[②]。　　杨柳曲江头。烟里青青恨不休[③]。九十韶光风雨半，回眸。一片花飞一片愁[④]。

【注释】

①薄幸，薄情郎。

②飕飗(liú)，风雨声。

③曲江，在唐代京都长安东南，为士人游赏胜地。

④杜甫《曲江》："一片飞花减却春，风飘万点正愁人。"

【说明】

此亦女子春日怀人之作。一开头就埋怨情郎薄幸，足见虽有书信往来，而人已远别。故接着说"旧恨却凭红叶去"，而自己的情思，也像多情流水，日夜流淌不息。下片借景言情，说眼看烟雾迷蒙中的青青杨柳，春天风雨中的片片落花，无不引起心头的愁恨。言尽而意未尽。

小重山

岸柳黄深绿渐饶。林塘初雨过，涨葡萄[①]。秋千亭榭彩旗交。莺声里，春在杏花梢[②]。　　慵整翠云翘。眉尖愁两点，倩谁描[③]。斜阳芳草暗魂销。东风远，犹凭赤阑桥[④]。

【注释】

①葡萄，比喻水色青绿。叶梦得《贺新郎》："江南梦断横江渚。浪粘天、葡萄涨绿，半空烟雨。"

②宋祁《玉楼春》："红杏枝头春意闹。"

③翠云翘，女子头饰。倩谁描，请谁画眉。用张敞为妻子画眉典故，表达对良人的思念。

④作者《西湖十咏》之《齐天乐·南屏晚钟》："赤阑桥畔斜阳外，临江暮山凝紫。"

【说明】

本篇也写闺情。上片写春天美景，下片言少妇情怀。这种情怀通过两个细节表现，一是无人画眉，二是凭栏远眺，笔法简洁含蓄又明白易懂。

朝中措

欲晴又雨雨还晴。时节又清明。红杏墙头燕语，碧桃枝上莺声。　　轻衫短帽，扁舟小棹，几度旗亭[①]。斗草踏青天气，买花载酒心情[②]。

【注释】

①旗亭，酒楼。

②斗草，又称斗百草，是古代民间流行的一种游戏，属于端午民俗。买花载酒，俞国宝《风入松》："一春长费买花钱，日日醉湖边。"

【说明】

词写游春心情，上片写春色之美，笔法自然而绮丽。下片引出春游之事，表达委婉而含蓄。买花载酒，指到游乐场所喝酒娱乐。欧阳修《青玉案》："买花载酒长安市，又争似、家山见桃李。"意思相反。

刘辰翁十三首

刘辰翁(1232—1297),字会孟,号须溪,庐陵(今江西吉安)人。少登陆象山之门,补太学生,景定间廷试及第。因亲老请为濂溪书院山长。文天祥起兵勤王,曾短期入幕。宋亡,托迹方外,隐居于故乡庐陵山中,专事著述。有《须溪词》。

江城子　西湖感怀[①]

涌金门外上船场。湖山堂。众贤堂。[②]。谁识两峰相对语,天惨惨,水茫茫[③]。　月移疏影傍人墙。怕昏黄。又昏黄。旧日朱门,四圣暗飘香[④]。驿使不来春又老,南共北,断人肠[⑤]。

【注释】

①据吴企明先生考证,本篇作于元世祖至元二十一年(1284)。

②涌金门,古代杭州西城门之一。吴自牧《梦粱录》卷七:"城西门者四,曰丰豫门,即涌金。"船场,或为船码头。湖山堂、众贤堂,当时临安名胜。周密《武林旧事》卷五:"苏公堤第二桥旁有湖山堂。"众贤堂,即先贤堂。吴自牧《梦粱录》卷十四:"先贤堂,在西湖苏堤南山第一桥。"

③两峰,指西湖之南高峰和北高峰。吴自牧《梦粱录》卷十一:"水乐洞前名南高峰山;灵隐寺后山名北高峰山。"

④四圣,四圣堂在西湖孤山附近。吴自牧《梦粱录》卷八:"四圣延祥观,在孤山。旧名四圣堂。"

⑤"驿使"句,用陆凯寄范晔诗典故,感叹南北隔绝,信息不通。

【说明】

宋端宗景炎元年(1276),南宋首都临安沦陷,宋恭帝被俘。八年以后,词人携子将孙,自庐陵至临安,凭吊故都。作者从城南游到城北,在涌金门登岸,直至孤山山麓,面对熟悉的西湖风光,面对残破的大好河山,词人心中的痛感油然升起,“天惨惨,水茫茫”,“南共北,断人肠”,这就是词人此时的所见所感。

刘辰翁是一位热烈的爱国者,南宋灭亡以后,他的词往往以直白的语言,表达自己的黍离之悲和沧桑之慨。正如《四库总目》所说:“宗邦沦覆之后,眷怀麦秀,寄托遥深,忠爱之忱,往往形诸笔墨。”况周颐也说:“或以须溪词为别调,非知人之言也。须溪词多真率语,满心而发,不加雕琢,有掉臂游行之乐。其词笔多用中锋,风格遒上,略与稼轩旗鼓相当。”当然从艺术成就上看,须溪与稼轩,尚隔一尘。

忆秦娥

中斋上元客散感旧,赋《忆秦娥》见属,一读凄然。随韵寄情,不觉悲甚[①]

烧灯节。朝京道上风和雪。风和雪。江山如旧,朝京人绝[②]。　　百年短短兴亡别。与君犹对当时月。当时月。照人烛泪,照人梅发[③]。

【注释】

①中斋,邓剡号。其感旧所赋之《忆秦娥》,今已不存。烧灯节,即元宵节。宋蔡绦《铁围山丛谈》卷一:“国朝上元节烧灯,盛于前代。”

②朝京,臣子赴京城朝见君王。此时宋朝已经灭亡,故曰“朝京人绝”。

③梅发,稀疏的头发。吴企明先生引周紫芝《竹坡诗话》:“方回寡发,功父指其髻谓曰:‘此真贺梅子也。’”按贺铸因其“梅子黄时雨”之句,人称“贺梅子”。

【说明】

词写亡国之痛。上片悲痛江山依旧，人事全非；下片感叹岁月流逝，年华老大。作者与邓剡、文天祥同是庐陵人，又是白鹭洲书院的同学。文天祥起兵勤王，二人曾同为幕僚。崖山之战失败，邓剡投海自杀未遂，与文天祥一同被俘，押解北上。劝降不屈，文天祥遭害，邓剡被释放。此词大约作于晚年，邓剡被释放还家隐居之后。

西江月　新秋写兴

天上低昂似旧，人间儿女成狂。夜来处处试新妆，却是人间天上[①]。　不觉新凉似水，相思两鬓如霜。梦从海底跨枯桑，阅尽银河风浪[②]。

【注释】

①低昂，升降，或指日落月出。试新装，吴自牧《梦粱录》七夕："其日晚晡时，倾城儿童女子，不论贫富，皆着新衣。"

②海底跨枯桑，葛洪《神仙传》卷三《王远》："麻姑自说：'接待以来，已见东海三为桑田。向到蓬莱，水又浅于往昔，会时略半也，岂将复还为陵陆乎？'"

【说明】

七夕试新装，原是民间旧俗，为何却引起词人如此感慨呢？"却是人间天上"句，或有两重意思，其一是牛郎织女在天上，而凡夫俗子却在人间；其二是暗喻南宋已经灭亡，而人间儿女却依旧如醉如狂，大有"商女不知亡国恨，隔江犹唱后庭花"之情状。下片发抒内心感慨，叹息年华老去，两鬓如霜，而黍离麦秀，沧海桑田之感，又有何人理解？

浣溪沙　春日即事

远远游蜂不记家。数行新柳自啼鸦。寻思旧事即天涯[①]。　睡起有情和画卷，燕归无语傍人斜。晚风吹落小瓶花[2]。

【注释】

①即,便是,就是。刘禹锡《和令狐相公别牡丹》:"莫道两京非远别,春明门外即天涯。"

②和画卷,连画一同卷起。

【说明】

王水照先生认为,本词为思乡之作,但又不尽是思乡,"寻思旧事即天涯","旧事"的内涵应该包罗广泛,比如对京城的记忆,对旧游的怀念等等,但这一切都已经显得十分遥远,无法追及。所以下片写梦醒后百无聊赖的情状。本词一反须溪词"词多真率"的风格,全篇四句写景,直接言情的只有一句,但能以景衬情,以景结情,故含蓄蕴藉,耐人寻味。

又　感别

点点疏林欲雪天。竹篱斜闭自清妍。为伊憔悴得人怜[1]。　欲与那人携素手,粉香和泪落君前。相逢恨恨总无言[2]。

【注释】

①清妍,美好。苏轼《书王定国所藏烟江叠峰图》:"使君何从得此本,点缀毫末分清妍。"伊,指女子。人,指男子。柳永《蝶恋花》:"为伊消得人憔悴。"

②那人,指男子。

【说明】

词写离别之情,用语明白通俗,而构思却委婉曲折,"憔悴"却更使人怜,"恨恨"却并无言语,为什么?爱之深、痛之切也。王水照先生认为,"此别乃别后重逢,相逢又告别在即",故其痛弥深。

减字木兰花　有感

东风似客。醉里落花南又北。客似东风。携手斜阳一笑中[①]。　佳人怨我。不寄江南春一朵。我怨佳人。憔悴江南不似春[②]。

【注释】

①二句人花合写,自悲身世。

②春一朵,梅花一枝。此句用陆凯寄范晔梅花诗典故。

【说明】

词的副题是“有感”,但并未说明所感何事,也不明本篇作于何年。上片有两个主要意象:东风和客,说“东风似客”,又说“客似东风”,很可能是借南去北来的东风,感叹自己客子飘零的身世。下片也有两个主要的意象:佳人和我。佳人不一定指女子,很可能称友人。大意谓友人埋怨我没有给他传递信息,但是荒芜的江南已经见不到春天,我实在没有好消息可以传递,你还不知道吗?结句“憔悴江南不似春,”似在抒发家国沦亡之痛。

山花子[①]　春暮

此处情怀欲问天。相期相就复何年。行过章江三十里,泪依然[②]。　早宿半程芳草路,犹寒欲雨暮春天。小小桃花三两处,得人怜[③]。

【注释】

①山花子,又名摊破浣溪沙。

②问天,屈原有《天问》,王逸认为乃其在放逐中所作,“以泄愤懑,舒写愁思。”章江,赣江之古称,江西省的主要河流。

③半程,半路。得人怜,使人爱。

【说明】

词写离别之痛，上片直接抒情，不知后会何年，故悲痛不已，泪流满面。下片借景言情，“芳草路”“暮春天”都是引人离愁别绪的景象，而那楚楚可怜的桃花，似乎又带有某种能够引人遐想的象征意义。须溪词多质直，而此篇曲折婉丽，末句尤耐人吟味。

柳梢青　春感

铁马蒙毡，银花洒泪，春入愁城①。笛里番腔，街头戏鼓，不是歌声②。　　那堪独坐青灯。想故国，高台月明③。辇下风光，山中岁月，海上心情④。

【注释】

①铁马蒙毡(zhān)，战马披上了御寒的毡子，指侵入杭州的蒙古骑兵。铁马，犹云铁骑。银花，明亮的花灯。苏味道《正月十五夜》：“火树银花合。”泪，指烛泪。愁城，愁苦境地，借指临安，此时临安已经沦陷。庾信《愁赋》：“攻许愁城终不破。”

②番腔，外族的腔调。戏鼓，或指异族的杂戏。

③“想故国”句，化用李后主《虞美人》“故国不堪回首月明中”句意，表达对故国和故都的怀念之情。高台，据吴企明先生考证，是指临安的观潮台。周密《武林旧事》卷三：“禁中例观潮于‘天开图画’，高台下瞰，如在指掌。”

④辇下，指京城。海上心情，据吴企明先生考证，本词约作于祥兴元年或二年。按祥兴元年(1278)南宋小朝廷虽已退守海隅崖山(今广东新会南)，但尚未灭亡。次年崖山海战失败，左丞相陆秀夫背负小皇帝赵昺投海自尽，发生了十万军民跳海殉国的壮举，南宋正式灭亡。

【说明】

词写故国之思和亡国之痛。上片是想象之词，想象南宋都城临安沦陷后的景象。下片写词人自己当前所处、所念、所感。末三句辇下风光，回忆过去；山中岁月，感叹当前；海上心情，痛心南方崖山之事。对末句的理解，吴熊和先生认为，乃用苏武典故，表达自己矢志守节的态度。但苏武的情况与词人大不相同，苏武处于被敌方扣留之中，而刘辰翁却仍是自由之身。不管本篇是否作于亡国之后，说“海上心情”是对南方战事的挂念，或是痛心海边惨剧，都比较合理，似乎不必转这么一个大弯子，与羁留北海的苏武挂钩。

踏莎行　雨中观海棠

命薄佳人，情钟我辈。海棠开后心如碎[①]。斜风细雨不曾晴，倚阑滴尽胭脂泪[②]。　恨不能开，开时又背。春寒只了房栊闭[③]。待他晴后得君来，无言掩帐羞憔悴[④]。

【注释】

①陆游《风流子》：“佳人多命薄。”情钟我辈，意即我辈多情。《世说新语·丧逝》：王戎丧子，山简往省之。戎曰：“圣人忘情，最下不及情，情之所钟，正在我辈。”海棠开后，春天将尽，故云。

②胭脂泪，形容雨中海棠。

③背，离开，背离。只了，只是，一味。房栊，窗户。

④二句用拟人手法，意谓等到天气晴和，海棠已经凋残，羞于见人。

【说明】

咏物之作，歌咏的对象是海棠。全词把海棠比作一位美女，故首句“薄命佳人”就成为全篇的主旨。这位美女虽使多情的词人看得如痴如醉，但佳人总是薄命，在她盛开之时，却不幸遭遇“斜风细雨”，只能像一位倚栏的美女，在风雨中默默流泪。下片“春寒”句，意谓在寒冷的春天，家家都紧闭窗户，海棠再美，也无人欣赏。待到天气晴暖，赏花人再来，海棠却已经凋谢，就像这位美人，“无言掩帐羞憔悴。”屈原《离骚》曰：“惟草木之零落兮，恐美人之迟暮。”本词虽然写海棠，但分明有所寄托，至于寄托的具体内容，作者隐而不说。但我们至少可以感受到一点，即对美好事物受到摧残，自己理想不能实现的感叹。

唐多令

丙子中秋前，闻歌此词者，即席借“芦叶满汀洲”韵[①]

明月满沧洲。长江一意流。更何人、横笛危楼[②]。天地不知兴废事，三十万、八千秋[③]。　　落叶女墙头。铜驼无恙否。看青山、白骨堆愁[④]。除却月宫花树下，尘坱莽、欲何游[⑤]。

【注释】

①丙子，宋端宗景炎元年（1276）。“芦叶满汀洲”，乃刘过《唐多令·安远楼小集》词中首句。

②横笛危楼，赵嘏《长安秋望》：“横笛一声人倚楼。”

③三十万，八千秋，极言历劫长久，苦难深重。

④铜驼，铜铸的骆驼。多置于宫门寝殿之前。晋陆翙《邺中记》：“二铜驼如马形，长一丈，高一丈，足如牛，尾长三尺，脊如马鞍，在中阳门外，夹道相向。”

⑤月宫花树，俗传月亮中有仙人种的桂花树。坱莽，广大貌。此句意谓，胡尘遍地，除了天上，人间无处可游。

【说明】

本词虽然借用刘过《唐多令》之韵，但思想内容却比刘过原词丰富深刻，风格也更加苍凉，因为作者所写不仅是个人的身世之慨，而是国破家亡的深仇大恨。上片即景言情，面对沧洲明月，浩浩江流，词人感叹道，古往今来，人世间不知经历过多少兴废之事！下片回到目前，词人问道，经过了无数次的战争和杀戮，城中的铜驼还在吗？我只看见漫山遍野的森森白骨。在蒙古铁骑的践踏下，胡尘遍地，除了不可能到达的月宫以外，人们又能到哪里去呢？蒙古人的杀戮，也许是人类历史上最野蛮残忍的暴行，大军过处，往往鸡犬不留。从本词可见，作者视野开阔，不仅仅写亡国之痛，还表现出对蒙古军野蛮残暴行为的愤怒谴责。从而大大提高了作品的社会意义。

又

寒雁下荒洲。寒声带影流。便寄书、不到红楼[①]。如此月明如此酒，无一事、但悲秋[②]。　　万弩落潮头。灵胥还怒不。满湖山、犹是春愁[③]。欲向涌金门外去，烟共草、不堪游。

【注释】

①寒雁，秋雁。寒声，秋声。红楼，泛指华美的楼房，富贵人家女子所居。

②悲秋，宋玉《九辩》："悲哉！秋之为气也。"

③弩，弓箭。施元之注苏轼《八月十五日看潮五绝》引宋孙光宪《北梦琐言》："杭州连岁潮头直打罗刹石，吴越钱尚父（钱镠）俾张弓弩，候潮至，逆而射之，由是渐退。"灵胥，指春秋吴国大臣伍子胥。传说伍子胥因直谏被杀，悲愤难平，灵魂化为钱江怒潮，年年汹涌而至。

【说明】

本词写词人对南宋首都临安的怀念，上片先从悲秋怀人说起，书信不通，悲愁满腹，是由何事引起的呢？作者含而不说。下片写对临安的怀念，却以钱江观潮开端，"灵胥还怒否"，仿佛是在提问，对于临安的沦陷，人们是否依然感到愤愤不平？"满湖山"两句，词人自己做出了回答，临安沦陷已久，必定到处都充满了哀愁。这当然是推想之词，究竟如何，自己很想去看看，但又怕到处一片荒芜，"不堪游"。不过临安沦陷八年后（1284），作者还是带着儿子刘将孙到过临安，所得印象是"天苍苍，雾茫茫"，"到处凄凉，城角夜吹霜"，徒然令人断肠而已。

虞美人　用李后主韵二首[①]

梅梢腊尽春归了。毕竟春寒少[②]。乱山残烛雪和风。犹胜阴山海上窖群中[③]。　年光老去才情在。唯有华风改[④]。醉中幸自不曾愁。谁唱春花秋叶泪偷流[⑤]。

【注释】

①用李后主韵，见李煜词《虞美人》（春花秋月何时了）。

②腊，腊月，阴历十二月。唐孙道绚《菩萨蛮·梅》："腊尽见春回，寒梢花又开。"

③"犹胜"二句用苏武典。《汉书·苏武传》："乃幽武，置大窖中，绝不饮食。天雨雪，武卧啮雪，与旃毛并咽之，数日不死。匈奴以为神，乃徙武北海上无人处，使牧羝，羝乳乃得归。"阴山海上，苏武牧羊之处。海，北海，即今俄罗斯贝加尔湖。

④华风，风华、风采。钟嵘《诗品》卷中评陶潜："至如'欢言酌春酒'，'日暮天无云'，风华清靡，岂直为田家语耶！"

⑤幸自，本来。春花秋叶，化用李煜词《虞美人》"春华秋月何时了"句意，表亡国之痛。

【说明】

作者与李后主身份虽然不同，所感受的亡国之痛却相同。二首虽言"用李后主韵"，实际乃用李后主词意，即借他人酒杯，浇自己胸中垒块。本篇或作于南宋亡国之后，隐居故乡庐陵之时。故上片说自己在乱山风雪中隐居，犹胜做了俘虏，像苏武一般被囚禁于阴山雪窖之中。下片自叹年光老去，风采全消，因听到有人演唱李后主词"春花秋月"而感同身受，不禁伤心落泪。

又

情知是梦无凭了。好梦依然少[①]。单于吹尽五更风。谁见梅花如泪、不言中[②]。　　儿童问我今何在。烟雨楼台改[③]。江山画出古今愁。人与落花何处、水空流[④]。

【注释】

①情知,明知。无凭了,无凭据。

②单于,乐曲名。李益《听晓角》:"秋风吹入《小单于》。"五更风,李清照《浪淘沙》:"帘外五更风,吹梦无踪。"

③楼台改,隐喻江山易主。

④化用李煜词《浪淘沙》"流水落花春去也,天上人间"句意。

【说明】

本篇也化用李后主词意,抒写自己的亡国之痛。上片以退为进,说,明知道梦是空的,但自己却想做个好梦都难。此句似也从李后主词中来,后主词曰:"多少恨,昨夜梦魂中。还似旧时游上苑,车如流水马如龙。花月正春风。"(《望江南》)只有终夜无眠,想象那梅花也在《单于》声中无言地流泪。下片正面抒写亡国之恨,但从儿童发问说起,儿辈们问如今身处何地?词人回答说,江山已非昔日江山,楼台亦非昔日楼台,自己也将随落花流水,最终不知漂流何处。一般来说,须溪的词,风格比较质实,而本篇却着题而不黏于题,写得非常空灵。正如况周颐所说:"笔意俱化,纯任天倪,略似坡公。"(《蕙风词话》卷二)

周密八首

周密(1232—1298),字公谨,号草窗、弁阳啸翁、泗水潜夫等。原籍济南,迁于吴兴(今浙江湖州)。曾为临安幕府属官,充奉礼郎、两浙运司掾等。景定初为义乌令。入元不仕,与王沂孙、张炎等共结词社。有《草窗词》。

鹧鸪天　清明

燕子时时度翠帘。柳寒犹未褪香绵[①]。落花门巷家家雨,新火楼台处处烟[②]。　情默默,恨恹恹。东风吹动画秋千[③]。拆桐开尽莺声老,无奈春何只醉眠[④]。

【注释】

①度,穿过。香绵,柳絮。

②苏轼《望江南》:“且将新火试新茶。诗酒趁年华。”

③恹恹,精神萎靡不振。

④拆桐,柳永《木兰花慢》:“拆桐花烂漫。”

【说明】

周密是宋末词坛领袖人物,当时名声超过张炎、王沂孙和陈允平。但后人多认为,他的创作成就和对后世的影响都不及张炎和王沂孙。张炎词与姜夔一起,成为清初浙西词派的宗师;而王沂孙则受到清代著名词评家陈廷焯的高度评价,成为其“沉郁说”的典范。为什么?周密学问渊博,精通格律,尤长于描写刻画,周济说他:“镂冰刻楮,精妙绝伦,但立意不高，取韵不远。”近人夏敬观批评他：“词才有余，词心不足。”但是言焉不详。周密宋亡不仕，在著述吟唱中度过余生，是一位有气节的士人。他的名作，大多是咏物之词，如《花犯》咏水仙，《瑶花慢》咏琼花，描摹生动传神，刻画精细入微，当时就博得一片彩声。但仔细推敲，总觉得缺少一点东西，那就是夏敬观所说的“词心”。南宋灭亡以后，弥漫于遗民士大夫中的主要心绪乃是故国之思。这在张炎、王沂孙、刘辰翁等人的作品中都表现得很明显，但在草窗的词作中，虽不能说完全没有表现（如《瑶花慢》），但比较含蓄，在怀旧中流露出一丝淡淡的哀愁，更多是通过描摹刻画显示技巧（如咏《西湖十景》），这是妨碍他成为第一流词家的关键之点。本篇为感春之作。上片写暮春景色，词笔如画；下片写惜春之情，平淡的语言中，流露出哀愁和无奈。

清平乐

晚莺娇噎。庭户溶溶月[①]。一树湘桃飞茜雪。红豆相思渐结[②]。　　看看芳草平沙。游鞯犹未归家[③]。自是萧郎飘荡，错教人恨杨花[④]。

【注释】

①娇噎，娇啼。噎，堵塞，指发声不畅。

②茜雪，红色的花瓣。

③游鞯，借指出游的人。鞯，马鞍子下面的垫子。

④萧郎，对男子的称呼。

【说明】

词写女子春日怀人。上片从暮春景色写起，末句轻轻一点，用“红豆相思”开启下文。下片直接写女子思念情郎，结二句构思巧妙，别开生面。

浪淘沙

芳草碧茸茸。染恨无穷。一春心事雨声中[①]。

窄索宫罗寒尚峭，闲倚熏笼[2]。　　犹记粉栏东。同醉香丛。金鞍何处骤骅骢[3]。袅袅绿窗残梦断，红杏东风[4]。

【注释】

①茸茸，柔软而茂密。

②窄索，狭小，引申为紧身。宫罗，罗衣。

③骅骢，骏马。骤，奔跑。

④梦断，梦醒。

【说明】

词写女子春日怀人，笔法极其细腻。上片因芳草而引起春恨，因春恨而感到春寒，层层写来，毫不费力。下片写女子怀人，先从回忆写起，"同醉芳丛"便是具体内容。接着写情郎不知现在何处？因此只能期待梦中见面，结句"红杏东风"，是梦醒后所见，也用以自比。

南楼令　次陈君衡韵[1]

开了木芙蓉。一年秋已空。送新愁、千里孤鸿[2]。摇落江蓠多少恨，吟不尽、楚云峰[3]。　　往事夕阳红。故人江水东。翠衾寒、几夜霜浓[4]。梦隔屏山飞不去，随夜鹊、绕疏桐。

【注释】

①陈君衡，陈允平字。其原词《南楼令》已见。

②木芙蓉，又名拒霜，秋季开花。王维《辛夷坞》："木末芙蓉花，山中发红萼。"

③江蓠，香草名。屈原《离骚》："扈江离与辟芷兮，纫秋兰以为佩。"

④翠衾，翠被。李商隐《药转》："忆事怀人兼得句，翠衾归卧绣帘中。"

【说明】

名为和韵，实为送别友人之作。周密与陈允平时代相同，处境相似，同为南宋遗民，词风也有类似之处。故二人交非泛泛。上片写送别，作者把陈允平比作一只心中充满愁恨的千里孤鸿，不知此行是否为奉召北上？下片忆念南方故人，但是环境险恶，路途遥远，只能在梦中或可相见。周密的作品，大多风格平和，本词却写得既含蓄又沉痛，陈允平的原作也是如此。

踏莎行 与莫两山谭邗城旧事[①]

远草情钟，孤花韵胜。一楼耸翠生秋暝[②]。十年二十四桥春，转头明月箫声冷[③]。 赋药才高，题琼语俊。蒸香压酒芙蓉顶[④]。景留人去怕思量，桂窗风露秋眠醒[⑤]。

【注释】

①莫仑，字子山，号两山，江都人。咸淳四年(1268)进士。入元不仕。《全宋词》录其词五首。谭，通谈。邗城，指扬州。

②孤花，韦应物《游开元精舍》："绿阴生昼静，孤花表春余。"

③"十年"两句，用杜牧诗意，写世事沧桑。杜牧《遣怀》："十年一觉扬州梦，赢得青楼薄幸名。"又《寄扬州韩绰判官》："二十四桥明月夜，玉人何处教吹箫。"苏轼《西江月·平山堂》："休言万事转头空。未转头时皆梦。"

④药，芍药；琼，琼花。扬州以产芍药、琼花闻名。蒸香，古代一种使用香料的方法；压酒，榨酒。芙蓉顶，地名，不详其所在。

⑤景留人去，风景依旧，而友人离去。

【说明】

本篇怀念扬州旧事，寄托了词人的沧桑之慨。扬州自古以来就是一个繁华的城市，但又是一个不幸的城市，历史上无数次惨遭兵燹，当然以蒙古人之两破扬州和清人的"扬州十日"最为惨烈。上片感叹美丽的扬州城早已今非昔比，"十年二十四桥春，转头明月箫声冷"，集中表现了词人的感慨。下片回忆当年扬州的生活，扬州盛产琼花和芍药，历代诗人为此创作了许多名篇（包括词人自己的《瑶花慢》），但这一切都成过往，“景留人去怕思量”，一觉醒来，自己依旧在桂窗秋露之中。

夜行船

寒菊欹风栖小蝶。帘栊静、半规凉月[①]。梦不分明，恨无凭据，肠断锦笺盈箧[②]。　　哀角吹霜寒正怯。倚瑶筝、暗愁谁说[③]。宝兽频添，玉虫时翦，长记旧家时节[④]。

【注释】

①半规，半圆形。

②箧，小箱子。盈，满。

③哀角，发声悲哀的号角。谁说，向何人诉说。

④宝兽，兽形香炉。玉虫，灯花。

【说明】

词写女子怀人之情。上片即景言情，“梦不分明”三句，极言思念之切。下片先从季节写起，接着说无心弹琴，满腔愁苦无从诉说，因而中夜无眠。末句“长记旧家时节”，说明愁苦之因，或许别有寄托。旧家时节，既可指自己家乡，也可指南宋灭亡之前的京城临安。

杏花天

金池琼苑曾经醉。是多少、红情绿意[①]。东风一枕游仙睡。换却莺花人世[②]。　　渐暮色、鹃声四起。正愁满、香沟御水[③]。一色柳烟三十里。为问春归那里[④]。

【注释】

①金池琼苑，指旧日皇家林园。红情绿意，美丽的春景。文同《约春》：“红情绿意知多少，尽入泾川万树花。”

②换却，换了。二句慨叹世事沧桑。

③御水，宫中流出的沟水。

④一色，同样。春，指代往日的美好生活。

【说明】

感旧伤今之作。上片怀念过去，“是多少、红情绿意”，七字写尽往日春天之美丽。但“换却莺花人世”，随着南宋政权的沦亡，这一切都已经不复存在。下片也从写景发端，在苍茫的暮色中，耳边一片啼鹃悲鸣，面对旧日王朝废弃的宫殿，词人满怀哀怨地问道：风景并没有变化，“一色柳烟三十里”，然而春天到哪里去了呢？很明显，这里所说的“春”，就是指自己往日的美好生活，指南宋没有灭亡以前临安的繁华景象。

醉落魄　洪仲鲁之江西书以为别[①]

寒侵径叶。雁风击碎珊瑚屑。砚凉闲试霜晴帖[②]。颂菊骚兰，秋事正奇绝[③]。　故人又作江西别。书楼虚度中秋节。碧阑倚遍愁谁说[④]。愁是新愁，月是旧时月[⑤]。

【注释】

①洪焘，字仲鲁。生平不详，其词作已佚。

②径叶，路旁树叶。雁风，秋风。珊瑚屑，珊瑚的碎屑，比喻落叶。霜晴帖，《快雪时晴帖》，相传为王羲之所书。

③颂菊骚兰，或指写作有关菊花和兰花的诗词。

④故人，指洪仲鲁。

⑤新愁旧月，慨叹风景依旧，而故国沦亡。

【说明】

送别友人之作,时间是在中秋节,具体背景已不可详考。上片写景,略寓悲秋之意;下片送别,结尾三句值得吟味,故人别后,自己满腹深愁向谁人诉说呢?“愁是新愁”,当然是离别之愁,但如果结合下句“月是旧时月”来看,似乎在向人们暗示,风景依旧,而山河已经变色了,这就是词人“新愁”的深层含义。

邓剡二首

邓剡,字光荐,号中斋,庐陵(今江西吉安)人。生卒年不详。为文天祥所重。祥兴时官礼部侍郎。崖山之败,为元军所执,后放还。工词,有《中斋集》。

浪淘沙①

疏雨洗天晴。枕簟凉生。井梧一叶做秋声②。谁念客身轻似叶,千里飘零③。　　梦断古台城。月淡潮平。便须携酒访新亭④。不见当时王谢宅,烟草青青⑤。

【注释】

①此首误作文天祥词。

②秋声,秋天的各种悲凉声音。欧阳修有《秋声赋》。

③客身,作客之人。崖山失守,邓剡为元军所俘,押赴大都,至建康,以病留。故以自称。

④台城,指代南京。新亭,《世说新语·言语》:“过江诸人,每至美日,

辄相邀新亭，藉卉饮宴。周侯中坐而叹曰：'风景不殊，正自有山河之异。'皆相视流泪。唯王丞相愀然变色曰：'当共戮力王室，克复神州，何至作楚囚相对！'"新亭故址在今南京市西南。

⑤王谢宅，东晋时豪贵的住宅。

【说明】

邓剡与文天祥一同被俘，被押解北上，中途因病留于建康，词可能作于此时。本词上片感叹身世，下片怀古伤今，"怀君忆旧，情见乎词"。（王奕清《历代词话》引《雪舟脞语》）

唐多令[①]

雨过水明霞。潮回岸带沙。叶声寒、飞透窗纱。堪恨西风吹世换，更吹我、落天涯[②]。　寂寞古豪华。乌衣日又斜。说兴亡、燕入谁家[③]。惟有南来无数雁，和明月、宿芦花。

【注释】

①此首《草堂诗余》作文天祥词。

②世换，指宋朝灭亡。

③古豪华，南京为六朝古都，曾经十分豪华。王安石《桂枝香·金陵怀古》："念往昔，繁华竞逐。"乌衣，乌衣巷，在今南京市秦淮区。东晋时为王、谢等世家大族居住之处。刘禹锡《乌衣巷》："朱雀桥边野草花，乌衣巷口夕阳斜。"

【说明】

慨叹亡国，怀古伤今之作，感情激荡，风格苍凉。上片"堪恨西风吹世换"，感叹南宋灭亡；下片用刘禹锡《乌衣巷》诗意，怀古伤今。末二句以南来雁比喻自己以及同行者。刘永济先生认为，"说兴亡，燕入谁家"句，有暗讽投靠新朝士人之意，也有此可能。

汪梦斗二首

汪梦斗，字以南，号杏山，绩溪人。生卒年不详。宋理宗景定二年（1261）魁江东漕试。宋亡，不仕，讲学以终。有《北游集》。

南乡子　初入都门漫赋[①]

西北有神州。曾倚斜阳江上楼[②]。目断淮南山一抹，何由。载泪东风洒汴流[③]。　何事却狂游。直驾驴车渡白沟[④]。自古幽燕为绝塞，休愁。未是穷荒天尽头[⑤]。

【注释】

①都门，指北宋首都汴京城门。

②神州，指中华大地。

③汴，汴河。

④白沟，白沟河，为宋、辽两国分界，故亦名界河。

⑤幽燕，古称今河北北部及辽宁一带。唐以前属幽州，战国时属燕国，故名。穷荒，边塞荒远之地。岑参《与独孤渐道别长句兼呈严八侍御》："穷荒绝漠鸟不飞，万碛千山梦犹懒。"

【说明】

作者于元世祖至元十六年（1279）被特召赴京，词或作于路经北宋旧都汴京之时。故上片写从汴京遥望南方，此时神州大地均已为蒙古人所统治，词人有感于此，所以泪洒汴流。下片写自己被召北去时的矛盾心情，对临安而言，大都当然很远，但与穷荒绝漠相比，大都又不算很远，所以说“休愁”。但这仅仅是词的表面意义，实际上词人所表现的是北上途中的忐忑心情。最后年近五十的作者并未接受元朝的官职，被放还江南，以遗民身份终老。

人月圆

寻常一样窗前月，人只看中秋。年年今夜，争寻诗酒，共上高楼。　　一奁明镜，能圆几度，白了人头[①]。良辰美景，赏心乐事，输少年游[②]。

【注释】

①奁，镜盒。此比明月。

②谢灵运《拟太子邺中集诗序》：“天下良辰、美景、赏心、乐事四者难并。”输，输给、不如。

【说明】

面对中秋明月，感叹年华易逝，其中也融入了故国沦亡的慨叹。上片回忆过去，后三句是对过去中秋欢乐情景的具体描述；下片写如今，“白了人头”和“输少年游”便是如今中秋的现实感受。两相对比，令人难以为怀。

汪元亮七首

汪元量（1241—?），字大有，钱塘（今浙江杭州）人。卒年不详。度宗时，以善琴供奉掖庭。宋亡，随三宫入燕。放还后为黄冠，自号水云子，居钱塘。有《水云词》。

唐多令　吴江中秋[①]

莎草被长洲。吴江拍岸流。忆故家、西北高楼[②]。十载客窗憔悴损，搔短鬓、独悲秋。　人在塞边头。断鸿书寄不[③]。记当年、一片闲愁。舞罢羽衣尘满面，谁伴我、广寒游[④]。

【注释】

①吴江，吴淞江，又名松陵江、笠泽江，发源于苏州吴江，至上海汇入黄浦江东流入海。

②被，覆盖。洲，水中陆地。《诗经·周南·关雎》："关关雎鸠，在河之洲。"《古诗》："西北有高楼，上与浮云齐。"

③断鸿，失群孤雁。

④广寒，月宫。

【说明】

元世祖至元二十三年(1286)，遣使代祀岳渎东海，命汪元亮为使者，是年汪元亮到大都已经十年，词或作于此时。词写羁留异国的痛苦和对故乡的思念。"十载客窗憔悴损""记当年、一片闲愁，"都明显地表现了这种心情。

一剪梅　怀旧

十年愁眼泪巴巴。今日思家。明日思家[①]。一团燕月照窗纱。楼上胡笳。塞上胡笳[②]。
玉人劝我酌流霞。急捻琵琶。缓捻琵琶[③]。一从别后各天涯。欲寄梅花。莫寄梅花[④]。

【注释】

①汪元亮于元世祖至元十三年(1276)，随三宫北上大都，写作这首词

时,已经过了十年。

②燕月,燕地的月亮。

③流霞,指美酒。李白《豳歌行》:“狐裘兽炭酌流霞。”捻,弹奏。

④寄梅花,用陆凯范晔梅花诗典故。

【说明】

词写乡国之思和离别之悲。南宋灭亡以后,作者与三宫一同被押送至大都,至此已经十年,故开篇即有“十年愁眼”之叹。上片写思家,下片言别情。词中所称“玉人”,可能是一位宫女。汪元亮只是一位宫廷乐师,但作品中却表现出浓烈的亡国之痛,为许多上层士大夫所不及。

惜分飞　歌楼别客

燕子留君君欲去。征马频嘶不住。握手空相觑。泪珠成缕。眉峰聚[①]。　恨入金徽孤凤语。愁得文君更苦[②]。今夜西窗雨。断肠能赋。江南句[③]。

【注释】

①相觑,对看。眉峰聚,皱眉。

②金徽,借指琴。孤凤,孤独的凤凰。据传汉代有琴曲《凤求凰》,表现司马相如追求卓文君的爱情故事。

③李商隐《夜雨寄北》:“何当共剪西窗烛,却话巴山夜雨时。”

【说明】

词写离别之痛。燕子喻女子,征马指男子。“握手”三句描写依依惜别之状。下片言别后彼此相思之苦。把女子比作孤凤,比作卓文君,而用李商隐诗意,表达男子的痛苦和思念。汪元亮的词,语意通俗,感情深厚,语浅而情深,在宋末词人中别具一格。

望江南　幽州九日[①]

官舍悄，坐到月西斜。永夜角声悲自语，客心愁破正思家。南北各天涯[②]。　肠断裂，搔首一长嗟。绮席象床寒玉枕，美人何处醉黄花。和泪捻琵琶[③]。

【注释】

①幽州，元大都，即今北京市。九日，重阳节。

②官舍，指词人在大都所住馆舍。“永夜”句，杜甫《宿府》：“永夜角声悲自语，中天月色好谁看。”

③美人，喻指君王。屈原《离骚》：“惟草木之零落兮，恐美人之迟暮。”王逸注：“美人，谓怀王也。”醉黄花，暗示重阳节。

【说明】

客中重九感怀之作，上片思念故国，下片怀念君王。语言通俗，感情沉痛。孔凡礼先生说：“水云燕都词作，实思念乡国之作。君王、宫人、宫女则为水云心中乡国之具体形象。此乃此一时期水云词作特色。”

人月圆

钱塘江上春潮急，风卷锦帆飞[①]。不堪回首，离宫别馆，杨柳依依[②]。　蓟门听雨，燕台听雪，寒入宫衣[③]。娇鬟慵理，香肌瘦损，红泪双垂[④]。

【注释】

①锦帆，对帆船的美称。

②离宫别馆，指南宋宫室。

③燕台，即黄金台，故址在今河北易县，相传为战国时燕昭王所建。词中是泛指。

④“娇鬟”句，写被掳北去的南宋宫女。

【说明】

词写故国之思，上篇回忆南宋都城临安春日情景；下片慨叹被俘以后宫女们的悲惨处境。本词通过回忆旧都春色和描述宫女们的悲惨处境，来表达词人思念乡国之情。

长相思　越上寄雪江①

吴山深。越山深。空谷佳人金玉音。有谁知此心②。　　夜沉沉。漏沉沉。闲却梅花一曲琴。月高松竹林③。

【注释】

①徐宇，号雪江居士，善弹琴，为作者友人。

②杜甫《佳人》：“绝代有佳人，幽居在空谷。”佳人，喻指徐宇。金玉音，形容琴声优美。

③梅花，或指琴曲《梅花落》。

【说明】

本词大约作于宋度宗咸淳年间，此时离宋室灭亡已经不久。徐宇与作者一样，也是一位音乐家，同时也是一位清高脱俗的隐士。上片言徐宇的美妙琴声，无人理解，所以下片说“闲却梅花一曲琴”，琴声只在深夜的松竹林中回响。本词似乎寄托了知音难遇的慨叹。

忆秦娥①

雪霏霏。蓟门冷落人行稀②。人行稀。秦娥渐老，着破宫衣③。　　强将纤指按金徽。未成曲调心先悲。心先悲。更无言语，玉箸双垂④。

【注释】

①孔凡礼先生曰：“（汪元亮）《忆秦娥》组词七首，代被俘至北之宫

人、士人立言。”这是其中第二首。

②蓟门，指元朝首都大都。

③秦娥，此指南宋宫人。

④玉箸，比喻眼泪。

【说明】

本词描写被掳北去的宫女们的悲惨处境和悲剧情怀。从李白开始，《忆秦娥》词牌多押仄声韵，而作者的《忆秦娥》七首，除一首外都用平声韵，目的可能是使抒情叙事更加流畅，曲调旋律更加悠扬。

章丽贞一首

宋被掳北去宫女，余不详。

长相思

吴山秋。越山秋。吴越两山相对愁。长江不尽流。　　风飕飕。雨飕飕。万里归人空白头。南冠泣楚囚[①]。

【注释】

①南冠，指代囚徒。

【说明】

北宋灭亡和南宋灭亡之时，均有大量宫女被掳北上。作者究竟属于那一批，已不得其详。但从词中“吴山”“越山”“长江”等词语看，很可能是南宋宫人。词写得很好，感情真挚，情景交融。只是末二句略存疑问，既曰“归人”，又泣“南冠”，莫非末句是回忆，“万里”句是慨叹当前？

陶明淑一首

陶明淑，南宋被掳北去宫人，余不详。

望江南

秋夜永，月影上阑干。客枕梦回燕塞冷，角声吹彻五更寒。无语翠眉攒[①]。　天渐晚，把酒泪先弹。塞北江南千万里，别君容易见君难。何处是长安[②]。

【注释】

①燕塞，犹言塞外。翠眉攒，皱眉。

②长安，指代南宋首都临安。

【说明】

思念故人故乡之作，上片言北地环境之荒寒冷落，因而心情悲凉。下片写对故人和故国的思念，情意绵绵。不用典故，直抒胸臆，是这类作品的共同特点。

周容淑一首

周容淑，南宋被掳北去宫人，余不详。

望江南

春去也，白雪尚飘零。万里归人骑快马，到家时节藕花馨。那更忆长城[1]。　妾薄命，两鬓渐星星。忍唱乾淳供奉曲，断肠人听断肠声。肠断泪如倾[2]。

【注释】

①藕花馨，荷花香。

②乾淳，乾道、淳熙，皆南宋孝宗年号。供奉曲，宫廷乐曲。

【说明】

北宋和南宋灭亡之时，均有大批宫女被掳北去，这些人有的沦为家奴，有的成为妓女，命运非常悲惨。本词就写作者自己留滞北方，不能回归故乡的悲哀。上片说有人万幸能够归去，下片自悲长留北地，尤其结尾三句，故国之思和身世之慨融为一体，写得无比沉痛，为许多士人所不及。

王沂孙五首

王沂孙，字圣与，号碧山，又号中仙、玉笥山人，会稽（今浙江绍兴）人。生卒年不详。入元，官庆元路学正。有《碧山乐府》，又名《花外集》。

如梦令

妾似春蚕抽缕。君似筝弦移柱[①]。无语结同心，满地落花飞絮[②]。归去。归去。遥指乱云遮处[③]。

【注释】

①李商隐《无题》："春蚕到死丝方尽。"冯延巳《蝶恋花》"谁把钿筝移玉柱"。缕，丝。柱，筝柱。

②结同心，古乐府《苏小小歌》："何处结同心，西陵松柏下。"

③乱云遮处，指深山之中。

【说明】

王沂孙是宋末四大词人之一，他的词以长调为主，多托物言怀之作。在现存的六十四首词中，小令只有六首，不足十分之一。但是由于创作态度非常认真严肃，六首小令，大多都好。

本词写女子相思之痛，首二句意谓女子情深，男子薄幸。"无语"二句，一写过去，一喻当前，当年两相交好，而今唯余飞絮落花而已。结句"乱云遮处"，有心态迷茫，不知所以之意。詹安泰先生认为，本词托男女之情，表君国之思，"亡国之音，迷离惝恍，不堪卒读"。

西江月　为赵元父赋梅雪图[1]

褪粉轻盈琼靥，护香重叠冰绡[2]。数枝谁带玉痕描。夜夜东风不扫[3]。　溪上横斜影淡，梦中落莫魂销[4]。峭寒未肯放春娇。素被独眠清晓[5]。

【注释】

①赵与仁，字符父，作者友人。宋宗室燕王德昭十世孙。

②琼靥，玉面。冰绡，白色丝绸，比喻冰雪。

③二句写画。

④林逋《山园小梅》："疏影横斜水清浅。"王建(一作王昌龄)《梦看梨花云》："落落寞寞路不分，梦中唤作梨花云。"

⑤峭寒，料峭的寒意。春娇，元稹《连昌宫词》："春娇满眼睡红绡。"二句言春寒料峭，梅花尚未完全开放。

【说明】

这是一首题画词，题《雪梅图》。一、二句用拟人手法正面描写雪中梅花，花与雪合写。三、四句写画中梅花，照应副题。下片直接把梅花比喻成一位美女，在春寒中未能尽情开放，因而感到寂寞和凄凉。看得出这是作者精心结撰的作品，遣词造句都十分讲究。写梅而全篇不出现一个梅字，却融入了词人自己的落寞心情。

踏莎行　题草窗词卷[1]

白石飞仙，紫霞凄调。断歌人听知音少[2]。几番幽梦欲回时，旧家池馆生青草[3]。　风月交游，山川怀抱。凭谁说与春知道[4]。空留离恨满江南，相思一夜蘋花老[5]。

【注释】

①周密,号草窗,为作者挚友。现存《草窗词》二卷,又名《蘋洲渔笛谱》。

②吴则虞先生曰:“白石指姜夔言,而假用白石生事。按葛洪《神仙传》卷一:‘白石生者,中黄丈人弟子也。至彭祖之时已年二千余岁矣。不肯修升仙之道,但取于不死而已,不失人间之乐。……常煮白石为粮,因就白石山居。时人号白石生为‘隐遁仙人’。”吴先生又曰:紫霞者,杨缵也。缵字继翁,号守斋,严陵人,居钱塘。度宗时女为淑妃,官列卿。好古博雅,善弹琴,有《紫霞洞谱》传世。”见《绘图宝鉴》。“断歌”句,吴则虞引周密《木兰花慢》词序云:“西湖十景尚矣。张成子尝赋《应天长》十阕。余冥搜六日而词成。异日紫霞翁见之曰:‘语丽矣,如律未协何?’遂相与订正,阅数月而后定。是知词不难作,而难于协律。翁往矣,赏音寂然。”碧山即用其意。

③谢灵运《登池上楼》:“池塘生春草,园柳变鸣禽。”此用其意,言梦见旧家池馆荒芜。

④“风月”二句,言周密词章如今已难遇知音。

⑤离恨,离别之痛,家国之恨。郑文宝《柳枝词》:“不管烟波与风雨,载将离恨过江南。”周密《水龙吟·次张斗南韵》:“怅江南望远,蘋花自采,寄将愁与。”

【说明】

在宋末格律派词人中,王沂孙和周密处境相同,词风相近,关系也最为密切,二人互相欣赏,可称知音。在周密词集中同样有《踏莎行·题中仙词卷》一阕,对王沂孙的词作给出很高评价。王沂孙和周密,都是格律派词人,都以姜白石词为楷模,所以开头两句就说周密词格调高如白石,协律有如紫霞。接下去慨叹,这样的佳作如今赏者寥寥。“几番”二句,用谢灵运诗意,感叹周密国破家亡,流寓江南。下片“风月”“山川”二句,“总括草窗之词境,亦隐以自道”(俞陛云语)。周密和王沂孙词都以咏物、写景为主要内容,但通过景物,又时时流露出故国之思和悲凄的身世之慨,这一点,王沂孙词较周密更为明显。周密词集名《蘋洲渔笛谱》,故“蘋花”也可以是实指。

更漏子

日衔山，山带雪。笛弄晚风残月[1]。湘梦断，楚魂迷。金河秋雁飞[2]。　　别离心，思忆泪。锦带已伤憔悴[3]。蛩韵急，杵声寒。征衣不用宽[4]。

【注释】

①笛弄，吹笛。

②金河，又名金川，现名大黑河，在内蒙古中部。柳中庸《征人怨》：“岁岁金河复玉关。”

③思忆，思念。锦带，衣带的美称。柳永《蝶恋花》：“衣带渐宽终不悔，为伊消得人憔悴。”

④蛩韵，蛩声。杵声，棒槌声。宽，宽大。希望征人不要消瘦，故云“不用宽”。不用，不要。

【说明】

本篇为闺怨之词。上片借景言情，下片以情带景。结三句说，天气转寒，在一片蛩鸣砧杵声中，女子更加思念征戍中的丈夫，希望他不要像自己一样，因劳苦思家而消瘦。

淡黄柳

甲戌冬别周公谨丈于孤山中。次冬，公谨游会稽，相会一月。又次冬，公谨自剡还，执手聚别，且复别去。怅然于怀，敬赋此解[1]

花边短笛。初结孤山约[2]。雨悄风轻寒漠漠。翠镜秦鬟钗别，同折幽芳怨摇落[3]。　　素裳薄。重拈旧红萼[4]。叹携手、转离索[5]。料青禽、一梦春无几，后夜相思，素蟾低照，谁扫花阴共酌[⑥]。

【注释】

①甲戌，宋度宗淳祐十年(1274)。公谨，周密字。剡，剡溪，在今浙江嵊州境内。

②“初结”句，意谓与周密初次交结。

③翠镜秦鬟，以镜湖和秦望山指代会稽。钗别，分别。“同折”句，言同折梅花，感叹身世。杜甫《咏怀古迹》：“摇落深知宋玉悲。”

④红萼，梅花。姜夔《暗香》：“红萼无言耿相忆。”

⑤携手，相聚；离索，离别。

⑥“料青禽”二句，用赵师雄罗浮山梦梅花典故，言梅花将谢。共酌，共饮。

【说明】

词写朋友离别之痛。写作这首词时，元军正大举南攻，南宋王朝已处于风雨飘摇之中，词人个人前途，也茫茫难料，故心情沉痛。词从梅花写起，以梅花作结，构思颇有新意。俞陛云先生曰：“通首历叙萍踪，含情婉转。”但是，俞先生又说：“未见警拔处。”的确如此，以二人交谊之厚，又当国难之时，这样的离别词，的确稍显平钝，在《花外集》中，也不算上乘之作。

柴元彪二首

柴元彪，字泽臞，江山人。生卒年不详。宋度宗咸淳四年(1268)进士。宋亡不仕，与兄望、随亨、元亨隐居不出，号“柴氏四隐”。原集已佚，《全宋词》录其词八首。

蝶恋花　己卯菊节得家书欲归未得[1]

去年走马章台路。送酒无人，寂寞黄花雨[2]。又是重阳秋欲暮。西风此恨谁分付[3]。　无限归心归不去。却梦佳人，约我花间住[4]。蓦地觉来无觅处。雁声叫断潇湘浦[5]。

【注释】

①己卯，宋端宗祥兴二年（1277），次年南宋灭亡。菊节，词中指重阳节。

②岑参《行军九日思长安故园》："强欲登高去，无人送酒来。"典出《南史·隐逸传》。

③重阳为阴历九月九日，九月是秋季第三个月，故曰"秋欲暮"。分付，托付。毛滂《惜分飞》："今夜山深处，断魂分付潮回去。"

④归心，思乡之心。

⑤蓦地，忽然。潇湘，湘水一带，指今湖南。谢朓《新亭渚别范零陵》："洞庭张乐池，潇湘帝子游。"

【说明】

写作这首词时，南宋小朝廷濒临灭亡，但词人可能还漂泊于两湖一带。词写思乡念远之情。上片抒发羁旅漂泊之慨，结句"此恨"可能既含思乡之心，也包含亡国之痛。下片言归思之切。先说欲归而不得，再说因思乡而入梦，并在梦中与佳人相会，然后说好梦忽然被雁声惊醒，佳人不见了踪影，而自己却依旧身在异乡。抒情低回曲折，沉痛无限。

踏莎行　戊寅秋客中怀钱塘旧游

淡柳平芜，乱烟疏雨。雁声叫彻芦花渚[1]。亭前落叶又西风，断送离怀无着处[2]。　切切归期，盈盈尺素。断魂正在西兴渡[3]。满船空载暮愁来，潮头一吼推将去[4]。

【注释】

①戊寅，宋端宗祥兴元年（1278）。

②叫彻，响遍。断送，引起、逗引。吴潜《满江红》：“向黄昏、断送客魂销，城头角。”

③尺素，书信。西兴渡，钱塘江上一处渡口，当时为南北重要通道。

④潮头，钱江潮水的浪头。

【说明】

这首词作于南宋灭亡前不到一年，而南宋首都临安已在两年前沦陷。副题“怀钱塘旧游”，但全词却没有出现一个人影，词人不过是通过怀念故都，寄托亡国之哀思而已。上片“离怀”云云，当然可以是离别旧游，但也可以是离别故国。下片极言愁苦之多，这种愁苦既是离别旧游之苦，也是离别故国之苦。结尾构思很有趣，作者忽发奇想，说这么多愁苦怎么办呢？不如付与钱江大潮，让它一轰而散。

罗志仁一首

罗志仁，字寿可，号壶秋，江西清江（今江西樟树市）人。生平不详。曾作诗颂文天祥，讥讽权奸留梦炎，几遭祸。元世祖至元二十四年（1287）应荐为天长书院山长。

虞美人　净慈尼

君王曾惜如花面。往事多恩怨[1]。霓裳和泪换袈裟。又送鸾舆北去、听琵琶[②]。　　当年未削青螺髻。知是归期未[③]。天花丈室万缘空。结绮临春何处、泪痕中[④]。

【注释】

①二句言静慈尼曾为宫女，获得过君王的宠爱。

②袈裟，佛教僧尼所着法衣。

③青螺髻，女子发髻。

④天花，佛教称天界仙花。丈室，方丈之室，佛说法之处。此指僧尼修行之地。结绮、临春，陈后主所建宫观，此处指代宋王朝宫室。

【说明】

罗志仁存词七首，六首是长调，小令仅此一首。他的词充满了故国之思，本词也不例外。本词题材很特殊，作者描写一位经历沧桑巨变，最后看破红尘，出家为尼的宫女，用以寄托词人自己的亡国之痛。结尾三句表现宫女的心情，“泪痕中”三字可证，当然，宫女的心情也就是词人自己心情的写照。

蒋捷六首

蒋捷，字胜欲，号竹山，阳羡（今江苏宜兴）人。生卒年不详。咸淳十年（1274）进士。宋亡不仕，隐居竹山。有《竹山词》。

一剪梅　舟过吴江

一片春愁待酒浇。江上舟摇。楼上帘招[1]。秋娘渡与泰娘桥。风又飘飘。雨又萧萧[2]。

何日归家洗客袍。银字笙调。心字香烧[3]。流光容易把人抛。红了樱桃。绿了芭蕉[4]。

【注释】

①浇，浇灭。意谓待酒消愁。招，招揽客人。

②秋娘渡、泰娘桥，应为江上的两处地名，今已不详其所在。

③客袍，作客在外所著袍服。银字笙，镶银的笙。心字香，一种心形的香。

④流光，流逝的光阴。

【说明】

蒋捷虽然中过进士，但并没有做过宋朝的官，入元以后，他屡辞征辟，一直隐居不出，是一位重气节的文人。本篇通过乘船归乡的一段经历，抒发了伤春羁旅之情。上片写江行所见，下片写怀乡之感，结句感叹岁月流逝。回应开头"春愁"。末数句，造句精巧，历来为人传诵。

又　宿龙游朱氏楼[1]

小巧楼台眼界宽。朝卷帘看。暮卷帘看。故乡一望一心酸。云又迷漫。水又迷漫[2]。　天不教人客梦安。昨夜春寒。今夜春寒。梨花月底两眉攒。敲遍阑干。拍遍阑干[3]。

【注释】

①龙游，浙江龙游县。

②作者阳羡（今江苏宜兴）人，龙游远在阳羡之南，故有是言。

③客梦难安，思念故乡。拍遍阑干，辛弃疾《水龙吟·登建康赏心亭》：“把吴钩看了，阑干拍遍，无人会，登临意。”

【说明】

词写怀乡之情，羁旅漂泊之感。上片写怀乡，“故乡一望一心酸”，说得非常明白。下片叙述客中情怀，“敲遍阑干，拍遍阑干”两句，表达了词人激愤不平的心情。

虞美人　疏楼

丝丝杨柳丝丝雨。春在溟蒙处[①]。楼儿忒小不藏愁。几度和云飞去觅归舟[②]。　天怜客子乡关远。借与花消遣[③]。海棠红近绿阑干。才卷朱帘却又晚风寒[④]。

【注释】

①溟蒙，烟雾弥漫。

②忒小，太小。不藏愁，藏不下这许多愁。觅归舟，寻找回乡的舟船。

③客子，游子。乡关，家乡。消遣，解闷。春天百花盛开，所以说“借与花消遣”。

④“海棠”句承上，意谓海棠花仿佛主动地垂向阑干，卷起珠帘欣赏，但是又怕晚风寒冷。

【说明】

客子怀乡之词。作者在构思炼句上下足功夫，如上片之“楼儿忒小不藏愁”，下片之“借与花消遣”等等，但是，巧则巧矣，总觉稍欠自然之趣。明人王世贞云“奇过则凡”，此言得之。

又　听雨

少年听雨歌楼上。红烛昏罗帐[①]。壮年听雨客舟中。江阔云低断雁叫西风[②]。　而今听雨僧庐下。鬓已星星也[3]。悲欢离合总无情。一任阶前点滴到天明[4]。

【注释】

①二句写少年时代听歌狎妓的浪漫生活。红烛昏暗,罗帐低垂。

②断雁,失群孤雁。叫西风,在西风中悲鸣。孤雁象征词人自己。

③僧庐,寺庙、僧舍。星星,指白发。

④总无情,一作"总无凭"。温庭筠《更漏子》:"一叶叶,一声声,空阶滴到明。"

【说明】

本词回忆感叹自己的身世,以"听雨"贯穿全篇,共分少年、中年、晚年三个阶段,层层推进,少年时代之浪漫生活,中年时代之羁旅漂泊和晚境之寂寞孤凄,一一呈现在读者面前。语言明白流畅,结构层次井然。艺术上非常成功。

行香子　舟宿兰湾

红了樱桃。绿了芭蕉。送春归、客尚蓬飘[1]。昨宵谷水,今夜兰皋。奈云溶溶,风淡淡,雨潇潇[2]。　银字笙调。心字香烧。料芳悰、乍整还凋[3]。待将春恨,都付春潮。过窈娘堤,秋娘渡,泰娘桥[4]。

【注释】

①蓬飘,如飞蓬之漂泊。客,词人自称。

②谷水,溪水。皋,水边高地。

③芳悰(cóng),好心情。乍整还凋,刚调整好,又再凋零。

④待,拟,打算。

【说明】

词写客旅飘蓬之感。上片"送春归、客尚蓬飘",下片"待将春恨,都付春潮”，是全词主旨。字斟句酌，音节谐婉，又不见斧凿痕迹，是本词表现方法上的突出优点。此词起句“红了樱桃。绿了芭蕉”与上选《一剪梅·舟过吴江》结尾完全一样，可能是作者得意之句，故重复出现。

少年游

枫林红透晚烟青。客思满鸥汀①。二十年来，无家种竹，犹借竹为名②。　　春风未了秋风到，老去万缘轻③。只把平生，闲吟闲咏，谱作棹歌声④。

【注释】

①客思，羁旅之愁。思，读去声。汀，小洲。

②蒋捷曾隐居于太湖竹山，因自号竹山，故云。意谓二十年飘泊江湖，居无定所，犹号竹山。

③“春风”句，意谓时光飞逝，老来已经看破红尘。

④闲吟闲咏，指诗词创作。

【说明】

词写漂泊江湖之感慨。蒋捷与张炎、周密、王沂孙并称“宋末四家”，并非浪得虚名。《四库全书总目》云：“捷词炼字精深，音词谐畅，为倚声家之矩矱。”刘熙载也说：“蒋竹山词未极流动自然，然洗炼缜密，语多获创，其志视梅溪较贞，视梦窗较清。”的确蒋捷词或不如张炎之清空、王沂孙之沉厚，但艺术上也有自己的特色，就是《四库总目》所指出的“炼字精深，词意谐畅”，刘熙载所说的“洗炼缜密，语多获创”，而这种特色，也是张、王所缺少的。

张炎十首

张炎(1248—?),字叔夏,号玉田,晚年号乐笑翁。原籍成纪(今甘肃天水),寓居临安(今浙江杭州)。宋亡不仕,流落江湖以终。有《山中白云词》。

风入松　陈文卿酒边偶赋

小窗晴碧飐帘波。昼影舞飞梭[1]。惜春休问花多少,柳成阴、春已无多。金字初寻小扇,铢衣早试轻罗[2]。　　园林未肯受清和。人醉牡丹坡[3]。啸歌且尽平生事,问东风、毕竟如何。燕子寻常巷陌,酒边莫唱西河[4]。

【注释】

①飐帘波,帘子被风吹动如波纹。飐,风吹动物。

②金字扇,金泥扇子。铢衣,指轻薄的衣服。

③牡丹坡,或为当时欣赏牡丹之处,今已不详其所在。周密《少年游》:"晓妆日日随香辇,多在牡丹坡。"

④刘禹锡《乌衣巷》:"旧时王谢堂前燕,飞入寻常百姓家。"西和,《西河长命女》唐代乐曲名。王灼《碧鸡漫志》卷四:"《西河长命女》,崔远范自越州幕府拜侍御史,李讷尚书饯于鉴湖,命盛小丛歌,座客各赋诗送之。有云:'为公唱作《西河》调,日暮偏伤去住人。'"

【说明】

被称为“宋末四大词人”的张炎、周密、蒋捷、王沂孙,都经历了亡国之痛,他们的创作,都以长调为主,其中涌现了不少名作。小令所占比例较少,相对不受人们重视。其实他们的小令写得也很好,其中颇多佳作。本词写惜春之情,又融入了作者的身世之慨和亡国之恨,这一点,在词的下片表现得很明白。陈廷焯《云韶集》卷九:“音调娴雅,不落俗态,自是本色。通篇和婉,结二语略寄感慨,故自不可少。”

又　春游

一春不是不寻春。终是不忺人[①]。好怀渐向中年减,对歌钟、浑没心情[②]。短帽怕粘飞絮,轻衫厌扑游尘[③]。　暖香十里软莺声。小舫绿杨阴。梦随蝴蝶飘零后,尚依依、花月关心[④]。惆怅一株梨雪,明年甚处清明[⑤]。

【注释】

①不忺(xiān)人,不适意,不称心。

②好怀,好心情。歌钟,指歌舞。《世说新语·言语》:“谢太傅语王右军曰:‘中年伤于哀乐,与亲友别,辄作数日恶。’王曰:‘年在桑榆,自然至此,正赖丝竹陶写,恒恐儿辈觉,损欣乐之趣。’”

③短帽,轻便小帽。王安石《菩萨蛮》:“数家茅屋闲临水,轻衫短帽垂杨里。”

④《庄子·齐物论》:“庄周梦为蝴蝶,栩栩然蝴蝶也。”后人多以此比喻追求爱情,如唐鱼玄机《江行》:“梦为蝴蝶也寻花。”词中“尚依依”二句意近。

⑤梨雪,盛开的梨花。苏轼《东栏梨花》:“惆怅东栏一株雪,人生看得几清明。”二句化用诗意,慨叹生命无常。

【说明】

表面看来这也是一首伤春之作，但在作者的笔下，春天并不美丽，上片“不忺人”“浑没心情”“怕”“厌”这些词语表明，在词人的眼中，春天已非原来的春天，西湖已非原来的西湖，歌舞也非原来的歌舞，为什么？因为国破家亡，人事全非了。下片转入回忆，描写昔日西湖繁华景象，但是虽然心存眷恋，而一切都已经一去不返。结二句化用东坡诗意，慨叹生命无常，前途难卜。

清平乐

候蛩凄断。人语西风岸。月落沙平江似练。望尽芦花无雁[1]。　　暗教愁损兰成。可怜夜夜关情[2]。只有一枝梧叶，不知多少秋声[3]。

【注释】

①练，白绢。无雁，指故人没有消息。

②兰成，庾信小字，庾信曾作《愁赋》，今已残。词中乃自比。关情，牵动感情。按二句四印斋本注云：“一作：‘可怜瘦损兰成，多情应为卿卿。’”

③宋唐庚《文录》引唐人诗：“山僧不解数甲子，一叶落知天下秋。”

【说明】

从内容看，本词为悲秋怀人之作。上片写景，下片抒情，结尾两句是词中警策。据杨海明先生《张炎年表》考证，此词乃元大德四年（1300），作者为汾壶居士陆行直家姬卿卿而作。是否如此，可以参考。

虞美人

余昔赋《柳儿词》，今有杜牧重来之叹。刘梦得诗“尽日絮飞留不住，随风好去落谁家”，作《忆柳曲》[1]

修眉刷翠春痕聚。难翦愁来处[2]。断丝无力绾韶华。也学落红流水、到天涯[3]。　　那回错认章台下。却是阳关也[4]。待将新恨趁杨花。不识相思一点、在谁家。

【注释】

①词人昔年曾作《淡黄柳·赠苏氏柳儿》,其词曰:"楚腰一捻。羞翦青丝结。力未胜春娇怯怯。暗托莺声细说。愁蹙眉心斗双叶。　　正情切。柔枝未堪折。应不解、管离别。奈如今已入东风睫。望断章台,马蹄何处,闲了黄昏淡月。"

②修眉刷翠,以女子画眉比喻柳丝。难剪,难以割断。

③"断丝"二句,比喻歌伎苏氏柳儿漂泊流落的命运。

④章台,妓馆。阳关,阳关曲,喻离别。张炎《解连环·孤雁》:"写不成书,只寄得、相思一点。"

【说明】

怀念旧日在临安熟悉的歌伎苏柳儿。上片以落花随水漂流,比喻其悲剧命运;下片回忆当年相识相别情景,抒发词人的怀念之情。苏氏为何漂泊流亡,原因很可能与作者相似——国破家亡,因此本词在怀旧伤离的情绪中,又掺杂了浓重的沧桑之慨。

减字木兰花　寄车秀卿[1]

锁香亭榭。花艳烘春曾卜夜[2]。空想芳游。不到秋凉不信愁[3]。　　酒迟歌缓。月色平分窗一半[4]。谁伴孤吟。手擘黄花碎却心[5]。

【注释】

①车秀卿,张炎词《意难忘》序曰:"中吴车氏号秀卿,乐部中之翘楚者。歌美成曲,得其音旨。余每听辄爱叹不能已,因赋此以赠。"中吴,苏州。

②花艳烘春,艳丽的鲜花烘托着春色。卜夜,整夜饮酒欢歌。

③芳游,春游。

④酒迟，慢饮。“月色”句，月光照亮了半扇窗子，意为夜已深。

⑤孤吟，独自吟诗。手擘，用手分开。碎却心，碎了心。“心”字双关，指花心，亦指人心。

【说明】

正如副题所言，本词是寄赠著名歌女车秀卿的作品。作者自己承认，当年曾经是车秀卿的歌迷，“每听则爱叹不能已”。但是这位歌女目前身在何方呢？作者并未交代。全词前六句都是回忆，回忆过去彻夜聆听车氏演唱的温馨情景，末二句诉说自己的寂寞悲凄心情，表达对车氏的思念。

南楼令　送韩竹涧归杭并写未归之意[①]

一见又天涯。人生可叹嗟。想难忘、江上琵琶[②]。诗酒一瓢风雨外，都莫问，是谁家[③]。　怜我鬓先华。何愁归路赊。向西湖、重隐烟霞[④]。说与山童休放鹤，最零落，是梅花[⑤]。

【注释】

①南楼令，即唐多令。韩竹涧，韩铸，字亦颜，号竹涧，为张炎弟子。

②取白居易《琵琶行》“同是天涯沦落人”之意，感叹异乡漂泊。

③“诗酒”三句，意谓只管饮酒赋诗，躲避风雨，不必问身在何处。

④赊，远。重隐烟霞，再次隐居山林。

⑤用宋隐逸诗人林逋梅妻鹤子典故，想象如今杭州孤山之荒凉冷落。沈括《梦溪笔谈》卷十《人事二》：“林逋隐居杭州孤山，常畜两鹤，纵之则飞入云霄，盘旋久之，复入笼中。逋常泛小艇，游西湖诸寺。有客至逋所居，则一童子出应门，延客坐，为开笼纵鹤。良久，逋必棹小船而归。盖尝以鹤飞为验也。”

【说明】

怀念故乡杭州西湖之作。张炎世代贵胄，久住杭州，与西湖有深厚的感情。此时虽因战乱及其他原因,沦落他乡,不能回去。但内心无时无刻不在思念,这一点反映在他的诸多词作之中。这首词就是通过送友人回乡,抒写作者自己的“怀归之意”。

又 有怀西湖且叹客游之漂泊

湖上景消磨。飘零有梦过。问堤边、春事如何[①]。可是而今张绪老,见说道、柳无多[②]。 客里醉时歌。寻思安乐窝。买扁舟、重缉渔蓑[③]。欲趁桃花流水去,又却怕、有风波[④]。

【注释】

①消磨,磨灭。有梦过,曾经梦见。堤边,西湖有白堤、苏堤,其上遍植杨柳。

②“可是”句,意谓听说堤上杨柳已经不多了,是否张绪如今已经老啦。见说,听说,李白《送友人入蜀》诗:“见说蚕丛路,崎岖不易行。”张绪,《南史》卷三十一:“(张)绪吐纳风流,听者皆忘饥疲。……刘悛之为益州,献蜀柳数株,枝条甚长,状若丝缕。时旧宫芳林苑始成,武帝以植于太昌灵和殿前,常赏玩咨嗟,曰:‘此杨柳风流可爱,似张绪当年时。’其见赏爱如此。”

③安乐窝,宋代哲学家邵雍名其居曰“安乐窝”,因自号“安乐先生”。(见《宋史·邵雍传》)缉,编织。

④李白《山中问答》:“桃花流水窅然去,别有天地非人间。”有风波,暗示有风险。

【说明】

本篇也是怀念西湖之作。上片以杨柳起兴,想象历经战乱之后,西湖的荒凉冷落。下片言欲买扁舟归去,又怕风波险恶。张炎在词中多次谈到这一点,这或许与其祖父张濡因斩杀元军使者,而后被杀,家产被抄没一事有关。

又　送杭友

聚首不多时。烟波又别离。有黄金、应铸相思[①]。折得梅花先寄我，山正在、里湖西[②]。　风雪脆荷衣。休教鸥鹭知。鬓丝丝、犹混尘泥。何日束书归旧隐，只恐怕、种瓜迟[③]。

【注释】

①黄金铸相思，比喻感情牢固。宋丁默《华胥引》："几度金铸相思，又燕归鸿杳。"

②杭州孤山，在里西湖，为宋代诗人林逋隐居处，其地多梅花。

③种瓜，广陵人邵平为秦东陵侯，秦破，为布衣，种瓜青门外。杜甫《舍弟观赴蓝田取妻子到江陵喜寄》："卜筑应同蒋诩径，为园须似邵平瓜。"种瓜迟，意谓此时归隐，恐怕为时已晚。

【说明】

因送友人归杭州，而抒发怀乡之情。上片言与友人交情深厚，希望别后早早来信，以慰相思。下片感叹自己异乡飘流的凄凉境况，希望能早日归隐故乡，但是又害怕回去，故而进退失据。按张炎晚年终于归隐杭州，以卖卜为生，落拓而终。

又　作墨水仙寄张伯雨[①]

香雾湿云鬟。蕊佩珊珊。酒醒微步晚波寒[②]。金鼎尚存丹已化，雪冷虚坛[③]。　游冶未知还。鹤怨空山。潇湘无梦绕丛兰[④]。碧海茫茫归不去，却在人间[⑤]。

【注释】

①张雨，字伯雨，钱塘（今浙江杭州）人。后出家为道士，自号句曲

外史。

②三句描写水仙。杜甫《月夜》:“香雾云鬟湿。”蕊佩,指水仙花瓣,珊珊,轻盈舒缓貌。“酒醒”句,暗用曹植《洛神赋》“凌波微步”语,写水仙姿态。水仙生于秋冬,故曰“寒”。周密《花犯·水仙》:“凌波路冷秋无际。”

③金鼎,炼丹的鼎炉。虚坛,空坛。二句或言炼丹未成,求仙难得。

④游冶,游乐。鹤怨,主人冶游不归,故云。孔稚珪《北山移文》:“蕙帐空兮夜鹤怨,山人去兮晓猿惊。”潇湘无梦,无梦到潇湘。兰,香花。《楚辞·九歌·湘夫人》:“沅有芷兮澧有兰,思公子兮未敢言。”

⑤碧海茫茫,李商隐《嫦娥》:“碧海青天夜夜心。”

【说明】

题画之作,其本意却在借画言情。张炎与张雨同为南宋遗民,同为贵家后裔。南宋灭亡以后,张炎飘泊江湖,穷愁潦倒;张雨虽比张炎小三十多岁,最后也出家做了道士。两人的交谊一直维持到作者暮年。张炎作这幅水仙图寄赠张雨,也含有言外深意。这层意思或许是希望张雨(包括自己)能像水仙一般清高脱俗,保持气节,同时也感叹两人都难以回到过去,只能流落人间,不得不在异族统治下生活。陈廷焯《词则·大雅集》评曰:“此词命意若隐若露,而词极凄怨。每读一过,不知是《离骚》,是乐府,是杜诗?小令云乎哉。”

如梦令　题渔乐图

不是潇湘风雨。不是洞庭烟树。醉倒古乾坤,人在孤篷来处[①]。休去。休去。见说桃源无路[②]。

【注释】

①“醉倒”句,喝得烂醉。

②桃源无路,用陶渊明《桃花源记》典故:“遂迷,不复得路。”

【说明】

词言欲避世归隐，却无处可去。张炎晚年虽然数度回到故乡杭州，但穷愁潦倒，以至卖卜为生。避秦无地，不得不在异族统治下苟且偷生，故有此沉痛之言。

无名氏二首

青玉案[①]

年年社日停针线[②]。怎忍见、双飞燕。今日江城春已半。一身犹在，乱山深处，寂寞溪桥畔。

春衫着破谁针线。点点行行泪痕满。落日解鞍芳草岸[③]。花无人戴，酒无人劝，醉也无人管。

【注释】

①此首一作黄公绍词。

②古代风俗，社日女子不做针线活。张籍《吴楚歌词》："今朝社日停针线，起向朱樱树下行。"

③谁针线，意谓无人缝补。解鞍，下马。

【说明】

本词为相思怀人之作。词中抒情主体究竟是男是女，不很分明。但全词上下片都围绕"针线"这一特定意象展开，如果把抒情主人公设定为一位女子，或许比较合适。这样一来，上片除了前四句之外，下面文字都属于女子构想之词，表现了女子对男子无微不至的关怀之情。

更漏子

鬓慵梳，眉懒画。独自行来花下。情脉脉，泪垂垂。此情知为谁。　　雨初晴，帘半卷。两两衔泥新燕。人比燕，不成双。枉教人断肠[①]。

【注释】

①枉教人，徒然使人。

【说明】

词写女子相思之情。上片见春花而相思，下片对双燕而断肠。笔调自然流畅，构思却含蓄委婉，这也是许多无名词人的共同特点。